明詞話全編

鄧子勉 編

鳳凰出版社

黄輝詞話

黄輝，字平倩，一字昭素，南充（今屬四川）人。幼穎異，稍長博極羣書，年十五舉鄉試第一，登萬曆己丑進士，授編修。時同館推陶望齡、董其昌，而輝與齊名，官終少詹事。所著有《怡春堂逸稿》，此據臺灣偉文圖書出版社有限公司出版《明代論著叢刊》（第二輯）影印明萬曆刻本《黄太史怡春堂逸稿》録詞話一則。

一

《大司馬崑田邢公帳詞》：伏以北門樞府，久藉將星；南甸機庭，新移卿月。帝衡勞逸，賜夏省以息肩；天鑑孝忠，俾晝行而繞膝。鍾山紫氣，公作龍蟠；淄水白華，母方燕喜。神標疑遠，思緒汪洋。時備四以希聲，月成三而比讓。有肩則受，于躬若無。秋駕履繩，馬能言而相樂；朝硎游族，鸞應奏以皆虛。爰從起家，則善為宰。用斧斎魅，是閑毛龍。股掌羌戎，卵翼鵰狗；腹心將吏，爪牙熊羆。逮問罪乎夜郎，乃脩文于白帝。念妬津始禍，詎煩小白之旗；嗟鬬穴終凶，安辱大黃之弩。苟鴟猶革響，即鹿可擇音。疇云播境之非人，不道蔡民之即我。未殫籌筆，已迫簡書。會師宿于朝鮮，復廷咨乎都護。掃封為戰，僉曰公宜；戡亂以文，是云我武。狐埋狐搰，往轍孔明；君始君終，今暮畫一。壇章甫發，旗采頓新，叱咤則海立大郎，指揮則山摇對馬。鰩騰往檄，地盡天聲；鼉疊進梁，物如人意。苦嶕逋孽，獻骨槊以導前；漩溜潛臣，蓄髻檣而助順。旅拒必北，鼓行而東。杌木濟兵，鴻耳如期而過席；王京整衆，鰦鮧應指以憎夷。乃伐樹以盟師，遂絶江而捲敵。礮雷怒發，陰火電其威光；矢雹激飛，剛牙颷其鋭氣。蛟環浪束，骨已青丘；鱷鋸徒張，血俄丹浦。遂使島奴蚓竄，怳鯨避乎蒲牢；我衆鋪敦，類鴂求乎龍子。網羅路絶，巢穴情窮。天吴九頭，俄褫其魄；水黨八足，空僵厥雄。棄雉翮之城，禽方決麝；望贏靨之嶼，口故啣犀。窘已極于圍三，倖距徼乎借一。神弓飲羽，傾蜃閣以為烟；鬼彈收丸，碎鯛帆而如雨。狂氛既盡，善氣聿彌。禾黍自春，凈遺洲之髮鱓；闕門不夜，返故堞之毛人。遂令異域之君臣，真作同朝之賔主。乃料萬户，爰申八條。招貔虎之國殤，靈存顙尾；築鯨鯢之京觀，宼雪碧蹄。三折肱而起危，徒得君重；九頓首而興滅，無以公歸。且夫緣馬報蛟，尚播烈夫之英問；因鳩鎚鷄，亦流公子之慈聲。況復地儉一成，勢筵栖越；乃至戍踰七稔，功百存邢。昔充國之護烏孫，徒紆往返；逮定方之征百濟，僅侮亂亡。何如以髮引之廢邦，剪川增之勝寇。盡駈鱗介，再復冠裳。與波上下之兀，山倚大鼇而復定；隨波往來之義，魄依三象以如存。從古未聞，于今獨盛。自非名在佐歷，道通神謀。下取履而受書，機先帷幄；右袪衣而得兆，威薄兵車。則何以肅將天威，勣弘再舉。丕震皇怒，謀出萬全。奪虎口之鮮民，還諸箕子；滅兕皮之奄衆，兕于周公者哉。策勳飲至光，生盟府之華文，仗鉞秉旌氣，奪穹廬之葉吹。謗書沸魏，彌深零雨之思；盟壤崇秦，寧滯景風之賞。昔者受命，無以家為；今茲報成，幸而親健。單輿迎養，雲常繞乎狄公；婁牘陳情，日用舒于菜子。上既難其去，仍體厥私；俾殿陪京，便觴故里。馬曾群佐，佇分爽于笏端；軍令一家，更流權于爨外。咸謂斗牛之塹往，即看台揆之召還。維蘼難險阻之備嘗，勞深薇芑；致祿位名壽之必得，享及蓤蓷。朝著殊榮，人倫盛事。屬大夫某等：夙承經緯，得習安攘。白虎旛前市馬，尚騰乎苜蓿；黃龍幕底樹人，何啻于芙蓉。憶昔剖符玉律，猶噓乎黍谷；維茲開府繡裳，仍照乎檀山。感國士之見知，素絲莫報；願丈人之益壯，朱紱方來。悵祖席之星移，幸庾樓之月在。謂僕不敏，辱公未知，束草新詞，爰歌舊悳云爾。「站鳶初過，正乳烏啼夢，忽看鑾觸。笑揮羽扇，風偃嶽、滄波成陸。拂拭神山，提携影國，弓挂扶桑木。愷歌雷動，燕齊為壽相屬。　當年箕子如生，從公拜賜，遥祝如天福。日月兩旂名不朽，勒向媧皇青玉。鵲印乍南，潘輿行北，八翼天門矗。霞觴飛處，葵香蕙笑桃熟。」詞寄《大江東去》　「綸巾東下，看倚天長劍，朝虹新沐。　燕頷虎頭，飛到處、偏餐彊肉。喚起陽侯，掃清腥霧，一洗回潮辱。釜山無恙，龜茲依舊鱗屋。　入關誰伴孤琴，有龍蛇百疏，烽烟千幅。頌滿南山身不受，併作君親華祝。麟閣神情，鳳臺風況，冠上烏三足。　文園多暇，為君聊汗青竹。」(《黃太史怡春堂逸稿》)

焦周詞話

焦周，字茂孝，上元（今屬江蘇南京）人，焦竑之子。萬曆庚子舉人。著《焦氏説楛》七卷，其書皆刺取諸書中新顯之語，及聞見所及可資談噱者，襍載成編。稱「説楛」者，取《荀子》「説楛勿聽」之義。此據《續修四庫全書》影印明萬曆刻本録詞話十七則。

一　佛典：「奇草芳花，能逆風聞薰。」《别賦》：「閨中風暖，陌上草薰。」《六一詞》：「草薰風暖摇征轡。」用此薰，今誤作芳。（《焦氏説楛》卷二）

二　婦人首裝曰鬘，《華嚴》謂之華鬘，樂天詩：「華鬘抖擻龍蛇動。」或省作髻，《高僧傳》：「枝跗髻葉。」又作鬗，《要雅》云：「鬗，燒煙畫眉也。」汪伯玉贈伎曲：「縞帶全抛華鬘。」（同前）

三　瓊花，古所最貴，相傳惟揚州瓊花觀后土殿前一株。吾鄉先生盧玉田有花癖，自號萬花主人，嘗曰：「古瓊花，即今綉毬花耳。」偶觀宋人詩餘，有詠瓊花《揚州慢》，序云：「比聚八仙相類而不同者三：瓊花大而瓣厚，色淡黄；聚八仙小而瓣薄，其色青，一也。瓊花蘂與花平，不結子而香聚；八仙蘂低于花，結子而不香，三也。」余按聚八仙即今以接綉毬者，始知前輩言必有徵，而瓊花之名一晦，聲價頓減，亦自有幸不幸也。虚齋詞：「看冰花剪剪，擁碎玉成毬。」亦可證。姚炯川以為即聚八仙，謬。宋傅子容詩：「因看異代前賢帖，知是唐昌玉蘂花。」王介甫以為瑒花，山谷以為山礬，用修謂即今梔子，不知王建詩「一樹玲瓏玉刻成」，殊不肖也。山礬，今殊有種，亦非。曾讀瓊花觀碑，兀术擄北去，竟死，拾歸，復活。明年開花，極敷而死。又曰開止一朵花。元至正間朽，以八仙花補之，相類可知。王定國《見聞雜録》：仁宗嘗分植禁中，明春，輒枯。載還廟中，鬱茂如故，因構亭，下榜曰無雙。蔣正子《山房隨筆》云：德祐中，北師至，花遂不榮。趙棠國有詩弔之云：「名擅無雙氣已雄，忍將一死報東風。它年我若脩花史，合傳瓊妃列女中。」（同前書卷三）

四　樂府有《得至寶》，又名《得寶子》。王元美引《樂府雜録》云：康老子狎蕩，偶一嫗持舊錦，乃以半千獲之。波斯見驚，曰：「何處得此至寶？是冰蠶絲所織。」即酬以千金，康還，復盡。樂人歎之，製此曲，故亦名《康老子》。按《太真外傳》：進見之日，上自執麗水鎮庫紫磨金琢成步摇，至妝閣，親為飾鬢，謂宮人曰：「朕得貴妃，如得至寶也。」乃製曲子曰《得寶子》，又曰《得鞡子》。（同前）

五　樂府多以鹽名曲，如唐之《突厥鹽》、《阿鵲鹽》，施肩吾詩云「顛狂楚客歌成雪，嫵媚吴娘笑是鹽」是也。(同前)

六　元稹《建(當作連)昌宫詞》有「逡巡大遍《凉州》徹」，所謂大遍者，有序、引、歌、翫、嗺、哨、催、攧、衮、破、行、中腔、踏歌之類，凡數十解。每解有數疊，裁截用之，則謂之摘遍。(同前)

七　《柘枝》舊曲，遍數極多，如《羯鼓録》所謂《渾脱解》之類。寇萊公好《柘枝舞》，會客，必舞《柘枝》，每舞必盡日，時謂之「柘枝顛」。(同前)

八　《霓裳羽衣曲》：劉禹錫詩曰：「三鄉陌上望仙山，歸作《霓裳羽衣曲》。」王建詩云：「聽風聽水作《霓裳》。」白樂天詩注云：「開元中，西凉府節度楊敬述造。」鄭愚《津陽門詩》注云：「葉法善嘗引上入月宫，聞仙樂，及歸，但記其半，遂於篴中寫之。會西凉府都督楊敬述進《婆羅門》曲，聲調相符，遂以月中所聞為散序，用敬述所進為腔，而名《霓裳羽衣曲》。」(同前)

九　宋時行都節序皆有休假，惟七夕百司皆入局，不准假。有時相問堂吏：「七夕不作假，有何典故?」吏應云：「七夕古今無假。」時相但唯唯，不知其有所侮也。柳詞七夕《二郎神》云：「須知此景，古今無價。」(同前書卷四)

一〇　歐陽公效玉臺體詩：「銀蒜鈎簾宛地垂。」東坡詞：「睡起畫堂，銀蒜珠幙雲垂地。」蔣捷《白苧》詞：「早是東風作惡，旋安排、一雙銀蒜鎮羅幙。」(同前)

一一　王建詩：「弟子歌中留一色，聽風聽水作《霓裳》。」歐陽永叔《詩話》以不曉「聽風聽水」為恨，蔡絛（當作絛）《詩話》云：出唐人《西域記》，龜兹國王與臣庶知樂者，於大山間聽風水聲，均節成音，後翻入中國，如《伊州》、《甘州》、《凉州》，皆自龜兹至也。（同前書卷五）

一二 《鑑戎（當作戒）録》：《楊柳枝歌》云：「萬里長江一旦開，岸邊楊柳幾千栽。錦帆未落干戈起，惆悵龍舟去不回。」又云：「樂罷隋堤事已空，萬條猶舞舊春風。」皆指汴渠事。而張祐《楊柳枝》亦云：「莫折宫前楊柳枝，玄宗曾向笛中吹。傷心日暮烟霞起，無限春愁生翠眉。」則知隋有此曲舊矣。《樂府雜録》云：白傅作《楊柳枝》，晚年與劉禹錫唱和此辭，有云：「古歌舊曲君休聽（一作問），聽取新翻楊柳枝。」又作二十韻云：「樂童翻怨調，才子與妍辭。」而禹錫亦云：「請君莫奏前朝曲，聽唱新翻《楊柳枝》。」蓋後來始變新聲，而樂天别創辭耳。（同前）

一三 李商隱《更衣》詩：「結帶懸梔子，繡領刺鴛鴦。」梅聖俞《梔子》詩：「同心誰可贈，為詠昔人詩。」范寛之辭亦有「謝娘梔子，賈妃萸佩」之句，則梔子當如所謂芙蓉、丁香是也。（同前）

一四 等身書：賈黄中幼聰敏，父師令讀書，取書與身等。張子野詞亦有「等身金」。《酉陽雜俎》云：「蟻中有黑者，遲鈍，力舉等身鐵。」二字舊矣。（同前書卷七）

一五 范石湖《驂鸞録》云：「番禺人作心字香，用素馨末利（即「茉莉」）半開者，著净器。薄劈沉香，層層相間，封。日一易，不待花蔫，花過香成。」蔣捷辭：「銀字箏調，心字香燒。」張于湖辭：「心字夜香清。」晏小山辭：「記得年時初見，兩重心字羅衣。」（同前）

一六 《漢書》：「五城十二樓。」人多知之，東坡辭：「遊人都上十三樓，不羡竹西歌吹古揚州。」晏振之《金陵春夕》詩：「花月春江十四樓。」按洪武中，建來賓、重譯、清江、石城、鶴鳴、醉仙、樂民、集賢、謳歌、鼓腹、輕烟（一作煙）、淡粉、梅妍、柳翠十四樓於京師，以處官伎。（同前）

一七　周處《風土記》：梅雨沾衣服皆敗黦。《花間集》韋莊辭「淚沾紅袖黦」。毛熙震詞：「自從陵谷追遊歇，畫梁塵黦。」（同前）

季汝虞詞話

季汝虞，字徐于，號芸林，南豐（今屬江西）人，學士。編有《芸林古今詩話》，有萬曆二十二年自序。此據蓬左文庫藏明萬曆刻本録詞話三十六則。

一　世言秦詞「愁如海」為新奇，不如李後主云「問君能有幾多愁，恰似一江春水向東流」，但以江為海耳。（《芸林古今詩話》卷二「總論」）

二　詩句不可重疊，小詞云：「杜鵑聲裏斜陽暮。」東坡曰：「此詞高妙，但既曰斜陽，又曰暮，則重出也。」此所謂「關門閉户掩柴扉」、「一個孤僧獨自歸」，甚可戒也。（同前）

三　詩家有以山喻愁者，杜詩云：「憂端如山來，澒洞不可掇。」趙嘏云「夕陽樓上山重疊，未抵春愁一倍多」是也。有以水喻愁者，李頎云：「請量東海水，看取淺深愁。」李後主云：「問君都有幾多愁，恰似一江春水向東流。」秦少游云「落紅萬點愁如海」是也。賀方回云：「試問閒（當作閑）愁知幾許，一川煙草，滿城風絮，梅子黄時雨。」蓋以三者比愁之多也，尤為新奇，兼興中有比，意味更長。（同前）

四　漁隱曰：友于之語，自陶彭澤自已（當作「已自」）承襲用之，詩云：「一欣侍温顔，再喜見友于。」然則少陵蓋承之也，且歇後語，蘇、黄亦有之。蘇、黄云：「伯時有道真吏隱，飲啄不羨山梁雌。」又云：「斷送一生惟有，破除萬事無過。」然黄集此句對偶甚工，後山以為妍而反嗜之，不以為病也。詩有歇後句法，尾聲摘落一字不説出，如「斷送一生惟有，破除萬事無過」，此乃摘去一「酒」字；「當初只為將勤補，今日翻教弄巧成」，此乃摘去一「拙」字，其法甚新。（同前）

五　有良家女流落可嘆者，李南金贈以詞曰：「流落今如許，我亦三生杜牧，為秋娘着句。先自多愁多感慨，更值江南春暮。君看取、落花飛絮。也有吹來穿繡幌，有因風、飄墮隨塵土。人世事，總無據。　佳人命薄君休訴，若説與英雄心事，一生更苦。且盡尊前今日意，休記緑窗眉嫵。但春到，兒家庭户。幽恨一簾煙月曉，恐明年，鴈亦無尋處。渾欲倩，鶯留住。」此詞凄婉頓挫，不減古作者。《南史》：齊范縝謂竟陵王子良曰：「人生如樹花同發，隨風而散，或拂簾幌落茵席之上，或關籬墻落糞溷之中。墜茵席者，殿下是也；落糞溷者，下官是也。」此詞前闋蓋祖此説。南金自號三谿冰雪翁，尤工於詩，有《江頭吟》云：「兒時盛氣高於山，不信牡丹（當作『壯士』）有饑寒。如今一杯零落酒，風雨餇（當作蝕）盡征袍單。側立崑奴面鐵色，楚客不言未吹笛。關山有月無人聲，自是江頭諸花發。諸花春少未得妍，凝立青山圍水天。杜鵑故態不識事，情盡叫入青楓煙。壯士未握邊頭槊，旄頭如月幾時落。如今世界不愛賢，看取青峰白雲角。嗚呼一歌兮歌已怨，壺中有酒可續絃（當作嗾）。」蓋模擬少陵之作，詞旨清婉可愛。鶴林（同前書卷三「雜録」）

六 徐淵子詩云：「俸餘擬辨（當作辦）買山錢，却買端州古硯磚。依舊被渠驅使在，買山之事定何年。」劉改之賀徐啓（當作直）院啓云：「以載鶴之船載書，入覲之清標如此；移買山之錢買硯，平生之雅好可知。」淵子詞清雅，余尤愛其夜泊廬山詞云：「風緊浪花生，蛟吼鼉鳴。家人睡着怕人驚，只有一翁捫虱坐，依約三更。雪又打殘燈，欲暗還明。有誰知我此時情，獨對梅花傾一盞，又詩成。」鶴林（同前）

七 陸務觀，農師之孫，有詩名，壽皇嘗謂周益公曰：「今世詩人亦有如李白者乎？」益公因薦務觀，由是擢用，賜出身。嘗從范石湖辟入蜀，故其詩號《劍南集》，多豪麗語，言征伐恢復事。其《題俠客圖》云：「趙魏風塵十丈黄，遺民膏血飽豺狼。功名不遣斯人了，無柰和戎白面郎。」壽皇讀之，為之太息。臺評劾之。其恃酒頽放，因自號放翁。作詞云：「橋如虹，水如空，一葉飄然煙雨中，天教稱放翁。」晚年為韓平原作《南園記》，除從官。楊誠齋寄詩云：「君居東浙我江西，鏡裡新添幾縷絲。花落六面疎信息，月明千里兩相思。不應李杜翻鯨海，更羨夔龍集鳳池。道是樊川輕薄棹（當作殺），猶將萬户比千詩。」蓋切磋之也。然《南園記》惟勉以忠獻之事業，無諛辭。晚年和平粹美，有中

原承平時氣象，朱文公喜稱之。（同前）

八　王維《贈元二使安西》曰：「渭城朝雨浥輕塵，客舍青青柳色新。勸君更盡一盃酒，西出陽關無故人。」疊山曰：「此即《陽關三疊》詞也，唐人餞別必歌之。前二句鋪叙別時風景，後二句意味悠長。『勸君更盡一盃酒』，西出陽關，乃蠻夷之域，必無故人，求今日飲酒之樂，不可得也。」次焱曰：「疊翁謂唐人餞別，必歌此詞，蓋指天寶以後而言也，此詩與《送李侍郎赴常州》相類，逆思明朝相望路漫漫，所以今日須盡醉，逆思西出陽關無故人，所以勸君更盡一杯酒，此其所同也。出陽關即夷境，必無故舊。若常州，吾境也，安知其無古舊，故但言路漫漫，此其所異也。」東坡云：「舊傳《陽關三疊》，今世歌者每句再疊而已，若通一首言之，是四疊，皆非是。或每句三唱以應三疊之説，則叢然無復節奏。余在密州，有文勛長官以事至密，自云得古本《陽關》，其聲宛轉悽斷，不類，乃知唐本三疊蓋如此。在黄州，偶讀樂天《對酒》詩云：『相逢且莫推辭酒（當作醉），聽取《陽關》第四聲。』注：『第四聲，即『勸君更盡一杯酒』，以此驗之，若一句再疊，則此句為第五聲，今為第四聲，則一句不疊，審矣。」賈至《送李侍郎赴常州》詩曰：「雪晴雲散北風寒，楚水吴山道路難。今日送君須盡醉，明朝相望路漫漫。」次焱曰：「『北風寒』，所以送君須盡酒；『道路難』，所以相望路漫漫。横竪錯綜，秩然不亂，蓋規寵臣法度之作。」（同前書卷四「送别」）

九　歐陽公平山堂詞曰：「平山欄檻倚晴空，山色有無中。手種堂前楊柳，別來幾度春風。文章太守，揮毫萬字，一飲千鍾。行樂直須年少，樽前看取衰翁。」按：歐陽公守維揚日，于城西北大明寺側建平山堂，頗得遊觀之勝。金華劉元（當作原）父出守揚州，歐陽公作《朝中措》以餞之，後東坡亦守是邦，登平山堂，有感而賦《西江月》：「二（當作三）過平山堂下，半生彈指聲中。十年不見老仙翁，壁上龍蛇飛動。欲弔文章太守，仍歌楊柳春風。休言萬事轉頭空，未轉頭時皆夢。」末句感慨之意，見於言外。（同前書卷六「蘇東坡」）

一〇 苕溪漁隱曰：「《竹枝歌》云：『楊柳青青江水平，聞郎江上唱歌聲。東邊日出西邊雨，道是無晴還有晴。』余嘗舟行苕溪，夜，舟人唱歌，歌中有後兩句，餘皆雜以俚語，豈非夢得之歌自巴渝傳流以至於此乎？未可知也。」劉後村云：「夢得歷德、順、憲、穆、敬、文、武七朝，其詩尤多感慨。惟『在人推晚節，於樹比冬青』之句，差閑嘆婉。又有《答白樂天》云：『莫道桑榆晚，為霞尚滿天。』亦足以見其精華老而不竭也。」（同前書卷七「劉禹錫」）

一一 《後村詩話》云：「詩家評論古人，多是書生空言爾。晏元獻《書平津侯傳》云：『主父、仲舒容不得，未知賓閣是何人。』公能客富、歐二公于門下，然後可以為此言，但主父非仲舒之倫，宜以汲黯代之。」《雜記》云：「宋呂（當作莒）公見元獻佳句，每書于齋壁，如『無可奈何花落去，似曾相識燕歸來』、『靜尋啄木藏身處，閑看遊絲到地時』、『樓臺冷落收燈夜，門巷蕭條掃雪天』、『已定復摇春水色，似紅如白野棠花』之類，後人不易及也。」《復齋謾録》云：「晏元獻因觀王琪大明寺詩板，大加稱賞，召至同飯，飯已，又同步遊池上，時春晚，有落花，晏云：『每得句，書牆壁間，或彌年未嘗强對，且如「無可奈何花落去」一句，至今未能對也。』王應聲曰：『似曾相識燕歸來。』自此辟置館職，遂躋侍從。」（同前書卷八「晏殊」）

一二　荆公云：「梨花一枝春帶雨」、「桃花亂落如紅雨」、「珠簾暮捲西山雨」、「院落深沉杏花雨」，皆警句也。（同前「王安石」）

一三　李元膺初春詞曰：「一年（脱『春』字）好處，不在濃芳小艷。疎香最嬌軟，到清明時候，百紫千紅花正亂，已失春風一半。」公自叙云：「一年春物，惟梅柳間意味最深，至鶯花爛熳時，則春已衰遲，使人無復新意。予作《洞仙歌》，使探春者歌之，不至有後時之悔耳。」（同前書卷九「天時」）

一四　辛幼安元日立春詞曰：「為花長抱新春恨，春未來時先借問。晚恨開遲，早又飄零近。」（同前）

一五　秦少游元夜有懷詞曰：「去年元夜時，花市燈如畫。月在柳梢頭，人約黄昏後。今年元夜時，月與燈依舊。不見去年人，淚滿春衫袖。」此與趙嘏詩「仝來翫月人何處，風景依稀似去年」、崔祐詩「不知人面何處去，桃花依舊笑春風」仝意。（同前）

一六　《雪（脱「浪」字）齋日記》云：山谷有詞云：「春未透，花枝瘦，正是愁時候。」極為學者所稱賞。秦處度嘗有小詞云：「春透水波明，寒峭花枝瘦。」蓋法此也。（同前）

一七　秦少游春景詞云：「鶯嘴啄花紅溜，燕尾點波緑皺。」此等語，在詞中則為絶妙，詩家絶忌。（同前）

一八　《（脱「雪」字）浪齋日記》云：荆公問山谷曰：「曾看李後主詞否？」曰：「曾看。」荆公曰：「何處最好？」山谷以「一江春水向東流」為對，荆公曰：「未若『細雨夢回雞塞遠，小樓吹徹玉笙寒』。又『細雨濕流光』最好。」又南唐詞集云：「馮延巳作《謁金門》，李後主云：『風乍起，吹皺一池春水。』干卿何事？」對曰：「未若陛下『小樓吹徹玉聲（當作笙）寒』。」（同前）

一九　宋子京春景詞曰：「東城漸覺風光好，縠皺波紋迎客棹。綠楊烟外曉雲輕，紅杏枝頭春意鬧。　浮生長恨歡娛少，肯愛千金輕一笑。為君持酒勸斜陽，且向花間留晚照。」《遯齋閑覽》云：張子野郎中以樂章名擅一時，宋子京尚書奇其才，先往見之，遣將命者曰：「尚書欲見『雲破月來花弄影』郎中。」子野屏後呼曰：「得非『紅杏枝頭春意鬧』尚書耶？」遂出置酒，盡歡。蓋二人所舉者，其警策也。《古今詩話》：有客謂張子野曰：「人皆謂公為張三中，即心中事、眼中淚、意中人也。」公曰：「何不目之為張三影。」客不曉，公曰：「『雲破月來花弄影』、『嬌柔懶起，簾壓捲花影』、『柳徑無人，墮飛絮無影』，此余平生所得意。」《高齋詩話》：子野有詩云：「『浮萍流（一作斷）處見山影』，又長短句云『雲破月來花弄影』，又云『隔牆送過鞦韆影』。」苕溪漁隱云：「細味二說，當以《古今詩話》所載三影為勝。」（同前）

二〇　徐師川春怨詞曰「門外重重疊疊山，遮不斷，愁來路」，與趙德麟「重門不鎖相思夢，隨意遶天涯」，二詞造語不仝，其意絶相類。（同前）

二一　謝無逸春思詞曰：「杏花村舘酒旗風，水溶溶，颺殘紅。野渡舟横，楊柳綠陰濃。望斷江南山色遠，人不見，草連空。　夕陽樓外晚煙籠，粉香融，淡眉峰。記得年時，相見畫屏中。只有關山今夜月，千里外，素光同。」《復齋漫録》云：無逸嘗于黄州關山杏花村舘馹題此詞，過者必索筆于舘卒，卒頗以為苦，因以泥塗之。其為人重賞可知矣。（同前）

二二　東坡云：與郭生遊寒溪，主簿吴亮置酒，郭生善作挽歌，酒酣發聲，坐上為之悽然。郭生言：「恨無佳詞。」因改樂天《寒食》詞歌之，坐客有泣者。其詞曰：「烏啼鵲噪昏喬木，清明寒食誰家哭。風吹曠野紙錢飛，古墓纍纍春草緑。棠梨花映白楊路，盡是生來死别處。冥漠重泉哭不聞，蕭蕭暮雨人歸去。」每句雜以散聲。（同前）

二三　周美成端午詞曰：「疎疎幾點黄梅雨，佳節又逢重午。角黍包金，香蒲泛玉，風物依然荆楚。衫裁艾虎，更釵裊朱符，臂纏紅縷。撲粉香綿，喚風凌（當作綾）扇小窓午。沉湘人去已遠，勸君休對景，感時懷古。慢囀鶯喉，輕敲象板，勝讀《離騷》章句。荷香暗度，漸引入，醄醄醉鄉深處。卧聽江頭，畫船喧疊鼓。」《歲時記》：端午以艾為虎形，或剪彩為小虎粘艾葉以戴之。章簡公帖子云：「花陰轉午清風細，雨燕釵頭艾虎輕。」《抱朴子》五問辟兵之道，答曰：「以五月五日作赤靈符着心前。」歐陽帖子：「五兵消以德，何用赫（當作赤）靈符。」今謂之釵頭符。風俗以五月五日，以五綵絲繫臂辟鬼及兵，一名長命縷，一名續命縷，一名辟兵繒。（同前）

二四　東坡孤鴻詞曰：「缺月掛疎桐，漏斷人初静。時見幽人獨往來，縹緲孤鴻影。驚起却回頭，有恨無人省。揀盡寒枝不肯棲，楓落吴江冷。」山谷云：東坡道人在黄州作此詞，語意高妙，似非喫烟火人語，非胸中有萬卷書，筆下無一點塵俗氣，孰能至此？苕溪漁隱曰：『「揀盡寒枝不肯棲」

之句，或云鴻鴈未嘗宿樹枝，惟在田野葦叢間。或改作『寒蘆』，亦是。但此詞本詠夜景耳，至換頭只説孤鴻，正如《賀新郎》詞『乳燕飛華屋』本詠夏景，至換頭只説榴花，蓋作之法，語意到處即為之，不可限以繩墨。」鮦陽居士云：「『缺月』，刺微明也；『漏斷』，暗時也；『幽人』，不得志也；『獨往來』，無助也；『驚鴻』，賢人不安也；『回頭』，愛君不忘也；『無人省』，君不察也；『揀盡寒枝不肯棲』，不偷安於高位；『寂寞吴江冷』，非所安也。此詞與《考槃》極相類矣。」（同前卷十「鳥獸」）

二五 和靖「疏影」、「暗香」一聯，善寫梅之風韻。高季迪「雪滿山中高士卧，月明林下美人來」，善狀梅之精神。楊廉夫「萬花敢向雪中出，一樹獨先天下春」，善道梅之氣節。張澤民詩云：「纔有梅花便自清，孤山兩句一條冰。問渠紫陌花間客，得似清溪樹下僧。雅淡久無蘭作伴，孤高惟有竹為朋。雪天枝上三更月，人在瑶臺第幾層？」則又兼三者之長矣。（同前「草木」）

二六 林和靖《山園小梅》：「衆芳摇落獨暄妍，占斷風情向小園。疏影横斜水清淺，暗香浮動月黄昏。霜禽欲下先偷眼，粉蝶如知合斷魂。幸有微吟可相狎，不須檀板共金尊。」《蔡寬夫詩話》云：「林和靖《梅》詩『疏影』、『暗香』一聯誠為警絶，然其『霜禽』、『粉蝶』一聯則與上聯氣格全不相類，若出兩人，乃知詩全篇佳者誠難得。唐人多摘句為圖，蓋以此。大抵和靖詩喜於對意，如『伶倫近日无侯白，奴僕當時有衛青』，又如『破殿静披蠹臼古，房齋閑試酪奴春』之類，雖假對，亦不草草，故氣格不无少貶。然其五言如『夕寒山翠重，秋静鳥行疏』，長句如『橋横水木已秋色，寺倚雲峰更晚晴』，又如『煙含晚樹人家遠，雨濕春蒲燕子低』，此等句，又何害其為工夫太過也。」王晉卿云：「和靖『疏影』、『暗香』之句，杏與桃、李皆可用也。」東坡云：「可則可，但恐杏花、桃、李不敢承當耳。」又云：「詩人有寫物之功，『桑之未落，其葉沃若』，若別木，不可以當此，林逋此詩，决非桃、李詩也。」山谷云：「歐陽公極賞『疏影』、『暗香』之句，而不知和靖別有《詠梅》一聯云：『雪後園林纔半樹，水邊籬落忽横枝。』似勝前句，不知文忠何縁棄此而賞彼，文章大概亦如女色，好惡止係於人。」（同前）

二七 隋煬帝泛東湖，因製（脱「湖」字）上曲八闋云：「湖上月，偏照列仙家。水浸寒光鋪枕簟，浪摇晴影走金蛇，偏稱泛靈槎。」「光景好，輕彩望中斜。清露冷侵銀兔影，西風吹落桂枝花，開宴思無涯。」「湖上柳，煙裏不勝摧。宿霧洗開明媚眼，東風摇弄好腰枝，煙雨更相宜。」「環曲岸，陰覆畫橋低。線拂行人春晚後，絮飛晴雪暖風時，幽意更依依。」「湖上雪，風急墮還多。輕片有時敲竹户，素華無韻入澄波，望外玉相磨。」「湖水遠，天地色相和。仰面莫思梁苑（當作苑）賦，朝來且聽玉人歌，不醉擬如何。」「湖上草，碧翠浪通津。修帶不為歌舞緩，濃鋪堪作醉人茵，無意襯香衾。」「晴霽後，顔色一般新。游子不歸生滿地，佳人遠意寄青春，留咏卒難伸。」「湖上花，天水浸靈芽。淺蕊水邊匀玉粉，濃葩天外剪明霞，只在列仙家。」「開爛漫，插鬢若相遮。水殿春寒幽冷艷，玉軒晴照暖添華，清賞思何賒。」「湖上女，精選正輕盈。猶恨乍離金殿侶，相將盡是採蓮人，清唱謾頻頻。」「軒内好，嬉戲下龍津。玉管朱絃聞盡夜，踏青鬬草事青春，玉輦從羣真。」「湖上酒，終日助清歡。檀板輕聲銀甲緩，醅浮香米玉蛆寒，醉眼暗相看。」「春殿晚，仙艷奉杯盤。湖上風光真可愛，醉鄉天地就中寬，帝王正清安。」「湖上水，流遶禁園中。斜日煖摇清翠動，落花香暖衆紋紅，蘋末起清風。」「閒縱目，魚躍小蓮東。泛泛輕摇蘭棹穩，沉沉寒影上仙宫，遠意更重重。」一夕，帝泛舟，忽陳後主謁帝，帝亦忘其死，因上帝詩曰：「隋室開兹水，初心謀太賒。一千里力役，百萬民吁嗟。水殿不復返，龍舟成小蝦。溢流隨陡岸，濁浪噴黄沙。兩人迎客至，三月柳飛花。日脚沉雲外，榆梢噪暝鴉。如今遊子俗，異日便天家。」且樂人間景，休尋海上槎。人喧舟蟻(當作艤)岸，風細錦帆斜。莫言無後利，千古壯京華。」帝怒叱之，乃没於水際，帝方悟其死。(同前書卷十一「君臣」)

二八 三鎮犯闕，唐昭宗出奔，途中作詞曰：「登樓遠望秦宫殿，茫茫只見雙飛燕。渭水一條流，千山與萬丘。遠烟籠碧樹，沙上行人去。何處是英雄，迎歸大内中。」又：「飄颻且在三峰下，秋風往往堪沾灑。腸斷憶仙宫，朦朧烟霧中。歸夢時時睡，不語常如醉。早晚是歸期，穹蒼知不知。」情景凄然，讀之令人下淚。(同前)

二九 范仲胤為伊州令，久不歸，其妻寄詞云：「西風昨夜穿簾幙，閨院添消索。最是梧桐零落，(脱『迤邐秋光過，却人情音信難托』二句)教奴獨自守空房，淚珠與燈花同落。」胤折開，見「伊」字作「尹」字，遂回寄云：「頓首起情人，即日恭惟問好音。接得綵箋詞一首，堪驚，(脱『題起詞名恨生，展轉意多情』二句)寄與音書不志誠。不寫伊川題尹字，無心料想，伊家不要人。」妻復答之：「奴啓情人勿見罪，閑將小書作尹字。情人不解其中意，共伊間别幾多時，身邊少個人兒。」(同前書卷十二「夫婦」)

三〇　張玉蓮與班彦功最情好，贈之以詞，其膾炙人口者，曰：「側耳聽，門前過馬。和淚看，簾外青山。」（同前）

三一　漁隱曰：婦人能文詞如李易安頗知佳句，如春晚詞云「緑肥紅瘦」，只此語甚新。又九日詞：「簾捲西風，人似黄花瘦。」此言亦婦人所難到也。（同前）

三二　吴七郡王愛姬名梅嬌、杏俏，丰姿並俊，尤善詩詞。梅誇已嘲杏曰：「一種陽和，玉英初綻，雪天外、分外精神。冰肌玉骨，别是一家春。樓上笛聲三弄，百花都未知音。明窗畔，臨獨對月，曾結歲寒盟。　笑杏花，何太晚，遲疑不發，等待春深。只宜遠望，舉目似燒林。麗質芳姿雖好，一時取媚東君。争如我，青青結子，金鼎内調羹。」杏答梅曰：「景傍清明，日和風煖，數枝濃淡臙脂。春來早起，惟我獨芳菲。幾番雨過，似佳人、細膩香肌。堪賞處，玉樓人醉，斜插滿頭歸。　梅花何太早，消疎骨肉，葉密花稀。不逢媚景，開後甚孤恓。堪笑你，甘心受、雪壓霜欺。争如我，年年得意，占斷踏青時。」（同前）

三三　沈會宗詞曰：「景物因人成勝槩，滿目更無塵可礙。等閑簾幙小欄干，衣未解，心先快，明月清風如有待。　誰信門前車馬隘？别是人間閑世界。坐中無物不清凉，山一帶，水一派，流水白雲長自在。」苕溪漁隱云：「賈耘老有水閣在苕溪之上，景物清曠，會宗為賦此詞。其後水閣易主，今已摧毁，遺址正與予水閣相近，景物悉如會宗之詞，故予嘗有鄙句云：『三間小閣賈耘老，一首佳詞沈會宗。無限當時好明月，如今揔屬續（一作績）溪翁。』蓋謂此也。（同前「隱逸」）

三四　宋謙父詞云：「壺山居士，未老心先懶。愛學道人家，辨（當作辦）竹几、蒲團茗椀。青山可買，小結屋三間。開一逕，俯清流，修竹栽教滿。　客來便請，隨分家常飯。若肯少留連，更薄酒、三盃兩盞。吟詩度曲，風月任招呼，身外事，不相關，心有天公管。」（同前）

三五　吕居仁幽居詞曰：「東里先生，家何在？山陰溪曲。對一川平野，數椽茅屋。昨夜岡頭新雨過，門前流水清如玉。抱小橋、回合柳參天，摇新緑。　疎籬下，叢叢菊。虚簷外，蕭蕭竹。歎古今得失，是非榮辱。須信人生歸去好，世間萬事何時足？問此青春，醞酒何如？今朝熟。」苕溪漁隱曰：余性樂閑退，一坵一壑，蓋將老焉。居仁所作此詞，能具道阿堵中事，每一歌之，未嘗不擊節也。（同前）

三六　東坡詞曰：「蝸角虚名，蠅頭微利，笲來著甚干忙。事皆前定，誰弱又誰强。且趂閑身未老，儘教我些子疎狂。百年裏，渾教是醉，三萬六千場。　思量能幾許，憂愁風雨，一半相妨。又何須抵死，説短論長。幸對清風皓月，苔茵展，雲幙高張。江南好，千鍾美酒，一曲《滿庭芳》。」按詩僧好（當作號）晦庵者亦有一詞云：「擾擾勞生，待足何時是足。據見定，隨家豐儉，便堪龜縮。得意濃時休進步，須防世事多翻覆。枉教人白了少年頭，空碌碌。　誰不願，黄金屋。誰不愛，千鍾粟。算五行不是，這般題目。枉使心機閑計較，兒孫自有兒孫福。又何須採藥訪蓬萊，但寡慾。」此詞亦達觀之見，俗以此曲與坡詞作對，刊碑刻云。人以為朱文公所作，今觀此詞，特安分無求者耳，乃一僧，亦號晦庵云。又《水調歌頭》云：「富貴有餘樂，貧賤不堪憂。那知天路幽險，倚伏互相酬。請看東門黄犬，更聽華亭鶴唳，千古恨難收。何似鴟夷子，散髮弄扁舟。鴟夷子，成霸業，有餘謀。收身千乘卿相，歸把釣魚鈎。春晝五湖煙浪，秋夜一天雲月，此外儘悠悠。永棄人間事，吾道付滄洲。」此詞乃文公所作，然特敷衍檃括李、杜之詩耳。（同前）

徐時進詞話

徐時進，字見可，鄞縣（今屬浙江）人。萬曆乙未進士，授南京工部主事，遷郎中，出守岳州府，調荊州，丁艱，起補惠州，擢廣東副使監。天啓改元加大理卿，致仕。所著有《鳩兹集》、《啜墨亭集》、《逸我堂餘稿》。此據《四庫禁燬書叢刊》影印明萬曆間刻本《啜墨亭集》録詞話一則。

一

《封公佘景山封拜賀詞引》：少讀《漢紀》，為大父母、父母通籍，則豔甚。束髮而覩里人子之褒榮其親，則中鞅，謂胡遽不當爾爾者。比筮為郎三年，試無害，輒荷恩綸。逮余親秩在司馬緡雲之署，余不佞，輒謬謂士幸得奏公牘，稱上意，即為吾親此日地，固有之矣。赤奮朱明來守岳，及冬，會公以公子東陵最績奉璽書，有東陵章服，一時諸縉紳大夫士暨諸寮吏具為歌詩，帙而哀之，請得余言以識其端。余謂此何足為廼公異數，而諸君多之若此與？自東陵起家，稱令在有，循聲表然。倫黨行益爵秩，晉華要，而公亦如公子之所至。幸於天子玉軸紫泥，何弗洊源，而諸君今日多之者若此與？事有選需于異日，而尤有適快于今日。以異日之所需而易今日之所快，非人子所將于親之至情也。且令甲以三年纍最考，而始得傳封，格士潔脩，奉理譽表六條，衡鑒者之羅而收，猶影之逐形，無寧令甲是虞。而有逢有不逢，每坐失之交臂，如公子以執徐成進士，拜命博陵，誠怛所被，詎不得之期月間而無何？以予寧歸於使者之羅目格矣。比為宜昌，聲益藉，用臺使交剡，改東陵。東陵綰轂祲地，民實勞止多。公之子用起侘傺，厚為當路器鑒，魚次亦及明，試期而咄咄。在公會當徵逐，率不能以隙時竟功令事終。今十年所，而甫得以東陵績上司勳，徽袞衣一命，庸詎謂公牘奏而為吾親此日地猶掇之耶？余蓋狃于所幸，而諸君則歷諦東陵之所甚不偶也。士不貴聞而疾無聞，守恬修姱，奚所願出閫於閶閈外？而天道張弓，積實遠激，要為得之自然，無所論于蚤暮。愛親渴日，懼與喜臻，人盡子也。既自幸被有恩華疇，不願及日而致之，即需于異日者弘且侈，而寧似承被于今日者之跂望而快獲哉！是殆諸君頌言之意，而不佞於是亦輾焉，願附為之引。（《啜墨亭集》卷八）

陳懋仁詞話

陳懋仁，字無功，嘉興（今屬浙江）人。性嗜古，為泉州府經歷，不以簿書廢鉛槧，記泉南事，多故牒所未備，足跡幾徧海内。晚歸著述，凡二十餘種，有《越游草》、《石經草堂集》、《塵栖草》、《年號韻編》、《庶物異名疏》、《藕居士詩話》、《李杜志林》、《泉南襍記》、《析酲漫録》、《雨牘》、《續文章緣始》等。《析酲漫録》六卷，成於萬曆壬子，欲以考証見長，而捃摭殘剩，多無根據，此據《四庫全書存目叢書》影印明刻本録詞話一則。

一

《藝苑卮言》稱《得勝令》元人詠指甲者：「宜將鬬草尋，宜把花枝浸。宜將繡線勻，宜把金針紝。宜操七絃琴，宜結兩同心。宜托腮邊玉，宜圈鞋上金。難禁，得一掐通身沁。知音，治相思十個針。」

豔爽之極，又出王、關上矣，非舜耕詠鞋可比。余見宋劉改之有《沁園春》詠指甲，更纖麗可喜，並録於此：「銷薄春冰，碾輕寒玉，漸長漸灣（當作彎）。鳳鞋泥污，偎人强剔，龍涎香斷，撥火輕翻。學撫瑶琴，時時欲剪，更掬水、魚鱗波底寒。纖柔處，試摘花香滿，鏤棗成斑。時將粉淚輕彈，記綰玉曾教柳傅看。算恩情相著，搔便玉體，歸期暗數，畫徧欄干。每到相思，沉吟静處，斜倚朱唇皓齒間。風流甚，仙郎暗掐，莫放春還。」（《析酲漫録》卷四）

穆希文詞話

穆希文，字純文，號懷莊，嘉興（今屬浙江）人。諸生，少負逸材，下帷授生徒遍吴越。所著有《蟫史集》、《説原》、《動植記原》等。《説原》十六卷，有萬曆丙戌自序，書分原天、原地、原人、原物、原道術五部，襍採事迹，間亦論斷。此據《四庫全書存目叢書》影印明萬曆間刻本《説原》録詞話四則。

一　詞者，詩之類也。《竹枝》、《漁父》皆起于唐辭者，感觸事物，託于文辭之謂也。説者止自己意横説竪説，詳贍抑揚，無所不可。歌，所以養性情者；吟，所以呻吟涵詠者也；行，則步驟馳驅，斐然成章者也；箴，則援古刺今、規誨戒諭者也；贊與頌，體相似，形容盛德者也；樂府，起于漢武時；曲，

起于漢高，唐梨園子弟所唱者也；誄者，哀死而述其生平行蹟之辭；祝，則所以告于神明之謂也。（《説原》卷十四）

二　傳世之盛，漢以文，晋以字，唐以詩，宋以理學，元之可傳者獨北樂府耳。宋朝文不如漢，字不如晋，詩不如唐，惟理學上接洙泗。元朝文法漢，歐陽玄、虞集是也。字學晋，趙孟頫、單（疑作鮮）于樞是也。詩學唐，楊載、虞集是也。道學則許衡、劉因是也。然皆有所不及焉。（同前）

三　唐之詞不及宋，宋之詞勝于唐，詩則遠不及也。（同前）

四　俳優雜伎：俳優，優人為戲者也。俳者，言其非是人也，以俳為倡優者，言其人之倡狂而可憂者也。至唐而有傳奇，宋有戲曲，金有院本、雜劇，今有教坊司。然曲貴熟而曰生，婦宜夜而曰旦，末先出而曰末，净閙場而曰净，皆反言之也。貼則旦之佐，丑則净之副，外則末之餘也。（同前書卷十五）

卓人月《古今詞統》詞話

卓人月（一六〇六—一六三六），字珂月，號蘂淵，仁和（今屬浙江杭州）人。貢生，才情横溢。所著有《蘂淵集》、《蟾臺集》，又撰雜劇《花舫緣》、傳奇《新西廂》，編選《古今詞統》等。《古今詞統》十六卷、雜説一卷、附一卷，又名《詩餘廣選》。另有名《草堂詩餘》者，卷端下題「陳繼儒眉公評選、卓人月珂月彙選、徐士俊野君參評」。按徐士俊（一六〇二—一六八一），字野君，號西湖散人，錢塘（今杭州）人。所著有《鴈樓集》、《雲誦詞》、《尺牘新語》等。此據《續修四庫全書》影印明崇禎刻本録詞話一千四百六十三則。按《續修四庫全書》本卷六缺前六首詞，又其中眉評也有漫漶處，均參照上海圖書館藏明刊題陳繼儒眉公評選《草堂詩餘》訂補。

一　《古今詞統序》：詩變而為詞，詞變而為曲。詞者，詩之餘而曲之祖也。樂府以皦逕揚厲為工，詩餘以宛麗流暢為美。故作詞者率取柔音曼聲，如張三影、柳三變之屬，而蘇子瞻、辛稼軒之清俊雄放，皆以為豪而不入於格。宋人所評《雨淋鈴》、《酹江月》之優劣，遂為後世定律矣。予竊以為不然，蓋詞與詩、曲體格雖異，而同本於作者之情，古來才人豪客，淑姝名媛，悲者喜者，怨者慕者，懷者想者，寄興不一。或言之而低徊焉，宛戀焉，或言之而纏綿焉，悽愴焉，又或言之而嘲笑焉，憤悵焉，淋漓痛快焉。作者極情盡態，而聽者洞心聳耳，如是者皆為當行，皆為本色，寧必姝姝媛媛學兒女子語而後為詞哉？故幽思曲想，張、柳之詞工矣，然其失則俗而膩也，古者妖童冶婦之所遺也。傷時弔古，蘇、辛之詞工矣，然其失則莽而俚也，古者征夫放士之所託也。兩家各有其美，亦各有其病，然達其情而不以詞掩，則皆填詞者之所宗，不可以優劣言也。予友卓珂月生平持説多與予合。己巳秋，過會稽，手一編示予，題曰《古今詞統》，予取而讀之，則自隋、唐、宋、元以迄於我明，妙詞無不畢具，其意大槩謂詞無定格，要以摹寫情態，令人一展卷而魂動魄化者為上，他雖素膾炙人口者弗録也。珂月所作詩餘甚多，興會所到，無不曲盡兩家之美，故能出其手眼，以與作者之情合，使徒取絶艷於《花間》，挹餘香於《蘭畹》，則得詞之郛矣，而未盡其致也。選者之情隱，而作者之情亦掩也，則是刻其可以已也夫。己巳中秋，會稽友弟孟稱舜書。（《古今詞統》）

二　《古今詞統序》：趙明誠夢得「『言』與『司』合，『安』上已脱，『芝』『芙』草拔」十二字，卜其為「詞女之夫」，既而果娶易安，定情金石，如「簾捲西風，人比黄花瘦」等句，即暗中摸索，亦解人憐，此真能統一代之詞人者矣。雖然，詞盛於宋，亦不止於宋，故稱古今焉。古今之為詞者無慮數百家，或以巧語致勝，或以麗字取妍，或望斷江南，或夢回雞塞，或牀下而偷詠「纖手新橙」之句，或池上而重翻「冰肌玉骨」之聲。以至春風弔柳七之魂，夜月哭長沙之伎。諸如此類，人人自以為名高黄絹，響落紅牙，而猶有議之者，謂銅將軍鐵綽板與十八女郎相去殊絶。無乃統之者無其人，遂使倒流三峽，竟分道而馳耶？余與珂月起而任之，曰：是不然，吾欲分風，風不可分。吾欲劈流，流不可劈。非詩非曲，自然風流。統而名之以詞，所謂「『言』與『司』合」者是也，考諸《説文》曰：「詞者，意内而言外也。」不知内意，獨務外言，則不成其為詞。詞從司者，反后為司，蓋出納之吝，謂之有司。后王寬大之道，當與有司相反。夫詞為詩餘，詩道大而詞道小，亦猶是也。故詩從寺，寺者，朝廷也；詞從司，司者，官曹也。小令、中調、長調，各有司存；宫、商、角、徵、羽五聲，各有司存，不可亂也。亂者理之，故詞亦作䛐，從𤔔。𤔔者，理也，治也。又作辭，從辛。辛者，新也。《漢志》曰：「悉新于辛。」詞固以新為貴也。又《説文》曰：「辛，象人股。壬，象人脛。」故童、妾二字皆從辛省。漢人選妃册曰《秘辛》，猶言股間隱處也。然則詞又當描寫柔情，曲盡幽隱乎？兹役也，吾二人漁獵羣書，裒其妙好，自謂薄有苦心，其間前後次序，一以字之多寡為上下，自十六字至於二百三十字有奇，如歲朝之酌，先其少者，後其老者。其按詞之法，則如楊誠齋所撰詞家五要：一曰擇腔，二曰應律，三曰按譜，四曰詳韻，五曰立新意。而且曰幽曰奇，曰淡曰艷，曰斂曰放，曰穠曰纖，種種畢具，不使子瞻受詞詩之號、稼軒居詞論之名，又必詳其逸事，識其遺文，遠徵天上之仙音，下暨荒城之鬼語，類載而並賞之。雖非古今之盟主，亦不媿詞苑之功臣矣。先是余有三樣箋之輯，一《子夜》，一《竹枝》，一《廻文》，而珂月又以《竹枝》舊屬詩餘，遂拔其尤而去，《廻文》則如《菩薩蠻》數闋，復稍稍攔入焉。捽碎菱花，作蕊珠宫瘦影，豈不令徐郎懊恨？珂月曰：無恨也。使子僅知三樣箋之為美，而不知此書之尤美，亦何異世人但知《花間》、《草堂》、《蘭畹》之為三珠樹，而不知《詞統》之集大成也哉！《易》稱「同心之言，其臭如蘭」，我二人其庶幾乎？言與司合，彼作詞媒；言與人同，此成信友。金蘭之書，允宜與《金石》之録並垂矣。或曰：詩餘興而樂府亡，歌曲興而詩餘亡。夫有統之者，何患其亡也哉？倘更有上官氏者出，高踞樓頭，稱量天下，則余二人之為沈為宋，是未可知耳。癸酉花朝徐士俊野君題於湘蕤館。（同前）

三　《草堂詩餘序》（何良俊元朗）：夫詩餘者，古樂府之流別，而後世歌曲之濫觴也。爰自上古鴻荒之世，禮教未興，而樂音已具。蓋樂者，繇人心生者也。方其淳和未散，下有元聲，則凡里巷歌謡之辭，不假繩削而自應宫徵，即成周列國之風，皆可被之管絃是也。迨周政迹熄，繼以强秦暴悍，繇是詩亡而樂闕。漢興，《郊祀》、《房中》之外，别有鐃歌辭，如《雉子班》、《朱鷺》、《芳樹》、《臨高臺》等篇。其他蘇、李雖創為五言詩，當時非無繼作者，然不聞領於樂官，則樂與詩分為二明矣。魏、晉以來，曹子建《怨歌行》七解，為晉曲所奏。他如横吹、相和、平調、清調、清商、楚調諸曲，六朝並用之，陳、隋作者猶擬樂府歌辭，體物緣情，屬詠雖工，聲律戾矣。唐太宗以文教開國，又玄宗與寧王輩皆審音，海内清宴，歌曲繁興，一時如李太白《清平調》、王維《鬱輪袍》及王昌齡、王之渙諸人，略占小詞，率為伎人傳習，可謂極盛。迨天寶末，民多怨思，遂無復貞觀、開元之舊矣。宋初，因李太白《憶秦娥》、《菩薩蠻》二辭以漸創製，至周待制領大晟府樂，比切聲調，十二律各有篇目，柳屯田加增至二百餘調，一時文士復相擬作，而詩餘為極盛。然作者既多，中間不無昧於音節，如蘇長公者，人猶以鐵綽板唱「大江東去」譏之，他復何言耶？繇是詩餘復不行，而金、元人始為歌曲，蓋北人之曲以九宮統之，九宮之外，別有道宮、高平、般涉三調，總一十二調。南人之歌亦有南九宮，然南歌或多與絲竹不叶，豈所謂士氣偏詖，鐘律不得調平者耶？總而覈之，則詩亡而後有樂府，樂府闕而後有詩餘，詩餘廢而後有歌曲，大抵創自盛朝，廢於叔世，元聲在則為法省而易諧，人氣乖則用法嚴而難叶，兹蓋其興革之大較也。筆者按：有眉批云：説詩詞沿革如指掌。又：《花間集》一調中長短多寡不同，即一人一調，而數首亦不相類，宋創為體格，如萬圓之莫易，寸黍不差矣。又：格論。然樂府以皦逕揚厲為工，詩餘以婉麗流暢為美，即《草堂詩餘》所載，如周清真、張子野、秦少游、晏叔原諸人之作，柔情曼聲，摹寫殆盡，正辭家所謂當行、所謂本色者也，第恐曹、劉不肯為之耳。假使曹、劉降格為之，又詎必能遠過之耶？是以後人即其舊詞稍加櫽栝，便成名曲，至今歌之，猶聳心動聽。嗚呼！是可不謂工哉！筆者按：有眉批云：近湯臨川四種傳奇，稱一代詞宗，其中名曲多櫽括詩餘取勝，他可知已。余家有宋人詩餘六十餘種，求其精絶者，要亦不出此編矣。我明文章之盛，幾與兩漢同風，獨聲律之學，識者所歉。他日天翊昌運，篤生異人，為聖天子制功成之樂，上探元聲，下採衆説，是編或大有裨焉，觀者勿謂其文句之工，但足以備歌曲之用，為賓燕之娛耳也。（同前「舊序」）

四　《續草堂詩餘序》（黄河清宿海）：詩自大曆以下，作者幾絶，吾不知其餘也。詩餘自元祐以下，作者又幾絶，吾不知其續也。雖然，情蘄於苟會，吴歈高於郢曲；思蘄於苟觸，商頌亞於秦聲。詞固樂府鐃歌之濫觴，李供奉、王右丞開其美，而南唐李氏父子實弘其業。晏、秦、歐、柳、周、蘇之徒嗣其響，世有彙輯《唐宋名賢詞》者，凡四十册，筆者按：有眉批云：惜四十册不盡傳。人凡若干卷，卷凡若干首，余嘗卒業之，泱泱大觀哉！又《花間集》者，片片皆小璣，可弦而歌也，第《唐宋名賢詞》卷袠重大，剞劂未施，綴詞之士罕窺其全。《花間集》止及唐而不及宋，猶詩之漢魏乘矣。是為詩餘者，續《花間集》者與？續《詩餘》者，又其續與？嗟乎！詩工於唐，詞盛於宋，至我明，詩道振而詞道闕。蓋唐宋以詩詞為謳歌，往往牧夫山伎，借才人之吟詠，以成宫商，今縱秦青復出，所歌者卑卑南北詞，不直周郎一顧矣。筆者按：有眉批云：唱詩雖不廢，然不過山人紗帽，兩種應酬之語，何足為振？夫詩讓唐，詞讓宋，曲又讓元，庶幾吴歌《掛枝兒》、《羅江怨》、《打棗竿》、《銀絞絲》之類，為我明一絶耳。詩則騷人遷客之所抒情倡酬，蘭臺石室之彦所藉以獻至尊者，以故得不與詞而俱廢。夫詞體纖弱，壯夫不為，獨惜篇什寂寥，彼歌《金縷》、唱《柳枝》者，其聲宛轉易窮耳。所刻《續集》中如李後主之秋閨、李易安之閨思、晏叔原之春景、蕭（當作高）竹屋之紀夢懷舊、周美成之春情、無名氏之有感、張子野之楊華、歐陽永叔之閨情採蓮、蘇子瞻之佳人、楊孟載之莫春、朱淑真之閨情、程正伯之秋夜，以此數闋授一小青娥撥銀箏、倚緑窓、作曼聲，則繞梁遏雲，亦足令多情人魂消也，豈必皆古《淥水》之節哉？（同前）

五　《續詩餘序》（陳仁錫明卿）：續經者，僭經；續詩者，僭詩；續詩餘者，法曰無僭。詩不可續，餘可續也。吾讀書堯峰，始見松陵之城郭，若龐山、同里諸浸焉，澹臺、寶帶、磧砂、陳湖之濱焉。松之泖、崐之玉峰焉。橫山若盤，穹窿若賓，陽山若拱，虞山若垣，錫山若龍，上方若腕，石湖若杯焉。乃陟青莎塢、萬玉隈，登妙高峰，浸吾腹者，三萬六千頃之半焉。莫釐縹緲之外，汎若水之鳧，凡三十有餘峰焉。荆溪之銅官，霅川之碧巘，如鵬決起張左右翼焉。天如薺焉，舟如月焉，日月並出焉，落日之帆如雪焉。又或霧霽，見一頃焉。雹起，閃一峰焉；月上，汎一波焉。吾見夫人蟻蠓焉，飛塵焉，而以拜石，則神人焉，袍笏焉，丈人焉。一草一木，皆頂禮焉。新鐘鼓之聲，壯雲山之色焉。凡此者，皆天地之餘，所謂旁望萬里之黃山，而皆青翠；俯瞰千仞之深谷，而皆黟黑。吾乃與千古文章之士遊戲於葱嶺雲濤之間，當其忽然而捉筆，亦如天之一北一南，地之影長影短，箕為傲客，房為駟馬而已矣，詎不可續乎哉？筆者按：有眉批云：此序無一語及詞，而詞中之妙境畢具。讀者會心於此，作詞自然靈動。（同前）

六　《詞品序》（楊慎用修）：詩辭同工而異曲，共源而分派。在六朝，若陶弘景之《寒夜怨》，梁武帝之《江南弄》，陸瓊之《飲酒樂》，隋煬帝之《望江南》，填辭之體已具矣。筆者按：有眉批云：余謂齊、梁以前樂府多長短句，其體未定，不宜入詞，但可以煬帝《望江南》為始。若唐人之七言律，即填辭之《瑞鷓鴣》也。七言律之仄韻，即填辭之《玉樓春》也。若韋應物之《三臺曲》、《調笑令》，劉禹錫之《竹枝詞》、《浪淘沙》，新聲迭出。孟蜀之《花間》，南唐之《蘭畹》，則其體大備矣，豈非共源同工乎？然詩聖如杜子美，而填辭若不聞（一作「太白」）之《憶秦娥》、《菩薩鬘》者，集中絕無。宋人如秦少游、辛稼軒，辭極工矣，而詩殊不强人意，疑若獨蓺然者，豈非異曲分派之説乎？昔宋人選填辭曰《草堂詩餘》，其曰草堂者，太白詩名《草堂集》，見鄭樵書目。太白本蜀人，而草堂在蜀，懷故國之意也。曰詩餘者，《憶秦娥》、《菩薩鬘》二首為詩之餘，而百代辭曲之祖也。今士林多傳其書，而昧其名。故於余所著《辭品》首著之云。（同前）

七　《詞評序》（王世貞元美）：詞者，樂府之變也。昔人謂李太白《菩薩蠻》、《憶秦娥》，楊用修又傳其《清平樂》二首，以為調祖。不知隋煬帝已有《望江南》詞，蓋六朝諸君臣頌酒賡色，務裁豔語，默啓詞端，實為濫觴之始。故詞須婉轉緜麗，淺至儇俏，挾春月烟花，於閨幨内奏之。一語之豔，令人魂絶；一字之工，令人色飛，乃為貴耳。至於慷慨磊落，縱横豪爽，抑亦其次，不作可耳。作則寧為大雅罪人，勿儒冠而胡服也。筆者按：有眉批云：弇州詞近豪爽，顧必首推工豔者，自愧未能也。（同前）

八　《國朝詩餘序》（錢允治功父）：詞者，詩之餘也。曲，又詞之餘也。李太白有《草堂集》，載《憶秦娥》、《菩薩蠻》二調，為千古詞家鼻祖，故宋人有《草堂詩餘》云。若其分類箋釋，則起於勝國人所為，大都如六家《文選》，必引某句出某於某人，未免牽合傅會，殊為東坡所厭。今兹集一遵舊本，旁求博采，彙萃本朝名人所製，續於一集之後，凡若干卷，然什百之一，尚多遺亡也。筆者按：有眉批云：持衡於古，存者晨星，而且日久論定，持衡於今，作者毛蝟，而且見疏聞局，其難易相去萬萬也。非獨詩餘，選詩選集選文皆然。與陳明卿孝廉稍為注釋，略加標記，然亦什百之一，尚多掛漏也。竊意漢人之文，晉人之字，唐人之詩，宋人之詞，金、元人之曲，各擅所能，各造其極，不相為用。縱學窺二酉，才擅三長，不能兼盛。詞至於宋，無論歐、晁、蘇、黄，即方外閨閣，罔不銷魂驚魄，流麗動人。如唐人一代之詩，七歲女子亦復成篇，何哉？時有所限，勢有所至，天地元聲，不發於此，則發於彼，政使曹、劉降格，必不能為，時乎？勢乎？不可勉强者也。我朝悉屏詩賦，以經術程士，不囿於俗，間多染指，非不斐然，求其專工稱麗，千萬之一耳。國初諸老，犁眉、龍門尚沿宋季風流，體製不謬。迨乎成、弘以來，李、何輩出，又恥不屑為。其後騷壇之士試為拈弄，才為句掩，趣因理湮，體段雖存，鮮稱當行。正、嘉而後，稍稍復舊，而弇山人挺秀振響，所作最多，雜之歐、晁、蘇、黄，幾不能辯。又何耶？天運流轉，天才駿發，天地奇才，不終詘於腐爛之程式，必透露於藻繢之雕章，時乎？勢乎？不可勉强者也。然詞者，詩之餘也。詞興而詩亡，詩非亡也，事理填塞、情景兩傷者也。筆者按：有眉批云：開多少人眼光。曲者，詞之餘也。曲盛而詞泯，詞非泯也，雕琢太過、旨趣反蝕者也。詩降而詞，筋骨畫露，去漢、魏樂府千里矣。詞降而曲，略無藴藉，即歐、蘇所不屑為。而情至之語，令人一唱三歎，此無他，世變江河，不可復挽者也。嗟乎！有一代之興，必有一代之製。而我朝監於二代，郁郁之文，炳煥宇内，即填詞小技，遂出宋、元而上，幾欲篡其位，兹非國家文運之隆、人才之盛，何以致是哉？（同前）

九　《詩餘四集序》（沈際飛天羽）：説者曰：「周人制為樂章，漢世則有樂府，晉、宋之際有古樂府，與漢人之樂府不可同日語也。再變而為隋、唐、五代之樂歌，又變而為宋、元之長短句，愈降愈下矣。」此以風氣貶詞者也。或曰：「曰風、曰雅、曰頌，三代之音；曰歌、曰吟、曰行、曰操、曰辭、曰曲、曰謠、曰諺，兩漢之音；曰律、曰排律、曰絶句，唐人之音。詩至於唐而格備，至於絶而體窮，宋不得不變而之辭，元不得不變而之曲。」此以體裁貶詞者也。或曰：「風、雅，本歌舞之具，漢不能歌風、雅，則為樂府歌之。風、雅但可作格，而不可言調。唐用絶句為歌，則樂府但可為格，而不可言調。由兹而下，詩變為詞，詞變為曲，代代如之。蓋古今之音大半不相通，則什九失其調。」此以音義言詞，而為詞解嘲者也。而不知詞吸三唐以前之液，孕勝國以後之胎，斟量推按，有為古歌謠辭者焉，有為騷賦樂府者焉，有為五七言古者焉，有為近體歌行者焉，有為五七言律者焉，有為五七言絶者焉，而元人之曲則大都吞剥之。故説者又曰：「通乎詞者，言詩則真詩，言曲則真曲。」斯為平等觀歟？而又有似文者焉，有似論者焉，有似序、記者焉，有似箴、頌者焉。於戲！文章殆莫備於是矣。非體備也，情至也。情生文，文生情，何非文情？而以參差不齊之句，寫鬱勃難狀之情，則尤至也。彼瓊玉高寒，量移有地；神宗讀坡詞，至「瓊樓玉宇，高處不勝寒」，嘆曰：「蘇軾終是愛君。」量移汝州。花鈿殘醉，釋褐自天；俞國寶詞「明日重移殘酒，來尋陌上花鈿」，高宗以為酸氣，改作「重扶殘醉」，即日釋褐。甚而桂子荷香，流播金人，動念投鞭，一時治忽因之。柳耆卿西湖詞：「三秋桂子，十里荷香。」金主聞之，遂起投鞭渡江之志。甚而遠方女子讀淮海詞，亦解膾炙，繼之以死。長沙妓愛秦少游詞，許嫁之，後聞秦訃，一慟而絶。非鍼石芥珀之投，曷繇至是？雖其鐫鏤脂粉，意專閨襜，安在乎好色而不淫？而我師尼氏删國風，逮《仲子》《狡童》之作，則不忍抹去，曰：「人之情，至男女乃極。」未有不篤於男女之情，而君臣、父子、兄弟、朋友間反有鍾吾情者，况借美人以喻君，借佳人以喻友，其旨遠，其諷微，僅僅如歐陽舍人所云「葉葉花牋，文抽麗錦；纖纖玉指，拍按香檀。不無清絶之詞，用助嬌嬈之態」而已哉！筆者按：有眉批云：古人託閨怨而吟惜春，豈好作婦人語乎？ 或又曰：「子之詩，未也，當以詞名。」馬鶴窗與陸清溪皆出菊莊之門，而清溪得詩律，鶴窗得詞調，劉泰，字士亨，號菊莊，景泰間人。陸昂，字元偁，號清溪。馬洪，字浩瀾，號鶴窗。詩與詞幾不可強同。而楊用修亦曰：詩聖如子美，不作填詞；宋人如秦、辛，詞極工矣，而詩不強人意。則不見夫李白之《憶秦娥》、《菩薩蠻》，王建之《調笑令》，白居易之《憶江南》，昔日以為詩而非詞，今日以為詞而非詩，讀者自作岐觀，而作之者夫何岐乎？ 故詩餘之傳，非傳詩也，傳情也。傳其縱古横今，體莫備於斯也。余之津津焉評之而訂之，釋且廣之，情所不自已也，嵇康曰：「著書妨人作樂耳。」其然？ 豈其然？（同前）

一〇 《詩餘別集序》（沈際飛）：夫人入五都之市，見藏山隱海，沉沙棲陸，靈物瑋寶，目駭耳回。而轉而之山巔河湄，滲漓茀鬱，交錯如繡，徘徊流連不能已，何也？日對要官華使，攬轡登車，所志澄清。而一與羽流釋子諷唄齋薰，服食咽氣，究無生（一作聲）之學，為三十六帝之外臣，則百慮冰息，何也？ 撾鼓伐鐘，笙鏞柷敔，朋鳴輩響，煩手淫聲，可以遺憂忘老，而倏焉徹懸，有狀若飛僊者。曼聲嗚嗚，繞梁遏雲，則昏情爽曙。曰過願之始，服錦繡綺紈，蜚襶垂髾，翩翩五陵年少，而使之着故脱新，布袍草蹻，泊如也，有脱落風塵者矣。奉觴羞異，丹穴之雛，玄豹之胎，如澠如陵，秖覺情盤景遽。一朝飲以清茗，亨以藜菽，除煩滌腥，其視沈頓厭飫，不大有徑庭耶？ 何也？ 不貴同而貴別也。筆者按：有眉批云：即此便是作文妙旨。《詩餘》之有別集，有味乎？ 言別也，滄浪氏云：「詩有別才，有別趣。」餘何獨不然？夫雕章縟采，味腴搴芳，詞家本色。則掀雷扶電，瞋目張膽者，大雅罪人矣。而不觀顥穹之軒如轟，如閉陰縱陽者乎？吾且於致取別。國有嫡統，有庶統，固曰紫色䵷聲，餘分閏位。而綴學之士，或紹雕龍之慶，或汗窮愁之簡，何國蔑有？吾且於時取別。詞體一，而作者涸思乾慮，為騷而昆弟屈、宋，為賦而衙官鮑、謝，為論而輿隸陸、賈，意製相詭，言語妙天下，吾且於體取別。東至泰遠，西至邠國，南至濮鉛，北至祝栗，風聲可曁，文教施焉，彼神經怪牒，每出自遐陬，而側辭艷曲，必裁自神州赤縣之家也乎？吾且於風取別。其通人時喆，揚芳飛采，翹然為後進望，宜傳而著之。而間有身沉名晦，亦一語魂絶，一字色飛，豈曰朽簡牘哉？又況禪偎搦管，惠我三昧，美艷自陳，傳神阿堵，乃土苴棄之也，吾且於材取別。別於正，別於續之謂別也，而有不可別者焉。筆者按：有眉批云：曉此數段，纔足盡詞之情，窮詞之變。塊然中處，喜則心氣乘之，怒則肝氣乘之，思則脾氣乘之，恐則腎氣乘之，悲憂則肺氣乘之，驚則五藏之氣乘之，人流轉於七情，而別集中，忤合萬狀，觸目生芽，愬然而思，悏然而驚，啞然而笑，瀾然而泣，噭然而哭，搥擊肺腸，鏤刻心腎，年千世百，無智愚皆知有別歟？無別歟？夫然，而正猶之續，續猶之別，咸詩之餘，非別有所謂餘也，標新領異，庶幾聯珠唱玉云爾。筆者按：有眉批云：彙千古於齊觀，等百家於一視。（同前）

一　粵自隋、唐以來，聲詩間為長短句。至唐人，則有《尊前》、《花間集》，迄於崇寧，立大晟府，命周美成諸人討論古音，審定古調。淪落之後，少得存者，由此八十四調之聲稍傳。而美成諸人增演慢曲、引、近，或移宮換羽，為三犯、四犯之曲，案月令為之，其曲遂繁。美成負一代詞名，所作之詞渾厚和雅，善於融化詩句，而於音譜且間有未諧，可見其難矣。作詞者多效其體製，失之軟媚，而無所取。如秦少游、高竹屋、姜白石、史邦卿、吴夢窗，格調不凡，句法挺異，俱能特立清新之意，删削靡曼之詞，自成一家，作詞能取諸人之所長，去諸人之所短，精加翫味，象而為之，豈不能與美成輩争雄長哉？（同前書「雜説・張玉田《樂府指迷》」）

一二　作慢詞，看是甚題目。先擇曲名，然後命意。命意既了，思其頭何如起，尾何如結，然後選韻，然後述曲。最是過變，不要斷了曲意，須要承上接下，如姜白石詞云：「曲曲屏山，夜凉獨自甚情緒？」於過變則云：「西窓又吟（當作吹）暗雨。」此則曲之意不斷矣。詞既成，恐前後之意不相應，或有重疊句意，又恐字面麄疎，即為修改。改畢，净寫一本，展之几案，或貼於壁。少頃再觀，必有未穩處，改之又改，方成無瑕之玉。急於脱稿，倦事修擇，豈能無病？不惟不能全美，抑且未協音聲。作詩者且猶旬鍛日鍊，况於詞乎？筆者按：有眉批云：《易》云「修辭立其誠」，辭未有不修而能立者，勿誇枚生之捷也。（同前）

一三　詞中句法，須要平妥精粹。一曲之中，安能句句高妙？只要相荅（當作搭）襯副得去，於好發揮筆力處，極要用工，不可輕放過，讀之使人擊節，可也。句法中有字面，蓋詞中有生硬字用不得。須是深加鍛鍊，字字敲打得響，歌誦妥溜，方為本色語。如賀方回、吴夢窗皆善於鍊字面，多於李長吉、温庭筠詩中來。字面亦詞中之起眼處，不可不留意也。（同前）

一四　詞與詩不同，詞之句語有兩字、三字、四字，至七、八字者，若惟疊實字，讀之且不通，况付雪兒乎？筆者按：有眉批云：水虛故能流，樞圓故能轉。合用虛字呼喚，一字如正、但、任、況之類，兩字如莫是、又還之類，三字如更能消、最無端之類，却要用之得其所。（同前）

一五　詞要清空，不要質實。清空則古雅峭拔，質實則凝澀晦昧。姜白石詞如野雲孤飛，去留無迹。吴夢窗如七寶樓臺，眩人眼目，拆碎下來，不成片段。此清空、質實之説。又如《聲聲慢》云：「檀欒金碧，婀娜蓬萊，浮雲不蘸芳洲。」前八字恐亦太澀。如《唐多令》云：「何處合成愁，離人心上秋。縱芭蕉不雨也颼颼。」此詞疎快不質實。白石如《疎影》、《暗香》、《揚州慢》、《一蕚紅》、《琵琶仙》、《探春歸》、《淡黄柳》等曲，不惟清虛（當作空），又且騷雅，讀之使人神觀飛越。（同前）

一六　詞用事最難，要緊着題，融化不澀。如東坡《永遇樂》云：「燕子樓空，佳人何在，空鎖樓中燕。」用張建封事。白石《疏影》云：「猶記深宫舊事，那人正睡裏，飛近蛾緑。」用壽陽事。又云：「昭君不慣胡沙遠，但暗憶江南江北。想環珮月下歸來，化作此花幽獨。」用少陵詩。此皆用事不為所使。（同前）

一七　詩難於詠物，詞為尤難。體認稍真，則拘而不暢，摹寫差遠，則晦而不明。要須收縱聯密，用事合題。一段意思，全在結尾，斯為絶妙。如史邦卿《東風第一枝》詠春雪、《雙雙燕》詠燕，白石《齊天樂》賦促織，皆全章精粹，所詠了然在目，且不留滯於物。至於劉改之《沁園春》詠指甲、又詠小脚，亦工麗，但不可與前作同日語。（同前）

一八　昔人詠節序，附之歌喉者，類是率俗，不過為應時納佑之作。所謂清明「拆桐花爛漫」、端午

「梅霖初歇」、七夕「炎光謝」，若律以詞家調度，則皆未然。豈如美成《解語花》詠元夕、史邦卿《東風第一枝》賦立春，不獨措辭精粹，又且見時節風物之盛。至如李易安《永遇樂》云：「不如向簾兒底下，聽人笑語。」此亦自不惡，而以俚詞歌於坐花醉月之際，良可歎也。（同前）

一九 詞之難於小令，如詩之難於絶句，不過十數句，一句一字閑不得。末最當留意，有有餘不盡之意乃佳。當以唐《花間集》中韋莊、温飛卿為則。至若陳簡齋「杏花疏影裏，吹笛到天明」之句，真是自然而然。（同前）

二〇 詞之語句，太寬則容易，太工則苦澀。筆者按：有眉批云：去其太甚，則音和平。如起頭八字相對，中間八字相對，却須用工着一字眼，如詩眼一同。若八字既工，下句便合稍寬，庶不窒塞。約莫太寬易，又着一句工緻者，便精粹，此詞中之關鍵也。（同前）

二一 詞不可強和人韻，若倡者曲韻寬平，庶可賡和。倘韻險，又為人所先，而必欲牽強賡和，則句意安能融貫？如東坡和張（當作章）質夫楊花《水龍吟》起句，質夫便合讓東坡一頭地，況後片愈出愈奇，真是壓倒今古。吾輩倘遇險韻，不若祖其元韻，隨意換易答之。筆者按：有眉批云：才長，須以和韻見長；才短，須以弗和藏短。（同前）

二二 近代詞如《陽春白雪集》、《絶妙詞選》，亦有可觀，但所取不甚精，不若周草窗所選《絶妙好詞》，惜此板不存，墨本亦有好事者藏之。難莫難於壽詞，言富貴則塵俗，言功名則諛佞，言神仙則迂誕。松椿龜鶴，固所不免，須化字面，語意新奇。（同前）

二三　近代陳西麓所作，亦有佳者。詞欲雅而正，志之所之，一為物（一作情）所役，則失其雅正之音。耆卿、伯可不必論，雖美成亦有所不免，如「最苦夢魂，今宵不到伊行」，如「天便教人，霎時厮見何妨」，「許多煩惱，只為當時，一晌留情」，所謂淳朴變澆風也。筆者按：有眉批云：詞取香麗，既下於詩矣，若再佻薄，則流於曲，故不可也。（同前）

二四　詩之賦梅，惟和靖一聯而已。世非無詩，不能與之齊驅耳。詞之賦梅，惟白石《暗香》、《疏影》二曲，前無古人，後無來者，自立新意，真為絶唱。太白云：「眼前有景道不得，崔顥題詩在上頭。」誠哉！是言也。（同前）

二五　東坡如《水龍吟》詠笛材、詠楊花，又《過秦樓》、《洞仙歌》、《卜算子》等作，皆清麗舒徐，高出人表。周、秦諸人所不能到。辛稼軒、劉改之作豪氣詞，（脱「非」字）雅詞也。於文章議論餘暇，戲筆墨為長短句之詩耳。元遺山極稱辛稼軒詞，及觀遺山詞深於用事，精於錬句，風流蘊藉處不減周、秦。如雙蓮、雁丘等作，模寫情意，立意高遠，初無稼軒豪邁之氣。（同前）

二六　作詞五要（楊萬里筆者按：當作楊纘）：作詞之要有五：第一要擇腔，腔不韻則勿作，如《塞翁吟》之衰颯，《帝臺春》之不順，《隔浦蓮》之寄煞，《鬬百花》之無味是也。第二要應律，律不應則不美，如十一月須用正宫，元宵詞必用仙吕宫為宜也。第三要按譜，自古作詞能依句者少，依譜用字百無一二，詞若歌韻不協，奚取哉？或謂善歌者能融化其字，則無疵，殊不知詳，製作轉摺，用或不當，則失律，正旁偏側，凌犯他宫，非復本調矣。第四要詳韻，如越調《水龍吟》、商調《二郎神》，皆用平入聲韻，古調俱押去聲，所以轉摺乖異。脱或不詳（一作祥），則乖音昧律者反稱賞之矣。

第五要立新意，若用前人詩詞意為之，此蹈襲，無足奇者。須自作不經人道語，或翻前人意，便覺出奇。或衹能鍊字，纔誦數過，便無精神，不可不知也。須忌三重四同，始為具美。筆者按：有眉批云：人謂覽五要而詞無難事矣，吾正於此見其難。（同前）

二七 論詩餘（王世貞）：《花間》以小語致巧，《世説》靡也。《草堂》以麗字取妍，六朝隃也。即詞號稱詩餘，然而詩人不為也。何者，其婉孌而近情也，足以移情而奪嗜。其柔靡而近俗也，詩嘽緩而就之，而不知其下也。之詩而詞，非詞也。之詞而詩，非詩也。言其業，李氏、晏氏父子、耆卿、子野、美成、少游、易安至矣，詞之正宗也。筆者按：有眉批云：余謂正宗易安第一，旁宗幼安第一，二安之外，無首席矣。温、韋豔而促，黄九精而刻，長公麗而壯，幼安辨而奇，又其次也，詞之變體也。詞興而樂府亡矣，曲興而詞亡矣，非樂府與詞之亡，其調亡也。（同前）

二八 論詩餘（張綖）：詞體大略有二：一體婉約，一體豪放。婉約者欲其詞情藴藉，豪放者欲其氣象恢弘。蓋亦存乎其人，如秦少游之作多是婉約，蘇子瞻之作多是豪放。大抵詞體以婉約為正，故東坡稱少游為今之詞手。後山評東坡如教坊雷大使舞，雖極天下之工，要非本色。（同前）

二九 論詩餘（徐師曾）：自樂府散亡，聲律乖闕。唐李白氏始作《清平調》、《憶秦娥》、《菩薩蠻》諸詞，時因效之。厥後行衛尉少卿趙崇祚輯為《花間集》，凡五百闋，此近代倚聲填詞之祖也。陸游云：「詩至晚唐五季，氣格卑陋，千人一律，而長短句獨精巧高麗，後世莫及，此事之不可曉者。」蓋傷之也。然詩餘謂之填詞，則調有定格，字有定數，韻有定聲，至於句之長短，雖可損益，亦不當率意為之。譬諸醫家加減古方，不過因其方而稍更之，一或太過，則本之意失矣。此《太和正音》及《詩餘圖譜》之所為作也。（同前）

三〇　詩餘發凡（沈際飛）：調有定名，即有定格，其字數多寡，平仄韻脚較然，中有參差不同者。筆者按：有眉批云：詞家習熟縱横，故句或無常，而聲能協調。且如姜堯章之流能自度曲，總由精於音律之故，不許効顰也。一曰襯字，文義偶不聯暢，用一二字襯之。密按其音節，虚實間正文自在，如南北劇這字、那字、正字、個字、却字之類，從來詞本即無分别，不可不知。一曰宫調，所謂黄鐘宫、仙吕宫、無射宫、中吕宫、正宫、仙吕調、歇指調、高平調、大石調、小石調、正平調、越調、高調也。詞有名同，而所入之宫調異，字數多寡亦因之異者。如北劇黄鐘《水仙子》與雙調《水仙子》異，南劇越調過曲《小桃紅》與正宫過曲《小桃紅》異之類。一曰體製，唐人長短句皆小令耳，後演為中調，為長調，一名而有小令，復有中調，有長調，或繫之以犯、以近、以慢别之，如南北劇名犯名賺名破之類。又有字數多寡同，而所入宫調異，名亦因之異者，如《玉樓春》與《木蘭花》同，而以《木蘭花》歌之，即入大石調之類，又有名異而字數多寡則同，筆者按：有眉批云：名異而調同者，詞家好新，詭立美名耳，張宗瑞詞多若此。如《蝶戀花》一名《鳳棲梧》、《鵲踏枝》，如《念奴嬌》一名《百字令》、《酹江月》、《大江東去》之類，不能殫述。銓異。　詞中名多本樂府，然而去樂府遠矣，南北劇中之名又多本填詞，然而去填詞遠矣，今按南北劇與填詞同者。筆者按：有眉批云：更有南北曲與詩餘同名而調實不同者，兹不盡載。如《青杏兒》即北劇小石調，《憶王孫》即北劇仙吕調，《生查子》、《虞美人》、《一剪梅》、《滿江紅》、《意難忘》、《步蟾宫》、《滿路花》、《戀芳春》、《點絳唇》、《天仙子》、《傳言玉女》、《絳都春》、《卜算子》、《唐多令》、《鷓鴣天》、《鵲橋仙》、《憶秦娥》、《高陽臺》、《二郎神》、《謁金門》、《海棠春》、《秋蘂香》、《梅花引》、《風入松》、《浪淘沙》、《燕歸梁》、《破陣子》、《行香子》、《青玉案》、《齊天樂》、《尾犯》、《滿庭芳》、《燭影摇紅》、《念奴嬌》、《喜遷鶯》、《搗練子》、《剔銀燈》、《祝英臺近》、《東風第一枝》、《真珠簾》、《花心動》、《寶鼎現》、《夜行船》、《霜天曉角》，皆南劇引子。《柳梢青》、《賀聖朝》、《醉春風》、《紅林擒近》、《驀山溪》、《桂枝香》、《沁園春》、《聲聲慢》、《八聲甘州》、《永遇樂》、《賀新郎》、《解連環》、《集賢賓》、《哨遍》，皆南劇慢詞，外此，鮮有相同者。比同。

詞名必有所取，筆者按：有眉批云：名詞之義，吴人都玄敬嘗著其説於《南濠詩話》。如《蝶戀花》取梁元帝句「翻堦蛺蝶戀花情」，《滿庭芳》取吴融句「滿庭芳草易黄昏」，《點絳唇》取江淹句「白雪凝瓊貌，明珠點絳唇」，《鷓鴣天》取鄭嵎句「春遊雞鹿塞，家在鷓鴣天」，《踏莎行》取韓翃句「踏莎行草過春溪」，《西江月》取魏萬句「只今惟有西江月」，《惜餘春》取太白賦，《浣溪沙》取少陵詩，《瀟湘逢故人》取柳渾詩，《青玉案》取《四愁詩》。《菩薩蠻》，西域婦髻也。《杜陽雜編》曰：女蠻國人危髻金冠，瓔珞被體，謂之菩薩蠻。大中初入貢，詞名本此。楊用修改名《菩薩鬘》。《蘇幕遮》，西域婦帽也。高昌女子所戴油帽。《沁園春》，漢沁水公主園也。《多麗》，張均妓名，善琵琶者也。《念奴嬌》，唐玄宗宫人名念奴也。《尉遲杯》，敬德飲酒，必用大杯也。《蘭陵王入陣》，必先歌其勇也。《生查子》，「查」，古槎字，張騫事也。其他或取篇首之字明之，或取篇中之字，雅者名之，筆者按：有眉批云：字取篇首，本於《關雎》。字取篇中，本於《梓材》。如《大江東去》、《如夢令》、《人月圓》、《疏簾淡月》之類，可以意推。疏名。上古有韻無書，至五七言體成而有詩韻，至元人樂府出而有曲韻，詩韻嚴而（脱「理」字）瑣，在詞當並其獨用為通用者綦多，曲韻近矣。然以上支紙寘分作支思韻，下支紙寘分作齊微韻，上麻馬禡分作家麻韻，下麻馬禡分作車遮韻，而入聲隸之平上去三聲，則曲韻不可以為詞韻矣。錢塘胡文焕有《文會堂詞韻》，似乎開眼，乃平上去三聲用曲韻，入聲用詩韻，居然大盲，世不復考，將詞韻不亡於有，可驚嘆也，願另為一篇正之。研韻。（同前）

三一　宋自遜，字謙父，號壺山，有集名《漁樵笛譜》。（同前書「氏籍·宋」）

三二　張玉田，有《樂府指迷》。（同前）

三三　周邦彦，字美成，錢唐人。有《片玉集》、《清真集》。（同前）

三四　毛滂，字澤民。嘗知武康縣，改盡心堂為東堂。其詞名《東堂集》。（同前）

三五　嚴仁，字次山。有集名《清江欸乃》。（同前）

三六　徐幹臣，有《青山樂府》。（同前）

三七　毛幵，字平仲。幵一作栞，三衢人。仕止州倅，禮部尚書友之子，有《樵隱集》。（同前）

三八　趙長卿，號仙源居士，南豐宗室，有《惜香樂府》。（同前）

三九　黄機，字幾叔。有《竹齋詩餘》。（同前）

四〇　方千里，有《和清真詞》一卷。（同前）

四一 石孝友，字次仲。有《金谷遺音》。（同前）

四二 盧祖皋，字申之，邛州人。登慶元第，有《蒲江集》。（同前）

四三 朱淑真，錢塘女郎。有《斷腸集》。（同前）

四四 吴淑姬，詞名《陽春白雪》。（同前）

四五 薛蕙英，與蘭英同作《蘇臺竹枝》，有《聯芳集》。（同前書「氏籍・元」）

四六 徐師曾，字伯魯，吴江人。著《詩餘辨體》。（同前書「氏籍・明」）

四七 周邦彦《十六字令》「明月影」：此竹一尺，有萬丈勢。（同前書卷一）

四八 牛嶠《南歌子》「手裏金鸚鵡」：「峨眉山月」四句五地名，此詞四句三鳥名。（同前）

四九 温庭筠《荷葉杯》「楚女欲歸南浦」：弇州曰：飛卿所作詞名《金荃集》，唐人詞有集名《蘭畹》，皆取其香而弱也，然則雄壯者固次之矣。○《北夢瑣言》：温庭雲，或作筠，舊名岐，與義山齊名，時號曰温、李。又以貌陋號温鍾馗。入試作賦，凡八叉手而八韻成，又號温八吟。多為鄰舖假手。沈詢侍郎知舉，别施舖席試之，或曰潛救八人矣。宣宗嘗賦詩，上句「金步摇」，未能對，遣未第進士對之，温對以「玉條脱」，宣宗賞焉。又藥名有「白頭翁」，温以「蒼耳子」為對。又見鑫蝣得句云：「密官金翼使，花賊玉腰奴。」又義山得一聯句云：「遠比趙公三十六年宰輔。」温曰：「何不對：『近同郭令二十四考中書』？」（眉批：「二十四考中書令」或對「萬八千户冠軍侯」。）令狐相國假其《菩薩蠻》進宣宗，戒勿泄，而遽言於人，又云：「中書内坐將軍。」以譏相國無學，由是疎之。宣皇好微行，遇於逆

旅，温不識而傲語，謫爲方城縣尉，流落死。（同前）

五〇　王建《三臺令》「魚藻池邊射鴨」：宫詞之剩技。（同前）

五一　張泌《南歌子》「柳色遮樓暗」：泌之「襯斜陽」，憲之「背斜陽」，争妍一字。（同前）

五二　皇甫松《摘得新》「酌一卮」：比杜秋「莫待無花空折枝」更有含藴。（同前）

五三　顧敻《荷葉杯》「記得那時相見」：調佳則詞易美，如此數闋皆人所能言，然曲折之妙有在詩句外者。

又：泥，去聲。元稹《憶内詩》：「顧我無衣搜畫篋，泥他沽酒拔金釵。」杜詩：「忽忽窮愁泥殺人。」一作「詎」，顧敻詞：「黄鶯嬌囀詎芳妍。」一作「妮」，王通叟詩「十三妮子小窗中」。（同前）

五四　白居易《花非花》「花非花」：因情生文，雖《高唐》、《洛神》，奇麗不及也。（同前）

五五　楊慎《擣練子》「春夢淺」：末句本王予可樂府。

又：《正韻》：豔字亦收去聲，與豔字通。《禮記》：豔諸利之豔，音豔。《古今樂録》云：大曲有豔有趨有亂，豔在曲前，趨與亂在曲後。（同前）

五六　吴鼎芳《擣練子》「挨雨夕」：風前拾得吹來句。（同前）

五七　隋煬帝《望江南》「湖上月」：煬帝《望江南》八首，皆雙調，不似六朝人語。楊升庵疑之。余止存其四首，每首又止存其半調，亦不忍竟削耳。（同前）

五八　白居易《望江南》「江南好，風景舊曾諳」：非生長江南，此景未許夢見。（同前）

五九　白居易《望江南》「江南憶，最憶是杭州」：胸中有丘壑。（同前）

六〇　温庭筠《望江南》「千萬恨」：幽凉，殆似鬼作。（同前）

六一　温庭筠《望江南》「梳洗罷」：朝朝江口望，錯認幾人船。（同前）

六二　皇甫松《望江南》「蘭燼落」：末句是中晚警語。（同前）

六三　金德淑《望江南》「春睡起」：清絶凄絶，亡國之音。　又：章丘李先生至元都，嘗對月獨歌曰：「萬里倦行役，秋來瘦幾分。因看河北月，忽憶海東雲。」夜静，聞鄰婦有倚樓而泣者，明日訪之，則宋宫人金德淑也。詢李曰：「客非昨暮悲歌人乎？」李曰：「歌非己作，有同舟人自杭來，吟此句，故記之耳。」金泣曰：「此亡宋昭儀黄惠清所寄汪水雲詩（眉批：黄惠清疑即王惠清，題《滿江紅》於驛者），當時吾輩數人皆有詩贈汪。」因自舉其《望江南》詞云云。後遂委身於生。〇攷宋季琴士汪水雲，名元量，字大有，從謝后北遷，嘗教宫人作詩，或謂瀛國公詩，亦水雲所教也。（同前）

六四　黄損《望江南》「無所願」：賈人女裴玉娥善箏，與損有婚姻約，後為吕用之刼歸，第賴胡僧神術，尋復歸損。〇内七言二句或作崔懷寶詩。（同前）

六五　僧竺月華《望江南》「江南月」：章法妙。　又：《留青日札》云：國初，明州女子柳含春，年十六，禱於關王祠，一少年僧窺其姿而悦之，戲以其姓作呪語誦之於神，曰「江南柳」云云，女聞之怒，歸告其父，訟之於方國珍，國珍捕僧至，問其姓名，對曰：「姓竺，名月華。」國珍命以竹籠盛之，將沉於江，又曰：「我亦取汝姓作偈送汝。」因吟曰：「江南竹，巧匠結成籠。好與吾師藏法體，碧波深處伴蛟龍，方知色是空。」僧哀訴曰：「死，吾分也，乞容一言。」國珍許之，僧復吟「江南月」云云，國珍知

其以名為答，大笑釋之，且令蓄髮，賜柳氏為婦。（同前）

六六　王世貞《望江南》「無箇事」：細俊。（同前）

六七　王世貞《望江南》「歌起處」：「藕絲風」三字奇。　又：《周禮》：揚州，其浸五湖，即太湖也。其派有五，又周行五百里，故名。（同前）

六八　張志和《漁父》「西塞山前白鷺飛」：志和自稱煙波釣徒，所著有《玄真子》。李德裕稱之曰：「隱而有名，顯而無事，不窮不達，嚴光之比。」（同前）

六九　和凝《漁父》「白芷汀寒立鷺鷥」：與「釣絲裊裊立蜻蜓」之句，皆善寵釣絲者。（同前）

七〇　吕嵓《漁父》「子午常餐日月精」：「烹」字以險韻而得奇理。　又：後周末，汴京民石氏開茶肆，有丐者索飲，其幼女敬而與之，如是月餘，父怒，笞女，女供奉益謹。丐者謂女曰：「汝能啜我殘茶否？」女頗嫌之，少覆於地，即聞異香，亟飲之，便覺神體清健。丐者曰：「我吕仙也，汝雖無緣，盡飲吾茶，亦可隨汝所願。」女只求長壽，不乏財物。吕仙遺詞一首，云：「坎離坤兑分子午，須認取、自家宗祖。地雷震動雨山頭，漸洗濯、黄芽出土。捉得金精牢閉固，煉庚申、要生龍虎。待他問汝甚人傳，但只道、先生姓吕。」蓋《步蟾宫》詞也。（同前）

七一　管道昇《漁父》「人生貴極是王侯」：仲姬，管仲直夫女，趙孟頫子昂妻，嘗奉中宫命題畫梅云：「雪後瓊枝嫩，霜中玉蕊寒。前村留不得，移入月宫看。」（同前）

七二　歐陽炯《南鄉子》「畫舸停橈」：隱隱聞村落中嬌女聲。（同前）

七三　歐陽炯《南鄉子》「岸遠沙平」：説驚起者，淺矣。（同前）

七四　歐陽炯《南鄉子》「路入南中」：致極清麗，入宋不可復得。（同前）

七五　吴鼎芳《南鄉子》「待月廻廊」：升庵詞云：「有心來惱我，莫應他。」似末句。（同前）

七六　無名氏《小秦王》「柳條金嫩不勝鴉」：白居易詩：「緑絲條弱不勝鶯。」王昌齡詩：「落落寞寞路不分，夢中喚作梨花雲。」（同前）

七七　楊慎《小秦王》「紅穗金花落絳臺」：嬌蕩。又：《荆楚歲時記》：「立春日，悉剪綵為燕以戴之。」鄭毅夫云：「漢殿鬬簪雙綵燕，併知春色上釵頭。」（同前）

七八　李白《清平調引》「雲想衣裳花想容」：鍾、譚能去此詩，恐不能去此「想」字。（同前）

七九　蘇軾《清平調引》「生前富貴草頭露」：吴越王妃每歲歸臨安，王以書遺妃云：「陌上花開，可緩緩歸矣。」吴人用其語為歌，含思宛轉，聽之凄然。蘇子瞻為之易其詞，蓋《清平調》也。（同前）

八〇　沈自炳《清平調引》「春日溶溶春夜闌」：讀君晦詞，知寧庵先生風流未墜。（同前）

八一　沈自炳《清平調引》「夜隨鳳輦上林園」：用隋宫雅娘事。（同前）

八二　皇甫松《浪淘沙》「灘頭細草接疎林」：蓬萊水淺，東海揚塵，豈是誕語？（同前）

八三　閻選《八拍蠻》「愁鎖黛眉煙易慘」：却不道四時天氣揔愁人。（同前）

八四　楊太真《阿那曲》「羅袖動香香不已」：「動」字不已，字畫出舞態矣。（同前）

八五　姚月華《阿那曲》「梧桐葉下黄金井」：可授衍波牋，煩賦宫中曉寒。（同前）

八六　姚月華《阿那曲》「銀燭清尊久延佇」：出門入門，含許多焦躁，在俗筆便説不了。又：姚氏月華夢月輪墜妝臺，覺而大悟。未嘗讀書，自此搦管便妙絶。隨父寓揚子江，端午出看龍舟，與近舟書生楊達相遇，一日，見達《昭君怨》詩（眉批：《昭君怨》為媒，此亦鮮終之讖），愛其「匣中縱有菱花鏡，羞向單于照舊顔」之句，私命侍兒乞其舊稿，遂各以尺牘往來，得達書，伏讀數過，燒灰入醇酎飲之，謂之「欵中散」。一日，達飲於姚氏，酒酣假寐，月華私命侍兒送合歡竹鈿枕、温凉草文席。次日又以石華遺達云：「出丹洞玉池，異於他處，色如水晶，清明而瑩，久服延年。」又嘗以灑海刺二尺贈達作履，凡履霜雪，則應履而解，乃西蕃物也，並貽詩云：「金刀剪紫絨，與郎作輕履。願化雙仙凫，飛來入閨裏。」然達與華終未一接，至是乃賂婢而得會矣。一日，偶爽約，女怒甚，楊調之曰：「女姚雖好，只如半朵桃花。」女即對曰：「人信為高，莫費一番言説。」自後久會，謂之大會，又謂之鶼鶼會；暫會謂之小會，又謂之白鷴會。忽女父有江右之遷，怏怏而别，月華效徐淑體以寄怨焉。（同前）

八七　崔公達《阿那曲》「晴天霜落寒風急」：飛卿「不忍别君後，却入舊香閨」，牛嶠「羅幃愁獨入」，都不如「羞」字。（同前）

八八　崔公達《阿那曲》「玉漏聲長耿耿」：寒風襲人。又：進士楊蘊中下成都獄，夢一婦人自稱薛濤，贈楊此詞。（同前）

八九　柳宗元《阿那曲》「漁翁夜傍西巖宿」：欸，音靄；乃，音襖。一作靄迺，一作曖迺，棹舡相應

聲」。（同前）

九〇 玉川叟《阿那曲》「春草萋萋春水緑」：與噴玉泉詩一樣結法。　又：武宗會昌元年，孝廉許生下第東歸，逢白衣叟，吟此詞，生從之，至噴玉泉，見四丈夫飛杯賦詩，呼叟為玉川叟，倡云：「樹色川光向晚晴，舊曾遊處事分明。鼠穿月榭荆榛合，草掩花園畦隴平。跡陷黄沙仍未悟，罪標青簡竟何名。傷心谷口東流水，猶噴當時寒玉聲。」各吟畢，掩泣若煙霧狀，自庭而散，疑是甘露變中王涯、賈餗、舒元輿、李訓、鄭注輩鬼也。（同前）

九一 張耒《阿那曲》「平池碧玉秋波瑩」：周美成《側犯》詠荷類此。（同前）

九二 寇準《阿那曲》「煙波渺渺一千里」：「一江春水向東流」又遜此句。　又：升庵曰：「宋人作詩與唐遠，而作詞不愧唐人，真不可曉。」余嘗書張耒、杜衍、寇準、劉才邵數詞，試何仲默，仲默認為唐筆。誠哉！其難辨也。（同前）

九三 朱淑真《阿那曲》「夢回酒醒春愁怯」：坡詞「角聲吹落梅花月」，不期而合。（同前）

九四 傅汝舟《阿那曲》「赤心只為蒼天許」：壯烈。（同前）

九五 王麗真《字字雙》「牀頭錦衾斑復斑」：本於《卿雲歌》「旦復旦兮」。　又：《才鬼録》：唐有中涓宿官妓館，見童子捧酒導三人至，皆古衣冠，相謂曰：「崔常侍來何遲？」俄一人至，凄然有離別意，共聯此詞。〇《詞品》作女郎王麗真。（同前）

九六 白居易《竹枝》「瞿塘峽口冷煙低」：此詞允宜引首。　又：凡泛言《竹枝》者，蜀詞居多。

（同前書卷二）

九七　劉禹錫《竹枝》「楊柳青青江水平」：《竹枝》雜《子夜》體，以此為俑。（同前）

九八　孫光憲《竹枝》「門前春水白蘋花」：偶然小事，寫得幽誕。（同前）

九九　李白《竹枝》「一聲望帝花片飛」：正使太白生前所作，未能如許。（同前）

一〇〇　李白《竹枝》「命輕人鮓甕頭船」：此二詩太白謫夜郎，至歌羅驛聞杜鵑作，集中不載，黄山谷夢白誦之。〇第二首又見東坡集。（同前）

一〇一　黄庭堅《竹枝》「撑崖拄谷蝮蛇愁」：「莫言遠」三字愈緩愈悲。（同前）

一〇二　張天雨《竹枝》「盤塘江上是奴家」：竟是白話，此《竹枝》之最勝。（同前）

一〇三　何景明《竹枝》「十二峰頭秋草荒」：翻案。（不聽猿聲亦斷腸。）（同前）

一〇四　高岱《竹枝》「桃葉青青桑葉肥」：可入妬記。（生憎沙上�鶒鳥，偏向人前作隊飛。）（同前）

一〇五　高岱《竹枝》「孤帆何日下揚州」：不淫不怨，風雅之遺。（同前）

一〇六　王自熙《竹枝》「車簾都豸錦流蘇」：如歌齊風之還。（同前）

一〇七　馬雍古《竹枝》「日邊寶書開紫泥」：又作宫詞矣。（同前）

一〇八　徐渭《竹枝》「風前燭焰片時紅」：「一隻相思」，巧不容説。（同前）

一〇九　徐渭《竹枝》「灣灣曲曲幾山溪」：真堪淚落。（同前）

一一〇　楊慎《竹枝》「上峽舟航風浪多」：「逢橋須下馬，過渡莫争先」，一般樸雅。（同前）

一一一　袁宏道《竹枝》「東街晴雪未消泥」：妙過「笑啼俱不敢」。（乍時歡笑乍時啼。）（同前）

一一二　袁宏道《竹枝》「船上女兒畫春蛾」：戴砑光帽，舞山香一曲，不過如此。（同前）

一一三　無名氏《竹枝》「紅漆車兒駕白羊」：吾亦謂詩腸之曲與羊腸等。（同前）

一一四　沈朝煥《竹枝》「十二巫山對楚臺」：安知灩澦石非思婦所化。（一種相思流不去，好似瞿塘灩澦堆。）（同前）

一一五　沈朝煥《竹枝》「杜宇聲聲叫曉煙」：與「不繫郎船繫妾心」並美。（不繫郎心却繫船。）（同前）

一一六　徐媛《竹枝》「紅袖隨風紫陌東」：似從「人傳郎在鳳凰山」句出。（郎在瀟湘暮雨中。）（同前）

一一七　卜舜年《竹枝》「無端秋雨打殘荷」：兩章合而成篇，用《詩經》體。（同前）

一一八　袁梅《竹枝》「聞郎腰瘦寄當歸」：「不肯」，妙。（不肯送郎衣。）（同前）

一一九　田藝蘅《竹枝》「月黑霜寒妾白裁」：以上四首（另三首：「阿娘拘束好心癡」、「姊妹猜疑不肯容」、「若個郎來討竹秧」。）都詠竹枝，是正格也。（同前）

一二〇　田藝蘅《竹枝》「山頭日日望夫還」：「陟岵」、「陟屺」、「陟岡」之外，要當再增一望。（世間那得望奴山。）（同前）

一二一　姚青峨《竹枝》「賣酒家臨煙水濱」：清泉□何能醉人，偏説醉人，妙。（筆者按：此為手

批。)(同前)

一二二　郭子直《竹枝》「明日聞郎千里行」：中郎云「夫婿如魚」，舜舉云「儂身化水」，魚水絶對。(同前)

一二三　諸慶源《竹枝》「種得芭蕉初長成」：與「風幡」、「琴指」之説同參。(不知雨打芭蕉葉，還是芭蕉打雨聲。)(同前)

一二四　胡儼《竹枝》「船頭煙暝浪花飛」：「又」字妙。(同前)

一二五　王叔承《竹枝》「青桑老盡茜花開」：怨婆怨姑，都在言外。(同前)

一二六　徐胤翹《竹枝》「一群野鳥立樹丫」：喜偶而諱離，是閨中讖書。(藕花不採採梨花。)(同前)

一二七　屠隆《竹枝》「廣陵城侵淮水多」：「隋煬」、「垂楊」，滑稽至此。(同前)

一二八　楊維楨《竹枝》「鹿頭湖船唱赧郎」：第三句括盡從來緑珠怨。(為郎歌舞為郎死。)(同前)

一二九　楊維楨《竹枝》「家住西湖新婦磯」：用事警絶。(琵琶原是韓朋木，彈得鴛鴦一處飛。)(同前)

一三〇　楊維楨《竹枝》「望郎一朝又一朝」：三日不潮，遂成詞料。(浙江潮信有時失，臂上守宫無日消。)(同前)

一三一　虞集《竹枝》「春風江濤苦欲歸」：「落花遊絲白日静」，顛倒增減數字耳。(明年白日百花静。)(同前)

一三二　釋元璞《竹枝》「西湖遊子那得愁」：所謂「少婦不知愁」。（為人歌舞勸人酒，不信春風能白頭。）（同前）

一三三　宋本《竹枝》「湧金門外是西湖」：蘇小、蘇軾，皆蘇也。玩末句（小卿墳上露蘭枯），似專指小耳。（同前）

一三四　賈策《竹枝》「郎身輕似江上蓬」：兩扇掰格。（「郎身輕似江上逢」、「妾身重似七寶塔」。）（同前）

一三五　陳樵《竹枝》「吴越相望瘴海深」：「阿心」猶云此心，即「阿堵」之「阿」。若謂所歡之名，則不奇。（同前）

一三六　黄公望《竹枝》「水仙祠前湖水深」：無處尋月耶？無處尋女子耶？都妙。（湖船女子唱歌去，月落滄波無處尋。）（同前）

一三七　楊仭《竹枝》「大船槌鼓銀酒缸」：花下之鳥，何異荷上之珠？（鴛鴦觸櫂忽驚散，荷花深處又成雙。）（同前）

一三八　屠性《竹枝》「二八女兒雙髻丫」：「金條」、「銀條」，巧甚。（黄金條脱銀條紗。）（同前）

一三九　張渥《竹枝》「長簪高髻畫雙鴉」：「不通姓字，指點銀瓶」，語同境別。（黄衣少年不相識，白日敲門來索茶。）（同前）

一四〇　于立《竹枝》「儂家住在湧金門」：褒刺了然。（嶺上已無丞相宅，湖邊猶有岳王墳。）（同前）

一四一　掌機沙《竹枝》「南北峰頭春色多」：末句字字作態。（小雨細生寒緑波。）（同前）

一四二　倪瓚《竹枝》「梧桐栽在金井西」：讀此，識迂叟之貞心。（同前）

一四三　宋元禧《竹枝》「十三女郎不出門」：蘇墳幹卿何事？「不上」何消説得？説「不上」，乃深於上矣。（同携女伴踏青去，不上道傍蘇小墳。）（同前）

一四四　曹妙清《竹枝》「美人絶似董嬌嬈」：風流自喜。（同前）

一四五　朱彬《竹枝》「南北高峰作鏡臺」：説得薄情郎膽寒。（行人有心都照見，勸郎肝膽莫相猜。）（同前）

一四六　別里沙《竹枝》「風篁嶺下月色涼」：獨此不失《竹枝》名義。（同前）

一四七　楊慶源《竹枝》「湖中采菱菱刺長」：舊事新意。（掌中芡子眼中淚，化作鮫珠來贈郎。）（同前）

一四八　袁華《竹枝》「昨夜憶郎開綺窓」：以飛來峰况南北峰，語善藏閃。（同前）

一四九　袁華《竹枝》「山上有山未還家」：誰謂草無知？（湖陰種得宜男草，直待郎歸始作花。）（同前）

一五〇　陸仁《竹枝》「山下有湖湖有灣」：首二句以假對真，遊戲神通。（山下有湖湖有灣，山上有山郎未還。）（同前）

一五一　馬貫《竹枝》「百花樓頭聞馬嘶」：狠語。（不是郎歸不下梯。）（同前）

一五二　顧佐《竹枝》「阿儂心似湖水清」：即「東邊日出」句法，然不可云襲。（南山雲起北山雨，雲雨朝朝何處晴。）（同前）

一五三　徐哲《竹枝》「盡説西湖好莫愁」：升庵以此為西湖詞第一。（同前）

一五四　徐哲《竹枝》「紅塵萬丈長安途」：三句四比。（紅塵萬丈長安途，碧波三日官亭湖，驛路連天水到海。）（同前）

一五五　沈性《竹枝》「儂住西湖日日愁」：吴世顯「惱人湖水不通江」，衍作二句更詳。（憑誰移得吴山去，湖水江波一處流。）（同前）

一五六　邊魯《竹枝》「戴勝降時桑葉青」：極似「黄鸝飛上野棠花」。（蝴蝶作團飛上城。）（同前）

一五七　無名氏《竹枝》「蘇公堤上楊柳青」：禪理不出此。（折斷長條莫再生。）（同前）

一五八　楊基《竹枝》「春來芳草踏成蹊」：「多謝」二字癡，妙。（同前）

一五九　徐灝《竹枝》「白馬連錢點子文」：梁公借竹樓稿，堪為後來領袖。其與野君並稱二難，不虚也，數首可見一斑。（同前）

一六〇　田藝蘅《竹枝》「錦馬穿花十八娘」：為遊俠少年寫生。（珊瑚鞭墜不回顧，却折柳枝三尺長。）（同前）

一六一　黄習遠《竹枝》「畫船無櫓只持篙」：「齊拋明月進錢塘」，正誚此輩。（同前）

一六二　黄習遠《竹枝》「千村萬落傍湖邊」：香谷化為醋溝。（一片籬分兩家藕，郎休誤取别人蓮。）

（同前）

一六三　邵泰寧《竹枝》「似郎年少妾慇懃」：山崩水竭，兩情乃絶。（同前）

一六四　薛氏《竹枝》「館娃宫中麋鹿遊」：均葬也，何愛於丘？何惡於湖？（同前）

一六五　薛氏《竹枝》「翡翠雙飛不待呼」：那得楊鐵崖不賞。（同前）

一六六　鍾惺《竹枝》「覆舟春半望雞籠」：宋時西湖亦在城中，豈讓舊京之有淮哉？（同前）

一六七　宋濂《竹枝》「勸郎莫食鑑湖魚」：廣平鐵心石腸，而《梅花》一賦，不妨效陶氏《閑情》。讀景濂此詞，正可稱前後二宋，無議其白璧微瑕也。（同前）

一六八　釋仲光《竹枝》「春罷笙歌也寂寥」：熱鬧場中讀之，首首清凉散也，何必寒山子。（同前）

一六九　王微《竹枝》「幽蹤誰識女郎身」：自是君身有仙骨。（同前）

一七〇　袁宏道《竹枝》「掃斷紅霞陌上塵」：插身净丑場，演作天魔戲，是中郎本色。（同前）

一七一　袁宏道《竹枝》「澆盡銀灣水作田」：正恐罰守天廁耳。（同前）

一七二　劉禹錫《柳枝》「清江一曲柳千條」：與「盤塘江上」一首同絶。（同前）

一七三　劉禹錫《柳枝》「輕盈嫋娜占年華」：「殷勤謝紅葉，好去到人間」，何物宫人，乃能巧偷鸚舌。（同前）

一七四　白居易《柳枝》「一樹春風萬萬枝」：此詞白公為小蠻而作也，宣宗朝國樂唱之，上取永豐柳兩枝植禁中，白感上意，又為詩云：「定知此後天文裏，柳宿光中添兩枝。」（同前）

一七五　韓琮《柳枝》「梁苑隋堤事已空」：傷心語，莫向恨人讀。（誰見楊花入漢宫。）（同前）

一七六　賀知章《柳枝》「碧玉裝成一樹高」：此句亦似剪刀。（二月春風是剪刀。）（同前）

一七七　楊巨源《柳枝》「江邊楊柳麴塵絲」：他人説風妒花，此翻説風惜花。（同前）

一七八　温岐《柳枝》「井底點燈深燭伊」：雕鏤入骨。（玲瓏骰子安紅豆，入骨相思知不知。）（同前）

一七九　牛嶠《柳枝》「吴王宫裡色偏深」：升庵曰：此詩詠柳而貶松，唐人所謂尊題格也，後人改「松下」作「枝下」，豈未讀蘇小樂府乎？（同前）

一八〇　牛嶠《柳枝》「橋北橋南千萬條」：不怕白家小蠻生嗔耶？（認得羊家静婉腰。）（同前）

一八一　孫光憲《柳枝》「閶門風煖落花乾」：「乾」字奇。（同前）

一八二　舒亶《柳枝》「昨夜東風度海西」：詩人所為，賦萇楚也。（同前）

一八三　王韋《柳枝》「却笑梁園事已非」：「學」字妙。（同前）

一八四　王衡《柳枝》「記得初從春社歸」：便有攀枝執條，泫然流淚之意。（同前）

一八五　楊慎《柳枝》「漢東門外柳新裁」和「臨水臨風漾碧漪」：上二首紀彭幸庵平藍鄢二賊事。（同前）

一八六　袁宏道《柳枝》「江南柳絮已紛飛」：北遲南早，梅柳不嫌同辭。（南家嫁早北家遲。）（同前）

一八七　王世貞《柳枝》「十月寒輕葉未凋」：看他安頓「脚」、「頭」、「腰」三字。（日脚雲頭雨半腰。）（同前）

一八八 紀映淮《柳枝》「春風蘺芷渡頭香」：阿紀為文人之女，而所配非其所願，料得如今寥落甚矣。（同前）

一八九 寇準《江南春》「波渺渺」：全擬《花間》。又：《詞品》萊公詩：「春風入垂楊，烟波漲南浦。落日動離魂，江花泣微雨。」與此詞皆深入唐格。○高文虎《蓼花洲閒録》云：萊公富貴時所作詩皆凄怨，余嘗謂詩人盡慕唐人，清悲怨感，以主其格，不知清極則志飄，感深則氣謝。萊公送人詩：「到海只十里，過山應萬重。」晚竄海康，去海果只十里。王沂公布衣時有《早梅》句云：「雪中未問和羹事，且向百花頭上開。」吕文穆公曰：「此生次第安排作狀元宰相矣。」後如其言，作詩者，不可不知。（同前書卷三）

一九〇 陳元綸《江南春》「花惜惜」：唐詩：「處處春山雜夏雲。」（同前）

一九一 李珣《南鄉子》「傾緑蟻」：為閩、粤諸村傳譜。（同前）

一九二 李珣《南鄉子》「相見處」：《詞品》：李珣，蜀之梓州人，事王宗衍，詞名《瓊瑶集》，其妹事王衍為昭儀，亦饒詞藻，有「鴛鴦枕上忽然聲」一首，誤入花蕊夫人集。（同前）

一九三 韓夫人《法駕導引》「朝元路」：升庵以為文人好奇，故神其事以傳耳。然三詞無一點煙火氣，固非仙才不能。（同前）

一九四 韓夫人《法駕導引》「簾漠漠」：紹興間，都下酒肆中，有道人攜烏衣椎髻女子買斗酒獨飲，女子歌詞以侑，凡九闋，皆非人世語。或記之以問一道士，道士驚曰：此赤城韓夫人所製水府蔡真君《法駕導引》也。烏衣女子疑龍云。又《堯山堂外紀》所載：陳東於京師酒樓聞上清蔡真人《望江南》二詞，事相類而詞不及。（同前）

一九五　崔液《踏歌辭》「綵女迎金屋」：二首體製藻思俱新，近刻唐詩妄改作五言六句，可笑。（同前）

一九六　張仲宗《憶王孫》「輕羅團扇掩微羞」：何消説到目成。（一寸横波入鬢流。）（同前）

一九七　葛震甫《憶王孫》「東風吹後滿天涯」：何處有林君復。（同前）

一九八　温庭筠《蕃女怨》「萬枝香雪開已遍」：字字古艷。（同前）

一九九　王建《調笑令》「羅袖」：近妓人詩「一世坐春愁」，出此。（好日新粧坐愁，愁坐，愁坐，一世虚生虚過。）又：蔡氏《清溪五弄》中有《坐愁弄》。（同前）

二〇〇　無名氏《調笑令》「蝴蝶」：傷美人之遲暮。又：《詩餘圖譜》注：「斗南」二字，宋有歐陽斗南上書彈秦檜者，不聞作詞。（同前）

二〇一　楊慎《調笑令》「雙燕」：四首何減《子夜四時歌》。（同前）

二〇二　吴楨《調笑令》「紅瘦」：王元澤「恨被榆錢，買斷兩眉長鬥」，何等憔悴，此時何等高閑。（同前）

二〇三　温庭筠《遐方怨》「憑繡檻」：「斷腸」、「夢殘」二語，音節殊妙。（同前）

二〇四　唐莊宗《如夢令》「曾宴桃源深洞」：此《如夢令》之祖。又：史稱莊宗喜音聲歌舞俳優

之戲，此其自度曲也。因詞中有「如夢」二字，故名。或曰莊宗修内苑，掘得斷碑有此三十三字，他本誤傳吕洞賓作。（同前）

二〇五　秦觀《如夢令》「鶯嘴啄花紅溜」：琢句奇峭。（同前）

二〇六　秦觀《如夢令》「門外鶯啼楊柳」：「褪」字比「褪」字更奇。（同前）

二〇七　秦觀《如夢令》「遥夜月明如水」：「風寒侵夜枕，霜凍怯晨征」，亦此意。　又：王宗衍詩：「月明如水浸宫殿。」○《草堂選》曰：金陵崔姬重文，有送别詩：「昨夜羅幃始覺霜，馬嘶寒影候嚴裝。曉燈欲暗將離室，不道愁人畏曙光。」與此詞情味酷似。（同前）

二〇八　秦觀《如夢令》「幽夢匆匆破後」：「玉消花瘦」，「澹花瘦玉」，一樣尖新。（同前）

二〇九　黄庭堅《如夢令》「去歲迷藏花柳」：首三句或作：「天氣把人僝僽，落絮遊絲時候，茶飯可曾忺。」○忺，音軒，意所欲也。（同前）

二一〇　李清照《如夢令》「昨夜雨疎風驟」：「緑肥紅瘦」，剏獲自婦人，大奇。　又：《花間集》云：此調安頓二疊語最難，「知否，知否」，口氣宛然，若他「人静，人静」、「無寐，無寐」，便不渾成。○《外傳》：趙明誠幼時晝寢，夢誦一書，覺來惟憶三句云：「言與司合，安上已脱，芝芙草拔。」以告其父，父曰：「『言與司合』是『詞』字，『安上已脱』是『女』字，『芝芙草拔』是『之夫』二字，非謂汝為『詞女之夫』乎？」後得李格非之女易安，果有文章。易安祭明誠文曰：「白日正中，嘆龐翁之機捷；堅城自墮，憐杞婦之悲深。」文亦慘黯。又《賀孿生子啟》云：「無午未二時之分，有伯仲兩楷之異。既繫臂而繫足，實難弟而難兄。玉刻雙璋，錦挑對褓。」乃其驚句也。後再適張汝舟，為世所薄。○按明誠，乃趙挺之子，非趙抃子。抃謚清獻，挺之謚清憲，故訛云。（同前）

二一一　李清照《如夢令》「誰伴明窗獨坐」：陡焉起，颯焉止，全不落宋人家數。（同前）

二一二　嚴蕊《如夢令》「道是梨花不是」：鄭中卿詠梅首句「道是花來春未，道是雪來香異」，似此。

又：《奇女子傳》曰：天台營妓嚴蕊有才名，唐與正為守，嘗命賦紅白桃花，賞之雙縑。又七夕侍宴郡齋，成《鵲橋仙》云：「碧梧初出，桂花纔吐，池上水花微謝。穿針人在合歡樓，正月露玉盤高瀉。　蛛忙鵲嬾，耕慵織倦，空做古今佳話。人間剛道隔年期，怕天上方纔隔夜。」坐客謝元卿為之心醉，留其家半載，罄囊餽之。後朱晦庵以使節行部至台，欲摭與正之罪，指其嘗與蕊濫，蕊雖備極箠楚，而一語不及唐，獄吏好言誘之，蕊曰：「身為賤妓，縱與太守濫，亦不至死罪，然是非真僞，豈可妄言以污士大夫，雖死，不可誣也。」繫獄兩月，聲價愈騰，至徹阜陵之聽。未幾，朱公改除。而岳霖為憲，憐其無辜猝（當作瘁），命作詞，蕊口占《卜算子》云：「不是愛風塵，似被前緣誤。花落花開自有時，總賴東君主。　去也終須去，住也如何住。若得山花插滿頭，莫問奴歸處。」即日判令從良。（同前）

二一三　孫夫人《如夢令》「翠擘紅蕉影亂」：情景全在「不見，不見」四字。　又：苕溪漁隱曰：陸敦禮藻有侍兒名美奴，善綴詞，出侑樽俎，每丐韻於坐客，頃刻成章。（同前）

二一四　王行《如夢令》「滿眼落花飛絮」：山谷云「春無踪跡誰知」，請以末句答之。　又：鄭綮

曰：詩思在灞橋雪中驢子背上。（同前）

二一五　劉基《如夢令》「草際斜陽紅委」：畫至此乎，必李營丘、郭忠恕之流。又：弇州曰：我明以詞名家者：劉誠意伯温穠纖有致，去宋尚隔一塵；楊狀元用修好入六朝麗事，似近而遠；夏文愍公謹最號雄爽，比之辛稼軒，覺少精思。（同前）

二一六　王世貞《如夢令》「殘月碧梧金井」：《荆州記》：衡陽有金井，深杳不測，相傳有金人以杵撞地成之，故曰金井。又《讕言》云：梧桐葉上有金井。（同前）

二一七　沈際飛《如夢令》「聽説無邊意態」：險韻。（同前）

二一八　吴鼎芳《如夢令》「欹枕巫山路便」：末句可比湯若士「印透春痕一縫」。（同前）

二一九　王微《如夢令》「只合唤他如夢」：出「如夢」二字，比唐莊尤奇突。修微又云「湖光如夢湖流咽」亦妙。（同前）

二二〇　牛嶠《西溪子》「捍撥雙盤金鳳」：此「彈到斷腸時，春山眉黛低」之藍本也。（同前）

二二一　孟稱舜《訴衷情》「午夜沈沈更漏永」：擬唐人「殘月臉邊明」。（同前）

二二二　孫光祖《風流子》「樓倚長衢欲暮」：不修不琢，自含俊麗。（同前）

二二三　孫光祖《風流子》「金絡玉銜嘶馬」：少年行。（同前）

二二四　韋莊《思帝鄉》「春日遊」：死心塌地。（縱被無情棄，不能羞。）（同前）

二二五　范汭《望江怨》「蘭房曉」：惜桐陰，憐棲烏，善悉柔情。（同前）

二二六　張泌《江城子》「碧闌干外小中庭」：二詞（另一詞見後）風流調笑，類李易安。（同前）

二二七　張泌《江城子》「浣花溪上見卿卿」：黄叔暘曰：唐詞多無換頭，如此詞自是兩首，故重押兩「情」字、兩「明」字，今人合為一首，誤矣。○《瑯嬛記》：張泌仕南唐，為内史舍人，初與隣女浣衣相善，經年不復覩，精神凝壹，夜必夢之，嘗有詩寄云：「别夢依依到謝家，小廊回合曲闌斜。多情只有春庭月，猶為情人照落花。」浣衣計無所出，流淚而已。（同前）

二二八　歐陽炯《江城子》「晚日金陵岸草平」：取「只今唯有《西江月》」之句，略襯數字，便另換一意。（同前）

二二九　牛嶠《定西蕃》「紫塞月明千里」：是盛唐諸公《塞下曲》。（同前）

二三〇　温庭筠《思帝鄉》「花花」：「卓」字又見薛昭藴詞「延秋門外卓金輪」。（同前）

二三一　孫光憲《思帝鄉》「如何」：「如何」、「如何」，忘我實多，預為詞料矣。（同前）

二三二　吴二娘《長相思》「深畫眉」：裴慶餘詩：「從教水濺羅衣濕，知是陽臺行雨歸。」○按白樂天有詩云：「吴娘暮雨蕭蕭曲，自别江南久不聞。」蓋指此詞也，他選以為樂天詞，謬矣。（同前）

二三三　李後主《長相思》「雲一緺」：緣飾先佳。（同前）

二三四　万俟雅言《長相思》「短長亭」：「要」字新刺。（同前）

二三五　林逋《長相思》「吴山青」：劉潛夫「舟人頻報潮」，不如此語自然。（羅帶同心結未成，江頭潮已平。）又：《詞品》云：林君復《長相思》一詞甚有情致。《宋史》謂其不娶無子，教兄子宥成進士，然林洪著《家山（當作「山家」，下同）清供》，其中言先人和靖先生云云，即先生之子也。蓋喪偶後，遂不娶耳。〇我明有稱林逋十世孫謁陳繼者，繼持林傳與之讀，讀至「終身不娶」，客慚而退，何不以《家山清供》相質耶？（同前）

二三六　康與之《長相思》「南高峰」：「春來」句，虛語有骨力。　又：升庵曰：效和靖調可稱敵手。（同前）

二三七　劉克莊《長相思》「煙凄凄」：慷慨逼工部。（同前）

二三八　劉克莊《長相思》「勸一杯」：按：淳祐辛丑八月御批云：「劉克莊文名久著，史學尤精，可特賜同進士出身。」由是負一代盛名。所撰《别調》一卷，大率與辛稼軒相類，楊升庵謂其壯語足以立懦云。（同前）

二三九　無名氏《長相思》「去年秋」：《詞品》曰：此語視雷州司户之句尤警。按：葉李上書切諫似道，被流漳州。似道事敗，葉李赦還，相遇於泉州，贈一詞云：「君來路，吾歸路，來來去去何曾住。公田關子竟何如，國事當時誰與誤。　雷州户，厓州户，人生會有相逢處。客中頗愧乏蒸羊，聊贈一篇長短句。」雷州、厓州、蒸羊，蓋用寇準、丁謂事也。又吴履齋循州安置，賈即除劉宗申知循州，陰使毒之。後賈亦循州安置，經漳州木棉庵，為鄭虎臣鎚死，時賈客趙介如守漳，致祭辭云：「嗚呼！履齋死蜀，死于宗申；先生死閩，死于虎臣。」（眉批：曲端之叔敗，為端所誅，端祭之云：「嗚呼！斬叔者，涇原總制；祭叔者，猶子曲端。」簡妙正與此同。）衹十八字，而哀激之悃，無往不復之微意，悉寓其中，可與《長相思》並垂。〇賈秋壑敗師亡國，後湯西樓有詩云：「檀板敲殘月上花，過墻荆棘刺簷牙。指麾已失鐵如意，賜予寧存玉辟邪。破屋春歸無主燕，空池雨產在官蛙。木綿庵外尤愁絶，月黑夜深聞鬼車。」（同前）

二四〇　王予可《長相思》「風煖時」：古今詠蛾眉，從不曾想到「飛」字。（蓁蛾愁欲飛。）　又：《中州樂府》云：王南雲先生，貌奇古，軀幹雄偉，年三十許，大病後，忽發狂。久之，能把筆作詩文，及説世外恍惚事，落魄嗜酒，夜宿土室中，夏月或尸穢在旁，蛆蟲狼藉，不卹也。人與之紙，輒書數百言，或詩或文，散漫碎雜，無句讀，無首尾，多六經中語及韻學家古文奇字，字峭勁，遇宋諱亦時避之，人或問以故事，其應如響。諸所引書，皆世所未見，談説之際，稍若有條貫，則又以誕幻語亂之。麻九疇知幾、張觳伯玉與之游最狎。其所作詩以百分為率，可曉者纔一二三耳。《題崧山石淙》云「石裂雯華漬月秋」，《醉後》云「一壺天地醒眠小」，《宫體》云「萬疊雲山飛小雁」，又云「金盆冰不暖，翠雀啄晴苔」，又云「鳳蹴瑶華散，龍銜桂子香」，《西瓜》云「一片冷裁潭底月，六彎斜卷隴頭雲」，《凌霄花》云「啼鳥倒啣金羽舞，驚蛇斜傍玉簾飛」，《威錦堂》樂府云「鳳環捧席帶香屏（眉批：「屏」字疑作「憑」），鯨杯倚伎和雲捲」，又云「唾尖絨舌淡紅酣」（眉批：「酣」字一作「甜」），即自戲云：「欲下犁舌獄耶？」《射虎》首句云「風色偃貂裘」，即《閣筆》云：「此虎來矣。」時李子遷贈南雲詩云：「石鼎夜聯詩筆健，布囊春醉酒錢贏。」真傳神句也。壬辰兵亂，為順天軍將領所得，知其名，竊議欲挈之北歸，館於瑞雲觀，南雲明日自言云：「我不能住君家瑞雲觀也。」不數日病卒，後復有見之淮上者。（同前）

二四一　孟昶《烏夜啼》「無言獨上西樓」：七情所至，淺嘗者説破，深嘗者説不破。「別是」句甚深。（同前）

二四二　朱敦儒《烏夜啼》「秋風又到人間」：讀二詞（另一詞指後一首）老大傷悲，使人黯然。（同前）

二四三　朱敦儒《烏夜啼》「東風吹盡江梅」：黄玉林云：朱希真，名敦儒。博物洽聞，東都名士也。南渡初，其詞章最著。有詞云：「簡（當作檢）盡曆頭冬又殘，愛他風雪耐他寒。拖條竹杖家家酒，上箇籃輿處處山。」又云：「奇謀報國，可憐無用，塵昏白羽。鐵鎖橫江，錦帆衝浪，孫郎良苦。」其人可知矣。若《名媛集》所載朱希真，小名秋娘，適徐必用，必用商，又不歸，作《警悟》、《風情》諸篇自解，此則別是一人耳。（同前）

二四四　和凝《河滿子》「正是破瓜年紀」：末語俊美入妙，即淵明「願在裳而為帶」也。但「愛」、「羨」二字疊牀。（同前）

二四五　和凝《河滿子》「寫得魚牋無限」：《北夢瑣言》：晉相和凝，少年時好為曲子詞，布於汴、洛。洎入相，專託人收拾焚毁。然相公厚重有德，終為艷詞玷。契丹入夷門，號為曲子相公。○凝為文以多為富，有集百卷，自鏤板以行，識者非之，曰：「此顏之推所謂詅痴符也。」○凝有《香奩集》，貴後避議論，嫁名於韓偓，又欲後人知之，乃為《游藝集序》云：「予有《香奩》、《籯金》，不傳於世。」（同前）

二四六　楊慎《河滿子》「欹枕夢回春晚」：又從「記得緑羅裙，處處憐芳草」衍出。（記得羅巾別淚

愁，看帶雨梨花。」)(同前)

二四七 秦觀《調笑令·王昭君》「回顧」：前數行疑是元人賓白所自始，(指詩句：「漢宮選女適單于，明妃斂袂登氊車。玉容寂寞花無主，顧影徘徊泣路隅。行行漸入陰山路，目斷征鴻入雲去。獨抱琵琶恨更深，漢宮不見空回顧。」)被之管弦，竟是董解元數段。(同前)

二四八 秦觀《調笑令·煙中怨》「眷戀」：此事甚僻。(指詩句：「鑒湖樓閣與雲齊，樓上女兒名阿溪。十五能為綺麗句，平生未解出幽閨。謝郎巧思詩裁就，能使佳人動幽怨。瓊枝璧月結芳期，斗帳雙雙成眷戀。」)(同前)

二四九 毛滂《調笑令·苕子》「芳草」：讀張生《杜牧傳》，至後半篇，真可喟然長嘆，怵然深省，大有利益之書也。(同前)

二五〇 毛滂《調笑令·灼灼》「顛頽」：似胡后《楊白花》詞。(願郎學做蝴蝶子，去去來來花裏。)(同前)

二五一 顔吟竹《醉太平》「茶邊《水經》」：壽須溪，乃口角遂肖須溪矣。　又：杜欽，字子夏，為小冠，高廣纔二寸，人稱小冠子夏。〇司馬温公居洛，約邵堯夫游郃未至，司馬詩曰：「林間高閣望已久，花外小車猶未來。」〇王子年《拾遺記》：「丹丘千年一燒，黄河千年一清。」(同前)

二五二 和凝《薄命女》「天欲曉」：「冷」、「寒」二字複。(同前)

二五三 韓駒《昭君怨》「昨日樵村漁浦」：「美人驚報，一夜青山老」，與此同。(山色捲簾看，老峰

巒。）　又：詩：「寒鵲抱枝窺凍玉，天孫剪水作飛花。」（同前）

二五四　万俟雅言《昭君怨》「春到南樓雪盡」：「莫把」句接得陡，或以此句宜六字，增作「頻倚」便弱矣。易安「雁字回時月滿樓」，本宜八字，亦增不得。　又：雅言精於音律，自號詞隱。崇寧中充大晟府製撰，按月用律進詞，故多新聲。山谷稱之為一代詞人。黄玉林云：雅言之詞，發妙音於律吕之中，運巧思於斧鑿之外，蓋詞之聖也。著有《大聲集》。（同前）

二五五　卓田《昭君怨》「千里功名岐路」：《山房隨筆》云：三山卓稼翁，能賦馳聲，有題蘇小樓詞云：「丈夫隻手把吴鉤，欲斷萬人頭。因何鐵石，打成心性，却為花柔？　君看項籍并劉季，一怒使人愁。只因撞著，虞姬戚氏，豪傑都休。」調寄《眼兒媚》。（同前）

二五六　陳繼儒《昭君怨》「記得去年穀雨」：與元人「盤塘江上」《竹枝詞》相類。（同前）

二五七　牛希濟《生查子》「新月曲如眉」：《子夜》體。（同前）

二五八　魏承班《生查子》「煙雨晚晴天」：魏夫人「腸斷淚痕流不斷」，永叔「望欲斷時腸已斷」，兩「斷」字相襲。（腸斷斷絃頻。）（同前）

二五九　紫竹《生查子》「思郎無見期」：「魅」字與《後庭花》、《應天長》用「魗」字者同險。　又：大觀中，有紫竹者，工詞，善於調謔，恒謂天下無其偶。一日，手李後主集，父玄伯問何處最佳，答曰：「『問君能有幾多愁，却似一江春水向東流』耳。」（眉批：荆公、山谷亦有此問答。）有秀才方喬，樂至人也。偶與紫竹野遇，晝夜思之，幾成痼疾。每入闤闠，見賣美人圖者，輒取視，冀有似者。有句云：「若使畫工圖軟障，何妨終日喚真真。」一日，遇一道士持古鏡，謂曰：「子之用心，誠通神明，吾有純陽古鏡，今以奉贈。一觸至陰之氣，留影不散，試使人一照此女，即得其貌矣，當急請畫工圖之，勿令散去。」又戒喬不可照日，恐飛入日宮。喬如言達意，紫竹欣受。長夏，紫竹遺書云：「欲結赤繩，應須素節。泣珠成淚，久比鮫人。流火為期，聊同織女。春風鴛帳裡，不妨雁語驚寒，暮雨雀屏中，一任雞聲唱曉。」喬答以《玉樓春》詞云：「綠陰撲地鶯聲近，柳絮如綿煙草襯。雙鬟玉面碧窗人，一紙銀鈎春鳥信。佳期遠卜清秋夜，梧樹梢頭明月挂。天公若解此情深，此歲何須三月夏。」自此私諧繾綣，其父稍有所聞，召喬，以女妻之。（同前）

二六〇　朱淑真《生查子》「去年元夜時」，元曲之稱絶者，不過得此法。又：《詞品》曰：詞則佳矣，豈良人家婦所宜邪？又其元夕詩云：「火樹銀花觸目紅，極天歌吹暖春風。新歡入手愁忙裡，舊事經心憶夢中。但願暫成人繾綣，不妨長任月朦朧。賞燈那得工夫醉，未必明年此會同。」與其詞意相合，則其行可知矣。○《女史》云：錢塘朱淑真所從非偶，詩多憂怨，名《斷腸集》。（同前）

二六一　張先《生查子》「含羞整翠鬟」：「雁柱」二語，摹彈箏之神。又：箏，蒙恬所造。上圓象天，下平象地，中空準六合，絃柱十二，擬十二月，其一擬閏。（同前）

二六二　彭巽吾《生查子》「癡多故惱人」：何等不安祥，不老成，個中有一嬌女在，左思猶未道盡。（同前）

二六三　無名氏《生查子》「閑倚曲屏風」：「渾無思」，却是極多情。（同前）

二六四　向子諲《生查子》「娟娟月入眉」：「只有」二字，承認得妙，山谷亦云「只有相思是」。（同前）

二六五　向子諲《生查子》「近似月當懷」：起句無端，是《白頭吟》「皚如」、「皎若」句法。（同前）

二六六　辛棄疾《生查子》「青山招不來」：月有耳乎？月無耳，何以有珥？（同前）

二六七　陸放翁妾《生查子》「只知眉上愁」：其細已甚。（曉起理殘粧，整頓教愁去。不合畫春山，依舊留愁住。）又：陸放翁之蜀，宿一驛中，見題壁云：「玉堦蟋蟀鬧清夜，金井梧桐辭故枝。一枕凄凉眠不得，呼燈起作感秋詩。」詢之，則驛中女也，遂納為妾。方餘半載，夫人逐之，妾賦此詞。◎馮猶龍曰：放翁《釵頭鳳》詞，蓋為母夫人出其妻唐而作也。出一愛妻，得一妬妻，母夫人之為放翁計者誤矣。乃愛妻見逐於母，愛妾復見逐於妻，何放翁之多不幸與？（同前）

二六八　金章宗《生查子》「風流紫府郎」：李後主豈能相傲？又：章宗喜文學，善書畫，宋徽宗以蘇合油搜烟為墨，章宗僅購得之一兩，價黄金一觔。欲倣為之，不能也。有題扇《蝶戀花》詞云：「幾股湘江龍骨瘦，巧樣翻騰，疊作湘波皺。金縷小鈿花草鬬，翠條更結同心扣。金殿珠簾閒永晝，一握清風，暫喜懷中透。忽聽傳宣須急奏，輕輕褪入香羅袖。」又刻石仰山五峰禪刹云：「金色界中兜率景，碧蓮花裏梵王宫。鶴驚清露三更月，虎嘯疎林萬壑風。」與李妃登梳粧臺，得句云：「二人土上坐。」妃對曰：「一月日邊明。」（同前）

二六九　王子可《生查子》「夜色明河净」：與稼軒「一曲桃花水」同讀之，癡膜可蜕。（前聲金笋中，後聲銀河底。一夜嶺頭雲，繞遍樓前水。）（同前）

二七〇　劉基《生查子》「槐雲䴙墮鬟」：劉德修「恨長無奈東風短」，張子野「日正長時春夢短」，不知誰劣？（愁永青宵短。）（同前）

二七一　王微《生查子》「已知無見期」：修微又有一詞云：「孤幃寂寂漏聲殘，静看燈花做押。」「做」字更尖。（同前）

二七二　張泌《柳枝》「膩粉瓊粧透碧紗」：徵仲云「殘夢闌心懶下樓」，若士云「那夢兒還去不遠」，都從「思夢笑」三字來。（同前）

二七三　陳繼儒《柳枝》「雨香雲澹日遲遲」：三絃始於元時，張小山詞曰：「三絃玉指，雙鈎草字，題贈玉娥兒。」（三條絃上合新詞。）（同前）

二七四　孫光憲《酒泉子》「斂態窗前」：「嗔」得奇。（鏡中嗔共照。）（同前）

二七五　無名氏《醉公子》「門外猧兒吠」：是真境，非文人寸管所能造。（醉則從他醉，還勝獨睡時。）　又：《懷古録》：此唐人詞也，前輩謂讀此可悟詩法。或以問韓子蒼，子蒼曰：「只是轉摺多，且如喜其至，刬襪下堦，是一轉矣；而苦其今夜醉，又是一轉；喜其入羅幃，又是一轉；不肯脱羅衣，又是一轉；後兩句自開釋，又是一轉。」（同前）

二七六　顧夐《醉公子》「河漢秋雲澹」：《還魂曲》：「恁今春闕情似去年」，用此也。「最撩人春色是今年」，則又翻此。（魂銷似去年。）　又：《花間集》曰：末二句（指「衰柳數聲蟬，魂銷似去年」）陳聲伯愛之，嘗擬此作一絶句云：「擁被忽聽門外雨，山中又作去年秋。」甚脱化。（同前）

二七七　范汭《醉公子》「酒香吹狹路」：喜則「羅幌有雙笑」，悲則「寒燈照一身」。（夢醒撇情人，寒燈照一身。）（同前）

二七八　蘇軾《點絳唇》「閑倚胡床」：「明月清風我」，勝於「舉杯邀月，對影成三客」多矣。又：漢制：別駕從事史一人，刺史行部別乘一，乘傳車。（同前書卷四）

二七九　姜夔《點絳唇》「燕雁無心」：「商略」二字誕，妙。（同前）

二八〇　向子諲《點絳唇》「脱落皮膚」：最上一乘。（同前）

二八一　趙鼎《點絳唇》「香冷金猊」：或云「生怕人來問」，或云「更無人問」，語反而情均。又：趙忠簡，中興名相也。舊傳李德裕再生，俱壽六十二。以忤檜死，自書銘旌云：「身騎箕尾歸天上，氣作江河壯本朝。」（同前）

二八二　何籀《點絳唇》「鶯踏花翻」：起、結取勝，則詞道備。（同前）

二八三　蘇過《點絳唇》「高柳蟬嘶」：「雲如髻」，可方太白「煙如織」。又：「十」字唐詩多作平聲，楊升庵音旬，王弇州音諶。（同前）

二八四　林逋《點絳唇》「金谷年年」：終篇不出「草」字，古今詠草，惟此壓卷。又：張子野弔和靖詩：「湖山隱後家空在，煙雨詞亡草自青。」（同前）

二八五　僧德洪《點絳唇》「流水泠泠」：梅詞如此清俊，何羡坡公「緑毛么鳳」之作。（同前）

二八六　蕭竹屋《點絳唇》「花徑相逢」：「莫」字較勝放翁《釵頭鳳》「莫」字。（同前）

二八七 周邦彦《點絳唇》「遼鶴西歸」：美成在姑蘇，與營妓岳楚雲相戀，後從京師過吴，則岳已從人矣。因飲于太守蔡巒坐上，見其妹，為作此詞寄之，楚雲得詞，感泣累日。（同前）

二八八 舒氏《點絳唇》「獨自臨流」：正使天朗氣清，無異酸風苦雨。（鷺散魚潛，烟歛風初定。波心静，照人如鏡，少個年時影。） 又：元祐間，王齊叟字彦齡，任俠有聲，娶舒氏女，亦工篇章，常以使酒忤翁，竟致離絶，而夫婦之好原無乖張。女在父家，一日行池上，懷其夫，作此曲。（同前）

二八九 無名氏《點絳唇》「蹴罷秋千」：入若士《紫釵記》。（同前）

二九〇 無名氏《點絳唇》「殢雨尤雲」：誰能摹此，惟漢《秘辛》。（同前）

二九一 曾鷗江《點絳唇》「一夜東風」：雨，一也，天宫見為珠貝，修羅為刀兵，有至理在。 又：劉篁嵲詞：「一般垂柳短長亭，去路不如歸路好。」（同前）

二九二 元好問《點絳唇》「繡佛長齋」：彷佛坡仙。 又：壬辰北渡，順天毛、楊二生祈仙蘇晉，降乩有「百僞無一真，中有羲皇醇」二句，以語元遺山，遺山曰：「此余少時所作，晉豈余前身耶？」二生又述其「酒裏神仙我」之句，公因作此詞。（同前）

二九三 楊基《點絳唇》「淺碧深紅」：如里老之和事。（同前）

二九四 陳繼儒《點絳唇》「鐘鼓沉沉」：忉利天宫人語。（杯底秋山緑。）（同前）

二九五 焦竑《點絳唇》「軒冕文章」：壽詞有此，可謂伐毛洗髓矣，稼軒以之。（同前）

二九六 魏承班《訴衷情》「銀漢雲晴玉漏長」：「蟬噪林逾静」，借以詠蛩；「群峰似劍割愁腸」，借以

詠月。（同前）

二九七　魏承班《訴衷情》「春情滿眼臉紅銷」：「索人饒」比「索春饒」尤妙。（同前）

二九八　毛文錫《醉花間》「深相憶」：「粉牆高似青天」之句，未奇也。（銀漢是紅牆，一帶遥相隔。）（同前）

二九九　薛昭藴《女冠子》「求仙去也」：我欲置身此中。（同前）

三〇〇　薛昭藴《女冠子》「雲羅霧縠」：押「三」字奇穩。（同前）

三〇一　牛嶠《女冠子》「含嬌含笑」：殘粧乃爾，新粧何如？〇「寒玉」二句，仙手。（同前）

三〇二　牛嶠《女冠子》「緑雲高髻」：此等女冠，非魚玄機、李冶輩乎？

三〇三　韋莊《女冠子》「四月十七」：衝口而出，不假粧砌。

三〇四　程垓《愁倚欄令》「春猶淺」：王季平序《書舟詞》云：「程正伯以詩詞名，獨尚書尤公以正伯之文過於詩詞，此乃識正伯之大者也。正伯方為當塗諸公以制舉論薦，使惟以詞名世，豈不小哉？昔晏叔原以大臣子處富貴之極，為靡麗之詞，其政事堂中舊客尚欲其捐有餘之才，勉未至之德。蓋叔原獨以詞名，他文則未傳也。至少游、魯直則已兼之，故陳無已之作，自云『不減秦七黄九』，是亦推尊其詞耳。余謂正伯為秦、黄則可，為叔原則不可。」季平，名稱，紹熙間人。〇正伯與子瞻中表兄弟，集中多溷蘇作。（同前）

三〇五　沈自炳《中興樂》「芙蓉池上露初涼」：聽於無聲。（玉釵猶響，無限思量。）（同前）

三〇六 張曙《浣溪紗》「枕障薰爐冷繡幃」：張褘侍郎有愛姬早逝，猶子曙代此詞，置几上，褘朝回見之，不覺哀慟，曰：「此必阿灰所作。」灰，曙小字也。（同前）

三〇七 李後主《浣溪紗》「紅日已高三丈透」：仄韻僅見此首。（同前）

三〇八 孫光憲《浣溪紗》「風遞殘香出繡簾」：末句妙在全不使性。（争教人不別猜嫌。）（同前）

三〇九 孫光憲《浣溪紗》「蘭沐初休曲檻前」：本于《子夜歌》「何處不可憐」。（同前）

三一〇 孫光憲《浣溪紗》「烏帽欹斜倒珮魚」：「且生疎」，乖人偶然看得，俗眼則失之矣。又：《花間集》云「千呼萬喚始出來，猶抱琵琶半遮面」，與「將見客時，微掩斂，得人憐處，且生疎」，可謂曲盡嬌憨之態矣。（同前）

三一一 張泌《浣溪紗》「鈿轂香車過柳堤」：「樺煙」字奇。（同前）

三一二 張泌《浣溪紗》「馬上凝情憶舊遊」：「早是出門」一聯，與葆光「早是魂消」一聯，皆似香山律句。（同前）

三一三 張泌《浣溪紗》「晚逐香車入鳳城」：聞此語當更狂矣。（依稀聞道太狂生。）（同前）

三一四 歐陽烱《浣溪紗》「落絮殘鶯半日天」：烱又云「有情無力泥人時」，是慣領略「柔」、「醉」二字者。（同前）

三一五 顧敻《浣溪紗》「荷芰風輕簾幙香」：「悔偷靈藥」，「悔教夫壻」，不如此悔深。（薄情年少悔思量。）（同前）

三一六　晏殊《浣溪紗》「一曲新詞酒一杯」：實處易工，虚處難工，對法之妙無兩。（無可奈何花落去，似曾相識燕歸來。）又：晏元獻公赴杭州，道過維揚，憩大明寺，瞑目徐行，使史誦壁間詩板，戒其勿言爵里姓名，終篇者無幾。又别誦一詩，云：「水調隋宫曲，當年亦九成。哀音已亡國，廢沼尚留名。儀鳳終陳迹，鳴蛙只廢聲。凄凉不可問，落日背蕪城。」徐問之，江都尉王琪詩也。召至同飯，又遊池上，春晚，已有落花，晏云：「每得句，或彌年未嘗强對，且如『無可奈何花落去』，至今未能也。」王應聲曰：「似曾相識燕歸來。」自此辟置館職。（同前）

三一七　賀鑄《浣溪紗》「鸚鵡驚人促下簾」：古語：河絡角，堪夜作，犁星没，水生骨。（同前）

三一八　賀鑄《浣溪紗》「鶯外紅綃一縷霞」：「鶯外」或作「樓角」，相去天壤。又：胡仔《漁隱叢話》云：賀方回「澹黄楊柳帶棲鴉」，秦處度「藕葉清香勝花氣」，二句寫景詠物，造微入妙。○賀方回有姬善詩，嘗荅賀云：「獨倚危闌淚滿襟，小園春色嬾追尋。深恩却似丁香結，難展芭蕉一寸心。」（同前）

三一九　歐陽修《浣溪紗》「湖上朱橋響畫輪」：湯若士「良辰美景奈何天」本此。（隔花啼鳥唤行人，日斜歸去奈何春。）又：弇州曰：永叔極不能作麗語，乃亦有之，曰「隔花啼鳥唤行人」，又「海棠經雨胭脂透」。○羅泌序歐詞曰：公性至剛，而與物有情，蓋嘗致意於詩，為之本義，温柔寬厚，所得深矣。吟詠之餘，溢為歌詞，有《平山集》盛傳於世，曾慥《雅詞》不盡收也。其甚淺近者，前輩多謂劉輝僞作。（同前）

三二〇　周邦彥《浣溪紗》「薄薄紗廚望似空」：我願為魚戲蓮葉。（同前）

三二一　蘇軾《浣溪紗》「道字嬌訛苦未成」：首句欲生，結句太俗。（同前）

三二二　蘇軾《浣溪紗》「雪裏餐氈例姓蘇」：叶「蘇」字，謔甚。（同前）

三二三　秦觀《浣溪紗》「漠漠輕寒上小樓」：「自在」二語，奪南唐席。（同前）

三二四　黄庭堅《浣溪紗》「脚上鞋兒四寸羅」：末句入《紫釵》。（今生有分向伊麽。）又：山谷過瀘帥，有官妓盼盼，帥嘗寵之，山谷贈以此詞，盼盼唱《惜春容》詞侑酒。（同前）

三二五　黄庭堅《浣溪紗》「新婦磯頭眉黛愁」：東坡曰：聞魯直以山光水色替却玉肌花貌為得意，然纔出新婦磯，又入女兒浦，此漁父毋乃大瀾浪耶？（同前）

三二六　高觀國《浣溪紗》「魂是湘雲骨是蘭」：首句不及「雲想衣裳」、「遠過秋水」為神矣。（同前）

三二七　陸游《浣溪紗》「花市東風捲笑聲」：「捲」字奇。（同前）

三二八　向子諲《浣溪紗》「進步須於百尺竿」：小詞談宗門者絶少。（同前）

三二九　毛滂《浣溪紗》「小圃韶光不待邀」：秀色療人饑。（同前）

三三〇　毛滂《浣溪紗》「晚色輕凉入畫船」：羿妻復自廣寒來奔，倩封家姨為媒耶？（同前）

三三一　毛滂《浣溪紗》「蠟燭花中月滿窓」：春可抱觴，可入仙句也。（抱持春色入金觴，鴨爐從冷醉魂香。）（同前）

三三二　辛棄疾《浣溪紗》「父老争言雨水匀」：少游「曉陰無賴」，稼軒「小桃無賴」，一悶一喜。（小

桃無賴已撩人。」(同前)

三三三　辛棄疾《浣溪紗》「新葺茅簷次第成」：禪心豔思，夾雜不清，英雄本色。(同前)

三三四　方千里《浣溪紗》「新樣衣裳巧刻繒」：清可沁脾，綺能消骨。(同前)

三三五　李清照《浣溪紗》「髻子傷春慵更梳」：開元中交趾獻辟寒犀，煖氣襲人。(同前)

三三六　李清照《浣溪紗》「繡面芙蓉一笑開」：朱淑真云「嬌癡不怕人猜」，便太縱矣。(眼波動被人猜。)(同前)

三三七　李清照《浣溪紗》「樓上晴天碧四垂」：為落花增氣色。(新笋看成堂下竹，落花都上燕巢泥。)(同前)

三三八　慕容嵓卿妻《浣溪紗》「滿目江山憶舊遊」：平江府雍熙寺月夜，有婦人歌此詞，有客傳之，姑蘇慕容嵓卿驚曰：「此余亡妻詞也。」詢所由來，正其妻旅櫬處。(同前)

三三九　珍娘《浣溪紗》「溪霧溪煙溪景新」：黠鬼善改歐詞。(同前)

三四〇　詹玉《浣溪紗》「淡淡青山兩點春」：「一梭」句本後主。〇「見西」二字宜作平仄。　又：故宋駙馬楊震有十姬，名粉兒者尤勝。一日，招詹天游宴，出諸姬佐觴，天游屬意粉兒，口占此詞，楊遂贈之，曰：「請天游真個消魂也。」(同前)

三四一　趙可《浣溪紗》「擡轉爐薰自換香」：李十郎以「沙似雪」對「月如霜」，又被小竊。(同前)

三四二　楊基《浣溪紗》「細草垂楊村巷幽」：遠山學眉，新月學鈎，都是倒法。(同前)

三四三 楊基《浣溪紗》「鸞股先尋鬬草釵」：富豔，盡花朝氣象。○五句皆為末句耳，章法亦通。

又：李慶詩：「軸傳曲譜金書字，樹記花名玉篆碑。」（同前）

三四四 楊慎《浣溪紗》「滿目風光户不關」：昔云「天醉」、「天夢」，何如「天慳」？（晚來一笑破天慳。）（同前）

三四五 吴寬《浣溪紗》「晚來疎雨過柴關」：「半壁雨收殘日去，滿江風送晚潮來」，暮景愁人。此起二句，暮景快人。（同前）

三四六 王世貞《浣溪紗》「金博山頭半吐煙」：凡弇州密緻之詞，直與升庵為類。（同前）

三四七 顧仲從《浣溪紗》「玉韻花情描不成」：後半妙在一氣如話。（同前）

三四八 錢繼章《浣溪紗》「睡損眉黄澹未添」：吟安一字，不知廢幾許心血。（同前）

三四九 高觀國《霜天曉角》「春雲粉色」：一詞「極」字、「滴」字俱用韻，與蔣竹山「牙」字同。

又：高賓王詞名《竹屋癡語》，陳造為序，稱其與史邦卿皆秦、周之詞，要是不經人道語。（同前）

三五〇 辛棄疾《霜天曉角》「吴頭楚尾」：之乎者也，出稼軒口便有聲有色，不許村學究效顰。

又：《詞品》曰：「天氣殊未佳，汝定成行否。寒食近，且住為佳耳。」此晉無名氏帖中語也。語本入妙，而稼軒又融化之如此，可謂珠璧相照矣。（同前）

三五一 蔣捷《霜天曉角》「人影窓紗」：請代折花人諷云：干卿何事？（同前）

三五二 徐媛《霜天曉角》「雙巒鬬碧」：句多不合調，愛其俊氣，存之。（同前）

三五三　晏殊《清商怨》「關河愁思望處滿」：音節之間，如有所咽而不得舒。　又：陸雲賦：「眷南雲以興悲，蒙東雨而涕零。」江總詩：「心逐南雲去，身隨北鴈來。」（同前）

三五四　范仲胤妻《伊川令》「西風昨夜穿簾幕」：劉潛夫「淚與絃俱落」，若出一口。（淚珠與燈花共落。）　又：范仲胤為相州録事，久不歸，其妻寄《伊川令》一闋。伊字作尹字，胤答詞嘲之，有「料想伊家不要人」之句，妻復答云：「閑將小書作尹字，情人不解其中意。共伊問別幾多年，身邊少箇人兒睡。」（同前）

三五五　辛棄疾《卜算子》「一以我為牛」：四詞意氣所寄，可擊唾壺而歌。（其他三首：「夜雨醉瓜廬」、「珠玉作泥沙」、「漢代李將軍」。）（同前）

三五六　謝逸《卜算子》「煙雨幕横塘」：謝無逸，臨川進士。黄山谷讀其詩，曰：「晁、張流也。」如：「山寒石髮瘦，水落溪毛彫。」又：「老鳳垂頭噤不語，枯木槎牙噪春鳥。」又：「黛淺眉痕沁」，「紅添酒面潮」。又：「魚躍冰池飛玉尺，雲横石嶺拂鮫綃。」皆百鍊乃出冶者。嘗有《詠蝶》詩云：「身似何郎全傅粉，心如韓壽暗偷香。」又：「飛隨柳絮有時見，舞入梨花無處尋。」共三百首，人呼為謝蝴蝶。鄭谷有《鷓鴣》詩，人稱鄭鷓鴣，正可相比。（同前）

三五七　程垓《卜算子》「獨自上層樓」：語自平平，章法最勝。（同前）

三五八　秦湛《卜算子》「春透水波明」：以太白「有人樓上愁」之句答之。　又：四和謂香金，梟謂爐。《雪浪齋日記》云：山谷詞：「春未透，花枝瘦，正是愁時候。」極為學者稱賞。秦處度詞：「春

透水波明，寒峭花枝瘦。」蓋法此也。（同前）

三五九 徐俯《卜算子》「胸中千種愁」：山谷「思量只有夢來去，更不怕、江闌（即攔）住」，極似末語。（同前）

三六〇 蘇軾《卜算子》「缺月掛疎桐」：或以雁不棲樹枝，改為「寒蘆」。夫「揀盡」則不棲枝矣，子瞻不誤也。 山谷跋此詞云：東坡道人在黃州時作，語意高妙，似非喫煙火食人語。非胸中有萬卷書，筆下無一點塵，孰能至此？〇按《女紅餘志》：惠州温都監有女名超超，年十六，不肯字人。聞子瞻至，喜曰：「此吾壻也。」夜聞子瞻諷詠，則徘徊窗外，子瞻覺，則亟去。坡謂温曰：「吾當呼王郎與子為婣。」未幾，子瞻過海，其女遂卒，葬於沙際。子瞻念之，為作此詞。「揀盡寒枝」，言擇偶也；「寂寞沙洲」，言葬所也。〇李卓吾曰：余獨悲其能具隻眼，知坡公之為神仙，知坡公之為異人。知坡公之外，舉世再無與兩，是以不得親近，寧死，不願居人間世也。然則即呼王郎為婣，彼亦必死不嫁也，何者，彼知有坡公，不知有王郎也。（同前）

三六一 劉克莊《卜算子》「片片蝶衣輕」：恨君不似月，恨君却似月，同是轉輪之手。（同前）

三六二 陸游《卜算子》「驛外斷橋邊」：想見勁節。（同前）

三六三 紫竹《卜算子》「繡閣鎖重門」：生未識面者，夢中尚能識之，何况見後？（同前）

三六四 聶大年《卜算子》「楊柳小蠻腰」：四詞俱瘦雅。（另外三詞：聶大年《卜算子》「粉淚濕鮫綃」、馬洪《卜算子》「歌得雪兒歌」、馬洪《卜算子》「花壓髻雲低」。）（同前）

三六五　馬洪《卜算子》「花壓髩雲低」：馬浩瀾集自序云：予始學為南詞，漫不知其要領，偶閱《吹劍録》中載東坡在玉堂日，有幕士善歌，坡問曰：「予詞何如柳耆卿？」對曰：「柳郎中詞，宜十七八女兒按紅牙拍，歌『楊柳岸，曉風殘月』。學士詞須關西大漢執鐵綽板唱『大江東去』。」緣是求二公詞而讀之，下筆略知蹊逕，然四十餘年僅得百篇，不可謂不難矣。法雲道人嘗勸山谷勿作小詞，山谷云：「空中語耳。」予欲以空中語名其集，或曰不文，改稱《花影集》，花影者，月下燈前，無中生有，以為假則真，謂為實猶涉虛也。（同前）

三六六　劉基《卜算子》「春去蝶先知」：王摩詰：「坐看蒼苔色，欲上人衣來。」王荆公：「坐看蒼苔文，欲上人衣來。」（同前）

三六七　孟稱舜《卜算子》「回首望西陵」：全倣徐師川。又：唐詩：「檻外羣峰似劒鋩，秋來處處割愁腸。」（同前）

三六八　花蕊夫人《醜奴兒令》「初離蜀道心將碎」：二十二顆，鮫人淚也。又：《詞品》云：花蕊夫人書詞未畢，為軍騎促行。後人戲續之云：「三千宮女如花貌，妾最嬋娟。此去朝天，只恐君王恩愛偏。」夫人見宋祖，猶作「十四萬人齊解甲，更無一個是男兒」之句，豈有隨昶行而書此敗節之語乎？不惟虛空架橋，而詞之鄙俚，亦狗尾續貂矣。○《鐵圍山叢談》：花蕊夫人，蜀王建妾，號小徐妃者也。後隨王衍歸唐，半途遭害。及孟氏再有蜀，傳至其子昶。又有一花蕊夫人費氏，作宫詞者是也。後隨昶歸宋，十日，召花蕊入宫，而昶遂死。昌陵後亦惑之，屢造（當作進）毒為患，不能遂。

晉邸數諫，昌陵不聽，一日從獵苑中，花蕊在側，晉邸方調弓矢，引滿擬獸，忽回射花蕊，一箭而死。（眉批：太宗又嘗射殺金城夫人，太祖飲射如故。）○孟昶美豐姿，善彈弓，花蕊在宋宫，自畫昶像以祀，詭言張仙，可求子，後遂相沿云。

三六九　李後主《醜奴兒令》「轆轤金井梧桐晚」：後主、易安，直是詞中之妖，恨二李不相遇。（同前）

三七〇　吴山庭《醜奴兒令》「江南二月春深淺」：宋玉雌雄之説，七字盡之。（一樣東風兩樣吹。）（同前）

三七一　吕本中《醜奴兒令》「恨君不似江樓月」：章法妙，疊句法尤妙。似女子口授，不由筆寫者。情不在豔而在真也。（同前）

三七二　辛棄疾《醜奴兒令》「少年不識愁滋味」：前是強説，後是強不説。（同前）

三七三　林章《醜奴兒令》「可憐夜夜寒牛斗」：先生壯心不已。（同前）

三七四　晏幾道《訴衷情》「長因蕙草記羅裙」：樂府《六么》訛作《緑腰》，此則直指裙腰耳。（同前）

三七五　毛熙震《後庭花》「鶯啼燕語芳菲節」：《詞品》云：黦，於勿、於月二切，黑而有文也。周處《風土記》：「梅雨霑衣服，皆敗黦。」此字文人罕用，惟此詞及韋莊《應天長》詞用之。（同前）

三七六　錢繼章《後庭花》「大堤高柳蟬聲促」：「小袖」句可匹太真「羅袖動香香不已」。（同前）

三七七　劉涇《减字木蘭花》「憑誰好筆」：二詞高快，不下稼軒。（另一詞為無名氏《减字木蘭花》

「江南二月」。）（同前書卷五）

三七八　僧仲殊《減字木蘭花》「江南二月」：張樞言龍圖湖上開宴，劉巨濟、僧仲殊即席聯句。樞言又出梅花，命同賦之。○樞言名詵。（同前）

三七九　辛棄疾《減字木蘭花》「盈盈淚眼」：陳子高「東風無氣力」並美。（日暮行雲無氣力。）又：稼老過長沙道中，壁上有婦人題字，若有恨者，因用意賦此。（同前）

三八〇　王安國《減字木蘭花》「畫橋流水」：讀「馬上」句，覺「馬上續殘夢」及「帶得詩來馬上敲」之句皆劣。

三八一　陳師道《減字木蘭花》「娉娉嫋嫋」：何必眼波動，然後被人猜。　又：司空圖《休休亭》詩：「休休休，莫莫莫，一局棊，一爐藥。」（同前）　又：《外紀》云：平甫卒後，為靈芝宮仙官。（同前）

三八二　朱敦儒《減字木蘭花》「劉郎已老」：末句如古劍一吼。（故國山河照落紅。）（同前）

三八三　黄庭堅《減字木蘭花》「詩翁才刃」：何等壯傑。（同前）

三八四　黄庭堅《減字木蘭花》「舉頭無語」：何等凄淡。　又：自序：丙子仲秋，黔守席上客有舉岑嘉州中秋詩曰：「今夜鄜州月，閨中只獨看。遥憐小兒女，未解憶長安。」因戲作。（同前）

三八五　蔣令女《減字木蘭花》「朝雲横度」：金人犯闕，陽武令蔣興祖死之，其女方笄，美顏色。為賊所虜，至雄州驛，題詞于壁，乃靖康間浙西人。○景炎丁丑，有過軍挾一婦人，經長興和平酒庫，書《沁園春》于壁云：「我生不辰，逢此百罹，况乎亂離。奈惡因緣到，不夫不主，被擒捉去，為妾為妻。

父母公姑，弟兄姊妹，流落不知東與西。心中事，把家書寫下，分付伊誰。越人北向燕支，回首望、雁峰天一涯。奈翠鬟雲軟，笠兒怎帶，柳腰春細，馬性難騎。缺月疎桐，淡烟衰草，對此如何不淚垂。君知否，我生于何處，死亦魂歸。」「雁峰劉氏題。」（眉批：有淺率處，有香柔處，不似僞作。）（同前）

三八六 王世貞《減字木蘭花》「楊花亂起」：兩首四個起句，須著眼。（同前）

三八七 董斯張《減字木蘭花》「誰能消受」：遐周所得六朝鏡銘，未及此詞妖麗。（同前）

三八八 李白《菩薩蠻》「平林漠漠煙如織」：詞林以此為鼻祖，其古致遥情，自然壓卷。（同前）

三八九 温庭筠《菩薩蠻》「小山重疊金明滅」：此詞又名《重疊金》，因首句也。（同前）

三九〇 温庭筠《菩薩蠻》「水精簾裏頗黎枕」：「藕絲秋色染」，牛嶠句也，「染」、「淺」二字皆精。

又：升庵曰：詩詞中惹字之妙者，摩詰「楊花惹暮春」，長吉「古竹老梢惹碧雲」，孫光憲「六宫眉黛惹春愁」，温飛卿「暖香惹夢鴛鴦錦」。（同前）

三九一 温庭筠《菩薩蠻》「竹風輕動庭除冷」：迂公和韻云「夕陽簾外參差影」，殆不相讓。（珠簾月上玲瓏影。）（同前）

三九二 牛嶠《菩薩蠻》「柳花飛處鶯聲急」：兩首「急」字俱尖極。（另一首：「玉釵風動春幡急」。）（同前）

三九三 牛嶠《菩薩蠻》「風簾燕舞鶯啼柳」：「釵重」二句，大類「寶帳香重重，一雙紅芙蓉」。（同前）

三九四 孫光憲《菩薩蠻》「月華如水籠香砌」：燭啼有淚，燈笑生花。（同前）

三九五　孫光憲《菩薩蠻》「青巖碧洞經朝雨」：孫有句云「片帆煙際閃孤光」，足括此八句。（同前）

三九六　唐昭宗《菩薩蠻》「登樓遥望秦宫殿」：隋煬、王衍、孟昶、李景、李煜、錢俶、宋徽一流。又：唐乾寧三年，李茂貞犯京師，昭宗欲幸太原，韓建請幸華州，昭宗勉從之。鬱鬱不樂，時登城西眺，製此。又嘗以歌辭賜韓建，以詩及《楊柳枝》詞賜朱全忠，皆憚之故也。（同前）

三九七　無名氏《菩薩蠻》「牡丹帶露真珠顆」：問答嗔笑，情景縈廻。唐六如「請郎今夜伴花眠」，又添三毛矣。又：《詞品》曰：此詞唐宣宗嘗稱之，蓋又在《花間》之先也。時有婦人斷夫兩足者，宣宗戲曰：「無乃碎挼花打人耶？」（同前）

三九八　李後主《菩薩蠻》「銅黄韻脆鏘寒竹」：後主詞率意都妙，即如「衷素」二字，出他人口便村。（同前）

三九九　李後主《菩薩蠻》「花明月暗飛輕霧」：「花明月暗」一語，珠聲玉價。又：《南唐書》云：後主繼室周后即昭惠后之妹也，昭惠感疾，后常在禁中。後主詞有「剗襪步香堦」之類，多傳于外，至納后，乃成禮而已。大讌羣臣，韓熙載以下皆為詩諷焉，後主不之譴。○《江南録》云：周后隨後主歸宋，封鄭國夫人，例隨命婦入宫。每入，輒數日而出，必大泣駡後主，聲聞于外，後主宛轉避之。（同前）

四〇〇　耿玉真《菩薩蠻》「玉京人去秋蕭索」：「起」、「落」字妙，類之者惟「兔起鶻落」耳。（畫簷鵲起梧桐落。）又：南唐盧絳病痁，夢白衣美媍歌此詞勸絳尊酒，因謂絳曰：「子之病，食蔗即愈。」

如言，果差。數夕又夢之，曰：「妾乃玉真也，他日富貴，相見於固子坡。」後入宋，臨刑，有白衣婦人同斬，宛如所夢。問其姓名，曰耿玉真。問受刑之地，則固子坡也。（同前）

四〇一　張表臣《菩薩蠻》「垂虹亭下扁舟住」：自注：有士人覽之，曰：「不聞鴨可寄書。」予不答。信乎柳州云：「作之難，知之又難，雌霓之賞為少也。」（眉批：矜甚。）（同前）

四〇二　毛滂《菩薩蠻》「端端正正人如月」：第三句急轉，如翾風舞。（花月不如人。）（同前）

四〇三　毛滂《菩薩蠻》「雲山沁緑殘眉淺」：「將」字妙。（同前）

四〇四　孫濟師《菩薩蠻》「一聲羌管吹嗚咽」：「流水桃花色」、「斷橋流水香」，同一機杼。梅能令水香，桃能令水紅也。

四〇五　張孝祥《菩薩蠻》「東風約略吹羅幕」：更勝「芭蕉生暮寒」。（試把杏花看，濕紅嬌暮寒。）（同前）

四〇六　黄昇《菩薩蠻》「南山未解松梢雪」：無此清筆，安能寫此清事？又：黄玉林別號花庵詞客，早棄科舉，顔其居曰散花庵。嘗選唐宋詞十卷，名《絶妙詞選》。游受齋稱其詩為晴空冰柱，樓秋房喜其與魏菊莊友善，以泉石清士目之。（同前）

四〇七　高觀國《菩薩蠻》「何須急管吹雲暝」：「金餅」不避俗，自不俗。（同前）

四〇八　陳克《菩薩蠻》「緑蕪牆遶青苔院」：一「輕」字，全首俱靈。（緑窓春夢輕。）（同前）

四〇九　秦觀《菩薩蠻》「蛩聲泣露驚秋枕」：「畢竟」二字，寫盡一夜之輾轉。（同前）

四一〇　秦觀《菩薩蠻》「金風簌簌驚黄葉」：秋枕黄葉，無情物耳，下兩「驚」字，無情化有情。（同前）

四一一　陳師道《菩薩蠻》「曉來誤入桃源洞」：妙喻。（玉腕枕香腮，荷花藕上來。）（同前）

四一二　孫洙《菩薩蠻》「樓頭尚有三通鼓」：直寫當境，不增一字。　又：孫公於元豐間為翰院，與李端愿太尉往來尤數。會一日鎖院，宣召，得之於李氏。時李新納妾，能琵琶，公飲不肯去，而迫於宣命，入院幾三鼓矣。草三制罷，復作此長短句，遲明遣示李。（同前）

四一三　辛棄疾《菩薩蠻》「青山欲共高人語」：趣語解頤。（拍手笑沙鷗，一身都是愁。）（同前）

四一四　辛棄疾《菩薩蠻》「鬱孤臺下清江水」：忠憤之氣，拂拂指端。　又：鬱孤臺在虔州。〇南渡初，虜人追隆祐太后御舟，至造口，不及而還，幼安自此起興，「聞鷓鴣」之句，謂恢復行不得也。（同前）

四一五　史達祖《菩薩蠻》「唐昌觀裏東風軟」：刻楮削棘之手。（籠茸鏤暖雪，瑣細雕晴月。）（同前）

四一六　史達祖《菩薩蠻》「梨花不礙東城月」：託言春風，其他不盡。（春風來不來。）（同前）

四一七　朱淑真《菩薩蠻》「濕雲不渡溪橋冷」：不犯梅事，超。（同前）

四一八　李清照《菩薩蠻》「绿雲鬢上飛金雀」：低回宛轉，蘭香玉潤，六朝才子，恐不能擬。（同前）

四一九　蕭淑蘭《菩薩蠻》「有情潮落西陵浦」：《詩女史》又有蕭淑蘭寄張世英詞云：「天教劉阮迷蓬島，桃花片片依芳草。芳草惹春思，王孫知不知。　紅顔輕似葉，薄倖堅如鐵。妾意為君多，君心棄妾那。」〇張世英館於蕭公讓家，其妹投詞挑之，張拒而不納，託故辭歸。蕭公讓知之，以妹許張，備禮而婚焉，事見元人雜劇。（同前）

四二〇　拜住《菩薩蠻》「紅繩畫板柔荑指」：僅清適，在腥膻椎結中，奇物也。又：元宣徽院使孛羅有杏園，每年春諸妹諸女設鞦韆園中，適樞密同僉帖木耳不花子拜住過園外，窺一女絶色，歸白之親，遣媒求婚，孛羅知其情，邀令賦鞦韆，拜住以國字寫呈。孛羅又令作《滿江紅》詠鶯，拜住以漢字寫呈，遂許前女速哥失里為妻云。（同前）

四二一　楊基《菩薩蠻》「水晶簾外涓涓月」：只將「花月」二字掂播，重重微想。（同前）

四二二　徐渭《菩薩蠻》「千嬌更是羅鞋淺」：可入小言賦。又：末二句或作「急舞旋尖尖，花氊一餅圓」。（同前）

四二三　湯顯祖《菩薩蠻》「赤欄橋盡香街直」：出臨川口，一字一句，令人斷腸。（同前）

四二四　吴鼎芳《菩薩蠻》「將伊丟下虧伊耐」：意謂瑞香花皆並頭耶？（同前）

四二五　張杞《菩薩蠻》「嬌姿消得纏頭錦」：人謂鄭愚「消得錦半臂」，起語本此。（同前）

四二六　蘇軾《菩薩蠻》「翠鬟斜幔雲垂耳」：「幔」字恐誤。（同前）

四二七　蘇軾《菩薩蠻》「柳庭風静人眠晝」：藕絲笑人，花笑、竹笑，不足云矣。（郎笑藕絲長，長絲藕笑郎。）（同前）

四二八　朱熹《菩薩蠻》「暮江寒碧縈長路」：公詞十六首，道學氣滿紙，此二詞饒有致。（同前）

四二九　丘濬《菩薩蠻》「紗窓碧透横斜影」：隨句倒讀猶易耳，至尾讀轉，斷鶴續鳧，非巧手不能。（同前）

四三〇　湯顯祖《菩薩蠻》「梅題遠色春歸得」：兩作瑕瑜不相揜。（另一詞為「明河望斷啼情日」。）（同前）

四三一　湯顯祖《菩薩蠻》「還生赦泣人天望」「時來赦道人知未」：謝朓詩：「遠樹曖芊芊，生烟紛漠漠。」靈運撰《征賦》：「披宿莽以迷徑，覩生烟而知墟。」乃生熟之生。又劉禹錫詩「瀼西春水縠紋生」，晏丞相云：「作生熟之生，語乃健。」王建詩：「自別城中禮數生。」（同前）

四三二　毛文錫《巫山一段雲》「雨霽巫山上」：畫雲第一手。（同前）

四三三　柳永《巫山一段雲》「清旦朝金母」：第四句遊仙未慣之語。（鶴背覺孤危。）（同前）

四三四　楊慎《巫山一段雲》「背壁羞嬌影」：當是玉香獨見鞋。（同前）

四三五　楊夫人《巫山一段雲》「巫女朝朝豔」：短篇《神女賦》。又：楊用修婦黄氏，亦有才情。其寄夫一律最著：「鴈飛曾不到衡陽，錦字何由到永昌。三春花鳥妾薄命，六詔風烟君斷腸。曰歸曰歸愁歲暮，其雨其雨怨朝陽。相聞空有刀環約，何日金鷄下夜郎。」又《黄鶯兒》一曲：「積雨釀春寒，見繁花，樹樹殘。泥塗滿眼登臨倦，江流幾灣，雲山幾盤。天涯極目空腸斷，寄書難。無情征鴈，飛不到滇南。」用修三和其韻，俱不能勝。（眉批：夫人詩詞最奇麗，元美特舉其真切宛至者耳。）（同前）

四三六 湯顯祖《添字昭君怨》「昔日千金小姐」：鬼趣宛然。（同前）

四三七 韋莊《謁金門》「春漏促」：末二句與「彈到斷腸時，春山眉黛低」相類，而《花間》、《草堂》，語致自異，心手不知。（同前）

四三八 馮延巳《謁金門》「風乍起」：劉伯温「風嫋嫋，吹緑一庭秋草」，摹此。（風乍起，吹皺一池春水。）又：《南唐詞集》云：馮延巳作《謁金門》，元宗戲云：「『吹皺一池春水』，干卿何事？」對曰：「未若陛下『細雨夢回雞塞遠，小樓吹徹玉笙寒』也。」（同前）

四三九 無名氏《謁金門》「真堪惜」：玄之《夢遊仙詞序》云：夏夜倦寢，神遊異境，榜曰玄妙洞天。見少女獨立朗然，高詠云：「歡非有欠，覕自不來，彼何人也。兩心是懷，惟君與妾，雙雙不散，姺女既嫁，得國之半。」歌已，命侍兒傳語曰：「與君有緣，把臂密邇，今時未至，請辭。」翻然而醒，自是不數夕一夢，其事至奇，别有私誌，所歌之詞聊藉于此，共十八首。弅丘道人跋曰：玄之必有所遇，難于顯言，託之華胥耳。（眉批：玄之、弅丘，不知何許人。「歡」、「覕」八句，要是隱語。十八首不知果出女子手否？今選《謁金門》一、《眼兒媚》一、《玉樓春》二、《踏莎行》四、《蝶戀花》一、《臨江仙》一、《玉蝴蝶》一。）（同前）

四四〇 陳克《謁金門》「愁脉脉」：「檻外殘紅濕未飛」，怨雨也；「簾外落花飛不得」，嘲風也。（同前）

四四一 張宗瑞《謁金門》「花半濕」：「直」字妙，又見美成詞「柳陰直」。又：張宗瑞，鄱陽人，詞一卷，名《東澤綺語》。其詞皆倚舊腔而别立新名，亦好奇之故也。如此詞名《垂楊碧》、《春寂寞》，詞名《花自落》，皆《謁金門》耳。（同前）

四四二　張宗瑞《謁金門》「春寂寞」：「天一角」勝風人之「水一方」。又：陳謝貞詩：「風定花猶落」。（同前）

四四三　秦湛《謁金門》「鴛鴦浦」：即「載將離恨過江南」之意。（同前）

四四四　王庭筠《謁金門》「雙喜鵲」：堯章云「牆腰雪老」，此云「牆角雪瘦」。（同前）

四四五　錢繼章《謁金門》「晨光促」：命意擇句，不俊不休。（同前）

四四六　陸游《好事近》「揮袖别人間」：英雄感慨無聊，必借神仙荒忽之語以自釋，此《遠遊篇》之意也。（同前）

四四七　秦觀《好事近》「山路雨添花」：曹唐偶詠：「水底有天春漠漠，人間無路月茫茫。」遂卒於僧舍。少游此詞如鬼如仙，固宜不久。又：《冷齋夜話》：少游嘗于夢中作此詞，其後南遷北歸，逗留于藤州光華亭，時方醉起，以玉盂汲泉欲飲，笑視而化。黄山谷作詞弔之，有「醉卧藤陰蓋」之句。（同前）

四四八　吴文英《好事近》「雁外雨絲絲」：「添」字、「減」字，相映甚巧。（同前）

四四九　卓田《好事近》「奏賦謁金門」：湖海之氣未除。（同前）

四五〇　鄭意娘《好事近》「往事與誰論」：鄭義娘，一作意娘。宣、政間楊思厚妻，撒八太尉自盱眙掠得之，不辱而死。其魂常白晝出游，思厚奉使至燕山，訪其瘞處，與之相見，有《憶良人篇》云：「孤城落日春雲低，東風蝴蝶相交飛。盡日望郎郎不至，花落庭前鳥聲碎。孤幃悄悄香已消，秋千彩索空摇摇。眉兮眉兮烟黛促，淚兮淚兮常滿掬。荏苒流光疾似梭，紅顔欲老將如何？」（同前）

四五一 元德明《好事近》「夢破打門聲」：魯直茶詞最多，此公一不爲少。又：元德明，乃遺山先生之父也。時有高子文名士談者屬和云：「誰打玉川門，白絹斜封團月。晴日小窓活火響，一壺春雪。可憐桑苧一生顛，文字更清絶。直擬駕風歸去，把三山登徹。」〇陸羽，自號桑苧翁。（同前）

四五二 湯顯祖《好事近》「簾外雨絲絲」：前半改吴文英，殊不若。（同前）

四五三 蔣捷《金蕉葉》「雲褰翠幕」：瀟湘八景，其一平沙落雁。（同前）

四五四 李白《清平樂》「禁庭春晝」：《清平調》本三絶句，不應復有詞，故弇州疑非太白作，然謂其卑淺則冤矣。（同前）

四五五 李後主《清平樂》「别來春半」：從杜詩「江草喚愁生」句來。（離恨却如春草，更行更遠還生。）（同前）

四五六 孫光憲《清平樂》「愁腸欲斷」：子野云「枕上夢魂飛不去」，此孫君所以仗東風也。（同前）

四五七 施乘之《清平樂》「風消雲縷」：「壞」字妙。〇净洗元夕俊豔。（同前）

四五八 趙長卿《清平樂》「水鄉清楚」：「苔痕上階」、「草色入簾」，都成拙語。（浪捲夕陽紅碎，池光

飛上簾幃。」（同前）

四五九　劉克莊《清平樂》「休彈別鶴」：吾所大患，為吾有身。（除是無身方了，有身常有閑愁。）又：古詩：「深知身在情長在。」（同前）

四六〇　趙令時《清平樂》「春風依舊」：韋莊云「春雨足，染就一溪新緑」，合此可作一聯：「新雨染成溪水緑，舊風搓得柳條黄。」（春風依舊，著意隨堤柳，搓得鵝兒黄欲就。）（同前）

四六一　劉涇《清平樂》「深沈院宇」：朱淑真詩：「呢喃飛過雙雙燕，嗔我簾垂不上鈎。」〇申屠衡詩：「隔簾誰掣金鈴響，知是花間燕子飛。」（同前）

四六二　黄庭堅《清平樂》「春歸何處」：「若到江南趕上春，千萬和春住」，一對情癡。（若有人知春去處，喚取歸來同住。）（同前）

四六三　詹玉《清平樂》「醉紅宿翠」：輕盈在目。（東風滿搦腰肢，階前小立多時。却恨一番新雨，想應濕透鞋兒。）（同前）

四六四　朱淑真《清平樂》「惱煙撩露」：古歌：「枕郎左臂，隨郎轉側。摩捋郎鬚，看郎顔色。」千情萬態，不出個中。（同前）

四六五　劉基《清平樂》「春風欲到」：讀末句，便知卧龍心事與石隱不同。（喜見兒童相報，牆根薺菜先生。）又：《博物志》：歲欲豐，甘草先生，薺也；歲欲苦，苦草先生，葶藶也；歲欲惡，惡草先生，水藻也；歲欲旱，旱草先生，蒺藜也；歲欲疫，病草先生，艾也；歲欲雨，雨草先生，藕也；歲

欲流，流草先生，蓬也。（同前）

四六六　楊慎《清平樂》「君王未起」：日照則霜可立消，恩深則鬒可長緑。（同前）

四六七　楊慎《清平樂》「傾城艷質」：升庵《詞品》云：太白應制《清平樂》四首見呂鵬《遏雲集》，黄玉林以其二首無清逸氣韻，止選二首。慎補作二首，永昌張愈光見而深愛之，以為遠不忘諫，歸命不怨，填詞中有風雅也。（同前）

四六八　陳繼儒《清平樂》「有兒事足」：林下一人。（讀書不為功名，種竹澆花釀酒，世家閉户先生。）

四六九　朱灝《清平樂》「雨餘虹繫」：《羅浮山記》：「望平地，樹如薺。」「詩瓢」，唐山人事。（同前）

四七〇　李白《憶秦娥》「簫聲咽」：悲凉跌蕩，雖短詞中具長篇古風之意氣。（同前）

四七一　秦觀《憶秦娥》「暮雲碧」：結語簡雋。（影雙人隻。）（同前）

四七二　賀鑄《憶秦娥》「曉朦朧」：翻得雪淡，正其傷心之極。（吹開吹落，一任東風。）（同前）

四七三　劉克莊《憶秦娥》「修禊節」：末八字天造地設。（永和之歲，暮春之月。）（同前）

四七四　孫夫人《憶秦娥》「花深深」：易安取「庭院深深」以名其調，余謂「花深深」三字更佳。又：按玉林詞選，此詞乃李嬰之作。又《古杭雜記》云：太學服膺齋上舍鄭文，秀州人，其妻孫氏寄以此詞，一時傳播，酒樓妓館皆歌之。〇升庵曰：小詞如周美成「愔愔坊曲人家」，俗改「曲」為「陌」。張仲宗「東風如許惡」，俗改「妬花惡」。東坡「玉如纖手嗅梅花」，俗改作「玉奴」。孫夫人「日邊消息

空沉沉」，俗改作「耳邊」。書貴舊本。（同前）

四七五　翠薇《憶秦娥》「楊枝裊」：嘉靖初，清河丘生泊舟江陵，有一女子來，自稱兩淮運使何公之妾翠薇，引生至一亭就枕，作此詞，又詩云：「不斷塵緣露本真，翠薇花下遶香魂。如今了却風流債，一任東風啼鳥聲。」次日訪之，乃其墓也。（同前）

四七六　辛棄疾《洛陽春》「羞見鑒鸞孤却」：不意此老亦解作喁喁語。（同前）

四七七　程垓《洛陽春》「小小腰身相稱」：沈休文預為品第矣。（從今莫怪一東看，自壓盡，人間韻。）（同前）

四七八　嚴仁《洛陽春》「清曉鶯啼紅樹」：「準擬架層樓，望得伊家見始休」，又何説耶？　又：《詞品》云：嚴次山詞名《清江欸乃》，如「江心雲帶蒲帆重，樓上風吹粉淚香」之句，為當時膾炙。（同前）

四七九　陸游《洛陽春》「識破浮生虚妄」：不是封侯相，何以封渭南伯耶？（同前）

四八〇　楊慎《誤佳期》「今夜風光堪愛」：古詩「没命成灰土，終不罷相憐」，情語到此方絶頂。（同前）

四八一　晁補之《憶少年》「無窮官柳」：謝逸《柳梢青》「無限離情，無窮江水，無邊山色」類此。（無窮官柳，無情畫舸，無限行客。）（同前書卷六）

四八二　謝懋《憶少年》「池塘緑遍」：是「遊絲無計網春暉」稾子。〇繳出寒食，見章法。（同前）

四八三　温庭筠《更漏子》「玉爐香」：「夜雨滴空堦」，五字不為少；此二十三字不為多。　又：唐詞多倚調名而賦，如《臨江仙》則言水仙，《女冠子》則述道情，《醉公子》則咏公子醉，後人漸變，與名遠矣。飛卿猶不失《更漏子》意。（同前）

四八四　毛熙震《更漏子》「煙月寒」：詞尾餘情幾許。（同前）

四八五　毛滂《更漏子》「綠窓寒」：讀末句，覺九皋之音在耳。（空庭鶴喚人。）（同前）

四八六　趙長卿《更漏子》「燭消紅」：鴉馬有聲，蝶鸞無影，驅真役假，鳥獸蹌蹌。（同前）

四八七　林章《更漏子》「春山愁」：立題新。（題作「詠啼」）（同前）

四八八　女鬼《荆州亭》「簾捲曲欄獨倚」：小青云：「晨淚鏡潮，夕淚鏡汐。」「晴」字、「潮汐」字，劖肝鏤腎而出。　又：《玉照新志》云：黄山谷登荆州亭，見柱間有此詞，夜夢女子曰：「我家豫章吴城山，附客舟至此，墮水死，不得歸，故賦此。」（同前）

四八九　王世貞《甘草子》「春暮」：元美豈終日無一事，將精神時時於情豔上體察料理，以至參微入竅乃爾耶？（同前）

四九〇　王世貞《甘草子》「秋半」：不願從羿，而願守空館，是奇女子，非短行也。（竊藥欺郎行偏短，守廣寒宫殿。）（同前）

四九一　王世貞《甘草子》「冬盡」：只因無使猧也吠，生此好想。（别館閉猧兒，為待郎來穩。）（同前）

四九二　李後主《阮郎歸》「東風吹水日銜山」：後主歸宋後，詞常用「閑」字，總之閑不過耳，可憐。（春來長是閑。）（同前）

四九三　黄庭堅《阮郎歸》「退紅衫子亂蜂兒」：説燈花賺人者多矣，此説又出意外。（夜來筭得有歸期，燈花則甚知。）（同前）

四九四　黄庭堅《阮郎歸》「烹茶留客駐金鞍」：翻「别時容易見時難」之句。（見郎容易别郎難。）

又：山谷有茶詩云：「曲几團蒲聽煮湯，煎成車聲遶羊腸。」東坡見之云：「黄九恁地怎得不窮。」（同前）

四九五　周邦彦《阮郎歸》「冬衣染遠山青」：蠅附驥尾，極陳之語，用得極新。（身如秋後蠅，若教隨馬逐郎行，不辭多少程。）（同前）

四九六　秦觀《阮郎歸》「春風吹雨遶殘枝」：「諱愁」五字，不知費多少安頓。（諱愁無奈眉。）（同前）

四九七　秦觀《阮郎歸》「湘天風雨破寒初」：杜詩：「旅食歲峥嶸。」《埤雅》：「鴻鴈南翔，不過衡山。蓋南地極燠，鴈望衡山而止。」惡熱故也。（同前）

四九八　方千里《阮郎歸》「鴛鴦濃睡碧溪沙」：美成當徽廟時，提舉大晟樂府，每製一調，名流輒依律賡唱。獨東楚方千里、樂安楊澤民有和清真全詞各一卷，或合為《三英集》行世，花庵止選方詞而澤民不載，豈揚劣于方耶？（同前）

四九九　白玉蟾《阮郎歸》「淡煙凝翠鎖寒蕪」：仙乎！仙乎！（同前）

五〇〇 王世貞《阮郎歸》「畫橈初見柳邊來」：喁喁切切，宛是深閨獨語。（同前）

五〇一 鄭域《畫堂春》「東風吹雨破花慳」：升庵「破天慳」從此出。（同前）

五〇二 晏殊《相思兒令》「昨日探春消息」：「春來依舊生芳草」，何其逼肖。（無奈遶堤芳草，還向舊痕生。）（同前）

五〇三 無名氏《眉峰碧》「蹙破眉峰碧」：與聶勝瓊《鷓鴣天》同看。 又：宋徽宗手書此詞，問曹組云：「何人所作？」〇組字元寵。（同前）

五〇四 陳鳳儀《玉聯環》「蜀江春色濃如霧」：如晦云：「風急桃花也似愁，點點飛紅雨。」一僧一妓，乃相犯耶？（海棠也似別君難，一點點，啼紅雨。）（同前）

五〇五 陸游《朝中措》「怕歌愁舞嬾逢迎」：未許沙吒利、党太尉輩領略。（同前）

五〇六 阮閎《眼兒媚》「樓上黃昏杏花寒」：閎休詞不多見，英妙雋遠，一夔足矣。（同前）

五〇七 宋齊愈《眼兒媚》「霏霏疎雨轉征鴻」：固陵召對曰：「卿文章新奇，可作梅詞進呈，須是不經人道語。」齊愈立進此詞，上曰：「非惟不經人道，且自開花説至結子黃熟，並天色言之，可謂盡矣。」（同前）

五〇八 范成大《眼兒媚》「酣酣日脚紫煙浮」：比「吹皺一池春水」更妖矣。（春慵恰似春塘水，一片縠紋愁，溶溶曳曳，東風無力，欲皺還休。）（同前）

五〇九 無名氏《眼兒媚》「蕭蕭江上荻花秋」：易安詞「纔下眉頭，又上心頭」，此又添出「眼底」。

（今宵眼底，明朝心上，後日眉頭。）又：蕭鳳使玉門關，弟瑀勸酒，頻頻曰：「醉中分袂不悲。」（同前）

五一〇　無名氏《眼兒媚》「石榴花發尚傷春」：「芙蓉」三句惡極矣。「一個愁人」四字，可壓倒元、白。（同前）

五一一　王世貞《眼兒媚》「青草茸茸正芳柔」：「一寸」春山中，有一江春水在。○蘇公之「斷送秋」，元美之「塗抹秋」，一也。（同前）

五一二　歐陽修《錦堂春》「樓上縈簾弱絮」：升庵云：僧齊己詩：「重城不鎖夢，每夜自歸山。」此詞末句本此。（重門不鎖相思夢，隨意遶天涯。）○弇州云：休文詩：「夢中不識路，何以慰相思。」此詞反其指而用之，各自佳。（重門不鎖相思夢，隨意遶天涯。）○永叔中歲居潁，集古一千卷，藏書一萬卷，琴一張，棊一局，酒一壺，公以一翁老于五物間，自號六一居士。作文多在三上，蓋馬上、枕上、廁上也。（同前）

五一三　劉迎《錦堂春》「菱鑑玉篦秋月」：義山、昌谷，二李也。（同前）

五一四　陸游《錦堂春》「世事從來慣見」：語殊蘊藉，覺叔夜《絶交》不免出惡聲矣。（故人莫訝音書絶，釣侶是新知。）（同前）

五一五　陸游《錦堂春》「我校丹臺玉字」：白石先生年二千歲，不肯修昇天之道，但取不死而已。人問之，答曰：「天上多至尊，相奉事，更苦于人間。」時人呼為隱遁仙人。（同前）

五一六　朱希真《桃源憶故人》「雨斜風橫香成陣」：問得妙。（歡少愁多因甚。）（同前）

五一七　張孝祥《桃源憶故人》「朔風弄月吹銀霰」：「纖腰柳，不知愁，猶作風前舞」，同此句法。（不道有人腸斷，猶作聲聲顫。）（同前）

五一八　秦觀《桃源憶故人》「玉樓深鎖薄情種」：「則」字入詞奇甚。（同前）

五一九　陸游《桃源憶故人》「一彈指頃浮生過」：本《世説》「我寧作我」及「我用我法」之句。（殘年還我從來我。）（同前）

五二〇　劉基《桃源憶故人》「淵明籬下黄金蕊」：高爽清洌，似王介甫。（同前）

五二一　朱灝《桃源憶故人》「深楊霧綰雙鬟緑」：王思任季重序宗遠詞云：自《望江南》起，而工詞家從情取捷，遂皆軟媚流利，混俗和雅，以此稱妙。聽之如春鶯在樹，千古一語不耐也。宗遠與文章為敵，盡搗其巢，另作堂搆，棟楄户牖，皆欲顛倒一番，所謂新詞如琢月之斧，彫風之器，天女擘來，件件鮮貴。玩其珍者，惟恐不飽，而不知其傷指滴心，有如是之苦者。凡事不險不奇，立捨身崖上，作都盧人戲，方為古今絶伎耳。（眉刻：狀宗遠極真，然亦遂東之自道。）（同前）

五二二　董斯張《桃源憶故人》「鞦韆架閣檀槽亞」：輕清淡冶，不使一事，不鍊一字，似施君美曲。（同前）

五二三　南唐元宗《攤破浣溪紗》「菡萏香消翠葉殘」：故自不凡。（細雨夢回鷄塞遠，小樓吹徹玉笙寒。）又：荆公問山谷云：「李後主詞何處最好？」山谷以「一江春水向東流」為對，荆公云：「未若『細雨夢回雞塞遠，小樓吹徹玉笙寒』，尤為高妙。」〇此詞並「手捲真珠」一首皆元宗作，荆公誤屬後主耳。《南唐書》云：元宗手寫二詞賜樂部王感化。（同前）

五二四　南唐元宗《攤破浣溪紗》「手捲真珠上玉鈎」：《漫叟詩話》：李景（當作璟）有曲云「手捲真珠上玉鈎」，或改為「珠簾」；舒信道有曲云「十年馬上春如夢」，或改云「如春夢」，非所謂遇知音。（同前）

五二五　辛棄疾《攤破浣溪紗》「強欲加餐竟未佳」：又翻「心如死灰」一語。（心似風吹香篆過，也無灰。）（同前）

五二六　林章《攤破浣溪紗》「燕子樓中覓夢魂」：坡公云「重尋幽夢，應在亂鶯聲裏」，林子詞、杜娘曲都從此來。（同前）

五二七　葉清臣《賀聖朝》「滿斟緑醑留春住」：無影無蹤，無憑無據，忽以稱稱，忽以量量。（同前）

五二八　馬洪《海棠春》「越羅衣薄輕寒透」：似稼軒《鷓鴣天》「紅蓮」、「白鳥」一聯。（同前）

五二九　董斯張《海棠春》「清明做盡東風酷」：花能替人哭，人亦為花愁。（欲替江妃哭。）（同前）

五三〇　李清照《武陵春》「風住塵香花已盡」：與「載取暮愁歸去」相反，與「遮不斷，愁來路」相似。（只恐雙溪舴艋舟，載不動，許多愁。）（同前）

五三一　趙秋官妻《武陵春》「人道有情還有夢」：此詞一作連倩女寄陳彦臣。又洛陽女郎《御街行》半調云：「一身萍梗隨郵傳，恨歸路，如天遠。近來魂夢也疎人，不似舊時長見。剩衾餘枕，冷清清

地，空倁閑一半。」亦書于岐陽郵亭，未知孰是？（同前）

五三二　辛棄疾《太常引》「一輪秋影轉金波」：《天文志》：「月穆穆，似金波。」唐詩：「砍却月中桂，清光應更多。」（同前）

五三三　杜善夫《太常引》「碧厨冰簟午風凉」：「不是不思量」，極似《昭君怨》「莫把闌干倚」轉法。（同前）

五三四　陳孚《太常引》「綵絲堂上簇蘭翹」：二闋亦平平，但音響凄咽可誦耳。（另一首爲「短衣孤劒客乾坤」。）　又：至元末，陳剛中奉詔使交趾，賦詩曰：「老母越南垂白髮，病妻塞北倚黄昏。」如何蠻煙瘴雨交州客，三處相思一夢魂。」嘗題《博浪沙》云：「一擊車中膽氣高，祖龍社稷已驚摇。如何十二金人外，猶有民間鐵未消。」《題范增墓》云：「七十衰翁兩鬢霜，西來一笑火咸陽。平生奇計無他事，只勸鴻門殺漢王。」（同前）

五三五　倪瓚《太常引》「門前楊柳密藏鴉」：幽異空泠，便是老迂一幅畫。　又：《堯山堂外紀》：雲林《蘇臺懷古》詩：「望中烟草古長洲，不見當時麋鹿遊。滿目越來溪上水，流將春夢過杭州。」凄清與此詞類。（同前）

五三六　劉燕哥《太常引》「故人别我出陽關」：王實甫曲「破題兒第一夜」，即此意。（同前）

五三七　蔣捷《柳梢青》「學唱新腔」：「嬌」、「醉」二句，躍躍欲動。（同前）

五三八　吴文英《柳梢青》「翠嶂圍屏」：壁龍可去，屏女能歌，畫工即是化工，有何難事？（同前）

五三九　毛棐（棐一作开）《柳梢青》「雲髻盤鴉」：升庵曰：毛开小詞一卷，惟予家有之。其《滿江紅》云：「潑火初收，秋千外，輕煙漠漠。春漸遠，緑楊芳草，燕飛池閣。已着單衣寒食後，夜來還是東風惡。對空山寂寂杜鵑啼，梨花落。　傷別恨，閑情作。十載事，驚如昨。向花前月下，共誰行樂。飛蓋低迷南苑路，湔裙悵望東城約。但老來、憔悴惜花心，年年覺。」此作亦佳，聊記於此。（同前）

五四〇　辛棄疾《柳梢青》「莫鍊丹難」：周穆、漢武，不免鬼迷。　又：自序：生日，夢一道士話長年之術，痛以理折之，覺而賦八難之辭。（同前）

五四一　謝逸《柳梢青》「香肩輕拍」：《西廂》「前暮私情，昨夜歡娱，今日別離」，殆仿此耶？（昨夜濃歡，今宵別酒，明朝行客。）　又：用仄韻，後半起句不用韻。（同前）

五四二　白玉蟾《柳梢青》「一夜清寒」：聞道仙人種瑶草，何須尚惜世間花。（同前）

五四三　鬼仙《柳梢青》「曉星明滅」：其言似有道者，蓋感深而悟從之矣。　又：《詞品》曰：此五代新説載鬼仙詞也，非太白、長吉之流，豈能及此？　又女鬼王麗貞詩云：「五原分袂真胡越，燕拆鶯離芳草歇。年少煙花處處春，北邙空恨清秋月。」（眉批：「歇」字本《爾雅》「鳺鳥春分鳴則衆芳生，秋分鳴則衆芳歇」。）又有鬼贈韋齊休詩云：「澗水濺濺流不絶，芳草綿綿夜花發。　自去自來人不知，黄昏惟有青山月。」又有鬼獻元載詩曰：「城南路長無宿處，荻花紛紛如柳絮。　海燕銜泥欲作窠，空屋無人却飛去。」元載遂破家。又有鬼吟詩于鄭洚家曰：「忽然湖上片雲飛，不覺舟中雨濕衣。　折得蓮花渾忘却，空將荷葉蓋頭歸。」又有山鬼自稱太上隱者，今云：「酒盡君莫沽，壺乾我當發。城市多囂塵，還山弄明月。」又鬼作晚翠亭詩云：「一徑入青松，飛流澹晴緑。道人晚歸來，長歌振林谷。山深不知求（當作秋），落葉下枯木。須臾翠烟開，月色照綵服。」又有鬼詩云：「流水涓涓芹努芽，織烏雙飛客還家。荒村無人作寒食，殯宮空對棠梨花。」（眉批：「織烏」，日也，日往來如織也。）又劉元方見驛壁上鬼詩云：「爺娘送我青楓根，不記青楓幾回落。當時手刺衣上花，今日為灰不堪着。」又鬼借王紹筆題窓云：「何人窓下讀書聲，南斗闌干北斗横。千里思家歸不得，春風腸斷石頭城。」皆才鬼也。（同前）

五四四　朱灝《柳梢青》「花墜蘿攀」：與「壚邊人似月」相對。（簾疎月似人閒。）（同前）

五四五　沈自炳《柳梢青》「枝落鶗紅」：楊用修曰：「鞦韆當作秋千。」董退周曰：「秋千當是千秋，漢宫祝壽詞，後人誤耳。」（同前）

五四六　秦觀《醉鄉春》「喚起一聲人悄」：學得嗣宗雙白眼。（醉鄉廣大人間小。）又：喚起晨鳴之鳥，「椰」一作「瘦」，「舀」音杳。○少游謫嶺南，一日飲於海棠橋野老家，遂醉卧，次早題辭于柱而去。修《一統志》者不識「舀」字，妄改，可笑。（同前）

五四七　孫光憲《河瀆神》「江上草芊芊」：杜詩「山鬼迷春竹」、「湘娥倚暮花」二闋，似從此中變化。又：《詞品》「卵色天」用唐詩「殘霞蹙水魚鱗浪，薄日烘雲卵色天」。又沈約子青廂有句云：「夜月琉璃水，春風卵色天。」今人改為「柳色」、「泖色」皆誤。（同前）

五四八　韋莊《應天長》「別來半歲音書絶」：以末一字而生一首之色。（末字「黦」。）（同前）

五四九　朱灝《應天長》「前除蜂訊蘭無恙」：「如鈎」、「如眉」之説舊矣。（兔冷痕纖如髮長。）（同前）

五五〇　毛滂《惜分飛》「淚濕欄杆花着露」：東坡守錢塘，澤民為法曹掾，秩滿辭去。是夕宴客，有妓歌此詞，坡問誰作，妓以「毛法曹」對，坡曰：「郡寮有詞人不及知，某之罪也。」翌日折簡召還，留連數月，澤民因此得名。〇《詞林海錯》：毛澤民有詩：「冰紗卧甕青綀冪，浮蛆欲上真珠泣。濛漫崑山清露寒，洗下雲腴和玉汁。小槽决决秋泉語，老盆瀲瀲春光濕。」（同前）

五五一　吴淑姬《惜分飛》「岸柳依依拖金縷」：一楊花也，人皆怨其送春，此獨感其留人，功罪豈有定耶？　又：淑姬有詞五卷，名《陽春白雪》，佳處敵李易安，惜無知者。（同前）

五五二　吴鼎芳《惜分飛》「紅界枕痕微褪玉」：何減周美成「枕痕一線紅生玉」。（「紅界」句。）（同前）

五五三　史達祖《西江月》「西月澹窺樓角」：雨自天，故曰落；風自地，故曰起。此舊話也，「風落」特新。（同前）

五五四　吴文英《西江月》「枝裊一痕雪在」：「高情已逐曉雲空，不與梨花同夢」，東坡傷其早零，夢窓愛其晚嫁。（同前）

五五五　黄庭堅《西江月》「宋玉短牆東畔」：末句妖甚。（舞餘猶顫滿頭花，嬌學男兒拜謝。）（同前）

五五六　蘇軾《西江月》「照野瀰瀰淺浪」：山谷詞「走馬章臺，踏碎滿街月」，坡公偏不忍踏碎，都妙。又：自序：春夜行蘄水中，過酒家飲，醉。乘月至一溪橋上，卸鞍曲肱少休，及覺已曉，亂山葱蘢，不謂人世也。○淵明集：山滌餘靄，宇曖微霄。○唐（當作晉）王濟解馬性，嘗乘馬遇水，不肯渡，王曰：「是惜乾障泥耳。」使人解去，便渡。○草堂詩：「香輪莫碾青苔破，留與遊人共醉眠。」（同前）

五五七 葛魯卿《西江月》「韈鞨斜紅帶柳」：典致。又：韈鞨，國名。其地産寳石，如巨栗，中國謂之韈鞨。○李賀詩「鯉魚風起芙蓉老」，九月風也。夜半鳴者為荒雞。（同前）

五五八 辛棄疾《西江月》「醉裏且貪歡笑」：《漢書》：龔勝與左將軍公孫禄議事不和，夏侯常勸之，勝以手推常，曰：「去。」（同前）

五五九 辛棄疾《西江月》「萬事雲煙忽過」：楊誠齋詞：「一道官銜清徹骨，別有監臨主守。主守清風，監臨明月，兼管栽花柳。」當與稼軒相視而笑。又：《詞鈔》：幼安寧、理朝擁節鉞，奉身勇退，悉以家事付兒曹，此詞意極超脱，其人可想見矣。（同前）

五六〇 釋德洪《西江月》「大厦吞風吐月」：崇寧甲申，山谷遇洪上人於湘中，洪作長短句為贈，山谷次韻訓之云：「月側金盆墮水，鴈回醉墨書空。君詩秀色雨園葱，想見衲衣寒擁。蟻穴夢魂人世，楊花踪跡風中。莫將社燕等秋鴻，處處春山翠重。」山谷方謫宜陽，而洪歸分寧龍安也。（同前）

五六一 向子諲《西江月》「微步凌波塵起」：女容如花，郎眼如鏡。鏡花易消，眼花難净。（弄粧滿鏡花開。）（同前）

五六二　劉過《西江月》「堂上謀臣樽俎」：末句用《下武》詩。（同日四方來賀。）又：《詞品》曰：改之又有《清平樂》云：「新來塞北，傳到真消息。赤地居民無一粒，更五單于争立。　維師尚父鷹揚。熊羆百萬堂堂。看取黄金假鉞，歸來異姓真王。」此二詞皆誤傳辛幼安壽侂胄作。近讀謝疊山文，論李氏《繫年録》、《朝野襍記》之非。謂乾道間，幼安以金有必亡之勢，願召大臣預修邊備，為倉卒應變之計，此憂國遠猷也。今摘數語曰：「贊開邊，借劉過小詞。」曰此幼安作，忠魂得無冤乎？特為拈出。（同前）

五六三　蔡京《西江月》「八十一年住世」：奸雄狼狽至此，可快，亦可憐。又：蔡京既南遷，中路有旨，取所寵姬慕容、邢、武者三人，以金人指名來索也。京作詩云：「為愛桃花三樹紅，年年歲歲惹春風。如今去逐他人手，誰復尊前念老翁。」道中市食飡，皆不肯售，詬駡備至，自嘆曰：「京失人心，一至於此。」至渾（當作潭）州卒，門人吕川卞老醵錢葬之。（同前）

五六四　曹仙姑《西江月》「零落不因春雨」：《韻府羣玉》：曹仙姑《新月》詩云：「禁鼓初聞第一敲，乍看新月出林梢。誰家寶鏡新磨出，匣小參差蓋不交。」疑即此人。○狀元黄由妻胡氏，號惠齋，有咏燈花《滿江紅》詞云：「暝靄黄昏，燈檠上、熒熒初炙。銀焰裊、孤光分夜，寸心凝碧。留照嬌顔歡笑偶，上元慶賞嬉遊夕。笑聚螢積雪與偷光，寒儒憶。　蝶眷戀，成何得，花傳喜，知何日。聽隣家昨夜，扣閽誰覔。熖短始知新月上，摇紅孤館因風急。恨那人，别後不成眠，時時剔。」又女郎曹希蘊有咏燈花《踏莎行》云：「解遣愁心，能添喜色，些兒好事先施力。畫堂深處伴妖嬈，絳紗籠裏丹砂

赤。有艷難留，無根怎覔，幾回不忍輕輕剔。玉人曾向耳邊言，花開有信人無的。」（眉批：二詞酸弱，不及仙姑遠甚。）（同前）

五六五 鄭雲娘《西江月》「一片冰輪皎潔」：雲娘又寄張生《兜上鞋兒》曲云：「朦朧月影，黯淡花陰，獨立等多時。只怕冤家乖約，又恐他側畔人知。千回作念，萬般思想，心下暗猜疑。驀地得來厮見，風前語顫聲低。輕移蓮步，暗卸羅衣，携手過廊西。正是更闌人静，向粉郎恣意矜持。片時雲雨，幾多歡愛，依舊兩分離。報道情郎且住，待奴兜上鞋兒。」（同前）

五六六 張生《西江月》「一望朱樓巧小」：張生又寄雲娘《小重山》曲：「杏火無煙燒斷腸，織成春恨切，柳絲長。當時誰是種花郎，却不教，柳近杏花傍。柳道不須忙，春深須是有，絮飛揚。等閑撲着杏腮香，恁時節，説甚隔池塘。」（同前）

五六七 王行《西江月》「向暖漸生慵思」：「晚」、「曉」二字失簡。○白雲正可怡悦，占却青山何妨。（同前）

五六八 晏幾道《留春令》「畫屏天畔」：有人如此認取，何必紅綃裹來。又：升庵曰：晁元忠詩：「安得龍湖潮，駕回安河水。水從樓前來，中有美人淚。人生高唐觀，有情何能已。」晏小山《留春令》全用其語。（同前）

五六九 周邦彦《月中行》「蜀絲趁日染乾紅」：閨詞千萬，何以「夢啼」一事直待美成始出？可見眼前情景，從來遺忘者甚多。又：「團圞」或作「團團」，非。孫亮作圓琉璃屏風，多布螢其中，月夜

舒之，常籠四美姬于四座屏風内，望之若無隔，惟香氣不通於外。（同前）

五七〇　無名氏《瑶池燕》「飛花成陣」：媚賴幽折之音。　又：黄山谷贈陳季常（按：此句多作「東坡」）云：琴曲有《瑶池燕》，其詞既不甚佳，而聲亦怨咽。或改其詞作閨怨云云，此曲奇妙，季常勿妄與人。（同前）

五七一　晏幾道《少年遊》「離多最是」：前段兩比，後段賦之。（同前）

五七二　柳永《少年遊》「日高花謝嬾梳頭」：不風流，恐又耐他不過耳。（似恁疎狂，費人拘管，怎似不風流。）（同前）

五七三　周邦彦《少年遊》「并刀如水」：即事直書，何必益毛添足。　又：周邦彦在李師師家，聞道君至，遂匿於床下。道君自攜新棖一顆，云江南初進來，遂與師師謔語。邦彦悉聞之，檃括成《少年遊》云云。師師因歌此詞，道君問誰作，師師以直對，道君大怒。廷問蔡京云：「開封府監課周邦彦課税不登，如何？」蔡罔知所以，退朝，呼京尹問之，尹云：「惟周邦彦課增羡。」蔡云：「上意如此，只得遷就。」將上，得旨周邦彦職事廢弛，可日下押出國門。越一二日，道君復幸師師家，不遇，坐至更初，師師歸，愁眉淚睫，憔悴可掬，道君問：「那里去？」師師奏：「臣妾萬死，知周邦彦得罪押出國門，略致一杯相别，不知得官家來。」道君問：「曾有詞否？」李奏云：「有《蘭陵王》詞。」道君云：「唱一遍看。」李奉酒歌「柳陰直」云云，道君大喜，復召為大晟樂正，後官至大晟樂府待制。美成《汴都賦》及箋奏雜著皆是傑作，惜以詞掩。（同前）

五七四　方千里《少年遊》「人如穠李」：用詩「何彼穠矣，華如桃李」以映「橙」字，甚工。（同前）

五七五　蘇軾《少年遊》「去年相送」：似朱淑真「元夕」《生查子》。　又：何遜詩：「洛陽城東西，却作經年別。昔去雪如花，今來花似雪。」（同前）

五七六　馬洪《少年遊》「弄粉調脂」：忽然之事，偶然之筆，遂入自然之境。（同前）

五七七　蔣捷《少年遊》「梨邊風緊雪難晴」：「遊子澹忘歸」，正似「斜日澹無情」。（同前）

五七八　王世貞《少年遊》「朝來風雨太嶙峋」：「貧」字奇。「難低」，畫出病骨。（同前）

五七九　程孺《少年遊》「自從花裏見温柔」：左太冲詩：「衣被皆重池。」池被之，心如池也，太白亦有「緣池障泥錦」之句。又裝潢家以卷逢鏬處為玉池。○潢，音晃。（同前）

五八〇　鹿虔扆《思越人》「翠屏欹」：「雙帶」二句，即「淚沾紅袖黦」之意。　又：鹿虔扆一作扈處扆，與歐陽炯、韓宗、閻選、毛文錫事孟後主，有五鬼之號，俱工小詞。（同前）

五八一　晏幾道《思遠人》「紅葉黄花秋意晚」：箋則一時無色，字則三歲不滅。　又：小山詞集自序曰：《補亡》一編，補樂府之亡也。往者浮沉酒中，病世之歌詞不足以析醲（當作酲）解愠，試續南部諸賢餘緒，作五七字語以自娱。嘗思感物之情，古今不易，篇中旨意，昔人所不遺，第于今無傳耳。故通以「補亡」名之。始時沈十二廉叔、陳十君龍家有蓮、鴻、蘋、雲，品清謳娱客，每得一解，即以草授諸兒，吾三人持酒聽之，為一笑樂。已而君龍疾廢，廉叔下世，昔之狂篇醉句，遂與兩家歌兒酒使，俱流轉于人間。七月已巳，為高平公綴輯成編，追維往昔所記悲歡合離之事，如幻如電，如昨夢前塵，不勝掩卷憮然。感光陰之易遷，嘆境緣之無實也。

五八二　蔣捷《秋夜雨·春》「金衣露濕鶯喉澀」：四詞香秀異常，有寶唾玉啼之美。（其他三詞爲《秋夜雨·夏》「鬆車轉急風吹澀」、《秋夜雨·秋》「黄雲水驛秋笳澀」、《秋夜雨·冬》「紅麟不暖餅笙澀」。）（同前）

五八三　李清照《醉花陰》「薄霧濃雰愁永晝」：康詞：「比梅花，瘦幾分。」一婉一直，兩得其宜。（莫道不消魂，簾捲西風，人似黄花瘦。）　又：《瑯嬛記》云：易安以重陽《醉花陰》詞函致明誠，明誠嘆賞，自愧弗逮，務欲勝之。一切謝客，忘食忘寢者三日夜，得五十闋，雜易安作以示陸德夫，德夫玩之再三，曰：「只三句絶佳。」明誠詰之，答曰：「莫道不消魂，簾捲西風，人似黄花瘦。」政易安作也。

五八四　朱灝《醉花陰》「楓色然亭空漫醉」：劉蛻、孫樵筆意。（同前）

○「雰」，俗本作「雲」，非也。「薄霧濃雰」出中山王文《木賦》。（同前書卷七）

五八五　潘閬《憶餘杭》「長憶西湖湖水上」：超然塵壒之外。　又：此詞一時盛傳，東坡愛之，書于玉堂屏風。○潘逍遥，大名人，通《易》、《春秋》，尤以詩知名，爲王繼恩所薦，太宗召賜進士第。尋察其狂妄，罷之。出入盧多遜門下，遜交通秦王，閬預有謀焉。多遜敗，閬奔避多遜鄰家，曰：「萬無搜近之理，所謂弩下逃箭也。」其鄰匿之墻中。閬作詩曰：「不信先生語，剛來帝里遊。清宵無好夢，白日有閑愁。」事稍解，服僧服，髡鬚髮，五更持磬出宜秋門，變姓名，入中條山。朝廷圖形捕之，不得，忽題詩舒州寺中鐘樓上云：「頑童趂暖貪春睡，忘却登樓打曉鐘。」（眉批：墻中作詩，鐘樓題詩，俱趣事。）縣令孫僅見詩曰：「此潘逍遥也。」命召之，已亡云。投故人阮道（當作「阮思道」），時為秦理掾，諷秦帥曹武惠上言太宗赦其罪，以四門助教處之。真宗朝，王繼恩敗，籍其家，詩頌滿門，事連宮禁。閬自疑，欲逃去，京兆尹先收繫獄，上聞之，詔一切不問，以閬為滁州參軍，卒泗上。嘗留題華山云：「高愛三峰插太虛，昂頭吟望倒騎驢。傍人大笑從他笑，終擬全家向上居。」好事者取入畫圖。國朝卓侍郎敬，幼時讀書寶香山中，夜歸遇雨，避入小院落，有老翁起相勞苦，命童子然枯葉為郎君燎濕衣，敬向童子問翁姓，童子曰：「翁不欲人知其姓，惟自稱逍遥翁。」少頃，翁呼童子：「取吾舊籠來。」出一僧帽贈，敬曰：「書生將期匡濟天下，安得以此相戲？」翁曰：「吾昔亦嘗有志斯世，後因所輔非材，不用吾謀，禍幾不測。得此一籠，始獲解脱，不然，豈復能生出宜秋門乎？郎君第收此帽，他日當自理會也。」敬堅不受，翁但再三嘆息而已。（眉批：太祖留剃刀、度牒與建文君正此意。）敬遥窺籠中諸物，悉工匠所用，及僧家衣鉢耳。徐命牽一牛送敬，牛行甚駃，須臾及門，牛化為黑虎而去。比明，尋訪其居，不可得，有一古廟，彷佛是雨夜所經者，壁上有潘閬《夏日宿西禪院》詩，云：「此地絶炎蒸，深疑到不能。夜凉知有雨，院静若無僧。枕潤連雲石，窗明照佛燈。浮生多賤骨，時日恐難勝。」後卓敬死革除之難。（同前）

五八六　程垓《南歌子》「淡靄籠青瑣」：稼軒「風雨空山，招得海棠魂」並美。（溪上梅魂，憑仗一相招。）（同前）

五八七　史達祖《南歌子》「采緑隨雙槳」：張功甫曰：讀史生詞如行帝苑仙瀛，輝華絢麗，欣盼駭接。又曰：史生之作辭情俱到，織綃泉底，去塵眼中，妥帖輕圓，特其餘事。至於奪萏豔于春景，起悲音于商素，有瓌奇警邁、清新閒婉之長，而無詑蕩汙淫之失，端可分鑣清真，平睨方回，紛紛三變行輩不足比數。又曰：史生滿襟風月，鸞唫鳳嘯，鏘洋乎口吻之際者，皆自漱滌書傳中來，為之弁言以行世。（同前）

五八八　秦觀《南歌子》「玉漏迢迢盡」：「你共人女邊著子，争知我、門裏挑心」，對此則醜。（天外一鈎殘月，帶三星。）又：末句隱「心」字。（同前）

五八九　洪茶（當作瑹）《南歌子》「柳浪摇晴沼」：宋有一婦咏中秋月押「尖」字云：「蚌胎光透殼，犀角暈盈尖。」（同前）

五九〇　謝逸《南歌子》「雨洗溪光浄」：「一眉」勝「一鈎」多多許。（同前）

五九一　辛棄疾《南歌子》「散發披襟處」：四「箇」、四「兒」，但見其雅，不見其穉。（同前）

五九二　辛棄疾《南歌子》「玄入《參同契》」：可發深省。（同前）

五九三　蘇軾《南歌子》「笑怕薔薇罥」：末句即《會真記》「靚妝在臂」之意。又：隋煬帝夜憑蕭妃肩，説東宫時事：適有小黄門暎薔薇叢，調宫婢雅娘，衣帶為薇刺罥結，笑吃吃不止。○唐朱延壽為楊行密將，欲絶行密，密乃紿云：「病目，行觸柱，僵。」召延壽，殺之。（同前）

五九四　蘇軾《南歌子》「雲鬢裁新緑」：不可無馮侍郎持履。（怕被楊花勾引嫁東風。）（同前）

五九五　蘇軾《南歌子》「山與歛眉歛」：絶無汨羅套語。又：《詞品》曰：《漢書》：「五城十二樓，仙人居也。」坡詞十三樓用杜牧「婷婷嫋嫋十三餘」之句。永樂中，晏振之金陵詩：「花月春江十四樓。」蓋洪武初建來賓、重譯、清江、石城、鶴鳴、醉仙、樂民、集賢、謳歌、鼓腹、輕煙、淡粉、梅妍、柳翠十四樓于南京，以處官妓。時未禁縉紳用妓也。○沈天羽云：周顯德中，許京城民居起樓閣，大將軍周景威于宋門内臨汴水，建樓十三間。（同前）

五九六 歐陽修《南歌子》「鳳髻金泥帶」：蛾眉不肯讓人，即在「入時」句中。又：朱慶餘詩：「粧罷低聲問夫壻，畫眉深淺入時無。」（同前）

五九七 僧揮《南歌子》「十里青山遠」：子京「紅杏鬧」，仲殊「荷花鬧」，若相襲也。（同前）

五九八 林章《南歌子》「説甚脂和粉」：正是自譽之極。（却問誰家有女醜如奴。）（同前）

五九九 湯顯祖《南歌子》「玉茗新池雨」：善化楊時可「待倩東風、吹夢過江城」句意。（為問東風，吹夢幾時醒。）（同前）

六〇〇 辛棄疾《尋芳草》「有得許多淚」：妙全在俚，似古詩「老女不嫁，蹋地喚天」等語。（同前）

六〇一 秦觀《迎春樂》「菖蒲葉葉知多少」：《詞鈔》曰：「香香」恐是當時語，不必改作「花香」。（同前）

六〇二 吴鼎芳《迎春樂》「没來由、斷送春無價」：小兒女嬉遊光景，一墮情坑，不復可得。

又：晉歌：羅裙易飄颺，小開罵春風。（同前）

六〇三 李清照《怨王孫》「帝里春晚」：元詞多以「也」字叶成妙句，殆祖此。（又是寒食也。）（同前）

六〇四　王世貞《怨王孫》「無奈春去」：因輪聲想見「平蕪碎」，心隨車轉矣。（同前）

六〇五　王世貞《怨王孫》「愁似中酒」：昭代如伯温、純叔，圓厚樸老；元美、升庵，法無不盡，情無不出，儼然初、盛之分。（同前）

六〇六　錢繼章《怨王孫》「山遠月小」：「花尖」二字尖甚。（同前）

六〇七　黄昇《月照梨花》「畫景」：有《花間》遺意。（同前）

六〇八　吴文英《望江南》「三月莫」：甘而不飴，酸而不酢，滋味超勝。（同前）

六〇九　僧揮《望江南》「成都人」：欒城文：眉人以二月望日鬻蠶器，謂之蠶市。（同前）

六一〇　歐陽修《望江南》「江南柳」：安知非讒夫捏為此詞，如《周秦行紀》之出於贊皇客。又：歐公有盜甥之疑，上表自白云：「喪厥夫而無託，携孤女以來歸。」張氏此時年方七歲，錢穆父素恨，笑云：「正是學簸錢時也。」歐知貢舉，時下第舉人復作《醉蓬萊》詞譏之。（同前）

六一一　李後主《浪淘沙》「往事只堪哀」：「金玉」句全非文人口角。（同前）

六一二　李後主《浪淘沙》「簾外雨潺潺」：花歸而人不歸，寓感良深。若作「春去也」，便犯「春意」句。（流水落花歸去也，天上人間。）（同前）

六一三　劉克莊《浪淘沙》「去歲詣公車」：用《毛穎傳》，甚趣。（只為此翁霜髩秃，老不中書。）（同前）

六一四　蕭唫所《浪淘沙》「濕逗晚香殘」：末句情出字外。（緑遍堦前苔，一片曉起誰看。）（同前）

六一五　僧德洪《浪淘沙》「城裡久偷閒」：其望庵中慈氏，直如狄公望母。　又：覺範自序云：余留南昌，久而忘歸，獨行無侶，意緒蕭然，偶登秋屏閣望西山，於是浩然有歸志，作長短句寄思。◎褚遂良書：「久棄塵世，與彌勒同龕。一食清齋，八時禪誦。」（同前）

六一六　陸游《浪淘沙》「緑樹暗長亭」：想頭愈奇愈癡。（安得千尋横鐵鎖，截斷江津。）　又：晉王濬傳：吴人於江磧要害處，鐵鎖横截之。又為鐵錐長丈餘，暗置江中。濬作大筏，令善水者以筏行，遇鐵錐，箸筏而去。又作火炬，灌以蔴油，遇鎖燃燒之，須臾融液斷絶。（同前）

六一七　辛棄疾《浪淘沙》「身世酒盃中」：「夜半鐘聲到客舡」，人或疑之，此詞添一「誤」字便明。（老僧夜半誤鳴鐘。）（同前）

六一八　辛棄疾《浪淘沙》「不肯過江東」：忽用《史記·項羽贊》，巧合。（舜目重瞳，堪痛恨，羽又重瞳。）（同前）

六一九　歐陽修《浪淘沙》「簾外五更風」：雁傳書事，化得新奇。（留得羅襟前日淚，彈與征鴻。）（同前）

六二〇　周文璞《浪淘沙》「還了酒家錢」：《詞品》曰：周文璞，宋淳熙間人。義取郭璞，故字晉仙。詩詞好奇怪。時以為不減李賀。有題鍾山詩：「往在秦淮問六朝，江頭只有女吹簫。昭陽太極無行路，幾歲鵝黄上柳條。」嘗云：「《花間集》只有『絲雨濕流光』五字微妙。（眉批：孫光憲「一庭疎雨濕春愁」，似此五字否？）其《浪淘沙》詞飄逸，似方外塵表。」又因字晉仙，遂誤為仙作。（同前）

六二二一　余淑柔《浪淘沙》「雨溜和風鈴」：一作金淑柔，寶祐間女郎。（同前）

六二二二　朱希真《浪淘沙》「風約雨横江」：真傷心人，作假曠達語。（伊是行雲儂是夢，休問家鄉。）（同前）

六二二三　幼卿《浪淘沙》「極目楚天空」：此詞見《女史》，不著其姓。（同前）

六二二四　顧仲從《浪淘沙》「生小學詩篇」：二詞可掩唐子畏《嬌女賦》。（另一詞「生小弄冰絃」。）（同前）

六二二五　楊慎《浪淘沙》「春夢似楊花」：起句從山谷「好夢隨春遠」、耆卿「好夢往隨飛絮」二句來。（同前）

六二二六　史達祖《杏花天》「軟波拖碧蒲芽短」：憑將風剪剪，斷盡雨絲絲。又：姜堯章云：「史邦卿之詞奇秀清逸，有李長吉之韻，蓋能融情景於一家，會句意於兩得。」（同前）

六二二七　史達祖《杏花天》「扇香曾靠腮邊粉」：雖刳心著地，不過與數斤肉相似，唯妙句足以自明。（同前）

六二二八　高觀國《杏花天》「霽煙消處寒猶嫩」：即此見作詩之難，髭不足惜。又：謝惠連十歲能屬文，兄靈運嘗於西堂思詩，竟日不就，忽夢惠連，即得「池塘生春草」之句。（同前）

六二二九　吴文英《杏花天》「鬢稜初剪玉纖弱」：所以毛滂詠燈花云：「猶把繡簾遮定，不教風雨侵凌。」（東風到户先情薄，吹老燈花半萼。）（同前）

六三〇 陸游《戀繡衾》「不惜貂裘換釣篷」：安得顧長康寫照，置放翁於丘壑裡。（同前）

六三一 和凝《臨江仙》「海棠香老春江晚」：是採珠拾羽一輩人。又：海棠無香，昌州海棠獨香。（同前）

六三二 楊慎《一七令》「花」：此體始于唐人送白樂天席上，指物為賦，然皆率意口占，無此工妙。（同前）

六三三 溫庭筠《河傳》「湖上」：或兩字斷，或三字斷，而筆致寬舒，語氣聯屬，斯為妙手。（同前）

六三四 顧敻《河傳》「棹舉」：將無如趙獻之云「愁心心字兩俱焦」耶？（小爐香欲焦。）（同前）

六三五 閻選《河傳》「秋雨」：方流成玉，圓流則珠。（膩臉懸雙玉。）（同前）

六三六 李後主《望遠行》「碧砌花光照眼明」：髀裏肉、鬢邊毛，千秋同慨。（征人歸日二毛生。）（同前）

六三七 歐陽修《芳草渡》「梧桐落」：略似《三字令》。（同前）

六三八 秦觀《鷓鴣天》「枕上流鶯和淚聞」：韋莊「新搵舊啼痕」更勝此。（新啼痕間舊啼痕。）又：唐小說：「舊日聞簫處，高樓當月宮。梨花寒食夜，深閉翠微中。」又李重元詞「雨打梨花深閉門」。（同前）

六三九 辛棄疾《鷓鴣天》「撲面征塵去路遥」：何必名花乃配傾國。（花不知名分外嬌。）（同前）

六四〇 辛棄疾《鷓鴣天》「泉上長吟我獨清」：梁園之賦，豈能有此？（同前）

六四一　辛棄疾《鷓鴣天》「千丈陰崖百丈溪」：山谷《聽摘阮歌》云：「立壁（當作「玄璧」）庚庚有横理。」（同前）

六四二　辛棄疾《鷓鴣天》「自古高人最可嗟」：古詩歌、麻二韻通用。（同前）

六四三　辛棄疾《鷓鴣天》「陌上柔桑破嫩芽」：春在梨花，春在薺花，仁見謂仁，智見謂智。（春在溪頭薺菜花。）（同前）

六四四　辛棄疾《鷓鴣天》「句裏春風正剪裁」：「才思」二字妙。（亂鴉畢竟無才思。）　又：稼軒又有句云：「畢竟啼烏才思短，唤回曉夢天涯遠。」（同前）

六四五　辛棄疾《鷓鴣天》「晚歲躬耕不怨貧」：「胸中那可有一事，天下故應兩（當作無）兩人」，惟放翁詩配稼軒詞。（同前）

六四六　辛棄疾《鷓鴣天》「不向長安路上行」：以併書對莊子（筆者按：此為手批）。（味無味處求吾樂，材不材間過此生。）（同前）

六四七　辛棄疾《鷓鴣天》「壯歲旌旗擁萬夫」：用珠玉金銀，最忌濃俗，若堯章「剪燭屢呼金鑿落，倚窓閑品玉參差」，與此並雅。（同前）

六四八　辛棄疾《鷓鴣天》「秋水長廊水石間」：「味無味」、「材不材」、「東西晉」、「大小山」等語，如凌雲臺，銖兩均平，而常隨風摇動。（同前）

六四九　向子諲《鷓鴣天》「説著分飛百種猜」：即使真正歸來，與夢何異？（第一頻教入夢來。）

又：胡寅序《向子諲酒邊詞》云：古樂府者，詩之旁行也；詞曲者，古樂府之末造也。名之曰曲，以其曲盡人情耳。唐人為之最工，柳耆卿後出，掩衆製而盡其妙。及眉山蘇氏，一洗綺羅香澤之態，擺脱綢繆宛轉之度，使人登高望遠，舉首高歌，而逸懷壯氣超然塵垢之外，於是《花間》為皂隸，而柳氏為輿臺矣。薌林居士步趨蘇堂而嚌其胾者也。以枯木之心幻出葩華，酌玄酒之尊，棄置醇味，非染而不色，安能及此？○毛晉曰：伯恭，相家子，欽聖憲肅皇后從姪也。性極孝友，置義莊，贍宗族貧者。其立朝忠節，胡安國、張九成輩極嘉與之。晚忤秦檜意，乃致仕，卜築清江揚遵道故第，繞屋植桂，顔其堂曰薌林。自詠云：「須知道，天教尤物，相伴老江鄉。」又絶筆云：「真香妙質，不耐世間風與日。」豈米顛所謂「衆香國中來，衆香國裏去」耶？（同前）

六五〇　向子諲《鷓鴣天》「幾處秋千嬾不收」：羿妻崇妾，重開生面。（霞衣輕舉疑奔月，寶髻傾欹若墜樓。）（同前）

六五一　晏幾道《鷓鴣天》「醉拍春衫惜舊香」：「費」字本於學書紙費、學醫人費。（莫向花箋費淚行。）（同前）

六五二　晏幾道《鷓鴣天》「小令尊前見玉簫」：末句見賞于伊川，所謂「我見猶憐」也。（同前）

六五三　蘇伯固《鷓鴣天》「梅妬晨粧雲妬輕」：「新春螺黛無人試，付與東風染柳條」，憔悴支離，可敵末句。（相思恰似江南柳，一夜東風一夜深。）　又：養直有「屬玉雙飛水滿塘」之句，見賞於東坡，稱為吾家養直。坡集中有《送伯固兄》詩。○紹興間，養直與徐師川同召，師川赴，養直辭，師川

造朝，便道過養直，留飲甚歡。二公平日對奕，徐高於蘇，是日蘇拈一子笑曰：「今日須還老夫下此一着。」徐有愧色。（同前）

六五四　嚴仁《鷓鴣天》「病去那知春事深」：妙在「慳」字、「可」字。（同前）

六五五　陸游《鷓鴣天》「看盡巴山看蜀山」：寧為頑仙，勝作才鬼。（秘傳一字神仙訣，説與君知只是頑。）（同前）

六五六　陸游《鷓鴣天》「家住蒼煙落照間」：天地不仁，如是，如是。（元知造物心腸別，老却英雄似等閑。）（同前）

六五七　陸游《鷓鴣天》「嬾向青門學種瓜」：一首絕妙漁歌，亦靈均之寓言於滄浪也。（另一首：「插脚紅塵已是顛。」）（同前）

六五八　黄昇《鷓鴣天》「沈水香銷夢半醒」：心閑境自清。（戲臨小草書團扇，自揀殘花插净瓶。）（同前）

六五九　黄昇《鷓鴣天》「雨過芙蕖葉葉凉」：不能言而能不言，蓋謂此。（風流不在談鋒勝，袖手無言味最長。）（同前）

六六〇　黄庭堅《鷓鴣天》「聞説君家有翠蛾」：王實甫「推整素羅衣」之句，與「整玉梭」相類。（同前）

六六一　高觀國《鷓鴣天》「白玉樓臺知幾重」：是十六夜，不可移易。（一分乍闕嬋娟影，二八尤宜

冰雪容。」(同前)

六六二 劉鼎臣妻《鷓鴣天》「金屋無人夜剪繒」: 婺州劉鼎臣餞省試於行都,其妻製彩花一枝贈之,并侑以詞。(同前)

六六三 聶勝瓊《鷓鴣天》「玉慘花愁出鳳城」: 美成詞:「淚珠都作、秋宵枕前雨。」淚與雨,吾不知其是一是二。(枕前淚共簷前雨,隔箇窗兒滴到明。) 又: 末二句女郎徐月英詩。(枕前淚共簷前雨,隔箇窗兒滴到明。)(同前)

六六四 劉仲尹《鷓鴣天》「樓宇沉沉翠幾重」: 參涪翁而得法者。(同前)

六六五 蔡松年《鷓鴣天》「解語宮花出畫簷」: 蔡丞相伯堅與吳學士彥高,金時並推,號吳蔡體。蔡有「銀屏小語,私分麝月,春心一點」之句,見《詞品》。(同前)

六六六 馮子振《鷓鴣天·贈妓珠簾秀》「憑倚東風遠映樓」: 俱在名字上發揮。 又: 妓背微傴,故馮以「燕低頭」及「龜背」、「月鈎」寓意。 ○首二句一作「十二闌干映遠眸,醉香空斷楚江秋」。(同前)

六六七 楊立齋《鷓鴣天》「煙柳風花錦作園」:《青樓集》云: 趙真真、楊玉娥善唱諸宮詞(當作調),楊立齋見其謳張五牛、商正叔所編「雙漸小卿恕」,因作《鷓鴣天》、《哨遍》、《耍孩兒煞》以詠之。○按: 涵虛子評元詞: 楊立齋如風烟花柳,商政叔如朝霞散彩。 五牛,不可攷。(同前)

六六八 楊慎《鷓鴣天》「秋水澄清勝酒醅」: 最奇確,不至其地者不知。 又: 山和尚即山鵲水秀才，滇中蟲名。○僧貫休上蜀王建詩：「一瓶一鉢垂垂老，萬水千山得得來。」建呼為得得和尚。楊邃庵句：「地凍馬蹄聲得得。」(同前)

六六九　王世貞《鷓鴣天》「蘋末風吹舴艋舟」：《丹鉛録》曰：畫家有罨畫，雜彩色畫也。吳興有罨畫溪，然其字當用韐，罨乃魚網，非其訓也。左思《蜀都賦》：「罨翡翠，釣鰋鯉。」張泌詩「罨岸春濤打舡尾」，謂魚網遮岸也。(同前)

六七〇　王世貞《鷓鴣天》「峭雨零霜舶棹歸」：「客殘」一作「閣殘」，「儂損」一作「低損」。○蜀中大(一作天)慈寺畫明皇按樂十眉圖：一鴛鴦，二小山，三五岳，四三峰，五垂珠，六月稜，七分梢，八煙涵，九拂雲，十倒暈。(同前)

六七一　高深甫《鷓鴣天》「休向燈前泣雁魚」：「絮相扶」，幻眇之句，情不可以理格。(同前)

六七二　文徵明《鷓鴣天》「拂草揚波復振條」：繪風第一手。(同前)

六七三　徐渭《鷓鴣天》「試選蛾眉幾許長」：文長終於放棄，此詞為纖。(同前)

六七四　周憲王《鷓鴣天》「花簇香鈎淺涴塵」：憲王有《誠齋録》七卷，成於宣德六年，其詠牡丹、梅花、玉堂春七言律各百首，又著雜劇數種，宫人夏雲英亦有《端清閣詩》一卷，計六十九篇。(同前)

六七五　賀鑄《瑞鷓鴣》「月痕依約到西廂」：他人以絮比郎，便有許多怨意，此却以謔浪出之。(閑倚繡簾吹柳絮，問人何似冶游郎。)(同前)

六七六　歐陽修《瑞鷓鴣》「楚王臺上一神仙」：月惟有情，故能圓；月惟不能常圓，故有恨。(江月

無情也解圓。」(同前)

六七七 尤袤《瑞鷓鴣》「清溪西畔小橋東」:西王母宴羣仙,有舞者戴砑光帽,帽上插花,舞山香一曲,曲未終,花皆落去。○楊萬里誠齋與尤袤延之為金石交,皆善謔,延之嘗言:「有一經句,請祕監對,曰楊氏為我。」誠齋應聲曰:「尤物移人。」楊戲呼尤為蝤蛑,尤呼楊為羊。一日食羊白腸,延之曰:「祕監錦心繡腸,亦為人所食。」誠齋笑吟曰:「有腸可食何須恨,猶勝無腸可食人。」蓋俗稱蟹類為無腸公子也。延之卒,誠齋祭文云:「齊歌楚些,萬象為挫。瓌瑋詭譎,我倡公和。放浪諧謔,尚友方朔。巧發捷出,我嘲公酢。」(同前)

六七八 辛棄疾《瑞鷓鴣》「聲名少日畏人知」:西土禪機,南華祕旨,合之雙美。(同前)

六七九 楊慎《瑞鷓鴣》「垂楊垂柳管芳年」:句句工對,却似散行。又:自注云:柳有絮有花,詞人例多謬稱,余之此篇殆析體物。(同前)

六八〇 張杞《採蓮子》「曲苑新粧照綠陂」:與嵩詞工力悉敵,不復知年代之相後。(指皇甫嵩《採蓮子》「菡萏香連十頃陂」。)(同前書卷八)

六八一 顧敻《玉樓春》「月照玉樓春漏促」:《玉樓春》之得名以首句故。又:《禽經》:燕以狂盻,鶯以喜轉。(同前)

六八二 韋莊《玉樓春》「獨上小樓雲欲暮」:「夢魂不怕險,飛過大江西」,又何説耶?又:韋端己讀書數米而炊,秤薪而爨。應舉時,遇黄巢犯闕,著《秦婦吟》云:「内庫燒為錦繡灰,天街踏盡公卿骨。」時號秦婦吟秀才。又有贈新進士詩：「新馬杏花色，綠袍春草香。」杜荀鶴曾得句云：「舊衣灰絮絮，新酒竹篘篘。」韋曰：「我道印將金鎖鎖，簾用玉鈎鈎。」舉乾寧進士。後寓蜀，蜀王建聞莊有美姬善詞翰，託以教内人為詞，强奪去。莊作《謁金門》云：「空相憶，無計得傳消息。天上嫦娥人不識，寄書何處覓。新睡覺來無力，不忍把伊書跡。滿院落花春寂寂，斷腸芳草碧。」姬聞之，遂不食，卒。（眉批：可與喬知之碧玉並傳。）（同前）

六八三　温庭筠《玉樓春》「家臨長信往來道」：「睡」字不用韻，與顧敻作同。又：弇州曰：「油壁車輕金犢肥，流蘇帳煖春鷄早」，非歌行麗對乎？「細雨夢迴鷄塞遠，小樓吹徹玉笙寒」、「青鳥不傳雲外信，丁香空結雨中愁」、「無可奈何花落去，似曾相識燕歸來」，非律詩俊語乎？然是天成一段詞也，着詩不得。（同前）

六八四　和凝《玉樓春》「拂水雙飛來去燕」：「為郎憔悴却羞郎」，真見且不願，况「夢見」乎？（却怕良宵頻夢見。）（同前）

六八五　孟昶《玉樓春》「冰肌玉骨清無汗」：不祥之語。（屈指西風幾時來，只恐流年暗中換。）又：此詞載於《温叟詩話》。又東坡云：僕七歲時，見眉州老尼朱姓者，自言嘗隨其師入蜀主孟昶宫中。一日大熱，主與花蕊夫人夜起，避暑摩訶池上，作一詞，朱具能記之。今四十年，朱死久矣。余僅記其首兩句，暇日為足成《洞仙歌》云：「冰肌玉骨，自清凉無汗。水殿風來暗香滿。繡簾開，一點明月窺人，人未寢，欹枕釵横鬢亂。起來攜素手，庭户無聲，時見疎星渡河漢。試問夜如何？

夜已三更，金波淡，玉繩低轉。但屈指，西風幾時來，又不道流年，暗中偷換。」（眉批：此詞被高生取入《琵琶》，習聞則厭，惟「一點明月可留耳。）（同前）

六八六 陸游《玉樓春》「三年流落巴山道」：此老崛強如此。（今朝一歲大家添，不是人間偏我老。）（同前）

六八七 劉克莊《玉樓春》「年年躍馬長安市」：英雄行徑，必不如駑馬戀棧豆。（客裏似家家似寄。）（同前）

六八八 宋祁《玉樓春》「東城漸覺風光好」：《遯齋閑覽》云：張子野以樂章名擅一時，宋子京奇其才，先往見之，遣將命者：「欲見『雲破月來花弄影』郎中。」子野屏後呼曰：「得非『紅杏枝頭春意鬧』尚書耶？」遂出，置酒盡歡。（同前）

六八九 歐陽修《玉樓春》「湖邊柳外高樓處」：李知幾「坐待不來來又去」，極肖。（去便不來來便去。）（同前）

六九〇 無名氏《玉樓春》「紅樓十二春寒側」：《詞品》曰：側，不正也，猶云峭寒耳。唐詩「春寒側側掩重門」，韓偓詩「側側輕寒剪剪風」，又曰此詞悲感凄惻，在陳去非「憶昔午橋」之上而不知名，或以為張子野作，非也。子野卒於南渡之前，何得云「三十六宮秋草碧」乎？〇李賀詩「三十六宮土花碧」。（同前）

六九一 秦觀《玉樓春》「秋容老盡芙蓉院」：張迂公「短髮愁催白，衰顏酒借紅」本此。（獨有春紅留

醉臉。」(同前)

六九二　蘇軾《玉樓春》「霜餘已失長淮濶」：按：坡公與弟别潁州西湖，有「别淚滴清潁」之句，今俗本「潁」作「瀨」，非也。醉翁指歐公。(同前)

六九三　蘇軾《玉樓春》「知君仙骨無寒暑」：余生長塘西，每恨「塘西」二字不堪入詠，得此大快。(同前)

六九四　賀鑄《玉樓春》「秦絃絡絡呈纖手」：「絡」字恐當作「落」。又：「做」字妙。(更須嫵媚做腰肢。)(同前)

六九五　晏殊《玉樓春》「緑楊芳草長亭路」：《詩眼》云：晏叔原見蒲傳正，云：「先公平日小詞雖多，未嘗作婦人語。」傳正云：「『緑楊芳草長亭路，年少抛人容易去。』豈非婦人語乎？」晏曰：「公謂年少為何語？」傳正曰：「豈不謂其所歡乎？」晏曰：「因公言，遂曉樂天詩兩句：『欲留所歡待富貴，富貴不來所歡去。』」傳正笑而悟其言之失。(同前)

六九六　晏幾道《玉樓春》「風簾向晚寒成陣」：便是七處徵心之法。(同前)

六九七　晏幾道《玉樓春》「旗亭西畔朝雲住」：極似「紅豆啄殘」、「碧梧棲老」一聯，於此可參活句。(柳陰分到畫眉邊，花片飛來垂手處。)(同前)

六九八　辛棄疾《玉樓春》「何人半夜推山去」：一氣呵成，無窮轉折。(同前)

六九九　辛棄疾《玉樓春》「三三兩兩誰家婦」：竟是白話。(同前)

七〇〇　吴文英《玉樓春》「欄杆獨倚天涯客」：「心影」二字亦有所本，驪山母謂李筌「心影不偏」。（同前）

七〇一　吴文英《玉樓春》「茸茸狸帽遮梅額」：身歸魂未歸。（猶夢婆娑斜趁拍。）（同前）

七〇二　周邦彦《玉樓春》「桃溪不作從容住」：「相候赤闌橋」一作「無奈鳥聲哀」。（同前）

七〇三　黄庭堅《玉樓春》「風開冰面魚紋皺」：叶「壽」字，絶奇。（同前）

七〇四　高觀國《玉樓春》「幾雙海燕來金屋」：「薄袖倚修竹」，正是爾時。（同前）

七〇五　毛滂《玉樓春》「園中半夜東風轉」：「小煙」可以字婢。　又：晉時宫中以紅線量日影，冬至後添一線。（同前）

七〇六　李邴《玉樓春》「沈吟不語晴窓畔」：「軟」之一字，盡美人書法矣，豈必衛夫人乃堪珍重？（同前）

七〇七　柳永《玉樓春》「黄金萬縷風牽細」：（「餓損」句）將腰比柳，將柳比腰，紛紛舊句，莫此為新。　又：山谷詩：「蔞蒿穿雪動，楊柳索春饒。」（同前）

七〇八　謝逸《玉樓春》「青錢點水圓荷緑」：人言「遏雲」，不知「蹙浪」。（昭華吹徹瑄聲寒，聲入瑶觴紅浪蹙。）（同前）

七〇九　馮延登《玉樓春》「長原迤邐孤麋卧」：《中州樂府》：正大末，子駿奉命北使，見留不屈，割其鬚髯，羈管豐州，二年乃還。天興初，京城陷，自投井中。其《遇雨留僧舍》云：「濕雲若煙低，飛雨如矢集。近山衣已涼，薄寒復相襲。」又：「羣峰誰暇數，庭笋紛戢戢。騰擲來眼中，左右疲顧揖。」又《隴泉詩》云：「金匱鎖龍漦，月窟逗蟾液。」又：「光摇日千道，影落天一席。」皆其得意句也。（眉批：「險覓天應悶，狂搜海亦枯。」）（同前）

七一〇　無名氏《玉樓春》「空閨日夜和塵閉」：用垂柳，又用柳絮，稍復。（同前）

七一一　劉基《玉樓春》「春來觸處花成綺」：自聽秋雨後，不敢種芭蕉。（芭蕉多事惹東風，故作雨聲驚客耳。）（同前）

七一二　王世貞《玉樓春》「是誰約勒東君去」：起句軒突，三四句險幻，末一句詠歎淫液。（同前）

七一三　楊慎《玉樓春》「枝頭百舌寒猶噤」：一句三「枕」字，妙。（同前）

七一四　楊慎《玉樓春》「曉寒倦倚相思枕」：「沈」字兩押都新。又一首以「病沈」對「愁潘」，嫌其陳，故去之。　又：唐宫人有沈阿翹。（同前）

七一五　汪廷訥《玉樓春》「畫圖開處飛鶯燕」：如首句、第七句，倒讀更佳。（同前）

七一六　蔣捷《步蟾宫》「緑華剪碎嬌雲瘦」：劉叔安詞：「黄昏人静，暖香吹月，一簾花碎。」「吹」字不如「染」字。（同前）

七一七　蔣捷《步蟾宫》「玉窓掣鎖香雲漲」：長調中有名《催雪》者。（同前）

七一八　無名氏《步蟾宫》「東風捏就腰肢細」：相傳一士人訪妓，妓在開府侍宴，候之良久，賦寄開府，開府見詞清麗，呼士人，以妓與之。○「緉」通作「兩」，亦作量。詩：「葛屨五兩。」高文惠妻寄書

云：「今奉織成襪一量，願着之，動與福并。」《世説》云：「未知能着幾量屐。」（同前）

七一九 蘇軾《翻香令》「金爐猶煖麝煤殘」：元曲所謂「前生燒了斷頭香」者，宋時先有此説耶？（且圖得，氤氳久，為情深、嫌怕斷頭烟。）（同前）

七二〇 程垓《雨中花》「聞説海棠開盡了」：美成問柳梢「春多少」，正怕問花裏「愁多少」，要知閨愁與春色俱增，其分數正相等，只恨春去愁還不去耳。（同前）

七二一 楊慎《雨中花》「寒透水邊沙際」：前段用「寒」、「煖」，後段用「冷」、「温」，不覺其重。（同前）

七二二 文徵明《雨中花》「煙雨妬春聲不歇」：乩仙詩：「蜘蛛為愛春光好，惹住殘紅不放飛。」又無名氏詩：「螻蟻也知春色好，倒拖花片入宫墻。」（同前）

七二三 朱灝《雨中花》「清苑暉餘醫病鶴」：詩中之皮、陸。（同前）

七二四 李後主《虞美人》「風廻小院庭蕪緑」：此君「花明月暗」之外，復有「燭明香暗」。（同前）

七二五 李後主《虞美人》「春花秋月何時了」：只一「又」字，宋、元以來抄者無數，終不厭煩。（小樓昨夜又東風。） 又：《默記》：南唐徐鉉歸宋，遷給事中。太宗一日問：「曾見李煜否？」鉉對曰：「臣安敢私見之？」上遂令往見。鉉望門下馬，一老卒守門，徐言：「願見太尉。」卒言：「有旨，不得與人接。」鉉云：「奉旨來。」卒往報。徐入，立庭下，久之，卒取舊椅子相對，鉉遥謂卒曰：「但正衙一椅足矣。」頃間，李王紗帽道服而出，鉉方拜，遽下堦，引其手以上，鉉告辭賓主之禮，李曰：「今日豈有此禮？」鉉引椅少偏，乃敢坐。（眉批：讀之可哭，然文人貪生如此，亦可笑。）李默不言，忽長吁歎曰：「當時悔殺了潘佑、李平。」鉉既去，有旨召對，鉉不敢隱，遂有秦王賜牽機藥之事。牽機藥者，服之，前却數十回，頭足相就如牽機狀也。又後主在賜第，七夕，命故妓作樂，聲聞於外，太宗大怒。又傳「小樓昨夜又東風」及「一江春水向東流」之句，遂被禍。後賈魏公尹京日，忽有人來展刺謁，曰前江南國主李煜相見，則一清癯道士，公曰：「太師已物故，何得及此？」曰：「某幼探釋氏未達，誤有所見。今為獅子國王，偶思鍾山而來。」懷中取一詩授公，曰：「異國非所志，煩勞殊清閒。驚濤千萬里，無復見鍾山。」公讀之，隨手灰滅。〇《堯山堂外紀》：樂曲有《念家山》，後主親演其聲為《念家山破》，識者知其不祥。在圍城中作長短句，未就而城破，其詞曰：「櫻桃落盡春歸去，蝶翻輕粉雙飛。子規啼月小樓西。曲闌珠箔，惆悵捲金泥。門巷寂寥人散後，望殘煙草低迷。」（眉批：《臨江仙》缺三句。）後歸宋後，嘗與金陵舊宮人書云：「此中日夕只以眼淚洗面。」

七二六　葉夢得《虞美人》「落花已作風前舞」：下場頭話，偏自生姿。（落花已作風前舞，又送黃昏雨。）

又：闕注曰：右丞葉公以經術文章為世宗儒，翰墨之餘，作為歌調，亦妙天下。元符中，予兄聖功為鎮江掾，公為丹徒尉，得其小詞為多，是時妙齡氣豪未能忘懷也。味其詞婉麗，綽有温、李之風，晚歲落其華而實之，能於簡淡時出雄傑，合處不減靖節、東坡，豈近世樂府之流哉？（同前）

七二七　晏幾道《虞美人》「疎梅月下歌《金縷》」：「替」字妙。（滿枝新緑替殘紅。）（同前）

七二八　蘇軾《虞美人》「波聲拍枕長淮曉」：晉王夷甫時，人許以風鑑。〇弇州曰：「隙月窺人小。」又：「天涯一點青山小。」陳瑩中雪詞：「一夜青山老。」孫光憲：「疎香滿地東風老。」俱妙在押字。

（同前）

七二九　蘇軾《虞美人》「持杯遥勸天邊月」：三句「持杯」，章法妙。又：歐詞：「把酒祝東風，且共從容。」即此意。（同前）

七三〇　蔣捷《虞美人》「絲絲楊柳絲絲雨」：「心兒小，難著許多愁」，不如「樓兒」句更奇。（同前）

七三一　蔣捷《虞美人》「少年聽雨歌樓上」：全學東坡「持杯」篇。（同前）

七三二　程垓《虞美人》「輕紅短白東城路」：前後結句暗相對偶。（同前）

七三三　周邦彦《虞美人》「疎籬曲徑田家小」：按：「山色有無中」，歐公詠平山堂句也。或謂平山堂望江左諸山甚近，永叔短視故耳。東坡為永叔解嘲，乃於賦快哉亭詞道其事云：「長記平山堂上，攲枕江南煙雨，杳杳没孤鴻。認得醉翁語，山色有無中。」蓋山色有無，非煙雨不能也，然永叔起句是「平山欄檻倚晴空」，晴空安得煙雨？恐蘇終不能為歐解矣。（同前）

七三四　周邦彦《虞美人》「玉觴纔掩朱絃悄」：「便」字慘。（小橋南畔便天涯。）（同前）

七三五　毛滂《虞美人》「遊人莫笑東園小」：何不竪崔家日月旛。（任是東風急性，不由他。）（同前）

七三六　何桌《虞美人》「分香帕子揉藍膩」：魚玄機詩：「夢為蝴蝶也尋花。」劉青田詞：「蝴蝶不知身是夢，飛上寒枝。」都用《莊子》，化腐為新。（夢作一雙蝴蝶遶芳叢。）又：何文縝丞相，政和間狀元，靖康中死難名臣也。初入館閣，飲於宗戚一貴人家，侍兒惠柔者頗麗黠，慕何丰標，密解手帕為贈，且約牡丹開時再集，何歸，賦此，隱其小名。（同前）

七三七　王行《虞美人》「黄花翠竹臨溪處」：止仲又題鄒氏隱居云：「也須來此置茅茨，莫待有人，相寄草堂資。」可想其高致。（同前）

七三八　王世貞《虞美人》「摩訶池上金絲柳」：末句從唐人「錯教人恨五更風」衍出。（同前）

七三九　董斯張《虞美人》「妝闌鸚鵡閑相殢」：「願為一滴楊枝水，灑作人間並蒂蓮」，小青、遐周，同聲相應。（他生若得在西天，願與蕭郎，做個並頭蓮。）（同前）

七四〇　董斯張《虞美人》「緗桃幾點紅如酒」：此必閨中實有此事，董即代為譜之。（夢中伊對雙鬟笑，從不防他到。醒時不比夢時真，急喚雙鬟，跪倒問來因。）（同前）

七四一　張綖《虞美人》「堤邊柳色春將半」：沈天羽曰：維揚張世文作《詩餘圖譜》七卷，於宫調失傳之日，為之規規而矩矩，誠功臣也。（同前）

七四二　顧敻《虞美人》「深閨春色勞思想」：一句故意用兩「還」字。（玉郎還是不還家。）（同前）

七四三　周邦彦《南鄉子》「晨色動粧樓」：工在「滿鏡」二字。

七四四　黄庭堅《南鄉子》「諸將説封侯」：東坡詩：「人老簪花不自羞，花應笑上老人頭。」〇康節詩：「花見白頭人莫笑，白頭人見好花多。」〇《堯山堂外紀》云：崇寧四年重九，山谷在宜州，登郡城樓，聽邊人相語：「今歲當鏖戰取封侯。」因作此詞，倚闌高歌，若不能堪者。是月三十日，果不起。

七四五　蔣捷《南鄉子》「泊雁小汀洲」：柔情狠語。（準擬架層樓，望得伊家見始休。）（同前）

七四六　蘇軾《南鄉子》「悵望送春杯」：集句有六難：屬對，一也；合韻，二也；不失粘，三也；切

題，四也；意思接續，五也；句句精美，六也。其誰兼之？（同前）

七四七　蘇軾《南鄉子》「繡鞅玉環遊」：滑稽。（種柳應須柳柳州。）　又：唐呂温嘲柳宗元詩：「柳州柳刺史，種柳柳江邊。」（同前）

七四八　蘇軾《南鄉子》「霜降水痕收」：沈天羽云：「破帽」句翻龍山事特新，山谷九日詞「風前横笛斜吹雨，醉裏簪花倒着冠。」尤用得幻。○鄭谷《十日菊花》詩：「節去蜂愁蝶不知，曉庭猶繞折殘枝。自緣今日人心別，未必秋香一夜衰。」（同前）

七四九　陸游《南鄉子》「歸夢寄吴檣」：可見放翁以朋友為性命。（重到故鄉交舊少，悽凉，却恐他鄉勝故鄉。）（同前）

七五〇　吴億《南鄉子》「江上雪初消」：唐小説：「命笑無人笑，含嬌何處嬌。徘徊花上月，空度可憐宵。」（同前）

七五一　孫夫人《南鄉子》「曉日壓重簷」：看朱成碧，憔悴支離。（同前）

七五二　王世貞《南鄉子》「薄倖總難熬」：元美嘗喜棹歌中「月子彎彎」一首，蓋俚曲村謡，任性而合天，作家所不敢望，斯詞近之矣。（同前）

七五三　王衡《南鄉子》「午日暈紅椒」：一「坐」字生色。（燕子銜花坐淺巢。）　又：杜詩：「楓樹坐猿深。」又「黄鶯並坐交愁濕」。（同前）

七五四　黄庭堅《鵲橋仙》「朱樓彩舫」：「手扳橋柱立，淚滴天河滿」，未如「曉雨」句蘊藉。（淚作人間曉雨。）又：孟東野詩：「難將寸草心，報答三春暉。」○《道書》云：牽牛娶織女，借天帝錢二萬備禮，久之不還，被驅在營室，每年七夕一見。又曰：天帝女既嫁牽牛，惰於紡織，故分處之。（同前）

七五五　秦觀《鵲橋仙》「纖雲弄巧」：數見不鮮，説得極是。（兩情若是久長時，又豈在朝朝暮暮。）又：歐陽公七夕詩：「莫云天上稀相見，猶勝人間去不回。」（同前）

七五六　方岳《鵲橋仙》「今朝廿九」：秋崖，歙人。初為趙丞相幕客，趙父名方，乃改姓萬，既而又為丘岳端明屬官，復改名為萬山。賈似道號秋壑，時人語曰：「秋崖秋壑一般秋」。○泥，去聲。（同前）

七五七　謝懋《鵲橋仙》「鈎簾借月」：借天上多情，破人間薄倖，題外意妙。又：謝勉仲號静寄居士，吴伯明稱其片言隻字戛玉鏗金，藴藉風流，為世所貴。○王世貞曰：謝勉仲「染雲為幌」、美成「暈酥砌玉」、李漢老「叫雲吹斷横玉」、魯直「鶯嘴啄花紅溜，燕尾點波緑皺」，俱為險麗。（同前）

七五八　陸游《鵲橋仙》「華燈縱博」：陸務觀母夢秦少游而生，公名其字而字其名。（眉批：才子來踪去跡，自然與人不同。）初調官臨安，有詩云：「小樓一夜聽春雨，深巷明朝賣杏花。」傳入禁中，思陵稱賞，由是知名。韓平原嘗招致之，所作《南園》、《閲古泉》二記，時雖稱頌，而有規勸之意。故平原敗，得免於禍。恃酒頽放，自號放翁。一夕，夢故人相語曰：「我為蓮花博士，鏡湖新置官也，我去矣，君能暫為之乎？月得酒千壺，亦不惡也。」遂以詩記之云：「白首歸修汗簡書，每因囊粟嘆侏儒。

不知月給千壺酒，得似蓮花博士無。」〇放翁詞纖麗處似淮海，雄慨處似東坡。其感舊《鵲橋仙》一首英氣可掬，流落亦可惜矣。（同前）

七五九　乩仙《鵲橋仙》「鸞輿初駕」：情根一點，如燈之傳，如輪之轉，有何結煞？（年年此際一相逢，未審是甚時結煞。）　又：宋慶之寓永嘉，適逢七夕，學徒醵飲，有僧法辨善五星，每以八煞為說，人號為辨八煞。酒邊一士致仙叩試事，忽乩動，大書文章伯降，宋怪之，即以八煞為韻，求七夕新詞，箕動如飛，俄成此闋。〇紹興間，斜橋客邸有請紫姑者，命「鱅」為題，詩云：「寒巖雪壓松枝折，班班剥盡青虬血。運斤巧匠斲削成，劒脊半開魚尾裂。五湖仙子多奇致，欲駕仙舟探仙穴。碧雲不動曉山横，數聲摇落江天月。」（同前）

七六〇　翁客妓《鵲橋仙》「説盟説誓」：有翁客自蜀攜一妓歸，蓄之别室，數日一往，偶以病少疏，妓頗疑之，客作詞自解，妓即韻答此。〇蜀又有妓送行詞云：「欲寄意，渾無所有，折盡市橋官柳。看君着上征衫，又相將送船楚江口。　後會不知何日，但是男兒，休要鎮長相守。苟富貴，毋相忘，若相忘，有如此酒。」又蔡元長帥成都時，暱妓尹温儀，嘗令賦《西江月》詞，又以尹行九限九字為韻，尹應聲云：「韓愈文章蓋世，謝安才貌風流。良辰開宴在西樓，敢勸一杯芳酒。　記得南宫高過，弟兄都占鰲頭。一門玉殿御香浮，名在甲科第九。」蓋取蔡元長第九人，弟元度第十一人也。《女史》曰：蜀娼多能文者，其薛濤之遺風耶？（同前）

七六一　完顔亮《鵲橋仙》「停杯不舉」：霸氣逼人。　又：金主亮頗知書，好為詩詞，出語輒崛彊，錚錚不為人下。一日，閱柳耆卿西湖詞，欣然有慕於「三秋桂子，十里荷花」，遂起投鞭渡江之志。乃密隱畫工於奉使中，寫臨安山水，復畫己狀，策馬而立於吴山絶頂，題其上曰：「萬里車書盡混同，江南豈有別疆封。提兵百萬西湖上，立馬吴山第一峰。」〇金廢主詩多粗豪，獨《過汝陰》一作有雅人之致，詩曰：「門掩黄昏染緑苔，那回踪跡半塵埃。空庭日暮鳥争噪，幽徑草深人未來。數仞假山當户牖，一池春水遶樓臺。繁花不識興亡地，猶倚闌干次第開。」（同前）

七六二　俞琬綸《鵲橋仙》「客店遊魂」：「一望」句詠雪則俗，詠月則雅。（一望樹山白素。）（同前）

七六三　董斯張《鵲橋仙》「名姬駿馬」：善學辛幼安。（同前）

七六四　王微《鵲橋仙》「菡萏開霞」：似用小説織女下降故事。又：沈天羽曰：余讀修微此詞末句，因得句云：「月裏霓裳何處買，端從天女杼中求。」（同前）

七六五　項蘭貞《鵲橋仙》「秋葉辭桐」：「辭」、「受」二字妙。又：秀水黄卯錫妻項氏孟畹，著有《裁雲草》，寒山趙凡夫妻陸卿子為序。如「幽人心賞間，倏然弄秋月」、「同懸明月三千里，獨倚西風十二闌」、「月落寒鴉影，風殘玉笛聲」、「晚風吹月上，孤鳥帶雲還」、「惟有秋風解人意，故吹魂夢到君旁」、「一庭蒼蘚春前碧，三徑寒梅雪後舒」、「朦朧一片關山月，偏照愁人萬里家」、「舟維渡口風初静，鳥宿枝頭凍未安」、「斜陽故向尊前落，片月徧（當作偏）於別後明」、「檻外繁花隨意茂，夢中芳草傍愁生」、「飛鳥破秋煙，玉虹懸峭壁」、「野鶴閒雲身外伴，落霞飛鶩景中禪」、「為語王孫須努力，閨中應不悔封侯」、「賽社師來笑語喧，暗中遺却釵頭玉」，皆集中警句也。當與姑母黄淑德字柔卿者相倡和，黄有句云「鳴橈依落照，拂席近蘼蕪」、「徑草亂垂猶帶露，庭花漸老不禁風」。（眉評：三吴閨秀自陸卿子、徐小淑而外，不得不以此事推君。）（同前）

七六六　李後主《一斛珠》「晚粧初過」：天何不使後主現文士身，而必予以天子？位不配才，殊爲恨恨。（同前）

七六七　黄庭堅《一斛珠》「蒼顔華髪」：墨香猶噴。（同前）

七六八　張孝祥《一斛珠》「輕黄澹緑」：「毒」、「蹴」二字難下。（同前）

七六九　張先《一斛珠》「雲輕柳弱」：人羡湯若士「丹青女易描，真色人難學」之句，不知爲子野所刱。（生香真色人難學。）（同前）

七七〇　程垓《一斛珠》「晚涼時節」：方知嬌女淚，香色味俱全。（留得露痕，都是淚珠結。）（同前）

七七一　陸游《一斛珠》「江湖醉客」：嗚呼！其無聊至矣。（元來只有閒難得，青史功名，天却無心惜。）（同前）

七七二　無名氏《一斛珠》「醉醒醒醉」：黄山谷曰：此詞或傳是東坡語，非也，與「蝸角虚名」、「解下癡絛」之曲相似，疑是王仲父作。（同前）

七七三　陳繼儒《一斛珠》「笋兒初出」：無一點塵，有十分韻。（同前）

七七四　吴鼎芳《一斛珠》「金鈴風動」：「湘雲」應變美人虹。（舊恨新愁，填滿湘雲空。）（同前）

七七五　高憲《梅花引》「槐堂夢」：曹元寵旅中詞：「田園有計歸須早，在家縱貧亦好。」（同前）

七七六　高憲《梅花引》「六國擾」：撮《北山移》、《酒德頌》之勝。（同前）

七七七　高憲《梅花引》「蒿火目」：《中州樂府》云：仲常乃王庭筠之甥，幼學於外家，詩筆字畫俱有舅氏風。泰和三年乙科登第，自言於世味澹無所好，唯生死文字間而已。使世有東坡，雖相去萬里，亦當往拜之。（同前）

七七八　王特起《梅花引》「山之麓」：詞中有畫。又：王正之賦《雙峰》云：「龍頭矗雙角，駞背堆寒峰。」《華山》云：「三峰盤地軸，一水落天紳。」俱為趙閑閑公所極賞。（同前）

七七九　陸游《夜遊宮》「獨夜寒侵翠被」：戒心之語。（恨君心似危闌，難久倚。）（同前）

七八〇　張仲宗《踏莎行》「芳草平沙」：華疏采會，哀音斷絶。又：《詞品》云：唐李端詩：「江上晴樓翠靄間，滿闌春水滿窗山。青楓緑草將愁去，遠入吳雲暝不還。」此詞「將愁不去將人去」反用之。天斜，出白樂天詩云：「錢塘蘇小小，人道最夭斜。」白自注：「夭音歪。」〇又云：三山張仲宗以送胡澹庵及寄李綱詞得罪，忠義流也。（同前書卷九）

七八一　黄庭堅《踏莎行》「臨水夭桃」：以「山公啓」比芭蕉，極奇。（同前）

七八二　秦觀《踏莎行》「霧失樓臺」：釋天隱註《三體唐詩》云：此詞末二句自「沅湘日夜東流去，不為愁人住少時」變化，然邶風「毖彼泉水，亦流於淇」已有此意。〇升庵《詞品》：黄山谷曰：「此詞高絶，但『斜陽暮』為重出。」欲改「斜陽」為「簾櫳」。范元實曰：「看『孤館閉春寒』，似無簾櫳。」山谷曰：「亭傳雖未必有，有亦無害。」范曰：「此詞本摹寫牢落之狀，若曰『簾櫳』，恐損初意。」今《郴志》

遂改作「斜陽度」。余以斜屬日，暮屬時，不足累也。坡公云「回首斜陽暮」、美成云「雁背斜陽紅欲暮」，可證唐詩「風暖朝日暾」、「青山萬里一孤舟」、「睠彼落日暮」、「烏衣巷口夕陽斜」、「山木蒼蒼落日曛」、昌黎《紀夢》詩「中有一人壯非少」、《石鼓歌》「安置妥帖平不頗」，皆不以為複。（眉評：旦為朝雲，暮不夜歸，秦漢人已預之。）〇《冷齋夜話》云：此詞東坡絶愛其末兩句，自書於扇，曰：「少游已矣，雖萬人何贖？」（同前）

七八三　歐陽修《踏莎行》「候館梅殘」：「春水」、「春山」，走對妙。　又：江淹賦：「閨中風煖，陌上草薰。」佛經：「奇草芳花，能逆風聞薰。」〇《詞品》曰：石曼卿詩：「水盡天不盡，人在天盡頭。」歐公詞：「平蕪盡處是春山，行人更在春山外。」歐與石同時，且為文字友，其偶同乎？抑相取乎？（同前）

七八四　辛棄疾《踏莎行》「進退存亡」：百寶裝成無縫礎。（同前）

七八五　辛棄疾《踏莎行》「吾道悠悠」：所以後人有「假四皓」之說。（長憶商山，當年四老，塵埃也走咸陽道。）　又：蔡邕州譏四皓詩：「如何鬢髮霜相似，更出深山定是非。」（同前）

七八六　高觀國《踏莎行》「水減堤痕」：喚我者節，勸我者莢，更不説人喚人勸。（同前）

七八七　無名氏女郎《踏莎行》「玉臂寬環」：又翻又對，工甚活甚。（同前）

七八八　無名氏女郎《踏莎行》「紅葉空傳」：蘭與水仙名夫婦花。（同前）

七八九　無名氏女郎《踏莎行》「香罷宵薰」：畫出倩娘魂。（尋郎夜夜離羅幌。）（同前）

七九〇　無名氏女郎《踏莎行》「佳約易乖」：手妙，雖常見字眼，愛見善使錢人。（同前）

七九一　紫竹《踏莎行》「醉柳迷鶯」：起八字何其嬌膩。（醉柳迷鶯，懶風熨草。）　又：本傳云：紫竹約方喬於望雲門暫會，於牆陰之下間履蒼苔，鞋底盡濕，而方不至。俄聞人語，遂歸鏽闥，作《踏莎行》一闋。紫竹既歸，方喬始至，四顧傍徨而去，遂以尺牘相譏調，紫竹答《菩薩蠻》云：「約郎共會西廂下，嬌羞竟負從前話。不道一睽違，佳期難再期。　郎君知我愧，故把書相詆。寄語不須慌，見時須打郎。」喬復答云：「秋風即擬同衾枕，春歸依舊成孤寢。爽約不思量，翻言要打郎。　鴛鴦如共耍，玉手何辭打。若再負佳期，還應我打伊。」紫竹遂投誓書於喬。（同前）

七九二　盧疎齋《踏莎行》「雪暗山明」：杜妙隆，金陵佳麗人也。盧疎齋欲見之，行李匆匆，不果所願，因題詞於壁。（同前）

七九三　王國器《踏莎行》「寶鑑凝膏」：用「玉女洗頭盆」及《楚辭》「晞發咸池」語。（同前）

七九四　王國器《踏莎行》「淡掃春痕」：張京兆未能繪此。（同前）

七九五　王國器《踏莎行》「煙冷瑶罏」：「老」字失韻。（同前）

七九六　王國器《踏莎行》「翠藻文鴛」：心燈夜炳，意蕊晨飛，「楊花」句狀其飛也。　又：王德璉，趙子昂壻也。嘗作《香奩八詠》寄楊廉夫，廉夫付翠兒度腔歌之，又評付龍洲，章琬琇梓，以見王孫門中舊時月色，雖閱喪亂，固無恙也。廉夫又以己作《香奩八詠》示瞿宗吉，宗吉悉和之，其《芳塵春跡》云：「燕尾點波微有暈，鳳頭踏月悄無聲。」《黛眉顰色》云：「恨從張敞毫邊起，春向梁鴻案上生。」《金錢卜歡》云：「織錦軒窗聞笑語，採蘋洲渚聽愁吁。」《香頰啼痕》云：「斑斑湘竹非因雨，點點楊花不是春。」廉夫嘆曰：「此瞿家千里駒也。」（同前）

七九七　無名氏《踏莎行》「碧蘚迴廊」：韓偓香匳詠：「分明燭下聞裁剪，敲遍闌干喚不應。」（同前）

七九八　姚令威《踏莎行》「蘋葉煙深」：澹逈。（同前）

七九九　賈雲華《踏莎行》「隨水落花」：誰能為此曲，無乃杞梁妻。　又：小說：賈雲華之母與魏鵬之母有指腹之約，鵬謁賈，賈命女結為兄妹，不及前盟，兩人遂相與私。鵬以母喪歸，女鬱鬱死。二年後，有長安丞宋子璧女暴卒，復甦，自言賈平章女，借屍還魂，丞以告賈，遂歸鵬焉。有《唱隨集》，貫酸齋為序。（同前）

八〇〇　楊基《踏莎行》「淺碧凝鬟」：正少此耐心人。（不須抵死恨開遲，遲開却得遲遲看。）又：楊孟載謂眉無用於身，因號眉庵。國朝以其曾為饒介之客，安置臨濠，後屢廢屢起，卒於金陵。弱冠名動公卿，楊廉夫戲以所號銕笛為題命賦，對曰：「不惟能歌，且竊效老銕體。」翌日呈廉夫，廉夫曰：「吾意詩徑荒矣，今老銕當讓子一籌。」當時遂有大楊、小楊之稱。歌曰：「鐵崖道人吹鐵笛，宮徵含嚼太古音。一聲吹破混沌竅，一聲吹破天地心。一聲吹開虎豹闗，彤庭跪獻丹扆箴。問君何以得此曲，妙諧律呂可以召陽而呼陰。都將春秋一百二十四年筆削手，譜成透天之竅價重雙南金。時人不識我不掉頭玉署不肯入，直入弁峰絶頂俯瞰東溟深。王綱正統著高論，唾彼傳癖兼書淫。時人不識我不厭，會有使者徵球琳。具區下浸三萬六千頃之白銀浪，洞庭上立七十二朵之青瑶岑。（眉評：我當一脚踢翻，一拳搥碎。）莫邪老鐵作龍吼，丹山鳳舞江蛟吟。最哉宗彦吾所欽，赤泉之盟猶可尋。更吹一聲振我清白祖，大嗚盛世載賡阜財解愠南風琴。」時廉夫註《春秋》，一本名《透天關》。（同前）

八〇一　劉基《踏莎行》「弱不勝煙」：詠物聖手。（弱不勝烟，嬌難着雨，如何綰得春光住。）（同前）

八〇二　劉基《踏莎行》「白雪墻頭」：西崑詩：「夢為遠别啼難唤，書被催成墨未濃。」（同前）

八〇三　唐寅《踏莎行》「可怪春光」：子畏於應世文字詩歌不甚措意，謂後世知不在是，見我一斑已矣。（同前）

八〇四　朱灝《踏莎行》「雁畫平沙」：「紅」、「烏」巧對。（楓葉紅賒，曉寒烏討。）（同前）

八〇五　張一如《踏莎行》「潭渲餘青」：韻脚寧險勿夷，詞頭有生無熟。（同前）

八〇六　張一如《踏莎行》「潮暈消紅」：《小雅·谷風》「無木不萎」，「萎」字平叶。　又：簪短帶長，出《易林》。（同前）

八〇七　張一如《踏莎行》「轉憶千端」：「鶯花」、「鴛鴦」，二句遥對。　又：「月壞」，見盧仝詩。（同前）

八〇八　張一如《踏莎行》「箭疾梭流」：「壞雲」，見庚子山詩。（同前）

八〇九　薛昭蘊《小重山》「春到長門春草青」：不為詭奇，却是古雅。（同前）

八一〇　汪藻《小重山》「月下潮生紅蓼汀」：庾信「秋風驅亂螢」，不及「寒星」句。小杜「銀燭秋光冷畫屏」，不及「夜來」句。　又：《堯山堂外紀》：汪彦章為張邦昌雪罪表云：「孔子從佛肸之召，本為尊周；紀信乘漢王之車，蓋將誑楚。」其顛倒是非，助佑奸逆，所不足言。乃其詞自佳，嘗見畫舫有映簾而觀者，僅露其額，賦《醉落魄》云：「小舟簾隙，佳人半露梅粧額。緑雲低映花如刻，却似秋宵，一線銀蟾白。髻兒梢朵香紅扐，鈿蟬隱隱摇金碧。春山秋水渾無跡，不露牆頭，些子真消息。」（同前）

八一一　何大圭《小重山》「晴浦溶溶明斷霞」：與山谷詞「酒面紅鱗恰細吹」略似。（玉船風動酒鱗紅。）又：臨邛高恥庵曰：「玉舩風動酒鱗紅」，譬如雲錦月鈎，造化之巧，非人琢也，此等句在天地間有限。（同前）

八一二　毛滂《小重山》「門外東風糝玉塵」：此雲恐是員嶠石氣所蒸，不然何以香？（十年舊事夢如新，紅蕤枕、猶暖楚峰雲。）（同前）

八一三　吴淑姬《小重山》「謝了荼蘼春事休」：竹浪、柳浪、麥浪，與「草浪」而四。（一川烟草浪。）（同前）

八一四　僧祖可《小重山》「誰向江頭遺恨濃」：「拾殘紅」凄甚，張杞詞「春光難拾」反過之。（同前）

八一五　吕聖求《惜分釵》「春將半」：足韻無痕。（同前）

八一六　高深甫《惜分釵》「新粧束」：「輕輕」、「看看」，妙在虚字。「鶯鶯」、「鶼鶼」，妙在實字。（同前）

八一七　毛滂《七娘子》「山屏霧帳玲瓏碧」：「雨短煙長」，可對「緑肥紅瘦」。（同前）

八一八　鹿虔扆《臨江仙》「金鎖重門荒院静」：花有歎聲，史識之矣。又：周美成《西河》詞云：「燕子不知何世，向尋常巷陌人家，相對如説興亡，斜陽裏。」瞿宗吉西湖十景云：「鈴音自語，也似説成敗。」許伯揚咏隋河柳詞云：「如將亡國恨，説與路人知。」都與此詞末句一例。（同前）

八一九　陳與義《臨江仙》「憶昔午橋橋上飲」：又是一首「二十年前舊板橋」也。　又：苕溪漁隱曰：去非舊有詩云：「風流丘壑真吾事，籌策廟堂非所知。」其後登政府，無所建明，卒如其言。如憶吴中《臨江仙》一闋清婉奇麗，《簡齋集》中惟此最優。（同前）

八二〇　陸游《臨江仙》「鳩雨催成新緑」：昌黎云：「歡娱之詞難工，愁楚之音易妙。」豈深於愁者哉？（同前）

八二一　史達祖《臨江仙》「愁與西風應有約」：「約」字誕甚。辛詞：「約清愁，楊柳岸邊相候。」（同前）

八二二　晏幾道《臨江仙》「夢後樓臺高鎖」：晚唐麗句。（落花人獨立，微雨燕雙飛。）（同前）

八二三　李石《臨江仙》「煙柳疎疎人悄悄」：想要檀郎認得聲耳。（倚闌聞唤小紅聲。）（同前）

八二四　晁補之《臨江仙》「緑暗汀洲三月暮」：長安東灞陵有橋，迎送皆在此，人呼為銷魂橋。（同前）

八二五　辛棄疾《臨江仙》「手種門前烏柏樹」：未嘗不以百歲為祝，然不墮諂諛者，筆力高也。（同前）

八二六 辛棄疾《臨江仙》「一自酒情詩興懶」：若使稼軒婦作《白頭吟》，又將曰「何用錢刀爲」矣。又：稼軒有二妾，曰田田，曰錢錢，皆因其姓而名之，並善筆札，常代辛答尺牘。（同前）

八二七 劉克莊《臨江仙》「玉篴鈿車當日事」：「勘」字生。（一琖勘書燈。）又：和凝號曲子相公。（等閒曲子壓和凝。）（同前）

八二八 延安夫人《臨江仙》「一夜東風穿繡户」：如徐淑答夫書。（姊妹嬉遊時節近，今朝應怨來遲。憑誰説與到家期，玉釵頭上勝，留待遠人歸。）（同前）

八二九 無名氏女郎《臨江仙》「昨夜驚眠梅雨大」：頗自負。（玉梳雲髮潤，不喜上蘭膏。）又：眉公《岩棲幽事》云：凡蘭皆有一滴露珠在花蕊間，此謂蘭膏，甘香不啻沆瀣，多取損花。（同前）

八三〇 劉基《臨江仙》「街鼓無聲更漏咽」：元、白涼州一夢，有詩紀之，夢遂不朽，劉、李將無同。又：自序：余在江西時，與李爟以莊善，李有詩云：「淚如霜後葉，摵摵下庭柯。」鄭君希道深愛賞之。今鄭君已九十，李與予别亦二十年，夢中相見，道舊好，覺而憶其人，不知存亡，因賦此。（同前）

八三一 吴鼎芳《臨江仙》「啼鳥盡情催睡起」：「只」字慘。（春光端的只明朝。）（同前）

八三二 沈際飛《臨江仙・弔妓五日沉河》「妾本水晶宫裏住」：身後有此知己，妓可以死，然而不死矣。（同前）

八三三 辛棄疾《東坡引》「花梢紅未足」：「鳴禽」二句有誤。（鳴禽破夢，雲偏目蹙。）（同前）

八三四　黄庭堅《少年心》「對景惹起愁悶」：我無意而彼先有，我有意而彼先無，件件佔先，豈不可恨？（是阿誰先有意，阿誰薄倖。）（同前）

八三五　吴文英《唐多令》「何處合成愁」：無風花落，不雨蕉鳴，是妙對。又：「縱」字襯。（同前）

八三六　劉過《唐多令》「蘆葉滿汀洲」：「不」音浮。又：劉改之以詩名江西，厄於韋布，放浪吴楚，客食諸侯。初謁辛稼軒，適稼軒開宴，張拭敬夫在坐，方進羊腰腎羹，辛命劉賦之，劉寒甚，索酒手顫，酒流於懷，辛即限「流」字為韻，劉吟云：「拔毫已賦管城子，爛胃曾封關内侯。死後不知身外物，也隨樽俎伴風流。」辛大喜。席散，敬夫邀至公廨，求為乃公魏公發幽潛之章，即題云：「背水未成韓信陣，明星已隕武侯軍。平生一點不平氣，化作祝融峰上雲。」敬夫為之墮淚。稼軒守京口，登多景樓，劉敝衣曳履而來，辛命賦雪，以「難」字為韻，劉吟云：「功名有分平吴易，貧賤無交訪戴難。」又《題多景樓》有「江流千古英雄淚，山掩諸公富貴羞」之句。（同前）

八三七　文天祥《唐多令》「雨過水明霞」：「黍離」、「麥秀」，歌以當哭。（懊恨西風吹世换，又吹我，落天涯。）又：文山《過金陵》詩：「草舍離宫轉夕暉，孤雲飄泊欲何依。山河風景原無異，城郭人民半已非。滿地蘆花和我老，舊家燕子傍誰飛？從今别却江南日，化作啼鵑帶血歸。」又題張、許廟《沁園春》一調云：「為子死孝，為臣死忠，死又何妨。自光岳氣分，士無全節，君臣義缺，誰負剛腸。駡賊睢陽，愛君許遠，留得聲名萬古香。後來者、無二公之操，百鍊之鋼。嗟哉人生，翕歘云亡。好烈烈轟轟做一場。使當時賣國，甘心降虜，受人唾罵，安得流芳。古廟幽沉，遺容儼雅，枯木寒鴉幾夕陽。郵亭下，有奸雄過此，子細思量。」〇文山在獄，時王磐有詩云：「大元不殺文丞相，君義臣忠兩得之。義似漢王封齒日，忠如蜀將斬顏時。乾坤日月華夷界，岡嶺風雲草木知。未必史官書到此，老夫和淚賦新詩。」（同前）

八三八 司馬槱《蝶戀花》「妾本錢塘江上住」：弇州《詞評》：吾愛司馬才仲「燕子銜將春色去，紗窗幾陣黄梅雨」有天然之美，令鬬字者退舍。〇司馬槱，字才仲，初在洛下，晝夢美姝，牽帷歌「妾本錢塘」五句，詢其曲名，云是《黄金縷》。後才仲以子瞻薦，為錢塘幕官。為秦少章道其事，少章續其後段。才仲復夢美姝同寢，每夕必來。同寀咸曰：「公廨後有蘇小小墓，得無妖乎？」不逾年而疾。舟人見其攜一麗人登舟，走報家，已慟哭矣。（眉評：結松下之同心，揾幽蘭之啼眼，咄咄司馬，何讓文園佳遇哉？）〇弘治初，于景瞻、馬浩瀾同泊舟西湖第三橋，浩瀾倡詠而景瞻和之。翌日，馬復同王天璧泛湖，王善乩仙術，乩既動，因問仙：「『捧瑶觴，南國佳人，一雙玉手。』久未有對，願仙成之。」即書云：「趺寶座，西方大士，丈六金身。」復書一律云：「此地曾經歌舞來，風流回首即塵埃。王孫芳草為誰緑，寒食梨花無主開。郎去排雲叫閶闔，妾今行雨在陽臺。衷情訴與遼東鶴，松柏西陵正可哀。」（眉評：南齊人反效唐律耶？）末云：「錢唐蘇小小和馬先生昨日湖橋首倡。」（同前）

八三九 程垓《蝶戀花》「小院荷殘煙雨細」：起而復睡，嬌慵宛然。（竚立不禁殘酒味，繡羅依舊和香睡。）（同前）

八四〇　晏殊《蝶戀花》「簾幙風輕雙語燕」：末句與「斜陽却照深深院」、「斜陽只與黄昏近」，各有佳境。（同前）

八四一　歐陽修《蝶戀花》「庭院深深深幾許」：句亦能飛。又：易安居士云：歐陽公作《蝶戀花》，有「庭院深深深幾許」之句，予酷愛之，用其語作「庭院深深」數闋，其聲即舊《臨江仙》也。○升庵曰：詩中一句中連三字者，劉駕詩「夜夜夜深聞子規」，又「日日日斜空醉歸」，又「更更更漏月明中」，又「樹樹樹梢啼曉鶯」，又司馬槱詩「句句句中多為君」。又有一句疊六字者，吴融詩：「一聲南鴈已先紅，槭槭凄凄葉葉同。」（同前）

八四二　辛棄疾《蝶戀花》「衰草殘陽三萬頃」：一句兩「他」字，妙。（被他引惹其他恨。）（同前）

八四三　謝逸《蝶戀花》「豆蔻梢頭春色淺」：惟風如剪，故草如剪，既曰剪之，豈但偃之。（一川煙草平如剪。）（同前）

八四四　李冠《蝶戀花》「遥夜亭皐閒信步」：何不寄愁天上，埋憂地下？（一寸相思千萬緒，人間没箇安排處。）又（筆者按：以下為手批）：「數點雨聲風約住，一篇花影月移來」，可為配否？（數點雨聲風約住，朦朧淡月雲來去。）（同前）

八四五　趙令時《蝶戀花》「捲絮風頭寒欲盡」：「一寸」句似宋豐之「眼波流不斷，滿眶秋」。（同前）

八四六　趙令時《蝶戀花》「欲減羅衣寒未去」：殆欲走入楊國忠家屏上。（又將歸信信誤，小屏風上西江路。）（同前）

八四七　趙令時《蝶戀花》「數夕孤眠如度歲」：又端麗，又妖嬈，從來不可得兼，惟崔子兼之。（同前）

八四八　趙令時《蝶戀花》「夢覺高唐雲雨散」：深不如淺，只許至深人說。（舊恨新愁那計遣，情深何似郎情淺。）（同前）

八四九　蕭竹屋《蝶戀花》「十幅歸帆風力滿」：本王昌齡詩：「寥寥浦溆寒，響盡惟幽林。不知誰家子，復奏邯鄲音」。（同前）

八五〇　吴文英《蝶戀花》「北斗秋横雲髻影」：本於《詩》之「有鶯其領」。（鶯羽衣輕，腰減青絲剩。）（同前）

八五一　柳永《蝶戀花》「佇立危樓風細細」：有云「薄情年少悔思量」者，非情癡矣。（衣帶漸寬終不悔，為伊消得人憔悴。）（同前）

八五二　陸游《蝶戀花》「水漾萍根風卷絮」：廉叔度歌以「做」、「暮」同叶，則此二詞用韻亦未為雜。（同前）

八五三　方千里《蝶戀花》「漏泄東君消息後」：天有足，風亦有手。（染匀巧費春風手。）（同前）

八五四　蘇軾《蝶戀花》「簌簌無風花自墮」：「落日」二句，敲空有響。（同前）

八五五　王安石《蝶戀花》「小院秋光濃欲滴」：牕矮則暝速，細心。〇未嘗有意為深厚，然直云輕靈又不可。（矮牕催暝蛩催織。）（同前）

八五六　秦觀《蝶戀花》「曉日窺軒雙燕語」：鑿空奇語，周美成「憑斷雲、留取西樓殘月」似之。（把酒勸雲雲且住，憑君礙斷樓高路。）（同前）

八五七　王詵《蝶戀花》「鐘送黄昏雞報曉」：朝雲所不忍歌者：「枝上柳綿吹又少，天涯何處無芳草。」試令歌「春來」句，亦當淚落。（春來依舊生芳草。）又：杜詩「關山同一點」，坡詞「一點明月窺人」。○王晉卿得罪外謫，後房善歌者名囀春鶯，遂為密縣馬氏所得，晉卿還朝時賦一聯云：「佳人已屬沙吒利，義士曾無古押衙。」有客為足之成章云：「回首音塵兩沉絶，春鶯休囀沁園花。」（同前）

八五八　周邦彦《蝶戀花》「月白驚烏棲不定」：夜色晨光將斷將續之際，寫得黯然欲絶。又：王世貞曰：美成能作景語，不能作情語。能入麗字，不能入雅字。以故價微劣於柳，然至「枕痕一線紅生玉」，又「喚起兩眸清炯炯，淚花落枕紅綿冷」，其形容睡起之妙，真能動人。（同前）

八五九　周邦彦《蝶戀花》「葉底尋花春欲暮」：又翻「君心蝴蝶飛」之案。（粉蝶多情，飛上釵頭住。）（同前）

八六〇　晏幾道《蝶戀花》「夢入江南煙水路」：人必説夢中相會，何等陳腐。（同前）

八六一　朱淑真《蝶戀花》「樓外垂楊千萬縷」：滿懷妙趣，成片裹出。（同前）

八六二　無名氏女郎《蝶戀花》「梳罷曉粧屏上倚」：真是香閨雪豔。（照面水中私自喜，芙蓉四月先開矣。）（同前）

八六三　盧襄《蝶戀花》「城上危樓驚欲墮」：押「破」字意外。（同前）

八六四　楊基《蝶戀花》「净洗胭脂輕掃黛」：「自拗」、「自愛」，所謂如人飲水，冷暖自知。（同前）

八六五　楊基《蝶戀花》「新製羅衣珠絡縫」：罵鵲數燈花，嬌怨簡盡。（同前）

八六六　莫仲琠《蝶戀花》「秋静寒潭澄見底」：寫成一段聖琉璃。（睡熟驪龍呼不起，頷珠光照冰壺裏。）又：自序：近代瞿宗吉賦西湖《摸魚兒》十闋，誠為作手。但瞿遭勝國之餘，陵遷谷變，感慨多而愉悦少，於尊俎間歌之，未免損人歡樂之趣。因調《蝶戀花》十首，乘興而作，不復鍛鍊，花前月下，擊節於喁，未必不如聽漁歌牧唱也。（同前）

八六七　張綖《蝶戀花》「紫燕雙飛深院静」：彼雖一物，有足紀者。（雪貓戲撲風花影。）（同前）

八六八　湯顯祖《蝶戀花》「秋到空庭槐一樹」：消魂景物，落魄情懷。（同前）

八六九　程醇《蝶戀花》「自送馬蹄芳草路」：所謂言之如吹影。（同前）

八七〇　張一如《蝶戀花》「玉簫聲在昏煙裏」：改長吉「天亦老」為「天已矣」，更癡幻。（同前）

八七一　錢繼章《蝶戀花》「淡月熹微天耿耿」：「黄鸝飛上」四字，仍唐。「梗」字獨剏，然亦本於《國策》土偶與桃梗語。（同前）

八七二　張先《繫裙腰》「惜霜澹照夜雲天」：影射「偶」字、「聯」字，極巧。（問何日藕，幾時蓮。）又：「問」字襯。（同前）

八七三　無名氏《後庭宴》「千里故鄉」：俠士以龍泉為知我，美人以玉鏡為知我。（菱花知我銷香又：宋宣和間掘地，得石刻一詞，唐人作也，本無題，後人名之曰《後庭宴》。（同前）玉。）

八七四　陸游《釵頭鳳》「紅酥手」：按放翁初娶唐氏閎之女，於其母為姑姪，伉儷相得，弗獲於姑。陸出之，未忍絶，為别舘，往焉，姑知而掩之，遂絶。後改適同郡宗室趙士程，春日出遊，相遇於禹跡寺南之沈園，唐語其夫，遣致酒肴，陸悵然，賦此詞，唐見而和之，未幾，怏怏而卒。（眉評：能死於後，而不能守於前，惜哉！唐娘。）後放翁復過沈園，賦詩云：「落日城頭畫角哀，沈園非復舊池臺。傷心橋下春波渌，曾是驚鴻照影來。」（同前書卷十）

八七五　沈際飛《錦帳春》「醉月朦朧」：「醉」、「飽」二字用得奇。○險奥之極，人不能和。（同前）

八七六　李清照《一剪梅》「紅藕香殘玉簟秋」：「樓」字上不必增「西」字，劉伯温「雁短人遥可奈何」，亦七字句，倣此。　又：「來」字、「除」字俱不用韻，前半段末句又與本調異。（同前）

八七七　蔣捷《一剪梅》「一片春愁帶酒澆」：兩「了」字摹畫悠悠忽忽之况。　又：心字香者，番禺人用半開素馨茉莉着净器中，薄劈沉香，層層相間，密封之，日一易，花過香成，以香末縈篆成心字也。　心字羅衣，則謂心字香熏之耳，或曰女人衣曲領如心字云。（同前）

八七八　王世貞《一剪梅》「小籃愛踏道場山」：倣山谷詠茶四「山」字而廣之。　又：吴郡城南何山，晉人何楷讀書於此，後為吴郡太守，因以其姓名山。（同前）

八七九　趙長卿《攤破醜奴兒》「樹頭紅葉飛都盡」：眼前有景道不得，重言以贊歎之而已。又：趙集並入《一剪梅》。（同前）

八八〇　歐陽炯《賀聖朝》「憶昔花間初識面」：第二體，一名《賀明朝》。（同前）

八八一　秦觀《河傳》「恨眉醉眼」：你不慣，誰曾慣？少游、實甫遥相問答。（語軟聲低，道我何曾慣。）又：「悶損」一作「瘦殺」。山谷在某大夫家，聞歌此曲，乃以「好」字易「瘦」字，戲作一詞云：「心情老嬾，對歌對舞，猶是當時眼。巧笑靚粧，近我衰容華鬢。似扶著，賣卜算。思量好箇當年見。催酒催更，只怕歸期短。飲散燈稀，背鎖落花深院，好殺人，天不管。」（同前）

八八二　辛棄疾《定風波》「昨夜山翁倒載歸」：更當合睡，鄉來稱四鄉寓公。（同前）

八八三　辛棄疾《定風波》「少日春懷似酒濃」：為風解嘲。（卷盡殘花風未定，休恨，花開元自要春風。）（同前）

八八四　陳與義《漁家傲》「今日山頭雲欲舉」：《詞品》：陳去非，蜀之青神人，季常之孫也，徙居河南。宋南渡後，又居建業。詩為高宗所眷注，而詞亦佳。語意超絶，筆力排奡，識者謂其可摩坡仙之壘。有桂花詞云：「黄衫相倚，翠葆層層底。八月江南風日美，弄影山腰水尾。　楚人未識孤妍，《離騷》遺恨千年。無住庵中新夢，一枝喚起幽禪。」○凌彦翀詞云：「一色杏花三百樹，茅屋無多，更在花深住。旋壓小槽留客住，舉杯忽聽黄鸝語。」（同前）

八八五　范仲淹《漁家傲》「塞下秋來風景異」：《東軒筆録》云：范希文守邊日，作《漁家傲》數闋，皆以「塞下秋來」為首句，頗述邊鎮之苦，永叔嘗呼為「窮塞主之詞」。及王尚書素守平凉，永叔亦作《漁家傲》一詞以送之，其斷章曰：「戰勝歸來飛捷奏，傾賀酒，玉階遥獻南山壽。」且謂王曰：「此真元帥

之事也。」(眉評：詩以窮工，惟詞亦然。「玉階獻壽」之語，不及「窮塞主」多矣。)(同前)

八八六　歐陽修《漁家傲》「葉重如將青玉亞」：此首工緻，次首情思兩極，古今蓮詞第一手。(同前)

八八七　毛滂《漁家傲》「恰則小庵貪睡着」：「一點青山」，「一點明月」，猶可「點」也。春無踪跡，誰為「點」之？(一點兒春吹去却，香約略，黄蜂猶抱紅酥萼。)(同前)

八八八　周邦彦《漁家傲》「幾日輕陰寒側側」：美成「久住」之「鸝」，同叔「歸來」之「燕」，一樣因緣。〇「暖」字應「寒」字，妙。(同前)

八八九　張仲宗《漁家傲》「樓外天寒山欲暮」：《中原音韻》：「否」字與「主」字叶，升庵以為閩音，非也。(同前)

八九〇　譚明之《漁家傲》「深意纏綿歌宛轉」：長吉云「遥望齊州九點煙」，則此「一點」，正無坐處。(消息斷，青山一點和煙遠。)(同前)

八九一　黄庭堅《漁家傲》「萬水千山來此土」：仙家舍七情無還丹，禪家舍無明無佛性，一部《詞統》，都是《惱公》《懊儂》之調，忽有山谷、覺範及遐周所詠，古德機緣雜於其中，正使淫房酒肆俱化清凉，怨女狂夫並為佛子。讀者果能會得此意，則秋波一轉亦是禪機。一部《詞統》，無異《五燈會元》耳。(同前)

八九二　黄庭堅《漁家傲》「三十年來無孔竅」：毛晉曰：魯直少時使酒玩世，喜造纖淫之句，法秀道人誡云：「筆墨勸淫，應墮犁舌地獄。」魯直答云：「空中語耳。」晚年亦間作小詞，往往借題棒喝，拈

示後人，如効寶寧勇禪師《漁家傲》，豈與《桃葉》、《團扇》鬬妖麗耶？（同前）

八九三 王世貞《漁家傲》「細雨輕煙裝小暝」：選字出之，鏗鏗乎有餘音。（兩點芳波揩不定。）（同前）

八九四 楊慎《漁家傲》「正月滇南春色早」：永叔在李太尉端愿席上作十二月鼓子詞，荆公記其三句，云：「五綵新絲纏，角粽金盤送，生綃畫扇雙盤鳳。」常問人求其全篇，不可得。今歐集中全載之，以余觀升庵所作，真覺後來者居上也。（同前）

八九五 楊慎《漁家傲》「六月滇南波漾渚」：水椿，虹也。玉傘雞蹤，滇菜名。（同前）

八九六 張綖《漁家傲》「門外平湖新雨過」：「碧煙」、「水木」句，陰鏗肺腸。（同前）

八九七 張綖《漁家傲》「江上涼飈清緒燠」：「相與」二字得和合山水道理。（同前）

八九八 徐媛《漁家傲》「板扉小隱清溪曲」：貴家婦偏諳村莊趣，所謂有林下風氣者。又：董斯張序小淑《絡緯吟》曰：其為絶也，蓋賢乎其為近體也；其為樂府古歌行也，蓋賢乎其為絶也；乃其為長吉也，更賢乎其為開元諸家也。又曰：史而宋，佻而勝國，膚而長慶，一家卑而晚。文不經奇，何以垂後？夫人寧之綺，勿史；寧之森，勿佻；寧之棘而峻，勿之膚而卑；寧減景而叟駕，勿齷齪而隨人轅下。〇夫人有詞云：「露浥芙蓉茜，翠澁枯棠瓣。傍疎柳、西風幾點。」又云：「曲曲湖梁，一片秋光織。」皆佳。（同前）

八九九 范仲淹《蘇幕遮》「碧雲天」：「芳草更在斜陽外」、「行人更在春山外」，兩句不厭百回讀。

（同前）

九〇〇　劉基《蘇幕遮》「白雲山」：《蕩》之詩曰：「俾晝作夜。」此乃俾夜作晝。（夜夜歌樓曙。）又：伯温《沁園春》「殘絲絆雨，危芳怯露」、《浣溪沙》集句云「絶壁過雲開錦繡，冰絲彈月夢清涼」、《鷓鴣天》畫梅云「衣飄碧落星芒動，珮拂玄冥月影斜」、《調笑令》云「秋雨，秋雨，窓外白楊自語」、《江神子》云「滿頭華髮照乾坤」，又「征雁將愁，分付與寒螿」、《漁家傲》云「亂鴉啼破樓頭鼓」、《花犯》云「餘香怨繡被」、《渡江雲》云「定巢新燕子，睡起雕梁，對立整烏衣」、《踏莎行》云「愁如溪水暫時平，雨聲一夜依然滿」、《謁金門》云「風嫋嫋，吹綠一庭春草」、《御街行》云「月明棲鳥數移柯，有似佳期不定」、《青門引》云「相憐自有明月，照人肺腑清如水」、《摸魚兒》云「離魂常在郊樹，夜深月暗蒼梧遠，化作杜鵑歸去」、《生查子》云「蜘蛛網畫簷，一日絲千轉。紅燼落寒釭，心死無由見」，皆香柔凄艷之句。（眉評：青田定鼎手段不甚見之於詞，看來文人英氣滿口，盡多假託，不足憑也。）（同前）

九〇一　王世貞《蘇幕遮》「翠爐煙」：情隨年減，故樂貴及時。（同前）

九〇二　陶氏《蘇幕遮》「與君婚」：蓮詞多有苦心之説，以之詠梅則剏。（看着梅花花不語，花已成梅，結就心中苦。）（同前）

九〇三　辛棄疾《破陣子》「醉裏挑燈看劒」：搔着同甫癢處。（下片）又：炙，音蔗，炙肉也。韓愈《聖德》詩：「萬牛臠炙。」（同前）

九〇四　晏殊《破陣子》「燕子來時新社」：小倩香匳中筆。（疑怪昨宵春夢好，元是今朝鬭草贏，笑

從雙臉生。」（同前）

九〇五 張杞《甘州遍》「玉門遠」：飛梯，攻城之具。〇沈天羽曰：張迂公擬《花間集》四百八十七首，發妙逞妍。近日一詞手但篇篇和韻，未免拘牽；字字求新，未免艱鑿耳。（同前）

九〇六 趙德仁《醉春風》「陌上清明近」：祗緣月裏嫦娥寡，識得人間孤枕愁。（下片）（同前）

九〇七 王微《醉春風》「誰勸郎先醉」：與唐人《醉公子》詞無分上下，俗云酒為色媒，殊不然矣。（同前）

九〇八 王微《醉春風》「心似當時醉」：兩首十二疊字，俱無痕。（同前）

九〇九 黄庭堅《品令》「鳳舞團團餅」：能言人所不能言。（恰如燈下，故人萬里，歸來對影，口不能言，心下快活自省。）又：古茶用團餅碾屑，今用葉茶。〇沈天羽云：瀹茶以聲為辨，湯老則苦，故李南金詩：「聽得松風并澗水，急呼縹色緑甆杯。」然羅景綸又云：「松風檜雨到來初，急引銅瓶離竹爐。」蓋謂聲如松風，不宜遽瀹，須移瓶去火，待沸止而瀹之，方為合節，此又足補李詩所未逮。（同前）

九一〇 程垓《酷相思》「月桂霜林寒欲墜」：「真個是」三字妙。（同前）

九一一 孫夫人《風中柳》「銷減芳容」：「鏡中人」兼男女言之，比「鳳幃人」尤妙。（莫辜負，鏡中人老。鏡中，一作鳳幃。）（同前）

九一二 陳繼儒《風中柳》「燕燕于飛」：擬劉静修作，形神俱似。（同前）

九一三　蘇軾《行香子》「携手江村」：前後三句結語自然。（同前）

九一四　蘇軾《行香子》「北望平川」：形容晚景，使人讀之如身歷焉，詞令上品也。　又：苕溪漁隱曰：淮北之地平夷，自京師至汴口並無山，惟隔淮方有南山，南山石崖上有東坡《行香子》詞，字畫是坡所書，但無姓名。崇觀間，禁元祐文字，遂鐫去之耳。○相如賦：「放散畔岸，驤以孱顔。」孱顔，山高貌。（同前）

九一五　石孝友《行香子》「你也嬌癡」：李陵書云：「陵雖孤恩，漢亦負德。」凡詞中孤負之説本此，俗作辜負者，非。　又：負字上缺三字。（負我孤伊。）（同前）

九一六　劉過《行香子》「佛寺雲邊」：次仲之三「些」，改之之三「似」，亦復何減「張三中」？（同前）

九一七　辛棄疾《行香子》「雲岫如簪」：蘇東坡約劉器之參玉版和尚，至簾泉寺燒笋而食，坡指笋曰：「此玉版僧最善説法，使人得禪悦之味。」（同前）

九一八　張先《行香子》「舞雪歌雲」：名下無虚句。（奈心中事，眼中淚，意中人。）（同前）

九一九　楊慎《行香子》「秋色蕭蕭」：此格從要李易安《聲聲慢》十四疊字變出。（同前）

九二〇　黄子常《賣花聲》「人過天街」：喬夢符和詞云：「侵曉園丁，叫道嫩紅嬌紫。巧工夫、攢枝餖蕊，行歌佇立，灑洗新粧水。捲香風，看街簾起。　深深巷陌，有箇重門開未。忽驚他、尋春夢美。穿牕透閣，便憑伊唤取，惜花人在誰根底。」（同前）

九二一　陸游《賣花聲》「七十衰翁」：前半「眇矣愁予」，後半「嗒焉喪我」。（同前）

九二二 朱灝《賣花聲》「霧遞煙郵」：臨川曲云：「弄鶯簧，赴柳衙。」與「柳館」句孰多？（同前）

九二三 吴鼎芳《錦纏道》「露瑩煙輕」：「多謝」二字妙，趙宜之有「謝西山、青眼依然」之句。（同前）

九二四 蔣捷《解佩令》「春晴也好」：放逸邁俗。○「雨」與「風」功過始分。又：江南七月間有大風，野人相傳為孟婆發怒。按《山海經》：帝之二女游於江中，出入必以風雨自隨，以帝女，故曰孟婆，猶《郊祀志》以地神為泰媪。○《荆楚歲時記》：二十四番花信風者，小寒三信：梅花、山茶、水仙；大寒三信：瑞香、蘭花、山礬；立春三信：迎春、櫻桃、望春；雨水三信：菜花、杏花、李花；驚蟄三信：桃花、棣棠、薔薇；春分三信：海棠、梨花、木蘭；清明三信：桐花、麥花、柳花；穀雨三信：牡丹、荼蘼、楝花。○楝音練。（同前）

九二五 吴鼎芳《解佩令》「梧桐籬落」：似欲攔宋人詞入元人曲。（蟋蟀哥哥，倘後夜、暗風凄雨，再休來，小窗悲訴。）（同前）

九二六 歐陽修《青玉案》「一年春事都來幾」：問向前猶有幾多春，三之一。又：又字襯。（同前）

九二七 賀鑄《青玉案》「凌波不過横塘路」：《拾遺記》：石虎起樓四十丈，春雜寶異香為屑，風作則揚之，名曰芳塵臺。○沈天羽曰：詞家以山喻愁、以水喻愁多矣。末三句盡把煙草、風絮、梅雨為喻，真絶唱也，當時號為賀梅子。山谷云：「解道江南腸斷句，世間惟有賀方回。」其見賞如此。（同前）

九二八　黄庭堅《青玉案》「煙中一線來時路」：「一線」字最俊。李詞：「夕照山横天一線。」(同前)

九二九　辛棄疾《青玉案》「東風未放花千樹」：星中織女，亦復吹落人世。又：《春秋》：莊公七年夏四月辛卯夜，恒星不見，夜中星隕如雨。(同前)

九三〇　無名氏《青玉案》「年年社日停針線」：「管」有看管、拘管二意，看管意居多。(同前)

九三一　陸游《青玉案》「西風挾雨聲翻浪」：「替」字妙。(同前)

九三二　蘇軾《青玉案》「三年枕上吴中路」：毛滂詞「紅蕤枕、猶暖楚峰雲」，可配末句。(同前)

九三三　史達祖《青玉案》「蕙花老盡《離騷》句」：人但知「將愁不去將人去」之妙，不知「將愁去」之妙。(同前)

九三四　党懷英《青玉案》「紅莎緑蒻春風餅」：《中州樂府》云：党承旨，宋太尉進十一代孫，在孕時，母夢道士吴筠來託宿生，而儀觀秀整如神仙。卒時，有大星隕於堂。文似歐公，不為尖新奇險之語；詩似陶、謝，奄有魏、晉；篆籀入神，李陽冰之後，一人而已。皇叔伏誅，公作詔云：「天下一家，詎可窺乎神器；公族三宥，卒莫逭於常刑。非忘本根骨肉之情，蓋為宗社安危之計，亦由凉德有失睦親，乃於間歲之中，連致逆謀之起。恩以義掩，至於重典之亟行；天高聽卑，殆匪此心之得已。興言及此，惋歎何窮。」論者謂公之制誥，百年以來亦當為第一。初與辛幼安同師蔡伯堅筮仕，决以蓍，辛得離，决意南歸，党得坎，遂留事金。(同前)

九三五　薛泳《青玉案》「一盤清夜江南果」：雖俚俗，自是晚宋詞體，後村、東畝優為之。又：

錯音挫，大音惰，那音糯。《後漢書》：「公是韓伯休那？」杜詩：「杖藜不睡誰能那？」（同前）

九三六 楊基《青玉案》「雪消天氣東風猛」：骨重神寒。（同前）

九三七 毛滂《感皇恩》「綠水小河亭」：「後」字與「西池月上人歸後」，皆歇韻之佳者。（同前）

九三八 晁冲之《感皇恩》「寒食不多時」：用韻酌古斟今，為詞韻之式，不争綺語。（同前）

九三九 王秋澗《感皇恩》「疊嶂際清江」：陳堯佐有「西風斜日鱸魚香」之句，吴江人因立鱸香亭。（同前）

九四〇 趙師俠《鳳凰閣》「正薰風初扇」：「生煙紛漠漠」，妙在「生」字；「雲定晚風熟」，妙在「熟」字。

又：尹覺序《坦庵詞》云：「先生，金閨之彦，性天夷曠，吐而為文，如泉出不擇地，連收兩科，如俯拾芥。詞章，乃其餘事，人見其摹寫風景，體狀物態，俱極精巧，初不知得之之易，以至得趣忘憂，樂天知命，兹又情性之自然也。」尹覺，乃其門人。（同前）

九四一 晏幾道《兩同心》「楚鄉春晚」：不是明月較可，還是自家意味不同。（好意思、曾同明月，惡滋味，最是黄昏。）（同前）

九四二 張先《天仙子》「水調數聲持酒聽」：「雲破」句心與景會，落筆即是，著意即非，故當膾炙。

又：《古今詩話》：有客謂張子野曰：「人皆謂公張三中，即『心中事，眼中淚，意中人』也。」公曰：「何不目之為張三影？」客不曉，公曰：「『雲破月來花弄影』、『嬌柔懶起，簾壓捲花影』、『柳徑無人，墜飛絮無影』，此予平生所得。」又子野有詩云：「浮萍斷處見山影。」又詞云：「隔牆送過鞦韆影。」並膾炙人口。○時應子和有詩云「兩岸夕陽紅」、「爉炬短燒紅」、「風過落花紅」，人號為三紅秀才，以配三影尚書云。（眉評：蕭吟所「春愁一段來無影」、趙閑閑「珠貝横空冷，不收半濕秋河影」、吴夢窓「雁風吹裂，雲痕小樓，一縷斜陽影」，此三「影」何如？）○《堯山堂外紀》：晏元獻屬意一侍兒，每子野來，即令歌子野詞侑觴。王夫人不容，乃出之。子野戲作《碧牡丹》一曲云：「步障摇紅綺，曉月墮，沉煙砌。緩板香檀，唱徹伊家新製。怨入眉頭，斂黛峰横翠。芭蕉寒，雨聲碎。　鏡華翳，閒照孤鸞戲。思量去時容易，鈿合瑶釵，至今冷落輕棄。望極藍橋，但暮雲千里，幾重山？幾重水？」晏公讀之，憮然曰：「人生行樂耳，何自苦如此？」即支錢贖取侍兒，夫人亦不復誰何也。（同前）

九四三　劉過《天仙子》「别酒醺醺渾易醉」：游戲三昧。　又：《詞品》云：小説載曹西士赴試步行，戲作《紅窓迥》慰其足云：「春闈期近也，望帝鄉迢迢，猶在天際。懊恨這一雙脚底，一日厮趕、止五六十里。　争氣。扶持我去，博得官歸，恁時賞你穿對朝靴，安排你在轎兒裡。更選對宫様鞋兒，夜間伴你。」（眉評：此首與九卷中周美成《紅窓迥》字句大異，不知何故？）又劉叔儗《繫裙腰》詞云：「山兒矗矗水兒清，船兒似葉兒輕。風兒陣陣没人情，月兒明，厮合凑，送人行。　眼兒蔌蔌淚兒傾，燈兒更冷清清。鴈兒陣隊隊向前程。一聲聲，怎生得，夢兒成。」都與此詞一派。○《艷異編》曰：襄陽劉改之得一妾，愛甚。淳熙甲午預秋薦，赴省試，在道賦《天仙子》一調，每夜飲旅舍，輒使小僮歌之。到建昌，游麻姑山，屢歌此詞，至於墮淚。二更後，有美女執拍板來，願唱一曲勸酒，即賡前韻云：「别酒未斟心已醉，忍聽《陽關》辭故里。揚鞭勒馬到皇都，三題盡，當際會，穩跳龍門三級水。天意令吾先送喜，不審君侯知得未？蔡邕博識爨桐聲，君抱負，却如是，酒滿金杯來勸你。」劉喜甚，與之偕東。果擢第，調荆門教授。過臨江，道士熊若水謂之曰：「竊疑隨車娘子非人也。」劉具以告。曰：「是矣，今夕與並枕時，吾於門外作法，教授緊抱之，勿令竄逸。」劉如所戒，乃擁一琴耳，頓悟昔日蔡邕之語。携至麻姑訪之，是趙知軍所瘞壞琴也，焚之。(同前)

九四四 小青《天仙子》「文姬遠嫁昭君塞」：平仄多謬，然不忍釋。又：小青，廣陵女子，嫁為虎林某生妾。生乃豪公子，憨跳不韻，婦復奇妒，小青竟鬱鬱感疾而死。有寄某夫人書一首、古詩一首、絶句十首、詞一首。又《南鄉子》詞不全，僅三句，云：「數盡懨懨深夜雨，無多，也只得一半工夫。」(同前)

九四五 楊慎《灼灼花》「誰把纖纖月」：誰能消受此嬌憨？(怕春寒，倩檀郎温熱。)(同前)

九四六 謝逸《江城子》「杏花村館酒旗風」：《復齋漫録》：無逸嘗於關山杏花村館驛題此詞，過者必索筆於館卒，卒頗以為苦，因以泥塗之，其為人賞重可知。(眉評：直不得碧紗籠、紅袖拂耶？恨，恨。)(同前)

九四七 秦觀《江城子》「西城楊柳弄春柔」：前結似謝，後結似蘇。又：《詞鈔》曰：詞人佳句，多是翻案古人語，如此詞「便做春江都是淚，流不盡，許多愁」，雖用李密數隋檄語，亦自李後主「問君還有幾多愁，恰似一江春水向東流」變化，此類不可枚舉，亦一法也。又少游「落紅萬點愁如海」亦從

「一江春水」句來，不過易「江」為「海」耳。（同前）

九四八　蘇軾《江城子》「天涯流落思無窮」：東坡絶愛少游「為誰流下瀟湘去」，脱化出末句來。又：《麗晴集》：錦城官奴灼灼，御史裴質與之善，裴召還，灼灼每遣人以軟綃聚紅淚為寄。（同前）

九四九　辛棄疾《江城子》「簟鋪湘竹帳籠紗」：「歌」、「麻」二韻，稼軒往往通用。（同前）

九五〇　譚明之《江城子》「淡黄初染緑初描」：柳眼、柳眉、柳腰，一齊托出。（同前）

九五一　魏夫人《江城子》「別郎容易見郎難」：假如詹天游所云「好秋都上眉」，又何嫌哉！（嫌怕東風，吹恨上眉端。）又：魏夫人，乃曾子宣丞相内子，與朱淑真為詞友。朱晦翁曰：本朝婦人能文者，惟李易安、魏夫人二人而已。（同前）

九五二　馮延登《江城子》「畫堂高會酒闌珊」：孫夫人詞「別久啼多，眼應不似當初俊」，「單」字更勝「俊」字。（同前）

九五三　馮子翼《江城子》「臙脂坡上月如鈎」：「月下」句妙，踰鬼賀。（同前）

九五四　馬洪《江城子》「雪晴閒覽瘦笻扶」：清氣發越，不着灰沙。劉德修詠梅「曉月魂清，夕陽香遠」似之。（同前）

九五五　劉過《小桃紅》「曉人紗窗静」：修眉史者，勿遺此作。（同前）

九五六　秦觀《千秋歲》「柳邊沙外」：悲歌未終，能使琴人捨徽，笛人破竹。又：《詞品》：少游謫虔州，作此詞，後人慕「花影亂，鶯聲碎」之句，建鶯花亭。◎《文選》：「日暮碧雲合，佳人殊未來。」

○王筠詩：「偏（疑作扁）舟泛西池，鴛鴦同翠蓋。」○《冷齋夜話》：少游此詞奇麗詠歌之，想見其神情在絳闕蓬壺之間也。○《詞話》云：山谷嘗歎其末句之善，欲和之，而以「海」字難押。洪覺範和此詞題崔徽真（當作頭）子云：「多少事，却隨恨遠連雲海。」晁無咎亦和此詞弔少游云：「重感慨，驚濤自捲珠沉海。」（同前）

九五七 僧德洪《千秋歲》「半身屏外」：偏是無髮人作此有心語。（十分春易盡，一點情難改。）又：崔徽，河中府倡也。裴敬中以興元幕使河中，與徽相從累月而歸。後徽寫真奉書寄裴友白知退，曰：「為妾謂敬中，崔徽一旦不及卷中人，且為郎死矣。」元稹為之作歌。（同前）

九五八 賀鑄《千秋歲》「世間好事」：沈寧庵取入《紅蕖記》。（奴奴睡，奴奴睡也奴奴睡。）（同前）

九五九 顧孔昭《千秋歲》「浮瓜雪藕」：一句壽，局高；壽以「新月」，出乎人而遊乎天，品高。（新月吐，嫦娥又為先生壽。）（同前）

九六〇 劉基《千秋歲》「淡煙平楚」：酷似少游「花影鶯聲」，又似張文潛「芳草有恨，夕陽無語」。（同前）

九六一 孫浩然《離亭燕》「一帶江山如畫」：通箇有識，結復悲壯可傳。（同前）

九六二 黄庭堅《歸田樂》「暮雨濛偺砌」：二詞為董解元導師。（怨你又戀你，恨你惜你，畢竟教人怎生是。）又：「這裏」二句有誤。（這裏誚睡裏，睡裏夢裏心裏，一晌無言但垂淚。）（同前）

九六三 辛棄疾《粉蝶兒》「昨日春如」：雅淡宜人，絶非紅紫隊中物。（昨日春如，十三女兒學繡，一

枝枝,不教花瘦。」(同前書卷十一)

九六四 張先《師師令》「香鈿寶珥」:能換字句協節。又:按李師師,汴京名妓,張子野為製新詞,名《師師令》。秦少游亦贈之《生查子》詞云:「遠山眉黛長,細柳腰肢裊。粧罷立春風,一笑千金少。歸去鳳城時,説與青樓道。看遍潁川花,不似師師好。」後徽宗行幸之。(同前)

九六五 周邦彦《隔浦蓮》「新篁搖動翠葆」:驚魚錯認月沉鈎,正如鳥認果為丸耳。(夏果收新脆,金丸驚落飛鳥。)又:晉陽强煥序《片玉詞》云:美成為溧水邑長,民到於今稱之。余於八十年後,踵公舊治,既喜且媿。後圃有亭曰「姑射」,有堂曰「蕭閒」,皆取神仙事名之,可以想像公襟抱。適覩「新緑」之地,「隔浦」之蓮,又思公之詞撫寫物態,曲盡其妙。暇日式燕嘉賓,歌者在上,果以公詞為首唱,然後知邑人愛其詞,乃所以不忘其政也。○《詞品》曰:杜詩「燈前細雨簷花落」,今人改「簷前細雨燈花落」,周美成「簷花簾影顛倒」,今人改「簾花簷影」,總之,不識簷花字耳。又美成詞「簷花紅雨照方塘」。(同前)

九六六 陸游《隔浦蓮》「騎鯨雲路倒景」:似陸天池《良宵杳》一曲。(同前)

九六七 胡浩然《傳言玉女》「一夜東風」:結數入《紫釵記》。(嬌羞向人,手撚玉梅低説,相逢長是,上元時節。)(同前)

九六八 劉基《傳言玉女》「為問韓憑」:想見栩栩然初化時。(舞回柳眼,拍翻花頰。)又:厭,音曄,損也。與壓字不同,壓字見洽韻,厭字見葉韻。(同前)

九六九 張先《百媚娘》「珠閣五雲仙子」：一顧百媚，粉黛無顏。（同前）

九七〇 毛滂《剔銀燈》「簾下風光自足」：使牛飲者聽之，蟻當作牛鬬矣。（同前）

九七一 林章《河滿子》「春日弄花不影」：竟是牡丹亭上鬼語。（春日弄花不影，秋宵踏月無痕。）（同前）

九七二 辛棄疾《千年調》「巵酒向人時」：卓老評實甫《西廂》如喉間退出來者，余於稼軒亦云。又：公自序云：蔗庵小閣名曰巵言，作此詞以嘲之。蔗庵，信守鄭舜舉所作也。〇秦吉了，鳥名，一云情急了。（同前）

九七三 辛棄疾《千年調》「左手把青霓」：古色蒼蒼然。（同前）

九七四 黄庭堅《憶帝京》「銀燭生花如紅豆」：少游亦云「無端銀燭殞秋風，靈犀得暗通」，何倉卒之歡相類耶？（銀燭生花如紅豆，占好事，如今有。）（同前）

九七五 毛滂《于飛樂》「正瞢騰」：「夢破雲驚」，極似「石破天驚」。又：「斷」、「聲」犯重。（同前）

九七六 于國寶《風入松》「一春常費買花錢」：國寶可稱天子門生矣，畢竟重移殘酒，門生不如主司。又：淳熙間，御舟過斷橋，見酒肆屏風上有此詞，光堯稱賞良久，宣問何人所作，乃太學生于國寶也。「重扶殘醉」原作「重携殘酒」，上笑曰：「此句不免酸寒氣。」因為改之，即日予釋褐。（同前）

九七七　蔣捷《風入松》「東風方到舊桃枝」：此夫視短轅犢車、長柄麈尾者更懦，此婦視擲刀前抱、我見猶憐者更酷。（同前）

九七八　劉克莊《風入松》「殘更難捱抵年長」：二煞語古拗。（同前）

九七九　張翥《風入松》「東風巷陌暮寒驕」：「中庭蕙草」、「小院梨花」二語，詞人往往合用。（同前）

九八〇　虞集《風入松》「畫堂紅袖倚清酣」：為風流學士寫照，能使翰墨皆香。　又：柯敬仲，名九思，際遇元文宗起家。為奎章閣鑒書博士，得出入内庭。後失寵，退居吴下，虞伯生賦此詞寄之，詞翰兼美，一時傳誦，機坊以此織成帕云。（同前）

九八一　無名氏《撲蝴蝶》「煙條雨葉」：酷似《柳毅傳》中「風鬟霧鬢」之語。　又：此調後半段首句或有少二字者。（同前）

九八二　辛棄疾《祝英台近》「寶釵分」：結尾數語，分明流鶯聲也，自然婉轉，銷魂怎生住得？（是他春帶愁來，春歸何處，又不解，帶將愁去。）（同前）

九八三　辛棄疾《祝英台近》「水縱横」：《安羅清話》云：「月隨雲走，月竟不移；岸逐舟行，岸終自若。」於此可以悟禪。　又：自序云：與客飲瓢泉，客以泉聲喧静為問，余醉，未及荅。或者以「蟬噪林逾静」代對，意甚美矣，翌日，賦詞以褒之。（同前）

九八四　吴文英《祝英台近》「問流花」：所以説「鸚䳇前頭不敢言」。（心事偷占，鶯漏漢宫語。）（同前）

九八五　吴文英《祝英台近》「剪紅情」：愁心什一，豔心什九。（同前）

九八六　岳珂《祝英台近》「澹煙横」：槎枒壘塊，不减乃祖之《滿江紅》。（同前）

九八七　太學生《祝英台近》「倚危闌」：與辛詞結句法同而意迥別。（是何人惹愁來，那人何處，怎知道，愁來又去。）（同前）

九八八　江西女子《祝英台近》「惜多才」：真率，可迸人淚。（不相忘處，把杯酒，澆奴墳土。）又：《詞品》：戴石屏薄遊江西，有富翁妻以女。留三年，思歸，自言曾娶婦，翁怒，女宛曲解之，盡以嫁奩贈行，仍餞以詞，投江而死。嗚呼！石屏無行如此，而台州猶祀於鄉賢，何哉？（眉評：方虚谷譏石屏胸中無百字成誦書，然則不止於無行矣。）（同前）

九八九　周美成《側犯》「暮霞霽雨」：「静」字重韻，「鎖」字失韻，方千里改之，是也。又：《左傳》注：胡姬，齊景公妾也。又辛延年《羽林郎》詩：「昔有霍家奴，姓馮名子都。依倚將軍勢，調笑酒家胡。」（同前）

九九〇　方千里《側犯》「四山翠合」：「修篁散步屧」不成句，恐有誤。（同前）

九九一　張先《一叢花》「傷高懷遠幾時窮」：《還魂記》妙語皆出子野。（同前）

九九二　范仲淹《御街行》「紛紛墜葉飄香砌」：「寒聲碎」，何如少游之「鶯聲碎」。又：《詞品》：范文正公、司馬温公、韓魏公，皆一時勳德重望。范詞既情致如此，而韓亦有《點絳唇》云：「病起懨懨，向庭前花樹添憔悴。亂紅飄砌，滴盡珍珠淚。　惆悵前春，誰向花前醉。愁無際，武陵凝睇，人遠波空翠。」温公亦有《西江月》云：「寶髻鬆鬆綰就，鉛華淡淡粧成。紅雲翠霧罩輕盈，飛絮游絲無定。　相見争如不見，有情還似無情。笙歌散後酒微醒，深院月明人静。」大抵人自情中生，焉能無情？但不過甚而已。予友朱良矩云：「天之風月，地之花柳，與人之歌舞，無此不成三才。」雖戲語，亦有理也。（眉評：楚詞亟稱美人公子、夫君下女，豈亦鄭、衛淫奔之類邪？）○弇州曰：「眉間心上」二句似易安而小遜之，其「天淡銀河垂地」語却自佳。○姜明叔曰：温公《西江月》詞决非温公作，宣和間恥温公獨為君子，作此詞誣之耳。（同前）

九九三　高觀國《金人捧露盤》「念瑶姬」：即「為郎憔悴却羞郎」之意。（為春瘦，却怕春知。）（同前）

九九四　高觀國《金人捧露盤》「夢湘雲」：昔聞和靖妻梅，我欲水仙作妾。（同前）

九九五　程垓《金人捧露盤》「愛春來」：通篇忙甚，央及煞無數花草禽蟲。　又：正伯詞有「南月驚烏，西風破雁」、「沉水熨香年似日，薄雲垂帳夏如秋」，皆俊句。（同前）

九九六　孟稱舜《金人捧露盤》「自當時」：軟美撩人，全在韻脚。「脚踪兒將心事傳」，此之謂也。（同前）

九九七　楊宛《金人捧露盤》「記春光」：借垂絲、貼梗、西府諸種為興。（同前）

九九八　方千里《紅林檎近》「曉起山光慘」：美成詞：「風雪驚初霽，水鄉增暮寒。樹杪墮毛羽，簷牙掛琅玕。」起句亦勝。（同前）

九九九　蘇軾《踏青遊》「識個人人」：句句是念四，黠甚。（同前）

一〇〇〇 辛棄疾《最高樓》「花知否」：梅花被宋人做壞，枝條可憎而香影無味矣。誦稼軒句，庶洗梅花之辱。又：「影兒守定」一作「蒼松側畔」，「且饒」一作「怎禁」。《情史》：文帝初相周，元諧曰：「公無黨，如水間一堵墻，大危矣。」（同前）

一〇〇一 蔣捷《最高樓》「新春景」：王方平所云狡獪變化。（同前）

一〇〇二 王安石《千秋歲》「別館寒砧」：末句不言愁，使人自愁。（夢闌時，酒醒後，思量着。）（同前）

一〇〇三 張孝祥《驀山溪》「雄風豪雨」：「俊」字妙。（同前）

一〇〇四 黃庭堅《驀山溪》「稠花亂葉」：「是」字妙，李空同「生不識鴛鴦，繡出鴛鴦是」，皆「是」也。（同前）

一〇〇五 杜旟《驀山溪》「春風如客」：晏叔原詩：「小白長紅又滿枝，築毬場外獨支頤。春風自是人間客，主管繁華得幾時。」〇杜伯高登東萊呂成公之門，弟仲高、叔高、季高、幼高，才名不相上下。陳同甫曰：「伯高之賦如奔風逸足，而鳴以和鸞，俯仰於節奏之間。」又曰：「仲高麗句如所謂『半落半開花有恨，一晴一雨春無力』，令人眼動。及讀到『別纜解時風度緊，離觴盡處花飛急』，然後知晏叔原之『落花人獨立，微雨燕雙飛』，不得長擅美矣。」又曰：「叔高之詩如干戈森立，有吞虎食牛之氣。」「而左右發春妍以輝暎於其間。」又云：「仲高之詞，叔高之詩，皆入能品，非獨一門之盛，可謂一時之豪矣。」葉正則贈幼高詩云：「杜子五兄弟，詞林俱上頭。規模古樂府，接續後《春秋》。奇崛令

誰賞，羈棲浪自愁。故園如鏡水，日日抱村流。」陳同甫名亮，葉正則名適。（眉評：若使壎篪並奏，當令簫管停聲。）（同前）

一〇〇六　程垓《蓦山溪》「老來風味」：仕隱二意，只在「青」「白」二字，巧甚。（同前）

一〇〇七　辛棄疾《蓦山溪》「飯蔬飲水」：一部四書，通入四聲譜，惟稼軒能之。（同前）

一〇〇八　陸游《蓦山溪》「窮山孤壘」：亦取李易安句耶？（好一箇無聊的我。）又：夏侯亶妓妾皆無被服，客至，隔簾奏樂，時謂簾為夏侯妓衣。（同前）

一〇〇九　宋自遜《蓦山溪》「壺山居士」：便是洞天福地。（同前）

一〇一〇　易祓《蓦山溪》「海棠枝上」：忒鬧熱。　又：易彥祥，潭州人，寧宗朝狀元，以優校為前廊。其妻亦善詞，今僅存《一剪梅》云：「染淚緘書寄彥祥，貪就前廊，忘却回廊，功名成遂不還鄉。石做心腸，鐵做心腸。　紅日三竿未理粧，虛度韶光，瘦損容光。相思何日得成雙，羞對鴛鴦，嬾畫鴛鴦。」（同前）

一〇一一　劉基《蓦山溪》「清明過了」：「網」字妙。（同前）

一〇一二　董斯張《蓦山溪》「夭斜牆杏」：景在眼前，想落天際。（同前）

一〇一三　周邦彥《早梅芳》「花竹深」：「重」字妙，施君美「風吹雨濕衣襟重」本此。（同前）

一〇一四　柳永《爪茉莉》「每到秋來」：世間有此如意枕，亦復何恨。（料可兒、只在枕頭根底，等人睡，來夢裏。）（同前）

一〇一五　周邦彦《滿路花》「金花落燼燈」：視天夢，夢有何分別？（除共天公説，不成也還，似伊無箇分別。）（同前）

一〇一六　朱希真《滿路花》「簾烘淚雨乾」：夜飲朝眠，淫思古意。（日上三竿，殢人猶要同卧。）（同前）

一〇一七　方千里《滿路花》「鶯飛翠柳摇」：未能奪朱，然可謂詞之方也已。（同前）

一〇一八　劉基《滿路花》「山煙掠草低」：氣力心思，不居填詞位。　又：「立」字消磨人。又：按：元好問詩：「駃雨東南來。」自注：「駃」與「快」同，見《魏志》，趙松雪有《駃雪帖》。（同前）

一〇一九　王世貞《滿路花》「穿芽徑字青」：此等起句，直是古詩。（穿芽徑字青，壓水冰文緑。）（同前）

一〇二〇　秦觀《滿園花》「一向沉吟久」：鄙野不經之談，偏饒雅韻。　又：「撋」，而緣切，擷、撋，手挼抄物也，見詩注。（同前）

一〇二一　蔣捷《洞仙歌》「枝枝葉葉」：人世風流罪過，都是此君教的，妙，妙。（同前）

一〇二二　李元膺《洞仙歌》「雪雲散盡」：「於人」二字本杜詩「竹葉於人既無分，菊花從此不須開」。「一半」句，似黄玉林「夜來能有幾多寒，已瘦了、梨花一半」。　又：自叙云：一年春物，惟梅柳間意味最深，至鶯花爛熳時，則春已衰遲，使人無復新意。予作《洞仙歌》，使探春者歌之，不至有後時之悔耳。〇《詞品》：南唐潘祐，嘗應後主令作詞，云「樓上春寒山四面，桃李不須誇爛熳，已失了東

風一半」，蓋諷其地漸侵削也。李元膺詞用之。（同前）

一〇二三　辛棄疾《洞仙歌》「賢愚相去」：作道學先生詩者，何不倣此？（同前）

一〇二四　周邦彥《華胥引》「川源澄暎」：叶險韻甚工。〇宋子京「亂峰鎖，一竿殘照」，「三竿」、「一竿」都妙。（同前）

一〇二五　康與之《江城梅花引》「娟娟霜月冷侵門」：描寫閨情，妙在没半點男人聲息。又：弇州曰：「人瘦也，比梅花瘦幾分。」又：「天還知道，和天也瘦。」又：「簾捲西風，人比黃花瘦。」又：「應是是緑肥紅瘦。」又：「人共博山煙瘦。」瘦字俱妙。〇建炎中，駕駐維揚，康伯可上《中興十策》，名振一時。後秦檜當國，伯可乃附會求進，為十客中之狎客，專應制為歌詞。重九遇雨，奉勑口占《望江南》云：「重陽日，陰雨四郊垂。戲馬臺前泥拍肚，龍山會上水平臍，直浸到東籬。茱萸胖，菊蕊濕滋滋。落帽孟嘉尋篛笠，休官陶令覓簑衣，兩箇一身泥。」蓋蒜酪體也，上大笑。

一〇二六　蔣捷《江城梅花引》「白鷗問我泊歸舟」：全學伯可，有出藍之色。又：起以鷗問，結以梅愁，花鳥情長，江湖氣短。（同前）

一〇二七　薛昭蘊《離别難》「寶馬曉鞴雕鞍」：物相雜謂之文，此詞用韻，正以錯雜見奇。（同前）

一〇二八　姜夔《惜紅衣》「枕簟邀涼」：白石自云「七十二峰肺肝」，余直疑此君肺肝中羅列鴛鴦七十二者。又：《堯山堂外紀》：姜堯章，南渡名流，趙子固目為詩家申、韓，每喜自度曲，吟洞簫，小紅輒歌而和之。小紅者，順陽公青衣也，有色藝。順陽公徵新聲於堯章，堯章製《暗香》、《疎影》二曲，公使二妓肄習之，音節清婉。堯章歸吴興，公尋以小紅贈焉。一夕大雪，過垂虹，賦詩曰：「自喜新詞韻最嬌，小紅低唱我吹簫。曲終過盡松陵路，回首煙波十里橋。」（眉評：以色易聲，以紅妃白，一時佳事。）居苕溪，與白石洞天為鄰，潘德久號之曰白石道人，姜答詩云：「南山仙人何所食，夜夜山中煮白石。世人喚作白石仙，一生費齒不費錢。仙人食罷腹便便，七十二峰生肺肝。」又嘗有詩云：「夜暗歸雲繞柁牙，江涵星影雁團沙。行人悵望蘇臺柳，曾與吴王掃落花。」楊誠齋極喜誦之。其《湘月》、《翠樓吟》、《玲瓏四犯》諸腔皆自度者，傳至今，不得其調，難入管絃也。○范石湖評堯章詩云：「有裁雲縫月之妙手，敲金戛玉之奇聲。」蕭東父尤愛其詞，以其兄之子妻之。花庵《絶妙詞選》凡白石所作，具載無遺。居鄱陽，進《樂書》，免解，不第而卒，惜哉！（同前）

一〇二九　秦觀《八六子》「倚危亭」：本李後主「離恨却如春草，更行更遠還生」。（恨如芳草萋萋，剗盡還生。）（同前）

一〇三〇　林章《八六子》「翠娉婷」：漸近歌曲矣，可不慎其餘乎？（同前）

一〇三一　無名氏《魚遊春水》「秦樓東風裏」：「鳳簫」、「孤雁」未粘對，「望斷清波」未工。前云「魚遊」，後云「無鯉」，未順。又：《復齋漫録》云：政和中，一中貴人使越州回，得詞於古碑陰，無名無譜，以進，御命大晟府填腔，因詞中語賜名《魚遊春水》。○《古今詞話》：東都防河卒於汴河上掘地，得石刻，有此詞，凡八十九字，而風花鶯燕動植之物曲盡，此唐人語也，後之狀物寫情不及之矣。（同前）

一〇三二　梁寅《魚遊春水》「家隣千峰翠」：梁寅，字孟敬，臨江新喻人。元時辟為集慶路儒學訓導。《大明一統志》：隱居教授，明初徵至京修禮書，書成，辭疾歸，結廬石門山，學者稱為梁五經。（同前）

一〇三三　程垓《雪獅兒》「斷雲低晚」：善「削」，故瘦；善「掠」，故整。詞人須知此二字訣。〇三「雲」、兩「風」、兩「花」、兩「香」、兩「暖」，俱複。（同前）

一〇三四　辛棄疾《一枝花》「千丈擎天手」：「千丈」數語入他人手，如何耐得？　又：放翁所謂「王侯螻蟻，畢竟成塵」。（看丘隴牛羊，更辨賢愚否？）（同前）

一〇三五　蔣捷《探芳信》「翠吟峭」：竟把陶公做菊花前身，絕奇。（料應陶令吟魂在，凝此秋香妙。）（同前）

一〇三六　徐渭《鵲踏花翻》「鑼鼓聲頻」：落筆有風勢。（同前）

一〇三七　張先《謝池春慢》「繚牆重院」：望若圖繡，丹青綺分。（同前）

一〇三八　梁寅《謝池春慢》「薄寒山閣」：「動」、「靜」二字妙對。　又：梁徵士《石門集》有《雨霖鈴》調云：「螺峰堆緑，夜來經雨，渾似膏沐。飛泉怒瀉崖谷，懸霜練，鳴蒼玉。虎跡巖前過處，踏碎翠苔褥。聽啼鳥，山北山南，樹杪殘雲自相逐。」此詞甚佳，惜逸其半。（眉評：人言雪是玉戲，雲亦能相逐為戲耶？）（同前）

一〇三九　蘇軾《醉翁操》「琅然」：六聲三韻。　又：自序：琅邪幽谷，山川奇麗，泉鳴空澗，若中音會。醉翁喜之，把酒臨聽，輒欣然忘歸。既去十餘年，而好奇之士沈遵聞之，往遊，以琴寫其聲，曰《醉翁操》，節奏疎宕，而音指華暢，知琴者以為絶倫。然有其聲而無其辭，翁雖為作歌，與琴聲不合，又依楚辭作《醉翁引》，好事者亦倚其詞以製曲，粗合均度，而琴聲為詞所繩約，非天成也。後三十餘年，翁既捐館舍，遵亦没久矣。有廬山玉澗道人崔閒特妙於琴，恨此曲之無詞，乃譜其聲，而請於東坡居士以補之云。（眉評：傳之今日，亦是一曲《廣陵散》。）（同前）

一〇四〇　辛棄疾《醉翁操》「長松」：小詞中《離騷》也。又：自序：頃余從范先之求觀家譜，見其冠冕蟬聯，世載勳德。先之甚文而好修，意其昌未艾也。時覃慶勳臣子孫無見任者，命官之。先是屢詔録元祐黨籍家，合是二者，先之應仕矣。將告諸朝，行有日，請余作詩以贈。屬余避謗，持此戒甚力，獨念余與先之遊八年，日從事詩酒間，相得歡，甚於其别也，何能恝然？顧先之長於楚詞而妙於琴，輒擬《醉翁操》為之詞以叙别。異時先之綰組東歸，僕當買羊沽酒，先之為鼓一再行，以為山中盛事云。（同前）

一〇四一　劉辰翁《意難忘》「角動寒譙」：齊齊整整，嬝嬝婷婷。又：頮與靧同音潰，洗面也。（同前）

一〇四二　周邦彦《意難忘》「衣染鶯黄」：「貪耍不成粧」，嬌癡觸目。〇末句與孫夫人「怕傷郎、又還休道」，皆曲體人情。又：顧敻詞：「山枕上，私語口脂香。」（同前）

一〇四三　蔣捷《滿江紅》「一掬鄉心」：瘦筆既勝肥腸，狂言複凌癡骨。（同前書卷十二）

一〇四四　蔣捷《滿江紅》「秋本無愁」：「疎」、「貧」二句可銘座右。（同前）

一〇四五　陸游《滿江紅》「危堞朱闌」：織此鬢絲，以為七絃，必多凄音，可擬中郎之寡女絲矣。（同前）

一〇四六　辛棄疾《滿江紅》「過眼溪山」：「長使英雄淚滿襟」。（同前）

一〇四七　辛棄疾《滿江紅》「直節堂堂」，又《滿江紅》「照影溪梅」：前作富貴纏綿，後作蕭散俊逸。（同前）

一〇四八　辛棄疾《滿江紅》「蜀道登天」：「諸葛表」、「相如檄」，俱切蜀事。（同前）

一〇四九　辛棄疾《滿江紅》「笑拍洪崖」：稼軒作詞俱似胸中有成竹，一揮而就者，不復知協律之苦。（同前）

一〇五〇　辛棄疾《滿江紅》「宿酒醒時」：如聽琴中作客窓夜話。（同前）

一〇五一　辛棄疾《滿江紅》「半山佳句」：「暗香」、「疎影」，脱胎換骨。（更把香來薰了月，却教影去斜侵竹。）（同前）

一〇五二　辛棄疾《滿江紅》「倦客新豐」：有經史氣，然非老生常談。（同前）

一〇五三　辛棄疾《滿江紅》「浪蕊浮花」：兩韻雜用，辛詞屢有之。又：「鵑」、「燕」二句，磊落悲動，不必有解。（同前）

一〇五四　辛棄疾《滿江紅》「幾個輕鷗」：無着處，一分緣飾，是山居真色。（同前）

一〇五五　晁補之《滿江紅》「東武南城」：「三之一」句，勝馬莊父「十分春色今無九」。（同前）

一〇五六　周邦彦《滿江紅》「晝日移陰」：宋子京詞：「淚落胭脂，界破蜂黄淺。」淺者，「退」之别名。（蝶粉蜂黄都退了。）又：「退」字或作「褪」，非。道藏經云：「蝶交則粉退，蜂交則黄退。」（同前）

一〇五七　張孝祥《滿江紅》「斗帳高眠」：孫夫人詠雪則云「梅邊竹上」，張安國詠雨則云「柳外蕉裡」。（同前）

一〇五八　張孝祥《滿江紅》「秋滿灕源」：波撇似顔，音韻似杜，顔書杜詩，非誇語也。又：《堯山堂外紀》：張孝祥父祁，與胡寅交善，秦檜惡寅，並祁下之獄，既而釋之。後孝祥由鄉薦得試集英，考官寘第一，秦塤為冠，上覽孝祥卷文墨精妙，喜甚，擢首選，實以抑秦也。秦不能堪，啗曰：「胡寅雖斥，力猶能使故人子為狀元耶？」孝祥詣秦謝，問學何書，曰顔書；又問學何詩，曰杜詩。秦色莊，笑曰：「好底盡為君占却。」（同前）

一〇五九　程垓《滿江紅》「門掩垂楊」：竟以「雨」、「月」二字替却淚痕檀的。（衣上雨，眉間月，滴不盡，顰空切。）（同前）

一〇六〇　吴文英《滿江紅》「翠幙深庭」：劉褒北風圖，見者覺寒。（同前）

一〇六一　高觀國《滿江紅》「擊碎空明」：「語不驚人死不休」。（聽洞簫聲在，卧虬陰北。千萬江妃留醉夢，一三沙鳥驚吟魄。）（同前）

一〇六二　劉克莊《滿江紅》「金甲琱戈」：寧為一書生，勝作千夫長。（同前）

一〇六三　劉克莊《滿江紅》「滿腹詩書」：大經濟才，大功德主，非如少不更事、一直向前厮殺者。（同前）

一〇六四　劉克莊《滿江紅》「天壤王郎」：如此送客詩，竟可當一篇大序。又：劉後村與王實之啓云：「聲名早著，不數黄香之無雙；科目小低，猶壓杜牧之第五。元化孕此五百年之間氣，同輩立於九萬里之下風。」又云：「朱雲折檻，諸公慙請劒之言；陽子哭庭，千載壯裂麻之語。一葉身輕，何去之勇；六丁力盡，而挽不回。有謫仙人駿馬名姬之風，無杜少陵冷炙殘盃之態。」「麗人歌陶秀實郵亭之曲，好事繪韓熙載夜宴之圖。」「擁通德而著書，命便了以沽酒。」實之名邁，號臞庵，莆陽人，丁丑第四人。蓋進則忠鯁，退則豪俠，元龍、太白一流也。（眉批：實之雖賢，得後村之文詞，而名乃不朽。）（同前）

一〇六五　劉克莊《滿江紅》「往日封章」：氣味似眉山謝表。（同前）

一〇六六　劉克莊《滿江紅》「三黜歸來」，又「疇昔臚傳」：細閲諸詞，奇古穩妙，豈前身是建安十子中劉姓者乎？（同前）

一〇六七　劉克莊《滿江紅》「下見西山」：董宣之項，陶令之腰。（任天孫笑拙，女嬃嫌直。）（同前）

一〇六八　劉克莊《滿江紅》「赤日黄埃」：朱希真梅詞「雪天分外精神好」，乃知梅宜竹、宜月，尤宜雪也。（同前）

一〇六九　岳飛《滿江紅》「怒髮衝冠」：將軍遊文章之府，洵乎非常之才。韓蘄王晚年亦作小詞，然不如岳。　又：《話腴》：鄂王謝收復河南赦及罷兵表略云：「夷狄不情，犬羊無信。莫守金石之約，難充溪壑之求。暫圖安而解倒垂，猶云可也；欲長慮而尊中國，豈其然乎？」又曰：「身居將閫，功無補於涓埃；口誦詔書，面有慚於軍旅。」又曰：「尚作聰明而過慮，徒懷猶豫以致疑。蓋無事而請和者謀，恐卑辭而厚幣者進。願定規於至勝，期收地於兩河。唾手幽燕，終欲復仇而報國；誓心天地，當令稽首以稱藩。」（眉批：字字劍拔弩張。）語俱悲壯感人。○《睽車志》曰：飛死後，臨安西溪軍寨將子弟請紫姑神，岳侯降，書一絶云：「經略中原二十秋，功多過少未全酬。丹心似石今誰愬，空有遊魂徧九州。」其花押，宛然平日真迹也，秦相聞而惡之，擒治其徒，有死者。○《沈氏弋説》曰：飛不專以用兵見長，其引欒枝曳柴、莫敖採樵事，於《左氏》頗有所窺，其題龍居寺云：「巍石山前寺，林泉勝境幽。紫金諸佛相，白雪老僧頭。潭水寒生月，松風夜帶秋。我來屬龍語，為雨濟民憂。」直偪唐人矣。○《堯山堂外紀》：武穆《送張紫陽（當作巖）北伐詩》：「號令風霆迅，天聲動北陬。長驅渡河洛，直擣向燕幽。馬蹀月氏血，旗梟克汗頭。歸來報明主，恢復舊神州。」又有《小重山》詞云：「欲將心事付瑶琴，知音少，絃斷有誰聽。」蓋指主和議者多也。（同前）

一〇七〇　王昭儀《滿江紅》「太液芙蓉」：岳之悲壯，王之凄涼，宫怨邊愁，趙宋一時風景盡矣。又：《東園友聞》曰：至正丙子正月十八日，元兵入杭，謝、全兩后以下皆赴北，有王昭儀名清惠者題詞於驛，或云王昭儀下張瓊英所賦也。五月二日兩后抵上都，朝見世皇。十二日夜，宋宫人安定夫人陳氏、安康夫人朱氏與二小姬沐浴自縊死。朱夫人遺古詩一篇。又有王婉容者，粘罕求為子婦，婉容自刎車中。○《女史》曰：王昭儀抵上都，懇請為女道士，號冲華。（眉批：時謝太后年七十餘，陳敬叟《水龍吟》有「金屋阿嬌，不堪春暮」之句，惜其不能死也，愧陳、朱數女子多多。）（同前）

一〇七一　文天祥《滿江紅》「試問琵琶」：元時，傳按察嘲宋云：「陳橋驛孤兒寡婦，久假當還。」讀宋末諸公詩詞，悲憤横生，須借此語破涕。　又：《詞品》曰：王昭儀之詞傳播中原，文山讀至末句，歎曰：「惜哉！夫人於此少商量矣。」為之代作二首。○沈天羽曰：文山黄冠之志，昭儀女冠之請，先後合轍。「從容」「圓缺」語未可遽貶。（同前）

一〇七二　文天祥《滿江紅》「燕子樓中」：總是銅筋鐵骨所吐。（最無端、蕉影上窗紗，青燈歇。）（同前）

一〇七三　鄧剡《滿江紅》「一朵天桃」：是亦不降其志者。　又：唐明皇有牡丹將開為鹿銜去，應禄山之亂。（同前）

一〇七四　張天雨《滿江紅》「玉導纖長」：詠物絶妙好詞。　又：南齊高祖性清儉，主衣中有玉導，上曰：「留此正是興長弊源。命碎之。又《晉書》：「馮遷追及桓玄，玄拔頭上玉導與之。」導，擇也，義取擇髮。（同前）

一〇七五　元好問《滿江紅》「天上飛烏」：起語癡甚。朱希真詞：「插天翠柳，被何人、堆上一輪明月？」問日，問月，都本《天問》。　又：遺山極稱辛詞，宜其似之。（同前）

一〇七六　文徵明《滿江紅》「拂拭殘碑」：徽欽、高宗不兩立，亘古一眼。（徽欽既反，此身何屬？）

（同前）

一〇七七　王世貞《滿江紅》「御墨淋漓」：五嶽起方寸，隱然詎能平？　又：夏候橋、沈潤卿掘地，得宋高宗賜岳候手勅石刻，裝潢成卷，丐名公題詠，沈石田為之首倡。○《沈氏弋説》曰：高宗賜鄂王詔二十餘章，褒美非常，如「月三捷以奏功」、「日百里而闢土」是也，而卒斃諸囹圄。諺所謂「狐埋而狐掘之」者耶？○宋改謚岳飛「忠武」文曰：「李將軍口不出辭，聞者流涕；藺相如身雖已死，凜然猶生。」又曰：「始為忠愍之號，旋更武穆之稱。獲覩中興之舊章，灼知皇祖之本意。爰取危身奉上之實，仍因戡定禍亂之文。合兹兩言，節以壹惠。昔孔明之志興漢室，子儀之光復唐都（眉批：孔明，子儀皆謚忠武）。雖計效以或殊，在秉心而弗異。垂之典册，何嫌今古之同辭；賴及子孫，將與山河而並久。」（同前）

一〇七八　李清照《鳳凰臺上憶吹簫》「香冷金猊」：亦是林下風，亦是閨中秀。（同前）

一〇七九　晏幾道《六幺令》「緑陰春盡」：十韻都可矜許。（同前）

一〇八〇　辛棄疾《六幺令》「酒羣花隊」：珂月贈野君詩，取徐氏之見於史册者三十六人為賦，與辛詞合券。　又：第四句陸雲食略語，第六句陸龜蒙，第八句陸續，第十句陸賈，第十二句陸遜，末句陸羽。（同前）

一〇八一　吴文英《惜秋華》「思渺西風」：總於「惜秋華」三字曲致幽情。（同前）

一〇八二　吴文英《尾犯》「翠被落紅粧」：別調氤氳，自成馨逸。（同前）

一〇八三　吴文英《尾犯》「紺海掣微雲」：數更籌如數脚蹤。（二十五、聲聲秋點，夢不認、屏山路窄。）（同前）

一〇八四　辛棄疾《水調歌頭》「帶湖吾甚愛」：文勝質則史，此妙在史中帶質。（同前）

一〇八五　辛棄疾《水調歌頭》「白日射金闕」：「九關虎豹」、「千里玉鸞」之句，何減張曙之「彫虎揚晴，饑鸞啄網」？（同前）

一〇八六　辛棄疾《水調歌頭》「造化故豪縱」：佳句忽來，正如一片遠帆從天際落。（掀髯把酒一笑，詩在片帆西。）（同前）

一〇八七　辛棄疾《水調歌頭》「長恨復長恨」：幾不欲自作一語。（余既滋蘭九畹，又樹蕙之百晦，秋菊更餐英。門外滄浪水，可以濯吾纓。）（同前）

一〇八八　辛棄疾《水調歌頭》「高馬勿捶面」：此調第五、第六句最難安置，世有稼軒，可謂悉新於辛。　又：劉穆之少貧，好往妻兄江氏乞食，畢，求檳榔，江嘲曰：「檳榔消食，君乃饑，何須此？」穆之為丹陽令，以檳榔一斛遺江。（同前）

一〇八九　辛棄疾《水調歌頭》「頭白牙齒缺」：我疑稼軒不死，何驚其老耶？（同前）

一〇九〇　蘇軾《水調歌頭》「明月幾時有」：畫家大斧皴，書家擘窠體。　又：神宗讀至「瓊樓玉宇」二句，嘆曰：「蘇軾終是愛君。」量移汝州。（同前）

一〇九一　蘇軾《水調歌頭》「昵昵兒女語」：其緩調高彈，急節促撾，可以目聽。　又：公舊序云：歐公嘗問予琴詩何者最善，荅以退之穎琴詩，公曰：「此詩最奇麗，然非聽琴，乃聽琵琶也。」予深然之。建安章質夫家善琵琶者乞為歌調，特取退之詞稍加隱括，使就聲律以遺之。（眉批：嵇康云：「聞箏笛琵琶，形躁而志越；聞琴瑟，體静而心閑。」即永叔定韓詩之理。）（同前）

一〇九二　張孝祥《水調歌頭》「青嶂度雲氣」：觀雨豪，聽雨悲，觀、聽有別。　又：「净洗」三句迂腐語化高奇。（同前）

一〇九三　白玉蟾《水調歌頭》「一葉飛何處」：此老有《嬾翁齋賦》，合而讀之，冰紈火布，錯列横陳，饞眼為醉。（同前）

一〇九四　劉克莊《水調歌頭》「遣作嶺頭使」：看他視印綬真如桎梏，官署真如洪爐。煙霞泉石之興，結於肺腑，溢於手腕，曾無一語欺人。高山仰止，何日忘之？（同前）

一〇九五　劉克莊《水調歌頭》「半世慣岐路」：此後二首（指劉克莊《水調歌頭》「落日幾呼渡」和楊炎〔當作楊炎正，下均同〕《水調歌頭》「買得一航月」）「閑」字借叶，非「忙閑」之「閑」。（同前）

一〇九六　楊炎《水調歌頭》「買得一航月」：誰謂清風明月不用一錢買？（同前）

一〇九七　楊炎《水調歌頭》「把酒對斜日」：愁濃則江昏，愁熾則江沸，故雁影有所不受。（放眼暮江千頃，中有離愁萬斛，無處落征鴻。）（同前）

一〇九八　無名氏《水調歌頭》「危樓雲雨上」：開口雄爽，不讓坡公之「把酒問天」也。（危樓雲雨上，其下水扶天。）　又：按大江富池縣隸興國軍，有甘寧將軍廟，郡守周少隱采東坡詞語，扁為

「卷雪」。每潮漲時，石柱半插入水。方三伏中，登望，江面萬頃，羣山環合，清風不斷。〇駛，疾也，坡詩：「沙水日清駛。」（同前）

一〇九九　趙秉文《水調歌頭》「四明有狂客」：末句似本昌黎「披髮騎麒麟」句。又：閑閑居士自序云：昔擬栩仙人王雲鶴贈余詩云：「寄與閑閑傲浪仙，枉隨詩酒墮凡緣。黄塵遮斷來時路，不到蓬山五百年。」其後玉龜山人云：「子前身赤城子也。」予有詩云：「玉龜山下古仙真，許我天台一化身。擬折玉蓮騎白鶴，他年滄海看揚塵。」又吾友趙庭玉説丹陽子謂予再世蘇子美也。赤城子，則吾豈敢？若子美，則庶幾焉。尚媿辭翰微不及耳，因作此以寄意焉。（同前）

一一〇〇　張一如《水調歌頭》「落月下春苑」：豪放若張旭之書，深穩又似張紅之拍。又：晉侯病，夢二豎曰：「吾居膏之上，肓之下。」（同前）

一一〇一　秦觀《滿庭芳》「晚色雲開」：敖陶孫評少游詩「如時女步春，終傷婉弱」，其在於詞，正相宜耳。又：「晚色」或作「晚兔」，或作「晚見」，俱謬。「微映百層城」，或作「寂寞下蕪城」，亦通。（同前）

一一〇二　秦觀《滿庭芳》「山抹微雲」：《藝苑雌黄》云：程公闢守會稽，少游客焉，館之蓬萊閣。一日，席上有所悦，眷眷不能忘情，因賦長短句云，「多少蓬萊舊事」是也。其詞極為東坡所稱，嘗戲取其首句，呼為「山抹微雲君」。〇又云：少游入京，見東坡，坡曰：「不意别後，公却學柳七作詞。」游曰：「某雖無識，亦不至是。」坡曰：「『銷魂，當此際』非柳句法乎？」又問别作何詞，少游舉「小樓連苑橫空，下窺繡轂雕鞍驟」，東坡曰：「十三個字，只說得一個人騎馬樓前過。」秦問坡近著，坡舉「燕子樓空，佳人何在，空鎖樓中燕」。無咎在座，謂三句說盡張建封一段事，大奇。〇又曰：晁無咎云：少游「寒鴉」「流水」之句，雖不識字人亦知是天生好言語。蓋未見煬帝詩耳，煬帝《野望》詩云：「寒鴉千萬點，流水遶孤村。斜陽欲落處，一望黯銷魂。」少游用此語也。（眉批：「寒鴉」二句，朱希真又化作小詞云：「看到水如雲，送盡鴉成點。」）又讀李義山《贈更衣》云：「輕寒衣省夜，金斗熨沈香。」乃知少游「玉籠金斗熨沈香」與夫「睡起熨沈香，玉腕不勝金斗」之語亦有來處。〇《詞品》：「天粘衰草」，或改「粘」為「連」，真小兒之見也。韓文「洞庭漫汗，粘天無壁」，張祐詩「草色粘天鶗鴂恨」，嚴次山「粘雲江影傷千古」，劉行簡「山翠欲粘天」，黃山谷「遠水粘天吞釣舟」，劉伯溫「雲白天粘海」。（眉批：飛卿詞「煙草粘飛蝶」，亦妙。）〇又曰：范祖禹之子元實，乃少游婿也，為人凝重，終日不言，有妓問之，曰：「公亦解詞曲否？」荅曰：「吾乃『山抹微雲』女壻也。」按《草堂選》亦有范元實詞。（同前）

一一〇三　秦觀《滿庭芳》「北苑春風」：少游夫婦不減趙明誠，固應深諳茶味與賭茗之樂，並紀。又：「春風」一作「研膏」，「熬波」一作「香泉」，又見黃山谷集，大同小異，附載於此：「北苑龍團，江南鷹爪，萬里名動京關。碾輕羅細，瓊蕊煖生煙。一種風流氣味，如甘露、不染塵凡。纖纖捧，冰甆瑩玉，金縷鷓鴣班。相如方病酒，銀瓶蟹眼，波怒濤翻。為扶起尊前，醉玉頹山。飲罷風生兩腋，醒魂到、明月輪邊。歸來晚，文君未寢，相對小粧殘。」（同前）

一一〇四　黄庭堅《滿庭芳》「修水柔藍」：極意點綴風華，正覺草木盡堅瘦耳。（同前）

一一〇五　辛棄疾《滿庭芳》「急管哀絃」：「醫花」妙。既有養花天，不可無醫花手。（同前）

一一〇六　周邦彦《滿庭芳》「風老鶯雛」：「老」字、「肥」字、「費」字，字法俱靈。（同前）

一一〇七　王嬌娘《滿庭芳》「簾影摇花」：花黯驚郎目，風流斷妾腸。又：宋宣和中蜀人王通判有女嬌娘，與中表申純字厚卿者私通，酬和甚多。父納帥子之聘，嬌竟以憂卒，申生痛念之，亦死。○王通判有侍妾飛紅者貌美，亦能寫染，有詞云：「花低鶯踏紅英亂，春心重，頓成慵懶。楊花夢斷楚雲平，空惹起，情無限。傷心漸覺成牽絆，奈愁緒，寸心難管。深誠無計寄天涯，幾欲問，梁間燕。」（同前）

一一〇八　徐君寶妻《滿庭芳》「漢上繁華」：野君閲此，得句云：「一道白虹驚緑水，數行紅淚送青春。」又：岳州徐君寶妻被虜來杭，居韓蘄王府，其主者數欲犯之，以巧計脱。一日，主者甚怒，强焉，因告曰：「俟妾祭謝先夫，然後為君婦。」主者喜諾。乃焚香，再拜，題詞壁上，投池中死。（同前）

一一〇九　瞿佑《滿庭芳》「露葦催黄」：清華之氣，撲面而來。（同前）

一一一〇　方千里《塞垣春》「四遠天垂野」：每因湊韻，未便苦用熟思，因而拘筆以從，喜多生句。（同前）

一一一一　陸游《漢宫春》「羽箭雕弓」：寫出腦後風生、鼻端火出之況。（同前）

一一一二　辛棄疾《漢宫春》「秦望山頭」：當其落筆風雨疾。（同前）

一一一三　辛棄疾《漢宫春》「亭上秋風」：讀此結句，知幼安之門高於漢史之龍門；讀後結句，知幼安之户冷於晉賢之鳳户。（同前）

一一一四　辛棄疾《漢宫春》「春已歸來」：「燕夢」奇。　又：無跡有象，無象有思，精於觀化者。（同前）

一一一五　吴文英《燭影摇紅》「秋入燈花」：古錦囊中句。（海沈宿裹芙蓉炷。）（同前）

一一一六　孫夫人《燭影摇紅》「乳燕穿簾」：可憐一寸波，浸破夫差國，不俊煞，亦浸殺矣。（「别久」二句。）（同前）

一一一七　丘氏《燭影摇紅》「緑净湖光」：世間尤物，即是妖物，吾又何必辨此詞之為人為怪。又：舒信道中丞宅在明州，中有懶堂，子弟羣處講習。一日，舒燈下忽見女子自稱丘氏，舉手代拍而歌，相從月餘，家人驗其妖怪，請朱彦法師治之，乃池中大白鱉也。（同前）

一一一八　吴文英《天香》「珠絡玲瓏」：兩「花」字，兩「熏」字。（同前）

一一一九　王雱《倦尋芳》「露晞向曉」：「海棠」句永叔、子京皆有之，但以「着」為「經」耳。又：王世貞曰：王元澤「恨被榆錢，買斷兩眉長鬬」，可謂巧而費力矣。史邦卿「做雨欺花，將烟困柳」，殆尤甚焉，然亦奇險出俗。○《詞品》曰：王元澤，半山之子。或議其不能作小詞，乃援筆作《倦尋芳》一首，自此絶不作。（眉批：何以復有《眼兒媚》一首？）（同前）

一二二〇　吴文英《倦尋芳》「墜瓶恨井」：白香山情事。（同前）

一二二一　蔣捷《聲聲慢》「黄花深巷」：當合劉子之《秋聲賦》、陸子之《夜聲賦》誦之。又：八月雨為豆花雨。（同前）

一二二二　吴文英《聲聲慢》「檀欒金碧」：衣袖猶沾舊淚，闌干尚惹餘香，癡心人自有此一副癡眼癡鼻。（膩粉闌干，猶聞憑袖香留。輸他翠漣拍甃，瞰新粧，終日凝眸。）（同前）

一二二三　趙長卿《聲聲慢》「濃芳滿地」：用草事直欲剪草除根。又：《廣雅》：促織一名王孫，獼猴亦名王孫。（同前）

一二二四　李清照《聲聲慢》「尋尋覓覓」：才一斛，愁千斛，雖六斛明珠，何以易之？又：荃翁張端義《貴耳集》云：此詞首下十四個疊字，乃公孫大娘舞劍手，本朝非無能詞之士，未曾有下十四個疊字者，乃用《文選》諸賦格。「守着窗兒，獨自怎生得黑」，此「黑」字不許第二人押。「到黄昏，點點滴滴」，四疊字，又無斧痕，婦人中有此，殆間氣也。晚年自南渡後，懷京洛舊事，賦元宵《永遇樂》云「落月（當作日）鎔金，暮雲合璧」，已自工緻，至於「染柳烟輕，吹梅笛怨，春意知幾許」，氣象更好。後云：「於今憔悴，風鬟霜鬢，怕見夜間出去。」皆以尋常言語度入音律，鍊句精巧則易，平淡入妙者難。山谷所謂以故為新、以俗為雅者，易安先得之矣。（眉批：辛詞「泛菊杯深，吹梅角煖」，與易安句法同。）（同前）

一二二五　劉基《聲聲慢》「無蹤無跡」：視之茫茫，而心骨沸熱，人命危淺，蓋坐此爾。（同前）

一一二六　黄傳祖《聲聲慢》「長思短憶」：木子香濃，草頭味美，君能數黑，我欲論黄。（同前）

一一二七　南唐元宗《帝臺春》「芳草碧色」：二句《西厢》、《還魂》之間。（拚則而今已拚了，忘則怎生便忘得。）（同前）

一一二八　王觀《慶清朝慢》「調雨為酥」：風流楚楚，詞林佳公子也。集名《冠柳》，豈偶然哉？（同前）

一一二九　史達祖《慶清朝慢》「墜絮孳萍」：不獨獸是胎生，不獨鳥能營室。（同前）

一一三〇　辛棄疾《雨中花慢》「舊雨常來」：蠻語亦自可人。（石卧山前認虎，蟻喧牀下聞牛。）又：杜少陵云：「卧病長安，旅次多雨，尋常車馬之客，舊雨來，今雨不來。」東坡詩：「新巢語燕還窺硯，舊雨來人不到門。」（同前）

一一三一　姜夔《暗香》「舊時月色」：莊氏「女彈梅花調，忽忽有暗香」，此中香氣儘不少。（同前）

一一三二　姜夔《長亭怨慢》「漸吹盡」：人言情，我言無情，立意壁絶。（樹若有情時，不會得、青青如此。）又：白石自序云：桓大司馬云：「昔年種柳，依依漢南。今看摇落，悽愴江潭。樹猶如此，人何以堪？」此語余深愛之。（同前）

一一三三　柳永《八聲甘州》「對蕭蕭暮雨灑江天」：彼此情形，不言可喻。又：東坡云：人皆言柳耆卿詞俗，如「霜風凄緊，關河冷落，殘照當樓」，唐人佳處不過如此。（同前）

一一三四　劉基《八聲甘州》「問青蛙有底不平鳴」：村語化韻，蠢語化靈。（問青蛙有底不平鳴，真個為公私。）又：出脱雞聲、猿聲，以甚蛙之罪。又：晉惠帝不慧，聞上林蛙鳴，問左右，曰：「為公乎？為私乎？」○《莊子》：坎井之蛙謂東海之鱉曰：「吾跳梁乎井幹之上，入休乎缺甃之崖，赴水則接腋持頤，蹶泥則投足滅跗，蚌蟹與蝌蚪莫吾若也。○《周禮・秋官》：蟈氏掌去蛙，黽焚牡鞠，以灰灑之則死，以其煙被之則生。（同前）

一一三五　宋徽宗《燕山亭》「裁剪冰綃」：人生何日非夢？道君夢遊毳幕而不寤，復尋故宮之夢，豈非夢、夢？又：《詞品》曰：此詞極凄宛，亦可憐矣。又在北遇清明詩云：「茸母初生認禁煙，無家對景倍凄然。帝城春色誰為主，遥指鄉關涕淚連。」又戲作小詞云：「孟婆，孟婆，你做些方便。吹個船兒倒轉。」「茸母，草也；孟婆，風也。正是的對。○直北某州有道君題壁詩云：「徹夜西風撼破扉，蕭條孤館一燈微。家山回首三千里，目斷天南無鴈飛。」○徽宗北行，謝克家作《憶君王》詞云：「依依宮柳拂宮牆，宮殿無人春晝長，燕子歸來依舊忙。憶君王，月破黄昏人斷腸。」又郭浩按邊至隴口，見紅白二鸚鵡在樹間，問上皇安否？浩曰：「崩矣。」鸚鵡悲鳴不已，浩賦詩曰：「隴口山深草木荒，行人到此斷肝腸。耳中不忍聽鸚鵡，猶在枝頭説上皇。」又洪皓祭徽宗文曰：「歎馬角之不生，魂消雪窖；攀龍髯而莫逮，淚雨冰天。」忠憤之氣勃然，俱宜法謫降人間，水火葬之。紹興間金人以梓宮來歸，元僧楊璉真伽發其冢，止朽木一段。（同前書卷十三）

一一三六　吴文英《珍珠簾》「蜜沈爐煖餘煙裊」：「多情却被無情惱」，東坡隔牆看鞦韆句也，有此秀豔否？（麟帶壓愁香，聽舞簫雲渺，恨縷情絲春絮遠。）（同前）

一一三七　史達祖《雙雙燕》「過春社了」：不寫形而寫神，不取事而取意，白描妙手。　又：「還相」之「相」，去聲，即「星相」之「相」。「藻井」，「井」之為言板也。（同前）

一一三八　林章《孤鸞》「為誰抛撇」：去鶤絃而鳴鼉鼓可也。（莫把琵琶亂撥，正春江潮咽。）（同前）

一一三九　史達祖《三姝媚》「煙光摇縹瓦」：蓋言淚比塵多，常積絃上。（想淚痕塵影，鳳絃常下。）（同前）

一一四〇　吴文英《催雪》「霓節飛瑶」：「燈花寒不結，肅肅風簾舉」，是此時景。（同前）

一一四一　周邦彦《瑣窗寒》「暗柳啼鴉」：慘於盧子之秋霖。（桐花半畝，静鎖一庭愁雨。）　又：嘉祐中，漁人於江心網得片石，有絶句云：「雨滴空堦曉，無心换夕香。井桐花落地，一半在銀牀。」◎《連昌宫詞》：「初過寒食一百六，店舍無煙宫樹緑。」（同前）

一一四二　馬洪《金菊對芙蓉》「過雁行多」：劉夢得九日詩以六經無餻字，遂不敢下。宋子京詩：「颸館輕霜拂曙袍，糗餈花飲鬬分曹。劉郎不敢題糕字，空負詩中一世豪。」（眉批：全虧夢得躊躇一番，此字反作佳料。）（同前）

一一四三　吕聖求《東風第一枝》「老樹渾苔」：「香中偏有韻，清極不知寒」，筆性、花情兩相浹洽。（同前）

一一四四　史達祖《東風第一枝》「酒館歌雲」：增思寄意，鳴情未達，致可繹也。　又：「醉玉生春」出《蘭畹詞》，「清詩舞艷雪」出韋《詩史》，譙國夫人冼氏能行軍用師，賁繡幰珠絡安車。（同前）

一一四五　史達祖《東風第一枝》「巧沁蘭心」：「輕鬆纖軟」，元人借以詠美人足。「柳杏」二句翻新，愧死鹽絮諸喻。（同前）

一一四六　馬洪《東風第一枝》「餌玉餐香」：首句不減竹山之「抱月飄煙」、美成之「暈酥砌玉」。又：末語村甚。（同前）

一一四七　周邦彦《看花廻》「蕙風初散輕暖」：「思」之為言「絲」也。（同前）

一一四八　蔣捷《高陽臺》「霞鑠簾珠」：用石曼卿事，與《高賓王《菩薩蠻》芙蓉詞同。（同前）

一一四九　史達祖《玲瓏四犯》「潤甚昊天」：情不知所起，一往而深。（闊甚昊天，頓放得江南離緒多少。）（同前）

一一五〇　曹松山《玲瓏四犯》「一架幽芳」：要不似梅、李、梔、梨、玉蘭、木香之類為妙。（同前）

一一五一　姜夔《翠樓吟》「月冷龍沙」：庾公雅興，王粲深情，依然可念。（同前）

一一五二　張宗瑞《桂枝香》「梧桐雨細」：絭絲彫孔。（梧桐雨細，漸滴作秋聲，被風驚碎。）又：「落葉」二句，仙理禪宗。（同前）

一一五三　王安石《桂枝香》「登臨送目」：「矗」字妙。○清空中出意趣，無筆力者難為。又：金陵懷古諸公寄詞於《桂枝香》凡三十餘首，介甫為絶唱，東坡見之，太息曰：「此老乃野狐精也。」○竇鞏詩：「傷心欲問南朝事，惟見江流去不回。日暮東風春草緑，鷓鴣飛上越王臺。」六朝二句本此。李商隱（當作杜牧）詩：「商女不知亡國恨，隔江猶唱《後庭花》。」末句本此。（同前）

一一五四 瞿佑《桂枝香》「闌風伏雨」：强作閒語，以自文其老驥之懷。（同前）

一一五五 瞿佑《桂枝香》「斜風細雨」：叶韻愈出愈新，亦愈雅帖。（同前）

一一五六 瞿佑《桂枝香》「虹光截雨」：杜詩：「短衣匹馬隨李廣，看射猛虎終殘年。」（同前）

一一五七 王世貞《桂枝香》「東風一騎」：以渭城影出渭陽，巧絶。又：「急難甥舅」句少一字，當作仄仄仄仄平平。（同前）

一一五八 董斯張《桂枝香》「貪奇捏怪」：昔李爽有《山家閨怨》，此是山家閨樂。（同前）

一一五九 俞琬綸《桂枝香》「張郎一去」：四「君」字有意填之。○以興趣行文，欲腔調來合我。昔寶晉臨智永帖，字形弗類，岳珂曰：「神合志通，惟肖惟妙。」又：自序：顧文英善書，以碧絲作小行楷綉之鏡囊遺所歡。後有人躅二千金娶之，未幾英死。一夕，予夢英相對如常，謝此詞，予曰：「殊悔『有架罷殘粧』二語，遂為卿識。」英曰：「比亦竊疑之，愛其佳，不請易耳。」二語之讖，醒時初未及此，甚慨醒不如夢之神清也。但英言「竊疑」等語，此時誠然否？當是予意外起意，然英故慧心人，或果爾，未可知也。（同前）

一一六〇 史達祖《萬年歡》「兩袖梅風」：景語，皜曜鮮芳。（同前）

一一六一 高觀國《玉蝴蝶》「喚起一襟凉思」：「凝」音「佞」，《衛》詩「膚如凝脂」，唐詩「日照凝紅香」，又「舞急紅腰凝」，又「落絮無風凝不飛」。○《漢武紀》：巡郡縣侵尋秦山矣。姜白石人日詞：「朱户粘雞，金盤簇燕，空難時序侵尋。」（同前）

一一六二　陸游《玉蝴蝶》「倦客平生行處」：能令公喜，能令公怒，纔是尤物。（欲歸時、司空笑問，漸近處、丞相嗔狂。）（同前）

一一六三　無名氏《玉蝴蝶》「為甚夜來添病」：馬東籬、張小山諸君所服。（粉墻花影來疑是，羅帳雨夢斷成空。）（同前）

一一六四　黄庭堅《念奴嬌》「斷虹霽雨」：伉爽之中不乏娟秀，詞壇老手，決不以使酒任氣為能。又：山谷云：三月十七日同諸甥步自永安城，入張寬夫園待月，以金荷葉酌客，客有孫叔敏善長笛，連作數曲，諸甥曰：「今日之會樂矣，不可以無述。」因作曲記之，文不加點。（同前）

一一六五　李邴《念奴嬌》「素光練静」：苕溪漁隱：李漢老「叫雲吹斷横玉」之句，乃用崔魯《華清宫》詩：「銀河漾漾月輝輝，樓礙天邊織女機。横玉叫雲清似水，滿空霜逐一聲飛。」或云叫雲乃笛名，非也。又李詩：「胡床紫玉笛，却坐青雲叫。」（同前）

一一六六　姚孝寧《念奴嬌》「素娥睡起」：坡詞「桂魄飛來光射處，冷浸一天秋碧」，韓詞「木落山高真個是，一雨秋容新沐」，與此起句髣髴。（同前）

一一六七　辛棄疾《念奴嬌》「野棠春落」：「欺」字妙。（同前）

一一六八　蘇軾《念奴嬌》「大江東去」：「人道是」三字亦傳疑之意。又：弇州曰：學士此詞感慨雄壯，果令銅將軍於大江奏之，必能使江波鼎沸。○按武昌嘉魚赤壁山，乃周瑜破曹處，子瞻以黄州赤鼻山為赤壁，謬矣。又：「小喬」句宜五字，「雄姿」句宜四字，「間」字宜仄聲，今誤。又漢

陽臨嶂山南曰烏林峰，亦謂之赤壁，杜牧《寄岳州李使君》詩：「烏林芳草遠，赤壁健帆開。」（同前）

一一六九 無名氏《念奴嬌》「炎精中否」：「楚漢」四句一作：「萬國奔騰，兩宫幽陷，此恨如何雪。草廬三顧，豈無高卧吴傑。」○苕溪漁隱曰：東坡赤壁詞語意高妙，古今絶唱，近時有人和此詞題於郵亭壁間，不著姓氏，語雖粗豪，亦氣槩可喜。○葉夢得和韻：「雲峰横起，障吴關三面，真成尤物。倒卷回潮目盡處，秋水黏天無壁。緑鬢人歸，如今雖在，空有千莖雪。追尋如夢，謾餘詩句猶傑。聞道尊酒登臨，孫郎終古恨，長歌時發。萬里雲屯瓜步晚，落日旌旗明滅。鼓吹風高，畫船遥想，一笑吞窮髮。當時曾照，更誰重問山月。」（同前）

一一七〇 陳亮《念奴嬌》「危樓還望」：同甫自謂「人中之龍，文中之虎」，此其一鱗一爪耳。（同前）

一一七一 劉克莊《念奴嬌》「老夫白首」：太史公贊。（尚友靈均，定交元亮，結好天隨子。）（同前）

一一七二 黄昇《念奴嬌》「玉林何有」：恍然東皋、北垞兩君子風致。（同前）

一一七三 劉仙倫《念奴嬌》「艅艎東下」：話有關係，雖大聲以色，何傷？（同前）

一一七四 姜夔《念奴嬌》「鬧紅一舸」：「冷香」六字，鬼工也。 又：寫出魚柳深情，使人不能自絶。（高柳垂陰，老魚吹浪，留我花間住。）（同前）

一一七五 姜夔《念奴嬌》「五湖舊約」：按白石集中此闋名《湘月》，注云：「即《念奴嬌》之鬲指聲也。」楊升庵云：「中流容與，畫橈不點清鏡。」從柳子厚「緑净不可唾」之語翻出。（同前）

一一七六 無名氏《念奴嬌》「鮑魚腥斷」：杜默一哭，土偶為之淚下。此詞贈羽，當復何如？

（同前）

一一七七　趙長卿《念奴嬌》「銀蟾光滿」：江妃有「梅精」之號，拈來最雅。又：句句是影。（同前）

一一七八　趙長卿《念奴嬌》「據爐肅坐」：《水經注》：「傾澗懷煙，泉谿引霧。」此「埋」字尤奇。（同前）

一一七九　白玉蟾《念奴嬌》「漢江北瀉」：正與坡公「赤壁懷古」相為表裏。又：《詞品》云：白玉蟾詠燕「秋千節後初相見，袚禊人歸有所思」，此二句不愧詞人。（同前）

一一八〇　杜旟《念奴嬌》「江山如此」：諸事纍纍然，端如貫珠。（同前）

一一八一　吴琚《念奴嬌》「玉虹遥掛」：詞人常以梅為緑雪、桂為黄雪、海棠為胭脂雪，未有以潮為「秋雪」者。（蹴起一江秋雪。）又：淳熙九年八月十八日，駕詣德壽宫，迎上皇觀潮，宣諭侍臣，浙潮乃天下所無，各賦《酹江月》一曲，至晚呈上，以吴琚為第一，兩宫賞賚無限，月上始還。（同前）

一一八二　趙鼎臣《念奴嬌》「舊游何處」：言極可愴，意殊不屑。又：以尺牘為詞。（同前）

一一八三　鄭域《念奴嬌》「嗟來咄去」：造化本是小兒，然則小兒與小兒戲耳，何足嗟咄？又：末句與「斑衣」復。（且須學老萊子。）（同前）

一一八四　朱敦儒《念奴嬌》「别離情緒」：不憐惜則為悍婦，假憐惜則為市娼矣。天放生，以不得真心為大幸，抑情之語，忍信之乎？（同前）

一一八五　僧揮《念奴嬌》「水楓葉下」：却曉此禿根塵未清。（同前）

一一八六　曾覿《念奴嬌》「素飈漾碧」：玉斧修成玉宇，居求其安；金甌酌取金波，食求其飽。（何勞玉斧，金甌千古無缺。）又：淳熙九年八月十五日，孝宗過德壽宫起居，上皇因留賞月，宴香遠堂。堂東有萬歲橋，大池十餘畝，植千葉白蓮。南岸列女樂，北列男樂。月上，簫韶稍止，上皇召小劉妃獨吹白玉笙《霓裳》中序，侍宴官開府曾覿進此詞，上皇大喜，曰：「從來月詞不曾用金甌事，可謂新奇。」賜金束帶、紫番羅、水晶盌，上亦賜寶醆。更餘還宫。是夜，西興亦聞天樂焉。（同前）

一一八七　李清照《念奴嬌》「蕭條庭院」：「寵柳嬌花」，新麗之甚。〇不效鞶漢、魏，不學步盛唐，應情而發，自標位置。　又：「清露晨流，新桐初引」，出《世説新語》。（同前）

一一八八　鮮于樞《念奴嬌》「長溪西注」：休文勸進蕭公，摺殺和帝，卒召斷舌之夢。其瘦腰寬帶，乃晚年病悸狼狽之狀，而詞人以為韻語，可笑。　又《詞品》：沈休文《八詠》詩語麗而思深。宋守馮伉遂易玄暢樓為八詠樓，趙子昂有詩云：「山城秋色静朝暉，極目登臨未擬歸。羽士曾聞遼鶴語，征人又見塞鴻飛。西流二水玻璃合，南去千峰紫翠圍。如此溪山良不惡，休文何事不勝衣。」與鮮于伯機詞結句略同，含微意於詠景之外。〇嚴維，中唐人。（同前）

一一八九　滕玉霄《念奴嬌》「柳鞶花困」：宋六嫂，小字同壽，元遺山有贈觱栗（當作篥）工張觜兒詞，即其父也。宋與其夫合樂，妙入神品，蓋宋善謳，其夫能傳其父之藝云。（同前）

一一九〇　劉基《念奴嬌》「池塘過雨」：合《八聲甘州》於池塘春草間誦之，定當永夜清寂。

又：噴，才曷切。陸機《文賦》：「務嘈噴而妖冶。」（同前）

一一九一　劉基《念奴嬌》「一天風雨」：前半幽愁，後半朗快，翻手覆手，旋乾轉坤。（同前）

一一九二　劉基《念奴嬌》「楚江天暖」：「忒」字韻妙。（同前）

一一九三　鄭婉娥《念奴嬌》「離離禾黍」：士誠之金姬，異人也；友諒之鄭娥，文人也。惜也張非真王，故金不願正位；陳非韻主，故鄭不得顯名。又：洪武初，吴江沈韶遊於九江，偕陳、梁二生訪琵琶亭，聞月下有歌聲，梁生戲曰：「得非商婦解事乎？」韶曰：「爾時樂天尚須千呼萬喚，今日豈得容易呈身哉？」次日，獨往究其實。躊躇良久，見一麗人，宫粧艷飾，二小姬前導。韶出拜，問其姓字。答曰僞漢陳主婕妤鄭婉娥也，年二十而死，殯於亭近，二侍女一名鈿蟬，一名金雁，亦當時殉葬者。遂共飲於亭上，歌《念奴嬌》詞，謂生曰：「此即昨夜所謳也。」又口占一詩云：「鳳艦龍舟事已空，銀屏金屋夢魂中。黄蘆晚日烘戎壘，碧草寒煙鎖故宫。隧道魚燈油欲盡，粧臺鸞鏡匣長封。憑君莫話興亡事，淚濕胭脂損舊容。」與生所言多當時宫掖間事，詳具本傳。（同前）

一一九四　張紅橋《念奴嬌》「鳳凰山下」：淚能透鐵，乃見眼力。（兩行清淚，漬透千重鐵。）又：張紅橋，閩縣良家女，常曰：「欲得才如李青蓮者事之。」福清林鴻投詩稱意，遂侍巾櫛。鴻有金陵之遊，作詞留别云：「鍾情太甚，人笑吾、到老也無休歇。月露煙雲多是恨，況與玉人離别。軟語丁寧，柔情婉戀，鎔盡肝腸鐵。岐亭把酒，水流花謝時節。　應念翠袖籠香，玉壺温酒，夜夜銀屏月。蓄喜含嗔多少態，海岳誓盟都設。此去何之，碧雲春樹，晚翠千千疊。圖將羈思，歸來細與伊說。」紅橋次韻答之。後以念鴻而死，遺稿中有《蝶戀花》半闋云：「記得紅橋西畔路，郎馬來時，繫在垂楊樹。漠漠梨雲和夢度，錦屏翠幕留春住。」（同前）

一一九五　蔣捷《絳都春》「春愁怎畫」：婦人美而智者，拈酸時猶然爾雅，若一味兇狠，正坐愚醜耳。　又：《麗情集》：杜蘭香以秋雲羅帕裹丹五十粒與賈知微曰：「此羅是織女採玉璽織成。」（同前）

一一九六　史達祖《換巢鸞鳳》「人若梅嬌」：起四字靈舉。　又：「語香透」句醉心蘇魄，非生人所安。（同前）

一一九七　吳文英《解語花》「簷花舊滴」：控引之深，自踵達頂，不僅以喉也。（同前）

一一九八　王世貞《解語花》「中泠乍汲」：美人有婢，猶花有葉，孤枝禿蕊，雖姚、魏不足觀。彼刻眉灼眼，手刃數婢者，獨不自為地乎？（同前）

一一九九　王世懋《解語花》「春光欲醉」：咄咄火攻伯仁。　又：敬美又有《蘇幕遮》云：「竹床涼，松影碎。沉水香消，猶是貪殘醉。無奈多情偏惹意，碧碾旗鎗，玉沸中泠水。　捧輕甌，沽弱醑。色授雙鬟，喚覺江郎起。一片金波誰得似，半入松風，半入丁香味。」與此詞相類。（眉批：用《世說》諸葛女喚江彪事。）（同前）

一二〇〇　王竹澗《曲游春》「千樹玲瓏草」：釵釧是金銀所成，世界是情想所結，除金銀，那有釵釧？除情想，那有世界？（除離情別恨，乾坤餘幾。）（同前）

一二〇一　吴文英《曲游春》「送人猶未苦」：蕭子雲書如春蚓秋蛇。（空壁埽秋蛇。）（同前）

一二〇二　蔣捷《木蘭花慢》「傍池闌倚遍」：□□與□□亂采，所苦目不周翫，情不給賞。（同前）

一二〇三　蔣捷《木蘭花慢》「渺琉璃萬頃」：寒夜諷之，有清響淅瀝。幬，音裯，單帳。黄昌貧無幬，傭債作紋幬。〇唐玄宗夜宴，以琉璃器盛龍腦數片賜羣臣。（同前）

一二〇四　劉克莊《木蘭花慢》「古人吾不見」：以思無益，不如勿思，是會討便宜人。（覺來莫要尋思。）又：「公」字、「年」字、「逢」字，都不藏韻。（同前）

一二〇五　戴復古《木蘭花慢》「鶯啼啼不盡」：趙昞長嘯呼風，亂流而濟。（同前）

一二〇六　吴激《木蘭花慢》「敞千門萬户」：妙語是妙境引之，妙境非妙語不出。〇孫光憲「落花乾」，吴彦高「衆星乾」，一言兩絶。又：沆瀣，北方夜半之氣。《長楊賦》：「木擁槍纍以為儲胥。」儲，待也；胥，須也。有儲蓄以待所須。（同前）

一二〇七　陳參政《木蘭花慢》「北歸人未老」：瑶池八駿，蓋指徽、欽。（瑶池八駿幾時還。）又：「鄉心」句多一字。（鄉心促，日行萬里。）又：闌板間曰闌干，又横斜貌。曹植詩：「月落參横，北斗闌干。」薛令之詩：「苜蓿長闌干。」《韻會》：「眼眶謂闌干。」王元景曰：「別後闌干。」註：「淚不斷也。」（同前）

一二〇八　衛芳華《木蘭花慢》「記前朝舊事」：末二語殊不婦人氣。又：「華」字、「峰」字、「生」字，都不藏韻。又：延祐初，永嘉滕穆僑居臨安，月夜遊聚景園，遇一美人，自言衛芳華，故宋理宗朝宫人。即命侍女翹翹設茵席酒果，製《木蘭花慢》一闋。又詩云：「湖上園亭好，重來憶舊遊。徵歌調玉樹，閱舞按《梁州》。徑狹花迎輦，池深柳拂舟。昔人皆已殁，誰與話風流。」自是白晝亦見生，遂携歸寓所。下第後，美人留翹翹使守舊宅，而身隨生歸里，凡三載。生復赴浙試，美人請與生往訪翹翹，至則翹翹迎拜於路左矣，美人忽淚下云：「緣盡，當奉辭。」是夜鐘鳴，急起，與生撫抱，贈玉指環而别。（同前）

一二〇九　史達祖《夜合花》「柳鎖鶯魂」：此等起句，真是香生九竅、美動七情。（同前）

一二一〇　史達祖《壽樓春》「裁春衫尋芳」：「無腸」可斷，無魂可消，總是深一層語。（同前）

一二一一　陸游《齊天樂》「客中隨處閑消悶」：惆悵激臬。（笑問東君，為人能染鬢絲否？）（同前書卷十四）

一二一二　陸游《齊天樂》「角殘鐘晚闗山路」：劉改之云：「人道愁來須殢酒，無奈愁深酒淺。」（孤懷誰與强遣，市壚沽酒，酒薄怎當愁釅？）（同前）

一二一三　史達祖《齊天樂》「闌干只在鷗飛處」：「闌干」恐是淚。（闌干只在鷗飛處。）　清寒無底。（正好登臨，有人歌罷翠簾冷。）（同前）

一二一四　史達祖《齊天樂》「鴛鴦拂破蘋花影」：繡錯。（同前）

一二一五　吴文英《齊天樂》「麴塵猶沁傷心水」：「麴塵」指柳。（同前）

一二一六　蔣捷《齊天樂》「銀蟾飛到觚稜外」：當使小朝廷上愧汗與悲淚並出。（望當日宸遊，萬里

發處，但有寒蕪，夜深青燐起。」（同前）

一二一七　姜夔《齊天樂》「庾郎先是吟愁賦」：有收有縱，事必聯情。（同前）

一二一八　王月小（當作山）《齊天樂》「夜來疎雨鳴金井」：劉夢得「惟有垂楊管別離」，稼軒「問人間、誰管別離愁，杯中物」，「管」得妙。少游「悶損人，天不管」，此詞「西風不管」，「不管」得妙。（同前）

一二一九　蕭東父《齊天樂》「扇鸞收影驚秋晚」：「念得舌尖兒碎，你難道噴嚏兒不打一個，耳朵兒不熱一回」，此吴歌妙句，不意宋人先得之。然「嚏」字亦不始此，《詩》云：「願言則嚏。」又：施肩吾詩：「三更風作切夢刀，萬轉愁成繫腸線。」（同前）

一二二〇　周邦彦《花犯》「粉牆低」：「香篝」句得其神，「相縫」句得其情。又：玉林詞話云：此只詠梅花而紆徐反覆，道盡三年間事。昔人謂好詩圓美流轉如彈丸，余於此詞亦云。（同前）

一二二一　方千里《花犯》「渚風低」：潘妃事用得新。（同前）

一二二二　蔣捷《晝錦堂》「染柳煙消」：花風可以飼蟬，花影可以啖魚，此謂捕風捉影。（雲漸暝，秋浩蕩，鮮風支盡蟬糧。）（同前）

一二二三　吴文英《宴清都》「翠匝西門柳」：喜無訣詞中，非廖瑩中、郭居安可比。（同前）

一二二四　吴文英《宴清都》「病渴文園久」：快論。（恨不買斷斜陽，西湖醖入春酒。）又：增添唐句幾字，多了意思幾折。（題紅汎葉零亂，想夜冷、江楓暗瘦，付與誰、一半悲秋，行雲在否。）

（同前）

一二二五　黄昇《水龍吟》「少年有志封侯」：黄帝且戰且學仙，不出《陰符》三百字，若謂神仙是英雄之退步，未免分作兩橛。又：末句用盧敖事，見《淮南子》。（同前）

一二二六　辛棄疾《水龍吟》「楚天千里清秋」：若士取贈黄衫客，極當。（倩何人喚取，紅巾翠袖，揾英雄淚。）（同前）

一二二七　辛棄疾《水龍吟》「普陀大士虚空」：「不然鳴珂遊帝都」，「不然絶粒升天衢」，為此「不然」二字之祖。（同前）

一二二八　辛棄疾《水龍吟》「稼軒何必長貧」：蟬蜕滓穢之中，以庶幾乎滄浪孺子、江潭漁父，幼安非輓近人。（同前）

一二二九　辛棄疾《水龍吟》「被公驚倒飄泉」：因二君姓，用獻侯、武侯事，甚化。（同前）

一二三〇　辛棄疾《水龍吟》「聽兮清佩瓊瑶些」：當與《醉翁操》同誦。（同前）

一二三一　蔣捷《水龍吟》「醉兮瓊瀣浮觴些」：余君宣有《弔桃花影賦》，可與此題埒。又：盡愛以致禱，迥出纖冶穠華之外。辛之有蔣，猶屈之有宋也。又：颶，音具，讀「貝」者，非。（同前）

一二三二　陸游《水龍吟》「摩訶池上追遊路」：「鏡匳」三句凄錦哀玉，「楊花」句則雕煙劃霞矣。（同前）

一二三三　秦觀《水龍吟》「小樓連苑横空」：天宫有五衰相，只為情關未破耳。「天瘦」非誕語也。又：「垂楊院落」是一句譜，以「落紅」二字連讀，誤也，《詞選》作「院宇」。◎《堯山堂外紀》：秦少游在蔡州，與營妓婁婉字東玉甚密，贈之詞云：「小樓連苑横空。」又曰「玉佩丁東别後」是也。（同前）

一二三四　毛幵《水龍吟》「渺然震澤東來」：西子日日當面，何用金錢一文？（只今誰會，水光山色，依然西子。）（同前）

一二三五　劉克莊《水龍吟》「年年歲歲今朝」：四詞（另三詞為同調「先生放逐方歸」、「病翁一榻蕭然」、「平生酷愛淵明」）目窮千里，筆挽萬鈞，識力雙高，可與稼軒相爾汝。（同前）

一二三六　劉克莊《水龍吟》「病翁一榻蕭然」：「長鯨罷吸」，酒量減也；「寒蛩息響」，詩思衰也。（同前）

一二三七　吴文英《水龍吟》「小湖北嶺雲多」：此當是平章出師以後語。木棉庵一段淒涼，在眼前矣。又：「秋水」至「千樹」一句讀。（同前）

一二三八　趙長卿《水龍吟》「先來天與精神」：文人十指，可以裁雲為衣，擣雲為漿。（同前）

一二三九　章楶《水龍吟》「燕忙鶯懶芳殘」：俗本失去「誰道」二襯字，不成語。又：「風扶起」，又有云「費盡東風扶不起」，都欲活。（同前）

一二四〇　蘇軾《水龍吟》「似花還似非花」：人謂「大江東去」之粗豪，不如「曉風殘月」之細膩。如此詞又進柳妙處一塵矣。　又：《曲洧舊聞》云：章質夫《水龍吟》命意用事清麗可嘉，東坡和之，若豪放不入律吕，徐而觀之，聲韻諧婉，便覺章詞有織繡工夫。故晁叔用云：「東坡如毛嬙、西子，盡洗却面，與天下婦人鬭好，質夫豈可比耶？」（眉批：必欲詘章而伸蘇，亦非公論。）（同前）

一二四一　蘇軾《水龍吟》「楚山修竹如雲」：一百餘字，堪與馬融《長笛賦》抗衡。　又：嶺南太守閭丘公顯致仕，居姑蘇，坡每過，必留連，常言不遊虎丘，不謁閭丘，乃二欠事。一日，出其後房善吹笛者名懿卿佐酒，坡作此贈之。○愚溪云：笛製，取良簳首存一節，節間留纖枝，剪而束之。節以下若膺處則微漲，而全體皆須白净。「龍鬚」三句，形容盡矣。（同前）

一二四二　王秋澗《水龍吟》「纖苞淡貯幽香」：元人《紅梨花》雜劇，有此妙句否？（同前）

一二四三　劉基《水龍吟》「雞鳴風雨蕭蕭」：未遇真主，皇皇如也。（上片）　又：摇擺悠揚。又：劉表漢末起兵，王粲自荆州來依之。○劉誠意初見太祖，太祖方食，因指所用斑竹筯令賦之，劉應聲曰：「二對湘江玉並看，二妃曾灑淚痕斑。」帝顰蹙曰：「秀才氣味。」對曰：「未也，漢家四百年天下盡在張良一借間。」帝大悦，以為相見晚。（同前）

一二四四　劉基《水龍吟》「玉缸開盡丹葩」：夢中所聞笙、罄、琴、瑟，即是湯響。（同前）

一二四五　張綖《水龍吟》「禁煙時候風和」：仕宦不止馬生角，古諺也；烏頭白，馬生角，古誓也。末句合而化之。（同前）

一二四六　張綖《水龍吟》「鎖窗睡起門重閉」：語愈詳縷，愈無能竟。（同前）

一二四七　張仲宗《石州慢》「寒水依痕」：「沙際煙闊」，與「博山煙瘦」争奇。又：杜詩：「春從沙際歸。」寇平仲詞：「塞草烟光闊。」又：「發」字叶，方月切。（同前）

一二四八　高啓《石州慢》「落了辛夷」：叙腹心之隱為約，結為飛越，長懷詠慕，調猶短矣。又：高季廸年十八，未娶。婦翁周仲建有疾，高往唁之，周指壁間《蘆雁圖》命題，高走筆賦曰：「西風吹折荻花枝，好鳥飛來羽翮垂。沙闊水寒魚不見，滿身風露立多時。」周笑曰：「是子求室也。」即擇吉以女妻焉。（同前）

一二四九　周邦彦《拜星月慢》「夜色催更」：蟲曰「歎」，奇。實甫草橋店許多鋪寫，當為此一字屈首。（同前）

一二五〇　歐陽修《瑞鶴仙》「臉霞紅印枕」：委宛深厚，不忍隨口念過，漢、魏遺意。（同前）

一二五一　白玉蟾《瑞鶴仙》「殘蟾明遠照」：有煙霞骨相，自無塵土心情，是以出與芳草為緣，入惟黄花可念。（同前）

一二五二　吴禮之《瑞鶴仙》「風傳秋信至」：此與王隨臨終偈：「畫堂燈已滅，彈指向誰説？去住本尋常，春風掃殘雪。」皆可解醒呼夢。（同前）

一二五三　蔣捷《瑞鶴仙》「縞霜霏霽雪」：離離蔚蔚，幻出許多意興來。（同前）

一二五四　蔣捷《瑞鶴仙》「紺煙迷雁跡」：語妙非詩，意濃如畫。又：櫻桃夢事，見《酉陽雜俎》。（同前）

一二五五　蔣捷《瑞鶴仙》「玉霜生穗也」：山谷檃《醉翁亭》詞太熟，不如此之鮮香。　又：一日之内，一室之中，而氣候不齊。（同前）

一二五六　蔣捷《金盞子》「練月縈窗」：「猶記」一段甘言道舊，「風刀」二語苦志求新。（同前）

一二五七　柳永《雨霖鈴》：「寒蟬凄切」：東坡嘲柳七云：「楊柳岸，曉風殘月。」此是梢公登溷處耳。（眉批：戲為柳七反唇云：「『大江東去，浪淘盡、千古風流人物。』死屍狼籍，臭穢何堪！」）○沈天羽云：「今宵」二句，耆卿為詞宗，實甫為曲祖，求其似之，秦少游「酒醒處，殘陽亂鴉」，魏承班「簾外曉鶯殘月」。（同前）

一二五八　姜夔《眉嫵》「看垂楊迷苑」：筆筆另開逕路，不肯駕輕就熟。（同前）

一二五九　詹玉《霓裳中序第一》「一規古蟾魄」：古藻。　又：神在霞氣之表。　又：自序：至元間，監醮長春宮，見羽士丈室古鏡，狀如秋葉，背有金刻「宣和御寶」四字，有感。（同前）

一二六〇　史達祖《綺羅香》「做冷欺花」：收縱聯密，事事合題。（同前）

一二六一　馮偉壽《春雲怨》「春風惡劣」：「扶不得」，眼細。　又：何事不有下稍，豈關風雨？結語嗚咽。　又：王禹偁詩：「何事春風容不得，和鶯吹折數枝花。」（同前）

一二六二　無名氏《喜遷鶯》「汀洲蘋滿」：相傳電光乃玉女投壺失笑耳，升庵詞：「妒雲開翠幄，笑電閃紅綃。」　又：按郝仙女，魏青龍中人，年及笄，顔色姝麗，採蘋水中，蒼煙白霧，俄失所在。其母哀求水濱，願言一見，良久異香襲人，隱約於波渚間，曰：「兒以靈契托蹟綃宮，世緣已斷，無用悲

悒。今後鄉社田蠶，歲宜有感而通，乃爲吾驗。」後人立廟，在博陵縣。（同前）

一二六三　史達祖《喜遷鶯》「遊絲纖弱」：牛毛皴法。　又：「芳草」句一作「雙燕又窺簾幕」，「行樂」一作「春正好，無奈緑窗，孤負敲棊約。錦瑟調絃，銀瓶索酒，年少也曾迷着。自從髮凋（當作凋）心倦，長倚鈎闌斜角。」（同前）

一二六四　吴文英《喜遷鶯》「煙空白鷺」：「玻璃魂濯濯，琥珀骨珊珊」，可似此君。（同前）

一二六五　吴潡《春從天上來》「海角飄零」：香山《昭君詠》：「愁苦辛勤憔悴盡，如今却似畫圖中。」似不似，總入情。　又：吴彦高，宋宰臣拭之子，米芾之壻，工詩文，其字畫得婦翁筆意。會寧府遇老姬，善琵琶，自言梨園舊籍，因有感，賦此詞。後三山鄭中卿從張貴謨使虜日，聞虜中有歌之者。○元遺山曰：「曾見王防禦公玉説此詞句句用琵琶故實，引據甚明，今忘之矣。」（同前）

一二六六　王秋澗《春從天上來》「羅綺深宫」：大絃嘈嘈，小絃切切，内人紅袖，司馬青衫，一時並濕矣。（同前）

一二六七　王秋英《瀟湘逢故人慢》「春光將暮」：啼者淚血，舞者紙灰。　又：是個有情鬼。（無主泉扃，也能得有情雞黍。畫角聲，吹落梅花，又帶離愁歸去。）　又：福清諸生韓夢雲嘉靖甲子過石湖山，見遺骸，掩之。其夜遇一麗人，自稱王秋英，字澹容，楚人也。元至正間從父之任，見執强寇，至石湖山，不忍受污，投崖而死。今感掩骸之恩，願諧伉儷。自是數日一至，詩詞甚多。明年寒食，夢雲攜雞黍奠其墓，秋英出見，作《瀟湘逢故人慢》一闋。與夢雲同歸，産一子。萬曆癸巳年，自

言緣已盡，揮涕而別。（同前）

一二六八　辛棄疾《歸朝歡》「萬里康成西走蜀」：稼軒又寄題巢經樓詞云：「侵天且擬鳳凰巢，掃地從教鸛鵒舞。」（同前）

一二六九　辛棄疾《歸朝歡》「我笑共工緣底怒」：慰人窮愁，堅人壯志。（細思量，古來寒士，不遇有時遇。）（同前）

一二七〇　張先《歸朝歡》「聲轉轆轤聞露井」：文君書「錦水有鴛，漢宮有木」，子美詩「俱飛蛺蝶，並蒂芙蓉」，須知無物不雙，不獨有情云爾。　又：宋賈黄中幼日聰悟過人，父取書與其身相等，令誦之，謂之等身書。（同前）

一二七一　謝逸《花心動》「風裏楊花」：心中活潑，拈着便是。沈天羽云：此詞句句比方，用《小雅·鶴鳴》篇體也。近有歌頭類之：「水花兒聚了還散，蛛網兒到處去纏。錦纜兒與你暫時牽絆，風箏兒線斷了。匾擔兒擔不起你休要擔，正月半的花燈也亮不上三五晚。」（同前）

一二七二　蘇軾《永遇樂》「明月如霜」：張掄「餘寒似水，纖雨如塵」，倣首句。　又：園、樓、夢、覺，犯重。　又：紞，冕冠塞耳者，又擊鼓聲。（同前）

一二七三　洪荼（當作瑹）《永遇樂》「歌雪徘徊」：「勸住」、「催去」、「不禁」，三項楚楚。　又：唐詩：「樓頭擊鼓轉花枝，席上藏鬮握松子。」（同前）

一二七四　辛棄疾《永遇樂》「千古江山」：典故一經其手，正不患多。（同前）

一二七五　高觀國《永遇樂》「淺暈修蛾」：豔慕柔苦，諸好備矣。疑是青樓通套輓詞，然當之者不易。（同前）

一二七六　蔣捷《永遇樂》「清逼池亭」：寫緑陰稠密是情，非字。（同前）

一二七七　周邦彦《西河》「佳麗地」：介甫《桂枝香》獨步不得。又：傷，一作賞。望，一作畔。賞心亭在秦淮上，丁謂所建。○《漁隱叢話》云：王導、謝安之族所居名烏衣巷。或引劉斧《摭遺》云：唐王謝航海遇風，見烏衣國王，以女妻之。後謝思歸，取飛雲軒，令謝入其中，閉目少息，至家，梁上雙燕呢喃。此小説虚誕，何可信也？（同前）

一二七八　王彧《西河》「天下事」：叱咤廢千人。又：英雄淚。（綉春臺上，一廻登，一廻搵淚。醉歸撫劍倚西風，江濤猶壯人意。）（同前）

一二七九　曹幽《西河》「今日事」：「何人」一言，首禍之魄已褫。又：和詞宜頌。（同前）

一二八〇　周邦彦《尉遲杯》「隋堤路」：等到醉時放船，煞有情矣，猶謂無情，情真哉？又：唐鄭仲賢詩：「亭亭畫舸繫寒潭，直到行人酒半酣。不管烟波與風雨，載將離恨過江南。」○李義山詩：「治葉倡條偏相識。」（同前）

一二八一　徐幹臣《二郎神》「悶來彈鵲」：詞人慣將此等無指實處説得確然。（料為我厭厭，日高慵起，長託春酲未醒。）又：《古今詩話》：「悶」字深有意義，鵲本喜聲，為其無憑，悶而彈之。○苕溪漁隱曰：「駐」字一作「去」字，語意乃佳。（同前）

一二八二　周邦彦《夜飛鵲》「河橋送人處」：今人僞為欲别不别之狀以博人憐、避人議者多矣。能使驊騮會意，非真情所潛格乎？（「花廳」二句。）（同前書卷十五）

一二八三　高觀國《解連環》「浪摇新緑」：幽藻，疑騷賦。又：無一浮句。（同前）

一二八四　吕聖求《望海潮》「側寒輕雨」：細秀鮮鬧。（碧草皺裙腰。）（同前）

一二八五　秦觀《望海潮》「奴如飛絮」：「松兒」、「柏子」，又見洪茶（當作瑹）《永遇樂》。（同前）

一二八六　鄧千江《望海潮》「雲雷天塹」：金人樂府稱千江第一，小詞盛時不限夷夏也。又：臯蘭，山名，霍去病合短兵鏖臯蘭山下。馬援征隗囂，聚米為山谷。《金坡遺事》：十月初例賜錦長襖子，太宗改賜黄盤鵰。《匈奴傳》：東胡與匈奴間，中有棄地千餘里，各居其邊為區脱。註：作土室候望處，區與甌同。揚子雲曰：「茅焦雖辨，劘虎牙矣。」又虎牙，山名。（同前）

一二八七　尹碙民《一萼紅》「玉搔頭」：起語神姿高徹。（玉搔頭，是何人敲折，應為節奏謳。）又：癡語。（却恨閑身，不如鴻雁，飛過粧樓。）（同前）

一二八八　陶宗儀《一萼紅》「水雲鄉」：落梅事亦化得新。（怕輕盈、飛處誤劉郎。）（同前）

一二八九　賀鑄《望湘人》「厭鶯聲到枕」：「動」字幽細，似「日色纔臨仙掌動」。又：厭鶯幸燕，二蟲將無不平？（同前）

一二九〇　楊基《望湘人》「愛輕隨馬足」：鏤塵之思，落塵之唱。（愛輕隨馬足，深輾繡輪，落花飛絮相和。）（同前）

一二九一　周邦彦《一寸金》「州夾蒼崖」，「作」字妙。（同前）

一二九二　姜夔《疎影》「苔枝綴玉」：啓母化石，虞姬化草。昭君豐容靚飾，光明漢宫，化而為梅，不亦宜乎？（昭君不慣胡沙遠，但暗憶、江南江北。想珮環，月夜歸來，化作此花幽獨。）（同前）

一二九三　史達祖《風流子》「紅樓横落日」：姚夢蘭寄東陽詩，止傳「還君與妾扇」五字，末句本之。（同前）

一二九四　周邦彦《風流子》「楓林彫晚葉」：「砧杵」、「銀鈎」四句扇對，魂芳魄豔。又：兼金石綺綵之美，長篇不易。又：漢出征及使絶國，皆受金泥之璽封，即浮圻國蘭泥金也，以封函，鬼魅不敢干。（同前）

一二九五　張翥《風流子》「梨園供奉曲」：唐崔懷寶《箏》詩：「得近佳人纖手裏，砑羅裙上放嬌聲。」（同前）

一二九六　謝懋《風流子》「少年多行樂」：凄豔可掩庚、鮑之長。（嬌雨娛雲，旋寬衣帶，賸風殘月，都在眉頭。）（同前）

一二九七　吴激《風流子》「書劍憶遊梁」：「欲遺」二句（一作「獨有蛩尊陶寫，蝶夢悠揚。」）（同前）

一二九八　無名氏《風流子》「三郎年少客」：較之《長恨歌》，更能謝華啓秀。又：升庵曰：昔於臨潼驪山之温湯見石刻元人一詞云云，再過之，石已磨為别刻矣。（同前）

一二九九　沈際飛《風流子》「對洛陽春色」：字字挑奇擇俊，此豔詞之尤也，可友楊狀元而奴唐解

元。又：凹，音鏖，與《莊子》「坳堂」之「坳」同。（同前）

一三〇〇　蔣捷《女冠子》「蕙花香也」：高季迪《石州慢詞》駁正舊韻，頗與此同。又：清感何終？（倚窗猶唱，夕陽西下。）又：《詞品》：沈韻多不合聲律，即如「打」字與「等」字押，「卦」、「畫」與「怪」、「壞」押，此鴂舌之病，豈可為法？元人周德清著《中原音韻》，偉矣，宋詞已有開先者，如蔣捷《女冠子》、晁叔用《感皇恩》酌古斟今，今可為用韻之式。又吕聖求《惜分釵》云：「重簾下，微燈挂，背闌同説春風話。」用韻亦與蔣捷同意。〇一本「鬧蛾」下多一「兒」字。康伯可上元詞：「鬧蛾兒滿路，成團打隊，簇着冠兒鬭轉。」馬莊父元夕詞：「玉梅對粧雪柳，鬧蛾兒像生嬌顫。」〇砑，碾也。

一三〇一　方千里《過秦樓》「柳洒鵝黄」：新粧袨服，照耀遠近。又：濃慘，腕下如湧。（眉黛供愁，嬌波回倩。）又：「多少豔景關心」可作仄仄平平仄平，末句或少二字，作「濃似飛紅萬點」。（同前）

一三〇二　周邦彦《丹鳳吟》「迤邐春光無賴」：張仲宗「薄劣東風，天斜落絮」似此。（杏靨天邪，榆錢輕薄。）又：「重握」句可住，轉云「怕人道着」，直出數丈。（弄粉調朱柔素手，問何時重握，此時此意，生怕人道着。）又：天，讀作歪。（同前）

一三〇三　白玉蟾《沁園春》「乍雨還晴」：手剪禽蟲，能飛能語。（是婦鳩乳燕，説教魚躍，豪蜂醉蝶，撩得鶯吟。）（同前）

一三〇四　白玉蟾《沁園春》「吹面無寒」：先出「吹面」、「沾衣」，後承「柳風」、「杏雨」。（同前）

一三〇五　白玉蟾《沁園春》「客裏家山」：即文及翁「兩粥一飯」之意。（五飯三茶。）（同前）

一三〇六　陸游《沁園春》「一別秦樓」：雪曰「香」，玉曰「煖」，啜腴寒芳。〇押「曾」字，妙。（同前）

一三〇七　黄機《沁園春》「問訊梅梢」：蔡澤合王喬之年壽、范蠡之功名，以期應侯，亦是此意。（同前）

一三〇八　黄機《沁園春》「有美一人」：「只」字、「兮」字奇對。（同前）

一三〇九　嚴參《沁園春》「曰歸去來」：九個「有」字變化。又：笑絶勞人草草。（况寒原衰草，牛羊來下，淡煙秋水，鱸鱖初肥。自笑平生，頽然骨相，只合持竿坐釣磯。都休也，對西風無語，落日斜暉。）（同前）

一三一〇　戴復古《沁園春》「一曲狂歌」：「夫」字未用。又：守分開懷，是風人温厚之旨。（下片）（同前）

一三一一　蔣捷《沁園春》「結算平生」：「蓋」字未用。又：冷水灌頂，通身一汗。（自古嬌波，溺人多矣，試問還能溺我否。高擡眼，看牽絲傀儡，誰弄誰收。）（同前）

一三一二　蔣捷《沁園春》「昔裴晉公」：中立，裴晉公字。或以槐瘿遺晉公，郎中庾威在坐，曰：「此是雌樹生者。」公偶及年甲，對曰：「與公同是甲辰。」公笑曰：「郎中是雌甲辰。」（同前）

一三一三　蔣捷《沁園春》「老子平生」：一肚皮輕薄。又：「面風」、「背日」，清福老人，太受用。（同前）

一三一四　蔣捷《沁園春》「問信竹湖」：「者」字、「兮」字，奇對。（同前）

一三一五　辛棄疾《沁園春》「我醉狂吟」：倚韻和歌，辛詞最盛，無不天然輻輳，有水到渠成之趣。（同前）

一三一六　辛棄疾《沁園春》「一水西來」：期思，舊呼奇獅，或云碁師，皆非也。荀卿書曰：孫叔敖，期思之鄙人也。期思屬弋陽郡。（同前）

一三一七　辛棄疾《沁園春》「我見君來」：攝古句如數家珍。（同前）

一三一八　辛棄疾《沁園春》「杯汝前來」：「怨無大小」四句如箴如銘。又：末句便為次作埋根。（麾之即去，招則須來。）又：幼安居山日，嘗欲止酒，作此詞。一日，城中諸公載酒入山，幼安不得，以止酒為解，遂破戒一醉，再賡前調云。（同前）

一三一九　辛棄疾《沁園春》「杯汝知乎」：「虀臼」者，「辭」也；「雲雷」者，「屯」也。（同前）

一三二〇　辛棄疾《沁園春》「疊嶂西馳」：「雄深雅健」四字，幼安可以自贈。（同前）

一三二一　辛棄疾《沁園春》「三逕初成」：功名一雞肋，人世九羊腸。張翰蓴鱸，有托而逃，稼軒識得。○鄭域養魚，救蝗亦經綸，稼軒種柳、觀梅皆事業。（同前）

一三二二　劉克莊《沁園春》「何處相逢」：氣概雷擊霆震。（同前）

一三二三　劉克莊《沁園春》「我夢見君」：「人間窄」三字可作調名，以比人間可哀之曲。（同前）

一三二四　劉克莊《沁園春》「歲暮天寒」：「孫仲謀」句，稼軒用之《南鄉子》，後村用之《沁園春》，不

許第三人吞剥。（同前）

一三二五　劉克莊《沁園春》「一卷陰符」：用人用物，用事用言，愈實愈空，正如善用劍者，但見寒光一片，不見劍，亦不見身。（同前）

一三二六　王梅邊《沁園春》「又是年時」：「又」字起，最靈警。（同前）

一三二七　汪柳塘《沁園春》「春至傷春」：吾老是鄉矣。（同前）

一三二八　劉過《沁園春》「玉帶銅符」：誦此等詞，可驅瘧鬼，可禁小兒啼。又：劉改之又作一《沁園春》題壁間胡晉臣之女所書《赤壁賦》後云：「東坡賦就，紗籠雪粉，西山句好，簾捲晴珠。白玉堂深，黄金印大，無此文君載後車。揮毫處，看淋漓錯落，真草行書。」此數語亦可傳。（同前）

一三二九　劉過《沁園春·美人指甲》「銷薄春冰」：合此四詞（其他三詞為劉過《沁園春·美人足》「洛浦淩波」、邵亨貞《沁園春·美人眉》「巧鬪彎環」、邵亨貞《沁園春·美人目》「漆點填眶」），閒房耽玩，安知不買骨致駿而天龍降於好畫哉？又：妙到人不知處。（把仙郎暗掐，莫放春閒。）又：《詞品》云：元人咏指甲《得勝令》一闋：「宜將鬭草尋，宜把花枝浸。宜將繡線勾，宜把金針紙。宜操七絃琴，宜結兩同心。宜托腮邊玉，宜圈鞋上金。難禁，得一掐通身沁。知音，治相思十個針。」豔爽之極。又關漢卿嘲禿指甲《醉扶歸》一闋：「十指如枯筍，和袖捧金尊。搊殺銀箏字不真，搔癢天生鈍。縱有相思淚痕，索把拳頭揾。」亦可資捧腹。（同前）

一三三〇　劉過《沁園春·美人足》「洛浦淩波」：言其輕則持不住，言其盈則載不起，輕、盈原非兩

種。○鴛鳳常談，而「得侶」、「輕分」四字甚異。（同前）

一三三一　邵亨貞《沁園春·美人目》「漆點填眶」：美人之美，至目而逗漏盡矣，回旋顧復，嗔喜笑啼，百般難狀，清溪能具道之。（同前）

一三三二　高啓《沁園春》「憶昔初逢」：黄金復來，赤手猶可；紅日欲墮，白頭奈何。（同前）

一三三三　高啓《沁園春》「木落時來」：手揮五絃，目送飛鴻，傳神寫照，正在阿堵。（同前）

一三三四　劉基《沁園春》「萬里封侯」：歷落昂藏，青田之志見矣。　又：從「未須愁日暮，天際乍輕陰」出。（桑榆外，有輕陰乍起，未是斜陽。）（同前）

一三三五　瞿佑《沁園春》「一掬嬌春」：廉夫慣脱妓鞵載盞行酒，謂之金蓮盃。倪元鎮見之大怒，翻案而起，終身不面。乃士衡、宗吉偏能媚其意耶？　又：楊廉夫訪瞿士衡，以鞋盃行酒，命其侄孫宗吉詠之，呈廉夫。廉夫大喜，即命侍妓歌以侑觴，袖其稿而去。（同前）

一三三六　張肯《沁園春》「楚楚芳姿」：「委蜕」、「出繭」，描寫深細，不意蟬、蛾二喻中，妙境無盡如此。　又：元才子説微之亦可，説實甫、漢卿亦可。（同前）

一三三七　楊慎《沁園春》「自壽一杯」：「銀汁」、「珠胎」，是此老本色奇語。（同前）

一三三八　楊慎《沁園春》「勸汝一杯」：相憐相慰，情真語真，讀之且歎且喜。（同前）

一三三九　劉克莊《摸魚兒》「怪新來」：讀此等詞數過，自然萬念灰冷。（同前）

一三四〇　莫崙《摸魚兒》「聽春教」：「多」字多多益善。（同前）

一三四一　杜旟《摸魚兒》「放扁舟」：紫霞想。（飛鳥墮寒鏡。）　又：「堤柳」句冷雋，他人言為煩。（同前）

一三四二　辛棄疾《摸魚兒》「更能消」：稼軒中年被劾，凡十六章，自況淒楚。　又：《樂府原題》：《公莫舞》，即巾舞也。沛公鴻門會宴，項莊舞劍，項伯亦舞，以袖隔之，且語莊曰：「公莫言，公莫害漢王也。」漢人德之，故舞用巾，以像項伯衣袖云。〇《鶴林玉露》云：詞意殊怨，「斜陽」、「煙柳」之句，其與「未須愁日暮，天際乍輕陰」者異矣，使在漢、唐時，寧不賈種豆、種桃之禍哉？　愚聞壽皇見此詞頗不悦，然終不加罪，可謂至德也已。（同前）

一三四三　辛棄疾《摸魚兒》「問何年」：屈子《山鬼》篇不可無二。　又：石浪，庵外巨石也，長三十餘丈。（同前）

一三四四　元好問《摸魚兒》「問世間」：旌陽見鹿斷腸，遂棄弓矢學道，此射鳥兒者當奈何？　又：泰和乙丑，遺山赴試并州，道逢捕雁者，捕得二雁，一死，一脱網去。其脱網者空中盤旋哀鳴良久，亦投地死。遺山遂以金贖二雁，瘞汾水傍，壘石為識，號曰雁丘，因賦此詞。同行蒲溪楊正卿果、欒城李仁卿和之。〇雁丘，在今太原府陽曲縣。（同前）

一三四五　李治《摸魚兒》「雁雙雙」：大名民家有男女以私情不遂赴水死，後三日二尸相攜出水濱，是年此陂荷花無不並蒂者。　李仁卿賦《摸魚兒》云：「為多情，和天也老，不應情遽如許。請君試聽雙蕖怨，方見此情真處。　誰點注，香激灩，銀塘對抹燕脂露。　藕絲幾縷，絆玉骨春心，金沙曉淚，漠漠瑞紅吐。連理樹，一樣驪山懷古。古今朝暮雲雨，六郎夫婦三生夢，幽恨從來艱阻。須念取，共鴛鴦、翡翠照影長相聚。秋風不住，悵寂寞芳魂，輕烟北渚，涼月又南浦。」此與雁丘詞並膾炙人口。（同前）

一三四六　瞿佑《摸魚兒》「望西湖、玉花飄後」：句句是「殘」意。○莫仲嶼「斷橋殘雪」云：「欲探梅花無處所，山童遥指逋仙墓。」一樣想頭。（同前）

一三四七　瞿佑《摸魚兒》「望西湖、藕花風起」：「荷背」、「鵬背」，兩「背」字都奇。（同前）

一三四八　瞿佑《摸魚兒》「望西湖、兩峰齊聳」：「鈴音」用佛圖澄事，「大鵬」用陳沆嘲廬山道士詩。

又：自序：西湖十景，梅深張子成賦《應天長》、草窗周公謹賦《木蘭花慢》，皆晚宋文士以詞名家，惜其工夫有餘而氣韻不足。丁亥夏，寄居外家富氏餘清樓，俯瞰西湖如開一鏡，技癢，不能自忍，製「望西湖」十闋，每篇末效辛稼軒「君不見」之句，寓傷感焉。嗚呼！樂極悲生，詞淚俱發。《三百篇》大半孤臣孽子、放妻棄婦不得其平而作，夫子不棄，余之製，豈過乎？（同前）

一三四九　劉基《摸魚兒》「正凄涼」：介甫「金陵」《桂枝香》，庶幾敵手。（同前）

一三五〇　李玉《賀新郎》「篆縷銷金鼎」：李君之作雖不多見，然風流蘊籍，備於此調之中。

又：柳耆卿夢一婦人詠詩云：「明月斜，秋風冷，今夜故人來不來，教人立盡梧桐影。」（同前書卷十六）

一三五一　蘇軾《賀新郎》「乳燕飛華屋」：本詠夏景，至換頭單説榴花，高手作文，語意到處即為之，不當限以繩墨。又:《古今詞話》:子瞻守錢塘,有官妓秀蘭性黠慧,善應對。湖中宴會,羣妓畢至,惟秀蘭晚來。子瞻問故,具以髮結沐浴,不覺困睡,忽有人叩門聲,急起問之,乃樂營將催督也。坐中府倅恚恨不已,責之曰:「必有他事。」秀蘭力辨不能止。是時榴花盛開,秀蘭以一枝藉手告倅,其怒愈甚,秀蘭收淚無言。子瞻作《賀新涼》以解之,蓋取其沐浴新涼。後人誤為《賀新郎》。(眉批:苕溪漁隱甚掃此論,升庵又用其事作《浣溪紗》云:「紗廚今夜賀新涼。」(同前)

一三五二　黃昇《賀新郎》「自掃梅花下」:《詞品》曰:玉林此詞用文句入音律而不酸,宋詞之體也。他如九日詞「蘭珮秋風冷,茱囊晚露新」,暮春詞「遲日暖薰芳草,眼好風輕,撼落花心」,皆其佳句。(同前)

一三五三　辛棄疾《賀新郎》「鳳尾龍香撥」:玉蟾自稱香山九世孫,再作《琵琶行》於亭下,一白一辛,三分千古,不怕星霜磨老。(同前)

一三五四　辛棄疾《賀新郎》「覓句如東野」:淪漣灝瀚之致,筆舌間足以副之。(同前)

一三五五　辛棄疾《賀新郎》「碧海成桑野」:繁促傷聽。(同前)

一三五六　辛棄疾《賀新郎》「翠浪吞平野」:「淡粧穠抹」之喻,重為洗出。又:會稽卧龍山,一名種山,文種葬此。(同前)

一三五七　辛棄疾《賀新郎》「拄杖重來約」:去人甚遠,不但牀上下之隔。(同前)

一三五八　辛棄疾《賀新郎》「甚矣吾衰矣」:此詞稼軒自擬彭澤詩意,然彭澤一爵酒如,二爵間如,此則「坎坎鼓我，蹲蹲舞我」矣。　又：自序：邑中園亭，僕皆爲賦此調。一日，獨坐停雲，水聲山色競來相娛，意溪山欲援例者，遂作數語，庶幾彷彿淵明思親友之意云。○《詞鈔》云：幼安軒每開宴，必命侍姬歌其所作，特好歌此詞，自誦其警句曰：「我見青山多嫵媚，料青山見我應如是。」又：「不恨古人吾不見，恨古人不見我狂耳。」拊髀自笑，顧問坐客何如。既而作一《永遇樂》，序北府事，曰「千古江山，英雄無覓孫仲謀處」云云，特置酒召客，使妓迭歌，益自擊節，徧問客，必使摘其疵，遜謝不可。　客或措一二辭，不契其意，又弗答，揮羽四視不止。　相臺岳珂時年甚少，率然對曰：「童子何知而敢有議？　然必欲如范文正公以千金求《嚴陵祠記》一字之易，則晚進尚竊有疑也。」稼軒喜促膝，亟使畢其説。　珂曰：「前篇豪視一世，獨首後二警語差相似，新作微覺用事多耳。」於是大喜，酌酒，謂坐中曰：「夫夫（當衍一『夫』字）實中予痼，乃味改其語，日數十易，累月未竟。」（眉批：幽燕老將，氣韻沉雄；　三河少年，風流自賞。　惟辛與岳，各據一壇；　爾無老老，我無少少。）○李濂序云：稼軒平生與朱晦庵、陳同父、洪景盧、劉改之輩友善。　晦庵嘗曰：「若朝廷賞罰明，此等人儘可用。」其《答辛啓有》曰：「經綸事業，股肱王室之心；　遊戲文章，膾炙士林之口。」劉改之氣雄一世，其寄辛詞有曰：「古豈無人，可以似吾稼軒者誰？」後百餘年，邯鄲張埜過辛墓，有詞曰：「嶺頭一片青山，可能埋得凌雲氣。」又曰：「謾人間留得陽春白雪，千載下，無人繼。」觀同時之所推獎，異代之所追慕，稼軒之槩可知矣。　晦庵没時，黨禁方嚴，稼軒獨爲文哭之。　卒之日，家無餘財，僅遺著述數帙而已。（眉批：朱、辛絶不相類，而能相知，大是奇事。）謝疊山過其墓前，僧舍夜聞大聲疾呼，似鳴其不平

者，疊山為文祭之，而聲始息，嗚呼異哉！（同前）

一三五九　辛棄疾《賀新郎》「路入門前柳」：西山采薇歌意。（同前）

一三六〇　辛棄疾《賀新郎》「緑樹聽鶗鴂」：稼軒嘗以「辛」字為題，自寫辛苦之致。此篇字字霜辛露酸，煙潰靄聚，尤難為懷。又：自注：鶗鴂、杜鵑實兩種，見《離騷補注》。〇《詞品》曰：稼軒《賀新郎》「緑樹聽鶗鴂」一首盡集許多怨事，全與李太白《擬恨賦》手段相似。《沁園春·止酒》一首又如《賓戲》、《解嘲》等作，乃是把做古文手段寓之於詞。賦築堰湖一首説松，而及謝家、相如、太史公，自非脱落故常者，未易闖其堂奥。〇又曰：孫位畫水，張南本畫火，吳道玄畫，楊繪塑，崔顥賦黄鶴樓，太白賦鳳凰臺，陳簡齋詩，辛稼軒詞，同能不如獨勝也。〇弇州《詞評》曰：詞至稼軒而變，其源實自蘇長公，至劉改之諸公極矣。南宋如曾覿、張掄輩應制之作，志在鋪（當作鋪）張，故多雄麗。稼軒輩撫時之作，意存感慨，故饒明爽，然而穠情致語幾於盡矣。〇《詞品》云：蔡光工於詞，靖康中陷虜庭。辛幼安嘗以詩詞謁之，蔡曰：「子之詩則未也，他日當以詞名家。」故稼軒歸宋，晚年詞筆尤高。劉改之所作，雖頗似其豪，而未免於粗。近日作詞者，惟説周美成、姜堯章，而以東坡為詞詩，稼軒為詞論。蓋曲者，曲也，固當以委曲為體。然徒狃於風情婉孌，則亦易厭。回視稼軒諸作，豈非萬古一清風哉？（眉批：惜未見稼軒詩。然即以稼軒之詞筆作詩，其高奇料不肯出大杜下，蔡光抑之，何哉？）（同前）

一三六一　辛棄疾《賀新郎》「把酒長亭説」：自序：陳同甫自東陽來過余，留十日，與之同遊鵝湖。

且會朱晦翁於紫溪，不至，飄然東歸。既別之明日，余意中殊戀戀。復欲追路至鷺鶿林，則雪深泥滑，不得前矣。獨飲方村，悵然久之，頗恨挽留之不遂也。夜半，投宿吴氏泉湖四望樓，聞隣笛悲甚，為賦「乳燕飛」以見意。又五日，同父書來索詞，心所同然者如此，可發千里一笑。○《説海》云：幼安流寓江南，陳同父來訪，近有小橋，同父引馬三躍，而馬三却。同父怒，拔劍斬馬首，徒步而行。幼安適倚樓見之，大驚異，即遣人往詢。而陳已及門，遂與定交。後十數年，幼安帥淮，同父尚落落貧甚，乃詣幼安，相與談天下事。幼安酒酣，因指南北利害，云南之可以併北者如此，北之可以併南者如此，錢唐非帝王居，斷牛頭山，天下無援兵，決西湖水，滿城皆魚鼈。飲罷，宿同父齋中。同父夜思幼安沉重寡言，因酒誤發，若醒而悟，必殺我滅口，遂中夜盗其駿馬而逃。後致書幼安，微露其意，假十萬緡以濟乏，幼安如數與焉。（眉批：兩美必合，是為雙躍之龍；兩雄並棲，將有一傷之虎。使稼軒、龍川而得行其志，相遇中原，吾未卜其何如也。）（同前）

一三六二 陳亮《賀新郎》「老去憑誰説」、又「離亂從頭説」：鶻叫天津，狐升帝座，有此時事，自然有此人文，故滿紙皆恨怨悲愁之音，忽荒誕幻之狀。（同前）

一三六三 劉辰翁《賀新郎》「世事如何説」：須溪癖愛《世説》，宜其口角之肖晉人。（同前）

一三六四 蔣捷《賀新郎》「甚矣君狂矣」：經語用得恁趣。（節飲食，慎言語。）又：劉蕡，楊嗣復門士也。對策忤中官仇士良，謂楊曰：「奈何放此風漢及第耶？」楊曰：「嗣復昔與蕡及第，時猶未風耳。」（同前）

一三六五　蔣捷《賀新郎》「夢冷黄金屋」：吐蘭吞蕙。　又：《晉·天文》：地如棊局。〇山谷詩：「佳人斗南北，美酒玉東西。」注：酒器也。（同前）

一三六六　蔣捷《賀新郎》「深閣簾垂繡」：是阮生窮途光景。（醉探枵囊毛錐在，問隣翁要寫牛經否，翁不應，但摇手。）（同前）

一三六七　蔣捷《賀新郎》「渺渺啼鴉了」：丹楓烏桕，人取我棄。　又：《本草》：牽牛花作藤生，花狀如扁豆，因野人牽牛易藥得名。（同前）

一三六八　蔣捷《賀新郎》「雁嶼晴嵐薄」：人與物較，我輩又與此輩較，不飲何為？（同前）

一三六九　文及翁《賀新郎》「一勺西湖水」：對此茫茫，不覺百端俱集。　又：綿州文本心登第後遊西湖，一同年戲之曰：「西蜀有此景否？」即席賦此。後典淮郡，蕭條甚，謝賈相啓有云：「人家如破寺，十室九空；太守若頭陀，兩粥一飯。」賈相舉行推回田畝之令，本心作《百字令》詠雪以譏之。（同前）

一三七〇　劉克莊《賀新郎》「溪上收殘雨」：凡物隨其所遇，近而取之，則有其樂，而無其恨。〇從「我醉欲眠」二句變化。（同前）

一三七一　劉克莊《賀新郎》「北望神州路」：喜用曹景宗語，亦各從其類也。（堪笑書生心膽怯，向車中閉置如新婦，空目送，塞鴻去。）（同前）

一三七二　劉克莊《賀新郎》「妾出於微賤」：「衮」字借韻。（同前）

一三七三 高觀國《賀新郎》「月冷霜袍擁」：「壠」字可易「籠」字，「籠」上聲，以「翠籠」對「煙迷」為妙，或作「攏」字亦可。（同前）

一三七四 盧祖皋《賀新郎》「十頃涵空碧」：余因成《虎丘雪》詩云：「西子眉顰飛玉筯，伍胥髮指變銀絲。」（同前）

一三七五 宋自遜《賀新郎》「喚起東坡老」：東坡一生任達，看來還跳不出圈子，當局不如旁觀。（同前）

一三七六 黄昇《賀新郎》「倦整摩天翼」：林下詩絶，不蕭條冷淡，寫出許多得意之舉。又：朱敦儒詞：「曾批給月支風劵，屢上留雲借雨章。」○馮熙之壽黄玉林云：「立玉林深，散花庵小，中有翛然自在身。詩何似，似蘇州閑遠，開府清新。」二公相標榜如此。（同前）

一三七七 張鎡《賀新郎》「桂隱傳杯處」：念念不忘國耻。（只恐清時專文教，猶貸陰山狂虜。）又：升庵曰：此詞首尾變化，送教官而及陰山狂虜，非善轉換不及此。末句「呼翠袖，為君舞」，又能換回結煞，真有千鈞筆力。稼軒有「憑誰喚取，盈盈翠袖，揾英雄淚」句似之。○又曰：功甫有《玉照堂詞》一卷，玉照堂以種梅得名，其詞多賞梅之作，如「光摇動，一川銀浪，九霄珂月」，又燈夕梅花詞：「宿雨初乾，舞梢煙瘦金絲裊。嫩雲扶日做新晴，舊碧尋芳草。幽徑蘭芽尚小，怪今年、春歸太蚤。柳塘花院，萬朵紅蓮，一宵開了。」字字工琢。

一三七八 吴潛《賀新郎》「可意人如玉」：尋着了一寸藏春窟，可燒却千古送春詩。又：泞，音

佇，澹也。杜甫《朝享太廟賦》：元澤淡泞乎無極。〇燈詩：「囊裏排金粟，釵頭綴玉蟲。」（同前）

一三七九　白玉蟾《賀新郎》「昔在神霄府」：唐有金粟如來，宋有玉蟾道士，姓白名白相同，前身後身不異。（同前）

一三八〇　白玉蟾《賀新郎》「月插青螺髻」：隱居《真誥》中，那得有此爽朗之作。（同前）

一三八一　瞿佑《賀新郎》「風露非人世」：闕漢卿云：「願普天下有情的都成了眷屬。」（天若有情天也許，許人間、夫婦咸如是。）（同前）

一三八二　王世貞《賀新郎》「春意歸風雨」：莊生：神以為馬，尻以為輪。元美：荷以為駕，酒以為馭。理外意表。　又：淵明九日無酒，見白衣人送酒至，乃王弘也。又淵明漉酒，當用頭上葛巾。〇覂，一作泛，音捧。《漢武紀》：泛駕之馬。（同前）

一三八三　沈際飛《賀新郎》「佳句如何譜」：起得峭。　又：「管竹」二語可作堂聯，本稼軒《西江月》。（同前）

一三八四　秦觀《金明池》「瓊苑金池」：花神現身時分。（雲日淡，天低晝永，過三點兩點細雨，好花枝、半出牆頭，似悵望，芳草王孫何處。）　又：朱淑真云：「願教青帝長為主，莫遣紛紛點翠苔。」秦作曼聲，琳瑯振耳。　又：吴融詩：三點五點映山雨，一枝兩枝臨水花。

一三八五　蔣捷《白苧》「春正晴」：秀矣，然其秀甚隱；豔矣，然其豔甚幽。　又柳耆卿作於後半，「憶昨」之下多平平仄仄四字句，用韻，疑此詞有缺文。（同前）

一三八六 馮偉壽《春風裊娜》「被梁間雙燕」：詞以弄月嘲風為主，聲復出鶯吭燕舌之間，固宜近情，然鄰於鄭、衛則已甚，如此等詞，庶幾正而葩，麗以則。 又《詞品》：文子此詞殊有秦、晁風豔，比之晚宋酸餡味、教督氣不侔矣。餘句如「笑呼銀漢入金鯨」，臨邛高恥庵列為麗句圖。（同前）

一三八七 周邦彥《蘭陵王》「柳陰直」：「閑尋」以下不沾題，而宣寫別懷，無抑塞。 又：《草堂選》云：「應折柔條過千尺」自不傷雅，至「斜陽冉冉春無極」，如此詠物，淡宕有情矣。（同前）

一三八八 方千里《蘭陵王》「晚煙直」：「食」字叶得奇妙。（同前）

一三八九 李昴英《蘭陵王》「燕穿幕」：陳君□（當作節）云：「鍊句不如鍊韻」，信然。 又：公昴以「有脚豔陽難駐」一詞得名，不如「駐春脚」三字。（同前）

一三九〇 辛棄疾《蘭陵王》「恨之極」：「僕本恨人」，心驚不已。 又：自序：己未八月二十日夜，夢有人以石研見饟，光潤如玉，中有一牛磨角作鬬狀，云湘潭里中有張難敵者，多力善鬬，一日與人搏，偶敗，忿赴河而死，三日浮水上，則牛耳。自後並水之山，往往有此石。或得之里中，輒不利。夢中為作詩數百言，皆取古之怨憤變化異物等事。覺而忘其詩，賦詞以識。〇《莊子·雜篇》：鄭人緩也呻吟裘氏之地，衹三年而緩為儒，河潤九里，澤及三族，使其弟墨。儒墨相與辨，其父助翟。十年而緩自殺。其父夢之曰：「使而子為墨者，予也。闔胡嘗視其良，既為秋柏之實矣？」〇《淮南子》云：禹治水，通轘轅山，化為熊，塗山氏往餉之，慙而去，至嵩高山下化為石，禹曰：「歸我子。」石破生啓。（同前）

一三九一　劉辰翁《蘭陵王》「送春去」：三段俱以「春去」喚起，峽猿三唱，征鳥踟躕，寒雲不飛。（同前）

一三九二　吴鼎芳《蘭陵王》「重門静」：讀《花間》小令，時厭其多；今反反信定，絮絮叨叨，乃嫌其少。（同前）

一三九三　丁奇遇《蘭陵王》「明月陌」：非繡非繪，縝致柔美，有若駁霞殘紅、流煙墮霧。（同前）

一三九四　周邦彦《大酺》「對宿煙收」：「輕」字妙。　又：「國」字不通，一作「園」字，又失韻。又：蘭成，庾信小字也。韓詩：「桃枝綴紅糝。」（同前）

一三九五　劉辰翁《大酺》「任鎖窗深」：惟嬌斯妬，妬乃益嬌，須知少女風生，正是胭脂虎嘯。（同前）

一三九六　柳永《多麗》「鳳凰簫」：藻不掩骨，哀不過情。（同前）

一三九七　石孝友《多麗》「晚山青」：馬洪西湖詞云：「百八數珠閑掐遍，聲停孤鶴松間，夢已醒。」一醒，一不醒，兩絶。　又：《詞品》：次仲在宋未著名，而清奇逸麗至此。宋之填詞，猶晉之字、唐之詩，不必名家而皆奇也。然奇而不傳者何限，而傳者未必皆奇，如唐之胡僧，宋之杜默，識者知笑之，而不能斬其傳，有幸有不幸乎？（眉批：杜默為詩不合律，時號杜撰。）（同前）

一三九八　詹玉《多麗》「晚雲歸」：偶句能流。（醒時心，又還南浦；愁邊句，多在斜陽。）　又：「商」字天助。　又：《樂府雜録》：《望江南》者，朱崖李太尉鎮斶西日，為亡妓謝秋娘作，本名《謝

秋娘》。（同前）

一三九九 馬洪《多麗》「剪蒿萊」：「紅葉落火龍褪甲，青松枯怪蟒張牙」，似「蛟鳳」句。又：一句松，一句竹，一句合松與竹，句句精切。（同前）

一四〇〇 高啓《多麗·弔七姬墓》「倩姮娥」：張羽《權厝志》云：七姬，皆良家子，江浙行省左丞榮陽潘公之側室也。至正丁未，敵抵城，公日臨戰。一旦，謂七姬曰：「我受國重恩，義不顧家，脱有不宿，誡汝等宜自引決，毋為人恥也。」二姬跪曰：「主君遇妾厚，妾終無二心，請先死，毋令君疑。」遂入室自經，六人相繼經死。乃斂屍焚之，瘞於後圃，合為一冢。公名元紹，字仲昭。七姬者：程、翟、徐、羅、彭、卞、段也。楊用修曰：「七姬之死，蓋潘逼之，謂不幸則可，非殉節也。平居則獶雜子女而漁聚之，一旦有變，恐樂他人之少年而雉經之，潘之惡甚矣。」「元末士風類如此，上下荒淫，載胥及溺，欲不亡，得乎？」刻論，亦確論。季迪詞但有豔語、痛語，而無欽仰之語，與升庵意同。（同前）

一四〇一 周邦彦《六醜》「正單衣試酒」：長條有似殘英，不似眨眼，即知錐心必盡。「漂流」一段，節起新枝，枝發奇萼，長調中不多得也。 又：「斷紅」用紅葉事，一作「斷鴻」，引詩「來春縱有相思字，三月天南斷雁飛」為證。（同前）

一四〇二 吴文英《六醜》「漸新鵝映柳」：鏤冰雕瓊，流光自照。（同前）

一四〇三 辛棄疾《六州歌頭》「晨來問疾」：松難栁，沼難清，竹難删，此三者乃曰累，可見天下事無問大小、輕重、道俗，一切著心不得。 又：自序：屬得疾，暴甚，醫者莫曉其狀，小愈，困卧無聊，

戲作以自釋。（同前）

一四〇四　張翥《六州歌頭》「孤山歲晚」：「宕樣飄蕭，有飛鴻戲海、舞鶴遊天之勢。（同前）

一四〇五　王世貞《小諾皋》「闔闢以前」：大約似梅花道人題骷髏圖《沁園春》一調，彼稍村耳。○人問靈岩覺公：「滿口道不得時如何？」曰：「話墮也。」元美話墮也。　又：元美自度曲。○諾皋，乃太陰之名，住山林中，呪曰：「諾皋太陰將軍。」段成式有《諾皋記》，又有《支諾皋》。（同前）

一四〇六　劉辰翁《寶鼎現·元夕丁酉》「紅粧春騎」：以永新為念奴，須溪誤耶？（甚輦路喧闐，且止聽得念奴歌起。）　又：「菱花」用樂昌元夕事，隱隱以宋比亡陳。　又：開元大酺於勤政樓，觀者千萬，喧譁聚語，莫得魚龍百戲之音。高力士請命永新出樓歌一曲，必可止喧，上從之。永新乃撩鬢舉袂，直奏曼聲，至是廣場寂寂，若無一人。○李賀《金銅仙人辭漢歌》：「憶君清淚如鉛水。」○按宋亡之後，須溪竟不出，元人張孟浩贈之詩云：「首陽餓夫甘一死，叩馬何曾罪辛巳。淵明頭上漉酒巾，義熙以後為全人。」直以伯夷、陶潛比之也。此詞題云丁酉，蓋元成宗大德元年，亦淵明書甲子之意。（同前）

一四〇七　辛棄疾《稍遍》「池上主人」：逸疑方外，縱在矩中。遠而望之，隴焉若沮岑崩崖；就而察之，一字不可移。　又：般瞻調。○般瞻，龜兹語也，華言為五聲，蓋羽聲也，於五音之次為第五。《稍遍》三疊，每疊加促。稍，去聲，俗作哨。瞻作涉。　又：自序：趙昌父之祖季思學士，退居鄭圃，有亭名魚計，宇文叔通為作古賦。今昌父之弟成父於所居鑿池築亭，榜以舊名。余賦《稍遍》，莊周論「於蟻棄知，於魚得計，於羊棄意」，其義美矣。然上文論蝨託於豕而得焚，羊肉爲蟻所慕而致殘，下文將併結二義，乃獨置豕蝨不言，而遽論魚，其義無所從起。又間於羊、蟻兩句之間，使羊、蟻之義離不相屬，何耶？或言蟻得水而死，羊得水而病，魚得水而活，此最穿鑿，不成意趣。余嘗反復尋繹，終未能得。意世必有了其義者，他日倘見之而問焉，姑先識余疑於此詞云爾。（同前）

一四〇八　辛棄疾《稍遍》「蝸角鬪争」：向秀註《莊》，獨無《秋水》一篇，而郭象補之。此篇出，向秀之註不亡矣，焉用郭？（同前）

一四〇九　辛棄疾《稍遍》「一壑自專」：東坡櫽括《歸去來辭》作《稍遍》，不過得其皮毛，此乃得其神髓。（同前）

一四一〇　蘇軾《稍遍》「睡起畫堂」：此詞情采密麗，氣質香婉，乃是以殘唐諸公小令筆意用之於長調，在宋一代中固不多，在眉山一身中尤其少。　又：結處略萌故態。　又：劉禹錫詩：「野草芳菲紅錦地，游絲亂掩碧羅天。」（同前）

一四一一　丁奇遇《稍遍》「畫堂排麗」：唐詩「留取雙眉待畫人」，傳爲花燭口號矣。讀此一篇喁喁兒女語，始信張京兆之言曰：「閨房佳趣，有過於畫眉者。」（同前）

一四一二　吴文英《鶯啼序》「横塘棹穿豔錦」：凡物貴多則不能精，貴精則不能多，詞至夢窗，其齒牙餘唾皆作粲花，爪甲清塵無非香屑。一調二百三十餘字，愈多愈精，雖有波斯胡人撑珍珠船以入中國，豈足相當耶？（同前）

一四一三　楊慎《鶯啼序》「碧雞唱曉」：險韻徵力，艱字徵思，求之唐文，庶幾魁紀公辦之。又：東法百川，歸尾閭泄。（輞川何似吾廬，海變春醪，償風月債。）又：螳，音諍，與幀同，開張畫給繪也。《晉志》：「東海氣如圓螳。」山谷詩：「畫出西湖一螳秋。」滇人呼虹霓為水椿，廬山香爐峰有氣若香煙，天將雨，白雲冠峰，號山帶。《莊子》：「日方中方睨。」《衍義》云：「日斜如人睨目。」髫，假髻也。絓，罥也。方罫，博局也。蒲牢，海獸名，聲如鐘，故作鐘紐。唄，梵唱也。（同前）

一四一四　卓人月《十六字令》「春色竟歸呵」：本李後主「干卿何事」之語。（與爾有干麼。）（同前書「徐卓晤歌」）

一四一五　卓人月《十六字令》「風伯恁般癡」：「仁」字用《子夜》體。（同前）

一四一六　徐士俊《荷葉杯》「何事一春離別」：全似「打起黃鶯兒」一首。（同前）

一四一七　徐士俊《望江南》「尖瘦矣」：柯古寄飛卿詩：「知君欲作閒情賦，應願將身託錦鞋。」温作《錦鞋賦》答之。前有段、温，後有徐、卓。（同前）

一四一八　徐士俊《竹枝》「蜀山高高天際齊」：不減升庵。（同前）

一四一九　徐士俊《竹枝》「好風吹來動湖波」：兩蘇忽合。（同前）

一四二〇　徐士俊《竹枝》「南屏一帶柳煙疎」：諸詩皆瘦豔孤清，惜不與鐵笛老人之席。（同前）

一四二一　徐士俊《竹枝》「湖水青青浸柳花」：試以兩人詞付諸秦淮美人歌拍間，未知旗亭聲價，當復誰輸？（同前）

一四二二　卓人月《竹枝》「兩岸高樓倚白榆」：「花非花，霧非霧」，不得獨擅千古。（同前）

一四二三　卓人月《竹枝》「光福楊梅血色斑」：蘇州刺史腸曾惱亂否？（同前）

一四二四　徐士俊《柳枝》「一捻楊枝淺水邊」：摇曳可人。（同前）

一四二五　徐士俊《憶王孫》「同雲照水暗驚魚」：遠心高致。（同前）

一四二六　卓人月《如夢令》「娘問為何不去」：閨人一段癡況，曲曲描出。（同前）

一四二七　卓人月《如夢令》「欲問齋中三李」：叙事妙品。（同前）

一四二八　徐士俊《河滿子》「處處花花草草」：「一聲河滿子，雙淚落君前。」（同前）

一四二九　卓人月《河滿子》「兩兩三三姐姐」：善戲謔兮。（同前）

一四三〇　卓人月《相見歡》「亭亭花畔嬌娘」：翻得雪淡。（同前）

一四三一　卓人月《凌波曲》「雲兮可凌」：拈「凌」字為韻，作者固難，讀者亦自不易。（同前）

一四三二　徐士俊《凌波曲》「才將謝凌」：神光離合，乍陰乍陽，妙境盡此數詞矣。（同前）

一四三三　徐士俊《凌波曲》「輕寒走凌」：十一月水曰走凌，十二月水曰蹙凌。（同前）

一四三四　徐士俊《雙調望梅花》「舊枝寒勒夜聲疎」：如此寒瘦之句，何憎郊、島？（同前）

一四三五　徐士俊《生查子》「笙簫樂未央」：若令揮汗，必成香雨。（同前）

一四三六　卓人月《卜算子》「新婦月爭新」：蘇句逸，卓句幽，徐句澹，一個「張三影」，三人分取之。（同前）

一四三七　徐士俊《訴衷情》「一痕心縷欲成煙」：紫玉入懷。（同前）

一四三八　卓人月《減字木蘭花》「簫雲超影」：虞僧儒「一道香煙出馬頭」，又翻落矣。（同前）

一四三九　徐士俊《菩薩蠻》「曉鶯啼盡春樓小」：前無元美。（同前）

一四四〇　徐士俊《菩薩蠻》「便來無信留歸雁」：莫謂作詞令人筆嫩，如「秋天一敝裘」，其於老杜何如？（同前）

一四四一　卓人月《菩薩蠻》「春宵半吐蟾痕碧」：妙在順讀是迎，倒讀是送。（同前）

一四四二　徐士俊《菩薩蠻》「春郊滿眼兜情動」：掌内織雲霞龍鳳之錦。（同前）

一四四三　徐士俊《醜奴兒令》「琅玕幾尺參天了」：還有一件用處，曰笛管新篁拔玉青。（同前）

一四四四　徐士俊《添字昭君怨》「魂逐鶯娘燕姐」：梅花、柳花、心花、眼花，一句之中，四美具焉。（同前）

一四四五　徐士俊《謁金門》「山意好」：一團静理，壓倒無數山居詩。（同前）

一四四六　徐士俊《好事近》「剪斷海棠絲」：起得無賴。（同前）

一四四七　徐士俊《憶秦娥》「衾兒冷」：香閨雅課。（同前）

一四四八　卓人月《清平樂》「星明月黑」：起句明豔，結句幽豔。（同前）

一四四九　徐士俊《畫堂春》「東坡三萬六千場」：二人俱不善飲，讀此詞偏覺酒趣無盡。（同前）

一四五〇　徐士俊《阮郎歸》「洞門雲氣繞枝寒」：禪家一淚，即墮疑城，千年如此斑斑者，當落幾

劫？（同前）

一四五一　卓人月《桃源憶故人》「一從送別桃花下」：中山毫化作吸花絲，能令桃花滿筆。（同前）

一四五二　卓人月《三字令》「花一片」：一氣呵成，使人增三字不得，減三字不得，倒置三字不得。（同前）

一四五三　徐士俊《三字令》「深院鎖」：瓊珠碎又圓。（同前）

一四五四　卓人月《秋蕊香》「輕幕幽蹤未滅」：情人寓言。（同前）

一四五五　徐士俊《柳梢青》「青眼窺他」：春明折柳圖。（同前）

一四五六　卓人月《應天長》「鶯聲直透紗窗裏」：如此解事兒郎，不須碎挼花打。　又：梁簡文詩：「鶯啼春欲駛，無為空掩扉。」（同前）

一四五七　卓人月《西江月》「今雨慘於舊雨」：奇麗幽香。　又：今雨舊雨，杜帖。雌風雄風，宋賦。蠶叢，蜀地名。灼灼、紅紅，婦人名。（同前）

一四五八　徐士俊《西江月》「傷感柳枝殘月」：此則淚蘇蘇下矣。　又：長吉詩：「寶枕垂雲選春夢。」（同前）

一四五九　卓人月《河傳》「雲上」：句短而節繁，極難和協，二君想曾乞得孫巧。　又：《道書》云：牽牛借天帝二萬錢娶織女，不還，被驅在營室。《天官書》：漢中有四星，曰天駟。（同前）

一四六〇　徐士俊《賣花聲》「一擔是春愁」：須辦買花錢。（同前）

一四六一 卓人月《減字南鄉子》「花影分明」：畫出一枝紅輭玉。（同前）

一四六二 卓人月《鷓鴣天》「疑與瓊姬宿世逢」：文人多事。又：三、四、七、八句俱用掖庭事。（同前）

一四六三 徐士俊《虞美人》「別離滋味和誰説」：可掩「春水東流」之句。（夜夜浪尋花，索性變成蝴蝶去迷他。）（同前）

唵囕香詞話

唵囕香，為法名，僧人，姓氏里貫不詳。此據上海古籍出版社影印《明詞彙刊》本《徐卓晤歌》録序文一則。

一

《徐卓晤歌》序：至人凝神，衆人徇欲。凝神則九有自超，徇欲則五道所滑。《首楞嚴》云：「汝愛我心，我憐汝色。經百千劫，常在纏縛。」嗟乎！情苗一瓣，愛種千殊，十二顛倒，脣相流變，何自苦乃爾！棲水徐子野君、卓子蘂淵文情媿美，所著《晤歌》一篇，令自十六字以至百字等，總百三十餘闋，無非摩寫紗厨月澹，繡閣香穠，鏤玉成箋，戛金為韻。語別淚則露花點綴，叙幽蹤則風柳絲絲。霞綺漸新，煙姿遜媚，一展心動，再視魂消。如在萬花谷中陳設七寶步障，坐聆李家寵姊清喉，聲耳相及，亦厚幸矣。不慧少事雕蟲，有辜呑鳳，幻毒（脱「才」字）諳，名髮併棄。私詫二君具有出世之稟，而為世緣所縶，奚不揮慧劒劚愁腸？著解脱鞭騁無為路，然後例駕慈航，利涉苦海，一現婆須蜜女，一現鎖子骨菩薩，凡適子之館，硯子之儀，攬子之袪，唼子之吻，或奉頻申，或邀回顧，皆獲舍離實欲，恒住寂静，莊嚴王三昧，此等文章小技，夢想俱消，利益當何如哉？雲外僧唵嚩香撰。（《徐卓晤歌》）

林有麟詞話

林有麟，字仁甫，華亭（今屬上海）人。以父蔭由刑部主事出知龍安府。編著有《扣舷集》、《青蓮舫琴雅》、《素園石譜》、《法教佩珠》。《青蓮舫琴雅》四卷，據萬曆甲寅自序，爲遊西泖時所作。青蓮舫，蓋其舟名。是書凡古琴之制度、名稱、典故、賦詠，悉爲采録，而琴譜反黜不録。此據《四庫全書存目叢書》影印明萬曆刻本録詞話四則。

一

《醉吟先生傳》云：先生家雖貧，不至寒餒。年雖老，未及耄。性嗜酒耽琴，凡酒徒琴侣詩客多與之遊。詩酒既酣，乃自援琴，操宫聲，弄《秋思》一遍；若興發，命家僮調八部絲竹，合奏《霓裳羽衣》一曲；若歡甚，又令小妓歌《楊柳枝》新詞十數章，放情自娱，酩酊而後已。（《青蓮舫琴雅》卷二）

二　東坡云：琴曲有《瑤池燕》，其詞協，而聲亦怨咽。變其詞作閨怨寄李常云：「此曲奇妙，勿妄與人。」云：「飛花成陣春心困。寸寸別腸，多少愁悶，無人問。偷啼自揾殘粧粉，抱瑤琴、尋出新韻。玉纖趂，南風未解幽慍。低雲鬢，眉峰斂，暈嬌和恨。」（同前）

三　宋紫霞翁精於琴，自製數曲，皆平淡清曠，灝然太古之音也。復攷於古曲百餘，悉為點削，嘆曰：「此皆繁聲，所謂鄭衛之音耳。」其新製《瓊林》、《玉樹》二曲供客，以玻璃瓶插花，飲客以玉缸春酒，鼓弄竟日不休，名擅天下。（同前）

四　世得琴曲宮聲十小調，皆隋賀若弼製，最妙：一、《不博金》，二、《不換玉》，三、《泛峽吟》，四、《越溪吟》，五、《越江吟》，六、《孤憤吟》，七、《清夜吟》，八、《葉下聞蟬》，九、《三清》，十亡其名。太宗改《不博金》曰《楚澤涵秋》、《不換玉》曰《塞門積雪》。（同前書卷三）

《新鍥李太史註釋草堂詩餘旁訓評林》詞話

《新鍥李太史註釋草堂詩餘旁訓評林》六卷，尊經閣藏本，扉頁題：「鍾伯敬先生選，旁訓草堂詩餘，友花居梓」，為上下欄。其中卷一至二與卷三至六版式不一，卷一、二卷端題作「新鍥李太史註釋草堂詩旁訓評林」，當脱「詩餘」之「餘」字。卷下題曰：「太史九我李廷機註釋，太史啟東翁正春批評，書林梓行。」卷三至六卷端題作「新鍥李太史註釋草堂詩餘旁訓評林」，卷下曰：「翰林院九我李廷機批評，翰林院啟東翁正春校正，閩書林雲竹鄭世豪梓行。」書末有木牌，云「萬曆乙未孟春吉旦鄭雲竹梓」，按南京圖書館也藏有此書，凡七卷，卷一至卷六端題名同尊經閣藏本卷一至二，卷七所收為唐詩。其中卷端下題為「書林霖宇詹聖澤梓行」，又木牌云：「皇明萬曆庚子夏吉詹霖宇梓。」尊經閣藏本個別處略有殘破，而南圖藏本有缺頁，且眉批有漫漶或漏印處。此以尊經閣藏本為主，參訂南圖藏本録詞話四百三十三則。又南圖藏本有朱墨筆批語，評批者不詳，一並録入。

一　《草堂詩餘引》：嘗謂詩言志也，自古騷人墨士，莫不感時起興，觸景而賦之詩，若春有芳草之遊，夏有緑荷之賞，秋有黄花之飲，冬有白雪之味，皆其事也。少游秦公、耆卿柳公輩，非一人，其長短之調，四時之辭，本各隨時而賦，足以暢幽懷，寫衷曲，至悠然也。但刻者多失其類，散亂混淆，遂失作者之意。今九我李先生留心此集，攷古校證，以春景彙分三卷，其夏秋冬各一焉，各加註釋，編為一帙，名曰《註釋草堂詩餘》，而付之剞劂氏。予展讀之，其分類明，註釋旁訓詳，評論當，後之有志於學詞者，先之圖譜，以審其韻，後之評釋以繹（筆者按：五字原書殘破，據南圖藏本補，序末八字同。）其義，則不患無所助云。　臺山葉向高撰。（《新鋟李太史註釋草堂詩餘旁訓評林》）

二　胡浩然《喜遷鶯》「譙門殘月」：《風俗通》：立春日，士大夫家剪綵為小幡，謂之春幡，妝佳人頭，或綴於花枝。又剪為春蝶、春錢、春燕為戲。　又：雙溪老人云：浩然此詞先記節序，次叙述宴賞未歸，應時納祜，尤有歸宿。（同前書卷一）

三　辛幼安《蝶戀花》「誰向椒盤簪綵勝」：椒屬玉衡星，元旦飲椒柏酒，令人有壽，故以椒盤為祝。杜詩云：守歲阿戎家，椒盤已獻花，正此意也。（同前）

四　賀方回《臨江仙》「巧剪合歡羅勝子」：首以羅勝子、釵頭、綵燕就為立春日之故事，而不以景物鋪叙，又是一家文法，後以人情客意結之。　又：《復齋漫録》云：方回詞有《雁後歸》詞，乃山谷守當塗，方回過之，人日席上作也。腔本《臨江仙》，易以《鴈後歸》云。今仍其舊。　又：唐劉餗《傳記》云：隋道行（當為薛道衡）聘陳，為《人日》詩，首云：「入春纔七日，離家已二年。」南人哂之，及云：「人歸落雁後，思發在花前。」乃曰：「名下無虚士。」（同前）

五　毛澤民《玉樓春》「小園半夜東風轉」：天文志：斗柄回寅天下春，日行東陸，故謂之東君。（同前）

六　李漢老《小重山》「誰勸東風臘裏來」：《青帝賦》：震宫初動，木德惟行，龍精戒旦，鳳曆司春。綵燕立春日，用青鞋，遊春日，用之點綴，可愛。（同前）

七　京仲遠《漢宫春》「暖律初回」：《夢華録》：立春日，有司為壇祭，先農官吏具綵杖環擊土牛者三，所以示勸農之意。（同前）

八　向伯恭《鷓鴣天》「紫禁烟花一萬重」：此詞富麗，寫盡上元景象，末寓感慨之意。（同前）

九　張林甫《燭影摇紅》「雙闕中天」：此見燈燭管絃之盛，光陰迅速如夢，追及往事，寧不傷懷？（同前）

一〇　劉叔安《慶春澤》「燈火烘春」：《樂書》曰：漢家上元日祠太乙，以昏刻祀到曉。　又：此詞鋪叙景物極富麗。（同前）

一一　李漢老《女冠子》「帝城三五」：吴臺今古繁華地，偏愛元宵燈火戲。春前臘後未開晴，已向街

頭作燈市。（同前）

一二　柳耆卿《傾盃樂》「禁漏花深」：按唐睿宗元夕於安福門外作燈輪，高十丈，衣以錦綺，然五萬燈，竪之如花樹；宫女千數，衣羅綺，耀珠翠；又簡少婣千餘人，於燈輪下踏歌三日；令朝士能文都作歌，聲調入雲。（同前）

一三　吴大年《燭影揺紅》「梅雪初消」：湯雲崖詩：「三五良宵月正明，士民遊樂慶昇平。馬頭夾道金蓮擁。鰲背連山火樹生。舞榭煖雲飄翠袖，歌臺繁吹動瓊笙。熙熙萬象融和裡，共沐恩光賀聖廷。」（同前）

一四　丁仙現《絳都春》「融和乂報」：蘇味道詩：「火樹銀燈合，星橋鐵鎖開。暗塵隨馬去，明月逐人來。遊妓皆穠李，行歌盡落梅。金吾不禁夜，玉漏莫頻催。」（同前）

一五　康伯可《瑞鶴仙》「瑞烟浮禁苑」：元夕詩：「玉漏銅壺且莫催，玉闕金鎖徹明開。誰家見月能閑坐，何處懸燈不看來。」　《玉林詞話》云：伯可，渡江初有聲樂府，受知秦申王，王薦於高宗皇帝，以文詞待詔金馬門。凡中興粉飾治具，及慈寧歸養，兩宫歡集，必假伯可之歌詠，故應制之詞為多。　按此詞進入太上皇帝，極深賞「風柔夜煖」以下四句至於末章，賜金甚厚。（同前）

一六　康伯可《寶鼎現》「夕陽西下暮靄紅」：春回坐（當作璧）月華燈夜，人在蓬壺閬苑中。　古詞云：「御樓烟煖，鰲山綵結。鳳輦初回宫闕。千門燈火，九街風月。」（筆者按：此晁叔用《傳言玉女·上元》「一夜東風」詞，有脱句）（同前）

一七　康伯可《漢宫春》「雲海沉沉」：漢執金吾禁夜行，惟正月十五夜勑金吾弛禁前後一日。又：此言美女歌舞之狀。（按：此句據南圖藏本補。）《花庵詞客》云：此詞伯可在慈寧殿元宵被旨作。（同前）

一八　周美成《解語花》「風銷焰蠟」：燈月交輝，佳人歌舞，才子遊玩，亦一時之勝。又：用蘇（脱「味」字）道「暗塵隨馬去，明月逐人來」，詞意高古。（同前）

一九　胡浩然《傳言玉女》「一夜東風」：「笙歌聲沸長春地，星月光回不夜天」，可為此評。（同前）

二〇　胡浩然《萬年歡》「燈月交光」：以上元日燈燭之景，因見才子佳人遊樂，以動盪其心，而形於此曲。（同前）

二一　吴子和《喜遷鶯》「銀蟾光彩」：《書》曰：以閏月定四時成歲。《易》曰：歸奇於扐以象閏。故三歲一閏，五歲再閏，十九歲七閏。（同前）

二二　周美成《應天長》「條風布暖」：《風俗通》：寒食日不動烟火，但辦熟湌，城市晝鴨相遺，鬥雞為戲。（同前）

二三　周美成《瑣窓寒》「暗柳啼鴉」：《周禮》：司烜氏仲春以木鐸修火禁于國中。　又：銀牀，井欄也。　又：引宫詞切當。（正店舍無煙，禁城百五。）（同前）

二四　僧仲殊《訴衷情》「湧金門外小瀛洲」：去冬節一百五日為寒食，城市禁火，以鞦韆鬥雞為戲。　又：《玉林詞選》云：仲殊之詞多矣，惟此《訴衷情》為最，句句奇麗，字字清婉，高處不減唐

人之風。（同前）

二五　謝無逸《玉樓春》「弄晴數點梨梢雨」：天時人事，俱見此詞，露桃嗔、風柳妒，尤新奇有味。（同前）

二六　万俟雅言《三臺》「見梨花初帶夜月」：《秦歲時紀聞》：鬬雞走狗，禁烟前後。又唐制：每歲清明，令内園官於殿前鑽火，先得進上者，賜絹十疋。（同前）

二七　劉叔安《絳都春》「和風乍扇」：唐清明時，取榆柳之火以賜近臣，順陽氣也。（同前）

二八　劉叔安《水龍吟》「弄晴臺館」：按坡公在黄州《夢》詩云：「寒食清明都過了，石泉槐火一時新。」夢中曰火，固新矣，泉何以新？蓋俗以清明日淘井。（同前）

二九　趙德麟《蝶戀花》「欲減羅衣寒未去」：布景生情，至於啼痕，方見人子思親意。又：善安排，詞中絶律。（同前）

三十　葉少藴《醉蓬萊》「問春風何事斷送繁紅」：不忍别春之意溢於言外。曲水流觴，引山陰蘭亭樂事。（同前）

三一　馮偉壽《春雲怨》「春風惡劣」：《漢志》：三月上巳，官民皆禊飲於東流水，祓除宿垢也。自魏後，但用三月三，不復用上巳也。（同前）

三二　秦少游《風流子》「東君吹碧草」：融景傷懷，言言新巧，不涉人間蹊徑，詞令上品也。（同前）

三三　李元膺《洞仙歌》「雪雲散盡放曉晴」：此公借天地胸襟，收盡江南春色矣。又：公自叙云：一年春物，惟梅柳間意味最深。至鶯花爛漫時，則春已衰遲，使人無復新意。予作《洞仙歌》，使探春者歌之，不至有後時之悔耳。（同前）

三四 劉改之《水調歌頭》「春事能幾許」：此言春光易邁，人生幾何。恣飲高歌，良有以也。又（南圖藏本墨筆批）：人生幾何，古人秉燭夜遊，良有以也。非比近時之恣情花柳、夜以繼日、飲則為牛擬之，正有上下牀之別。（同前）

三五 張東父《驀山溪》「青梅如豆」：摹寫春半之景宛在目中，而詞藻爛然，人人快覩。（同前）

三六 黄山谷《驀山溪》「鴛鴦翡翠」：山谷此詞有感而作，鴛鴦翡翠，言其止則相偶，飛則為雙，性馴故也。《雪浪齋日記》言山谷此詞云：「春未透，花枝瘦，正是愁時候」極為學者稱賞，秦湛處度嘗有小詞云：「春透水波明，寒峭花枝瘦。」蓋法此也。（同前）

三七 王元澤《眼兒媚》「楊柳絲絲弄輕柔」：新奇高妙，善於詞曲者。（同前）

三八 秦少游《眼兒媚》「樓上黄昏杏花寒」：對春景寥落而有所思，故作此詞。（同前）

三九 宋子京《錦纏道》「燕子呢喃」：昔虞松踏青謂：握月擔風，且留後日，吞花卧酒，不可過時。又《古今詞話》云：此詞「海棠經雨胭脂透」一句最善形容景物，至下段用問酒杏花村事，曲盡郊外春遊之情，工詞者也。（同前）

四〇 王介甫《漁家傲》「平岸小橋千嶂抱」：《玉林詞選》與《雪浪齋日記》評之確矣，余又何言？又：《雪浪齋日記》云：荆公此詞略無塵土思。又：《玉林詞選》云：半山老人此詞極能道閑

居之趣。（同前）

四一 趙德麟《清平樂》「春風依舊」：對景傷春，而言「斷送一生」，最爲悲切。（同前）

四二 李後主《阮郎歸》「東風吹水日銜山」：李後主著作頗多，而此尤爲傑出者。（同前）

四三 歐陽修《阮郎歸》「南園春半踏青時」：《歲時紀》：唐人於上巳日曲江頭祓禊飲踏青。（同前）

四四 秦少游《柳梢青》「岸草平沙」：對景物而思故人有如此者。（同前）

四五 宋子京《玉樓春》「東城漸覺風光好」：詞中「緑楊」、「紅杏」二句，果擅騷壇，子野稱之不虚也。又：《遯齋閒覽》云：張子野郎中以樂章名擅一時，宋子京尚書奇其才。先往見之，遣將命者：「尚書欲見『雲破月來花弄影』郎中。」子野屏後呼曰：「得非『紅杏枝頭春意鬧』尚書耶？」遂出，置酒盡歡。蓋二人所舉皆其警策也。《古今詩話》亦云：子野嘗作《天仙子》詞云：「雲破月來花弄影。」士大夫多稱之，張初謁見歐公，曰：「好『雲破月來花弄影』。」恨相見之晚也。（同前）

四六 秦少游《千秋歲》「柳邊沙外」：此搜紅拾翠之詞，誦者莫不嘖嘖，餘香留齒頰矣。《後山詩話》云：王平甫之子嘗云：今語例襲陳言，但能轉移耳。世稱此詞「愁如海」爲新奇，可知李後主《虞美人》詞：「問君還有幾多愁，恰似一江春水向東流。」但以江爲海耳。又：《冷齋夜話》云：少游小詞奇麗，詠歌之，想見其神清在絳闕蓬壺之間，余兄思禹使余賦崔徽頭子詞，因次韻曰：「半身屏外，睡覺脣紅退。春思亂，芳心碎，空餘簪髻玉。不見流蘇帶，誰與問，今人秀韻誰宜對。湘浦曾同會，手弭青羅蓋。疑是夢中猶在，十分春易盡，一點情難改。多少事，却隨恨遠連雲

海。」（同前）

四七 王元澤《倦尋芳》「露稀（當作晞）向曉」：此以棠錦榆錢、嬌鶯倦燕點出無根（當作限）風光，又以落花流水動幽思結之，何等有味。（同前）

四八 阮逸女《魚遊春水》「秦樓東風裏」：唐人詞調，嚼徵含宫，泛商流羽，為大雅元音，非今之險句聱（當作聱）牙以為工者比。 又：《復齋漫録》云：政和中一中貴人使越州回，作詞于古碑陰，無名無譜，不知何人作也，録以進御，命大晟府填腔，因詞中語，賜名《魚游春水》。 又：《古今詞話》云：東都防河卒於汴河上掘地，得石刻，有詞一闋，不題其目。臣僚進上，上喜其藻思絢麗，欲命其名，遂摭詞中四字，名曰《魚遊春水》，命教坊倚聲歌之。詞凡八十九字，而風花鶯燕動植之物，曲盡之詞，此乃唐人之語也，後之狀物寫情者，不及之矣。二説不同，未詳孰是。（同前）

四九 張子野《燕春臺》「麗日千門」：春景之繁華，人間之富麗，俱見此詞。 又：詞令上品。（同前）

五〇 秦少游《滿庭芳》「晚兔雲開」：叙晴春景物繁麗，見人須及時行樂也。（同前）

五一 周美成《浣溪紗》「小院閒牕春色深」：寫出閨婦心情，在此數語。（同前）

五二 宋子京《玉漏遲》「杏花飄禁苑」：此詞意在禁苑中作，方有此語，非郊野之景色。 又：燕語鶯啼，花紅柳緑，自是關人情意。（同前）

五三 秦少游《憶王孫》「萋萋芳草憶王孫」：梨花，院名，故有空閉門之説。 又：杜宇，一名子

規，蜀帝所化，聲啼有勸農之意。（同前）

五四　康伯可《憶秦娥》「春寂寞」：滿地胭脂，零落杏花，對景懷惡，自多傷感。（同前）

五五　俞克成《謁金門》「愁脈脈」：發春思之意，句句皆佳。（同前）

五六　徐師川《畫堂春》「落紅鋪徑水平池」：描寫閨中春怨之景，宛然在目。（同前）

五七　周美成《浣溪紗》「水漲魚天拍柳橋」：初春景物繁麗，自是可人。（同前）

五八　秦少游《如夢令》「門外緑陰千頃」：據所聞所見，而春意滿腔矣。（同前）

五九　阮逸女《花心動》「仙苑春濃小桃開」：按景修詞，無恨（當作限）恨寄之於楮上矣。又：次段尤委婉有味。

六〇　周美成《渡江雲》「晴嵐多楚甸」：花庵詞客云：阮逸女工於文詞，惟此曲傳於世。（同前）又：對景傷春之懷，見於次段。（同前）《格物志》：衡陽有回鴈峰，鴈至此不過，春煖乃回。

六一　聶冠卿《多麗》「想人生美景良辰堪惜」：花庵詞客云：冠卿之詞不多見，如此篇，亦可謂才情富艷矣。其「露洗華桐」四句，人所謂玉中之珙璧，珠中之夜光，觀者心賞目奪。（同前）

六二　秦少游《如夢令》「鶯嘴啄花紅溜」：點景修詞，如溜子（當作字）、皺（當作皺）、透字，俱新巧。（同前）

六三　秦少游《海棠春》「流鶯牕外啼聲巧」：古詩：「半欲天明半未明，醉聞花氣睡聞鶯。」亦此意。（同前）

六四　柳耆卿《西江月》「鳳額繡簾高捲」：此詞啟語亦頗富麗，末結殊覺淡弱無味矣。（同前書卷二）

六五　寇平仲《踏莎行》「春色將闌」：《淮南子》云：暮春三月，江南草長，襍花生樹，群鶯亂啼。正是愁人時節。（同前）

六六　馮延巳《長相思》「紅滿枝」：值此春光滿眼，而懷人會晤難期，不能不戚戚也。（同前）

六七　孫夫人《燭影摇紅》「乳燕穿簾」：孫夫人此詞備道出閨中情思，且句句情切，不襲陳語，亦女中才子。（同前）

六八　徐幹臣《二郎神》「悶來彈鵲」：慕（當作摹）寫春閨之怨，無踰此詞。　又：次段猶得媍人女子口。（同前）

六九　何籀《點絳唇》「春雨濛濛」：詞句委曲有味，可謂善體媍人口氣者。（同前）

七〇　秦少游《浣溪紗》「青杏園林煮酒香」：人景情事兩見之矣，詞外更無閑意。（同前）

七一　趙德仁《小重山》「樓上風和玉漏遲」：《古今菽術》：秋千，北方戎戲，以習輕趫。杜牧詩：「女郎撩亂打秋千。」（同前）

七二　周美成《晝錦堂》「雨洗桃花」：花褪絮殘新燕語，春事瓓珊矣。　又：短歌新曲，雖是綺麗，似非閨情，乃妓館中事。（同前）

七三　周美成《西平樂》「穉柳蘇晴」：前段綴景鋪辭，後段傷今思古。縱横變化，曲中宫商，周之詞

華，可與王、李、柳、秦並驅中原矣。（同前）

七四　賀方回《望湘人》「厭鶯聲到枕」：此等詞章，優柔婉麗，意味無窮，風骨内含，精芒外阸，如清廟朱絃，一唱三歎。（同前）

七五　葉道卿《鳳凰閣》「遍園林緑暗」：因天時而傷人事，是作得之。（同前）

七六　黄魯直《踏莎行》「臨水夭桃」：人生有幾韶光美，倒盡金樽拚醉眠，正此意。（同前）

七七　周美成《玲瓏四犯》「穠桃夭李」：周君滿腔子都是春意，故能吐詞寫景到此。（同前）

七八　謝無逸《江城子》「杏花村館酒旗風」：此詞清新典雅，膾炙人口。又：《復齋漫録》云：無逸嘗於關山杏花村館驛題此詩（當作詞），過者必索筆於館卒，卒頗以為苦，因以泥塗之，其為人賞重可知。（同前）

七九　王晉卿《燭影摇紅》「香臉輕匀」：整日娥眉從懶畫，終一翠簟未曾過。宫中之怨，於此可見。（同前）

八〇　趙德麟《蝶戀花》「捲絮風頭寒欲盡」：前段因春之恨，後段人事之恨。（同前）

八一　晏叔原《生查子》「金鞍美少年」：春寒夜雨秋千下，正是閨中之恨。（同前）

八二　秦處度《謁金門》「空相憶」：昔西王母宴群仙，有舞者戴砑光帽，簪花舞山香一曲，花皆落。（同前）

八三　沈公述《念奴嬌》「杏花過雨」：對此春光明媚，未見有别離之恨。覩物傷懷，亦本然事。

（同前）

八四　周美成《掃地花》「曉鶯翳日」：韓夫人怨題云：「流水何太急，深宮盡日閑，殷勤付紅葉，好去到人間。」（同前）

八五　韋莊《謁金門》「春雨足」：倚遍闌干，無由消千里之恨。（同前）

八六　柳耆卿《鬭百花》「煦色韶光明媚」：以春景華麗中剔出恨來，尤見高妙。（同前）

八七　辛幼安《念奴嬌》「野堂花落又匆匆」：時值清明，九十春光過了太半，自是動人幽恨。（同前）

八八　孫夫人《南鄉子》「曉日壓重簷」：詞意高妙，盡顛之倒之，心有所思，而不專於女工也。（同前）

八九　張子野《歸朝歡》「聲轉轆轤聞露井」：此詞洞徹閨怨，瞭然在目。（同前）

九〇　何籀《點絳唇》「鶯踏花翻」：前布春閨之景，後寫閨中之情。善形容媍人聲口。（同前）

九一　歐陽炯《玉樓春》「日照玉樓花似錦」：如此詞，所謂美景良辰賞心樂事，四美具矣。（同前）

九二　胡浩然《春霽》「遲日融和乍雨歇」：此能收天下春歸之肺腑者，不然，何其吐辭宏大典雅乃爾？（同前）

九三　史邦卿《沁園春》「做冷欺花」：浥殘柳絮香綿薄，瘦損梨花玉骨寒。　又：春雨懨懨，俱人登臨之興，有如此者。　又：此詞一本作《綺羅香》，未知孰是，候再攷正。　又：《玉林詞話》云：「『臨斷岸』以下數語，姜堯章稱賞，謂梅溪之詞，蓋能融情景于一家，會句意于兩得，其謂是歟？

（同前）

九四　周美成《大酺》「對宿煙收」：鋪叙春雨之景象，意思極到。又：許敬宗云：春雨如膏，行人惡其泥濘，亦此意。（同前）

九五　李元膺《洞僊歌》「廉纖細雨」：此以春雨㦧㦧為助人愁悶似也，較之不管滴碎故鄉心、愁人耳，詞意尤勝。（同前）

九六　蘇子瞻《行香子》「北望平川」：形容晚景，宛如畫圖在目中，詞令上品也。又：苕溪云：淮北之地，由平夷，自京師至汴口，並無山。惟淮方有南山，南山石崖上有東坡《行香子》詞，後題云：與泗守過南山晚歸作，字畫是東坡所書小字，但無姓名。崇觀間，禁元祐文字，遂鐫去之。余居泗上，打得此碑詞，至今尚存。（同前）

九七　賈子明《木蘭花令》「都城水緑嬉遊處」：花庵詞客云：公平生惟賦此一詞，極有風味。（同前）

九八　解方叔《永遇樂》「風暖鶯嬌」：首二句最新稚。又：春風永巷閉娉婷，長使青樓悞得名。（同前）

九九　馬莊父《歸朝歡》「聽得提壺沽美酒」：古人胸懷磊落，如光風霽月，故能及時游衍，不屑屑於利禄有如此。（同前）

一〇〇　秦少游《金明池》「瓊苑金池」：春光九十今過半，于花鳥見之。又：東君謂青帝，恐不

能常為主，須及時行樂可也。（同前）

一〇一 柳耆卿《玉蝴蝶》「漸覺東郊明媚」：唐開元間，長安子弟春遊，載油幙帳具，隨行郊苑臺榭之處，遇陰雨則覆之，盡歡而歸。（同前）

一〇二 歐陽永叔《浣溪紗》「湖上朱橋響畫輪」：融景賦詩，古人胸次，何等活潑潑地。（同前）

一〇三 周美成《瑞鶴仙》「悄郊原帶郭行路永」：點景入畫，令人賞心奪目。（同前）

一〇四 黃山谷《水調歌頭》「瑶草一何碧」：山谷老胸次悠然，真與造化同遊衍，故其發為辭華，俊逸清新乃爾。（同前）

一〇五 辛幼安《鷓鴣天》「著意尋春懶便回」：詞淺意深，可謂素位而行，不役役於非望之福者。（同前）

一〇六 俞克成《聲聲令》「簾移碎影」：《蘭亭記》云：情隨事遷，感慨係之矣。向日欣榮，已為陳迹，不能不興懷也。（同前）

一〇七 秦少游《鷓鴣天》「枕上流鶯和淚聞」：此詞叙春閨之怨，最為委婉。《古今詩話》：此詞形容愁怨之意最重，如後段「甫能炙得燈兒了，雨打梨花深閉門」兩句，頗有言外之意。（同前）

一〇八 蘇養直《倦尋芳》「獸鐶半掩」：三月鶯花，最是關情，夜對銀缸，形影相吊，甚有不堪者。（同前）

一〇九 張子野《浣溪紗》「樓倚江邊百尺高」：張三影洞徹閨怨，方能摹寫到此。（同前）

一一〇　張子野《浣溪紗》「錦帳重重捲暮霞」：李詩：「羅幃繡幙圍春風。」（同前）

一一一　張子野《浣溪紗》「水滿池塘花滿枝」：古詩云：「燕子日長惟破夢，楊花風起更愁人。」（同前）

一一二　何籀《菩薩蠻》「南園滿地堆輕絮」：暮春景物消條，獨居幽思，於是為切。（同前）

一一三　秦少游《桃源憶故人》「碧紗影弄東風曉」：此等詞調，清新俊逸，誦之自爽人口。（同前）

一一四　李後主《浪淘沙》「簾外雨潺潺」：因思故國而發，此詞悽惋悲悼。又（南圖本墨筆批）：做個詞人真絕代，可憐無福做君王。（同前）

一一五　康伯可《應天長》「管絃繡陌」：鶯花三月，春光已過三之二矣，此時此夜，有難為情者。又：與之之詞，善體貼婦人聲吻。（同前）

一一六　何籀《宴清都》「細草沿堦軟」：創用四個「遠」字作一句，何等奇巧。（同前）

一一七　秦少游《阮郎歸》「春風吹雨遶殘枝」：以春風雨晴布景，宛若時光在目，看棋應劫句，見有所思而遲之也。（同前）

一一八　趙德仁《醉春風》「陌上清明近」：古詩云：「鬬雞走狗當年事，惆悵臨風憶古人。」可為此評。（同前）

一一九　秦少游《八六子》「倚危亭恨如芳草萋萋」：全篇寫怨，未曾露出一怨字，詞令上乘也。（同前）

一二〇 晏叔原《探春令》「緑楊枝上曉鶯啼」：鶯回午夢一黄鸝，正此意。又（南圖藏本墨筆批）：描寫傷春情景，盡矣極矣。（同前）

一二一 陳同甫《水龍吟》「鬧花深處」：柳緑花紅，鶯啼燕語，春光自是可人。又：京師端午有鬬百草之戲，婦人踏青，亦以此為樂。（同前）

一二二 錢思公《玉樓春》「城上風光鶯語亂」：思公此詞極其悽惋，且惜韶光易老，朱顔暗換，要解愁腸，惟有芳樽而已。又：《玉林詞話》云：錢思公暮年作此詞，頗極悽惋之情。又（南圖藏本墨筆批）：暮年感慨，更形悽婉，普天下有心人能不為之一哭？又（朱筆批）：無限傷心事，相知者同憐。（同前）

一二三 趙德麟《錦堂春》「樓上縈簾弱絮」：此詞多獨造之語。又：《苕溪叢話》：趙德麟「重門不鎖相思夢，隨意遶天涯」，徐師川「門外重重疊疊山，遮不斷，愁來路」，二詞造語不同，其意絶相類。（同前）

一二四 秦少游《畫堂春》「東風吹柳日初長」：少游敏思捷才，人謂其頃刻開花果爾。《古今詞話》：少游《畫堂春》「雨餘芳草斜陽，杏花零落燕泥香」之句，善於狀景物，至於「香篆暗消鸞鳳，畫屏縈遶瀟湘」二句，便含蓄，無限思量意思，此其有感而作也。（同前）

一二五 陸務觀《水龍吟》「摩訶池上追遊路」：漢詔令民間禁火，云為介子推。子胥沉江，未聞有絶水之士。令人不得寒食，犯者刑之。（同前）

一二六　蘇東坡《西江月》「照野瀰瀰淺浪」：此坡老養夜，休息於橋。詞又是別後風味，與諸作不同。（同前）

一二七　周美成《滿江紅》「晝日移陰攬衣起」：鑄意宏深，修辭奇婉，所謂氣靡屈、賈壘，目知曾、劉墻者。

蝶滿園飛，相反。後見一相識云：「蝶粉蜂黃都過了」，人以蝶蜂時節都過，殊與下句不相屬，兼卒章有蝴《苕溪叢話》云：「『過』字乃『褪』字，而『蝶粉蜂黃』，乃當時宮中時妝，故宋子京《蝶戀花》云：『淚落胭脂，界破蜂黃淺。』則知方睡起時，宮妝褪盡，所見惟一線枕痕耳。」此說為可據。《鶴林玉露》云：楊東山言道藏經云：「蝶交則粉退，蜂交則黃褪。」周美成詞云「蝶粉蜂黃渾退了」，正用此也。而說者以為宮妝，且以「退」為「褪」，余因嘆曰：區區小詞，讀書不博者，尚不得其旨，況古人之文章而可臆見妄解乎？（同前）

一二八　徐師川《卜算子》「胸中千種愁」：《古愁吟》：「來時何速去得遲，半在胸中半在眉。」與此同意。（同前）

一二九　秦少游《踏莎行》「霧失樓臺」：《冷齋夜話》云：少游到柳州作此詞，東坡絕愛尾兩句，書於扇，曰：「少游已矣，雖萬人何贖？」（同前）

一三〇　僧皎如晦《高陽臺》「紅入桃腮」：見春光之盛，而起情人不歸，末句就有情思。「東郊十里」句有遊春之意，「朱衣引馬」文，嘆虛名虛利，又當忘其愁而追歡耳。（同前）

一三一　晁叔用《玉蝴蝶》「目斷江南」：長安有灞陵橋，人多於此送別，又謂之銷魂橋。又：詞

末數語，無限幽思。（同前）

一三二 寇平仲《踏莎行》「小徑紅稀」：此以緑戰紅酣，藏鶯飛燕點出三月景。（同前）

一三三 蘇養直《小重山》「西園風暖落花時」：花落鶯啼，自是一番愁況。（同前）

一三四 周美成《憶舊遊》「記愁横淺黛」：前言「墜葉」、「寒螿」，點秋宵景況。何以謂之春恨？後段又有「新燕」、「東風」句，意者一（當作二）段錯簡乎？不應爾爾。（同前）

一三五 李世英《蝶戀花》「遥夜亭臯閒信步」：景物依稀，人心憔悴，盡於詞意中見之。（同前）

一三六 朱希真《念奴嬌》「别離情緒」：見景傷懷，亦閨婦本然事。又：以文君夜奔風情言之，醜也。（同前）

一三七 周美成《憶舊遊》「記愁横淺黛」：前言「墜葉」、「寒螿」，點秋宵景況。何以謂之春恨？後段又有「新燕」、「東風」句，意者二段錯簡乎？不應乃爾。（同前書卷三。筆者按：此詞已見卷二）

一三八 李景元《帝臺春》「芳草碧色萋萋」：按寒食節，民俗禁火，以吊子推。插柳拾翠，鬬雞走狗為樂，此其時也。又：末掉數言善形容婦人聲吻。（同前）

一三九 周美成《丹鳳吟》「迤邐春光」：春有盡而恨無窮，詞令中不多得者。（同前）

一四〇 秦處度《卜算子》「春透水波明」：古之美女多於翠樓凝妝刺繡，故云。（同前）

一四一 李景《浣溪沙》「手捲真珠上玉鈎」：春事闌珊，正是愁人處。舒曲「春如夢」，最有味。改「如春夢」，則常矣。《温叟詩話》云：李景有「曲手捲真珠，上玉鈎」，或改為「珠簾」。舒信道

有曲云「十年馬上春如夢」，或改云「如春夢」。非所謂知音者。（同前）

一四二　李景《浣溪沙》「風壓輕雲貼水飛」：古詩云：「乍雨乍晴花自落，閑愁閑悶日偏長。」可以為此評。（同前）

一四三　李景《浣溪沙》「一曲新詞酒一盃」：「燕歸來」、「花落去」，雖出自口頭話，而意趣雋雅。《漁隱叢話》：晏元獻公赴杭州，道過維揚，憩大明寺。冥（當作瞑）目徐行，使侍吏誦壁間詩詞，戒其勿言爵里姓名，終篇者無幾。又俾別誦一詩云：「闇誦隋宫曲，當年亦九成。哀音已亡國，廢沼尚留名。儀鳳終陳迹，鳴蛙只廢聲。凄凉不可問，落日下蕪城。」徐問之，江都尉王琪詩也。召至同飲，又同步至池上，春晚，已有落花，晏云：「每得句，書牆壁間，或彌年未嘗强對，且如『無可奈何花落去』，至今未能也。」王應聲曰：「似曾相識燕歸來。」由此辟置館職。（同前）

一四四　張仲宗《蘭陵王》「捲珠箔」：春光最可人，亦最愁人，細嚼此辭可見。又：繁華轉瞬如一夢耳，何必以區區得失交戰於胸中乎。（同前）

一四五　周美成《漁家傲》「幾日輕陰寒惻惻」：踏青而有故國之思，舉杯而有可人之勸，向恨春歸，而今消之耳。（同前）

一四六　晏叔原《如夢令》「樓外殘陽紅滿」：對景傷春，於此詞見之。（同前）

一四七　賀方回《薄倖》「淡粧多態更的的」：凡閨情之詞，在於淡而不厭，哀而不傷，是作得之。（同前）

一四八　易彥祥《驀山溪》「海棠枝上」：前段見春光明媚，可以適情。後段乃乘時遊衍，而以歌舞結之，善鋪叙。（同前）

一四九　魯仲逸《惜餘春慢》「弄月餘花」：描寫婦人無限幽思，寄之筆舌，真風流人豪也。（同前）

一五〇　李玉《賀新郎》「篆縷銷金鼎」：詩選：「芳草生兮萋萋，王孫遊兮不歸。」又：「索綆引銀瓶，銀瓶欲斷繩。」亦此意。　又：玉林詞話云：李君之詞雖不多見，然風流藴藉，盡于《賀新郎》一詞耳。（同前）

一五一　李易安《念奴嬌》「蕭條庭院」：齊人呼寒食為冷節，家家折柳插門。　花庵詞客云：前輩嘗稱易安「綠肥紅瘦」為佳句，今亦謂此篇「寵柳嬌花」之語亦甚奇俟（當作俊），前此未有若此之佳者。（同前）

一五二　歐陽永叔《瑞鶴仙》「臉霞紅印枕」：永叔此詞摹寫傷春之懷，委婉清新，可以奏之絲竹，不減唐人風致。　又：末掉意溢言外。（同前）

一五三　歐陽永叔《浣溪沙》「雨過殘紅濕未飛」：詞新意雅，不踐人間蹊徑。（同前）

一五四　韋莊《小重山》「一閉昭陽春又春」：宫詞有云：「玉顏不及寒鴉色，猶帶昭陽日影來。」所謂怨而不怒，最為得體者。（同前）

一五五　李後主《玉樓春》「晚妝初了明肌雪」：人主叙宫中之樂事，自是親切，不與他詞同。（同前）

一五六　秦少游《蝶戀花》「鐘送黄昏雞報曉」：用口頭話平平鋪叙，自有一種閑雅，包括世態人情殆

盡。（同前）

一五七　吴彦高《青衫濕》「南朝千古傷心地」：懷往事之可悲，思今日之奇遇。又：花庵詞客云：右詞精妙悽惋，惜無人拈出，今録入選，必有能知其味者。（同前）

一五八　曾純甫《金人捧露盤》「記神京」：謝靈運每言良辰美景賞心樂事四者難並，以故高人逸士尋芳載酒，未嘗落後。又：玉林詞選云：公即東都故老，及見中興之盛者。詞多感慨。庚寅春，奉使過京師，作《金人捧露盤》、《憶秦娥》等曲，悽然有黍離之悲。如邯鄲道上望叢臺，有感作《憶秦娥》云：「風蕭瑟，邯鄲古道傷行客，傷行客，繁華一瞬，不堪思憶。叢臺歌舞無消息，金尊玉管空陳迹。空陳迹，遠天草樹，暮雲凝碧。」亦有感慨，故併録之。（同前）

一五九　周美成《石州慢》「寒水依痕」：感時恨别，惆悵飄零，往事流年，盡見之矣。（同前）

一六〇　吴彦高《春從天上來》「海角飄零」：吴自叙云：會寧府遇老姬，善鼓瑟，自言梨園舊籍，因有感而賦此。後三山鄭中卿嘗從張貴謨使虜，亦聞虜中有歌之者。（同前）

一六一　李後主《蝶戀花》（當作《虞美人》）「春花秋月何時了」：山谷羡後主此詞。荆公云，未若「細雨夢回雞塞遠，小樓吹徹玉笙寒」，尤為高妙。（同前）

一六二　張子野《青門引》「乍暖還輕冷」：張三影胸次超脱，啓口自是不凡。（同前）

一六三　俞克成《蝶戀花》「夢斷池塘驚乍曉」：此樣詞調如駕輕車、就熟路，無纖毫窒礙，一氣滚來，妙，妙。（同前）

一六四　俞克成《蝶戀花》「海燕雙來歸畫棟」：此亦有感而言，辭氣流利，足爽人口。（同前）

一六五　歐陽永叔《青玉案》「一年春事都來幾」：春深景物繁華，最能動人情意，歐陽公備言之矣。（同前）

一六六　歐陽永叔《浪淘沙》「把酒祝東風」：此一句與老杜「明年此會知誰健」意同。（同前）

一六七　周美成《夜飛鵲》「河橋送人處」：古樂府：「行行重行行，與君生別離。相去萬餘里，各在一天（當作天一）涯。道路阻且長，會面安可期。胡馬依北風，越鳥棲南枝。」（同前）

一六八　歐陽永叔《踏莎行》「候館梅殘」：别調有云：便做一江春水，都是淚，流不盡，許多情意同。（同前）

一六九　周美成《浪淘沙慢》「晝陰重」：古人餞送行者，或以物，或以酒，然物有盡而文之意無盡，酒有窮而言之味無窮，故送別以贈言為尚。又：結句清麗，令人惕然。（同前）

一七〇　蘇東坡《蝶戀花》「春事闌珊芳草歇」：當鳥啼花落之時，自能動人離思之苦，況夢回月落，其情尤所不堪者。（同前）

一七一　蘇子瞻《江城子》「天涯流落思無窮」：傷别之意，至矣盡矣。又：末掉二句尤妙。（同前）

一七二　秦少游《江城子》「西城楊柳弄春柔」：「碧野朱橋」，正是離别之處。「飛絮落花」，言其景。「春江」二句，言其情也。又：但用柳，又用絮，似疊牀。（同前）

一七三　趙承之《念奴嬌》「舊遊何處」：金湯言金城湯池，形勝之險固也。　又：引王儉故事。（同前）

一七四　康伯可《喜遷鶯》「臘殘春早」：按康與之此詞，語意儘佳，惜皆媚竈之語，蓋為檜相作耳。（同前）

一七五　晁無咎《摸魚兒》「買陂塘」：孫仲益曰：軒冕之榮，造物於人不甚愛惜，而一丘一壑，未嘗輕以與人。觀晁公此詞，亦得經丘尋壑之樂，而不為蝸名蠅利所制縛者。　又：花庵詞客云：晁無咎《摸魚兒》，真能道急流勇退之意，真西山極愛賞之。（同前）

一七六　周美成《玉樓春》「桃溪不作從容住」：作天台詞，以劉、阮事實入講最為得體。　又：劉、阮必儀表非常可度世者，惜其求歸，拙矣。　又：按東坡有《點絳脣》詞詠天台云：「醉漾輕舟，信流直到花深處。塵緣相誤，無計花間住。但烟水茫茫，回首斜陽，暮山無數。亂紅如雨，不計來時路。」蓋全用劉晨、阮肇天台事也。（同前）

一七七　歐陽修《朝中措》「平山闌檻倚晴空」：山色有無中，寫景絕。　又：愚按：歐陽文忠公守維揚日，于城西北大明寺側建平山堂，頗得游觀之勝。金華劉源父出守揚州，文忠公作《朝中措》以餞之。後東坡亦守是邦，登平山堂有感，而賦《西江月》一闋云：「三過平山堂下，半生彈指聲中。十年不見老仙翁，壁上龍蛇飛動。　欲吊文章太守，仍歌楊柳春風。休言萬事轉頭空，未轉頭時皆夢。」末句感慨之意見於言外。（同前）

一七八 蘇東坡《哨遍》「為米折腰」：坡老心慕淵明，此詞故為之檃括，所謂惟豪傑而後識豪傑也。胸中磊落如此，二公蓋有無入不自得者，曠世所稀見也。又：東坡自序云：陶淵明賦《歸去來辭》，有其詞而無其聲。余治東坡，築雪堂於上，人俱笑其陋，獨鄱陽董毅夫見而悦之，有卜鄰之意。乃取《歸去來辭》，稍歸檃括，使合聲律，以遺毅夫，使家僮歌之，時相從於東坡，釋耒（當作耒）而和之，扣生（當作牛）而為之節，不亦樂乎？（同前）

一七九 歐陽永叔《玉樓春》「妖冶風情天與措」：雞即鳴，則東方白矣，雖有迷花戀酒之情，不能久留，故用一愁字，最巧。又：按司馬槱有贈妓一詞，名《蝶戀花》云：「妾本錢塘江上住，花落花開，不管流年度。燕子銜將春色去，紗牕幾陣黄梅雨。斜插犀梳雲半吐，檀板輕敲，唱徹黄金縷。望斷行雲無覓處，夢回明月生南浦。」〇又毛澤民有詞贈錢塘江妓女，名《惜分飛》：「露濕闌干花著露，愁到眉峰碧聚。此恨平分取，更無言語空相覷。斷雨殘雲無意緒，寂寞朝朝暮暮。今夜山深處，斷魂分付潮回去。」大為東坡稱賞，澤民由此得名。此二詞結語皆祖六一翁詞意。（同前）

一八〇 周美成《虞美人》「落花已作風前舞」：前狀風，後寫情，清新典雅，其味無窮。（同前）

一八一 朱希真《念奴嬌》「别離情緒」：見景傷懷，亦閨婦本然事。又：以文君夜奔風情言之，醜也。（同前）

一八二 周美成《蘇幕遮》「隴雲沉」：詞鋒銛利，筆力縱横，才華當出沈、謝之右。（同前）

一八三 秦少游《水龍吟》「小樓連苑横空」：少游才捷，人謂其為頃刻開花，如此詞按景鋪叙，亦婉曲有余味也。又：《高齋詩話》：秦少游在蔡州，與官妓婁婉字東玉者甚密，贈之詞云：「小樓連苑横空。」又曰：「玉佩丁東别後」是也。又贈妓陶心兒詞《南鄉（當作歌）子》云：「玉漏迢迢盡，銀河淡淡横。夢回宿酒未全醒，已被鄰雞催起怕天明。　臂上妝猶在，襟間淚尚盈。水邊燈火漸人行，天外一鈎殘月帶三星。」末句謂「心」字也。（同前）

一八四　宋豐之《小重山》「花樣妖嬈柳樣柔」：此詞風情雅致，曲盡佳人之態，末寫留戀意，尤妙。（同前）

一八五　黄魯直《鷓鴣天》「西塞山邊白鷺飛」：范希文贈釣者詩：「江上往來人，盡愛鱸魚美。君看一葉舟，出没煙濤裡。」又：山谷自序云：李如篪云玄真子《漁父詞》以《鷓鴣天》歌之，極入律，但少數句，因以玄真子遺事足之。憲宗畫像訪之江湖，不得。因令集其歌詩上之。玄真兄松齡懼其放浪而不返，和其《漁父》云：「樂在風波釣是閑，草堂松桂已勝攀。太湖水，洞庭山，狂風浪起且須還。」此余續成之意。（同前）

一八六　張仲宗《漁家傲》「釣笠披雲青嶂繞」：晉（當作唐）賜張志和一奴一婢，曰漁童、稚青。又：苕溪漁隱云：張仲宗有《漁家傲》詞，余往歲在錢塘，與仲宗從遊甚久，仲宗手寫此詞相示，云舊所作也。其詞第二句元是「樧頭雨細春江渺」，余謂仲宗曰：樧頭雖是船頭名，今以雨襯之語，晦而病。因為改作「緑簑雨細」，仲宗笑以為然。又有一詞亦寄調《漁家傲》云：「樓外天寒山欲暮，溪邊雪夜藏雲樹。小艇風斜沙嘴露，流年度，春光已向梅梢住。　短夢今宵還到否，葦村四望知何處。

客裏從來無意緒，催歸去，故園正要鶯花主。」（筆者按：有眉批云：末譬之更清婉流麗，妙甚。）此詞亦清新流麗，故併附録於此。（同前）

一八七 黄山谷《阮郎歸》「歌停檀板舞停鸞」：羅景綸瀹茶詩：「松風檜雨到來初，急引陶瓶離竹爐。待得聲聞俱寂後，一瓶春雪勝醍醐。」此法不可不知，蓋湯嫩則味甘，湯老則味苦矣。《古今詞話》云：觀者歎服此詞，八句狀八景，音律一同，殊不散亂。人争寳之，猶之琬琰挂於堂室之間也。〇愚觀山谷集有一曲詠煎茶，亦名《阮郎歸》云：「烹茶留客駐金鞍，月斜牕外山。見郎容易別郎難，有人愁遠山。　歸去後，憶前歡，畫屏金博山。一杯春露莫留殘，與郎扶玉山。」併附于此。（同前）

一八八 黄魯直《浣溪沙》「堤上遊人逐畫船」：高人胸次，超脱隨在，皆樂境，於此可見矣。《候鯖録》云：歐陽永叔《浣溪紗》云：「堤上遊人逐畫船，拍堤春水四垂天，緑楊樓外出鞦韆。」此等語，要皆絶妙。只一「出」字，是後人著意道不到處。黄魯直云：東坡居士曲，世所見者幾百首，或謂於音律小不諧。此詞横放傑出，自是曲子中縛不住者。（同前）

一八九 黄山谷《西江月》「斷送一生惟有」：本旨勸酒，而通篇不露本來面目，造鳳樓手也。又：《陳後山詩話》云：此詞用韓文公《遣興》詩「斷送一生惟有酒」，又《贈鄭兵曹》詩「破除萬事無過酒」，纔去了一「酒」字，遂為切對，而語益峻。又云：「杯行到手莫留殘，不道月斜人散。」謂思相離之憂，則不得不盡飲，俗一改為「留連」，遂使兩句文義相失，故併附録於此。（同前）

一九〇　史邦卿《雙雙燕》「過春社了」：此詞形容燕子棲簷入幙，輕飛巧語，掠水銜泥，其態度盡之矣。又：玉林詞話云：姜堯章極稱賞「柳昏花暝」之句，形容雙燕，亦曲盡其妙矣。（同前）

一九一　柳耆卿《黄鶯兒》「園林晴晝春誰主」：《説文》：黄鶯，倉庚也，一名商庚，一名鵹黄，又名黄袍，齊唤搏黍，楚人謂楚雀。唐明皇呼為金衣公子。《月令》云：倉庚鳴則蠶生。（同前）

一九二　康伯可《滿江紅》「惱殺行人東風裏」：梅聖俞《禽言》：「不如歸去，春山云暮。萬木兮參天，蜀天兮何處。人言有翼可歸兮，豈忍空啼向高樹。」（同前）

一九三　章質夫《水龍吟》「燕忙鶯懶芳殘」：此言楊花散亂輕盈，乘風帶雨，滚地撲人，糁徑穿簾，輕薄悠揚之態，盡於詞内見之。玉林詞話云：質夫「傍珠簾散漫」數語形容盡之矣。（同前）

一九四　蘇東坡《水龍吟》「似花還似非花」：古詩：「輕飛不假風，輕落不委地。撩亂惹情（當作晴）空，廢（當作發）人無限思。」可為此評。又：《曲洧舊聞》云：章質夫《水龍吟》詠楊花，其命意用事清灑可愛，東坡和之，若豪放不入律吕。徐而視之，聲韻諧婉，更覺質夫詞有織繡工夫。故晁叔用云：東坡如毛嬙、西施，净洗脚及面，來與天下婦人鬭巧，質夫豈可比耶？（同前）

一九五　周美成《水龍吟》「素肌應怯餘寒」：喻梨花清潔之姿，羣花無比，詩人所詠「一枝帶雨冰肌冷，幾樹含風雪色新」之句，最為切當。（同前）

一九六　周美成《蘭陵王》「柳陰直」：古人所謂「絲絲能係别離情」，正此意。又：追思往事，維以不永懷。（同前）

一九七　林君復《點絳脣》「金谷年年」：昔周茂叔牕前草不除，與自家意思一般，見道之言也。又：《詩話總龜》云：林和靖不特工於詩，尤工於詞曲，如作《點絳脣》，乃詠草耳，終篇不出一草字。（同前）

一九八　辛幼安《摸魚兒》「更能消幾番風雨」：留春之意，溢於言外。　又：因晚春而傷舊事，誦之令人有感。《鶴林玉露》云：詞意殊怨，「斜陽烟柳」之句，其與「未須愁日暮，天際乍輕陰」者異矣，使在漢、唐時，寧不賈種豆、種桃之禍哉？愚聞壽王見此詞頗不悦，然終不加罪，可謂至德也已。又題江西造口詞：「鬱孤臺下清江水，中間多少行人淚。西北是長安，可憐無數山。　青山遮不住，畢竟東流去。江晚正愁予，山深聞鷓鴣。」蓋南渡之初虜人追隆祐太后御舟至造口，不及而還，幼安因此起興。「聞鷓鴣」之句，謂恢復行不得也。（同前）

一九九　李易安《武陵春》「風住塵香花已盡」：物是人非，覩物寧不傷感？（同前）

二〇〇　辛幼安《祝英臺近》「寶釵分」：此以心中愁懷歸於春上，極有風致，但天公不管人憔悴耳。（同前）

二〇一　康伯可《風入松》「一宵風雨送春歸」：昔箕仙《送春吟》云：「怨風怨兩（當作雨）揔皆非，風雨不來春自歸。」「我亦欲歸歸未得，杖頭空掛一簑衣。」（同前）

二〇二　周美成《如夢令》「池上春歸何處」：二詞（另為下一首）俱有意致。（同前）

二〇三　周美成《如夢令》「花落鶯啼春暮」：詞語佳麗。（同前）

二〇四　李易安《如夢令》「昨夜雨踈風驟」：李易安詞華可與朱淑真埒。又：《苕溪詞話》云：近時婦人能文詞如李易安，頗知佳句，如云「緑肥紅瘦」，只此語甚新。又九日詞「簾捲西風，人似黄花瘦」，此言亦婦人所難到也。（同前）

二〇五　張仲宗《滿江紅》「春水連天桃花浪」：春事瓓珊，自是愁人時節。（同前）

二〇六　晁無咎《滿江紅》「東武南城新堤固」：三分春色止留一分，非春暮而何？（同前）

二〇七　賀方回《青玉案》「凌波不過横塘路」：吴自江口沿淮築隄，謂之横塘。樓臺花木之盛，天下莫比。又：《潘子真詩話》：世稱方回作「梅子黄時雨」為絶倡，蓋用寇萊公話也。寇云：「杜鵑啼處血成花，梅子黄時雨如霧。」（同前）

二〇八　賀方回《柳梢青》「子規啼血」：當鳥啼花落春歸之候，高人對此，寧不動懷？（同前）

二〇九　賀方回《點絳脣》「紅杏飄香柳含烟」：暮春景物，最是愁人，此作得之矣。（同前）

二一〇　李易安《怨王孫》「夢斷漏悄」：形容春暮，詞意俱到。又：結語尤有味。（同前）

二一一　李易安《怨王孫》「帝里春晚」：《開元遺事》：唐宫寒食節，立鞦韆為樂，呼半仙戲。（同前）

二一二　李易安《浣溪沙》「樓上晴天碧四垂」：鳥啼花落，九十春光去矣。（同前）

二一三　温飛卿《玉樓春》「家臨長信往來道」：「車輕」、「帳煖」二句有富貴態。又：苕溪漁隱云：飛卿作此曉春曲，殊有富貴佳致。（同前）

二一四　晁無咎《臨江仙》「緑暗汀洲三月暮」：鋪叙春暮之景，不但在落花茂葉見之，至末「行雲」二

句，更含蓄有情。（同前）

二一五 李世英《蝶戀花》「遥夜亭皋閒信步」：景物依稀，人心憔悴，盡於詞意中見之。（同前）

二一六 蘇子瞻《蝶戀花》「花褪殘紅青杏小」：古詩：「杏花結子春深後，誰解多情又復來。」又：《古今詞話》：予得此詞真本於友人處，極有理趣。「緑水人家遶」，非遶字，乃曰「人家曉」。曉字與遶字，蓋雲（當作霄）壤也。（同前）

二一七 晏同叔《蝶戀花》「簾幙風輕雙語燕」：晏同叔，乃叔原之父，皆擅才名，所謂有是父有是子也。（同前）

二一八 歐陽永叔《蝶戀花》「庭院深深深幾許」：首句疊用三箇「深」字，最新奇。後段形容春暮光景殆盡。又：易安居士序：歐陽公作《蝶戀花》，有「深深深幾許」之句，予酷愛之，用其語作深深數闋，其聲即舊《臨江仙》也。（同前）

二一九 葉道卿《賀聖朝》「滿斟緑醑留君住」：春色止三分，而二分愁悶，一分風雨，在人何及時行樂乎？（同前）

二二〇 僧皎如晦《卜算子》「有意送春歸」：送春之詞，此作至矣。（同前）

二二一 張子野《天仙子》「水調數聲持酒聽」：按張子野作樂府詞，有「三中」、「三影」，果奇句，為騷壇絶倡，至今誦之，快耳賞心。 又：《古今詩話》：有客謂張子野曰：「人皆謂公張三中，心中事、眼中淚、意中人也。」公曰：「何不目之為張三影？」客不曉，公曰：「『雲破月來花弄影』、『嬌柔懶起，簾壓捲花影』、『柳徑無人，墜飛絮無影』，此余平生所得意也。」○《高齋詩話》：子野有詩云：「浮萍斷處見山影。」又長短句：「雲破月來花弄影。」又云：「隔牆送過鞦韆影。」並佳。世謂張三影。（同前）

二二二　周美成《法曲獻仙音》「蟬咽凉柯」：前段以初夏景物有困人之意，後則致思感歎之辭也。（同前書卷四）

二二三　葉夢得《賀新郎》「睡起流鶯語」：即初夏之景，寫出一篇心事，令人誦之，塵鞅頓釋。

又：詞華飄逸，造鳳樓手亦不是過也。（同前）

二二四　王和甫《瀟湘逢故人慢》「薰風微動」：即初夏之景，以適幽閑之趣。又：青梅煮酒，用曹孟德征張秀時事。（同前）

二二五　康伯可《大聖樂》「千朵奇峰」：素位而行，不以功名富貴累其心者，而後能為此言。

又：大順大化，於此可見。（同前）

二二六　蘇東坡《阮郎歸》「緑槐高柳咽新蟬」：新蟬小荷，皆初夏之景，但榴花在五月，而四月亦或有之，詞令上乘也。（同前）

二二七　曾純甫《阮郎歸》「柳陰庭館占風光」：言言點景，有敲金戛玉聲。（同前）

二二八　蔣子雲《小重山》「花過園休清蔭濃」：以竹初落擇，荷已翻風，描出初夏景象，何等精當。（同前）

二二九 蔣子雲《好事近》(當作《齊天樂》)「疏疏幾點黄梅雨」：漢制，令郡國進梟，五月五日為羹，賜百官，取去凶人之義也。又：此又吊靈均之忠憤意。(同前)

二三〇 吴子和《喜遷鶯》「梅霖初歇」：《荆楚記》：屈原以是日溺於汨羅江，楚人以舟拯之。今競渡，乃其遺俗。(同前)

二三一 蘇子瞻《南柯子》「山與歌眉斂」：蘇公之詞，非寫景物而已，且引古人以涉時事，遠見近聞皆到，豈淺衷薄識者所能道耶？(同前)

二三二 劉方叔《賀新郎》「翠葆摇新竹」：懸艾泛蒲，浴蘭鬬草，繫縷競渡，皆端午日事，至今從之。

又：撫景吊古，風味頓殊，於先輩可謂善詞賦者。(同前)

二三三 劉潛夫《賀新郎》「深院榴花吐」：《月令》：日月會工鶉首之次，律中蕤賓，五月五日為天中節。

又：俗傳所投角黍為蛟龍奪食，似無稽。(同前)

二三四 劉潛夫《賀新郎》「思遠樓前路」：歌此楚哀聲也，至今競渡用之，所以吊忠魂於千載之下矣。(同前)

二三五 歐陽永叔《臨江仙》「池外輕雷池上雨」：此以輕雷、時雨、荷花點出四月清和之景，又叙宫中華麗之可樂也。(同前)

二三六 謝無逸《千秋歲》「楝花飄砌」：此言獨處深閨，晝長人倦，觸目感心，自有不能釋然者。(同前)

二三七　周美成《隔浦蓮》「新篁摇動翠葆」：韓嫣好彈，以金為丸捕打飛鳥，一日所失十餘。時人為之語曰：「若饑寒，逐金丸。」争拾取之。又：苕溪漁隱云：美成此詞「浮萍破處，簷花簾影顛倒」，杜少陵詩：「燈前細雨簷花落。」美成「簷花」二字，與出處意不相合，乃知用字之難如此。（同前）

二三八　柳耆卿《訴衷情近》「景闌晝永」：對首夏清和之景，嗟我懷人，自不能遐置也。（同前）

二三九　周美成《側犯》「暮霞霽雨」：將景中點古人故事，照應得好，有平中之奇，人人爽心奪目。又：壘土為墮，以居酒甕為壚。（同前）

二四〇　周美成《憶王孫》「風蒲獵獵小池塘」：以針線慵拈，正見婦人傷景處，涵養有趣。（同前）

二四一　周美成《浣溪沙》「日射欹紅蠟蒂香」：長夏天氣，困人憂思，最切。（同前）

二四二　周美成《浣溪沙》「翠葆参差竹徑成」：竹團翠蓋，荷跳明珠，燕舞輕風，魚吹細浪，美景可人，宛然在目睫矣。（同前）

二四三　劉巨濟《夏初臨》「泛水新荷」：劉公胸次悠然，與造化同遊衍，故其吐詞乃能活潑潑地，布景寓懷俱精到。（同前）

二四四　王逐客《雨中花》「百尺清泉聲陸續」：《温叟詩話》云：余嘗觀此詞，不用浮瓜沉李之事，而天然有塵外凉思，其詞語非觸熱者之所知也。（同前）

二四五　柳耆卿《過澗歇》「淮楚曠望極千里」：當夏日之可畏，而有散髮披襟、吟風弄月之懷，傑出

塵寰者。(同前)

二四六　周美成《塞翁吟》「暗葉啼風雨」:對景興懷,寄之筆舌,而音律鏗鏘,不怕周郎顧者。(同前)

二四七　周美成《滿庭芳》「風老鶯雛」:出口成詞,平平。鋪叙自有一種閑雅,不當以凡品目之。末掉數句尤脱塵。(同前)

二四八　劉巨濟《聲聲令》「梅黄金重」:細嚼此詞,乃勘破浮雲世態,而徜徉於松羅泉石之間者,高人也。(同前)

二四九　柳耆卿《女冠子》「淡烟飄薄」:李詩:「懶摇白玉扇,裸袒青林中。脱巾掛石壁,浮瓜灑松風。」亦可謂得避暑之趣者。(同前)

二五〇　柳耆卿《女冠子》「火雲初布」:首叙長夏景物之可人,次懷往昔佳會之難再,言約意盡矣。(同前)

二五一　劉巨濟《清平樂》「深沉玉宇枕簟清」:此詞布盡長夏昕夕之景。(同前)

二五二　柳耆卿《夏雲峰》「宴堂深軒檻」:此詞以夏日消閑宴樂發揮胸中清興,醉舞狂歌,無拘無束之意。(同前)

二五三　周美成《過秦樓》「水浴清蟾」:月明夜寂,自有一種清況。嗟我懷人,不能成寐,亦本然事。又:末結有味。(同前)

二五四　蘇東坡《賀新郎》「乳燕飛華屋」：坡公此詞冠絶古今，苕溪之論誠矣。楊湜謂其為風流太守，豈虚語哉！但其以《賀新郎》當改為新涼，乃係臆見，似未可從也。又：末句更新奇。

又：《古今詞話》云：蘇子瞻守錢塘，有官妓秀蘭，天性黠慧，善于應對。胡（當作湖）中有宴會，羣妓畢至，惟秀蘭不來。遣人督之，須臾方至。子瞻問其故。對以髮結沐浴，不覺困睡，忽有人扣門聲，急起而問之，乃樂營將催督也，非敢怠忽，謹以實告。子瞻亦恕之。坐中倅車屬意於蘭，見其晚來，恙（當作恚）恨未已，責之曰：「必有他事，以此晚至。」秀蘭力辨，不能止倅之怒。是時榴花盛開，秀以一枝藉手，告倅，其怒愈甚，秀蘭收淚無言。子瞻作《賀新涼》以解之，其怒始息。子瞻之作皆紀目前之事，蓋取其沐浴新涼，曲名《賀新涼》，後人不知之，誤為《賀新郎》，蓋不得子瞻之意也。子瞻真所謂風流太守也，豈可與俗吏同日語哉？　又：苕溪漁隱云：野哉，楊湜之言，真可入笑林。東坡此詞冠絶古今，託意高遠，寧為一娼而發？「簾外誰來推繡户，枉教人夢斷瑶臺曲，又却是，風敲竹」，用古詩「簾捲風動竹，疑是故人來」之句，今乃云忽有人扣門聲，急起而問之，乃樂營將催督，此可笑者一也。「石榴半吐紅巾蹙，待浮花浪蘂都盡，伴君幽獨。穠艷一枝，細看芳心，千重似束」，蓋初夏之時，千花零落，惟榴花獨艷，因為幽閨之情，今乃云榴花盛開，秀蘭以一枝藉手告倅，此可笑者二也。此詞腔調寄《賀新郎》，乃古曲名也，今乃云取其沐浴新涼，曲名《賀新涼》，後人不知之，誤為《賀新郎》，此可笑者三也。《詞話》中可笑者甚衆，姑舉其尤者，第東坡此詞深為不幸，横遭點污，吾不可無一言以雪其恥。　又：九我（按：南圖藏本作『青陽』）云：苕溪之説近是。（同前）

二五五　趙文鼎《賀新郎》「畫永重簾捲」：此詞點景寓懷，一筆寫成，無少牽强，而曲中宫商，可入絲竹者也。（筆者按：後三句因紙破損而殘缺，據南圖藏本補。）（同前）

二五六　僧仲殊《念奴嬌》「故園避暑」：當茂林修竹之下，脱巾露頂，一觴一詠，撫景題詩，得其自然之樂，長嘯於天地間，何必會飲於河朔也？　又：後段追思古人之風，又生今人之感，托意幽深，見于詞外。（同前）

二五七　僧仲殊《新荷葉》「雨過回塘」：「若耶溪傍採蓮女，笑隔荷花共人語。日照新妝水底明，風飄香袖空中舉。」亦此意。（同前）

二五八　張安國《滿江紅》「斗帳高眠」：古人咏雨云：「十年舊夢傷春老，一夜新愁逐雨來。」最爲精當，與此目同。

二五九　蘇子瞻《洞仙歌》「冰肌玉骨」：坡公，其食土炭者耶？何其吐露無烟火氣乃爾。　又：東坡自序云：僕七歲時，見郿州老尼姓朱，忘其名，年九十餘。自言嘗隨其師入蜀主孟昶宫中，一日大熱，主與花蕊夫人夜起避暑摩訶池上，作一詞。朱尼能記之，今四十年，朱已死久矣，人無知此者。獨記其首兩句，暇日尋味，豈《洞仙歌》令乎？　今乃爲足之云云。　又：《漫叟詩話》云：楊元素作《本事曲》記東坡《洞仙歌》詞，謂錢塘有一老尼，能誦後主詩首章兩句，後人爲足其意，以填此詞。予嘗見一人誦全篇云：「冰肌玉骨清無汗，水殿風來暗香滿。簾開明月獨窺人，欹枕釵横雲鬢亂。起來瓊户寂無聲，時見疎星渡河漢。屈指西風幾時來，只恐暗中流年换。」　又：苕溪漁隱

云：《漫叟詩話》所載《本事曲》云錢塘一老尼能誦後主詩首章兩句，與東坡《洞仙歌》序全然不同，當以序為正也。（同前）

二六〇　李知幾《臨江仙》「煙柳疎疎人悄悄」：夜闌人寂，月下聞笙，獨居幽思，於是為切，此詞真得之矣。（同前）

二六一　周美成《柳梢青》「有箇人人」：以海棠喻佳人，借楊妃事。又：「斗帳」三句尤新奇。（同前）

二六二　蘇東坡《滿庭芳》「香靉雕盤」：種種風流情緒，且以當時諸公綺語織成一篇詞曲，字字句句見之，真如佳人歌舞於目中。又：玉林詞選云：柳耆卿有《晝夜樂》詞云：「綉者家住桃花徑，散神仙才堪並。層波細翦明眸，膩玉圓搓素頸。愛把歌喉當筵逞，遏天邊雨雲愁凝，言語是嬌鶯，一聲聲堪聽。洞房飲散簾幃静，擁香衾歡心逞。金爐麝裊青烟，鳳帳燭摇紅影。無限狂心乘酒興，這歡娛，漸入佳境。猶自怨鄰雞，道秋宵不永。」蓋謂贈坡妓也。此辭豔麗以淫，不當入選，以東坡嘗用其語，故收録之。（同前）

二六三　蘇子瞻《憶秦娥》「香馥馥」：詞意新婉，有所思而云然者。（同前）

二六四　周美成《意難忘》「衣染鶯黄」：此乃形容佳人態度風情，極其工巧，且曲中音律，詞令上品也。（同前）

二六五　周美成《解連環》「怨懷難託」：懷古傷今，言言雅練，若周君，可謂善形容閨中之情者。

又：燕子樓，乃張所建。又：末段詞語健麗新奇。（同前）

二六六　黄魯直《憶秦娥》「花深深」：形容閨中之情最真切。（同前）

二六七　孫夫人《風中柳》「銷減芳容」：「不為傍人羞不起，為郎憔悴却羞郎」，可為此評。（同前）

二六八　周美成《風流子》「新緑小池塘」：情調欲歌先咽，意冲冲，從此各西東。愁人怕對黄昏，窗兒外，疏雨滴梧桐。細思量，不如桃李，猶解嫁春風。（同前）

二六九　和凝《小重山》「春入神京萬木芳」：詞只五十餘字，而宫闈之怨，盡涵其中，大家作手也。又：愚按：和凝為石晉宰相，有《喜遷鶯》一詞云：「曉月墜，宿雲披，銀燭錦屏帷。建章鐘動玉繩低，宫漏出花遲。春態淺來雙燕，紅日漸長一線。嚴妝欲罷轉黄鸝，飛上萬年枝。」此詞與《小重山》詞語意相類，至于《薄命女》一詞云：「天欲曉，宫漏穿花聲繚繞。牕裏星光少。冷霧寒侵帳額，殘月光沉樹杪。夢斷錦幃空悄悄，强起愁眉小。」細嚼此詞，頗盡宫中幽怨之意，併附録于此。（同前）

二七〇　周美成《西河》「佳麗地」：《蘭亭記》云：情隨事遷，感慨繫之矣。向之所忻羡，俛仰之間，已為陳迹，猶不能不以之興懷。又：王、謝當以漁隱之議為是，更有烏衣巷可證。又：《漁隱叢話》云：王、謝是二姓，即王導、謝安之族所居，名烏衣巷。有曰烏衣之聚，不當作榭字（一作謝安）。或者乃引劉氏《摭遺》所載，唐王榭航海遇風，抵一州，見烏衣國王，以女妻之。後榭思歸，取飛雲軒，令榭入其中，閉目少息，至其家，視之梁上雙燕呢喃，後寄詩曰：「誤到華胥國裏來，主人終日獨憐才。雲軒漂去無消息，灑淚春風幾百回。」女荅曰：「昔日相逢冥數合，今時睽遠是生離。來年縱有相思字，三月天南無雁飛。」此小説虚誕，何可信哉？（同前）

二七一　陳去非《臨江仙》「憶昔午橋橋上飲」：古詩：「天地無情吾輩老，江山有限古人休。」亦吊古傷今之意。苕溪漁隱云：去非舊有詩云：「風流丘壑真吾事，籌策廟堂非所知。」其後登政府，無所建明，卒如其言。〇九日詞云：「九日登臨有故常，隨晴隨兩（當作雨）一傳觴。」用退之《淮西碑》故事，故常之語。如憶吴中舊遊《臨江仙》一闋，清婉奇麗，簡齋詞集云惟此詞最優。（同前）

二七二　周美成《尉遲盃》「隋堤路」：遠遊曰離，近出曰别，此辭備言離别之苦。（同前）

二七三　蘇東坡《虞美人》「波深（當作聲）拍枕長淮曉」：離情無限，故淚多於酒，與「離愁漸遠漸無窮，迢迢不斷如春水」同意。（同前）

二七四　寇平仲《陽關引》「塞草烟光闊」：王右丞陽關絶句，古今人多用其語意，不特一平仲也。又：苕溪漁隱云：王右丞絶句云：「渭城朝雨浥輕塵，客舍青青柳色新。勸君更盡一杯酒，西出陽關無故人。」此《送元二使安西》餞别之詩也。近世又歌入《小秦王》，更名《陽關曲》，蓋用詩中語也。舊本《蘭畹集》載寇萊公《陽關引》，其語豪壯，其送别之曲，當為第一，亦以此絶句復入詞中云云。（同前）

二七五　蘇東坡《八聲甘州》「有情風萬里捲潮來」：坡公之詞輕清瀟灑，如蓮花出池，亭亭净植，無半點塵俗氣。又：苕溪漁隱云：《晉書》謝安雖受朝寄，然東山（脱「之志」二字）始末不渝，每形於言色。及鎮新城，盡室而行，造浮海之裝，欲須經略粗定，自海道還東。雅志未就，遂遇疾篤還都，尋薨。羊曇為安所愛重，安薨後，輟樂彌年，行不由西州路。嘗因大醉，不覺至州門，左右白曰：「此西州門也。」曇悲感，以馬策扣扉，誦曹子建詩曰：「生存華屋處，零落歸山丘。」因慟哭而去。故坡用此故事，若世俗之論，必以為成讖矣。然其詞石刻後東坡題云元祐六年三月六日。余以《東坡年譜》考之：元祐四年知杭州，六年召為翰林學士承旨，則此詞蓋此時作也。自後復守潁，徙揚，入長禮曹，出帥定武，至紹聖元年方南還（當作遷）嶺表，建中靖國元年北歸，至常乃薨，凡十一載，則世俗成讖之論，果足信耶？（同前）

二七六 宋謙父《蓦山溪》「壺山居士」：如此安貧樂道，有無入而不自得之趣。（同前）

二七七 辛幼安《水龍吟》「渡江天馬南來」：公理宗朝致政隱退，以家事付兒郎，作《西江月》詞云：「萬事雲煙忽過，一身蒲柳先衰。而今何事最相宜，宜醉宜遊宜睡。」詞意極超脱。（同前）

二七八 蘇東坡《滿庭芳》「蝸角虚名」：細嚼此詞而繹其義，自然胸次廣大，識見高明，居易俟命，而不役於蝸名蠅利間矣。又：按詩僧號悔（一作晦）庵者，亦有一詞，名《滿江紅》云：「擾擾浮生，待足何時是足。據見定，隨家豐儉，便堪龜縮。得意濃時休進步，須防世事多翻覆。枉教人，白了少年頭，空碌碌。　誰不願黄金屋，誰不愛千鍾粟。算五行不是，這般題目。枉使心機閑計較，兒孫自有兒孫福。又何須採藥訪蓬萊，但寡欲。」此詞亦是達觀之見，故附録之。（同前）

二七九 陳瑩中《青玉案》「人生南北如歧路」：言言見道，不為塵網所束縛者，吴公人品可想矣。

（同前）

二八〇　黄魯直《醉落魄》「紅牙板歇韶聲斷」：《六幺》，曲名也。此詞言茶之味美于酒，與玉川子之歌同意。（同前）

二八一　黄魯直《品令》「鳳舞團團餅」：昔陸羽著《茶經》一篇，時李季卿宣尉江南，召之，羽野服，挈具而入，李公心鄙之，取錢酬煎茶博士，羽自愧，更著《毁茶論》。又：苕溪漁隱云：黄魯直諸茶詞，余謂《品令》一詞最佳，道人使（當作所）不能道，尤在結尾二句見之。（同前）

二八二　晏叔原《鷓鴣天》「綵袖慇勤捧玉鍾」：晁氏謂叔原不襲人語，自成一家，議論最當。又：《文選》：《雪浪齋日記》言：晏叔原此詞云：「舞低楊柳樓心月，歌盡桃花扇底風。」此等語，不愧六朝宫殿體。又：趙德麟《侯鯖録》：晁無咎云：叔原不蹈襲人語，而風調閑雅，自是一家，如「舞低楊柳樓心月，歌盡桃花扇底風」，自可知此人不生於三家村中也。（同前）

二八三　張子野《生查子》「含羞整翠鬟」：鶯語百轉，而彈箏似之，其工見矣。（同前）

二八四　柳耆卿《望海潮》「東南形勝」：錢塘邑，屬今杭州，有西湖水、蘇公堤，桂子荷花，極其富麗，士大夫嘗遊樂品題其間。羅鶴林云：此詞流播，金主亮聞歌，欣然有慕於「三秋桂子、十里荷花」，遂起投鞭渡江之志。近時謝處厚詩云：「誰把杭州曲子謳，荷花十里桂三秋。那知卉木無情物，牽動長江萬古愁。」余謂此詞雖牽動長江之愁，然卒為金主送死之媒，未足恨也。至於荷艷桂香妝點湖山之清麗，使士大夫流連於歌舞嬉遊之樂，遂忘中原，是則為可恨耳。（同前）

二八五　黄山谷《瑞鶴仙》「環滁皆山也」：此詞檃括《醉翁亭記》，併包無遺，妙，妙。（同前）

二八六　蘇子瞻《水調歌頭》「落日繡簾捲」：坡老「山色有無中」句，本永叔説來，形容山態最妙。或以為永叔短視，甚謬，甚謬。　又：《藝苑雌黄》云：歐陽公送劉貢父守維陽，作長短句云：「平山欄檻倚晴空，山色有無中。」平山堂望江左諸山甚近，或以為永叔短視，故云「山色有無中」。東坡笑之，因賦快哉亭道其事云：「長記平山堂上，欹枕江南烟雨，杳杳没孤鴻。認取醉翁語，山色有無中。」蓋山色有無，非烟雨不能然也。（同前）

二八七　秦少游《鵲橋仙》「纖雲弄巧」：按：七夕歌以雙星會少别多為恨，獨少游此詞謂「兩情若是久長時」二句，化陳腐，最能醒人心目。（同前書卷五）

二八八　謝勉仲《鵲橋仙》「鈎簾借月」：「鵲橋一别西風隔，天上人間總是愁」，可為此評。（同前）

二八九　柳耆卿《二郎神》「炎光初謝過」：齊武帝起層觀，七夕，宫人多登之穿針，故名其樓。　又：古詩所謂：「人間鈿合三山隔，天上靈槎一水通。」（同前）

二九〇　宋謙父《賀新郎》「靈鵲橋初就」：古詩：「雙星今日貪歡樂，那得工夫賜巧絲。」可見柳州作文之謬也。　又：次段言美景良辰，不宜虚度。（同前）

二九一　謝幼槃《醉蓬萊》「望晴峰染黛」：又古詩「此夜若無月，一年虚度秋」，又「慇懃莫負今宵賞，一落西山又隔年」，此確言也。（同前）

二九二　蘇東坡《念奴嬌》「憑高眺遠」：坡公襟懷寥廓，與上下同流，故其吐詞清雅飄逸，至今誦之，

令人翩翩然有羽化登仙之態。（同前）

二九三　葉少藴《念奴嬌》「洞庭波冷」：歐陽瞻序：秋之於時，後夏先冬，八月中秋季始孟，終十五於夜，又月之中，清光可愛，古今人所共賞者。（同前）

二九四　晁無咎《洞仙歌》「青烟羃處」：此詞布盡秋光，前後照應如織錦然，真天孫手也。　又：《苕溪叢話》云：凡作詩詞，要當如常山之蛇，救首救尾，不可偏也。如晁無咎作中秋《洞仙歌》，其首云「青烟幕處」，至「閑堦卧桂影」，固已佳矣。其後云：「待鄒（當作都）將許多明，付與金樽。」至「素秋千頃」，若此可謂善救首尾者也。至朱希真作中秋《念奴嬌》則不及此，其首云：「插天翠柳，被何人推上，一輪明月。照我藤牀凉似水，飛入瑶臺銀闕。」亦已佳矣。其後云：「洗盡凡心，滿身清露，冷浸蕭蕭髮。明朝塵世，記取休向人説。」此兩句全無意味，收拾不佳，遂并録其全篇，以見其氣索然矣。（同前）

二九五　東坡《水調歌頭》「明月幾時有」：東坡此詞都下傳唱，内侍録呈神宗，獨（當作讀）至「瓊樓玉宇不勝寒」，上曰：「蘇軾終是愛君。」量移汝州。　又：東坡自序云：丙辰中秋，歡飲達旦，大醉，作此篇，兼懷子由。　又：苕溪漁隱云：先君嘗云：柳詞「鼇山綵結蓬萊島」當云「綵締」，坡詞「低綺户」當云「窺綺户」，二字既改，其詞益佳。　又：苕溪云：中秋詞自東坡《水調歌頭》一出，餘詞盡廢，然其後亦豈無佳詞？如晁次膺《緑頭鴨》一詞殊清婉，但尊俎間歌喉，以其篇長憚唱，故湮没無聞焉。其詞曰：「晚雲收，淡天一片琉璃。爛銀盤、來從海底，皓色千里澄渾（當作輝）。瑩無塵、素娥澹佇，净可數、丹桂參差。玉露初零，金風未凛，一年無似此佳時。向坐久，疎星時度，烏鵲正南飛。瑶臺冷，闌干憑暖，欲下遲遲。念佳人、音塵隔後，對此應解相思。最關情、漏聲正永，暗斷腸、花影漸移。料得來宵，清光未減，陰晴天氣又争知。共凝戀、如今别後，還是隔年期。人縱健，清尊素月，長願相隨。」此詞清麗，併附録於此云。（同前）

二九六　辛幼安《金菊對芙蓉》「遠水生光」：按九為陽數，其日與月並應，故曰重陽。又：古詩：「人世難逢開口笑，菊花須（脱『插』字）滿頭歸。」（同前）

二九七　韓無咎《水調歌頭》「今日我重九」：此詞古雅豪邁，誦之，頓覺爽朗，蓋不羈之才，有養之士也。（同前）

二九八　蘇東坡《南鄉子》「霜降水痕收」：《三山老人語録》云：自來九日多用落帽事，獨東坡云破帽戀頭，乃翻案法。（同前）

二九九　蘇東坡《西江月》「點點樓前細雨」：「冷風凍雨又重九，泛菊囊萸自一觴。」可為此評。（同前）

三〇〇　黄山谷《鷓鴣天》「黄菊枝頭破曉寒」：此見道之言，勘破名利關頭者。（同前）

三〇一　僧仲殊《南柯子》「十里青山遠潮平」：值秋景之凄凉，天涯遊子自是不堪。（同前）

三〇二　陳後主《秋霽》「紅雨侵堦乍雨歇」：「霽色曉融珠露白，清江晚照練江澄。」可為此評。（同前）

三〇三　范希文《御街行》「紛紛墜葉飄香砌」：《古愁吟》：「來時何速去何遲，半在胸中半在眉。門掩落花春去後，窗涵明月酒醒時。」亦此意。（同前）

三〇四　柳耆卿《爪茉莉》「每到秋來」：搆意宏深，措詞剴切，柳不在周、秦、歐、黄下也。　又：九我云：柳公此詞秋夜説出許多凄凉之句，無奈感懷而已。若使丈夫處世，胸中豁然，何有此情？莫非設立此句，粧就如此，説得大好。（同前）

三〇五　柳耆卿《十二時》「晚晴初淡烟籠月」：客舍本自凄凉，秋宵聞見，倍增感慨。　又：親身經歷，故能道恁真切。（同前）

三〇六　柳耆卿《戚氏》「晚秋天，一霎微雨」：《秋雨吟》「點點不離楊柳外，聲聲只在芭蕉裡」也，不管滴破故鄉心，愁人耳。　又：勘破名利關，故言頭頭是道。（同前）

三〇七　黄山谷《念奴嬌》「斷虹霽雨」：山谷老迺風流人豪，才思天啓，故其出口成文有不期工而工者，豈若今人弄粉調脂，如舞訝鼓流乎？　又：苕溪漁隱云：山谷云：三月十七日，與諸甥步自永安城，入張寬夫園待月，以金荷葉酌客。客有孫淑（一作叔）敏善長笛，連作數曲。諸甥曰：「今日之會樂矣，不可以無述。」公因作曲記之，文不加點。或以為可繼東坡赤壁之詞云。（同前）

三〇八　范元卿《念奴嬌》「玉樓絳氣」：俗言月中有玉兔、金蟇、素娥、丹桂之説，甚謬。惟朱子云：「月中黑處，乃天地山河之影，其空處，海水影也。」斯言足以破千古之疑。　又（南圖藏本朱筆批）：聖莫能易。（同前）

三〇九 朱希真《念奴嬌》「插天翠柳」：古詩：「皎皎金波天際流，一輪碾破碧雲秋。」此貞明之象萬古不磨也。（同前）

三一〇 范元卿《念奴嬌》「尋常三五」：此公心境虚明，與秋月同其皎潔，故能吐露脱塵乃爾。（同前）

三一一 李漢老《念奴嬌》「素光練净」：坡老詠月云：「一更山吐月，玉鏡浸波瀾。正似西湖上，傍舍門外看。水氣横江闊，香霧入樓寒。」又：月夜聞笛，自有一種清況。（筆者按：末句原殘破缺漏，據南圖藏本補）。又：苕溪漁隱云：觀李漢老作此詞，有「滿天霜曉，㕷雲吹斷横玉」之句，乃用崔魯《華清宫》詞句：「銀河漾漾月輝輝，樓礙天邊織女機。横吹□（當作㕷）雲清似水，滿空霜逐一聲飛。」或謂叫雲乃笛名，非也。（同前）

三一二 姚孝寧《念奴嬌》「素娥睡起」：駕冰輪句，與古詩「萬里青天碾玉輪」一意。又：今夜對月句，本「狂歌對明月，詩思正徘徊」説來。（同前）

三一三 韓子蒼《念奴嬌》「海天向晚」：「海天清徹，不讓桂花清帶露，金氣冷於風」之句。又：吹興詩情，並見於此。（同前）

三一四 柳耆卿《醉蓬萊》「漸亭皋葉下」：詞因星見而作，布宫殿庭階之景，並月白風清之良，慨古傷今，極有風致，惜其奏呈不稱旨，亦天也。又：花庵詞客云：耆卿為屯田員外郎，會太史奏老人星見，侍秋霽，宴禁中，仁宗命左右詞臣為樂章，内傳屬耆卿應制。耆卿方冀進用，作此詞奏呈。

上見首有「漸」字，色若不懌，讀至「宸遊鳳輦何處」，乃與御製真宗挽詞暗合，上慘然不悅，又讀「太液波翻」，曰：「何不言波澄？」投之於地，自此不復擢用。（同前）

三一五　趙元積《滿江紅》「慘結秋陰」：「征鴻幾字」，即望中之思。　又：「修眉一抹有無中」，乃望中之無際處。

三一六　魯逸仲《晝錦堂》「風悲畫角」：描出旅思凄涼，令人興起故鄉之想。　又：「故國梅花」以下數句最有味。（同前）

三一七　張宗瑞《桂枝香》「梧桐雨細」：秋宵旅邸，凄其動遊子故土之思，亦本然事。（同前）

三一八　周美成《桂枝香》（當為《蝶戀花》）「月皎驚烏棲不定」：首句本曹孟德月明烏飛說來。（同前）

三一九　周美成《蕙蘭芳引》「寒瑩晚空點青鏡」：此詞俊逸，如常山率然首尾相應，佳作，佳作。（同前）

三二〇　黃叔暘《長相思》「天悠悠」：此詞只三十餘字，字字悲秋，大家作手。（同前）

三二一　辛幼安《鷓鴣天》「枕簟溪堂冷欲秋」：「欹枕静聞庭葉落，倚筇閑看白雲飛」，亦是此意。（同前）

三二二　張文潛《風流子》「亭皋木葉下」：此見秋况之愁人。　又：浣花溪畔居人多造箋紙，或曰香箋，或曰鸞箋。（同前）

三二三　周美成《霜葉飛》「露迷衰草」：詞意有月下之思而及故人耳，極有風度可愛。自「想玉匣哀絃」以下重增思致。（同前）

三二四　周美成《華胥引》「川源澄映」：前段寫秋景之清曠有可人處，後段述幽閨之寂寞見愁人處。（同前）

三二五　范希文《漁家傲》「塞下秋來風景異」：曲盡秋塞之情，誦之令人興悲。又：《東軒筆録》云：范希文守邊日，作《漁家傲》樂歌數闋，皆以「塞下秋來」為首句，頗述邊鎮之苦。永叔嘗呼為窮塞主之詞。及王尚書素守平凉，永叔亦作《漁家傲》一詞以送之，其斷章曰：「戰勝歸來飛捷奏，傾賀酒，玉階遥獻南山壽。」且謂王尚書曰：「此真元帥之事也。」（同前）

三二六　李太白《憶秦娥》「簫聲咽」：花庵詞客云：太白此章，為百代詞曲之祖。（同前）

三二七　温庭筠《更漏子》「玉鑪煙」：夜永衾寒，雨聲滴碎鄉心矣。（同前）

三二八　柳耆卿《玉蝴蝶》「望處雲收雨斷」：發幽思於律吕之中，運巧思於斧鑿之外，正而平，和而雅，比諸刻琢句意而求精麗者，豈不遠哉！（同前）

三二九　高賓王《玉蝴蝶》「喚起一襟凉思」：楚客指宋玉。描寫秋天景象，儼然一幅畫面。（同前）

三三〇　李後主《浣溪沙》「菡萏香銷翠葉殘」：布景生思，因思得句，可人處不在多言。又：《雪浪齋日記》云：荆公問山谷云：「作小詞，曾看李後主詞否？」答曰：「曾看了。」荆公曰：「何處最好？」山谷以「一江春水向東流」為對，荆公曰：「未若『細雨夢回雞塞遠，小樓吹徹玉笙寒』，又『細雨濕流光』最好。」又南唐詞集云：馮延巳作《謁金門》曲「風乍起」，李後主笑曰：「吹皺一池春水，干卿何事？」馮延巳對曰：「未若陛下『小樓吹徹玉笙寒』也。」（同前）

三三一　王介甫《千秋歲引》「別館寒砧」：觀此詞說得秋光景物宛在目中，援古證今，不見愁思，意在言外。（同前）

三三二　周美成《解蹀躞》「候館丹楓」：秋景瀟條，兼之旅邸寂寞，天時人事，有難乎其為情者。（同前）

三三三　秦少游《滿庭芳》「碧水澄秋」：因觀景物而思故人，傷往事。且詞調灑落，托意高遠，佳製也。（同前）

三三四　周美成《氐州第一》「波落寒汀」：點綴秋光，極為綺麗。又：末掉如風捲浮雲，包括殆盡。（同前）

三三五　周美成《宴清都》「地僻無鐘鼓」：此詞只平平鋪叙秋夜之景，而一種閑雅，自不可及。又：援古人以自喻。（同前）

三三六　李後主《長相思》「一重山」：句句含怨，字意不露圭角，可謂善形容者。（同前）

三三七　周美成《塞垣春》「暮色分平野」：述深秋之景，寫悲秋之懷，婉曲有味。（同前）

三三八　周美成《風流子》「楓林凋晚葉」：秋聲秋色入耳觸目，多能動人愁思。（同前）

三三九　康伯可《金菊對芙蓉》「梧葉飄黃」：描寫秋景，宛在目中，幽閨之怨，溢於言外。（同前）

三四〇　周美成《西園竹》「浮雲護月未放滿」：有光風霽月之胸懷，有偎紅倚翠之態度，妙！妙！（同前）

三四一　孫巨源《河滿子》「悵望浮生秋怨」：秋色秋怨，盡在景物中生出來，且有傷今思古之意。次段歸結人情上，尤有味。（同前）

三四二　周美成《慶春宮》「雲接平岡」：詞因秋色迎眸，秋聲入耳，追憶故人別離情緒，幽期密約之意耳，何有於怨乎？（同前）

三四三　周美成《拜星月慢》「夜色催更」：杜牧序：秋娘有寵於景陵，後賜歸故鄉，予過金陵，因感其窮，為之賦詩，同時歌舞，惟有舊娘聲價如故。（同前）

三四四　柳耆卿《碧芙蓉》「夜雨滴空堦」：寫素懷幽怨無出於此，蛩聲夜闌（筆者按：四字原未印出，據南圖藏本補），愈見怨意。（同前）

三四五　李後主《醜奴兒令》「轆轤金井梧桐晚」：轆轤，井上汲水之器。蝦鬚，簾也。（同前）

三四六　秦少游《搗練子》「心耿耿」：秋閨夜景，凄其幽思之情更切。（同前）

三四七　汪彥章《小重山》「月下潮生紅蓼汀」：秋夜閨中之情，一筆發盡。（同前）

三四八　秦少游《菩薩蠻》「蛩聲泣露驚秋枕」：點綴極精，可式，可式。（同前）

三四九　秦少游《菩薩蠻》「金風蔌蔌驚黃葉」：聞風聲、雁聲、砧聲，足以動秋閨之思。（同前）

三五〇　汪彦章《點絳脣》「高柳蟬嘶」：蟬嘶菱歌，所聞；晚雲山翠，所見。據闉中聞見，未免傷懷。（同前）

三五一　鹿虔扆《臨江仙》「金鏁重門荒苑静」：作宫詞，須用富麗之句，此似亦平淡了。　又：結語妙。　又：按周美成《西河》詞云：「燕子不知何忙，向尋常巷陌人家，相對如説興亡，斜陽裏。」亦是就「煙月不知人事改」句變化出來。（同前）

三五二　辛幼安《沁園春》「三逕初成」：老子曰：「知足不辱，知止不殆。」可為致政投閑者之評。　又：尚友數古人，急流湧退意。（同前）

三五三　吕居仁《沁園春》「東里先生」：非緑野閑人忘却勢力者不能道。　又：末語與「萬事年來付酒甌」同意。　又：苕溪漁隱云：余性樂恬退，一丘一壑，蓋將老焉。吕居仁所作此詞，能具道阿堵中事，每一歌之，未嘗不擊節也。（同前）

三五四　柳耆卿《雨霖鈴》「寒蟬凄切」：古人所云「去去客千里（筆者按：此句除「云」字外，其餘均未印出，參照南圖藏本補），迢迢天一涯。」自有難乎其為情者。（同前）

三五五　李易安《一剪梅》「紅藕香殘玉簟秋」：李易安有《漱玉集》，朱淑真有《彤管編》，並行于世，其才華可方駕齊驅者。　又：苕溪漁隱云：近時婦人能文詞者，如趙明誠之妻李易安，長於詞，有《漱玉集》三卷行于世。此詞頗盡離别之情，當為拈出。（同前）

三五六　李易安《鳳皇臺上憶吹簫》「香冷金猊」：離愁無限，俱於此詞見之。（同前）

三五七　鄭中卿《鳳皇臺上憶吹簫》「嗟來咄去」：山谷詞：「造化小兒無定據，番來覆去，倒横直竪，眼見皆如許。」（同前）

三五八　朱希真《西江月》「世事短如春夢」：此樂天知命之言，可為昏夜乞哀，以求富貴利達者戒。又：黄玉林謂希真又有一詞云：「日日深盃酒滿，朝朝小圃花開。自歌自舞自寬懷，且喜無拘無礙。青史幾番春夢，紅塵多少奇才。不須計較與安排，領取而今見在。」此二詞辭淺意深，可以警世之役役于非望之福者。（同前）

三五九　王介甫《桂枝香》「登臨送目」：許仲晦詩：「玉樹歌殘王氣終，景陽兵合戍樓空。松楸遠近千官塚，禾黍高低六代宫。石燕拂雲晴亦雨，江豘吹浪夜多風。英雄一去豪華盡，惟有青山似洛中。」又：《古今詞話》云：金陵懷古，諸公寄詩（當作調）於《桂枝香》，凡三十餘首，獨介甫最為絶唱。東坡見之，不覺嘆息曰：「此老乃野狐精也。」（同前）

三六〇　沈公述《望海潮》「山光凝翠」：首叙并州之形勝，次追往哲家（筆者按：「往哲家」三字未印出，參照南圖藏本補）風流，賀詞又是一格。（同前）

三六一　朱希真《秋霽》「壬戌之秋」：此詞僅百餘言，以坡老《前赤壁賦》包括殆盡，妙！妙！（同前）

三六二　晁無咎《八州甘聲》「謂東坡未老賦歸來」：晁氏和東坡此詞典雅俊逸，可謂善學邯鄲步者。（同前）

三六三　辛幼安《念奴嬌》「晚風吹雨」：此段（上片）寫西湖之景，次段述西湖處士林和靖放鶴出入為號，以盡詞意。（同前）

三六四　張于湖《念奴嬌》「洞庭青草」：此以秋景即事為詞意，言洞庭水光與心鏡（筆者按：「心境」二字未印出，此據南圖藏本補，後文「徹廣」也是如此。）相似，澄徹廣大，至於「萬象為賓客」句，更奇絶。（同前）

三六五　白居易《長相思》「汴水流」：樂天此等詞調最膾炙人口。又：《花庵詞選》云：居易此詞，上四句皆説錢塘景，并載《長相思》一闋云：「深畫眉，淺畫眉，蟬鬢鬅鬙雲滿衣。陽臺行雨回。巫山高，巫山低，暮雨蕭蕭郎不歸。空房獨守時。」蓋詠閨怨也。此二調非後世作者所可及也。（同前）

三六六　万俟雅言《長相思》「短長亭」：詞客極贊雅言之調矣，不必更評。又：玉林詞客云：雅言之詞，詞之聖者也。發妙旨於律吕之中，運巧思於斧斤之外，工而平，和而雅，比諸刻琢句意而求精麗者，豈不遠哉？（同前）

三六七　林外《洞仙歌》「飛梁壓水」：「虹光映檻摇金電，煙氣浮空擁玉龍」，句意何等冠冕宏大，可為此評。《古今詞話》云：此詞乃近時林外題于吴江垂虹亭，世或傳以為吕洞賓所作者，非也。（同前）

三六八　劉改之《唐多令》「蘆葉滿汀洲」：劉公重遊武昌鶴樓，慨江山之如故而人物非昔，故作此

詞。（同前）

三六九 范希文《蘇幙遮》「碧雲天」：鄉魂、旅思處以下數句，詞意宛切。（同前）

三七〇 沈會宗《天仙子》「景物因人成勝槩」：觀苕溪所云賈閣沈詞，昔時稱勝之屬於彼，世事反覆，古今同然有如此者。又：苕溪漁隱云：賈芸老有水閣，在苕溪之上，景物清曠，會宗為賦此詞，其後水閣易主，今已摧毀久矣。遺址正與余水閣相近，同在一岸，景物悉如會宗之詞。故余嘗有鄙句云：「三間水閣賈芸老，一首佳詞沈會宗。無限當時好明月，如今總屬績溪翁。」蓋謂此也。（同前）

三七一 張子野《滿江紅》「紅蓼花繁」：值秋宵之景，駕一葉扁舟於嵬渚鷗汀之中，瀟灑脱塵，有囂然自得之意。（同前）

三七二 謝無逸《漁家傲》「秋水無痕清見底」：古之藉漁而隱，如吕尚、嚴陵而下，陸龜蒙為江湖散人，張志和號煙波釣叟，皆得其樂者。（同前）

三七三 黄魯直《浣溪沙》「新婦磯頭眉黛愁」：磯頭、浦口，皆地名，漁父出入之所。又：東坡云：黄魯直作此詞，清新婉麗，聞其得意，自以水光山色替却玉肌花貌，此乃真得漁父之風也。然纔出新婦磯，又入女兒浦，此漁父無乃太孟浪也。（同前）

三七四 蘇東坡《水龍吟》「楚山修竹如雲」：愚溪云：笛製，取良篺首，存一節，節間留纖枝，剪而束之。節以下若膺處則微漲，而全體皆須白净。龍鬚三句形容殆盡。（同前）

三七五　僧仲殊《金菊對芙蓉》「花則一名」：正得古人香飄十里、景布三秋句意。「一枝擬問姮娥乞，管取花神為點頭」，正似此語。（同前）

三七六　僧仲殊《念奴嬌》「水楓葉下」：散清香、浮小葉，帶雨乘風，張蓋製衣之句，並見此詞，一意翻成，自得標格。（同前）

三七七　蘇子瞻《卜算子》「缺月掛疎桐」：山谷老評之當矣，又何贅焉。又：黄山谷云：東坡道人在黄州，作此詞，語意高妙，似非喫煙火人語。自非胸中有萬卷書，筆下無一點塵俗氣，孰能到此？又：苕溪漁隱云：「揀盡寒枝不肯棲」之句，或云鴻鴈未嘗棲宿樹枝，惟在田野葦叢間，或改作「寒蘆」，亦是。但此詞本詠夜景耳，至換頭，但只説鴻，正如《賀新郎》詞「乳燕飛華屋」，本詠夏景，至換頭，只説榴花，蓋作文之法，語意到處，即為之，不可限以繩墨。衡（當作鮦）陽居士云：「『缺月』，刺明微也。『漏斷』，暗時也。『幽人』，不得志也。『獨往來』，無助也。『驚鴻』，賢人不安也。『回頭』，愛君不忘也。『無人省』，君不察也。『揀盡寒枝不肯棲』，不偷安於高位也。『寂寞吴江冷』，非所安也，此詩（當作詞）與《考槃》詩極相似。（同前）

三七八　晏叔原《蝶戀花》「庭院碧苔紅葉徧」：高秋景物，目遇之而成色，耳得之而為聲，可喜可悲，在人情何如耳。（同前）

三七九　周美成《紅林檎近》「風雪驚初霽」：叙冬初景，須以「青女傳霜信」、「小春梅蕊綻」等語為佳，此以風雪奈冷，言似太早。（同前書卷六）

三八〇　柳耆卿《望梅》「小寒時節」：形容梅處，極其精鍊，大家手筆也。　又：以桃李比小人，以梅比君子。（同前）

三八一　周美成《南鄉子》「晨色動粧樓」：狀冬日之曉，即事書懷。（同前）

三八二　秦少遊《滿庭芳》「山抹微雲」：蓬萊舊事，少游之情思也，後又有暗解分之句，東坡極喜此詞。　《藝苑雌黄》云：程公闢守會稽，少遊客焉，館之蓬萊閣。一日，席上有所悦，自爾眷眷不能忘，因賦長短句，所謂「多少蓬萊舊事，空回首，烟靄紛紛」是也。其詞極為東坡所稱道，取其首句，呼之為「山抹微雲君」。中間有「寒鴉數點，流水遶孤村」之句，人皆以為少游自造此語，殊不知亦有所本。予在臨安，見《平江梅知録》云：隋煬帝詩：「寒鴉千萬點，流水遶孤村。」少游用此語也。予又嘗讀李義山《效徐陵體贈更衣》云：「輕寒衣省便，金斗熨沉香。」乃知少游詞「玉籠金斗熨沉香」與夫「睡起熨沉香，玉腕不勝金斗」，其話（當作語）亦有來處。　又：苕溪云：晁無咎謂：少游「斜陽外，寒鴉數點，流水遶孤村」，雖不識字人，亦知是天生好語。其褒之如此。（同前）

三八三　賀方回《浣溪紗》「鷰外紅銷一縷霞」：摹寫冬月晚景，妙入三昧。　又：《漁隱叢話》云：詞欲全篇好，極難得，如賀方回「淡黄楊柳帶棲鴉」、秦處度「藕絲清香勝花氣」二句，寫景詠物，造微入妙，其全篇則不逮此也。（同前）

三八四　秦少游《南鄉子》「萬籟寂無聲」：叙冬夜之景，在胸中流出，以梅花為故人，便見不孤。（同前）

三八五　林少瞻《少年遊》「霽霞初散」：描畫出曉行風景，宛如親身經歷。（同前）

三八六　柳耆卿《白苧》「繡簾垂畫堂」：雪吟：「紛紛六出散奇葩，妝點瓊樓幾萬家。無意與梅争冷暖，有心為國報年華。」又：當此殘冬，雪白梅芳，併作十分春色矣。（同前）

三八七　六一居士《漁家傲》「十月小春梅蘂綻」：《西京雜記》：建亥之月，謂之正陰，陰雖用事，而陰不孤立，此月純陰，疑於無陽，故謂之陽月。（同前）

三八八　黄叔暘《菩薩蠻》「南山未解松梢雪」：雪梅月之景，自是清雅可人。又：鍾台云：此詞小令皆載冬景類，因選遺失，故今併附之。（同前）

三八九　康伯可《滿庭芳》「霜幕風簾」：引東坡詞云：「香霧噀人驚，半破清泉流。面怯初嘗，吴姬三日手猶香。」富麗有味。（同前）

三九〇　王充《天香》「霜瓦鴛鴦」：古詩：「稜稜凍結鴛鴦瓦，凛凛寒侵翡翠衾。」可為此景評。（同前）

三九一　周美成《早梅芳》「花竹深房櫳」：發揮冬景，而感歎之意溢於言外。（同前）

三九二　周美成《滿路花》「金花落燼燈」：古詩：「燈殘偏有焰，雪盛却無聲。」似此景。又：「攲枕小方牀，寒宵故意長。」同其凄楚。（同前）

三九三　万俟雅言《梅花引》「曉風酸」：冬景中叙出客中事，極當，即景喻人，兩得其旨。（同前）

三九四　周美成《少年遊》「并刀如水」：説盡冬景行路意思，展轉有味。（同前）

三九五　秦少游《桃源憶故人》「玉樓深鎖多情種」：形容冬夜景色人情處，極其工巧。（同前）

三九六　徐昌圖《木蘭花令》「沈檀烟起盤紅霧」：以梅粧柳絮故事點冬景，可謂善形容者。「旋炙銀笙」，見寒之極處。「酒病對寒冰」，又何寂寞也。（同前）

三九七　六一居士《憶王孫》「同雲風掃雪初晴」：《詩經》：「上天同雲。」又：「如彼雨雪，先集維霰。」（同前）

三九八　秦少游《如夢令》「冬夜月明如水」：「風寒侵夜枕，霜凍怯晨征。」亦此意。（同前）

三九九　汪彦章《點絳唇》「新月娟娟」：此乃月落烏啼霜滿天景。（同前）

四〇〇　曹元龍《驀山溪》「洗粧真態」：坡公詩：「羅浮山下梅花村，白玉為骨冰為魂。紛紛初疑月掛樹，耿耿獨與參黄昏。」亦言其國色天香，可方佳人也。（同前）

四〇一　朱希真《孤鸞》「天然標格」：古詩：「苦被東風著意催，初無心事占春魁，年年為報南枝信，不許群芳作伴開。」可為此評。（同前）

四〇二　朱希真《絳都春》「寒陰漸曉」：此等詞華，如良金出冶，煅煉精神；良璧出璞，追琢温潤。又：李賀詩「羌笛秦（當作奏）落梅」，故云。（同前）

四〇三　秦少游《望海潮》「梅英疎淡」：可人風味，在此數語，古詩「若同桃李發，宜肯到山家」之句意同。（同前）

四〇四　蘇子瞻《西江月》「玉骨那愁瘴霧」：袁豐之宅後有梅花數株，開時張幕蔽風，曰：「冰姿玉骨，世外佳人，但恨無傾城之笑耳。」又：《冷齋夜話》：東坡在惠州作梅花詞，時侍兒名朝雲者新亡，其寓意蓋為朝雲作也。又：苕溪漁隱云：《王直方詩話》載晁以道云：「説之初見東坡詞，便知道此老須過海，只為古今人不曾道到此，須罰教去。」此言鄙俚，近於忌人之長，幸人之禍。直方無識，載之《詩話》，寧不畏人之譏誚乎？（同前）

四〇五　朱希真《念奴嬌》「見梅驚笑」：此言梅之潔白芬芳，凌雪傲霜。喻君子特立獨行，豈若小人班乎？（同前）

四〇六　周美成《玉燭新》「溪源新臘後」：林逋詩「衆芳摇落獨鮮妍，占斷風情向小園。疏影横斜水清淺，暗香浮動月黄昏。」可為此評。又：按孫濟師有落梅詞《菩薩蠻》：「一聲羌笛吹嗚咽，玉溪半夜梅翻雪。江月正茫茫，斷橋流水香。　含章春欲暮，落日千山雨。一點著枝酸，吴姬先齒寒。」亦是詠羌笛奏落梅之事，今併附見于此。（同前）

四〇七　周美成《花犯》「粉牆低」：態隨意出，辭遂機生，天孫手織不是過也。昔人謂梅詞以此為冠，誠然也。　玉林詞話云：此只詠梅花，而紆徐反覆，道盡三年間事，昔人謂好詩圓美流轉如彈丸，余於此梅詞最為第一。（同前）

四〇八　晁叔用《漢宫春》「瀟灑江梅」：此詞詠梅不讓「暗香」、「疏影」之句，所謂湘妃瑟、秦女簫，自是動人音律。又：苕溪漁隱云：此詞用玉堂故事，乃引用薛維翰詩「白玉堂前一樹梅」，或又云宫苑中之玉堂，非也。又：又云曾端伯編《樂府雅詞》以此詞為李漢老作，非也，乃晁叔用作。

政和間以獻蔡攸，是時朝廷方興大晟府，蔡攸攜此詞呈其父云：「今日於樂府中得一人耳。」蔡京覽其詞，喜之，即除叔用于大晟府府丞。（同前）

四〇九　劉方叔《天香》「漠漠江皋」：《三友吟》：「君子虛心問大夫，梅花何事没稱呼。梅花復問松和竹，曾有調羹手段無？」（同前）

四一〇　柳耆卿《望遠行》「長空降瑞」：此以雪中之景，景中之人互言，詞令上乘也。又：用謝惠連「庭列瑶階，林挺瓊樹」等句形容雪之白。（同前）

四一一　周美成《紅林檎近》「高柳春纔軟」：三分雪白，一段梅香，十分春意歸肺腑矣。古人對此吟時酌酒，良有以也。（同前）

四一二　周美成《女冠子》「同雲密布」：此詞全以唐人詩句演成一篇，絶妙。又：與「曉樹故開花意思，夜牕添起月精神」之句同其深邃。（同前）

四一三　康伯可《醜奴兒令》「馮夷剪碎澄溪練」：此備言雪景之可樂，而舉古人事以實之。又：花庵詞客云：順庵作此詞，促養直赴雪夜溪堂之約。又：一本「澄溪」作「澄江」，「飛下同雲」作「吹下紛紛」，「柳絮梅花處處春」作「柳絮楊花觸處春」，既用柳絮又用楊花，此是「關門閉户掩柴扉」也。「月滿前村」作「月破黄昏」，既曰此夜，又破黄昏，意亦重復耳。（同前）

四一四　孫夫人《清平樂》「悠悠颺颺」：形容飛雪之態極到，且不露本來面目，妙手！妙手！（同前）

四一五　張安國《憶秦娥》「雲垂幕」：「路迷迷路」句，俱指雪上。（同前）

四一六　張安國《念奴嬌》「朔風吹雨」：首段因雪而興吟詠，次段以雪而吐心事，「家在楚尾吴頭」以下數句，身安心樂，何有於顧盼哉！（同前）

四一七　柳耆卿《玉女摇仙佩》「飛瓊伴侣」：前段以仙嫗喻佳人，見天香國色之難覯。次段以古人方才子，見男才女貌之相宜。此言人間夫婦作合自天，信非偶爾。（同前）

四一八　張子野《醉落魄》「雲輕柳弱」：生香真色，形容極美者也。　又：苕溪漁隱云：《樂府雜録》云：笛者，羌樂也。古曲有《折楊柳》、《落梅花》，故杜少陵詩：「故園楊柳今摇落，何得愁中曲盡生。」皆言折楊柳之曲也。《復齋漫録》云：言古曲有落梅花句，非謂吹笛則落梅花，詩人用事不誤其失。予以為不然。蓋詩人有因笛中有《落梅花》曲，故言吹笛則梅落，其理甚通，用事殊未為失。且如角聲中有大小梅花曲，初不言落，詩人尚猶如此用之。故秦太虚和黄法曹詩云：「月落參横畫角哀，暗香消盡梅花老」者是也。（筆者按：有眉批云：次笛落梅之辯甚明，復齋見左矣。）　又：《古今詩詞（當作話）》：用吹笛則落梅者甚衆，若以為失，則落梅花之曲，何為笛中獨有之？決不虚設也，如張子野此詞「蔌蔌驚梅落」。《摭遺》載《梅花》詩：「南枝向暖北枝寒，一種春風有兩般。憑仗高樓莫吹笛，大家留取倚闌干。」晁次英（當作膺）填入《水龍吟》詞云：「最是關情處，高樓上、一聲羌笛，仗何人，説與争取，倚闌看。」孫濟師落梅詞云：「一聲羌笛吹嗚咽，玉溪半夜梅翻雪。」泛觀古今詩詞，□□□□（筆者按：四字當作「用事一律」）可見復齋之妄辯也。（同前）

四一九 孫巨源《菩薩蠻》「樓頭尚有三通鼓」：此見别離之苦隨在堪悲。又：玉林云：孫公於元豐間爲翰苑，與李端愿太尉往來尤數。會一日鎖院，宣召者至其家，則出。數十輩蹤跡，得之於李氏。時李新納妾，能琵琶，公飲不肯去，而迫於宣命，入院，幾二鼓矣。遂草三制罷，復作此長短句，以記别恨，遲明，遣以示李。（同前）

四二〇 周美成《遶佛閣》「暗塵四斂」：詩：「夏之日，冬之夜，獨居幽思」，於是爲切，况寓旅邸？其凄凉，尤所難堪者乎？（同前）

四二一 周美成《南鄉子》「生怕倚闌干」：倚欄而望，則觸目感心，幽懷自種種。（同前）

四二二 朱希真《滿路花》「簾烘淚雨乾」：摹寫風情，此詞頗爲詳悉。（同前）

四二三 康伯可《江城梅花引》「娟娟霜月冷侵門」：句句是閨中之情，惟「斷魂」與「睡不穩」句，見情傷極矣。爲花憔悴，是自喻之辭。（同前）

四二四 李太白《菩薩蠻》「平林漠漠煙如織」：《白氏六帖》：十里一長亭，五里一短亭。又：玉林云：太白此詞，永爲百代詞曲之祖。（同前）

四二五 蘇子瞻《念奴嬌》「大江東去」：周郎破曹公于赤壁，故詞章以三國之迹言之。又：王介甫詞：「六朝舊事隨流水，但寒烟衰草凝緑。」亦此意。又：情隨事遷，感慨因之，信夫！又：苕溪漁隱云：東坡「大江東去」赤壁詞，語意高妙，真古今絶唱。近時有人和此詞，題於郵亭壁間，不著姓氏，語雖粗豪，亦氣概可喜。今併録之，詞云：「炎精中否，歎人材委靡，都無英物。人馬長驅三犯闕，誰作連城堅壁。楚漢吞併，曹劉割據，白骨今如雪。書生鑽破簡編，説甚英傑。天意建立中興，吾君神武小，曾孫周發。海岳封疆俱效職，狂虜何曾追滅。翠羽南巡，叩閽無路，徒有衝冠髮。孤忠耿耿，劍鋒冷浸秋月。」（同前）

四二六　宋謙甫《賀新郎》「步自雪堂」：詞中不過百餘字，曲盡賦中之意。（同前）

四二七　辛幼安《千秋歲》「塞垣秋草」：祝壽之詞，人皆以松鶴立意，此以郭汾陽富貴壽考結之，猶新巧。（同前）

四二八　辛幼安《賀新郎》「瑞氣籠清曉」：詞調叶律，戛玉敲金。　又：「玉樹瓊林相掩映」，形容夫婦之美。（同前）

四二九　胡浩然《滿庭芳》「瀟灑佳人」：詞句鏗鏘，情意周匝，當吉筵歌出，令人快耳賞心。又：頌詞無以復加矣。（同前）

四三〇　胡浩然《送我入門來》「荼壘安扉」：高適詩：「故鄉金（當作今）夜思千里，霜鬢明朝又一年。」　又：引上古之故事，叙今時之節序。　又：以古今賢愚富貴福壽才容點綴妙巧，誦之敬服。（同前）

四三一　胡浩然《東風齊著力》「殘臘收寒」：《賈育吟》：「今歲今宵盡，明年明日來。寒隨一夜去，春逐五更回。」可為此評。（同前）

四三二　朱希真《鷓鴣天》「檢盡曆頭冬又殘」：《荆楚記》：歲暮家家具肴簌酒果，謂之備宿歲之儲。

（同前）

四三三 王通叟《慶清朝慢》「調雨為酥」：□□（當作「方春」）之景，紅紫芳菲，不可虛度，直須載酒踏青，以握月擔風為樂也。　又：玉林詞話云：風流楚楚，詞林中之佳公子也。世謂柳耆卿工為浮艷之詞，方之此作，蔑加，集名《冠柳》，豈偶然哉？　春遊踏青一詞，又不獨冠柳詞之上者也。（南圖藏本卷二）

何喬遠詞話

何喬遠，字穉孝，號匪莪，晉江（今屬福建）人。萬曆丙戌進士，繇儀制司員外郎陞任調儀制司，欽降布政使經歷，官至南京工部右侍郎。有《何氏萬曆集》，又編有《閩書》、《明文徵》、《名山藏》等。此據《四庫禁燬書叢刊補編》影印明萬曆四十年刻本《何氏萬曆集》録詞話一則。

一　《蘇長公書歸去來跋》：蘇長公此詞體自漢碑中來，跋則學右軍者也。他如《醉翁》、《豊樂》二記，則學顔魯公，《醉翁》草書則學楊太師。用是知昔賢下筆變幻飛動，不可摹捉，何嘗一家一法哉！振華兄藏此，可以寶矣。（《何氏萬曆集》卷十五）

樊玉衡輯詞話

《智品》，明樊玉衡撰，於倫補輯。樊玉衡，字玄之，號棠軒，黄岡（今屬湖北）人。萬曆乙未進士，除商城令，調崑山。聞父病，即馳歸，侍父衣不解帶者數月，勞苦成疾卒。謚孝介。倫字惇之，亦黄岡人，萬曆辛丑進士，官至右通政。《智品》十三卷，蒐輯古初至明代用智之事，分神品、妙品、能品、雅品、具品、譎品、盗品七門，褋隸古事而不著其所出。此據《四庫全書存目叢書》影印明萬曆四十二年於斯行刻本録詞話二則。

一

樂人王令言妙解音律。大業末，煬帝將幸江都，令言子當從，忽於户外彈胡琵琶，作翻調《安公子》曲。令言時卧室中，聞之大驚，蹶然而起，曰：「變，變。」急呼其子曰：「此曲興自早晚。」其子言：「頃來有之。」令言歔欷流涕，謂其子曰：「汝慎無從行，帝必不返。」子問其故，令言曰：「此曲宫聲，往而不返。宫者，君也，吾是以知之。」帝果於江都遇害。（《智品》卷一「神品」）

二　文潞公以樞密直學士知成都，公年未四十。成都風俗喜行樂，公多燕集。有飛語至京師。御史何聖從謁告歸，上遣伺察之。何將至，潞公亦為之動。幕客張少愚謂公曰：「聖從之來，無足念。」少愚與聖從同郡，因迎見於漢州，命酒設樂。有官伎善舞，聖從狎，問其姓，伎曰：「姓楊。」聖從曰：「所謂楊臺柳者。」少愚即取伎項帕羅題詩曰：「蜀國佳人號細腰，東臺御史惜妖嬈。從今喚作楊臺柳，舞盡春風萬萬條。」命其伎作《柳枝詞》歌之，聖從為之霑醉。後數日，聖從至成都，頗嚴重。一日，潞公大作樂以燕聖從，迎其伎雜府伎中，歌少愚之詩以侑觴，聖從每為之醉。聖從還朝，潞公之謗乃息。（同前書卷十二「譎品」）

邢大道詞話

邢大道，字性之，洪洞（今屬山西）人。生而穎異，有奇姿，弱冠補博士弟子，文名鵲起。顧數奇，遂罷經生業。築舍澗滸之南，日與友吟眺佳山水。萬曆己酉應聘修《山西通志》，博採淹貫。既成，歸，杜户不出。所著《白雲巢集》二十四卷。此據《四庫未收書輯刊》影印明萬曆四十五年刻補修本録詞話一則。

一

《司理五鹿張公應召北上詞》：伏以銓宰輪賢，庶府核循良之績；天王籲俊，中朝虚侍從之班。廉平聲徹於九重，鞠讞勞深於四載。弓旌特召，簪紱生光。恭惟臺下：才擅國華，德楊世美。姿標脱俗，飄然玉樹之臨風；襟宇絶塵，皎若冰壺之映雪。填腹秦文漢史，儒苑宗工；操觚晉體唐音，藝林主帥。躡青雲而步武宏詞，蚤拔於制科；握丹筆以明刑筮仕，遂榮於佐郡。惟切好生之一念，尤寬約法之三章。長者得民情，自是哀矜而勿喜；神君簪吏弊，豈專肅殺以為威。載路懽聲，盆下還能瞻白日；盈庭造對，案前俱是仰青天。梏拳脱圜扉，疑網解愚民之觸；襟裾連座榻，禮羅宏賢士之收。追虞室之皋陶，人擬五臣名世；倣漢庭之定國，門堪駟馬容車。平水雲閑，鳳羽翩翩天上去；建章書下，鸞聲噦噦日邊來。法官推美其人，誰符夙望；天子急賢之日，争覩新除。倘持白簡以留臺，即提綱於三院；或伏青蒲而入閣，獨絶席於群僚。當軒墀耳目之司，應許蹇臣而謇謇；任社稷股肱之寄，還推上宰之休休。玉鼎和鹽梅，兼濟大川之舟楫；金閨撑柱石，謾誇清廟之珪璋。某巖谷棲身，耆黎等分。偶接鶯遷之信，踴躍曷勝；久私鴻庇之恩，報酬莫效。念雙旌之欲挽，力一杖而不支。已掃齋厨，虞鄙鄉而借逕；恐移華蓋，從别路以趍裝。離筵聞樽俎之交，何繇展悰；敬裁蕪穢之詞，聊續風謡之韻。詞曰：「丹書天上頒恩蚤，首應徵賢詔。郵館鶯花春未老。朱旗皂蓋，緑波芳草，攀卧争前道。　卿雲五色東華曉，拜舞瞻天表。上苑風光看自好。龍樓日麗，鳳池煙裊，人在蓬萊島。」(《白雲巢集》卷二十四)

賓文照輯詞話

賓文照，字子明，秀水（今浙江嘉興）人。萬曆中官光禄寺典簿，萬曆二十八年任惠州府通判，編輯有《世旌孝義録》、《紀聞類編》。《紀聞類編》四卷，雜採他人之文彙編而成，此據《四庫全書存目叢書》影印萬曆八年刻本録詞話四則。

一　元樞就第：《齊東埜語》曰：韓忠武王以元樞就第，絶口不言兵，自號清凉居士。時乘小騾放浪西湖泉石間。至香林園，蘇仲虎尚書方宴客，王徑造，賓客歡甚，盡醉而歸。明日，王餉以羊羔，且手書《臨江仙》詞遺之云：「冬日青山瀟灑静，春來山暖花濃。少年衰老與花同。世間名利客，富貴與貧窮。　榮華不是長生藥，清閑不是死門風。勸君識取主人翁。單方只一味，盡在不言中。」王生長兵間，少未知書，晚歲忽若有悟，能作字及小詞，皆有見趣，信乎非常之才也。（《紀聞類編》卷四「詩詞類」）

二　《風落梅》：《灼艾集》曰：永樂二年中秋節，太宗開宴賞月，而月為濃雲所掩，命解學士縉賦詩，解作《落梅風》一闋，其詞曰：「嫦娥面，今夜圓，下雲簾，不着臣見。拚今宵、倚闌不去眠，看誰過、廣寒殿。」上覽之，歡甚，留縉飲，至東方白。（同前）

三　《滿江紅》：《談藪》曰：宋宮人王昭儀名惠清，丙子北行，題驛中有《滿江紅》詞云：「太液芙蓉，全不似、舊時顏色。常記春風雨露，玉階金闕。名播淑（當作椒）蘭妃后裏，歡承笑語君王側。聽一聲、鼙鼓揭天來，繁華歇。　龍虎散，風雲滅。銅駝失，那堪說。對山河百二，淚沾襟血。驛館夜驚塵土夢，宮車曉轉關山月。問姮娥、垂顧肯相容，從圓缺。」中原士人多誦之。（同前）

四　《風入松》：高宗一日遊幸西湖，經斷橋傍，有酒肆雅潔，中飾素屏風，書《風入松》一詞於上，光堯駐目久之，宣問何人所作，乃太學生余（當作俞）國寶醉筆也。其詞云：「一春長費買花錢，日日醉湖邊。玉驄慣識湖邊路，驕嘶過、沽酒樓前。紅杏香中歌舞，綠楊影裏鞦韆。　暖風十里麗人天，花壓鬢雲偏。畫船載取春歸去，餘情付、湖水湖烟。明日重攜殘酒，來尋陌上花鈿。」上笑曰：「此詞甚好，但末句未免儒酸氣。」因為改之云「明日重扶殘醉」，則迥不同矣。（同前）

張慎言詞話

張慎言，字金銘，自號藐姑山人，陽城（今屬山西）人。舉萬曆庚戌進士，除壽張知縣，擢御史，天啓初督畿輔屯田，崇禎擢太僕少卿，歷太常卿、刑部右侍郎，召為工部右侍郎。由左侍郎遷南京户部尚書，尋改南京吏部尚書、掌右都御史事。後寓蕪、宣間，疽發，戒勿藥，卒年六十九。有《泊水齋文抄》三卷，此據《四庫全書存目叢書》影印清康熙三十九年張茂生刻本録詞話一則。

一

《萬子馨填詞序》：余讀萬子馨所刻填詞，蓋吟詠低徊者久之，有文章叔降之慨焉。詩之降也，流為填詞，漢魏以來，樂府舞歌、《子夜》、《讀曲》雖奥古，去填詞遠甚，然已微露其聲氣。迨至齊、梁以後，綺靡纖麗之極，不得不流而為填詞也。至填詞而之於元之曲，益如決水於千仞之谿矣。故填詞者，在唐以後為詩之終，在元以前為曲之始。然詞之至佳者，入曲則甚韻，而入詩則傷格，風會浸淫，雖作者亦不自知也。然今之樂猶古之樂，箜篌、鐃歌、觱栗、笳吹，皆可以被金石，享人鬼，而況詞與曲乎？但曲以後，再不得復有濫觴矣。三百篇柔情冓語，暨古樂府率用方言巷謠而傳之，至今膾炙不厭者，何也？故余以為填詞者用俚用俗，若雜若諧，以填詞之格而一持以古樂府《白紵舞》歌《子夜》、《讀曲》之聲氣，子馨雅能辨此矣。若元之曲再隆，益不可知。識者憂之，故余讀子馨是刻，愛而推之如此。（《泊水齋文抄》卷一）

費元禄詞話

費元禄，字無學，一作字學卿，鉛山（今屬江西）人。為故相家，又貴公子，折節讀書，為歌詩，落筆數千言，藴義生風。傾慕賢士大夫，如恐不及。刻《甲秀園集》侑以好。所著有《甲秀園集》、《轉情集》、《費氏家訓》、《鼂采館清課》。此據《四庫禁燬書叢刊》影印明萬曆間刻本《甲秀園集》録詞話四則。

一

《彤管新編序》：吴越名都，燕秦戚里。姣女綺紛，麗人霧涌。或綴名三曲，亦充陳後宫。糟糠為雉質之妻，翟茀受龍文之寵。既嘉睇笑，誕惠柔和。婉婉如春，亭亭似月。鄭人風裏，無不羡其舜英；神女賦中，尤詳昭厥素質。常投梭而折幼輿，詎登墻而窺犬子。家本秦也，能為激楚之歌；師自趙也，善作盤阿之舞。撫錦瑟於懷中，諒調法曲；奏金篌於月下，自製新詞。遂使歡勝陽臺，行雲匪夢；情親玉杵，搗藥為僊。團扇初開，平窺笑臉；長眉乍點，詎落愁妝。無待南都石黛，奚期北地臙脂。爾其函列瑀欄，麗若鴛鴦出浴；盤跚文沼，郁如芙蓉新開。步摇翡翠之花，錦帶葡萄之飾。入園中而照鏡，自惜光儀；臨浦上而秉蘭，人憐灼爍。洵傾城之淑冶，命世之妖嫺者也。於是芳情潤玉，巧思雕華。日至午而妝慵，夜當分而燭秉。綃繩縹帙，目不暫離；研匣筆床，手無停弄。文章與刺繡齊工，詩賦將剪刀俱巧。其為詩也，奔七襄之華色，豔四照之流輝。嘉會叙歡，不同符於芍藥，離群寫怨，或托咏於茹藘。採桑之操在兹，赬面之歌繼作，斯其最也。至如班好秦妻，豊詞煒燁；謝姬蔡女，藻翰縱横。烏孫公主，援黄鵠而思歸；青草宫人，寫琵琶而寄憾。昭容飛樓上綵箋，代衡秀句；韓媛題宫中紅葉，言寄阿誰。皆閨婉蘭心，引商刻羽；宫姝蕙思，鏤月雕雲。婉孌之習入圖畫而不分，才情之懿權霄漢而無匹。吁其豔矣，何以加焉？既乃紫廷弘敞，綺牖陰沉。花發鶯啼，螢流厖吠。羊車不度，鶴鑰長扃。怯城南之搗杵，效關東之織縑。憾夙綰於蛾眉，句或裁於織手。支頤轉側，揚繡口之氤氳；躧步沉吟，折捧心之靡妙。故雖駁娑藏鈎，子夜恣戚姬之樂；泜洹鬬草，新春窮安樂之奢。總無屬於形神，胡能更於咏什。奚但代彼帝休以蠲疾痗，亦且匹兹萱草足媚風流。是以屏風紈扇，懷亮之章已陳；黄竹璇宫，緣情之篇間作。縱可頡頏頌雅，曾無濫靡風淫。淄澠之辨，意在斯乎？不佞閒情幽思，不關恩愛於房帷；明月清風，惟寄憾哀於古昔。痛《香奩》之已矣，幸《彤管》之猶存。然想其信紙濡毫，均有呻吟點綴，今毋論儀形杳絶，即慕致亦足悲也。暇日偶讀，喜而叙之。俾鐫琬琰，總繫閨房。歌不綴於臨江，和只宜於狎客。庶墜履遺簪，雖掩蝕於冷霧沉烟之夕；而芸編蠹簡，不湮毁於頹墳廢隴之秋。倘聞絃可徵女繭，恐妬貌不止玉人。如曰不然，請俟君子。（《甲秀園集》卷二十六）

二 廿七日蚤，訪高瑞南，瑞南著書，自言其家多博古物，且精於烹庖。余索之，俱無有也，相對作英雄欺人耳。是夕，卜吉，納丁姬。二漏而至，元卿出《花燭詞》十章相賀，中有「半揭羅幃偷自看，僊郎貌得比儂無」，又「朝來莫怪交游懶，新得佳人是姓施」諸句，大自氣色，「樓前紅燭，被裏新香」「今夕何夕，見此佳麗」，然轉念廣陵姬，不免斷腸耳。（節録自同前書卷二十九「吴越紀行」）

三 詩本性情，非性情也，而詩奚取耶？《康衢》《擊壤》，虞帝賡歌，皆性；三百五篇，皆情。而後世以詞藻詭譎相掩，漢失之性，唐失之情，至宋而元，性與情兼失之，詞與曲，夫子所謂鄭聲也。（同前書卷四十七「二酉日録」）

四 宋靖康之禍，虜既出境，朝廷處置多不急之務。如復春秋科，太學生免解，改舒王從祀。時人謂語曰：「不管肅王管舒王，不管燕山管聶山，不管山東管陳東，不管東京管蔡京。」道路藉藉，切中時弊。後淵聖不返，復有謝元及作《憶王孫》詞云：「依依官柳歷宫墻，樓殿無人春晝長。燕子歸來依舊忙。憐君王，月破黄昏人斷腸。」語不迫而意獨痛矣。（同前）

吴京詞話

吴京，新安（今屬安徽）人。行蹟不詳，萬曆時在世。此據《續修四庫全書》影印明萬曆刻本《林石逸興》録序文一則。

一

《林石逸興引》：詩出於《離騷》楚辭，蓋風雅之變也。如今之歌曲樂府，尚矣，能道詞者，或闇於齊量度數之法，樂可易知乎哉？明興二百餘年，文兪覃敷，制度大備，獨音律闕然不講，師失其官。即新聲小令，亦鮮名家。正、嘉以前，學士大夫歆慕詩餘，時一點綴，超軼宋元，然於管絃無當也。輓近傳奇間出，要皆綺羅香澤之態，綢繆宛轉之度，非旅思閨愁，即麗情宫怨，亦無取焉。吾友薛談德氏，博綜六藝，淹貫百家，浮沉紘綱之内，睥睨玄虚之表。嘗扼腕而歎，制禮作樂，國家大典，奈何當吾世，使音律不追古昔，不明於天下，後世無傳焉，士人之恥也。顧清廟虞庭之音，則有司存，尚需它日。聊以緒餘，發為逸興，積日得詞十卷，卷百首，成一家言。大而五常百行，見性明心，其次比事屬詞，引伸觸類。所謂曲者，曲盡人情者也。其智圓，故其音節以舒；其識曠，故其詞𢡟以達。昔山谷老人稱晏叔原樂府為狹邪大雅、豪士鼓吹，彼固《花間》、《陽春》之豔耳，孰如切時務、合人情、關世道、通物理？士君子詠之，囅然沖瀜，而庸夫聽之，懱然蕩滌也，斯足以傳矣。乃若審度齊衡，諧聲協律，世有賞識之者，其自序詳之，不具論。萬曆戊子夏日，新安吴京書。

王道明詞話

王道明，句容（今屬江蘇）人，舉明經，官通判。有《笠澤堂書目》。此據北京圖書館出版社影印《稿抄本明清藏書目三種》本録所載詞曲集。

一《草堂詩餘》四册，沈際飛輯。《無住詞》一册，陳簡齋。高太史《扣舷集》一册。《風雅餘音》一册。《花間集》二册。《張小山小令》一册。《草窗詞》一册，周密。《樵歌》二册，朱敦儒。《尊前集》一册。《中興以來絶妙詞選》四册。《花萼集》二册，李洪。《道園樂府》一卷。《中州樂府》一册，元好問。《白雪遺響》，陳德武。《渚山堂詞話》一册，陳霆。《絶妙好詞選》四册，周密。《山谷詞》一册。《崇雅堂樂府》一册。

宋四十家詞十二册。《唐宋諸賢絶妙好詞選》二册，宋黄升。《花草粹編》六册，明陳耀文。《蟻術詞選》二册，邵亨貞。《詩餘圖譜》一册，張綖。《籔餘清娱》一册，陶輔。《圭塘欸乃》一册，許有壬。《南潤詩餘》一册，林廷玉。《樂府雅詞》二册，曾慥。（節録自《笠澤堂書目》「集部·詞曲」）

陳子龍詞話

陳子龍（一六〇八—一六四七），字人中，一字卧之，號大樽，華亭（今屬上海）人。生有異才，工舉子業，兼治詩賦古文。崇禎丁丑進士，選紹興推官，以功擢兵科給事中。福王立，知時事不可爲，遂乞歸。後魯王以爲兵科給事中，事敗被執，乘間投水死。著《安雅堂稿》、《詩問略》，又輯《經世文編》。此據《續修四庫全書》影印明末刻本《安雅堂稿》録詞話三則。

一　《三子詩餘序》：詩與樂府同源，而其既也，每迭爲盛衰。豔辭麗曲，莫盛於梁、陳之季，而古詩遂亡。詩餘始於唐末，而婉暢穠逸，極於北宋。然斯時也，并律詩亦亡。是則詩餘者，匪獨莊士之所當疾，抑亦風人之所宜戒也。然亦有不可廢者，夫風騷之旨，皆本言情，言情之作，必託於閨襜之際。代有新聲，而想窮擬議，於是以温厚之篇、含蓄之旨，未足以寫哀而宣志也。思極於追琢，而纖刻之辭來；情深於柔靡，而婉孌之趣合。志溺於燕婧，而妍綺之境出；態趨於蕩逸，而流暢之調生。是以鏤裁至巧而若出自然，警露已深而意含未盡，雖曰小道，工之實難。不然，何以世之才人每濡首而不辭也？同郡徐子麗冲、計子子山、王子彙升，年並韶茂，有斐然著作之志，每當春日駘宕，秋氣明瑟，則寄情於思士怨女，以陶咏物色，祛遣伊鬱。示予詞一編，婉弱倩豔，俊辭絡繹，纏綿猗娜，逸態橫生，真宋人之流亞也。或曰：「是無傷於大雅乎？」予曰：不然。夫并刀吴鹽，美成所以被貶；瓊樓玉宇，子瞻遂稱愛君。端人麗而不淫，荒才刺而實諛，其旨殊也。三子者托貞心於妍貌，隱摯念於佻言，則元亮《閑情》不能與總，特賡和於臨春結綺之間矣。（《安雅堂稿》卷三）

二　《王介人詩餘序》：宋人不知詩而强作詩，其為詩也，言理而不言情，故終宋之世無詩焉。然宋人亦不免於有情也，故凡其懽愉愁怨之致，動於中而不能抑者，類發於詩餘，故其所造獨工，非後世可及。蓋以沉至之思，而出之必淺近，使讀之者驟遇，如在耳目之表，久誦而得沉永之趣，則用意難也。以嬛利之詞而製之，寔工練，使篇無累句，句無累字，圓潤明密，言如貫珠，則鑄調難也。其為體也纖弱，所謂明珠翠羽，尚嫌其重，何况龍鸞必有鮮妍之姿，而不藉粉澤，則設色難也。其為境也婉媚，雖以警露取妍，實貴含蓄有餘不盡時，在低回唱嘆之際，則命篇難也。惟宋人專力事之，篇什既多，觸景皆會天機所啟，若出自然，雖高談大雅，而亦覺其不可廢。何則？物有獨至，小道可觀也。

本朝以詞名者如劉伯温、楊用脩、王元美，各有短長，大都不能及宋人。禾中王子介人示予所著詞，不下千餘首，自前世李、晏、周、秦之徒，未有多於兹者也。其小令、長調，動皆擅長，莫不有俊逸之韵，深刻之思，流暢之調，穠麗之態，於前所稱四難者多有合焉。進而與昇元父子、汴京諸公連鑣競逐，即何得有下駟耶？王子，真詞人也已。而王子示予以詩，則又滄宕莊雅，規摹古人，遠非宋代可望，而後知王子深遠矣，王子，非詞人也。（同前）

三　《幽蘭草詞序》：詞者，樂府之衰，變而歌曲之將啟也。然就其本製，厥有盛衰。晚唐語多俊巧，而意鮮深，至比之於詩，猶齊、梁對偶之開律也。自金陵二主以至靖康，代有作者，或穠纖婉麗，極哀豔之情；或流暢澹逸，窮盻倩之趣。然皆境繇情生，辭隨意啟，天機偶發，元音自成，繁促之中尚存高渾，斯為最盛也。南渡以還，此聲遂渺，寄慨者亢率而近於傖武，諧俗者鄙淺而入於優伶，以視周、李諸君，即有彼都人士之嘆。元濫填詞，兹無論已。明興以來，才人輩出，文宗兩漢，詩儷開元，獨斯小道，有慚宋轍。其最著者，為青田、新都、婁江，然誠意音體俱合，實無驚魂動魄之處；用脩以學問為巧便，如明眸玉屑，纖眉積黛，祇為累耳；元美取境似酌蘇、柳間，然如鳳凰橋下語，未免時墮吴歌。此非才之不逮也，鉅手鴻筆，既不輕意，荒才蕩色，時竊濫觴。且南北九宫既盛，而綺袖紅牙不復按度，其用既少，作者自希，宜其鮮工也。吾友李子、宋子，當今文章之雄也，又以妙有才情，性通宫徵，時屈其斑、張宏博之姿，枚、蘇大雅之致，作為小詞，以當博奕。予以暇日，每懷見獵之心，偶有屬和，宋子彙而梓之，曰《幽蘭草》。今觀李子之詞麗而逸，可以昆季景、煜，娣姒清炤。宋子之詞幽以婉，淮海、屯田肩隨而已。要而論之，本朝所未有也。獨以予之椎魯鼎厠其間，此何異薦敦洽於瑶室、奏瓦缶於帝庭哉？昔人形穢之憂，增其跼蹐耳，二子豈以幽蘭之寡和而求助於巴人乎？（同前書卷五）

譚爾進著輯詞話

譚爾進（一六〇四—？），字抑之。里貫行蹟不詳，萬曆間在世。校《南唐二主詞》，有萬曆庚申譚氏序。此據上海圖書館藏明萬曆庚申呂遠墨華齋刊本録詞話二十一則。

一《題南唐二主詞》：陽羨在《南唐書》，辭義嚴正，然於二主之文才未嘗不痛惜焉。爾時家國陰陰如日將莫，二主迺别有一副閒心寄之詞調，竟以此獲不朽矣。是集世所傳南唐二主詞，特其一斑也。讀之，皆悽愴悲動，亦復幽閒跌宕，如多態女子，如少年書生，落調纖華，吐心婉摯，竟為有情人案頭不可少之書，異哉！嗣主少時於廬山瀑布前構書齋，為它日終焉之計。及大漸之際，群鶴翔空，雙龍據殿，此豈凡骨邪？後主少而聰潁，尤喜屬文，兼攻書畫。至讀其褉製詩及親誄周后數百餘語，轉折流連，性柔材大，更非人所及也。予謂明道崇德之謚，未足爲嗣主生色。違命侯之封，亦未足爲後主減光。但使二主不爲有國之君，居然慧業文人，自足風流千古，斯亦可爲二主之定論也。萬曆庚申華朝，譚爾進序並書，時年十七。（《南唐二主詞》）

二 按陳氏《書録解題》曰：中主李璟、後主李煜撰，卷首四闋，《應天長》、《望遠行》各一，《浣溪沙》二，中主所作，重光嘗書之，墨蹟在盱江晁氏。趙云：先皇御製詞，余嘗見之於麥光紙上，作撥鐙書。有晁景迂題字，今不知何在矣。餘詞皆重光作。（同前書「目録」末）

三 《應天長》「一鈎初月臨妝鏡」：後主云：先皇墨跡，在晁公留家。（同前）

四 《浣溪沙》「手捲真珠上玉鈎」：《温叟詩話》云：李璟有曲云「手捲真珠上玉鈎」，或改爲「珠簾」，非所謂知音。（同前）

五 《浣溪沙》「菡萏香銷翠葉殘」：馮延巳作《謁金門》云：「風乍起，吹皺一池春水。」中主云：「干卿何事？」對曰：「未若陛下『小樓吹徹玉笙寒』也。」荆公問山谷云：「江南詞何處最好？」山谷以「一江春水向東流」爲對。荆公云：「未若『細雨夢回雞塞遠，小樓吹徹玉笙寒。』又『細雨溼流光』最妙。」（同前）

六 《虞美人》「春花秋月何時了」：《樽前集》共八首，後主煜重光詞也。（同前）

七 《臨江仙》「櫻桃落盡春歸去」：後主《臨江仙》詞見前，此略有不同，並録之。「櫻桃結子春歸盡，歸，一作光。蝶翻金粉雙飛。子規啼月小樓西，玉鈎羅幕，惆悵捲金泥。門巷寂寥人去後，望殘烟草萋迷。何時重聽玉驄嘶，撲簾飛絮，依約夢回時。」《墨莊漫録》云「何時重聽」尾句是劉延伸補。又：《西清詩話》云：後主圍城中作，詞未就而城破，常見殘藁，點染晦昧，心方危窘，在不（當作「不在」）書耳。又：按《實録》：開寶七年十月伐江南，明年十一月破昇州。此詞乃詠春，決非城破時作，然皇師圍昇州既一年，後主於圍城中春作此詞，不可知。（同前）

八 《蝶戀花》「遥夜亭臯閑信步」：見《尊前集》，《本事曲》以為山東李冠作。（同前）

九 《長相思》「雲一緺」：曾端伯集《雅詞》以為孫肖之作，非也。（同前）

一〇 《搗練子》「深院静」：出《蘭畹曲會》。（同前）

一一 《浣溪沙》「紅日已高三丈透」：此辭見《西清詩話》。（同前）

一二 《菩薩蠻》「花明月暗籠輕霧」：見《尊前集》，《杜壽域辭》亦有此篇，而文少異。（同前）

一三 《菩薩蠻》「銅簧韻脆鏘寒竹」：春雨一作睡。（魂迷春雨中。）（同前）

一四 《阮郎歸》「東風吹水日銜山」：後有隸書，東宮書府印。（同前）

一五 《採桑子》「轆轤金井梧桐晚」：二辭墨跡在王季宫判院家。（另一詞《虞美人》：「風迴小院庭蕪緑。」）（同前）

一六 《玉樓春》「晚粧初了明肌雪」：已下二詞傳自曹公顯節度家，云墨蹟舊在京師梁門外李玞老居士處，故弊難賣。（同前）

一七 《子夜歌》「尋春須是先春蚤」：句中「盞而清□」二字漫滅不可認，疑是「何妨」字。（同前）

一八 《謝新恩》「金牕力困起還慵」：已下六辭墨蹟在益郡王家。（其他五首：《謝新恩》「秦樓不見吹簫女」、《臨江仙》「櫻桃落盡堦前月」、「庭空客散人歸後」、「櫻桃落盡春將困」、《謝新恩》「冉冉秋光留不住」。）（同前）

一九 《破陣子》「四十年來家國」：東坡云：後主既為樊若水所賣，舉國與人，當慟哭於九廟之外，謝其民而後行，顧乃揮淚對宮娥聽教坊離曲哉？（同前）

二〇 《浪淘沙》「簾外雨潺潺」：《西清詩話》云：後主歸朝後，每懷江國，且念嬪妾散落，鬱鬱不自聊，遂作此辭，含思悽惋，未幾下世。（同前）

二一 《搗練子》「雲鬟亂」：出昇庵《詞林萬選》。（同前）

徐熥詞話

徐熥，字惟和，閩縣（今屬福建）人。萬曆戊子舉人，數上公車不第。負才淹蹇，肆力詩章。所著有《幔亭集》、《晉安風雅》。此據影印文淵閣《四庫全書》本《幔亭集》録詞話三則。

一 《青樓俠氣贈李姬》（之二）：文章元不屬蛾眉，紅粉誰知唱麗詞。袖裡雲箋裁五色，客來題出斷腸詩。（之三）：玉貌元同蘇小娟，清謳一闋最堪憐。歌聲未斷尊中罄，猶卸金釵當酒錢。（《幔亭集》卷十三）

二 《朝天宮贈沈道士》：廻廊九曲隱星壇，霞珮螭衣偃月冠。唱徹步虚詞一闋，白雲滿地磬聲寒。

（同前）

三 《山居雜興》（之十四）：小詞閒製曼聲歌，寫出春閨幽恨多。懶把九宮翻別譜，花間占得《憶秦娥》。（同前書卷十四）

周子文輯詞話

周子文，字岐陽，無錫（今屬江蘇）人。萬曆癸未進士。編著有《藝藪談宗》六卷，輯明人論詩之語，凡宋濂、高棅、何景明、李東陽、徐禎卿、王廷相、楊慎、都穆、皇甫汸、王世貞、何良俊、謝榛、王世懋、胡應麟、王穉登、屠隆、焦竑、李維楨、朱長春十九家，或採録其文集，或删節其詩話，大致以王世貞為圭臬。此據《四庫全書存目叢書》影印萬曆梁溪周氏刻本録詞話四十八則。

一　詩貴意，意貴遠，不貴近，貴淡，不貴濃。濃而近者易識，淡而遠者難知。如杜子美「鈎簾宿鷺起，丸藥流鶯囀」、「不通姓字粗豪甚，指點銀瓶索酒嘗」、「銜泥點涴琴書内，更接飛蟲打著人」，李太白「桃花流水杳然去，別有天地非人間」，王摩詰「返景入深林，復照莓苔上」，皆淡而愈濃，近而愈遠。王介甫得之，曰：「坐看蒼苔色，欲上人衣來。」虞伯生得之，曰：「不及清江轉柁鼓，洗盞船頭沙鳥鳴。」曰：「繡簾美人時共看，堦前青草落花多。」楊廉夫得之，曰：「南高峰雲北高雨，雲雨相隨惱殺儂。」可謂閉門造車、出門合轍者矣。柳子厚：「回看天際下中流，巖上無心雲相逐。」坡翁欲削此二句，論詩者類不免矮人看場之病，予謂若止用前四句，則與晚唐何異？劉長卿：「白馬翩翩春草細，邵陵西去獵平原。」非但人不能道，抑恐不能識。（《藝藪談宗》卷一「懷麓堂詩話」）

二 古律詩各有音節，然皆限於字數，求之不難。惟樂府、長短句初無定數，最難調疊。然亦有自然之聲，如李太白《遠別離》、杜子美《桃竹杖》，皆極其操縱，曷嘗按古人聲調？而自和順委曲。（同前）

三 詩太拙則近於文，太巧則近於詞。宋之拙者，皆文也；元之巧者，皆詞也。（同前）

四 杜詩「關山同一點」，「點」字絶妙，東坡亦極愛之，作《洞僊歌》云「一點明月窺人」，用其語也。《赤壁賦》云「山高月小」，用其意也。今書坊本改「點」作「照」，語意索然，且「關山同一照」，小兒亦能之，何必杜公也。（同前書卷二「譚苑醍醐」）

五 「黏天」二字，庾闡《揚都賦》：「濤聲動地，浪勢黏天。」本自奇語，昌黎祖之，曰：「洞庭漫汗，黏天無壁。」張祜詩：「草色黏天鶗鴂恨。」黄山谷：「草色黏天吞釣舟。」秦少游小詞：「山抹微雲，天黏衰草。」正用此「黏」字為奇，今俗本作「天連」，非矣。（同前）

六 張仲舉《踏莎行》云：「芳草平沙，斜陽遠樹，無情桃葉江頭渡。醉來扶上木蘭舟，將愁不去將人去。」唐李端詩：「江上晴樓翠藹間，滿闌春水滿窗山。青楓綠水將愁去，遠入吴雲暝不還。」張詞全用李詩語，若不知其出處，亦不見其工緻也。（同前）

七 《麗情集》載：湖州妓周德華者，劉采春女也，唱劉禹錫《柳枝詞》云：「春江一曲柳千條，二十年前舊板橋。曾與美人橋上别，恨無消息到今朝。」此詩甚佳，而劉集不載。（同前）

八 林和靖《梅》詩：「疎影横斜水清淺，暗香浮動月黄昏。」《葦航紀談》云：「黄昏」以對「清淺」，乃兩字，非一字也。「月黄昏」謂夜深香動，月為之黄而昏，非謂人定時也。蓋夜半後陽氣用事而花敷蘂散香，凡花皆然，不獨梅也。坡詩：「只恐夜深花睡去，高燒銀燭照紅粧。」宋人梔子花詞「惱人惟是夜深時」，亦是此理。余嘗有詩云：「曉屏殘夢暖香中，花氣熏人怯曉風。」亦與此意同，蓋物理然耳。（同前）

九 唐詩「春寒側側掩重門」，王介甫「側側輕寒剪剪風」，許奕小詞「玉樓十二春寒側」，吕聖求詞「側寒斜雨」，「側寒」字，古人相承用之，不知所出，大意側不正也。「側寒」字甚新，特拈出之。（同前）

一〇 余少年與恒、忱二弟賞梅世耕莊，懸挂燈於梅枝上，賦詩云：「疎梅懸高燈，照此花下酌。只疑梅枝然，不覺燈花落。」王浚川見而賞之，曰：「此奇事奇句，古今未有也。」近閲趙德莊《眼兒媚》詞云：「黄昏小宴到君家，梅粉試春華。暗香素蕊，横枝疎（脱『影』字），月淡風斜。更燒紅燭枝頭掛，粉蠟鬬香奢。元宵近也，小園先試，火樹銀花。」則昔人亦有此興矣。（同前）

一一　元柯博士九思在奎章日，得出入内廷，後失寵，退居吴下。虞文靖公作《風入松》詞贈之，中亦微露此意。予聞柯嘗畫黄鸝白頭，題詩二絶。《白頭》云：「春濃不放小禽棲，白髮銜冠向曉啼。簾幕半開人未起，樓臺風暖日猶低。」《黄鸝》云：「春風嬌軟緑陰肥，上苑鶯花紫翠圍。却向後宫深院裏，一枝閒自理金衣。」近嘉興周伯器題二圖云：「奎章閣下老詞臣，吟徧鶯花上苑春。回首金衣閒自理，緑陰多處少風塵。」「重重簾幕護輕寒，聽徹春禽午夜闌。無限江南歸興裏，不將華髮漫銜冠。」蓋用其語而反其意也。（同前書卷二「南豪詩話」）

一二　元微之云：《詩》迄於周，《離騷》迄於楚，是後詩人流為二十四名：賦、銘、頌、贊、誄、箴、詩、行、詠、吟、題、怨、歌（當作歎）、章、篇、操、引、謡、謳、歌、曲、詞、調，皆六義之餘。由操而下八名：引、謡、謳、歌、曲、詞、調，皆起於郊祭、軍賓、吉凶、苦樂之際，審聲以度詞，審調以節唱，句度長短之數，聲韻平上之差，莫不由之準度而又區别。其在琴瑟者，為操引；採民甿者，為謳謡；備曲度者，總為之新曲詞調，斯皆由樂以定詞，非選詞以配樂也。由詩而下九名：行、詠、吟、題、怨、歎、章、篇，皆屬事而作，雖題號不同，悉謂之詩可也。後之審樂者，往往採取其詞，度為新曲，蓋選詞以配樂，非由樂以定詞也。纂撰者，盡編為樂府。（同前書卷三「解頤新語」）

一三　樂府則郊廟、燕射、鼓吹、横吹，樂則有雅樂、凱樂、散樂、俳樂，舞則有文舞、武舞、雅舞、雜舞，又鼙鐸、羽籥、巾帔、干旄，白紵、皇人之舞，歌則有倚歌、雜歌、豔歌、踏歌、相和之歌，曲則有琴曲、舞曲、文曲、清商之曲，調則有平調、側調、清調、商調、楚調、瑟調，聲則有正聲、送聲、間絃、契注。《樂録》云：古曰章，今曰解。解有多少，當是先詩而後聲。詩序（當作叙）事，聲成文，必使志盡於詩，音盡於曲，諸調曲皆有辭有聲。而大曲又有豔，有趨，有亂，豔在曲之前，趨與亂在曲之後。（同前）

一四　按隋曲有《疎勒鹽》，唐曲有《突厥鹽》、《阿鵲鹽》。關中人謂好為鹽，施肩吾詩：「顛狂楚客歌成雪，媚軟（一作賴）吴娘笑是鹽。」《昔昔鹽》亦此意也。樂府有魏俞、吴俞、劍俞、矛俞、弩俞。俞，善也。（同前）

一五　古樂府，王僧虔云：古曰章，今曰解。解有多少，當是先詩而後聲。詩叙事，聲成文，必使志盡於詩，音盡於曲。是以作詩有豐約，制解有多少。又諸曲調解有辭有聲，而大曲又有豔、有趣（當作趨）、有亂。辭者，其歌詩也；聲者，若《羊吾韋》、《伊那何》之類也。豔在曲之先，與亂在曲之後，亦有（當作猶）吴聲前有和、後有送也。（同前書卷四「藝苑卮言」）

一六　詩有常體，工自體中，文無定規，巧運規外。樂選律絶，句字敻殊，聲韻各協。下迨填詞小技，尤為謹嚴。《過秦論》也，叙事若傳；《夷平傳》也，指辨若論。至於序、記、志、述、章、令、書、移，眉目小别，大致固同。然四詩擬之則佳，《書》、《易》放之則醜。故法合者必窮力而自運，法離者必凝神而並歸，合而離，離而合，有悟存焉。（同前）

一七　宋詩如林和靖《梅花》詩，一時傳誦，「暗香」、「疎影」景態雖佳，已落異境，是許渾至語，非開元、大曆人語。至「霜禽」、「粉蝶」，直五尺童耳。老杜云：「幸不折來傷歲暮，若為看去亂鄉愁。」風骨蒼然。其次則李羣玉云：「玉鱗寂寂飛斜月，素手亭亭對夕陽。」大有神采，足為梅花吐氣。

（同前）

一八　懶倦欲睡時，誦子瞻小文及小詞，亦覺神王。（同前）

一九　楊孟載有一起一聯，甚足情致，而不及之者。「判醉望愁醒，愁因醉轉增」，是詞中《菩薩蠻》調語；「尚短柳如新折後，已殘花似未開時」，是《浣溪沙》調語故也。（同前書卷五「藝苑卮言」）

二〇　詞者，樂府之變也。昔人謂李太白《菩薩蠻》、《憶秦娥》，楊用修又傳其《清平樂》二首以為調祖。不知隋煬帝已有《望江南》詞，蓋六朝諸君臣頌酒賡色，務裁艷語，默啓詞端，寔為濫觴之始。故詞須宛轉緜麗，淺至儇俏，挾春月煙花於閨幨内奏之，一語之艷，令人魂絶，一字之工，令人色飛，乃為貴耳。至於慷慨磊落，縱橫豪爽，抑亦其次，不作可耳。作則寧為大雅罪人，勿儒冠而胡服也。（同前）

二一　《花間》以小語致巧，《世説》靡也。《草堂》以麗字取妍，六朝隃也。即詞號稱詩餘，然而詩人不為也。何者，其婉孌而近情也，足以移情而奪嗜。其柔靡而近俗也，詩嘽緩而就之，而不知其下也。之詩而詞，非詞也。之詞而詩，非詩也。言其業，李氏、晏氏父子、耆卿、子野、美成、少游、易安至矣，詞之正宗也。温、韋艷而促，黄九精而刻，長公麗而壯，幼安辨而奇，又其次也，詞之變體也。詞興而樂府亡矣，曲興而詞亡矣，非樂府與詞之亡，其調亡也。（同前）

二二　何元朗云：樂府以皦逕揚厲為工，詩餘以婉麗流暢為美。（同前）

二三　隋煬、李白，調始生矣。然《望江南》、《憶秦娥》則以辭起調者也，《菩薩蠻》則以辭按調者也。

（同前）

二四　楊用修所載太白有《清平樂》二闋，識者以為非太白作，謂其卑淺也。按太白《清平樂》本三絶句而已，不應復有詞。第所謂「女伴莫話高眠，六宫羅綺三千。一笑皆生百媚，宸游教在誰邊」，亦有情語，余每誦之。及樂天絶句云：「雨露由來一點恩，争能遍却及千門。三千宫女如花面，幾箇春來無淚痕。」輒低回歎息，古之怨女棄才，何限也。（同前）

二五　《花間》猶傷促碎，至南唐李王父子而妙矣。「風乍起，吹皺一池萍水，關卿何事」與「未若陛下『小樓吹徹玉笙寒』」，此語不可聞鄰國，然是詞林本色佳話。「雲破月來花弄影」郎中，「紅杏枝頭春意鬧」尚書，意似祖述之，而句小不逮，然亦佳。（同前）

二六　「今宵酒醒何處，楊柳外，曉風殘月」，與秦少游「酒醒處，殘陽亂鴉」，同一景事，而柳尤勝。（同前）

二七　「寒鴉千萬點，流水遶孤村」，隋煬詩也。「寒鴉數點，流水遶孤村」，少游詞也。語雖蹈襲，然入詞，尤是當家。（同前）

二八　昔人謂銅將軍鐵著（當作綽）板唱蘇學士「大江東去」，十八九歲好女子唱柳屯田「楊柳外，曉風殘月」，為詞家三昧。然學士此詞亦自雄壯，感慨千古，果令銅將軍於大江奏之，必能使江波鼎沸。至詠楊花《水龍吟慢》，又進柳妙處一塵矣。（同前）

二九　子瞻「與誰同坐，明月清風我」，「明月幾時有，把酒問清（當作青）天」，快語也。「大江東去，浪淘盡、千古風流人物」，壯語也。「杏花疏影裏，吹笛到天明」，又「高情已逐曉雲空，不與梨花同夢」，爽語也。其詞濃與淡之間也。（同前）

三〇 「歸來休放燭花紅，待踏馬蹄清夜月」，致語也。「問君能有幾多愁，却似一江春水向東流」，情語也。後主直是詞手。（同前）

三一 「油壁車輕金犢肥，流蘇帳暖春鷄報」，非歌行麗對乎？「細雨夢廻鷄塞遠，小樓吹徹玉笙寒」，「青鳥不傳雲外信，丁香空結雨中愁」，「無可奈何花落去，似曾相識燕歸來」，非律詩俊語乎？然是天成一段詞也，著詩不得。（同前）

三二 「斜陽只送平波遠」，又「春來依舊生芳草」，淡語之有致者也。「角聲吹落梅花月」，又「滿院落花春寂寂」，又「一鈎淡月天如水」，又「鞦韆外、綠水橋平」，又「地卑山潤（當作近），人靜費鑪煙」，淡語之有景者也。「平蕪盡處是青山，行人又在青山外」，又「郴江幸自遶郴山，為誰流下瀟湘去」，此淡語之有情者也。「拚則而今已拚了，忘則怎生便忘得」，又「斷送一生憔悴，能消幾箇黄昏」，此恒語之有情者也。詠雨「點點不離楊柳外，聲聲只在芭蕉裏」，此淺語之有情者也。淡語、恒語、淺語，極不易工，因為拈出。（同前）

三三 美成能作景語，不能作情語，能入麗字，不能入雅字，以故價微劣於柳。然至「枕痕一線紅生玉」，又「喚起兩眸清炯炯，淚花落枕紅綿冷」，其形容睡起之妙，真能動人。（同前）

三四 孫夫人「閒把繡絲撏，認得金針又倒拈」，可謂看朱成碧矣。李易安「此情無計可消除，方下眉頭，又上心頭」，可謂憔悴支離矣。秦少游「安排腸斷到黄昏，甫能炙得燈兒了，雨打梨花深閉門」，則十二時無間矣，此非深於閨恨者不能也。易安又有「寵柳驕（當作嬌，下同）花寒食夜，種種惱人天氣」，寵柳驕花，新麗之甚。（同前）

三五　范希文「都來此事，眉間心上，無計相迴避」，類易安而小遜之。其「天淡銀河垂地」語，却自佳。（同前）

三六　温庭筠「鴈柱十三絃，一一春鶯語」，陳無已「彈到斷腸時，春山眉黛低」，皆彈箏俊語也。（同前）

三七　張子野《青門引》、万俟雅言《江城梅花引》《青玉案》，句字皆佳。詞内「人瘦也，比梅花，瘦幾分」，又「天還知道，和天也瘦」，又「莫道不消魂，簾捲西風，人比黄花瘦」，三「瘦」字俱妙。（同前）

三八　「隙月窺人小」，又「天涯一點青山小」，又「一夜青山老」，俱妙在押字。「乍雨乍晴花易老」，却不在押字，而在「乍」字。（同前）

三九　史邦卿題燕曰：「差池欲住，試入舊巢相並。還相雕梁藻井，又軟語商量不定。」可謂極形容之妙，「相」字，星相之相，從俗字。（同前）

四〇　永叔極不能作麗語，乃亦有之，曰「隔花啼鳥喚行人」，又「海棠經雨臙脂透」。（同前）

四一　王元澤「恨被榆錢，買斷兩眉長鬬」，可謂巧而費力矣。史邦卿「作雨（當作冷）欺花，將煙困柳」，殆尤甚焉。然與李漢老「叫雲吹斷横玉」，謝勉仲「染雲為幌」，美成「暈酥砌玉」，魯直「鶯嘴啄花

紅溜，燕尾點波緑皺」，俱為險麗。（同前）

四二　吾愛司馬才仲「燕子銜將春色去，紗窗幾陣黄梅雨」，有天然之美，令闘字者退舍。（同前）

四三　休文「夢中不識路，何以慰相思」，宋人反其指而用之，「重門不鎖相思夢，隨意遶天涯」，各自佳。（同前）

四四　詞至辛稼軒而變，其源實自蘇長公，至劉改之諸公極矣。南宋如曾覿、張掄輩應制之作，志在鋪張，故多雄麗。稼軒輩撫時之作，意存感慨，故饒明爽。然而穠情致語，幾於盡矣。（同前）

四五　元有曲而無詞，如虞、趙諸公輩，不免以才情屬曲，而以氣槩（當作慨）屬詞，詞所以亡也。（同前）

四六　我明以詞名家者，劉誠意伯温穠纖有致，去宋尚隔一塵。楊狀元用修好入六朝麗事，近似而遠。夏文愍公謹最號雄爽，比之辛稼軒，覺少精思。（同前）

四七　三百篇亡，而後有騷賦。騷賦難入樂，而後有古樂府。古樂府不入俗，而後以唐絶句為樂府。絶句少宛轉，而後有詞。詞不快北耳，而後有北曲。北曲不諧南耳，而後有南曲。（同前）

四八　何元朗云：北人之曲以九宫統之，九宫之外别有道宫、高平、般涉三調。南人之歌亦有南九宫，然南歌或多與絲竹不協，豈所謂土氣偏詖，鐘律不得調平者耶？（同前）

姚旅詞話

姚旅，初名鼎梅，字園客，莆田（今福建）人。放浪湖海，綴拾舊聞，成《露書》一編，取東漢王仲任所謂口務明言，筆務露文之意，故名。書凡十四卷，分核篇、韻篇、華篇、襍篇、跡篇、風篇、錯篇、人篇、政篇、籟篇、諧篇、規篇、枝篇、異篇，襍舉經傳，旁證俗説，頗存軼事。此據《續修四庫全書》影印明天啟刻本録詞話十四則。

一　王百穀嘗作書與于文若，而中及余，曰：「牡丹、芍藥皆題徧，無令姚君獨咏鼓子花。」或問鼓子花之義，余引《後山詩話》以答之曰：杭妓龍靚有詩名，張子野居杭，多為官妓作詞，而不及靚，靚獻詩云：「牡丹芍藥人題徧，自分身如鼓子花。」（《露書》卷二）

二 王建《霓裳詞》：「弟子部中留一色，聽風聽雨作《霓裳》。」歐陽文忠《詩話》及《癸辛雜識》作「聽風聽水作《霓裳》」，且文忠不識風水為何事，宋本為聽水無疑矣。（同前書卷三）

三 謝時臣以畫名，不聞其能詩，余嘗見題畫云：「韶光迴綺障笙歌，三月遊蹤分外多。誰氏長堤朝緩轡，不禁香絮撲衣羅。」「水雲依約弄模糊，向晚風生起荻蘆。一夜不成孤客夢，月明踈柳叫慈烏。」題芭蕉云：「舞袖怯西風，翠帶羞芳草。無限相思貯此中，斜捲銀箋小。葉裡更抽心，心事知多少。昨夜初凋一葉秋，添得人煩惱。」詩詞皆有致，末自署云：「嘉靖壬子春仲，樗仙謝時臣戲作小景，各賦蕪句，聊遣孤興，不足存也。」則為自作無疑矣。見古人多技，偶以畫掩耳。尚四絶，多出韻，今不録，亦見其不着意之本色也。（同前）

四 今人詩詞，於事母者多引孟宗竹笋事。按《藝文類聚》：宗母嗜笋。及母亡，冬節將至，笋尚未生，宗入竹林哀嘆，而笋為之出，得以供祭。是竹笋為亡母事。今用之於燕喜之日，可謂不知忌諱矣。但劉殷、丁固亦曾泣笋。（同前）

五 洪洞邢性之為余談吾鄉一孝廉起家令尹，以不羈，三月落職，逸其名，誦其詩云：「睡起西齋日未斜，溪邊汲水試烹茶。捲簾坐見雙飛燕，銜落櫻桃幾片花。」殊佳，第蓼得詩「山禽忽驚起，銜落半巖花」，宋徐都尉次子瞻詞「鶯誤入，鶯觸海棠花片」，前人先道之矣。（同前）

六 林娘者，漳人。隨所私奔至楓亭，私者為官較所捉，林怨望，作詞，詞不甚暢。已知所私在獄，作詞寄之，曰：「妾怨君，君怨妾，如此良姻成惡業。昔日盤旋水與山，今日相思一指間。怨怨怨，復何

言。秋風起，徒斷魂。」亦有才者，而薄命可惜。（同前書卷四）

七　王微，字修微，小字王冠。維揚妓，歸茅止生，後以生視姬人楊宛厚於己，遂逸去。逸時，匿其親金七家三日。王素居廣厦，金七屋如斗，猶日坐井欄讀書，胸襟出人頭地矣。所著有《期山草》二卷，採其可意者如左。《送生甫》云：「爾別何所游，月明江上舟。異日思君處，憑欄看水流。」《偶賦》「月落寒流急，風微桐影斜。更堪霜裏鴈，飛過少年家。」《秋暮送蜚卿》：「折柳欲為贈，折時心正長。柳絲渾未斷，先已斷人腸。」《過宛叔夢閣》：「照返江流急，霜多楓葉殘。年年月光好，只共一閨寒。」《初冬拜孫太初墓》：「松逕看成遠，烟寒鳥一鳴。應知泉下客，仍在此山行。」《秋夜送別》：「握手應無語，離亭日漸過。霜寒天不曙，月好夢無多。莫言君去急，妾思逐流波。」《秋夜》：「淒切秋聲蟲絡絲，入檐殘月似蛾眉。愁心不逐閒雲散，長比寒溝月照時。」《昌化道中作》：「照返烟溪樹影斜，千山含翠暮雲遮。年來已自多愁緒，古道無人更落花。」《新秋賦送止生東歸》：「月落寒江烟水生，荻花楓葉自然清。砧聲未動腸先斷，不待孤鴻天外鳴。」《宫怨》：「一往心期似夢中，三春已付落花風。君王苦禁東流水，舊恨新愁總不通。」《戲代》：「憶昔花前目應時，今來如夢復如思。縱然他日能相見，結得同心應已遲。」《夢宛叔》：「泉聲乍遠雨聲聞，殘睡昏昏夢到君。最是夢醒無意緒，暗推窗看水邊雲。」《湖上早起》：「中流何處聽鷄鳴，只看船窗烟霧生。剛到五更偏睡去，急披衣起已天明。」《懷宛叔》：「不見因生夢見心，自愁孤枕與孤衾。如何永夜曾無寐，悔向湖邊獨獨尋。」《同太史過湖上未幾先歸予獨湖上苦雨感賦》：「愁風一葉打輕鷗，消受湖光十日留。閒自不留閒自住，償他寒雨數番愁。」代宛叔寄止生：「月自明，愁自生。分飛難已慣，長嘆若為情。月入疎簾桐影薄，幽思應怯洞簫聲。」中秋賦戲宛叔：「霜滿枝，月滿枝，彷彿孤衾薄，徘徊就枕遲。年年此夜翻成恨，落盡芙蓉知不知。」春夜送止生東歸調得《長相思》：「未花殘，惜花殘，月落江潭烟水寒。離恨欲無端。　試憑欄，怯憑欄，帆驅雲際路漫漫。何人上木蘭。」(同前)

八　任翔雲，翠容女弟也。卜介父諸人嘗集其家，翔雲方按拍，欲歌舊歌《花非花》，客曰：「見新人，不宜歌舊詞。」翔雲遽應聲曰：「花非花，葉非葉。久傾情，乍相接。傾情莫作負情儂，相接還成薄命妾。」如此文情，乃若蓮花之在污泥，惜夫！(同前)

九　梁小玉，東吳伎，七歲能詩，所著有《瑯嬛集》三卷。其《立夏前一日》詩云：「低低問春色，明日歸何處。是爾帶愁來，何不將愁去。」《雜咏》云：「憑春常買夜，問月欲賒晴。接葉看鶯宿，攜柑聽鴂鳴。」《虞美人》云：「貞魂化作芳園草，不逐東風入漢宮。」《夜舞》云：「目送檀郎眉欲語，不知舞錯《鬱輪袍》。」皆到(疑作致)語。「是他春帶愁來，春歸何處，却不解帶將愁去。」又云：「貪與蕭郎眉語，不知舞錯《伊州》。」梁小玉《立夏前一日》及《夜舞》詩意本此，可謂曲中偷香手也。(同前)

一〇　柳永，字耆卿，崇安人。工樂府，官水部。宋仁宗曰：「此人任從花前月下淺斟低唱，豈可作官？」遂流落不偶。死之日，家無餘貲，羣妓合金葬之郊外。每春月上其塚，謂之吊柳七。夫生為人主所忌，死為羣妓所憐，俠士也，亦快事也。況花前月下，淺斟低唱，神仙之樂也。鍾離所謂：「天下都閑散也，何必齷齪冠帶耶？」(同前書卷七)

一一　「歌永言」，永言者，長言也，引其聲使長也，所謂逸清響於浮雲，游餘音於中路也。故古歌者，上如抗，下如墜，曲如折，止如槀木，倨中矩，勾中鉤，纍纍乎端如貫珠。按今唯唱海鹽曲者似之，音如細髮，響徹雲際，每度一字，幾盡一刻，不背於「永言」之義。至於歌者反不然，歌者長短疾徐，以春夏秋冬為節，其音甚平，不類乎如抗如墜之節，豈古有安歌、緩歌，今之歌皆安歌耶？（同前書卷八）

一二　古有長歌短歌，猶今之大曲、小曲也。小曲音響甚捷，大曲如抗如墜，非一刻不能度一字，蓋引其聲使長，故曰長歌。近代音律不明，作詩者徒借題以寫意，未必盡合律吕而可播於管絃也。（同前）

一三　春秋社日，俱不作女紅，謂之忌作，唐、宋皆然。張籍詩：「今朝社日停針線，起向朱櫻樹下行。」周美成詞：「聞知社日停針線，採新燕，寶釵落。」世移俗改，今遂不知有此忌。（同前）

一四　王漢陂林居，好為詞曲，有客曰：「太上立德，其次立功，其次立言，公宜留心經世文章。」王答之曰：「公獨不聞其次致曲。」（同前書卷十二）

張怡詞話

張怡(一六〇八—一六九五),一名遺,字自怡,初名鹿徵,號瑶星,江寧(今屬江蘇)人。父可大,以總兵官盡節登萊,怡以父蔭爲錦衣衛千户。李自成僭位,逼之使降,不從,乘間逸歸。築室攝山白雲峰以終老,自號白雲老人。著有《玉光劍氣集》,《四庫禁燬書叢刊》影印有清抄本,然字蹟太小,且不易辨識。此據中華書局整理本録詞話十三則。

一

趙忠毅南星,公忠强直,負意氣,重然諾,有燕趙節俠悲歌慷慨之風。鄉里後進依附門下,已而奔趨權利,相背負,酒後耳熱,戟手唾罵。間爲長歌小詞,以戲侮之,其人銜之刺骨,公不知也。魏廣微父允貞固與公厚善,公以通家子畜之,無少假借。廣微以同姓諂逆璫,致揆席,公待之愈峻。或納賄肆關説，執不可。一日，踵門請見，門者曰：「就寢矣。」廣微曰：「擯我耶？人可擯，相公尊，不可擯也。」於是恨甚，必欲殺公。廣微逐且死，乃免。公在戍所，賦詩飲酒，唾駡笑傲，一如平日，不以謫居畏禍少有貶也。（《玉光劍氣集》卷十五）

二 康德涵既罷免，以山水聲色自娱，間作樂府小令，使二青衣被之絃索，歌以侑觴。西登吴嶽，北陟九嵕，南訪經臺、紫閣，東至太華、中條，停驂命酒，歌其所製感慨之詞，飄飄然輒欲仙去。嘗生日，邀名妓百人，為百歲會，酒闌，各書小令一闋，分送諸王邸，曰：「此勝纏頭錦也。」公素豪爽，楊少司馬廷儀慕名往看，公留飲，酒間雜伎並作，公自挾琵琶度曲。少司馬喜曰：「見家兄，時在内閣。當相為談。」公怒，舉琵琶擊之，曰：「吾自取樂耳，何與卿事？」（同前書卷十七）

三 王敬夫九思，與德涵同里同官，會以瑾黨放逐涉東鄠、杜之間，相與過從談宴，徵歌度曲，以相娱樂。敬夫將填詞，以厚貲募國工，杜門學按絃索，習諸曲，盡其伎而後出之。德涵尤妙於歌彈，酒酣以往，摘彈按板，更相為壽。老樂工擊節，自謂不如。倡和詞章，流布人間。為關西風流領袖，浸淫汴、洛間，遂以成俗。（同前）

四 史廷直翁善畫，隨意寫山水竹石，天趣渾成，得其片紙者，皆藏以為寶。所居在冶城，去卞忠烈廟數百步，有樓，扁曰「卧癡」，中列圖書鼎彝，几案筆研，一一精好。與客談笑其中，小飲輒醉，醉則按拍歌新詞，音吐清亮，旁若無人。妻朱氏，號樂清道人，頗賢淑。有姬何玉仙，號白雲，聰敏解事，能畫小景，工篆書，知音律，善琵琶。翁每製曲，即命白雲被於絃索，高歌和之。年踰八十，自知死

期，預命發引，親友皆送，翁隨而行，謂之生殯。至期，無疾而逝。（同前）

五 謝山人茂秦，趙王雅愛其詩，得《竹枝詞》十章，命琵琶妓賈扣度而歌之。後茂秦從關中還，過鄴見王，王宴之便殿，酒行樂作，王曰：「止。」命緪瑟，以琵琶佐之，王復止衆妓，獨奏琵琶。方一闋，茂秦傾聽間，王曰：「此先生所製《竹枝詞》也。譜其聲，不識其人，可乎？」命諸妓擁賈出拜。光華射人，藉地而竟十章。茂秦謝曰：「此山人鄙俚之詞，安足污王宮玉齒？請更製《竹枝詞》，以備房中之奏。」茂秦老不勝酒，醉卧山亭下，王命姬以衽以薦，承之以肱。明日上新《竹枝詞》十四闋，姬按譜之，不失毫髮，王即以姬歸之。（同前）

六 陳九臯鶴，故世胄子，不得志，鬱鬱負奇疾。因學醫，病愈。棄所授官，着山人服。神宇奇秀，議論雄偉，足以撼當世學士。而所作為詩文、騷賦、詞曲，皆能盡效諸名家，間出己意，工贍絕倫。其所自娱，璅至吴歈越曲，緑草釋梵，櫂歌菱唱，蕹詞儺逐，侏儒偶戲，酒政詩籌，與一切四方土語，樂師矇叟，口誦而手奏者，一遇興至，靡不窮態極調。於是四方之人，軒蓋造請，殆無虚日。或卧未起時，就榻見之，相與心醉氣折，納交而去。如是者二十年。徐文長謂山人氣雄邁，跨諸貴游，似東方朔；才敏似劉穆之；其為瑣屑藝劇，忽整巾幘，談理道，辨世務，又大類曹陳思見邯鄲淳事。（同前）

七 何元朗良俊有清林閣在東海上，藏書四萬卷，名畫百籤，古法帖、鼎彝數十種。所至，賓客填門。妙解音律，晚畜聲伎，躬自度曲，分寸合度。秣陵金閶，都會佳麗，文酒過從，絲竹競奮。吴中以明經起家官詞林者，文徵仲、蔡九逵之後廿餘年，而元朗繼之。文以修謹自勵，蔡以溪刻見譏，而元朗風

流俊爽，為時人所歎美。（同前）

八　江寧鄧彰父，小楷擅名，蠅脚蟣肝，未足喻其細。能於一扇上寫《西厢》一部。多作詩詞贈之者，彙曰《識小編》。（同前書卷十九）

九　焦澹園先生曰：「明興，博雅饒著述者，無如楊升庵先生。向讀墓文，載其所著，百有九種，可謂富矣。嗣予所得，往往又出所知之外。顧其書多偏部短記，易於散佚。曹能始觀察入蜀，予託以訪求，極力搜羅，復得若干種以寄。鄙意先生詩文，勒為正集，其所選輯批評，自為一書者為雜集，至所考證論議，總歸説部者為外集。合之得若干種。曰《升庵玉堂集》、《文集》、《詩集》、《續集》、《南中集》、《續集》、《連夜吟卷》、《滇南月節詞》、《高嶢十二景詩》、《温泉詩》、《升庵長短句》、《長短句續集》、《陶情樂府》、《續樂府》、《七十行戍稿》以上正集。《夏小正解》、《管子序録》、《水經補註》、《檀弓叢訓》、《逸古編》、《詩林振秀》、《選詩外編》、《選詩拾遺》、《風雅逸編》、《古文韻語》、《韻語别録》、《哲匠金桴》、《古雋》、《金石古文》、《禪林鈎玄》、《禪藻集》、《批選瀛奎律髓》、《四詩表證》、《韻藻》、《敝帚》、《文海釣鰲》、《古韻詩略》、《五言律祖》、《五言别選》、《五言三韻詩選》、《名奏菁英》、《寰中秀句》、《五言絶選》、《六言詩選》、《唐絶精選》、《唐音百絶》、《絶句辨體》、《唐絶争奇搜奇》、《杜詩選》、《李詩選》、《宋詩選》、《元詩選》、《宛陵六一詩選》、《蘇黄詩髓》、《蜀藝文志》、《書品》、《批點文心雕龍》、《皇明詩抄》、《續抄》、《交游詩録》、《餘録》、《四六叢珠》、《群書麗句》、《群書瓊敷》、《四六節文》、《赤牘清裁》、《清裁拾遺》、《詞林萬選》、《百緋明珠》、《填詞選格》、《古今詞英》、《詞選增奇》、《填詞玉屑》、《詞苑增奇》、《草堂詩餘補遺》、《韻林原訓》、《説文先訓》、《六書索隱》、《古篆要略》、《六書博證》、《六書統摘要》、《轉注古音略》、《古音獵要》、《古音駢字》、《古音複字》、《古音叢目》、《古音附録》。《餘録》、《古音拾遺》、《經書難字》、《雜字韻寶》、《韻語陽秋》、《瓊屑》、《病榻手吷》、《引書畾钰》、《素問糾略》、《笠笠（當作筊）新咏》、《肵位圖説》、《輿地碑目》。以上雜集。《丹鉛録》、《丹鉛總録》、《别録》、《要録》、《閏録》、《贅録》、《續録》、《餘録》、《摘録》、《藝林伐山》、《清暑録》、《謹户録》、《莊子闕誤》、《楊子巵言》、《巵言閏集》、《譚苑醍醐》、《經言指要》、《升庵經説》、《升庵詩話》、《詩話補遺》、《墨池瑣録》、《古今諺》、《古今風謡》、《詞品》、《詞品拾遺》、《希姓録》、《謝華啟秀》、《千里面談》、《寫韻樓雜録》、《晴雨曆》、《録異記》、《異魚圖贊》、《龍字雜俎》、《蒼洱紀遊》、《滇程記》、《滇載記》、《山海經補注》、《蜥箋𥳑筆》。以上外集。共一百卅八種。周櫟園又查：《别載奇字類》、《經義模範》、《銘心神品》、《洞天玄記》、《江花品藻》、《樂府拾遺》、《五音拾遺》、《古音略例》、《水經再注》、《十段錦詞話》、《法帖名畫神品目》、《玲瓏倡和》、《春秋經傳地名考》、《詩林振秀拾遺》、《皇明風雅選略》、《奇字韻》、《石鼓文音釋》、《樂府餘音》、《通鑑摘語》、《解頤詩話》、《鈐山詩選》、《古本參同契》、《古人名字》、《絶句衍義》、《張愈光詩文選》、《禺山七言律選》、《批點禺山銕樓詩集》、《升庵遺集》、《六書練證》、《丹鉛剩録》、《經書指要》、《滇候記》、《餘冬序録摘要》、《錦轡棲》、《唐詩紀事》、《蜀志補遺》、《清炎録梵》、《涪江青翰》、《泉英軒録》、《記纂淵海獵要》、《教乘法藪》、《汶江青翰》、《意林録要》、《通鑑菁英》、《檢點雲編》、《梧陰試筆》、《高嶢手》、《秉蘭疏藻》、《詞林摘艷》、《文獻通考菁華》、《杜詩批注拾遺》、《古韻詩略》、《唐詩别選》、《今獻彙言節抄》、《老作兒嬉》、《群艷傳神》、《樂府詞英》、《周易義海撮要》、《陸文裕外集節抄》、《韻語陽秋録略》、《宋史節抄》、《詩緝摘要》、《御書樓隨筆》、《選詩附録》、《古今詩選》、《四詩表傳》、《群經音義微》、《隸駢》、《古音鈎玄》、《篆韻索隱》、《分隸同構》、《太和記》、《行紀新夢》、《麗賦警策》、《事説新語節要》。按：「事」字當作「世」。《易屬辭》、《俗言》、《草堂詩餘拾遺正誤》、《褚氏遺書》、《騷賦》、《唐詩要偶語》、《黄詩内篇》、《詩品》、《辭録清品》、《法帖名品》、《古文韻要》、《六書探遺》、《水經碑目》、《古文音釋》、《名史要語》、《晉史精語》、《滇區紀異》、《書品》、《書畫名跋》、《書則》、《宣和書畫譜》、《八陣圖説》、《丹鉛會録》、《洛神補》、《崔氏志銘》、《樂志論》、《月儀帖》、《魚譜》、《琴譜考宗》、《十五節義五金記》、《瀑布泉行》、《梅花賦》。（同前書卷二十）

一〇　盛啟東初從賓學古文，賓喜之。啟東審窺其用藥，遂知醫。一日，治一熱症用附子，賓見之，驚曰：「技至此乎！此反治之道也。但少耳。」加之而愈。及卒，遂授以書。緣事罰天壽山拽木。啟東長髯偉姿容，時監工某侯見而異之，令隨左右，主出納。初，啟東在吴，有内使差出，主其家，病脹，藥之而愈。至是遇之途，内使曰：「盛先生無恙乎？予太監患鼓脹，無能治者，急請視之。」投藥而愈。文皇狩西苑，太監病新起，往觀，上遥見之曰：「彼人當死久矣，安得生？」曰：「得吴醫盛啟東而生。」上喜，曰：「明日與俱來。」乃平巾入見，稱旨，授御醫。啟東為人慷慨敢直言。一日雪霽，召見便殿，韓叔暘等俱在，語次偶及白溝河之戰，上曰：「彼時為長蛇之陣，擊尾首應，擊首尾應，予乃從中衝之，遂大勝。」啟東曰：「是天命耳。」上不懌，起視雪。啟東又曰：「宜瑞不宜多。」既退，叔暘咎之曰：「上前安得如此？不畏死乎？」須臾更賜御膳。一日與叔暘弈，上猝至，視之，令賦詩，曰：「不材未解神仙着，有幸親承聖主看。」上賜象牙棊盤并詞一闋。宣廟時賜「醫狀元」。仁宗在東宮時，妃十月經不通，衆醫以為胎也，服藥，脹愈甚。命啟東視之，出而疏方，皆破血之劑。東宮大怒，恐損胎，不用。數日，病益急，復召診之，曰：「再三日，臣不敢用藥矣。」仍疏前方。鎖之禁中，既三日，賞賜甚盛。蓋妃服藥，下血數斗，疾遂平也。宣廟即位，問左右曰：「有髯善醫者為誰，安在？」曰：「在南京。」驛召至，甚信用之。（同前書卷二十二）

一一　湯玄翼《登赭山有感》云：「赤赭山頭鳥不飛，上皇曾此着征衣。無多侍從争投甲，有限生靈但掩扉。五國城西邊月苦，景陽樓下夜鐘微。心傷莫唱《霖鈴曲》，（按：此句原有朱筆旁批曰：「不忍讀。」）未得生從蜀道歸。淚逐天風向北揮，山僧指點舊重圍。翠華東駐泉偏咽，代馬南來草不肥。野老久知今日事，先臣猶護昔年非。延秋門外皇孫盡，司馬元戎自錦衣。」（按：此句原有朱筆旁批曰：「不堪讀。」）（同前書卷二十三）

一二　武進陸氏女，字同邑趙生燭遠。燭遠死，誓以身殉。嘗作一詞云：「世上光陰，百年一息。厚愛深情，終須一別癡兒女。綢繆偏切，何似我，生來夫婦不相識。恩義成空説，萬種緣，都付勾消一筆。」（同前書卷二十七）

一三　劉希尹天民，武宗時諫南巡，杖謫。世廟初為吏部，復以諫大禮杖謫。凡京官外謫，出都門以眼紗自蔽，公過部門，選人數千擁其馬不得行。公擲眼紗于地，曰：「吾無愧于衙門，何妨令人見吾面目耶?」後考察,坐以貪罷。公憤甚,作《仙吕 · 胡十八》一套,有云:「嚼舌根,青瑣郎,綽口氣,黄同老,把俺這無嫂嫂的陳平,也串下一個招。」又云:「鵪鶉林,多大小,葵藿腸,容易飽,擎一甌村裏茶,抹一篇窗下稿。」其託寓感慨如此。(同前書卷三十)

姜安詞話

姜安，號慎齋，南昌瑶溪（今江西）人。設教於饒，萬曆時在世。著《姓氏聯句》一集，此據東洋文化研究所藏明萬曆癸巳金陵富春堂刻《新刻注釋族氏對聯名家世紀》録詞話四則。

一 祝欽明，唐睿宗時為祭酒，因飲宴而舞，瞑目摇頭，展舒大袖，俛首至地，以象八方之風。盧藏用曰：「五經掃地矣。」姚宏以其非儒臣象，遂貶之。 八風者：西北立冬曰不周風，正北冬至曰廣漠風，東北立春曰條風，正東春分曰明庶風，東南立夏曰清明風，正南夏至曰景風，西南立秋曰涼風，正西秋風曰閶闔風。○白居易，字樂天，唐憲宗元和中為翰林學士，作樂府百餘篇，此《七德歌》，其一也，其辭曰「七德舞，七德歌，傳自武德至元和。元和小臣白居易，觀舞聽歌知樂意」云云。武德，高宗年號也，自太宗作此歌舞，至元和間猶不廢。《七德舞》者，太宗爲《秦王破陣曲》也。白居易作《七德歌》，稱太宗功。（《新刻注釋族氏對聯名家世紀》卷二「祝欽明爲《八風舞》，貽笑後人；白居易作《七德歌》，稱功前代」）

二　賈似道爲平章時遭貶，鄭虎臣爲監押官，似道極被窘辱，屏去其婢妾，撤其篛蓋，曝行秋日，又令舁夫唱杭州歌以誚之。後至木棉庵，虎臣拉似道之胸槌殺之，以報父仇。○蘇軾，東坡之名。《赤壁賦》，軾所作也。所謂「釃（當作釃）酒臨江，橫槊賦詩，固一世之雄也」。孟德，曹操字也，此言曹氏父子，往往鞍馬間爲文。（同前「杭州歌動，虎臣深辱賈平章；赤壁賦成，蘇軾遠思曹孟德」）

三　戎昱，盛唐人也，爲節度使，優於詩文。鄉閭子弟傳誦，互相稱美。○團練，官名，即賈似道也。誤國欺君，赴貶，至泉州洛陽橋，遇葉李自漳州放還，李賦詞贈之，詞曰：「余歸路，君來路，天理昭昭胡不悟？　公田關會竟何如？　仔細思量真自悮。　雷州户，崖州户，人生會有相逢處。　客中邂逅欠蒸羊，聊贈一篇長短句。」「釋文」昔丁謂貶寇準，後謂貶，經過雷州，準以蒸羊贈之。（同前書卷三「戎昱盛居官，鄉誦詩文可取；賈團練赴貶，人謂詞賦堪羞」）

四　鍾離牧，字子幹，仕吴爲南海太守，操行清淳，有古人風。○張志和號也，字子同，又號煙波釣徒。垂釣不設餌，志不在魚。陸羽嘗問孰爲往來者，對曰：「太虛爲室，明月爲燭，與四海諸公共處，未嘗少别，何有往來？」作《鷓鴣天》一闋云：「西塞山邊白鷺飛，桃花流水鱖魚肥。朝廷尚覓玄真子，何處人間更有詩。青箬笠，緑簑衣，斜風細雨不須歸。逢人莫道風波險，一日風波十二時。」（筆者按：此詞為黄庭堅所作。）嘗自言曰：「吾遍（當作扁）舟遊於五湖，其逍遥自在乎？」（同前書卷四「鍾離牧守郡，清淳有古人風；玄真子泛湖，逍遥無虚名累」）

來斯行詞話

來斯行，字道之，號槎庵，蕭山（今屬浙江）人。萬曆丁未進士，授刑曹，歷陞登萊道。陞少參，移貴陽按察使，晉福建右布政使。引年乞歸。所著有《經史典奧》、《槎庵小乘》、《麈談燕語》、《五經音詁》、《刑部獄志》。此據臺灣學生書局出版《雜著秘笈叢刊》影印明崇禎四年刻本録詞話八則。

一　南唐奇事：陸務觀作《南唐書》，文體纖弱，僅稱小史，然其中多韻事可録者：……《馮延巳傳》：延巳工詩，雖貴且老不廢，如「宫瓦數行曉日，龍旗百尺春風」，識者謂有元和氣格。尤喜為樂府，元宗嘗因曲宴，謂曰：「『吹皺一池春水』，何干卿事？」對曰：「安得如陛下『小樓吹徹玉笙寒』耶？」時喪敗不支，國勢日蹙，而君臣相謔如此……《周后傳》：小名娥皇，通書史，善歌舞，尤工琵琶。嘗為壽元宗前，元宗嘆其工，以燒槽琵琶賜之，至於采戲弈棋，靡不妙絶。後主嗣位，立為后，寵嬖專房。創為高髻纖裳，乃首翹鬢朵之粧，人皆效之。嘗雪夜酣燕，舉杯請後主起舞，後主曰：「汝能創為新聲則可。」后即命箋綴語（當作譜），喉無滯音，筆無停思，俄頃譜成，所謂《邀醉舞破》也。又製《恨來遲破》。唐盛時，《霓裳羽衣》最為大曲，亂離之後，絶不復傳，后得殘譜，以琵琶奏之，於是復傳於世。徐鉉亦知音，曾問國工曹生曰：「法曲終則緩，此聲反急，何也？」曹生曰：「舊譜實緩，宫中有人易之，非吉徵也。」後主以后好音律，因亦躭嗜，廢政事。后卧疾已革，猶不亂，取元宗所賜燒槽琵琶，及平時約臂玉環，為後主別，乃沐浴粧澤，自内含玉，卒於瑶光殿。後主哀甚，自製誄，刻之石，與后所愛金屑檀槽琵琶同葬，又作書與訣，自稱鰥夫。煜其辭數千言，皆極酸楚。（節録自《槎庵小乘》卷十五「考訂類」）

二　柳耆卿：宋詞佳者甚多，然必當以柳耆卿為第一，秦少游次之，黄山谷又次之。東坡擅名一時，樂府實非其當行也。耆卿名永，為舉子時多遊狹邪，教坊樂工得新腔，必求永為詞，始行於世，於是聲傳籍甚，當時有云：凡有井水飲處，無不歌柳詞。初舉進士，登科，為睦州掾。舊制，初任官，薦舉不限成考，永到官，郡將知其名，與監司連薦之，物議喧然。及代還，至銓，有摘以言者，遂不得調。自是初任官須考滿，乃得薦舉，自永始。永初為上元詞，有樂府「兩籍神仙，梨園四郡弦管」之句傳禁中，多稱之。後因秋晚張樂，有使作《醉蓬萊》詞以獻，語不稱旨，仁宗亦疑有欲為之地者，因置不問。

永亦善為他文辭，而獨以是得名，始悔為己累。後改名三變，而終不能救，終屯田員外。死旅，殯潤州僧寺。王和甫安禮為守時，求其後不得，乃出錢葬之。（同前書卷十九「經史類」）

三 歌曲：《筆談》云：「《柘枝》舊曲遍數極多，如《羯鼓録》所謂《渾脱解》之類，今無復此遍。寇萊公好《柘枝舞》，會客必舞《柘枝》，每舞必盡日，時謂之柘枝顛。今鳳翔有一老尼，猶萊公時柘枝妓，云：當時《柘枝》尚有數十遍，今日所舞《柘枝》，比當時十不得二三。老尼尚能歌其曲，好事者往往傳之。古之善歌者有語，謂當使聲中無字，字中有聲，凡曲止是一聲，清濁高下如縈縷耳。字則有喉唇齒舌等音不同，要使字字舉，皆輕圓，悉融入聲中，令轉換處無磊塊，此謂聲中無字。古人謂之如貫珠，今謂之善過度是也。如宫聲字，而曲合用商聲，則能轉宫為商歌之，此字中有聲也。善歌者，謂之内裏聲，不善歌者，聲無抑揚，謂之念曲。聲無含韞，謂之叫曲。」此數語，可謂歌曲三昧，而今之所稱善歌者，亦不過念與叫耳，聲音之道，何可易言也？陶九成《輟耕録》載此甚悉。（同前書卷二十六「音樂類」）

四 唐樂：聲樂之盛，莫過於唐。高祖即位，仍隋制，設九部樂，燕樂伎樂工舞人無變者。清商伎者，隋清樂也。有編鐘、編磬、獨絃琴、擊琴、瑟、奏琵琶、卧箜篌、筑、箏、節鼓，皆一。笙、笛、簫、篪、方響、跋膝，皆二，歌二人，吹葉一人，舞者四人，并習巴渝舞。西凉伎有編鐘、編磬（當作磬），皆一。彈箏、搊箏、卧箜篌、豎箜篌、琵琶、五絃笙、簫、觱篥、小觱篥、笛、横笛、腰鼓、齊鼓、檐鼓，皆一，銅鈸二，貝一，白舞一人，方舞四人。天竺伎有銅鼓、羯鼓、都曇鼓、毛員鼓、觱篥、横笛、鳳首箜篌、卧箜篌、豎箜篌、琵琶，以蛇皮為槽，厚寸餘，有鱗甲，楸木為面，象牙為桿，撥畫國王形。又有五絃義觜、笛、笙、葫蘆笙、簫、小觱篥、桃皮觱篥、腰鼓、齊鼓、檐鼓、龜頭鼓、鐵版貝、大觱篥，胡旋舞，舞者立毬上，旋轉如風。龜茲伎有彈箏、豎箜篌、琵琶、五絃、橫笛笙、簫、觱篥、答臘鼓、毛員鼓、都曇鼓、侯提鼓、雞婁鼓、腰鼓、齊鼓、檐鼓、貝，皆一，銅鈸二。舞者四人，設五方師子，高丈餘，飾以方色，每師子有十二人，畫衣，執紅拂，首加紅襪，謂之師子郎。安國伎有豎箜篌、琵琶、五絃、橫笛、簫、觱篥、正鼓、和鼓、銅鈸，皆一，舞者二人。疏勒伎有豎箜篌、琵琶、五絃、簫、橫笛、觱篥、答臘鼓、羯鼓、侯提鼓、腰鼓、雞婁鼓，皆一，舞者二人。康國伎有正鼓、和鼓，皆一，笛、銅鈸皆二，舞者二人，工人之服皆從其國。隋樂每奏九部樂終，輒奏文康樂，一曰禮畢，太宗特命削去之，其後遂亡。及平高昌，收其樂，有豎箜篌、銅角一。五絃、橫笛、簫、觱篥、答臘鼓、腰鼓、雞婁鼓、羯鼓，皆二人，工人布巾袷袍錦襟，金銅帶畫袴，舞者二人，黄袍褎練襦，五色絛帶，金銅耳璫，赤鞾。自是初有十部樂。其後因內宴，詔長孫無忌製《傾盃曲》，魏徵製《樂社樂》曲，虞世南製《英雄樂》曲。帝之破竇建德也，乘馬名黄驄驃，及征高麗，死於道，頗哀惜之，命樂工製《黄驄疊》曲。四曲皆宮調也。五絃如琵琶而小，北國所出，舊以木撥彈，樂工裴神符初以手彈，太宗悅甚，後人習為搊琵琶。高宗即位，景雲見，河水清，張文收采古誼，為《景雲》、《河清》歌，亦名晏（一作燕）樂，有玉磬、方響、搊箏、筑、卧箜篌、大小箜篌、大小琵琶、大小五絃吹葉、大小笙、大小觱篥、簫、銅鈸、長笛、尺八、短笛，皆一。毛員鼓、連鞉鼓、桴鼓、貝，皆二，每器工一人，歌二人，工人絳袍金帶烏鞾。舞者二十人，分四部：一景雲舞，二慶善舞，三破陣舞，四承天舞。景雲樂舞，八人，五色雲冠錦袍，五色袴，金銅帶。慶善樂舞，四人，紫袍白褲。破陣樂舞，四人，綾袍絳袴。承天樂舞，四人，進德冠，紫袍白袴。景雲舞，元會第一奏之，高宗以琴曲寖絶，雖有傳者，復失宫商，令有司修習，太常丞吕才上言：舜彈五絃之琴，歌南風之詩，是知琴操曲弄皆合於歌，今以御雪詩為《白雪歌》，古今奏正曲，復有送聲，君唱臣和之義，以羣臣所和詩十六韻為送聲十六節，帝善之，乃命太常著于樂府，才復譔琴歌《白雪》等曲，帝亦製歌詞十六，皆著樂府。帝將伐高麗，燕洛陽城門，觀屯營教武。按新征用武之勢名，曰一戎大定樂，武者百四十人，被五采甲，持槊而舞，歌者和之。曰八紘同軌樂，象高麗平而天下大定也。及遼東平，行軍大總管李勣作《夷來賓》之曲以獻。調露二年，幸洛陽城南樓，宴羣臣，太常奏六合還淳之舞，其容制不傳。高宗自以李氏老子之後也，於是命樂工製道調。自周、陳以上，雅鄭淆雜而無别，隋文帝始分雅、俗二部，至唐更曰部當，凡所謂俗樂者二十有八調，正宫、高宫、中吕宫、道調宫、南吕宫、仙吕宫、黄鐘宫為七宫，越調、大食調、高大食調、雙調、小食調、歇指調、林鐘商為七商，大食角、高大食角、雙角、小食角、歇指角、林鐘角、越角為七角，中吕調、正平調、高平調、仙吕調、黄鐘羽、般涉調、高般涉為七羽，皆從濁至清，迭更其聲，下則益濁，上則益清。慢者過節，急者流蕩，其後聲器寖殊。或有宫調之名，或以倍四為度，有與律吕同名而聲不近雅者，其宫調乃應夾鐘之律，燕設用之，絲有琵琶、五絃、箜篌、筝，竹有觱篥、簫、笛，匏有笙，革有杖鼓、第二鼓、第三鼓、腰鼓、大鼓，土則附革而為鞚，木有拍板、方響，以體金應石，而備八音倍四，本屬清樂，形類雅音，而曲出於胡部，復有銀字之名，中管之格，皆前代應律之器也。後人失其傳，而更以異名，故俗部諸曲悉源於雅樂。周、隋管絃雜曲數百，皆西京（當作凉）樂也；鼓舞曲，皆龜兹樂也。唯琴工猶傳楚、漢舊聲及清調，蔡邕五弄，楚調四弄，謂之九弄。隋亡，清樂散軼，存者纔六十三曲。其後傳者平調、清調，周房中樂遺聲也。《白雪》，楚曲也。《公莫舞》，漢舞也。《巴渝》，漢高帝命工人作也。《明君》，漢元帝時作也。《明之君》，漢鞞舞曲也。《鐸舞》，漢曲也。《白鳩吴拂》，舞曲也。《白紵》，吴舞也。《子夜》，晉曲也。《前溪》，晉車騎將軍沈玩作也。《團扇》，晉王珉歌也。《懊儂》，晉隆安初謡也。《長史變》，晉司徒左長史王廞作也。《丁督護》，晉、宋間曲也。《讀曲》，宋人為彭城王義康作也。《烏夜啼》，宋臨川王義慶作也。《石城》，宋臧質作也。《莫愁》，石城樂所出也。《襄陽》，宋隨王誕作也。《烏夜飛》，宋沈攸之作也。《估客樂》，齊武帝作也。《楊叛》，北齊歌也。《驍壺》，投壺樂也。《常林歡》，宋、梁間曲也。《三洲》，商人歌也，採桑三洲，曲所出也。《玉樹後庭花》、《堂堂》，陳後主作也。《泛龍舟》，隋煬帝作也。又有吴聲《四時歌》、《雅歌》、《上林》、《鳳雛》、《平折》、《命嘯》等曲，其聲與其辭皆訛失，十不傳其一二。蓋唐自太宗、高宗作三大舞，雜用於燕樂，其他諸曲出於一時之作，雖非絶雅，尚不至於淫放。武后之禍，繼以中宗昏亂，固無足言者。玄宗為平王，有散樂一部，定韋后之難，頗有預謀者，及即位，命寧王主藩邸樂，以亢太常，分兩朋，以角優劣。置内教坊於蓬萊宫側，居新聲散樂倡優之伎，有諧謔，而賜金帛朱紫者，酸棗縣尉袁楚客上疏極諫。初，帝賜第隆慶坊，坊南之地變為池。中宗常泛舟以厭其祥。帝即位，作《龍池樂》，舞者十有二人，冠芙蓉冠，躡履，備用雅樂，惟無磬。又作《聖壽樂》，以女子衣五色繡襟而舞之，又作《小破陣樂》，舞者被甲冑。又作《光聖樂》，舞者鳥冠畫衣，以歌王迹所興。又分樂為二部，堂下立奏謂之立部伎，堂上坐奏謂之坐部伎，太常閱坐部，不可教者隸立部，又不可教者，乃集雅樂。立部伎八：一安舞，二太平樂，三破陣樂，四慶善樂，五大定樂，六上元樂，七聖壽樂，八光聖樂。安舞、太平樂，周、隋遺音也。《破陣樂》以下皆用大鼓，雜以龜兹樂，其聲震厲。《大定樂》又加金鉦，《慶善舞》顓用西凉樂聲，頗閑雅，每享郊廟，則《破陣》、《上元》、《慶善》三舞，皆用之。坐部伎六：一燕樂，二長壽樂，三天授樂，四鳥歌萬歲樂，五龍池樂，六小破陣樂。《天授》、《鳥歌》，皆武后所作也。天授年名鳥歌者，有鳥，能人言萬歲，因以制樂，自《長壽樂》以下用龜兹舞，惟《龍池樂》則否。是時民間以帝自潞州還京師，舉兵，夜半誅韋皇后，製《夜半樂》、《還京樂》二曲，帝又作《文成曲》與《小破陣樂》，更奏之。其後河西節度使楊敬忠獻《霓裳羽衣曲》十二遍，凡曲終必遽，惟《霓裳羽衣曲》將畢，引聲益緩，帝方寖，喜神仙之事，詔道士司馬承禎製《玄真道》曲，茅山道士李會元製《大羅天》曲，工部侍郎賀知章製《紫清上聖道》曲，太清宫成，太常卿韋縚製《景雲》、《九真》、《紫極》、《小長壽》、《承天》、《順天》樂六曲，又製商調《君臣相遇樂》曲。初，隋有法曲，其音清而近雅，其器有鐃、鈸、鐘、磬、幢、簫、琵琶。琵琶圓體修頸而小，號曰秦漢子，蓋絃鼗之遺製，出於胡中，傳為秦、漢所製，其聲金石絲竹以次作，隋煬帝厭其聲淡，曲終，又加解音。玄宗既知音律，又酷愛法曲，選坐部伎子弟三百教於梨園，聲有誤者，帝必覺而正之，號皇帝梨園弟子。宫女數百，亦為梨園弟子，居宜春北院，梨園法部更置小部音聲三十餘人。帝幸驪山，楊貴妃生日，命小部張樂長生殿，因奏新曲，未有名，會南方進荔枝，因名曰《荔枝香》。帝又好羯鼓，而寧王善吹橫笛，達官大臣慕之，皆喜言音律。帝嘗稱：「羯鼓，八音之領袖，諸樂不可方也。」蓋本戎羯之樂，其音太蔟一均，龜兹、高昌、疏勒、天竺部皆用之，其聲焦殺，特異衆樂。開元二十四年，升胡部於堂上，而天寶樂曲皆以邊地名，若《涼州》、《伊州》、《甘州》之類。後又詔道調法曲與胡部新聲合作，明年，安禄山反，涼州、伊州、甘州皆陷吐蕃。唐之盛時，凡樂人、音聲人、太常雜户子弟，隸太常及鼓吹署，皆番上總號，音聲人至數萬人。玄宗又嘗以馬百匹盛飾，分左右，施三重榻，舞《傾盃》數十曲，壯士舉榻，馬不動，樂工少年姿秀者十數人衣黄衫文玉帶，立左右，每千秋節舞於勤政樓下，後賜宴設酺，亦會勤政樓。其日未明，金吾引駕騎北衙四軍，陳仗列旗幟，被金甲，短後繡袍，太常卿引雅樂，每部數十人，間以胡夷之技，内閑廏使引戲馬，五坊使引象、犀入場拜舞，宫人數百，衣錦繡衣，出帷中擊雷鼓，奏《小破陣樂》，歲以為常。千秋節者，玄宗以八月五日生，因以其日名節，而君臣共為荒樂，當時流俗多傳其事，以為盛。其後巨盜起，陷兩京，自此天下用兵不息，而離宫苑囿遂以荒堙，獨其餘聲遺曲傳人間，聞者為之悲凄感動。蓋其事適足為戒，而不足考法，故不復著其詳。自肅宗以後，皆以生日為節，而德宗不立節，然止於羣臣稱觴上壽而已。代宗繇廣平王復二京，梨園供奉官劉日進製《寶應長寧樂》十八曲以獻，皆宫調也。大曆元年，又有《廣平太》一樂。《涼州》曲，本西涼所獻也，其聲本宫調，有大遍、小遍。貞元初，樂工康崑崙寓其聲於琵琶，奏於玉宸殿，因號玉宸宫調，合諸樂則用黄鐘宫。其後，方鎮多製樂舞以獻，河東節度使馬燧獻《定難曲》。昭義軍節度使王虔休以德宗誕辰，未有大樂，乃作

《繼天誕聖樂》，以宫為調，帝因作中和樂舞。山南節度使于頔又獻《順聖樂》曲，將半而行綴皆伏，一人舞於中。又令女伎為佾舞，雄健壯妙，號孫武順聖樂。文宗好雅樂，詔太常卿馮定采開元雅樂，製《雲韶法曲》及《霓裳羽衣舞曲》。雲韶樂有玉磬四，虡、琴、瑟、筑、簫、篪、籥、跋膝、笙竽，皆一，登歌四人分立堂上下，童子五人，繡衣執金蓮花以導，舞者三百人，階下設錦筵，遇内宴，乃奏。謂大臣曰：「笙磬同音，沉唫忘味，不圖為樂至於斯也。」自是臣下功高者輒賜之，樂成，改法曲為仙韶曲。會昌初，宰相李德裕命樂工製《萬斯年》曲以獻。大中初，太常樂工五千餘人，俗樂一千五百餘人。宣宗每宴羣臣，備百戲，帝製新曲，教女伶數十百人衣珠翠緹繡，連袂而歌，其樂有《播皇猷》之曲，舞者高冠方履，褒衣博帶，趨走俯仰，中於規矩。又有《葱嶺西》曲，士女蹹歌為隊，其詞言葱嶺之民樂河湟故地歸唐也。咸通間，諸王多習音聲倡優雜戲。天子幸其院，則迎駕奏樂，是時藩鎮稍復舞《破陣樂》，然舞者衣畫甲，執旗旆，纔十人而已。蓋唐之盛時，樂曲所傳。至其末年，往往亡缺，周、隋與北齊、陳接壤，故歌舞雜有四方之樂。至唐，東夷樂有高麗、百濟，北狄有鮮卑、吐谷渾、部落稽，南蠻有扶南、天竺、南詔、驃國，西戎有高昌、龜兹、疏勒、康國、安國，凡十四國之樂，而八國之伎列于十部樂。中宗時，百濟樂工人亡散，岐王為太常卿，復奏置之。然音伎多闕，舞者二人，紫大褏裙襦，章甫冠，衣履。樂有箏、笛、桃皮、觱篥、箜篌歌而已。北狄樂皆馬上之聲，自漢後以為鼓吹，亦軍中樂，馬上奏之，故隸鼓吹署。後魏樂府，初有北歌，亦曰真人歌。都代時，命宫人朝夕歌之。周、隋始與西凉樂雜奏，至唐，存者五十三章，而名可解者六章而已：一曰慕容可汗，二曰吐谷渾，三曰部落稽，四曰鉅鹿公主，五曰白净王，六曰太子企喻也。其餘辭多可汗之稱，蓋燕、魏之際，鮮卑歌也。隋鼓吹有其曲而不同。貞觀中，將軍侯貴昌，并州人，世傳北歌，詔隸太樂，然譯者不能通，歲久不可辨矣。金吾所掌有大角，即魏之簸邏回，工人謂之角手，以備鼓吹。南蠻、北狄，俗斷髮，故舞者以繩圍首約髮，有新聲，自河西至者，號胡音。龜兹散樂皆為之少息，扶南樂舞者二人，以朝霞為衣，赤皮鞋。天竺伎，能自斷手足刺腸胃，高宗惡其驚俗，詔不令入中國。睿宗時，婆羅門國獻人倒行，以足舞，仰植銛刀，俯身就鋒，歷臉下，復植於背，觱篥者立腹上，終曲而不傷，又伏伸其手，二人躡之，周旋百轉。開元初，其樂猶與四夷樂同列。貞元中，南詔異牟尋遣使詣劍南，西川節度使韋皋言欲獻夷中歌曲，且令驃國進樂，皋乃作《南詔奉聖樂》，用黄鐘之均，舞六成，工六十四人，贊引二人，序曲二十八疊，執羽而舞。《南詔奉聖樂》字曲將終，雷鼓作於四隅，舞者皆拜，金聲作而起，執羽稽首，以象朝覲，每拜跪，即（當作節）以鉦鼓，又為五均：一曰黄鐘宫之宫，二曰太簇商之宫，三曰姑洗角之宫，四曰林鐘徵之宫，五曰南吕羽之宫。其文義繁雜，不足復紀。德宗閲於麟德殿，以授太常工人，自是殿庭宴則立奏，宫中則坐奏。十七年，驃國王雍羌遣弟悉利移城主舒難陁獻其國樂，至成都，韋皋復譜，次其聲韻，又圖其舞容樂器以獻，凡工器二十有二，其音八，金貝絲竹匏革牙角，大抵皆夷狄之器，其聲曲不隸於有司，故無足采云。（《新唐書》卷二十一、卷二十二）（同前）

五 羯鼓：《夢溪筆談》：「吾聞《羯鼓録》序羯鼓之聲云：透空碎遠，極異衆樂。唐羯鼓曲，今惟有邠州一父老能之，有《大合蟬》、《滴滴泉》之曲。予經鄜延時，尚聞其聲涇原承受公事，楊元孫因奏事回，有旨令召此人赴闕，元孫至邠，而其人已死，羯鼓遺音遂絶。今樂部所有，但名存而已。透空碎遠，了無餘跡。唐明皇與李龜年論羯鼓云：「杖之弊者，四櫃用力如此，其為藝可知也。」又：「唐之杖鼓本謂之兩杖鼓，兩頭皆用杖，今之杖鼓，一頭以手拊之，則唐之漢震第二鼓也。明帝、宋開府皆善此鼓，其曲多獨奏，如鼓笛曲是也。今時杖鼓，常時只是打拍，鮮有專門獨奏之妙，古曲悉皆散亡。頃年王師南征，得《黃帝炎》一曲于交趾，乃杖鼓曲也。炎，或作鹽。唐曲有《突厥鹽》、《阿鵲鹽》。今杖鼓譜中有炎杖聲。」按南卓《羯鼓録》：羯鼓尤甚（當作宜）促急，連作鼓碎之聲，破空透遠，特異於衆樂。今云破空透遠，或字之訛也。明皇製《春光好》、《秋風高》曲，宋開府璟製《南山起雲》、《北山起雨》曲，帝與宋論鼓曰：「不是青山石末，即是魯山花甆，此乃漢震第二鼓也。」與存中所謂以一手拊之者，不知合否？宋開封曰：「頭如青山峰，取其不動手；手如白雨點，取其碎急。」乃是羯鼓最妙處，然非四櫃弊杖，何能致此？當時汝陽王璡亦能此，嘗戴砑光帽打曲，上摘紅槿置帽上，極滑而久，曲終，花不墮，上深為嘆賞，曰：「花奴，是神仙中謫墮來。」《東坡志林》：「徐州通判李陽有子，年十六，為物所憑，忽《詠落花》云：『流水難窮目，斜陽易斷腸。誰同砑光帽，一曲舞山香。』或問砑光帽所出，云：『西王母宴羣仙，有舞者戴砑光帽，帽上簪花，舞山香一曲，曲未終，花皆落去。』」今汝陽事與此同，而花不落為異。青州石末、定州花瓷，唐人以作羯鼓鞚者，鞚取瓷石，不用木，故其聲碎遠，今鮮見此製。（同前）

六　遊月宮：小説載明皇遊月宮，一以為申天師有廣寒清虛，下視玉城嵯峩，如萬頃琉璃，素娥奏

《霓裳羽衣曲》事。一以爲羅公遠擲杖化銀橋事。一以爲葉法善有過潞州城奏玉笛、投金錢事。《幽怪録》以爲遊廣陵，非潞州也。其事幻妄，不足道。《樂志》：「河西節度使楊敬忠獻《霓裳羽衣曲》十二遍，凡曲終必遽，惟《霓裳羽衣曲》將終，引聲益緩。」則非月宫所傳可知。又《開元傳信記》：玄宗云：「吾昨夜夢遊月宫，諸僊娱予以上清之樂，寥亮清越，殆非人間所聞也。酣醉久之，合奏諸樂，以送吾歸。其曲凄慟，杳杳在耳。吾回，以玉笛尋之，盡得之矣。」此曲名《紫雲廻》，遂載樂章如此。則明皇之遊月宫者屢屢矣，夢耶？非耶？又不知《紫雲廻》較之《霓裳羽衣》何如也。《宣室志》：杜陵韋弇遇玉清女，授以紫雲之曲，使持奏天子。弇辭以書生無路上達，仙女曰：「吾將以夢傳於天子。」事與《傳信記》合，但止云「紫雲」，無「廻」字。（同前書卷三十三「仙釋類」）

七 蓴龜：《酉陽雜俎》：蓴根甚美，名蓴龜。吾鄉湘湖之蓴爲天下第一，然皆取其苗，未有用其根者。又張翰秋風起，思蓴鱸。杜少陵《祭房相國》用「茶藕蓴鰕，時在九月」，今蓴生於春末，而此皆以秋月爲美，似其種與吾鄉異。陸機答王濟云：「千里蓴羹，但末下鹽豉耳。」一云「未下」作「末下」，千里、末下，皆地名。《晉書·陸機傳》云：「千里蓴羹，未有鹽豉。」則從未爲長。東坡詞：「豈肯將豉下蓴菜」，正用此。《南史·崔祖思傳》：高帝既爲齊王置酒，爲樂，羹膾既至，祖思曰：「此味故爲南北所推。」侍中沈文季曰：「羹膾，吴食，非祖思所解。」祖思曰：「炰鱉烹鯉，似非句吴之詩。」文季曰：「千里蓴羹，豈關魯、衛？」帝甚悦，曰：「蓴羹故應還沈。」（同前書卷四十「草木類」）

八 荔枝：東坡《荔枝歌》：「永元荔支來交州，天寶歲貢取之涪。至今欲食林甫肉，無人舉觴酹伯游。」按荔枝之入中國，自尉陀獻高祖始，武帝破南越，建扶荔宫，自交趾移植百株於庭，無一生者。東漢時，南海始貢龍眼荔枝，十里一置，五里一堠，奔騰阻險，死者繼路。和帝時，臨武長汝南唐羌上書力諫云：「南州土地，惡蟲猛獸不絶於路，至於觸犯死亡之害，死者不可復生，來者猶可救也。此二物升殿，未必延年益壽。」帝於是下詔止之。羌字伯游。蜀故産荔枝，左太冲《蜀都賦》所謂「旁挺龍眼，側生荔枝」者也，但其味不及南海遠甚。《新唐書》：貴妃生於蜀，好荔枝。南海荔枝勝於蜀，當時以爲遞馳，載七日七夜，至京，人馬多斃於路，百姓苦之，然方暑而熟，經宿敗。《杜陽雜編》：貴妃生日，上令小部梨園於長生殿，奏新曲，未名，會南海進荔枝，因名《荔枝香》。則妃子所取，自是南海，非涪州也。十里一置，五里一堠，實始於東漢，而今獨以罪妃子，何耶？且妃子故嗜荔枝，未聞林甫爲之從臾，而坡詩乃云「至今欲食林甫肉」，又豈以其作相，不能諫止耶？荔字亦作欐，枝亦作支。《扶南記》：「荔枝爲名者，以其結實時，枝條弱而蔕牢，不可摘取，以刀斧劙取其枝，因以爲名。」則荔字當從劙。（同前）

孫懋昭詞話

孫懋昭，字于蕃，四明（今屬浙江）人。行蹟不詳。編《培風堂彙豔集》，辛未自叙云性好歷覽，惟是高山流水，任意所如，若乃閉關却掃，圖史雜陳，古人相對，每遇嘉言格論，麗詞醒語，不問古今，隨手輒記，取以自娱，積而成帙，題之曰彙豔，命弟付之剞劂。此據早稻田大學藏明刊本録詞話三則。

一 幾條楊柳，沾來多少啼痕；三疊《陽關》，唱徹古今離恨。（《培風堂彙豔集》卷二「情部」）

二 深花枝，淺花枝，深淺花枝相間時，花枝難似伊。以上六一詞。巫山高，巫山低，莫雨瀟瀟郎不

歸，空房獨守時。白樂天（同前）

三　良夜清風，石床獨坐，花香暗度，松影參差。黄鶴樓可以不登，張懷民可以不訪，《滿庭芳》可以不歌。（同前書卷十二「倩部」）

方以智詞話

方以智（一六一一—一六七一），字密之，號曼公，又號浮山愚者，桐城（今屬安徽）人。崇禎庚辰進士，官翰林檢討。晚遊方外，更名大智，號無可，又稱藥地、浮山等。旅病萬安，臨終猶與弟子講業論道不輟。生平博極羣書，負文章重名，所著有《浮山文集》、《周易圖》、《烹雪録》、《通雅》、《切韻聲原》、《正叶韻》、《物理小識》等書凡數十種。《通雅》五十二卷，自序云今以經史為概，遍覽所及，删古今聚訟，為徵考而决之，期於通達，免拘鄙之誤，免為奇僻所惑，名曰通雅。是書皆考證名物、象數、訓詁、音聲。此據早稻田大學大學藏清康熙浮山此藏軒刻本《通雅》和《四庫禁燬書叢刊》影印清初方氏此藏軒刻本《浮山文集》録詞話三十一則。

一 藏書刪書類略：集部總別凡七：騷賦 詩附詩話、詩餘詞 奏議、論策、各體文 制舉 金石諸録 書畫法。（《通雅》卷首二「讀書類略提語」）

二 漢立樂府，《練時日》諸篇，詞皆雕組。鐃歌《芳樹》、《石流》，不可讀者。大字屬詞，細字屬聲，聲詞合録耳。收中吾、妃呼豨、奴何、奴軒是也。鄭漁仲集解題，郭茂倩、左克明、梅禹金，皆以其名彙之，實不可奏諸管絃也。唐宋以來二十八調，今傳十三，無言其分合者。所謂樂府之題，約如《二郎神》、《新水令》，隨人填詞，豈據《郎神》、《新水》而解意乎？初起或然，唐之明（一作用）漢樂府題作歌者，借名自行其意耳。相傳《清平調》、旗亭，則絶句也。今故難强，詩人擬古，自有别致，嘗與同社約取古一解二解之句，而各寫其懷，何不可以填詞和古作，因創之嚆矢乎？（同前書卷首三「詩説・庚寅答客」）

三 山谷曰：寧律不諧，勿使句弱。用字不工，勿使語俗。故古詩中亦可過對指點，律詩中亦可直行不對。東坡曰：燦爛之極，乃歸平淡。外枯而中膏，淵明、子厚之流。張為列賓主句，司空圖《一鳴集》，皆刻峭中平淡者也。寒郊瘦島，正以冷倩寫生；臺閣香奩，總是鑑空谷響，豈以乾剥剥為清真乎？（同前）

四 騴因于黦，黦因于涴，涴因于宛，宛有鬱音。〇韋莊《應天長》詞云：「想得此時情更切，淚沾紅袖騴。」字書並無此字。惟元詞中：「馬驟騴，人語喧。」北音作平，韋詞意則涴，而叶韻必轉入。智按：乃黦字耳，黦見《唐韻》，於月切。蓋以古宛有菀音，從鬱轉越，詩菀柳菀結，《荀子》宛暍是也，此等字，正無所事用之。然升庵提出，又未正其源流，故及之。古以涴爲污，《古今文詁》云：三染絳爲黦，亦謂其污也。污勿鬱，亦此一聲相轉耳。（同前書卷一「疑始·專論古篆古音」）

五　幺無二字。○《説文》：小也，象子初生之形。陸機賦：「紘幺徽急。」注：小也。《爾雅》：幺，幼。注：豕後生者，俗呼幺豚。班彪論幺麿，即今所用幺麽也。又有幺貝，亦小貝也。俗訛作么，丁度乃云：么乃詞令名，有《小么令》。幺么不同，夫《六么》本于骰子之小點，豈有二字之理？《韻會小補》復收此説，而不正之，故爲説破。《鶡冠子》曰：「無道之君，任用么麽。」退之詩曰：「么麽微畚斯。」（同前書卷二「疑始·論古篆古音」）

六　諾臯有三説：《夷堅》之支甲支癸，猶《續俎》之支動支植也。天咫玉格，壺史貝編，亦猶金海玉海，甘膜樹萱，金荃蘭畹也。○吴曾言姚寬以《左傳》獻子諾巫臯事。晁伯道《談助》云：取寄生木咒曰諾臯，能隱形。《抱朴子》言諾臯，太陰名，見《遁甲經》。陶九成言續集有支動支植，因悟干支之支。《夷堅志》有支甲支癸，正取此也。《成式》篇名，天咫玉格，壺史貝編，皆立名造語，宋人多駭其稱。按天咫言七曜事，玉格言玉檢事，壺史言道術，貝編言釋門。梁武帝撰《金海》，張融撰《玉海》，朱遵度《麗藻》。三曰玉海九流，應麟效之，李商隱作《甘膜子》，言悦口也。温飛卿詞名《金荃》，荃，蓀也。元好問詩：「《金荃》怨曲《蘭畹》詞。」唐人詞曲集名《蘭畹》，如王銍《樹萱録》，設怪以忘憂耳。唐劉餗《樂府解題》曰：淮南大山小山，猶詩之大雅小雅也。而高濮陽謂爲人名。按既云安與、蘇飛、李尚、左吴、田由、雷被、毛被、伍被、晉昌八人，則八公指此矣。大山小山，或是篇名，如支甲支癸之類，未可知也。（同前書卷三「釋詁·綴集」）

七 詩三百篇皆樂也，正調即雅樂也，樂不過高下疾徐中節而已。〇五經無樂，獨以《樂記》當之乎？《記》曰：誦詩三百，歌詩三百，絃詩三百，舞詩三百。《周禮》：太師以教國子。《内則》：十三學樂，誦詩，舞勺。成童，舞象。春秋大夫賦詩諭志，猶遺風也。孔子修之以教弟子，取瑟及琴，造次不輟。故晏子有繁絃歌鼓舞以聚徒之譏，子曰：興于詩，立于禮，成于樂。六經遺三，何哉？蓋以《書》治政事，《春秋》操是非，《易》窮神化，若自成童庶士，刻不相離，而泥于日用。薰陶鼓舞，則《詩》、《禮》、《樂》最切。而已藏《易》、《書》、《春秋》矣。教鯉學詩禮，而樂亦藏矣。小子何莫學夫詩，而禮樂亦藏矣。鄭夾漈曰：魏得漢雅樂郎杜夔，僅能歌文王《鹿鳴》、《騶虞》、《伐檀》，太和惟存《鹿鳴》，至晉又亡。漢有齊、魯詩，毛注鄭箋，皆言義，不知音。六亡詩，所謂笙詩，束晳補之，不亦贅乎？鄒肇敏曰：《南陔》即天保，《白華》即頍弁，《華黍》即常棣，《由庚》即瓠葉，《崇丘》即伐木，《由儀》即菁莪，亦一臆耳。愚者曰：雅樂拘于漢宋之泥説，終已不復，而學者無以節宣，拘則疲循，肩則大潰，愈溺于淫靡之俗樂矣。楊椒山告韓苑洛，其槩也。夫元聲，冒統也，節奏樂器，實事也，聲之中節，本自易簡，不過高下疾徐，錯綜而合節奏為調法耳。十五字，七調，五音，三等，不能違也。較今俗樂側調，低二字為正調，即雅矣。管色均絃，人聲依律，唐之絶句，皆入樂府。理學歌詩，林希恩歌學譜止執一法，是則三百篇不必旋十二律，非拘而何？聲音之故，微至之門，律度出于河洛，而未觀其通。柷敔所以節奏，而不知其用，又何言哉！　黄鐘損益，猶之人身兩乳之尺度，各自為短長而不差者也，必待截管候氣乎？倫論天然，不限古今，惟神解者，乃可與言。（同前書卷二十九「樂曲」）

八 有鼓吹，有騎吹，有雲吹，其曰横吹，鼓吹之一奏也。〇《建初録》曰：列于殿廷者名鼓吹，列于行駕者名騎吹，水行謂之雲吹。又曰：其鼓吹，陸則樓車，水則樓船，在庭則以簨簴為樓，《朱鷺》、《臨高臺》諸篇，鼓吹也。《務成》、《黄雀》，則騎吹也。《水調》、《河傳》，則雲吹也。今樓船所吹，名曰河調，即水調也，總謂之鼓吹。吹，去聲，漢有鼓吹横吹諸曲，《古今樂録》曰：横吹，塞樂也，張騫入西域，傳其法，摩訶兜勒一曲，李延年因之，更造新曲二十八解，乘輿以為武樂。後漢以給邊將，萬人將軍得之。智謂：横吹本因長笛以名，笛更因篪生，亦未必出于羌也，或其曲調有自羌傳者。唐《儀衛志》：鼓吹五部，曰鼓吹，曰羽葆，曰鐃吹，曰大横吹，曰小横吹，共七十五曲，曲名有《元驎合邏》、《元咳大至遊》、《漁陽》、《單摇》等。其長鳴中鳴，一曲三聲，則今之號通與大觱篥也。二者以代角與笳，笳一作箛，唐之横吹，用角、笛、簫、笳、觱、篥、桃皮六種，則横吹或始以笛名，今云横吹曲，則不專為笛矣。大昌曰：宋有《六州歌頭》，本鼓吹曲也，多以古今興亡事填詞，非豔詞比。（同前）

九 《穆護煞》，西曲也。〇樂府有《穆護沙》，升庵曰：隋朝曲也，與《水調》、《河傳》同時，皆隋開汴河時作。其聲犯角，至今訛「沙」為「煞」云。智見唐有大秦穆護祆，從天，音軒。僧二千餘人。今以曲名，蓋西方之音，如《伊州》曲、《梁州》曲也。《墨莊漫録》曰：蘇陰和尚作《穆護歌》，又地里風水家亦有《穆護歌》，皆以六言為句，而用側韻。黄魯直云：黔南巴僰閒賽神者，皆歌《穆護》，其略云：「聽唱商人穆護，四海五湖曾去。」因問穆護之名，父老云：蓋木瓠耳，曲木，狀如瓠，擊之以節歌耳。《西溪叢語》曰：劉夢得刺夔州，有《牧護》詩以賽神。唐樂府有《牧護曲》者，其始起火祆穆護，而蘇溪作歌，正謂旁門小道，以為戲也。智按：兩説皆非，沈寵綏論北調失之江以南，當留之河以北，乃歷稽彼俗所傳，大名之《木魚兒》，彰德之《木斛沙》，陝右之《陽關三疊》，東平之《木蘭花慢》，已莫可得而問也。智按：《木斛沙》即《穆護沙》，始或以賽火祆之神起名，後入教坊樂府，文人取其名作歌，野人歌以賽神，樂人奏以為《水調》，皆可。樂曲必煞，「煞」訛為「沙」，而升庵反謂「沙」訛為「煞」。（同前）

一〇　唐有十部樂，有兩部樂，有四部樂。〇唐仍隋九部樂：一讌樂，二清商，三西凉，四扶南，五高麗，六龜茲，七安國，八疎勒，九康國。《會要》、《通典》所載如此，《志》無扶南，有天竺。伐高昌，收其樂，付太常，增為十部。杜佑曰：樂用鐘磬、柷敔、晉鼓、節鼓、琴、瑟、箏、築、竽、笙、簫、笛、篪、塤、鐃、鐸、撫、拍、舂牘等，謂之雅樂。惟郊廟元會冬至，及册命大禮，則辨曲度章服，而分始終之次。祖孝孫、吕才、張文收等定為十二和，以和為名。開元又造祴和、豐和、宣和，共十五和。清商伎，有編鐘、編磬、獨絃琴、擊琴瑟、秦琵琶。卧箜篌、築、箏、節鼓，皆一；笙、箔、簫、篪、方響、跋膝，皆二，歌二人，吹葉一人，舞四人，并習巴渝舞。天竺伎有銅鼓、羯鼓、都曇鼓，高麗伎有彈箏、鳳首、箜篌。龜茲伎琵琶五絃，設五方師子。平高昌，有箜篌、銅角琵琶、五絃、横笛、簫、觱篥、答臘鼓、腰雞婁羯鼓。玄宗時分為二部，堂下立奏曰立部伎，堂下坐奏曰坐部伎。裴瑾為太常主簿，作坐、立二部伎圖。俗樂之調有七宫、七商、七角、七羽，合二十八調，而無徵調。劉貺《太樂令壁記》曰：自周隋以來，管絃襍曲數百，多用西凉樂，鼓舞曲多用龜茲樂，惟彈琴家猶傳楚漢舊聲，及清調、瑟調、蔡邕襍弄。《藝文志》：崔令欽《教坊記》一卷，固其盛也。其讌樂，張文收所作，又分四部。崔邠傳大閱四部樂，都人縱觀。《聖壽樂》，武后所作，行列成字，韋臯所獻亦如之，五方師子，有十二人，紅拂紅襪曰師子郎，《太平破陣樂》用之。此隋唐襍用雅俗大略，謹撮其槩于此。（同前）

一一 系聲樂府，以聲言樂也。○鄭樵著《紹興系聲樂府》，三百五十一曲系風雅聲。八十四曲系頌聲，百二十曲系別聲，四百十九曲系遺聲。崔豹以義説名，吴兢以事解目，然樵亦終不能知樂也。唐志有吴兢《樂府古題要解》、郗昂《樂府題解》、段安節《樂府襍録》、元稹《序樂府古題》，劉次莊、郭茂倩皆有《樂府集》，晁公武《志》取古今樂府分二十門，梅禹金《古樂苑》正依晁氏與左克明，自《芳樹》、《石流》諸鐃歌，及《蜨蝶行》、《拂舞》、《巾舞》諸篇，皆不可句讀。聲詞合録，其説或然。六朝擬者作六朝詩，唐擬者作唐詩，崆峒、滄溟揣摹，彷彿詩家，藉此以自熟其風度耳。必曰我知其聲，豈不誣哉？　李東陽樂府直是唐長短歌行，若言入樂，不如填詞。（同前）

一二 《黄淡思》，估客樂也。○樂府有《黄淡思》，《古今樂録》但釋思為相思之思，引李延年横吹有《黄覃子》，此非也。智按：齊武帝作《估客樂》，使釋寳月被之管絃，數乘龍舟遊江中，以紅越布為帆，緑綵為帆縴，鍮石為篙足，篙榜者悉著鬱林布，作淡黄袴，舞此曲，用十六人。今《黄淡思》曲有曰：「江外何鬱拂，龍舟廣州出。象牙作帆檣，緑系作幃縴。」正相符合，言廣州出者，皆廣貨也。（同前）

一三 蹋歌，蹋地為節也。○升庵引戚夫人侍兒賈佩蘭歌上靈之曲、連臂躝地以為節，躝，丑犯切，踏地歌也。揚雄賦：「躝凄秋，發陽春。」智按：孫愐收躝字，躝乃躝訛耳。《襄陽白銅鞮》，一作《蹋銅蹄》。《劉賓客嘉話録》云：《踏摇娘》曲，乃蹋地摇身而歌，因名《踏摇娘》。唐閻知微與突厥默啜連手蹋《萬歲樂》于城下，陳令英在城上曰：「尚書為戎蹋歌。」李太白詩「忽聞岸上踏歌聲」是也。踏、蹋一字。唐志又有《葱嶺西》曲，士女蹹歌為隊，蹹亦蹹（當作踏）也。（同前）

一四　《玉宸宫》，凉州曲也。○西凉獻樂，其聲本宫調，有大遍小遍。貞元初，樂工康崑崙寓其聲于琵琶，奏于玉宸殿，因號玉宸宫調。合諸樂，則用黄鐘宫，有滚遍，是大遍小遍之遺。王灼曰：《霓裳羽衣》，道調也，今存瀛府、獻仙音二曲，王建詩有風聲水聲之句，永叔不解。蔡條曰：《唐西域記》：龜兹王與知音者，大山閒聽風水聲，後翻入中國。沈括言蒲中逍遥樓上有《霓裳譜》。（同前）

一五　和聲，即纏聲也，又有嘌唱，有敦，有掣，有住。○古樂府有聲有辭，連屬書之，如曰賀賀賀、何何何之類，皆和聲也。今管絃之中纏聲，是其遺法。《補筆談》又言有三聲，曰敦曰掣曰住。智以敦，猶今之頓也；掣，言掣起高也；住，言停聲待節奏也。《演繁露》曰：即舊聲而加泛灎者，名曰嘌唱，讀之如飄。《玉篇》：嘌字音飄，引「匪車嘌兮」，嘌嘌，無節度也。此正謂掣起聲耳。《水經注》：高漸離擊築，宋如意和之，為壯聲哀聲。（同前）

一六　羅嗊，猶來羅也。○《雲溪友議》曰：元公贈採春曰「選詞能唱望夫歌」，即羅嗊之曲也。嗊音烘，上聲，金陵有羅嗊樓，乃陳後主所建。宋以後俗曲有《來羅》之詞，又言劉採春女周德華羅嗊之歌不及其母。晉庾揩鎮歷陽，人歌曰重羅黎，重羅黎即來羅之聲也。今京師以小曲數落為唓喇，亦囉

噴類。（同前）

一七 《陽關四疊》，亦三疊也。○《仇池筆記》曰：《陽關三疊》，每句皆平唱，而首句不疊，若通一首，又是四疊，皆非是。又《志林》曰：余在密州，有文勛長官云得古本《陽關》，乃知唐本三疊。偶得樂天《對酒》云：「相逢且莫推辭醉，聽唱陽關第四聲。」注：第四聲：「勸君更盡一杯酒。」以此知之。又按《澠水燕談》曰：歐公守滁，僧智仙作亭，沈遵以琴寫之，為宫聲三疊，可知古無不三疊者。自唐以絶句入樂府，第三第四二句合為一疊，此三疊也。至每句再唱，此複聲，乃名為疊，安得曰每句再疊乎？然或各方變換未可知也，如今土歌亦有作四者，亦有用五句者。（同前）

一八 樂府有解有豔，有趨有亂。○《古今樂録》曰：傖歌以一句為一解，中國以一章為一解。王僧虔曰：古曰章，今曰解。大曲有豔，有趨，有亂，豔在曲前，趨與亂在曲之後，亦猶吴聲西曲，前有和，後有送也。升庵以豔與和為今之引子，趨與亂與送，若今之尾聲。羊優夷、伊那何，若今之哩囉嗹、唵唵吽也。智謂：豔是引子，宋元時詩餘，今皆作引子數版歌之，一曰慢詞。吴音之和，正如今曲前先作和合之譜，如彈絃作馬道人，使三絃提琴合拍，然後度曲也。趨者緊版，所謂繁絃，激管也，中或變，謂之入破。琴謂之入慢，皆古亂之遺也。尾聲亦必入慢而收，但只一二句，北曲有多句，曰煞尾，與古曲後彷彿應不相遠。升庵曰吴趨，趨，去聲。孫氏賦哀曼，亦謂慢聲也。《客座贅語》載頓仁所言歌章色，正謂慢詞。（同前）

一九 曲胤，即曲引。○《文選・笛賦》：曲胤之繁會，即曲引。京山謂酳媵，皆引胤，則不必矣。引

與胤通，又轉為豔，又轉為鹽，詳左。（同前）

二〇 鹽，即曲之豔也。○《丹鉛餘録》曰：鹽，曲之别名也。智按：禮曰：鹽諸利，與豔同。謂如吟、行、曲、引之類，正是曲前之豔，但歌此曲，不定為曲前曲中，直如《九宫譜》之所謂慢詞也。唐宋以來直作鹽，或以炎呼之。蓋鹽既與豔通，則豔亦有平聲矣。京山謂鹽諸利為鹽之訛，鹽與蠱通，亦自費力，又無別證，則不知古鹽豔之相通也。龜兹樂，太和初有《米萬搥》，有《小天疎勒鹽》，疎勒有《昔昔鹽》、《一臺鹽》之類。容齋洪氏《筆録》曰：薛道衡「空梁落燕泥」之句，其詩曰《昔昔鹽》，凡十韻，唐趙嘏廣之為二十章。按《樂苑》以為羽調曲，《玄怪録》載籧篨三娘工唱《阿鵲鹽》，又有《突厥鹽》、《黄帝鹽》、《白鴿鹽》、《神雀鹽》、《疎勒滿座鹽》、《歸國鹽》，唐詩「媚賴吴娘唱是鹽」、「更奏新聲刮骨鹽」，然則歌詩謂之鹽者，如吟、行、曲、引之類云。今南岳廟獻神曲有《黄帝鹽》，而《長沙志》載為《黄帝炎》。按施肩吾詩云：「顛狂楚客歌成雲，嫵媚吴娘笑是鹽。」蓋當時語也。武曌時民飲歐歌，曲終而不盡者謂之族鹽。王灼《碧雞襍志》：《鹽角兒》。《嘉祐襍志》云：梅聖俞説市鹽，于紙角得一曲，此非也，蓋仍從曲豔得名，猶云鹽杖鼓耳。元陶宗儀載樂府拴搐豔段，如《鞍子豔》、《鑾子豔》之類，不知為古曲前之豔，唐之鹽，而强改倓段，曰如火倓，易明而易滅也，一何陋邪？毋乃借西擊東，以雪鬱邪？（同前）

二一 摘遍，猶今之滚遍也。大遍，猶古之滿曲也。○存中曰：元稹《建（當作連）昌宫辭》有「逡巡大遍涼州徹」，所謂大遍者，有序引、歌、瓤、嗺、哨、催、攧、衮、破、行、中腔、踏歌之類，凡數十解，每解有數疊者。裁截用之,則謂之摘遍。今人大曲皆是裁用,悉非大遍也。王灼《碧雞雜志》言史及《脞説》云《涼州》有大小遍,非也。大曲有二十四段,管絃家不肯從首至尾吹彈,今人以為全套。周密《宫禁典儀》言樂部諸色段數有新水爨、孝經備衣爨、瑶池爨、早行孤、迓行孤、睡孤,又有四孤好、四孤擂、服藥酸、濫哮負酸、單兜、雙搭諸名。(同前)

二三 十二月按律樂歌,即取諸唐俗樂二十八調中也。○按律樂歌曰:正月太蔟,本宫黄鐘商,俗名大石,如《萬年春》之類。二月夾鐘,本宫俗名中宫,如《玉街行》。三月姑洗,本宫太蔟商,俗名大石,如《賀聖朝》。四月仲吕,本宫無射徵,俗名黄鐘正徵,如《喜昇平》。五月蕤賓,本宫姑洗商,俗名中管雙調,如《樂清朝》。六月林鐘,本宫夾鐘角,俗名中吕角。如《慶皇都》。七月夷則,本宫南吕商,俗名中管商角,如《永太平》。八月南吕,本宫南吕宫,俗名中管仙吕,如《鳳皇吟》。九月無射,本宫無射宫,俗名黄鐘,如《飛龍引》。十月應鐘,本宫姑洗徵,俗名中吕正徵,如《龍池宴》。十一月黄鐘,本宫夷則角,俗名仙吕角,如《金門樂》。十二月大吕,本宫大吕宫,俗名高宫,如《風雲會》。唐俗樂二十八調,曰正,曰高,曰中吕,曰道調,曰南吕,曰仙吕,曰黄鐘,是為七宫。曰越調,曰大食調,曰高大食調,曰雙調,曰小食調,曰歇指調,曰林鐘,是為七商。曰大食,曰高大食,曰雙,曰小食,曰歇指,曰林鐘,曰越,是為七角。曰中吕調,曰正平調,曰高平調,曰仙吕調,曰黄鐘,曰般涉調,曰高般涉,是為七羽。唐《樂志》:俗樂二十八調,皆從濁至清,迭更其聲,下則益濁,上則益清,徐晏安書曰:俗樂調有宫、商、角、羽,而無徵調,徵在商之中也。今《九宫譜》北曲十六調,南曲十三調,皆本諸此。段安昌《樂府雜録》：二十八調以平上去入紀之，但于末記之云：商角同用，而宫逐羽音，此可推矣。《隋志》周文時，龜兹人言五旦之名，以華言譯之，旦即均也。《遼史》有四旦二十八調，曰婆陀力旦，即七宫也。曰雞識旦，即七商也，曰沙識旦，即七角也，曰沙侯加濫旦，即七羽也。其聲凡十，曰五、凡、工、尺、上、一、四、六、勾、合，蔡元定嘗為《燕樂》一書，證俗失以存古義，今采其略附此，黄鐘用合字，大吕、太蔟用四字，夾鐘、姑洗用一字，夷則、南宫用工字，無射、應鐘用凡字，各以上下分為清濁。其中吕、蕤賓、林鐘不可以上下分，中吕用上字，蕤賓用勾字，林鐘用尺字，其黄鐘清用六字，大吕、太蔟、夾鐘清各用五字，而以下上緊别之，緊五者，夾鐘清聲，俗樂以為宫，此其取律寸律數，用字紀聲之略也。一宫二商三角四變為宫，五徵六羽七閏為角，五聲之號，與雅樂同。惟變徵以于十二律中，陰陽易位，故謂之變。變宫以七聲所不及，取閏餘之義，故謂之閏。四變居宫聲之對，故為宫。俗樂以閏為正聲，以閏加變，故閏為角，而實非正角。此其七聲高下之略也。聲由陽來，陽生于子，終于午，燕樂以夾鐘收四聲，曰宫、曰商、曰羽、曰閏，閏為角，其正角聲變聲徵聲皆不收，而獨用夾鐘為律本，此其夾鐘收四聲之略也。宫聲七調，曰正宫，曰高宫，曰中吕宫，曰道宫，曰南吕宫，曰仙吕宫，曰黄鐘宫，皆生于黄鐘。商聲七調：曰大石調，曰高大石調，曰雙調，曰小石調，曰揭指調，曰商調，曰越調，皆生于太蔟。羽聲七調，曰般涉調，曰高般涉調，曰中吕調，曰平正調，曰南吕調，曰仙吕調，曰黄鐘調，皆生于南吕。角聲七調，曰大食調，曰高大食角，曰雙角，曰小石角，曰揭指角，曰商角，曰越角，皆生于應鐘，此其四聲二十八調之略也。存中曰：十二律并清宫四聲，當有十六聲，今之燕樂止有十五聲，蓋今樂高于古樂二律以下，故無正黃鐘聲，只以合字當大吕，猶差高，當在大吕、太蔟之間，下四字近太蔟，高四字近夾鐘，下一字近姑洗，高一字近中吕，上字近蕤賓，工字近林鐘，尺字近夷則，上字近南吕，高工字近無射，六字近應鐘，凡字為黃鐘清，高凡字為大吕清，下五字為太蔟清，高五字為夾鐘清，法雖如此，然諸調殺聲不能盡歸本律，故有偏殺、側殺、寄殺、元殺之類，合字音似呵，四字似思，一字似伊，尺字似扯，六字音靈悠切，凡字音似翻，高凡字似泛五字音鳴，即今簫管七調諸法也。朱子曰半律，《通典》謂之子聲，後人失之，惟存四聲，有四清商聲，即半聲也。王洙有《古今樂律通譜》，云：今胡部樂，乃古之清商遺音，總論之，凡樂無五音即不成聲，猶聲高下不備，即不成歌。外國各有其五音也。樂府之以清商名者，調法之名也。如今《山坡羊》曰商調，《山桃紅》曰越調之例。陳暘《樂書》曰：樂有歌，歌有曲，曲有調，故宫調北云婆陀力調，又名道調，婆羅門曰阿修羅聲也。商調北名大乞食調，又名越調，又名雙調，婆羅門曰帝釋聲也。角調北名涉折調，又名阿謀調，婆羅門曰大辯天聲也。徵調北名多婆臘調，婆羅門曰那羅延天聲也。羽調北名般涉調，又名平調，移風，婆羅門曰梵天聲也。變宫調北名阿詭調也。《金華文統》曰：太常樂，本大晟之遺法也，自汴蔡没，而東嚴侯得其故樂部之。國初徵樂東平，太常徐公遂典樂，其義不能究矣。崇寧之世，魏漢律乃以蜀一黥卒，造大晟樂府，遂頒其書律，嘗私謂其弟子任宗堯曰樂律高，北方玄鼎水又溢出，是不久矣。樂有古雅樂，有俗部樂，漢采謳已不古，六代多吴音，北樂襲外國，乃隋平得樂，存者什四。世以為中外正聲，蓋俗樂也。至是沛國公鄭譯復因龜兹人白蘇祇婆善琵琶而翻七調，遂以制樂，故今樂家猶有大石、小石、大食、般涉等調，大石等國本在西域，而般涉即是般贍，華言羽聲，隋人且以是為太簇羽矣。教房色長張俣曾製《大樂玄機論》，七音六十律八十四調，不脱白蘇之舊，正行四十大曲，常行小節四部絃管，尚循唐耒（疑作宋）梨園之遺，此非鄙俗襍行乎？宜雅樂之未易復也。崔遵度作《琴箋》，非止夏至之音也，一自中而左泛有三焉，右泛有三焉，及其應也，一必于四，二必于五，三必于六焉，苟盡法而考之，乃有二十三徽焉，是一氣也，尺絃具之，丈絃亦具之，作易者天地之象也，作琴者天地之聲也。愚者曰大操，皆自七徽起者中也。聲起于中，兩頭分盡，鼓雖擊邊，聲亦中起，八音匏土革木，一聲耳，竹止十三聲，高下借用，金石以厚薄備十三聲，則無所不備矣。此絃所以均鐘，而琴瑟所以不徹也。《通典》以應鐘為變宮，蕤賓為變徵，《淮南子》曰：姑洗生應鐘，不比于正音，故為和。應鐘生蕤賓，不比于正音，故為繆。按二變不得為調，以其非正聲也。所謂和繆者，蓋以繆和之取濟助耳。醫家有繆刺，左病則鍼右，恐其意亦當然。陸子淵曰：《通典》八音之外，又有三，舜時用八音，金石絲竹匏土革木，計用八百般樂器，至周時改用宫商角徵羽，用製五音，減樂器至五百般，至唐又減樂器至三百般，太宗朝三百般樂器内，桃絲竹為戎部，用宫商角徵羽，並分平上去入四聲，其徵音有其聲無其調。八音之中，金聲最高，竹革之聲次之，匏音次之，絲音又次之，石音最低。《藝苑卮言》：何元朗云：北人之曲以九宫統之，九宫之外别有道宫、高平、般涉三調，道宫至低。南亦有九宫，然南歌或多與絲竹不協，豈所謂土氣偏詖邪？智按：不然，今南歌皆可合竹，但不以合絲，以北曲促而絃宜連響也，南曲則緩，故難合耳。若精論之，皆可合也。

元美謂貫酸齋、馬東籬、王實甫、關漢卿、張可久、喬夢符、鄭德輝、宮大用、白仁甫，元曲擅長，但大江以北，漸染胡語，沈約四聲，遂闕其一，余按：北無入聲，不始于元時，而外國忍收之語，非無入聲。愚者曰：大氐五音二變之名，不得已而立者，實則變動不拘也。其生也以奇一而止五，必加七而循環始均，閒處各一，故以名記之。猶勾股之記甲乙耳。推及聲原，雖音有七，而用則用五，大經所言七調，正與律原合。而謂諸名宜掃除之，此不必也。易不可為典要，而有典常也。使渾渾然以呷嘎相視，豈能定哉？以笛列七，則尺上乙五六凡工也，尺生六，六生上，上生凡，凡生乙，乙生工，工生五，五生尺，輕之重之，如十六鐘加清聲，謂之寄聲半聲，此則可高可低，六字即有合字，五字即有四字，每一調則閉二字，如閉凡上二字，則為平調，閉凡乙二字，則為正調，閉五尺二字，則為梅華調，閉六尺二字，則為絃索調，閉五工則為淒涼調，閉乙工則為背工調，閉上六則為子母調，北調則微犯之，名曰犯，此凡吹人皆能言之。琴有七絃，宮、商、角、徵、羽、少宮、少商是也，以二聲相合命之曰仙翁，以和其調，則七而用五，其細分十三徽，定五音者，乃定格耳，豈盡循環之妙哉！不得已而名之，曰由低而高，曰宮商角徵羽，至第二調，則又變矣。此須與解人言，精簫管者，止能用其法而莫能推原其理。（同前）

二三　《劍器》，乃武舞之曲名。健舞，武舞也；輭舞，文舞也。○《通考》有《劍器》曲，用女妓而雄裝，空手舞，子美《公孫大娘歌》無一字涉劍可知矣，徐文長載此。崔令欽曰：《垂手羅》、《回波樂》、《春鶯》、《半社》、《渠借席》、《烏夜啼》，謂之輭舞。《阿遼》、《柘枝》、《黃麞》、《拂林》、《大渭州》、《達磨》，謂之健舞。（同前書卷三十「樂舞」）

二四　㩜曲，謂舞曲也。○《夢筆録》曰：内宴時，肩足應拍羣舞曰㩜曲子，後舞終曲曰舞末，羽調有《柘枝詞》，商調有《掘柘枝》舞曲也。《樂苑》云二：女子藏蓮花中，花折而後見，對舞相顧。温庭筠藍紙詩：「寫盡襄陽《掘柘詞》。」（同前）

二五　敓泛，琴聲也。斷紋蛇腹，當作蛇蚹。○《樂書》曰：絃合聲以作主，暉分律以配臣。有用琴暉者，即琴徽也。九歎用彈緯。升菴（當作庵）曰：徽亦迺作緯。《志林》曰：嵇中散《琴賦》云：「閒遼故音庳，絃長故徽鳴。」所謂庳者，猶今俗云敓聲也，敓音鮮，出《羯鼓録》兩絃之間遠則有敓，故曰閒遼。絃鳴云者，今之所謂泛聲也。絃虚而不按，乃可按，故云絃長而微鳴也。五臣皆不曉，妄注。吴曾引晁無咎云：「浮雲柳絮」為泛聲，「輕」非「絲」，「重」非「木」也。「喧啾百鳥羣，忽見孤鳳凰」為泛聲中寄指聲也。胡元瑞曰：琴譜有疊、蠲，謂二指，後先齊下也。雷威，唐大曆中西蜀人，善製琴。姚令威曰：先公有雷威琴。又言趙彦安得一斷紋琴，真蚶蚹也，中題云霧中山，後得《蜀郡草堂閒話》云雷氏斵琴，多在蛾眉、無為、霧中三山。今人重梅花斷、牛毛斷、蛇腹斷，「蛇腹」當作「蛇蚹」。《莊子》曰：「吾待蛇蚹蜩翼邪？」注：「蚹，蛇腹下齟齬可以行者。」曹昭曰：唐時雷文、張越二家善製琴，龍池鳳沼間有鉉，餘處悉窪，令關聲而不散。姚作雷威，文威，一聲之訛也。崇禎中命造琴五百張，其式各種，文華殿中書文震亨言此。（同前書卷三十「樂器」）

二六　拍版，今版之始也。○拍版本無譜，明皇遣黄幡綽造譜，乃于紙上畫兩耳以進，上問之，對

曰：「但有耳道，自然中節。」韓文曰樂句，《研北襍志》曰：趙氏獨子固不仕元，醉歌樂府，執紅牙以節曲。牙，版也。（同前）

二七 屈竹為器，呼曰⿱竹考笷。○考老加竹，或作栲栳，言其屈也，即古之簝洛早切，受盛器也。《周官》牛人共牛牲之互，與其盆簝，盆受血，簝受肉，蓋即笲筥之形，如無柄之笊籬耳。俗作笊籬，明皇為禄山作銀笊籬，《説文》解䈰為飯筥，受五升。秦謂筥曰䈰，即斗筲之筲。孫氏音，山樞，所交二切。一曰籧箅，今俗呼甑箅為籧箅，笊籬，即古之所謂籅於六切，籅，炊之漉米箕也。或謂之縮，或謂之籔音叟，或謂之匼音還，江東呼淅籤，《漢書音義》：烽如覆米籅。《字林》云：漉米籔。《纂要》曰：淅箕也，古杜康作箕帚。大率筥圓而筐方，筴，長筲也，簍者，疏目之籠，其孔樓樓然，《方言》之籧，則非盡指籧箅也，如筲籔簝，皆謂其形似，常借呼耳。鄭注笲曰，如今之筥莀，即籧字，《廣雅》曰：睽映簇也，即筥。唐孟棨《本事詩》載中宗時《回波詞》曰：「回波爾時栲栳。」《元志》：玉輅用栲栳輪，蓋五臺山大尖，是北臺，栲栳山，言形曲也。（同前書卷三十四「器用・襍用諸器」）

二八 後之用儲胥者，猶言御苑也。○揚雄《長楊賦》云：「木雍槍纍，以為儲胥。」吕延濟云：槍纍作木槍，相纍為栅也。蘇林注云：木雍栅，其外又以竹槍纍為外儲也。顏師古曰：儲峙也，胥須也，以木擁槍及纍繩連結以為儲胥。張衡《西京賦》云：「既新作于迎風，加露寒與儲胥。」注云：武帝先作迎風館，後加露寒、儲胥二館。沈約《應教》詩云：「南瞻儲胥觀，北望昆明池。」李義山詩云：「風雲長為護儲胥。」宋子京《傷孟昭圖》云「密疏叩儲胥」，又《思歸老》云「至今三藉在儲胥」，又《苔朱彭州》云「九番官樕老儲胥」，又讀春詞云「蒼龍驅暖入儲胥」。（同前書卷三十八「宮室」）

二九 撅頭即掘頭，《卮言》曰王僧虔用掘筆，《幽明録》云磨十指垂掘，《搜神記》荀序得撅頭船，張志和《漁父詞》用撅頭船，撅、掘通。（同前書卷四十九「諺原」）

三〇 絮，方言以濡滯不決為絮。史浩《兩鈔摘腴》曰：富鄭公偶疑不決，韓魏公曰：「公又絮。」劉夷叔詞云：「休絮，休絮，我自明朝歸去。」（同前）

三一 《臨貢鶴林泉讀書圖書其後》：東日堂觀叔明所作《林泉讀書圖》，自題曰：「虎鬭龍争萬事休，五湖明月一扁舟。緑簑衣上雪颼颼，雪月光中垂釣鈎。」「釣得鱸魚春酒熟，一縷青煙燃楚竹。蓬窗曉對洞庭山，七十二峰青似玉。」又題曰：《邵氏聞見録》：宋南渡後，汴京故老于廢囿中飲，歌太白《秦樓月》一闋，坐中皆悲感，莫能仰視，良由此詞。乃北方懷古，故遺老易垂泣也。余亦嘗填《憶秦娥》一闋，以道南方懷古之意：「花如雪，東風夜掃蘇堤月。蘇堤月，香銷南國，幾廻圓缺。錢塘江上潮聲歇，江邊楊柳誰攀折。誰攀折，西陵渡口，古今離別。」繇前觀之，太受用哉。繇後觀之，真悲感矣。嗟乎！生死夙定，功名難居，讀書而享林泉，人生之至樂也。離别不無，且看今日在碧簪林立之處為鑒在，臨此，亦非容易。它日傍官軍還故鄉，扁舟自繇，丹青在此手矣。因抄其語，遂成長卷。戊子冬宓山愚道人識。（《浮山文集·前編》卷八）

楊掄詞話

《伯牙心法》一卷，明楊掄撰。掄號桐庵，又號鶴溦，江寧（今屬江蘇）人。行蹟不詳，萬曆間在世。所著有《伯牙心法》、《太古遺音》。此據《四庫全書存目叢書》影印明萬曆刻本《伯牙心法》和《太古遺音》録詞話二則。

一　《水龍吟》：謫僊詩文高今古，而興趣尤佳，觀《水龍》一詞詠琴，形容可謂殆盡。予梓以傳焉。（《伯牙心法》）

二　《陽關三疊》：是曲蓋重情於話别者也，想其心同膠漆，臭契芝蘭，而祖道都門，去轍莫挽，袂分於咫尺，情暌於千里。而三秋之恨，殆有不勝其痌矣。是以覩柳色而興思，載香醪以戀故。而旅次幽懷，蓋未卜歸期於何日耳。聆其音者，能無起故鄉之悲乎？（《太古遺音》）

杜應芳等輯詞話

《補續全蜀藝文志》五十六卷，明杜應芳、胡承詔輯。杜應芳，字懷鶴，黄岡（今屬湖北）人。萬曆丁未進士，任禮部主事，出守河間。督學四川，遷福建按察使，歸，卒。胡承詔，天門（今屬湖北）人。萬曆甲辰進士，知夾江縣，以治最調繁内江，累遷四川督學，清正廉明，獨秉公直，與杜應芳齊名，陞布政使。此據《續修四庫全書》影印明萬曆刻本録詞話五十二則。

一　慶曆二年壬午，先生七歲，知讀書。按先生長短句集《洞仙歌》自序云：「僕七歲時，見眉州老尼，姓朱，年九十餘，能知孟昶宫中事。」又考《冷齋夜話》載先生云：「某七八歲時嘗夢遊陝右。」（《補

續全蜀藝文志》卷三十六《東坡年譜》)

二 七年甲寅,先生年三十九,在杭州。正月,遊風水洞,推官李泌先行三日,留風水洞相待,有詩題壁。是年納侍妾朝雲,《墓誌》云:「朝雲姓王氏,錢塘人。事先生二十有三年,來事先生,方十二歲。」先生以子由在濟南,求為東州守。按子由《超然臺賦序》云:「子瞻通守餘杭,三年不得代。以轍之在濟南也,求為東州守。既得請高密,五月,乃有移知密州之命。」則通判杭已四載矣。按先生《辛未別天竺觀音詩序》云:「余昔通守錢塘,移蒞膠西,以九月二十日來別南北山道友。」又按先生《記游松江》説云:「吾昔自杭移高密,與楊元素同舟,而陳令舉、張子野皆從余過李公擇於湖,遂與劉孝叔俱至松江。夜半月出,置酒垂虹亭上,子野年八十五,以歌詞聞於天下,作《定風波令》。」及道過常州,為錢公輔作哀辭,及有與段屯由詩云:「龍鐘三十九,勞生已強半。歲暮日斜時,還為昔人嘆。」是年,又有《師子屏風贊》云:「潤州甘露寺有唐李衛公所留陸探微畫師子版,余自錢塘移守膠西,過而觀焉。」是年先生在潤州道上過除夜,有《潤州道上過除夜》兩絕。(同前)

三 五年壬戌,先生年四十七,在黃州,寓居臨臯亭。就東坡築雪堂,號東坡居士。自黃州城南至雪堂四百三十步,《雪堂問》曰:「蘇子得廢圃於東坡之脇,號其正曰雪堂,以大雪中為之,因繪雪於四壁之間,間無容隙。」其名起於此,先生又自書「東坡雪堂」四字,扁之。堂前有細柳,有浚井,西有微泉。堂之下有大冶長老桃花茶、巢元修菜、何氏叢橘,種秔稌,蒔棗栗,有松期為可斲,種麥以為奇事。作陂塘,植黃桑,皆足以供先生之歲用,為雪堂之勝景。又以長短句擬斜川觀之。元豐壬戌之春，予躬耕東坡，築雪堂以居。南挹西望亭之後，西控北山之微泉，慨然而嘆，此亦斜川之游也。是年三月，先生以事至蘄水，有春夜行蘄水，過酒家，飲酒，乘月至一橋上，曲肱少休，作《西江月》詞。又游蘄水清泉寺，作《浣溪沙》詞。又作《寒食》詩二首，云：「自我來黃州，已見三寒食。」太守徐君猷分新火，先生有詩謝之云：「臨皋亭中一危坐，三見清明改新火。」七月，遊赤壁，有《赤壁賦》。十月又游，有《後赤壁賦》，云：「十月既望，蘇子步自雪堂，將歸於臨皋。」則壬戌之冬未遷，而先生以甲子六月過汝，則居雪堂止年餘耳。（同前）

四　七年甲子，先生年四十九，在黃州。二月，與徐得之、參寥子步自雪堂，至乾明寺，有師出庵題名，文有記定惠寺海棠說。四月，乃有量移汝洲之命。則先生居黃五載矣。按先生長短句《滿庭芳》序云：「四月一日，余將自黃移汝，留别雪堂鄰里二三君子，李仲覽來，書以遺之。」詞中有「坐見黃州再閏」之句。按《東坡圖》云：「郡人潘邠老及弟大觀俱以詩知名，從先生游，先生去，以雪堂付之，邠老因居焉。」黃州送先生者皆至慈湖，陳季常獨至九江，既到江州，因游廬山，有《記遊廬山說》，云：「僕初入廬山，山谷奇秀，平生所欲見，應接不暇，不欲作詩。已而山中僧俗皆曰蘇子瞻來矣，不覺作一絕。」入開先寺，主僧求詩，作《瀑布》一絕。往來十餘日，作《漱玉亭》、《三峽橋》詩。與總老同游西林，有《贈總老》及《題西林壁》，皆絕句也。又有《寫寶蓋頌與僊長老》，其序云：「圓通禪院，先君舊遊也。四月二十四日晚，至宿焉。明日，先君忌日，寫《寶蓋頌》以贈長老僊公。」蓋先生端午已在筠州，計程必作宮師忌日之後，即為高安之行。按《跋李志中文》云：「元豐七年，某舟行赴汝，乃自富三陸走高安，別家弟子由。」以《冷齋夜話》考之，子由在筠州。雲庵居洞山聰禪師亦蜀人，居壽聖寺，一夕，三人同夢迎五祖戒和尚，拊手大笑曰：「世間果有同夢者，異哉！」久之，東坡書至，曰已至奉新，旦夕相見。三人同出二十里建山寺，而東坡至，各追繹所夢。坡曰：「某年七八歲時，常夢某身是僧，往來陜右雲庵。」驚曰：「戒禪師，陜右人也。暮年棄五祖，來游高安，終於大愚。」逆數，蓋五十年，而坡時正年四十九。在筠州，為留十日。七月，過金陵，有與葉致遠唱和詩。途中又有《送沈逵赴廣南》詩云：「嗟我與君皆丙子，四十九年窮不死。」又云：「我方北渡脱重江，君復南行輕萬里。」逼歲，到泗州。十二月十八日，浴雍熙塔下，作《如夢令》兩闋，又作《滿庭芳》與劉元達，序云：「余年十七，與仲達往來於眉山。四十九相逢於泗上，晦日，同游南山，話舊，感歎。」又有《謝黄師是除夜送酥酒》詩，先生上表乞於常州居住，其略云：「今雖已至泗州，而貲用罄竭。見一面前去南京聽侯朝旨。」又考《騾馱驛試筆》云：「正月四日離泗州。」則是除夜在泗州，明矣。（同前）

五　《跋東坡詞草》（陸游）：東坡此詩云「清冷雜夢寐，得句旋已忘。」固已奇矣。晚謫惠州，復出一聯云：「春江有佳句，我醉墮渺莽。」則又加於前作一等。近世詩人老而益嚴，蓋未有如東坡者也。學者或以易心讀之，何哉？淳熙九年五月二十六日，玉局祠吏陸游書于鏡湖下鷗亭。（同前書卷三十七）

六　王蜀樞密使潘屹字凝夢，溺于美妾解愁，夙恙成疾。解愁姓趙氏，其母夢吞海棠花蘂而生，有國色，善為新聲及工小詞。建嘗至屹第，見之，謂曰：「朕宫無如此人。」意欲取之，屹曰：「此臣下賤人，不敢以薦于君。」其實靳之。弟峭謂曰：「緑珠之禍，可不戒耶？」峴曰：「人生貴于適志，豈能愛死而自不足于心耶？」人皆服其有守。出《檮杌》。（同前書卷四十三「詩話」）

七　乾德五年重陽，王衍宴羣臣于宣華苑，夜分未罷。衍自唱韓琮《柳枝詞》曰：「梁苑脩堤事已空，萬條猶舞舊春風。何須思想千年事，誰見楊花入漢宫。」内侍朱光溥詠胡曾詩曰：「吴王恃霸棄雄才，貪向姑蘇醉緑醅。不覺錢塘江月上，一宵西送越兵來。」衍聞之不樂，於是罷宴。出《檮杌》。（同前）

八　孟蜀後主崇尚六經，恐石經本傳流不廣，乃易為木板，宋世稱刻本書始于蜀也。昺嘗曰：「我不效王衍作輕薄小詞。」乃敕史館集《古今韻會》五百卷，惜不傳。今所傳昭武黄公劭者，乃輯略耳。（同前）

九　杜詩「闗山同一點」，「點」字絶妙。東坡亦極愛之，作《洞僊歌》云「一點明月窺人」，用其語也。《赤壁賦》云「山高月小」，用其意也。今書坊本改「點」作「照」，語意索然。且「闗山同一照」，小兒亦能之，何必杜公也。幸《草堂詩餘》註可證。出《升庵文集》。（同前書卷四十四「詩話」）

一〇　涪翁過瀘南，瀘帥留府會，有官妓盼盼，帥嘗寵之。涪翁贈《浣沙溪》詞曰：「脚上靴兒四寸羅，唇邊朱麝一櫻多，見人無語但廻波。　料得有心憐宋玉，衹因無奈楚襄何，今生有分何伊麽。」盼盼拜謝涪翁。瀘帥令唱詞侑觴，唱《惜春容》，涪翁大喜，醉飲而别。出《山堂肆考》。（同前）

一一　陸放翁之蜀，宿一驛中，見題壁云：「玉階蟋蟀鬧清夜，金井梧桐辭故枝。一枕凄凉眠不得，呼燈起作感秋詩。」放翁詢之，驛卒女也，遂納為妾。方餘半載，夫人逐之，妾賦《卜筭子》云：「只知眉上愁，不識愁來路。窗外有芭蕉，陣陣黄昏雨。曉起理殘粧，整頓教愁去。不合畫春山，依舊留愁住。」出《隨隱漫録》。（同前）

一二　「禁庭春晝，鶯羽披新繡。百草巧求花下鬬，只賭珠璣滿斗。日晚却理殘粧，御前閒舞《霓裳》。誰道腰肢窈窕，折旋消得君王。」「禁闈秋夜，月探金窓罅。玉帳鴛鴦噴沉麝，時落銀燈香灺。女伴莫話孤眠，六宫羅綺三千。一笑皆生百媚，宸遊教在誰邊。」右《清平樂令》二闋，太白應制作也，見吕鵬《遏雲集》。原四首，黄玉林以其二首無清逸氣韻，止選二首。（同前書卷四十五「志餘・詩話四・附詩餘」）

一三　用修《百琲明珠》選毛文錫一首：「深相憶，莫相憶，相憶情難極。銀漢是紅墻，一道遥相隔。金盤珠露滴，兩岸楡花白。風摇玉佩清，今夕為何夕。」此《花間集》所無。（同前）

一四　《醉公子》者，孟蜀顧敻辭也：「河漢秋雲澹，紅藕香侵檻。枕倚小山屏，金鋪向晚扃。睡起横波慢，獨坐情何限。衰柳數聲蟬，魂銷似去年。」出《詞品》。（同前）

一五　牛嶠有《女冠子》四闋：「緑雲高髻，點翠匀紅時世。月如眉，淺笑含雙靨，低聲唱小詞。眼看惟恐化，魂蕩欲相隨。玉趾迴嬌步，約佳期。」出《詞品》。（同前）

一六　又：「星冠霞帔，住在蘂珠宫裏。佩丁當，明翠摇蟬翼，纖褂理宿粧。醮壇春草緑，藥院杏花香。青鳥傳心事，寄劉郎。」又：「雙飛雙舞，春晝後園鶯語。卷羅幃，錦字書封了，銀河雁過

遲。鴛鴦排寶帳，荳蔻繡連枝。不語匀珠淚，落花時。」出《詞品》。（同前）

一七 牛希濟次之，亦四闋：「蕙風芝露，壇際殘香輕度。蘂珠宫，苔點分圓碧，桃花踐破紅。品流巫峽外，名籍紫微中。真侣墉城會，夢魂通。」又：「澹花瘦玉，依約神仙粧束。佩瓊文，瑞露通宵貯，幽香盡日焚。碧煙籠絳節，黄藕冠濃雲。勿以吹簫伴，不同羣。」又：「鳳樓琪樹，惆悵劉郎一去。正春深，洞裏愁空結，人間信莫尋。竹疎齋殿迥，松密醮壇陰。倚雲低首望，可知心。」又：「步虚壇上，絳節霓旌相向。引真僊，玉步摇蟾影，金爐裊麝煙。露濃霜簡濕，風緊羽衣偏。欲留難得住，却歸天。」按《女冠子》起駱賓王《代女道士王靈妃贈李榮長篇》。《王右丞集》云：「李榮，巴西綿州人也，為道士，知名。」（同前）

一八 張孝祥安國，宋簡池四狀元之一也。遷居歷陽湖濱，自號于湖。平昔為辭未嘗著稿，筆酣興健，頃刻即成，無一字無來處。如《歌頭》、《凱歌》諸曲，駿發蹈厲，寓以詩人句法。有《于湖紫薇雅辭》一卷，湯衡序。其詠物之工，如「羅帕分柑霜落齒，冰盤剥芡珠盈掬」；寫景之妙，如「秋净明霞乍吐，曙凉宿靄初消」；麗情之句，如「佩解湘腰，釵孤楚鬢」。不可勝載。其玉鞭亭《滿江紅》云：「千古凄凉，興亡事，但悲陳迹。凝望眼，吴波不動，楚山空碧。巴滇緑駿追風遠，武昌雲旆連天赤。笑老姦遺臭到如今，留空碧。　邊書静，峰烟息。通軺傳，銷鋒鏑。仰太平天子，聖明無敵。蹙踏揚州開帝里，渡江天馬龍為匹。看東南佳氣鬱葱葱，傳千億。」按《晉明帝本紀》：帝乘巴滇小駿往覘王敦營壘，故詞中及之。（同前）

一九 「臨邛重客蜀相如，被服容冶人閑都。上宫烟娥笑迎客，綉屏六曲紅氍毹。霰珠穿簾洞房晚，歌倚瑶琴半羞嬾。天寒日暮可奈何，掛客冠纓玉釵冷。」「釵冷，鬢雲晚，羅袖拂人花氣暖。風流公子來應遠，半倚瑶琴羞嬾。雲寒日暮天微霰，無處不堪腸斷。」右詠文君。「寒雲夜卷霜倒飛，一聲《水調》凝秋悲。錦靴玉帶舞迴雪，丞相筵前看《柘枝》。河東詞客今何地，密寄軟綃三尺淚。錦城春色隔瞿唐，故華灼灼今憔悴。」「憔悴，何郎地，密寄軟綃三尺淚。傳心語眼郎應記，翠袖猶芬仙桂。願郎學做蝴蝶子，去去來來花裏。」右詠灼灼。右二闋毛澤民《調笑》白語也。蜀中文君，人皆知之。灼灼，乃成都營妓，與御史裴質善，詞中所詠，正其事。（同前）

二〇 東坡詞雄海内，其憶故鄉者二首，《卜筭子》云：「蜀客到江南，長憶吴山好。吴蜀風流自古同，歸去應須早。還與去年人，共藉西湖草。莫惜樽前子細看，應是容顔老。」《河滿子》，在湖州作，云：「見説岷峨悽愴，旋聞江漢澄清。但覺秋來歸夢好，西南自有長城。東府三人最少，西山八國初平。莫負花溪縱賞，何妨藥市微行。試問當壚人在否，空教是處聞名。唱著子淵新曲，應須分外含情。」（同前）

二一 蘇叔黨過，東坡少子也。《草堂》所載《點絳唇》二首「高柳蟬嘶」及「新月娟娟」，皆其作也。是時方禁坡文，故隱其名，相傳之久，或以為汪彦章，非也。（同前）

二二 李邦直與東坡同時，小詞有：「楊花落，燕子横穿朱閣。苦恨春醪如水薄，閒愁無處著。緑野帶江山落角，桃杏参差殘蕚。歷歷桅檣沙外泊，東風晚來惡。」為坡所稱。（同前）

二三　李石，字知幾，號方舟，蜀之資縣人。文章盛傳，有《續博物志》。小詞亦風致，《草堂》選「煙柳疎疎人悄悄」，其夏夜辭也。贈官妓有：「暖玉倚香愁黛翠，勸人須要人先醉。問道明朝行也未，猶自記，燈前背立偷垂淚。」好事者或改「偷」為「佯」。（同前）

二四　韓駒，字子蒼，蜀仙井人，今井研縣也。其中秋《念奴嬌》「海天向晚」一詩亞於東坡之作，《草堂》已選。詠雪作《昭君怨》云：「昨日樵村漁浦，今日瓊川銀渚。山色捲簾看，老峰巒。　錦帳美人貪睡，不覺天花剪水。驚問是楊花，是蘆花。」《笑林》云：一達官肅客，其日偶然雪下，問曰：「是楊花？」客對曰：「楊花。」又曰：「是蘆花？」亦對曰：「是蘆花。」言不敢拂之也。子蒼用事，蓋有所本云。（同前）

二五　何吾之《小重山》辭云：「緑樹啼鶯春正濃，枝頭青杏小，緑成叢。玉舡風動酒鱗紅，歌聲咽，相見幾時重。　車馬去匆匆，路隨芳草遠，恨無窮。相思只在夢魂中，今宵月，偏照小樓東。」臨邛高恥庵云「玉舡風動酒鱗紅」之句，譬如雲錦月鈎，造化之巧，非人琢也。此等句在天地間有限。（同前）

二六　李公昴，名昴英，號文溪，資州磐石人。送太守有「有脚艷陽難駐」一詞得名，然其佳處不在此。《文溪全集》予家有之，其《蘭陵王》一首絶妙，可並秦、周，辭云：「燕穿幙，春在深深院落。單衣試、龍沫旋熏，又怕東風曉寒薄。別來情緒惡，瘦得腰圍柳弱。清明近，正似海棠怯雨，芳疎任飄泊。　釵留去年約，恨易老嬌鶯，多誤靈鵲。碧雲杳杳天涯各。望不斷芳草，又迷香絮。迴文强寫字屢錯，淚欲注還閣。　孤酌，住春脚。便彩局誰忺，寶軫慵學。階除拾取飛花嚼，是多少春

恨，等閒吞却。猛拍闌干，嘆命薄，悔舊諾。」（同前）

二七　簡州劉光祖，字德修，號後溪。有《鶴林文集》，小詞附焉。其《醉落魄》云：「春風開者，一時還共春風謝。柳條送我今槐夏，不飲香醪，孤負人生也。　曲塘泉細幽琴寫，胡牀滑簟應無價。日遲睡起簾鉤挂，何不歸與，花竹秀而野。」（同前）

二八　《瑯嬛記》載紫竹約方喬于望雲門暫會，久而不至，墻陰之下，閒履蒼苔，不勝悵恨，作《踏莎行》一闋寄之：「醉柳迷鶯，懶風熨草，約郎暫會閒門道。粉墻陰下待郎來，蘚痕印得鞋痕小。　花日移陰，簾香失裊，望郎不到心如擣。避人愁入倚屏山，斷魂還向墻陰繞。」（同前）

二九　方喬長夏讀書于種梅館，忽紫竹遺以書，大略云：「欲結朱繩，應須素節。泣珠成淚，久比鮫人。流火為期，聊同織女。春風鴛帳裏，不妨鶯語鶯寒；暮雨雀屏中，□（當作一）任雞聲唱曉。」喬荅以《玉樓春》云：「綠陰撲地鶯聲近，柳絮如綿烟草襯。雙鬟玉面碧囪人，一紙銀鈎青鳥信。　佳期遠卜清秋夜，桐樹梢頭明月掛。天公若解此情深，今歲何須三月夏。」（同前）

三〇　又云紫竹與方喬別久，而想像難真，因綴《卜算子》，序其悲愁眷戀，覓銀光牋書之，詞云：「繡閣鎖重門，攜手終非易。墻外憑他花影摇，那得疑郎至。　合眼想郎君，別久難相似。昨夜如何繡枕邊，夢見分明是。」註云：方喬，安岳士人也。安岳有大雲山，望雲門者以此山名。（同前）

三一　楊直夫名棟，青神人，蘇東坡贈以詞云：「允文事業從容了，要岷峨人物，後先相照。見説君王曾有問，似此人才多少，況蜀珍、先已登廊廟。但側耳，聽新詔。」按小説，高宗曾問馬騏曰：「蜀中人才如虞允文者有幾？」騏對曰：「未試，焉知？允文亦試而後知也。」蘇與楊、馬皆蜀人，楊在眉山為甲族。直夫有妹通經學，比於曹大家，嫁虞氏，生虞集，為鉅儒。其學無師，傳于母氏也。此事蜀人亦罕知，故著之。出《丹鉛録》。（同前）

三二　元段平章夫人高氏，天全招討女也，有《玉嬌枝》詞云：「風捲殘雲，九霄冉冉逐。龍池水雲一片緑。寂寞倚屏幃，春雨紛紛促。　蜀錦半閒，鴛鴦獨自宿。好語我將軍，只恐樂極悲生寃鬼哭。」出《南詔事略》。（同前）

三三　孫光憲，蜀之資州人。事荆南高氏，為從事，有文學名，著《北夢瑣言》。其辭見《花間集》，「一庭踈雨溼春愁」，秀句也。出《詞品》。（同前）

三四　李珣，蜀之梓州人，事王宗衍。《浣溪沙》辭有「早為不逢巫峽夜，那堪虛度錦江春」之句，辭名《瓊瑶集》。其妹事王衍，為昭儀，亦有辭藻，有「鴛鴦瓦上忽然聲」辭一首，誤入花蕊夫人集，蓋一百一首，本羨此首也。（同前）

三五　毛文錫、鹿虔扆、歐陽炯、韓琮、閻選，皆蜀人。事孟後主，有五鬼之號，俱工小辭，並見《花間集》。此集久不傳，正德初，予得之於昭覺僧寺，乃孟氏宣華宫故址也，後傳刻於南方云。出《詞品》。（同前）

三六　蘇易簡，梓州人，宋太宗朝狀元。所著有文集及《文房四譜》行於世，宋世蜀之大魁自蘇始。蘇之其後閬州三人，簡州四人，夔州一人，終宋三百年，得十六人，而陳氏、許氏皆兄弟，可謂盛矣。

辭，惟《越江吟》應制一首，見予所選《百琲明珠》。出《詞品》。（同前）

三七 《古今辭話》云：「東坡在黄州，中秋夜，對月獨酌，作《西江月》辭云：『世事一場大夢，人生幾度新涼。夜來風葉已鳴廊，看取眉間鬢上。酒賤常愁客少，月明多被雲妨。中秋誰與共孤光，把盞凄然北望。』坡以讒言謫居黄州，鬱鬱不得志，凡賦詩綴辭，必寫其所懷。然一日不負朝廷，其懷君之心，末句可見矣。」苕溪漁隱曰：「《聚蘭集》載此辭，注云寄子由，故後句云：『中秋誰與共孤光，把酒凄然北望。』則兄弟之情見於句意之間矣。疑是倅錢塘時作，子由時為濉陽幕客。」若（脱「辭」字）話所云，則非也。出《詞品》。（同前）

三八 蘇養直，名伯固，與東坡為同族，坡集中有《送伯固兄》詩是也。詩有《清江曲》「屬玉雙飛水滿塘」，當時盛傳，辭亦佳，「醉眠小塢黄茅店，夢倚高城赤葉樓」，《鷓鴣天》之佳句也。出《詞品》。（同前）

三九 程正伯，號書舟，眉山人，東坡之中表也。其《酷相思》辭云：「月掛霜林寒欲墜，正門外，催人起。奈别離、如今真個是。欲住也，無留計。欲去也，來無計。馬上離情衣上淚，各自供憔悴。問江路，梅花開也未。春到也，須頻寄。人到也，須頻寄。」其四代好折紅英，皆佳。見本集。出《詞品》。（同前）

四十 魏了翁，字華父，號鶴山，邛州人。慶元己未第二人及第，與真西山齊名。道學宗派，辭不作豔語。長短句一卷，皆壽辭也。《菩薩蠻·壽范靖倅》云：「東窗五老峰前月，南窗九疊坡前雪。推出侍郎山，着君窗户間。《離騷》鄉裏住，怯記庚寅度。挹取芷蘭芳，酌君千歲觴。」又《鷓鴣天·壽范靖州》云：「誰把旋璣運化工，參旗又掛玉梅東。三三律管聲餘亥，九九玄經卦起中。」又《水調換頭》云：「玉圍腰，金繫肘，繡籠鞍。」宋代壽辭無有過之者。又：送趙閬州希異之官《水調歌頭》：「涷雨洗煩濁，烈日霽威光。逸人去作，太守旗幟倍精芒。莎外馬蹄香濕，柳下旗陰晨潤，景氣踏蒼蒼。夾道氣成露，我獨犯顏行。對顏行，斟尾酒，點頭綱。請君釂此，更伴頃刻笑譚香。為問錦屏富貴，孰與熙寧諫議，千古蔚儀章。世道正頹靡，此意儻毋忘。」又：九日席上呈諸友《賀新郎》詞云：「舊日重陽日，嘆滿城、闌風去雨，寂寥蕭瑟。造物飜騰新機杼，不踏詩人陳跡。都掃蕩、一天雲物。挾客憑高西風外，暮鳶飛、不盡秋空碧。真意思，浩然無極。　餻詩酒帽茱萸席，算今朝、無誰不飲，有誰真得。子美不生淵明老，千載寥寥佳客。無限事、欲忘還憶。金氣高明弓力勁，正不堪回首南山北。誰弋鴈，問消息。」又：次韻費五十九丈題秋山閣有感時事《賀新郎》：「露下天垂宇，倚闌干、月華都在，大明生處。扶木元高三千丈，不分閒雲無數。謾轉却、人間朝暮。萬古興亡心一寸，只涓涓、日夜隨流注。奈與世，不同趣。　齊封冀甸今何許，百年間、欲招不住，欲推不去。閒斷河流障海水，（脱『未』字）放遊魚甫甫。歎多少、英雄塵土。挾客憑高西風外，問舉頭、還見南山否。花爛熳，草蕃蕪。」又：登白鶴山，借前韻呈同游諸友詞云（筆者按：此調為《水龍吟》）：「蘭風長雨連霄，昨朝晴色隨軒驟。松聲花氣，江煙浦樹，如相迎候。山逸青來，僧隨麥去，山為吾友。更携筇直上，薜蘿深處，雲垂幄，蘚成甃。　未至相如獨後。對山尊、勸醻多又。記曾犯雪，重來已是，綠肥紅瘦。好語時聞，憂端未歇，倚風搔首。謾持觴自慰，冰山安在，此山如舊。」又：上元和孫蒲江詞云：「又見王正班玉瑞，霽月光風，恰與元霄（當作宵）際。橫玉一聲天似水，陽春到處皆生意。十載奔馳今我里，昔元非，未信今皆是。風月惺惺人自醉，都將醉眼看榮悴。」（同前）

四一　張于湖送朱元晦行，與張欽夫、邢少連同集，作《南鄉子》一辭云：「江上送歸舩，風雨排空浪拍天。賴有清樽澆別恨，凄然，寶燭燒花看吸川。　楚舞對湘絃，暖響圍春錦帳氈。坐上定知無俗客，俱賢，便是朱張與少連。」此辭見《蘭畹集》，觀「楚舞湘絃」之句及朱文公《雲谷寄友》絶句云：「日暮天寒無酒飲，不須空喚莫愁來。」則晦翁於宴席未嘗不用妓，廣平之賦梅花，又司馬公亦有豔辭，亦何傷於清介乎？出《詞品》。（同前）

四二　陳去非，蜀之青神人，陳季常之孫也，徙居河南。宋南渡後，又居建業。詩為高宗所簡注，而辭亦佳。語意超絶，筆力排奡，識者謂其可摩坡仙之壘，非溢美云。《草堂》辭惟載「憶昔午橋」一首，其閩中《漁家傲》云：「今日山頭雲欲舉，青蛟翠鳳移時舞。行到石橋聞細雨，聽還住，風吹却過溪西去。我欲尋詩寬久旅，桃花落盡春無數。渺渺籃輿穿翠楚，悠然處，高林忽送黄鸝語。」又《虞美人》云：「吟詩日日待春風，及至桃花開後却匆匆。」又《點絳唇》云：「愁無那，短歌誰和，風動梨花朵。」又《南柯子》云：「闌干三面看晴空，背插浮圖，千尺冷煙中。」皆絶似坡仙語。出《詞品》。（同前）

四三　盧申之，名祖臯，邛州人。有《蒲江辭》一卷，樂章甚工，字字可入律呂。彭師於吴江作釣雪亭，擅漁人之窟宅，以供詩境也。約趙子野、翁靈舒諸人賦之，惟申之擅場：「江涵鴈影梅花瘦，四

（脱『望』字）無塵，雪飛風起，夜窗如畫。」其警句也。《水龍吟》詠荼蘼云：「蕩紅流水無聲，暮煙細草粘天遠。低回倦蝶，往來忙燕，芳期頓懶。緑霧迷墻，翠虬騰架，雪明香暖。笑依依欲挽，春風教住，還疑是，相逢晚。不似梅妝瘦減，占人間、豐神蕭散。攀條弄蕊，天涯猶記，曲闌小院。老去情懷，酒邊風味，有時重見。對枕幃空想，東牀舊夢，帶將離怨。」《洞仙歌》詠茉莉云：「玉肌翠袖，較似酴醿瘦。幾度熏醒夜窗酒。問炎州何許清凉，塵不到，冰喜剪就。晚來庭户悄，暗數流光，細拾芳英黯回首。念日暮江東，偏為魂銷人易老，幽韻清標似舊。正簟紋如水帳如煙，更奈問，月明露濃時候。」出《詞品》。（同前）

四四　眉州有蘇長公水坻小像，李龍眠畫，子由贊，雖國初重刻，不失古意。又有長公馬券，刻黄魯直跋及《醉翁亭記》、《水調歌頭》諸碑，皆近代效滁黄鐫者。（同前書卷四十六「志餘・外紀」）

四五　楊用修著述之富，古今罕儔。予所見，已刻者二十九種：《升庵全集》、《升庵詩集》、《升庵詩話》、《楊子卮言》、《赤牘清裁》、《詞林萬選》、《丹鉛要録》、《丹鉛總録》、《丹鉛摘録》、《丹鉛餘録》、《丹鉛續録》、《藝林伐山》、《墨池瑣録》、《詩話補遺》、《五言律祖》、《絶句辨體》、《禪林鈎元》、《水經》、《古文韻語轉注》、《古音略》、《古音駢字》、《古奇複字》、《古音附録》、《異魚圖贊》、《韻林原訓》、《李詩選》、《杜詩選》、《風雅遺編》、《皇明詩抄》。未見已刻者三十九種：《南中續集》、《玉堂集》、《長短句》、《長短句續集》、《書品》、《詞品》、《金石古文畫跋》、《赤牘拾遺》、《選詩外編》、《選詩拾遺》、《唐絶精選》、《唐音百絶》、《唐絶增奇》、《六言詩選》、《古文音釋》、《古音獵要》、《古音叢目》、《奇字韻》、《古文參同契》、《温泉詩集》、《洞天元(當作玄)紀》、《檀弓叢訓》、《禪藻集》、《譚苑醍醐》、《陶情樂府》、《樂府續集》、《箜篌新詠》、《墐户録》、《滇載記》、《脈位圖説》、《連夜吟卷》、《月節詞》、《千里面談》、《經義模範》、《崔氏志銘》、《山海經補註》、《七十行戍稾》。聞未刻者尚有七十一種:《各史要語》、《晉史精語》、《夏小正解》、《管子叙録》、《莊子刋誤》、《古雋》、《謝華啓秀》、《羣書麗句》、《文海鈞鰲》、《名奏菁英》、《四詩表證》、《古文韻語別録》、《古文詩選》、《皇明詩續抄》、《詩林振秀》、《五言絶選》、《選唐百絶》、《寰中秀句》、《古今柳詩》、《古諺》、《古今風謡》、《蒼珥記遊》、《填詞選格》、《百琲明珠》、《詞苑增奇》、《草堂詩餘補遺》、《六書傳證》、《六書探賾》、《篆韻索隱》、《古篆要略》、《六書統摘要録》、《駢銘心神》、《品韻藻晞》、《籛彽筆》、《清暑録》、《希姓録》、《滇程紀》、《書畫名跋》、《書畫神品目》、《素問糾略》、《羣艷傳神》、《江花品藻》、《滇候記引》、《書晶托(一作鈍)》、《丹鉛別録》、《丹鉛閏録》、《丹鉛贅録》、《升庵經説》、《文遊餘録》、《卮言閏録》、《敝帚》、《病榻手吹》、《蘇黄詩髓》、《宛陵六一詩選》、《五言三韻詩選》、《五言別選》、《宋詩選》、《元詩選》、《羣公四六節文》、《古韻詩略》、《説文先訓》、《古今詞英》、《填詞玉屑》、《六書練證》、《逸古編》、《經書指要》、《唐史要》、《偶語》、《六書索隱》,總之一百四十種。出何宇度《益部談資》。(同前)

四六 趙文敏手書十二巫峰詞,昔刻於巫山縣,令尹厭其來索之煩,麾(當作磨)去,予僅於士夫家見之。(同前)

四七 《竹枝歌》,唐劉禹錫、白居易皆嘗賦之,凄婉悲怨。蘇長公云:「有楚人哀屈弔賈之遺聲焉。」

《鶴林玉露》載宋時三峽長年猶能歌之，今則亡矣。（同前）

四八　左思《蜀都賦》有「紫梨津潤」之語，注不言其狀。按蜀有梨樹花，以秋日其花紅色。唐李遵有《進紫梨表》，元王秋澗有秋日詠紅梨花詞可證。（同前書卷四十七）

四九　李德裕《畫桐花鳳扇賦序》云：「成都夾岷江，磯岸多植紫桐，每至春暮，有靈禽，五色，小於玄鳥，來集桐花，以飲朝露。及花落，則煙飛雨散，不知其所往。有名工繪於素扇，余戲作小賦書其上。」其略曰：「續兹鳥於珎箑，動凉風於羅薦。發長袂之清香，掩短歌之孤囀。」愚按此則川扇之始也，今川扇一種以青紙為地，畫人物花鳥於上，此其遺製乎？劉績《霏雪録》云即東坡詞所謂「緑毛么鳳」，俗名倒掛者。唐僧隱巒詩：「五色毛衣比鳳雛，深叢花裏只如無。美人買得偏憐惜，移向金釵重幾銖。」又劉言史有《題蜀客楊生江亭》云：「垂絲蜀客涕沾衣，歲盡長沙未得歸。腸斷錦城風日好，可憐桐鳥出花飛。」李之儀有《阮郎歸》一詞詠倒掛云：「朱釐玉羽下蓬萊，佳時近早梅。探花情味久安排，枝頭開未開。　魂欲斷，恨難裁，香心休見猜。果知何遜是仙才，何妨如夢來。」自注云：此鳥以十一月來，一名收香倒掛，又名探花使，性極馴，好集美人釵上，宴客終席不去，人愛之，無所害，尤為異也。（同前）

五〇　前蜀王氏朝，僞相王鍇字鱣祥，家藏書數千卷，一一皆親札，并寫藏經，每趨朝，於白藤擔子内寫書，書法尤謹。至後蜀孟昶，又立石經於成都，宋世書傳蜀本最善。以此五代僭僞諸君，惟吴蜀二主有文學。然李昇不過作小詞工畫竹而已。孟昶乃表章五經，纂集《本草》，有功於經學矣。今之

《戒石銘》，亦昶之所作，又作《書林韻會》，宋儒黄公紹《韻會舉要》實祖之，然博洽不及也，故以「舉要」為名，余及見之於京師，惜未假抄也。（同前）

五一　孟蜀武德軍節度判官歐陽炯撰《花間集序》云：鏤玉雕瓊，擬化工而迥巧；裁花剪葉，奪春艷以争鮮。是以唱雲謡則金母詞清，挹霞醴則穆王心醉。名高白雪，聲聲而自合鸞歌；響遏青雲，字字而偏諧鳳律。楊柳大堤之句，樂府相傳；芙蓉曲渚之篇，豪家自製。莫不争高門下三千玳瑁之簪，競富樽前數十珊瑚之樹。則有綺筵公子，繡幌佳人，遞葉葉之花牋，文抽麗錦；舉纖纖之玉指，拍按香檀。不無清絶之辭，用助嬌嬈之態。自南朝之宫體，扇北里之倡風，何止言之不文，所謂秀而不實。有唐已降，率土之濱。家家之香徑，春風寧尋越艷；處處之紅樓，夜月自鎖嫦娥。在明皇朝則有李太白應制《清平樂》詞四首，近代温飛卿復有《金筌集》，邇來作者無媿前人。今衛尉少卿字宏基，以拾翠洲邊，自得羽毛之異；織綃泉底，獨殊機杼之功。廣會衆賓，時延佳論，因集近來詩客曲子詞五百首，分為十卷。以炯粗預知音，辱請命題，仍為序引。昔郢人有歌陽春者，號為絶唱，乃命之為《花間集》，庶以陽春之曲，將使西園英哲，用資羽蓋之歡；南國嬋娟，休唱蓮舟之引。時大蜀廣政三年夏四月日序。（同前書卷五十二「志餘・逸編」）

五二　綿州治東東巖，石理縝瑩，宋通判冉木刻《富樂山移文》于上，字畫遒勁，宛然如新。又治南四里涪翁畔，宋嘉州别駕楊叔蘭親題「涪翁山」三大字刻于石上，仍刻弔涪翁詞于其右。（同前書卷五十五「巖字石刻譜」）

董逢元詞話

董逢元，字善長，常州（今屬江蘇）人。行蹟不詳。編《唐詞紀》十六卷，輯成於萬曆甲午，雖以唐詞為名，而五季十國之作居十之七。首列《詞名徵》一卷，略作解題。此據《四庫全書存目叢書》影印抄本録詞話六十四則。

一　《清平樂令》，亦曰《清平樂》，《遏雲集》載李白應制《清平樂令》四首，今存其兩。（《詞名徵》）

二　《清平調詞》：《松窗録》曰：開元中，禁中重木芍藥，會花方繁開，帝乘照夜白，太真妃以步輦從。李龜年以歌擅一時之名，帝曰：「賞名花，對妃子，焉用舊樂詞為？」遂命李白作《清平調》詞三章，令梨園子弟略撫絲竹，以促歌。帝自調玉笛以倚曲。《唐書》曰：「玄宗嘗自度曲，欲，造樂府新詞，亟召白。白已醉卧於酒肆，召入，以水灑面，

即令秉筆，頃之，成數十章是也。」（同前）

三《謁金門》：亦曰《出塞》，詞話作《空相憶》，宋人名曰《垂楊碧》。（同前）

四《天仙子》：《樂府雜録》曰《萬斯年曲》，是朱厓李太尉進此曲，名即《天仙子》是也。屬龜兹部，今詞多賦天台仙子。（同前）

五《臨江仙》：多賦永媛江妃。（同前）

六《河瀆神》：多賦別離及祠廟。（同前）

七《巫山一段雲》：漢短簫鐃歌有《巫山高》，為思歸詞，後人擬之，多賦楚王神女事，此其流變也。（同前）

八《阮郎歸》：亦曰《醉桃源》，亦曰《碧桃春》。（同前）

九《思越人》：多賦西子，蜀後主五年三月上巳宴於昭神亭，自執檀板唱《思越人》、《後庭花曲》。（同前）

一〇《憶秦娥》：亦曰《秦樓月》，亦曰《雙荷葉》，秦娥即弄玉也，下《鳳樓春》亦其意。（同前）

一一《虞美人》：《樂府詩累》曰：琴集有《力拔山操》，項羽所作也。近世有《虞美人》曲，亦出于此。美人，楚王虞姬也，楚王歌《拔山操》，虞姬和之，其詞哀焉，後人傷之，傳為此曲。（同前）

一二《何滿子》：白居易曰：何滿子，開元中滄州歌者，臨刑，進此曲以贖死，竟不得免。《杜楊（當作陽）雜編》曰：文宗時，宫人沈阿翹為帝舞《何滿子》調詞，風態率皆宛暢，然則亦舞曲也。（同前）

一三《南歌子》：亦曰《南柯子》、《風蝶令》、《望秦川》，相和歌有《江南行》、《南歌》、《南鄉》，亦其遺意。（同前）

一四《江城子》：亦曰《江神子》。（同前）

一五　《望江南》：亦曰《夢江南》、《憶江南》、《夢游仙》、《望江梅》、《江南好》、《謝秋娘》。《海山記》：帝開西苑，鑿五湖北海，開溝相通，帝多泛東湖。因製湖上《望江南》八闋，帝常遊湖上，多令宫中美人歌唱此曲。又《教坊記》曰：《望江南》始自朱崖李太尉鎮浙日，為亡妓謝秋娘撰，本名謝秋娘，後改此名。馮延巳有《憶江南》二闋，與《一蘿金》調同，不同本調。（同前）

一六　《河傳》：《升庵集》曰：樂府有《穆護砂》，隋朝曲也。與《水調》、《河傳》同時，皆隋開汴河時，詞人所製勞歌也。其聲犯角。（同前）

一七　《浪淘沙》：亦曰《浪淘沙》詞，亦曰《浪擣沙》，亦曰《賣花聲》，小説作《曲冥》。

一八　《浣溪沙》：亦曰《浣沙溪》，宋人亦謂之《山花子》。（同前）

一九　《三臺詞》：《教坊記》作《三臺》，亦曰《三臺令》，一名《翠華引》。韋應物有《三臺》詞，王建有《宫中三臺》、《江南三臺》，無名氏又有《突厥三臺》、《上皇三臺》。（同前）

二〇　《春光好》：一名《鶴冲天》，宋人或易名曰《愁倚闌》，唐玄宗洞曉音律，善自度曲，嘗於臨軒縱一曲，曲名《春光好》，方奏，桃杏皆發。（同前）

二一　《玉樓春》：亦曰《木蘭花令》，宋人亦謂之《木蘭花》。（同前）

二二　《滿宫花》：多為宫詞。（同前）

二三　《後庭花》：清商曲，吴聲歌，有《玉樹後庭花》曲，陳後主製。今詞與古曲異，俱賦陳後主，又有《後庭宴》與此不同。

二四　《水蘭花》：亦有《木蘭花令》，即《玉樓春》，與此不同。（同前）

二五　《山花子》：宋人亦謂之《浣溪沙》，亦曰《攤破浣溪沙》。

二六　《採桑子》：《教坊記》有「採桑採葉」即古相和歌中《採桑曲》，一名《羅敷令》，亦曰《醜奴兒令》。（同前）

二七　《採蓮子》：即清商曲《江南弄》中《採蓮曲令》，取唐人《採蓮曲》絕句附于後。（同前）

二八　《章臺柳》：《柳氏傳》：韓翃（當作翃）有寵姬柳氏，翃成名，從辟淄青，置之都下，數歲寄詩，韓答之云云。後果為藩將沙吒利所刦。翃會入中書，道逢之，謂永訣矣。是日臨淄大校置酒，疑翃不樂，具告之，有虞將許俊以義烈自許，即詐取得之，大校表聞，詔許歸韓。（同前）

二九　《楊柳枝》：亦曰《柳枝》，亦曰《柳枝詞》，亦曰《楊枝詞》，亦曰《折楊柳枝詞》，亦曰《添聲楊柳枝詞》，亦曰《楊柳枝壽杯詞》，亦曰《宮中折楊柳枝詞》，本白居易洛中所製也。居易有妓樊素善歌，小蠻善舞，嘗為詩曰：「櫻桃樊素口，楊柳小蠻腰。」年既高邁，而小蠻方豐艷，乃作《楊柳枝》詞一章以託意曰：「永豐西角花園裏，盡日無人屬阿誰。」及宣宗朝，國樂唱是詞，帝問誰詞，永豐在何處，左右具以對。時永豐坊西角園中有垂柳一株，柔條極茂，因東使命取兩枝，植于禁中。居易感上知名，且好尚風雅，又作詞一章云：「定知玄象今春後，柳宿光中添兩星。」河南盧尹時亦繼和，薛能曰：「《楊柳枝》者，古題，所謂《折楊枝》也。」按《折楊柳》本漢橫吹曲，古詞曰：「上馬不捉鞭，反拗楊柳枝。蹀座吹長笛，愁殺行客兒。」本為邊詞，在唐為別曲，與此稍異。而元郭茂倩所收張祜、施肩吾、李商隱、薛能輩十五首，俱《折楊柳》，而並曰《楊柳枝》，則凡唐人《折楊柳》詞，今例當附入。又：別體二首，宋人作《太平時》，又作《賀聖朝》。（同前）

三〇 《竹枝詞》：亦曰《竹枝》。《教坊記》曰《竹枝子》。竹枝本出于巴渝，唐貞元中劉禹錫在沅湘，以俚歌鄙陋，乃依騷人《九歌》作《竹枝》新詞九章，教里中兒歌之，曰是盛于貞元、元和之間。按《竹枝序》曰：四方之歌異音而同樂，歲正月，余建平里中兒聯歌《竹枝》吹短笛擊鼓以赴，節歌者楊袂睢舞，以曲多為賢聆，其音中黄鐘之羽，卒章激訐，如吴聲，雖傖獰不可分，而含思宛轉，有淇澳之艷。昔屈原居沅湘，聞其民迎神詞多鄙陋，乃為作《九歌》，到于今荆楚歌舞之，故余亦作《竹枝》九篇，俾善歌者颺之，附于末，後之聽《巴渝》，知變風之自焉。(同前)

三一 《蝶戀花》：亦曰《鵲踏枝》，亦曰《鳳棲梧》。

三二 《喜遷鶯》：亦曰《鶴冲天》，多登第詞。

三三 《烏夜啼》：亦曰《相見懽》、《上西樓》、《秋夜月》、《憶真妃》，本清商西曲之一，今詞與古曲異。

三四 《魚遊春水》：《古今詞話》云：東都防河卒于汴河上掘地，得石刻，有詞一闋，不題其目，臣僚進上，上喜其藻思絢麗，欲命其名，遂摭詞中四字，名曰《魚遊春水》，命教坊倚聲歌之。詞凡八十九字，而風花鶯燕動植之物曲盡之，此唐人語也。後之狀物寫情不及之矣。

三五 《甘州子》：《樂苑》曰：甘州，羽調曲也。《樂府雜録》曰：甘州，軟舞曲也。

三六 《離別難》：《樂府雜録》曰：《離別難》，武后朝，有一士人陷冤獄，籍其家，妻配入掖庭。善吹觱栗，乃撰此曲，以寄情焉。初名《大郎神》，蓋取良人第行也，既畏人知，遂三易其名，曰《悲切子》，終號《怨回鶻》云。詞曰：「此別難重陳，花飛復戀人。來時梅覆雪，去日柳鶯春。物候催行客，歸途淑氣新。剡川今已遠，魂夢暗相親。」(同前)

三七 《渭城曲》：《渭城》，一曰《陽關》，王維之所作也。本送人使安西詩，復遂被于歌。《古今詞話》曰：王摩詰

《送元安西》云云，其後送別者多以此詩被於歌，作《小秦王》唱之，亦名《古陽關》。（同前）

三八　《風流子》：與《如夢令》大相似。

三九　《望遠行》：漢鼓角横吹曲，有《望行人》，此其遺意。（同前）

四〇　《長相思》：古樂府《怨思》二十五曲之一，本古詩，上言長相思，下言久離別。又著以《長相思》，緣以結不解，謂被中著綿以致綿綿之意也。齊梁皆有擬調之作，與今詞小異。（同前）

四一　《長命》：亦曰《薄命女》，《樂苑》曰《長命西河女》，羽調曲也。《樂府雜録》曰：大曆中嘗有樂工自撰歌，即《古長命西河女》也，加減其節奏，頗有新聲。（同前）

四二　《一斛珠》：《梅妃傳》曰：江采蘋，唐玄宗妃也。九歲，能誦二《南》，語父曰：「我雖女子，期以此為志。」父奇之，故名采蘋。開元中，高力士選歸，侍明皇，大見寵幸。善屬文，自比謝女。淡粧雅服，而恣（當作姿）態明秀。性喜梅，所居悉植梅，上因其所好，戲名梅妃。會太真楊氏入侍，寵愛日奪，竟為楊氏遷于上陽東宫。妃益怨慕，帝每念之。時在花萼樓，有夷使貢珍珠者至，命封一斛密賜妃，妃不受，以詩付使者曰：「為我進御前也。」上覽詩，悵然不樂，令樂府以新聲度之，號《一斛珠》，曲名蓋始于此。（同前）

四三　《更漏子》：多賦本意。（同前）

四四　《擣練子》：古樂府有《擣衣曲》，其遺意也。（同前）

四五　《女冠子》：多賦本意。（同前）

四六　《漁歌子》：張志和好隱不仕，故製此以見志。憲宗畫栗（當作圖），訪而不得，命集其歌詩以獻。其兄松齡

懼其放浪不返，因和以諷之。一名《漁父》。（同前）

四七 《款乃曲》：元結所作，其序云：大曆初，結為道州刺史，以軍事詣都使還州，逢春水舟行不進，作《欸乃曲》，令舟子唱之，以取適于道路云。（同前）

四八 《接賢賓》：後世曲有《集賢賓》昉此。（同前）

四九 《菩薩蠻》：亦曰《重疊金》，亦曰《子夜歌》。《丹鉛録》曰：唐詞有《菩薩鬘》，不知其義。按小説，開元中，南詔入貢，危髻金冠，瓔珞被體，故號《菩薩鬘》，因以製曲。佛經戒律云「香油塗身，華鬘被首」是也。白樂天《蠻子朝天》詩曰「花鬘抖擻（當作擻）龍蛇動」是其證也。今曲名「鬘」作「蠻」，非。（同前）

五〇 《調笑令》：亦曰《古調笑》、《調笑詞》、《三臺令》、《轉應詞》。（同前）

五一 《如夢令》：《古今詞話》：後唐莊宗脩内苑，掘得斷碑，中有三十三字，莊宗使樂工入律歌之，名曰《古記》。又便（當作使）翰林作數篇，或云太白作，或云洞賓作，一名《宴桃源》，一名《憶仙姿》，東坡改為《如夢令》。（同前）

五二 《歸國遥》：亦曰《歸自遥》，亦曰《歸國謡》。（同前）

五三 《醉粧詞》：《北夢瑣言》云：蜀後主裹小巾，其尖如錐，宫妓多衣道服，簪蓮花冠，施脂粉，夾臉，號醉粧，作此詞。（同前）

五四 《風光好》：周陶穀奉使江南，傲睨異常，江南相韓熙載恨之，飾妓女秦弱蘭為郵亭卒女，前灑掃，穀悦之，私焉。贈以詞曲《風光好》，明日，熙載宴穀，即于坐令妓唱之，穀愧恨，即日命駕歸。（同前）

五五 《舞春風》：亦曰《瑞鷓鴣》。（同前）

五六 《解紅》：《升庵詩話》：曲名有《解紅》者，今俗傳為洞賓作，見《物外清音》，其名未曉。近閱和凝集，有《解紅歌》云云。《樂書》云：优童解紅舞，衣紫緋繡襦，銀帶，花鳳冠，蓋五代時人也。焉有洞賓在唐世預填此腔耶？（同前）

五七 《字字雙》：《靈怪録》：有中官行竊于宫坡館，既蜂裳覆錦衣，燈下寢，忽見一童子捧一樽酒衝扉而入，續有三人至焉，皆古衣冠，相謂云：「崔常侍來何遲？」俄復有一人續至，悽悽然有離别之意，蓋崔常侍也。及至，舉酒賦詩聯句云云，中宫將起，四人相顧哀嘯而去，如風雨之聲。及視其户，扃閉如故，惟酒樽及詩在而已。初不云詞，而《花草粹編》載此，題曰《字字雙》，女郎王麗貞作。按王麗貞事并詩出傳奇，亦無此曲，不知何據，當别有出耳。（同前）

五八 《步虚詞》：《樂府解題》曰：《步虚詞》，道家曲也，備言衆仙縹渺輕舉之美。（同前）

五九 《北印月》：《洞微志》：鄭繼超遇田恭軍，贈妓曰妙香，數年告别，歌此詞送酒。翌日，同至北邙下，化狐而去。（同前）

六〇 《抛球樂》：亦曰《莫思歸》。（同前）

六一 《擷芳詞》：《古今詞話》曰：政和間，京師妓之姥曾嫁伶官，當入内，教舞，傳禁中，《擷芳詞》以教其妓，人皆愛其聲，又愛其詞，類唐人所作也。張尚書帥成都，蜀中傳此詞，競唱之，却于前段「記得年時共伊曾摘」下添「憶憶憶」三字，後段「燕兒來也，又無消息」下添「得得得」三字，又名《摘紅英》。其所添字，全無好句，又皆鄙俚，豈得傳者之誤耶？ 抎芳英之名，非抎為之，蓋禁中有擷芳園、抎芳園也。（同前）

六二　《羅嗊曲》：赤（當作亦）曰《望夫歌》。《彤管遺編》曰：劉采春，浙人也，容貌獨絶，詩詞甚工。嘗作《羅嗊曲》，元禎（當作稹）廉問浙東，贈采春詩云：「新粧巧樣畫雙蛾，幔裹常州透額羅。正面偷輪光滑笏，緩行輕踏皺紋波。言詞雅措風流足，舉止低回秀媚多。更有惱人腸斷處，選詞能唱《望夫歌》。」《望夫歌》者，即《羅嗊曲》也。（同前）

六三　《千金意》：《江湖紀聞》曰：曹珪仕吴越，守嘉興，後為蘇州刺史。光啓中，捨宅為招提寺，宋嘉熙丁酉鄧州金鶴雲以琴書寓嘉興富家，居近寺側，每夜聞歌云云，甚習。一夕，歌聲甚近，窺之，乃一女子也。明夜推户至榻，惜别，以百金為意。女子潸然曰：「妾，曹刺史家女也，遇異人，得仙術，但凡心未除，累遭降謫。今方别後，未卜會期，君前程甚遠，夾山之會，君其慎之。」金異之，明以告主人，皆不曉其故。後於三（當作土）墻下得石匣，藏一古琴，係百金烏金，後為縣令，卒於峡州。（同前）

六四　《破陣子》：亦曰《十拍子》，近代曲有《破陣樂》、《破陣子》，是其遺也。（同前）

王象晉詞話

王象晉，字康宇，一字藎臣，新城（今屬山東）人。萬曆甲辰進士，由中書歷官浙江右布政使，為河南按察使。七十引年，優游林下。著書數十種，濟人利物，常恐不及，年九十餘卒。編著有《清寤齋欣賞編》、《翦桐載》、《二如亭羣芳譜》、《秦張兩先生詩餘合璧》。《秦張兩先生詩餘合璧》二卷，為宋秦觀《淮海詞》、明張綖《南湖詞》，合為一編，以二人均高郵人。此據《四庫全書存目叢書》影印明末毛氏汲古閣刻《詞苑英華》本《詩餘圖譜》和《秦張兩先生詩餘合璧》録序文二則。

一

《重刻詩餘圖譜序》：填詞，非詩也，然不可謂無當於詩也。詩三百篇，郊廟之所登聞，明良之所賡和，學士大夫之所宣播，窮巖邃谷、田畯紅女之所咏吟，採之輶軒，被之絃管，靡不洋洋纚纚，可諷可詠。删定一經，炳烺千古，此與王迹為存亡者也。詩止矣，豈乎難繼矣！詩亡而後有樂府，樂府亡而後有詩餘。詩餘者，樂府之派别而後世歌曲之開先也。李唐以詩取士，為律，為古，為排，為絶，為五七言，為長短句，非不較若列眉，然此李唐之詩，非成周之詩也。詩餘一脉，肇自趙宋，列為規格，填以藻詞，一時文人才士交相矜尚，或發紓獨得，或酬應鴻篇，或感慨今昔，或欣厭榮落，或柔態膩理，宣密諦而寄幽情，或比物託興，圖節叙而繪花鳥。憶美人者盼西方，思王孫者怨芳草，望西歸者懷好音，抱孤憤者賦楚些。譬照乘之珠，連城之玉，散在几席，晶光四射，為有目人所共賞，有心人所共珍，豈不膾炙一時，流耀來裔哉？然可謂唐詩之餘，非周詩之餘也。宋崇寧間，命周美成等討論古音，比律切調，於時有十二律六十家八十四調，而柳屯田遂增至二百餘調，總之，以李青蓮之《憶秦娥》、《菩薩蠻》為開山鼻祖，裔是而降，遞相祖述，靡不换羽移商，務為艷冶靡麗之談。詩若蕩然無餘。究而言之，詩亡於周而盛於唐，詩盛於唐而餘於宋。總之，元聲本之天地，至情發之人心，音韻合之宫商，格調協之風會，風會一流，音響隨易，何餘非詩？何唐、宋非周？謂宋之填詞即宋之詩，可也，即李唐成周之詩，亦可也。南湖張子創為《詩餘圖譜》三卷，圖列於前，詞綴於後，韻脚句法犂然井然，一披閲而調可守，韻可循，字推句敲，無事望洋，誠修詞家南車已。萬曆甲午、乙未間，予兄霽宇刻之上谷署中，見者争相玩賞，竟攜之而去。今書簏所存，日見寥寥，遲以歲月，計當無剩本已。海虞毛子晉，博雅好古，見予讐較此編，遂請歸而付之剞人，使四十年前几案間物頓還舊觀，亦一段快心事也。若曰月露風雲，此騷人墨客之小技，無當實用，請以質之三百篇。至於探詞源，稽事因，編次歲月，舉散見於群籍中者，類而綴之，别為一卷。則子晉已先得我心，亦庶幾博雅之一助云。崇禎乙亥小春月，濟南王象晉書於天中之冰玉軒中。（《詩餘圖譜》）

二

《秦張兩先生詩餘合璧序》：詩餘盛於趙宋，諸凡能文之士，靡不舐墨吮毫，争吐其胸中之奇，競相雄長。及淮海一鳴，即蘇、黄且為遜席，蓋詩有别才，從古志之。詩之一派，流為詩餘，其情郅，其詞婉，使人誦之，浸淫漸漬而不自覺。總之，不離温厚和平之旨者近是，故曰詩之餘也。此少游先生所獨擅也。南湖張先生與少游同里閈，慕少游之為人，輒效少游之所為詩文，因取宋人詩餘，彙而圖之為譜，一時名公神情丰度、規式意調，較若列眉，誠修詞家功臣已。今觀先生長短句諸作，命意懇至，摛詞婉雅，儼然少游再生，豈天地精粹清淑之氣盡匯於長淮煙波浩渺間耶？何相肖之甚也。予不能詩，更不能詞，而甚慕兩先生之所為詩若詞，特合兩先生詞併而梓之圖譜之後，使後世攻是業者，知詞雖小道，自有當行，無趨惡道，亦未必非修詞之一助也。崇禎乙亥長至日，濟南王象晉撰。（《秦張兩先生詩餘合璧》）

李輅輯詞話

李輅，自號繡雲居士，履貫無考，萬曆以後人。編著有《掌録》二卷，庚戌自序云癖愛古文奇字，顧貧無所得，間從親友假觀，往往得異語。性善忘，因以涉獵之餘，隨筆録存，暇日開篋讀之，意欣然樂也。其書雜抄故實，多取之於説部。此據《四庫全書存目叢書》影印清嘉慶二十年福申抄本録詞話十二則。

一　宋賈黄中幼聰敏，父師取書與其身相等，令讀之，謂之等身書。張子野詞：「等身金，誰能得意，買此好光景。」（《掌録》上卷）

二　易祓，字彦章，潭州人。以優為前廊，久不歸，其妻作《一剪梅》詞寄之云：「染疾修書寄彦章，貪卻前廊，忘卻回廊。功名成遂不還鄉，石做（當為作）心腸，鐵作心腸。紅日三竿懶畫粧，虛度韶光，瘦損容光。不知何日得成雙，羞對鴛鴦，懶對鴛鴦。」《老學庵續筆記》。（同前書下卷）

三 樂公李龜年兄弟三人皆有才學盛名，彭年善舞，鶴年、龜年能歌，製《渭州》曲，特承顧遇。（同前）

四 樂天《柳枝詞》云：「《六么》《水調》家家曲，《白雪》《梅花》處處吹。」又《樂世》一絶云：「管急絃繁拍漸稠，《緑腰》宛轉曲終頭。誠知《樂世》聲聲樂，老病人聽未免愁。」注云：「《樂世》，一名《六么》。」此曲無過六字者，故曰《六么》，樂天又謂之《樂世》，元微之又謂之《緑腰》。（同前）

五 驪山多飛禽，名阿濫堆。明皇採其聲，翻為曲子，左右皆聞而悲之。《客談》。（同前）

六 明皇宿上亭，雨中聞牛鐸聲，悵然而起，問黄幡綽何語，曰：「謂陛下特郎當。」特郎當，俗言不整治也。明皇一笑，遂製《雨淋鈴》曲。《碧鷄漫志》。（同前）

七 明皇内宴，楊妃使宫妓佩七寶瓔珞，（當脱「為」字）《霓裳羽衣曲》，此曲一終，珠翠可掃。（同前）

八 蒲中逍遥樓楣上有唐人横書，類梵字，相傳為《霓裳譜》，字訓難，莫知非是。《筆談》。（同前）

九 天寶樂曲皆以邊地為名，如《凉州》、《伊州》、《甘州》曲，邊聲繁，名入破。又詔與胡部笳聲合作。明年，安禄山反，凉、伊、甘皆陷。（同前）

一〇 唐師古意，採絶句為歌曲，如《浪淘沙》、《抛毬樂》、《楊柳枝》皆是，李太白《清平調》亦然。白傅守杭，微之贈云：「休遣玲瓏唱我詩，我詩多是别君詞。」自注：「樂人高玲瓏善歌，能歌予數十詩。」又李益每一詩成，樂工以賂爭取之，被於聲歌，供奉天子。史亦稱武元衡工五言詩，好事者被之管弦。蜀王衍每宴，命工（當作宫）人李玉簫歌其所撰宫詞。五代猶有此風。近有取陶淵明《歸去來》、李太白「把酒問月」、李長吉《將進酒》、蘇子瞻《赤壁賦》，協入聲律，此暗合孫吴耳。（同前）

一一　薛道衡《昔昔鹽》十韻，《樂苑》以為羽調曲。《元（當作玄）怪録》：籧篨三娘唱《阿鵲鹽》曲，又有《哭（當作突）厥鹽》、《黄帝鹽》、《白鴿鹽》、《神雀鹽》、《疎勒鹽》、《滿坐鹽》、《歸國鹽》。唐詩「㻺賴吴娘唱是鹽」，即行、吟、曲、引之類。（同前）

一二　《玉女行觴》、《神仙留客》，皆煬帝曲名。（同前）

來集之詞話

來集之（？—一六六九），名鎔，字元成，號集之，蕭山（今屬浙江）人。南京國子監貢生，崇禎庚辰進士，官安慶府推官，曾任兵科給事中、太常寺少卿等。明亡，家居三十年，手不釋卷。所著有《易圖親見》、《讀易偶通》、《卦義一得》、《春秋志在》、《四傳權衡》、《倘湖樵書》、《南山載筆》、《倘湖近刻》。《倘湖樵書》，又名《博學彙書》，兩書名不同，編排略異，而所載實同。凡十二卷，初編六卷，二編六卷，採摭唐宋元明諸家之説，以類相從，排纂其文，或雜引古書而論之，或先立論而以古書證之，徵摭繁富，頗有考證之處。《四庫全書存目叢書》兩書皆收之，《倘湖樵書》是影印清乾隆來廷楫倘湖小築重刻本，《博學彙書》是影印清康熙二十二年倘湖小築刻本，此據《倘湖樵書》録詞話三則。

一　鼻息如雷：《避暑録話》：蘇子瞻與數客飲江上，夜歸，江面際天風露，浩然有當其意，乃作歌辭，所謂「夜闌風静後（此字為衍文）縠紋平，小舟從此逝，江海寄餘生」，與客大歌數過而散。翌日，喧傳子瞻夜作此辭，掛冠服江邊，拏舟長嘯去矣。郡守徐君猷聞之，驚且懼，以為州失罪人，急命駕往謁，則子瞻鼻鼾如雷，猶未興也。此亦與范忠宣、劉元城之事相類云。（《倘湖樵書·初編》卷二，又見《博學彙書·初編》卷二）

二　後唐小周后：姚叔祥《見只編》云：余嘗見吾鹽名手張紀臨元人宋太宗張幸小周后粉本：后戴花冠，兩足穿紅襪，襪僅至半脛耳。裸身，憑五侍女，兩人承腋，兩人承股，一人擁臂，后身在空中。太宗以身當后，后閉目轉頭，以手拒太宗頰。有元人題上云：「江南剩得李花開，也被君王強折來。怪底金風衝地起，禁圍紅紫滿龍堆。」蓋以靖康為報也。又有宋人《嘗后圖》：一婦人裸跣，為數人擡舁，人皆甲冑帶刀，有囓唇與乳及臂與股者，至有以口銜其足者。惟一大將露形近之，更一人掣之不就，又有持足帛履襪袙衣相追逐者，計有十九人。上有題云：「南北驚風，汴城吹動，吹出鮮花紅董董。潑蝶攢蜂不珍重，棄雪拚香，無處着這面孔。一綜兒是清風鎮的樣子，那將軍是報粘罕的孟珙。」此指宋元滅金事也，但珙不至穢褻至此。曾讀大誥，高宗自身歷戎陣以來，未嘗污一婦人，第納逆漢一妾耳。比藍玉私元妃，主大怒，被責，悉送出塞外，玉封涼國公，仍鐫其過於券。其優遇亡國，遠出宋元萬萬矣。考之正史，未見太宗幸小周后及孟珙亂金汴宫闈之事，此二圖不知據何野史而作也。馬金《南唐書》云：大司徒周宗二女，皆國色，繼為國后。後主繼室周后，乃昭惠周后之母弟也，昭惠感疾，后嘗出入卧内。一日，立帳前，昭惠驚曰：「妹在此耶？」后幼，未識嫌疑，以實告曰「既數日矣」，昭惠惡之，返卧，不復顧。昭惠殂，后未勝禮服，待年宫中，後主樂府詞有「衩襪下香堦」、「手提金縷鞋」之類，多傳於外。至納后，但成禮而已。隨後主歸宋，太平興國三年，後主為隴西公薨，周亦隨薨。《唫𡁏集》所引龍哀（當作衮）《江南録》云：「小周后隨後主歸朝，封鄭國夫人，例隨命婦入宫，每一入，輒數日出，必大泣，駡後主，聲聞於外，後主多宛轉避之。」此圖之所由作也。昔孟珙本傳，史氏稱其退則焚香掃地，隱几危坐，遠貨色，絶滋味，其與滅金之役必無妄舉也，明矣。且理宗紹定六年四月，崔立降金，以太后王氏、皇后徒單氏、梁王、荆王及金主諸妃嬪，凡車三十七兩，宗室男女五百餘人赴青城，蒙古殺二王及族屬，而送后妃等於和林，在道艱楚萬狀，尤甚於徽、欽之時。其年十月，蒙古圍蔡州，孟珙始帥師會之，蓋未嘗會破汴京也。又姚叔祥云有《天興墨淚》一書，乃托名亡金舊臣志宋元破金之事，其記汚辱宫闈事，不忍讀，蓋必宋人借此吐氣耳，金人蓋遷宋宗室男女以行。明太祖不犯元之宫闈，及明之亡，君后且同殉，而闖又以敗遁，無盡遷男女之慘，豈非天道昭昭耶？前五代之君强詐取國，又必誅滅其子孫殆盡，繼而其身之子孫亦受其報。宋帝優禮降王刺史，又有牽機藥之説，蓋降王多以誕日薨，受飲賜酒故也。洪武太祖獲元主嫡孫買的里八剌及次子地保奴，俱遣官送歸，此千古僅見。（同前書初編卷九，又見《博學彙書·二編》卷九）

三　禽言：《中朝故事》：「驪山多飛禽，名阿濫堆，明皇御製玉笛，採其聲，翻為曲，左右皆傳唱之，播於遠近，人競以笛效吹。張祐詩云：『紅樹蕭蕭閣半開，玉皇曾幸此宫來。至今風俗驪山下，村笛猶吹《阿濫堆》。』《阿濫堆》，其聲不知何似，意其近笛，故以笛聲譜之耳。……（節録自同前）

彭儼詞話

彭儼，字若思，豫章（今屬江西）人。行蹟不詳，萬曆間在世。撰《五侯鯖》十二卷，其書分類隸事，凡十四門，摭拾叢雜。此據《四庫全書存目叢書》影印明萬曆三十一年吴勉學刻本録詞話一則。

一　康崑崙善琵琶，彈一曲新翻羽調《六么》，忽一女郎曰：「我亦彈此曲。」妙絶入神。崑崙欲師之，女郎乃僧善本，俗姓段。崙曰：「段師，神人也。」師遣崑崙不近樂器十年，忘其本態，然後可教。後果盡傳師之藝。（《鐫五侯鯖》卷九「器樂門·樂章總類·琵琶」）

趙台鼎詞話

趙台鼎，字長玄，自號丹華洞主，内江（今屬四川）人。萬曆時在世，著《脈望》八卷，自序謂嘗聞蠹魚三食神仙字則化為脈望，故名。其書雜論三教，於道藏尤為詳悉。此據《寶顔堂秘笈》本録詞話一則。

一

吕祖與珍奴詞云：「道無巧妙，與你方兒一個。子後午前定息坐，夾脊雙關崑崙過。」此子午非時之子午，乃指身中子午也。子自尾閭起火，午從泥丸退火，皆須定息。（《脈望》）

吴時行詞話

吴時行，字與偕，號兩洲山人，天都人。諸生，崇禎甲戌年屆耳順，著有《兩洲集》。此據《四庫禁燬書叢刊補編》影印明崇禎刻本録詞話一則。

一　《題古文新調序》：吾家申伯，自舉子業外，復寘力古文辭，旁及樂府。頃試事之暇，取古文十餘首，彙為新調，命童子歌之。就質于余，余笑曰：「咄！咄！申伯何所取昔賢遺緒而紛更之為？今夫漢晉而下，其行世匪乏矣，而採僅寥寥，掛一漏萬，不已疎乎？」申伯對曰：「予性不耐愁，不喜盡，唯意所寄，聽其所止而休焉。且夫旁蒐博採，翻案續經者，噉名之事也。因情賦物，獨寐寤言者，自喻之志也。世之作愁語者，予既無取。其强為樂者，亦自不歡。獨右軍、淵明諸君子，懷抱韻度，曠焉千古，予是以攬而觸，觸而彙，蓋匪適人也，聊以自適，不亦可乎？」余聽而笑曰：「有是哉！申伯吾知之矣，《書》云『詩言志，歌永言。』凡物不被之金石者，不可以公雅俗，垂永久。疇昔諸君所論著，足寤賢達，未必能醒凡庸。申伯以無聲宣古義，如臨淮一至河陽，而旌旗壁壘改色，此亦一快也。自度度人，將在于是，中伯其遂行之。」（《兩洲集》卷五）

佚名《新刊天下民家便用萬錦全書》詞話

《新刊天下民家便用萬錦全書》，或題作《新刻提頭萬事全書類聚文林摘錦》，編者姓名不詳。此據東洋文化研究所藏明萬曆刻本録詞話一則。

一　題曲牌名：《高陽臺》清《奏樂平》，《駐馬聽》來《意更新》。《虞美人》遊《西錦地》，《耍孩兒》唱《玉樓春》。《小桃紅》似《銷金帳》，《滿路花》開《點絳脣》。深慨人生《如夢令》，《惜餘春慢》保賢賓。

（《新刊天下民家便用萬錦全書》卷五「萬家詩集」）

祝彦輯詞話

祝彦，字元善，山陰（今浙江紹興）人。萬曆癸酉舉人，潁川知府。編著有《祝氏事偶》十五卷，取史傳所載古人事蹟相同者，倣《世説新語》門目，分條徵引，以類相從。此據《四庫全書存目叢書》影印明崇禎間刻本録詞話二則。

一　大曆中，有才人張紅紅者，本與其父歌於衢路丐食。過將軍韋青居，青聞其喉音寥亮，仍有眉目，即納為姬，乃自傳以藝。穎悟絶倫，嘗有樂工自撰歌，即《古長命西河曲》也，加減其節奏，頗有新聲。未進聞，先侑歌於青，青召紅，紅於屏風後聽之，歌罷，青入問紅，云已得矣。青出，云有女弟子曾歌此，非新曲也。即令隔屏風歌之，一聲不失，樂工大驚。尋達上聽，召入宜春院，宫中號記曲娘子，尋為才人。後韋青卒，紅紅一痛而絶。《樂府雜録》。紅紅、黑黑，其名亦巧對。（《祝氏事偶》卷八「巧藝·記曲」）

二　計脅按官：文潞公帥成都，有飛語至，朝庭遣御史何郯，因謁告，俾伺察之。潞公亦為之動，偏詢幕客，孰與御史密者，得張俞字少愚者，使迎於漢州。且携營妓王宫花者往，僞作家姬，舞以佐酒，御史醉中取其領巾題詩云：「按徹《梁州》更《六么》，西臺御史惜妖嬈。從今改作王宫柳，舞盡春風萬萬條。」至成都，此妓出迎，遂不復措手而歸。宋王鈇師番禺，有狼藉聲，朝廷遣司諫韓璜為提刑往廉按，至即行部指（當作詣）番禺。王憂甚，其妾，故娼，怪之，王告之故，妾曰：「毋庸，璜舊遊妾家，最好飲。須其至，强邀之飲，吾能敗其守。」已而韓至，既見，不交一言。次日報謁，王宿治具於別館，固請之，至，樂作，後陰命諸倡詐作姬侍，迎入後堂劇飲，妾於簾内歌韓昔日所贈之詞，韓聞之心動，不自制，曰：「汝乃在此耶？」即欲見之，妾隔簾故邀其滿引，至再三，終不肯出，韓益急，妾乃曰：「司諫曩在妾家，最善舞，今能為妾舞一曲，即當出也。」韓醉甚，即索舞衫，塗抹粉墨，踉蹌而起，忽跌於地，王亟命索輿，諸倡扶掖而登歸船。昏睡，五更覺衣衫拘絆，索燭覽鏡，赧不自容。即解舟還臺，不敢復有所問。（同前書卷九「假譎」）

陸世儀詞話

陸世儀（一六一一—一六七二），字道威，太倉（今屬江蘇）人。諸生，嘗從劉宗周學，尤究心先儒語録及經濟諸書，窮居授徒。明亡，拓地十畝，築亭其中，自號桴亭。順治間學政張能麟聘輯《儒宗理要》，嘗講學於錫山東林書院，説《易》於毘陵大儒祠，受業者數百人。及卒，門人私謚曰安道先生。所著有《桴亭稾》、《思辨録》、《論學酬答》。《思辨録》乃劄記師友問答及平生聞見而成。此據影印文淵閣《四庫全書》本《思辨録輯要》録詞話五則。

一　王莽初獻新樂於明堂太廟，或聞其樂聲，曰：「厲而哀，非興國之聲也。」陳後主作《無愁曲》，曲終樂闋，聞者莫不隕涕。隋開皇初新樂既成，萬寶常聽之，曰：「樂聲淫厲而哀，天下不久盡矣。」煬帝將幸江都，王令言聞琵琶新聲曰：「宫聲往而不返，帝必不令終。」此數主者，其製樂未嘗期於亡國也，而卒至於亡國，其聲皆驗，此所謂莫知其然而然也。故曰樂由天作。（《思辨録輯要》卷二十二「治平類·樂」）

二 祭宗廟，詩詞撰述貴誠，誠則可貴。如思文之頌《后稷》，天作之頌《太王》，維天之頌《文王》，執競之頌《武王》、《成王》、《康王》，其辭皆實而不夸，故奏之者不慚，聞之者足戒。若漢、魏而降，宗廟詩詞非不極鋪張揚厲，然於「誠」之一字，殊有未當，君子讀其辭，未嘗不慚其德矣。（同前）

三 詩以聲為主，而聲又倚於辭。辭簡則音希，然太簡則反促；辭舒則音緩，然太舒則又靡曼。風雅諸什皆四言，聲辭得中，不疾不徐，所以為雅。三百篇後惟五言古為近，漢始為三言，比於促矣。七言絶句，其亦辭之舒者乎？故唐樂府多取之。律則聲調為復，歌行則已放，長短句詩餘則入於靡曼，變而為曲調，則靡曼之極矣。總由辭句之長短中來也，故聲辭之雅，當以四言五言為主。（同前書卷三十五「史籍類」）

四 鄭樵論樂府曰：「得詩而得聲者，列之三百篇，謂之風、雅、頌；得詩而不得聲者，則置之，謂之逸詩。今之樂府章句雖存，聲樂無用。此欺人之論，不通之甚者也。夫聲詩原自相合，如今之詞曲皆然，未有曲淫而聲正，亦未有曲正而聲淫者。今以聲詞判而為二，而歸重於聲，此欺人於不可知而謬為要渺精微之説也。昔宋時陳體仁亦有此論，朱子非之，有云：「詩之作，本以言志而已，方其詩也，未有歌也，及其歌也，未有樂也。以聲依永，以律和聲，則樂乃為詩而作，非詩為樂而作。」其言最為

原本。（同前）

五　凡聲皆可譜辭，凡辭皆可入曲，明于音律者皆知之，非有要渺之旨，其故為玄微，皆儒者不知而妄言也。（同前）

王昌會輯詞話

王昌會，字嘉侯，上海人。王圻之孫，行蹟不詳。輯有《詩話類編》三十二卷，摭拾諸詩話，參以小説，裒合成書。此據《四庫全書存目叢書》影印明萬曆刻本録詞話二百三十七則。

一 樂府亦名詩餘，並為採取以供吟誦，大都各附於各門之後。（《詩話類編》「凡例」之四）

二 疊字格：有一句疊三字者，如吴融《秋樹》詩云「一聲南寫（當作鴈）已先紅，槭槭淒淒葉葉同」是也。有一句連三字者，如劉駕「樹樹樹梢啼曉鶯，夜夜夜深聞子規」是也。又有兩句連三句者，如白樂天「新詩三十軸，十（當作軸）軸金玉聲」是也。又有三連疊字者，如古詩「青青河畔草，鬱鬱園中柳。盈盈樓上女，皎皎當窗牖。娥娥紅粉妝，纖纖出素手」是也。又有七聯疊字者，昌黎《南山》詩「延延離又屬，夬夬叛還遘。喁喁魚闖萍，落落月經宿。誾誾樹牆垣，巘巘架庫廄。參參削劍戟，煥煥銜瑩琇。敷敷花披萼，闟闟屋催霤。悠悠舒而安，兀兀狂以狃。超超出猶奔，蠢蠢駭不懋」是也。至於詞，則不經見。近時李易安詞云「尋尋覓覓，冷冷清清，悽悽慘慘戚戚」，起頭連疊七字，一婦人乃能創意出奇如此。後丘瓊臺效之，遂為通篇，以旅思為題作《滿庭芳》云：「歲歲年年，時時處處，紛紛擾擾膠膠。凄凄慘慘，瑟瑟更蕭蕭。日日風風雨雨，每霏霏、拂拂迢迢。懸望波波浪浪，苦蕩蕩飄飄。　愁愁兼悶悶，重重疊疊，遠遠遥遥。漫悠悠漾漾，動動摇摇。切切尋尋覓覓，長戚戚，寂寂寥寥。心心念念，思思想想，幾暮暮朝朝。」可謂奇而奇者也。（同前書卷一「體格」）

三　詩藏藥名格：陳亞嘗著藥名詩，若「風月前湖近，軒窗半夏凉」、「棊怕臘寒訶子下，衣嫌春暖縮紗裁」之類是也。嘗作閨情《生查子》三首，其一曰：「相思意已深，白紙書難足。字字苦參商，故要檀郎讀。　分明記得約當歸，遠志櫻桃熟。何事菊花時，猶未回香曲。」（同前）

四　「歸來休放燭花紅，待踏馬蹄清夜月」，致語也。「問君能有幾多愁，却似一江春水向東流」，情語也。後主真是詞手。（同前書卷四「帝王上」）

五　隋煬帝多泛湖，西苑中鑿五湖，每湖四方十里，東曰翠光湖，南曰迎陽湖，西曰金光湖，北曰潔水湖，中曰光明湖。因製湖上曲《望江南》八闋，云：「湖上月，偏照列仙家。水浸寒光鋪枕簟，浪摇晴影走金蛇，偏稱泛靈槎。　光景好，輕彩望中斜。清露冷侵銀兔影，西風吹落桂枝花，開宴思無涯。」「湖上柳，煙裏不勝催。宿霧洗開明媚眼，東風搖弄好腰枝，煙雨更相宜。環曲岸，陰覆畫橋低。線拂行人春晚後，絮飛晴雪暖風時，幽意便依依。」「湖上雪，風急墮還多。輕片有時敲竹户，素華無韻入澄波，望外玉相磨。湖水遠，天地色相和。仰面莫思梁苑賦，朝來且聽玉人歌，不醉擬如何。」「湖上草，碧翠浪通津。修帶不為歌舞緩，濃鋪堪作醉人茵，無意襯香衾。晴霽後，顏色一般新。遊子不歸生滿地，佳人遠意寄青春，留詠卒難伸。」「湖上花，天水浸靈芽。淺蕊水邊匀玉粉，濃苞天外剪明霞，只在列仙家。開爛熳，插鬢若相遮。水殿春寒幽冷豔，玉軒晴照暖添華，清賞思何賒。」「湖上女，精選正輕盈。猶恨乍離金殿侶，相將盡是採蓮人，清唱謾頻頻。軒内好，嬉戲下龍津。玉管冰絃聞盡夜，踏青鬬草事青春，玉輦從羣真。」「湖上酒，終日助清歡。檀板輕聲銀甲緩，醅浮香米玉蛆寒，醉眼暗相看。春殿晚，仙豔奉盃盤。湖上風光真可愛，醉鄉天地就中寬，帝主正清安。」「湖上水，流遶禁園中。斜日暖摇清翠動，風花香暖衆紋紅，蘋末起清風。閒縱目，魚躍小蓮東。泛泛輕摇蘭棹穩，沉沉寒影上仙宫，遠意更重重。」帝常遊湖上，多令宫中美人歌此曲。（同前）

六 太和九年宦官仇士良專權，誅王涯、鄭注，上每恨其寃。或登臨遊幸，雖百戲張列，未嘗少悦。往往瞠目獨語，左右不敢問，題詩云：「輦路生春草，上林花發時。憑高何限意，無復侍臣知。」更於内殿内看牡丹，翹足憑欄，誦舒元輿《牡丹賦》云：「俯者如愁，仰者如悦，開者如語，含者如咽。」久之，方省元詞，不覺嘆息泣下。時有宫人阿翹為上舞《河滿子》詞，聲態宛轉，曲罷，以金臂環賜之，因問其從來，阿翹曰：「妾本吴元濟女，元濟敗，因入宫。」（同前書卷五「帝王下」）

七 「故國三千里，深宫二十年。一聲《河滿子》，雙淚落君前。」「自倚能歌曲，先皇掌上憐。新詞何處唱，腸斷李延年。」二章皆王祐所作《宫詞》也。傳入宫禁，武宗疾篤，目孟才人曰：「吾即不諱，爾何為哉？」才人指以笙囊，泣曰：「請以此就縊。」上惻然。才人復曰：「妾嘗藝歌，請對上歌一曲，以泄其憤。」上許，乃歌一聲《河滿子》，氣亟立殞，令醫候之，曰：「脉尚温而腸已絶。」帝崩，柩重不可舉，或曰：「非候才人乎？」爰命其櫬，櫬至，乃舉。祐為才人嘆，序曰：「才人以誠死，上以誠命，雖古之義激，無以過也。」歌曰：「偶因歌態詠嬌嚬，傳倡（當作唱）宫中二十春。却為一聲《河滿子》，下泉須弔舊才人。」（同前）

八 唐昭宗體貌端嚴，智量過人。乾寧三年，李茂貞之變，上欲幸太原，行止渭北華州，韓建迎歸郡中。上鬱鬱不樂，時登城西眺，製《菩薩蠻》詞曰：「登樓遥望秦宫殿，茫茫只見雙飛燕。渭水一條流。千山與萬丘。　遠煙籠碧樹，陌上行人去。何處是英雄，迎儂歸故宫。」戊子還京，庚申為大宫劉季述所廢。明年及正，甲子全忠迎上幸洛，八月乃行，篡弒，寰海莫不冤痛也。（同前）

九 唐莊宗朱耶存勗嘗製小詞云：「曾宴桃源深洞，一曲舞鸞歌鳳。長記別伊時，和淚出門相送。如夢，如夢，殘月落花煙重。」莊宗自度曲也。樂府因取辭中「如夢」二字名曲。又莊宗嘗小酌，進新橘，命諸候（一作伶）咏之，唐朝美詩先成，曰：「金香大丞相，兄弟八九人。剥皮去滓子，若箇是汝人。」帝大笑，賜所御軟金杯。（同前）

一〇 蜀孟主昶母李氏，本長公主之媵也，嘗夢大星墜懷，以告主，主曰：「此婢有福相，當生貴子。」乃令知祥幸之，遂生昶。昶善詞章，有《相見歡》詞云：「無言獨上西樓，月如鈎，寂寞梧桐深院鎖清秋。剪不斷，理還亂，是離愁，别有一般滋味在心頭。」是時蜀中富庶，夾江皆栁亭榭，名花異香，馥郁森列。昶御龍舟，觀水嬉，望之如神仙，昶曰：「曲江金殿鎖千門，未及此也。」兵部尚書王廷珪賦曰：「十字水中分島嶼，數重花外見樓臺。」昶稱善久之。又令羅城上盡種芙蓉，每至秋時，盛開四十里，皆鋪錦繡，昶曰：「自古以蜀為錦城，今日觀之，真錦城也。」張立作詩諷曰：「四十里城花發時，錦囊高下照坤維。雖粧蜀國三秋色，難入豳風七月詩。」及廣政末，朝政亂，立又為詩曰：「去年今日到成都，城上芙蓉錦繡舒。今日重來舊遊處，此花憔悴不如初。」（同前）

一一 青城費氏以才色入蜀宫，後主嬖之，號花蕊夫人。嘗與夜起避暑摩訶池上，昶詠《玉樓春》詞曰：「冰肌玉骨清無汗，水殿風來暗香滿。簾開明月獨窺人，欹枕釵横雲鬢亂。 起來瓊户啓無聲，時見疎星渡河漢。屈指西風幾時來，只恐流年暗中换。」宋初下西蜀，花蕊夫人隨昶歸中國，宋祖亦惑之。（同前）

一二 南唐元宗璟，烈祖長子，後避周諱，更名景。神彩清暢，湖南使至歸，與親友言曰：「邇識東朝官家，南岳真君不如也。」璟嘗賦春恨《浣溪沙》詞云：「一曲新詞酒一盃，去年天氣舊亭臺，夕陽西下幾時回。 無可奈何花落去，似曾相識燕歸來，小園香徑獨徘徊。」又春恨《帝臺春》詞云：「芳草碧色，萋萋遍南陌。飛絮亂紅，也似知人，春愁無力憶得。盈盈捨翠侶，共攜賞，鳳城寒食。到今來，海角逢春，天涯行客。愁旋釋，還似織。淚暗拭，又偷滴。謾遍倚危欄，盡黄昏也，只是暮雲凝碧。拚則而今已拚了，忘則怎生便忘得。又還問鱗鴻，試重尋消息。」（同前）

一三　璟常乘醉命樂工楊花飛奏《水調》詞進酒，花飛惟歌「南朝天子好風流」一句，如是者數四。璟悟，覆盃，厚賜金帛。璟於宮中作百尺樓，衆皆嘆美。蕭儼獨曰：「恨樓下無井。」璟問其故，對曰：「以此不及景陽樓。」（同前）

一四　王感化初隸光山樂籍，後入金陵教坊。李嗣主宴苑中，有白野鵲飛集，李主令賦詩，應聲曰：「碧山深洞恣遊遨，天與蘆花作羽毛。要識此來棲宿處，上林瓊樹一枝高。」李主大悦，因手寫所作《浣溪沙》二闋賜之，其詞曰：「菡萏香消翠葉殘，西風愁起緑波間。還與韶光共憔悴，不堪看。細雨夢回雞塞遠，小樓吹徹玉笙寒。多少淚珠何限恨，倚欄杆。」「手捲真珠上玉鈎，依前春鎖恨（當作『恨鎖』）重樓。風裏落花誰是主，思悠悠。青鳥不傳雲外信，丁香空結雨中愁。廻首緑波三峽暮，接天流。」後主即位，感化以其詞上之，後主賞賜甚優。感化，建州人，少聰敏，未曾執卷，而多識，善為詞。建州節帥萬代餞别，感化前獻詩曰：「旌旆赴天臺，溪山曉色開。一家悲更喜，迎佛送如來。」又題怪石一聯云：「草中誤認將軍虎，山上曾為道士羊。」（同前）

一五　南唐後主煜，字重光，元宗第五子，每春盛時，梁棟窗壁、柱栱、階砌並作隔筒，密插雜花，榜曰錦洞天。嘗微行娼家，乘醉大書右壁曰：「淺斟低唱，偎紅倚翠，大師鴛鴦寺主，傳（一作住）持風流教法。」歸宋後，與金陵舊宫人書云：「此中日夕只以眼淚洗面。」後主天性友愛，初即位，遣長弟從善入貢，因留質不還。每歲時宴會皆罷，惟作《登高賦》以見意，曰：「原有鴒兮相從飛，嗟我季兮不來歸。」又有《搗練子》詞云：「深深院静小庭空，斷續寒砧斷續風。無奈夜長人不寐，數聲和月到簾櫳。」詞名《搗練子》，即詠搗練，乃唐辭本體。（同前）

一六 李後主宫中未嘗點燭，每至夜，則懸大寶珠，光照一室如日中。嘗賦《玉樓春》宫詞曰：「晚粧初了明肌雪，春殿嬪娥魚貫列。笙簫吹斷水雲閑，重按《霓裳》歌徧徹。　臨春誰更飄香屑，醉拍闌干清未切。歸時休照燭花紅，待放馬蹄清夜月。」（同前）

一七 樂曲有《念家山》，李後主親演其聲為《念家山破》，識者知其不祥。在圍城中作長短句，未就而城破，其詞曰：「櫻桃落盡春歸去，蝶翻輕粉雙飛。子規啼月小樓西，曲闌金箔，惆悵捲金泥。門巷寂寥人散後，望殘煙草低迷。」（同前）

一八 後主附宋後，每懷故國，且念嬪妾散落，鬱鬱不自聊，賦《虞美人》詞曰：「春花秋月何時了，往事知多少。小樓昨夜又東風，故國不堪回首月明中。　雕闌玉砌應猶在，只是朱顔改。問君都有幾多愁，恰是一江春水向東流。」時後主在賜第，七夕命故妓作樂，聲聞於外。太宗聞之，大怒，又傳「小樓昨夜有東風」及「一江春水向東流」之句，遂並坐之，故有賜牽機藥之事云。（同前）

一九 後主又嘗作長短句云：「簾外雨潺潺，春意闌珊。羅衾不奈五更寒，夢裏不知身是客，一餉貪歡。　獨自莫憑闌，無限闗山。别時容易見時難，流水落花春去也，天上人間。」故臣聞之，多泣下者，未幾下世。（同前）

二〇　張文懿家有《春江釣叟圖》，上有李煜《漁父詞》二首，其一曰：「浪花有意千里雪，桃花無言一隊春。一壺酒，一竿鱗，世上如儂有幾人。」其二曰：「一棹春風一葉舟，一輪蠒縷一輕鈎。花滿渚，酒滿甌（當作甌），萬頃波中得自由。」（同前）

二一　五代末，吴越王鏐既貴，置酒高會，父老八十歲以上者金尊，百歲者玉尊。時飲玉尊者十餘人，鏐執爵上壽，歌曰：「三節還鄉掛錦衣，吴越一王駟馬歸。天明明兮愛日輝，百歲荏苒兮會時稀。」時父老聞歌，多不解音律，鏐覺其歡意不洽，乃高揭吴音以歌曰：「你輩見儂底歡喜，別是一般滋味子，長在我儂心子裏。」歌訖，舉座賡之，吽笑振席。及降宋，宋祖設宴，出内妓彈琵琶，王獻詞曰：「金鳳欲飛遭掣搦，情脉脉，看即玉樓雲雨隔。」太祖憐之，起拊其背曰：「誓不殺錢王。」（同前）

二二　徽宗在北虜清明詩云：「茸母初生認禁煙，無家對景倍凄然。帝城春色誰為主，遥指鄉關涕淚連。」茸母，草名，北地寒食則茸母生。又一詩：「杳杳神京路八千，遐方隔越幾經年。衰殘病渴那能久，茹苦窮荒敢怨天。」亦足哀矣。又戲作小詞云：「孟婆，你做些方便，吹個風兒倒轉。」按孟婆，宋汴京勾欄語，謂風也。茸母，孟婆，正是的對。（同前）

二三　宋高宗宸章睿藻，日星昭垂者非一，有《漁父辭》十五章，清新簡遠，備騷雅之體。其辭有曰：「薄晚煙林淡翠微，江邊秋月已明輝。縱遠柁，適天機，水底閑雲片段飛。」又曰：「青草開時已過船，錦鱗躍處浪痕圓。竹葉酒，柳花氈，有意沙鷗伴我眠。」又曰：「水涵微影湛虚明，小笠輕蓑未易晴。明鏡裏，縠紋生，白鷺飛來空外聲。」雖古之騷人詞客擅名一時者，不能企及。（同前）

二四　乾道中，高宗與孝宗遊宮中後園，好花異木，開豁心目。太上倚闌，適雙燕掠水飛過，有旨令曾覿進詞，遂進《阮郎歸》云：「柳陰院，占風光，呢喃春晝長。碧波新漲小池塘，雙雙蹴水忙。萍散漫，絮飛揚，輕盈體態狂。為憐流水落花香，啣將上畫梁。」（同前）

二五　永樂中秋，上方開宴賞月，月為雲掩。召解縉賦詩，遂口占《風落梅》一闋，其詞云：「嫦娥面，今夜圓。下雲簾，不着臣見。拚今宵，倚欄杆，不去眠，看誰過、廣寒宮殿。」上覽之，歡甚，復命賦長篇，又成長短句以進，歌曰：「吾聞廣寒八萬三千修月斧，暗處生明缺處補。不知七寶何以修合成，孤光洞徹乾坤萬萬古。三秋正中夜當午，佳期不擬嫦娥誤。酒杯狼籍燭無輝，天上人間隔風雨。玉女莫乘鸞，仙人休伐樹。天柱不可登，虹橋在何處。帝閽悠悠叫無路，吾欲斬蜍蛙，磔其兔。坐令天宇絕纖塵，世上青霄燦如故。黃金為餙玉為輅，縹緲鸞車爛無數。水晶簾外河漢横，冰壺影裏笙歌度。雲旗盡下飛玄武，青鳥啣書報王母。但期歲歲奉宸遊，來看《霓裳羽衣舞》。」上益喜，同縉飲。過夜半，月復明朗，上大笑曰：「子才真可謂奪天手段也。」（同前）

二六　武廟素好微行，遇一婦人汲水，乃口占一詞云：「汲水上南坡，紅裙映碧波。雖然不似俺宮娥，野花偏豔目，村酒醉人多。」亦自風騷可喜。（同前）

二七　淳熙九年八月十五日，孝宗過德壽宮起居，上皇因留賞月，宴香遠堂。堂東有萬歲橋，以白玉石為之，上作四面亭，皆新羅白木，與橋一色。大池十餘畝，植千葉白蓮。御榻、屏几、酒器俱用水晶。南岸列女樂，北列男樂。月上，簫韶齊作，稍止，上皇召小劉妃獨吹白玉笙《霓裳・中序》，時侍燕官開府曾純甫進《壺中天》辭云：「素飈漾碧，看天衢穩送，一輪明月。翠水嬴（當作瀛）壺人不到，比似世間秋別。玉手摇（當作瑶）笙，一時同色，小按《霓裳》疊。天津橋上，有人偷記新闋。當日誰幻銀橋，阿瞞兒戲，一笑成癡絶。肯信羣仙高宴處，移下水晶宫闕。雲海塵清，山河影滿，桂冷吹香雪。何勞玉斧，金甌千古無缺。」上皇大喜，曰：「從來月詞不曾用金甌事，可謂新奇。」賜金束帶、紫番羅、水晶碗，上亦賜寶盞。至一更五點還宫。（同前）

二八　崔縱，字廷直，雲南人。紹興中為御史，彈劾不避權貴。時秦檜主和，洪皓每廷折之，檜怒，遣為通問使如金。縱忿然，上疏言洪忠直，檜黜使虜廷以害之。檜大怒，遣縱為副使，與皓偕往。至太原，見元帥粘没喝，長揖不拜，聲色俱厲，遂流遞冷山。縱吟一律云：「萬里穹廬絶塞行，胡笳聲裏旅魂驚。君臣異域同屯寨，朋友他鄉共死生。一旦拔刀猶鄭衆，十年持節效蘇卿。冷山寂寞荒凉地，風景何如五國城。」皓亦作《滿江紅》一闋云：「萬里龍荒，塵土染、堅持旌節。憑仗着，忠肝義膽，鎗唇劍舌。滿體遍傷稽（當作嵇）紹前，一腔盛積萇弘血。莫等閑，餒了浩然心，存貞烈。　戴天恨，終未雪，吴越怨，何時絶。奮筆鋒、殲破燕山缺。鼙鼓敲殘塞上霜，鴈聲叫落關河月。待迎還二聖覲天顔，愚忱竭。」及至冷山，陰風颯颯，衰草離離。節操愈厲。未幾，徽宗崩於五國城，身服斬衰，朝夕慟哭，北向操文以祭吊，詩曰：「紫薇俄頃墜瑶空，晏駕驚回尺素封。先世未歸華表鶴，碧天先返鼎湖龍。梓宫暴露經千里，鳳輦蒙塵隔九重。絶塞孤忠懷仰切，不勝哀戚恨填胸。」縱自徽宗喪後，旦夕悲號，遂卒於冷山。皓哭之盡哀，措置喪事，一遵治命。縱在金九年，忠肝義膽，可貫金石。與皓交厚，情踰兄弟，流離顛沛，死生以（當作似）之。皓追思彌切，乃吟一律以吊之，曰：「萬里風霜出漢庭，旅魂一旦隔胡城。君讐不與戴天地，交義自甘同死生。吳水渺茫鴛侶拆，楚天迢遞鴈行輕。龍荒持節全忠藎，正氣堂堂日月明。」在金十五年，挺然不屈。後秦檜稱臣於金，中分天下，宋行人皆得遣還，遂持節榮歸。亟上表，明縱忠義，請以贈謚，朝廷從之。復與檜議事不合，被謫嶺南。月餘，沐浴更衣，端坐而逝。（同前書卷六「忠孝」）

二九 中書左丞葉公亦愚李，錢唐人，宋太學生。上書詆賈似道公田斸子不便，專權誤國。似道怒，嗾林德夫告公泥金飾齋扁不法，令獄吏鞠之，云：「只要你做一箇麻糊。」公即口占一詩曰：「如今便一似麻糊，也是人間大丈夫。筆裏無時那解有，命中有處未應無。百千萬世傳名節，二十三年非故居。寄語長安朱紫客，盡心好上帝王書。」遂遭黥，流嶺南。及蒙恩放還，與似道遇諸途，公以詞贈云：「君來路，吾歸路，來來去去何時住。公田斸子竟何如，國事當時誰汝誤。雷州户，厓州户，人生會有相逢處。客中頗恨乏蒸羊，聊贈一篇長短句。」（同前）

三〇 岳武穆之死，人皆悲之，往往形諸歌詠，今《精忠録》所載，亡慮數千首，然為世所稱許者，葉經翁、趙子昂、潘子素數詩而已，然皆責秦檜而不責高宗。丘瓊臺詩獨不然，以為高宗非幼弱昏昧之主，檜非承其意，決不敢殺一大將。作《沁園春》調一闋曰：「為國除忠，為敵報讐，可恨堪哀。顧當時乾坤，是誰境界，君親何處，幾許人才。萬死間關，十年血戰，端的孜孜為甚來。何須苦、把長城自壞，柱石潛摧。　雖然天道恢恢，奈人衆、將天物轉回。歎黄龍府裏，未行賀酒，朱仙鎮上，先奉追牌。共戴讐天，甘投死地，天理人心安在哉。英雄恨，向萬年千載，永不沉埋。」説者謂此詞可與文山題睢陽廟詞並傳。又有《題武穆墳》詩曰：「我聞岳王之墳西湖上，至今樹枝皆南向。草木猶知表藎臣，君王乃爾崇奸相。青衣行酒誰家親，十年血戰為誰人。忠勳翻見遭殺戮，胡兒未必能亡秦。嗚呼！臣飛死，臣俊喜，臣俊無言也忠靡。檜書夜報四太子，臣構再拜從此始。」（同前）

三一 丘瓊臺先生自少有大志，故雖未登仕版，而忠君憂國之情已略見詩詞間。正統己巳車駕北狩，先生作《擣衣曲》以寓意，其詞云……（同前）

三二 文丞相留燕，題張、許廟《沁園春》曰：「為子死孝，為臣死忠，死又何妨。自光岳氣分，士無全節，君臣義缺，誰負剛腸。駡賊睢陽，愛君許遠，留得聲名萬古香。後來者、無二公之操，百鍊之鋼。　嗟哉人生，翕欻云亡。好烈烈轟轟做一場。使當時賣國，甘心降虜，受人唾駡，安得流芳。古廟幽沉，遺容嚴雅，枯木寒鴉幾夕陽。郵亭下，有奸雄過此，仔細思量。」（同前）

三三 戴石屏先生伏（當作復）古未遇時，流寓江右武寧。有富家翁愛其才，以女妻之。居二三年，忽欲作歸計，妻問其故，告以曾娶。妻白之父，父怒，妻宛曲解釋。盡以奩具贈夫，仍餞以詞云：「惜多才，憐薄命，無計可留汝。揉碎花牋，忍寫斷腸句。道傍楊柳依依，千絲萬縷，抵不住、一分愁緒。　從前盟言，不是夢中語。後回君若重來，不相忘處，把盃酒，澆奴墳土。」夫既別，遂赴水死。（同前書卷七「節義」）

三四 至元十三年丙子春正月十八日，淮安王伯顔以中書右相統兵入杭，宋謝、全兩后以下皆赴北，有王昭儀者題《滿江紅》詞於驛云：「太液芙蓉，渾不似、舊時顔色。曾記得、春風雨露，玉樓金闕。名播蘭簪妃后裏，暈潮蓮臉君王側。忽一朝、鼙鼓揭天來，繁華歇。　龍虎散，風雲滅。千古恨，憑誰説。對山河百二，淚霑襟血。驛館夜驚塵土夢，宫車曉碾關山月。願嫦娥、相顧肯從容，隨圓缺。」昭儀名清惠，字冲華，後為女道士。五月二日抵上都，朝見上皇。十二日夜，故宋宫人安定夫人陳氏、安康夫人朱氏與二小姬沐浴整衣，焚香自縊死。朱夫人遺四言一篇於衣中，云：「既不辱國，幸免辱身。不辱父母，且不辱親。藝祖受命，立國以仁。中興南渡，計三百春。世食宋禄，羞為北臣。大難既至，劫數回輪。妾輩之死，守於一貞。焚香設誓，代書諸紳。忠臣孝子，期以自新。丙子五月吉日泣血書。」明日，奏聞，上命斷其首，縣全后寓所。夫此四人之貞烈，視前日之託隱憂於辭章者，相去蓋萬萬矣。（同前）

三五　岳州徐君室（當作寶）妻某氏亦同時被虜來杭，居韓蘄王府。自岳至杭，相從數千里，其主數欲犯之，因告曰：「俟妾祭謝先夫，然後乃為君婦。」主者喜，諾。即嚴妝焚香，再拜，默祝，南向飲泣，題《滿庭芳》詞一闋於壁上，已，投大池中以死。詞曰：「漢上繁華，江南人物，尚遺宣政風流。緑窗朱户，十里爛銀鈎。一旦刀兵齊舉，旌旗擁、百萬貔貅。長驅入、歌樓舞榭，風捲落花愁。　清平三百載，典章文物，掃地俱休。幸此身未北，猶客南州。破鑑徐郎何在，空惆悵、相見無由。從今後、斷魂千里，夜夜岳陽樓。」某氏，偶遺其姓。噫！使宋之公卿將相貞守一節若此數婦者，則豈有賣降覆國之禍哉？宜乎秦、賈之徒為萬世之罪人也。（同前）

三六　瞿宗吉，少不為其父所知。鄉人章彥復自福建檢討回，瞿翁設雞酒待之。宗吉年十四，適自學舍歸，彥復即席指雞為題，宗吉應聲云：「宋宗窗下對談高，五德聲名五彩毛。自是范張情義重，割烹何必用牛刀。」彥復大加稱賞，手寫桂花一枝并題其上以贈，云：「瞿君有子早能詩，風采英英蘭玉姿。天上麒麟元有種，定應高折廣寒枝。」瞿翁遂搆傳桂堂。楊廉夫嘗過杭，訪瞿士衡。士衡，宗吉從祖也。時宗吉尚少，廉夫示以所作《香奩八詠》，宗吉乃悉和之。其《花塵春跡》云：「燕尾點波微有暈，鳳頭踏月悄無聲。」《黛眉顰色》云：「恨從張敞毫邊起，春向梁鴻案上生。」《金錢卜歡》云：「織錦軒窗聞笑語，採蘋洲渚聽愁吁。」《香頰啼痕》云：「斑斑湘竹非因雨，點點楊花不是春。」廉夫嘆服，曰：「此瞿家千里駒也。」瞿士衡一日飲楊廉夫，以鞋盃行酒，廉夫命宗吉詠之。宗吉席上作《沁園春》以呈。廉夫大喜，即命侍妓歌以侑觴，因袖其藁而去，詞云：「一掬嬌春，弓樣新裁，蓮步未移。笑書生量窄，愛渠儘小。主人情重，酌我休遲。醖釀朝雲，斟量暮雨，能使麯生風味奇。何須去，向花塵留蹟，月地偷期。　風流到手偏宜，便豪吸雄吞不用辭。任凌波南浦，惟誇羅襪。賞花上苑，祇勸金巵。羅帕高擎，銀瓶低注，絶勝翠裙深掩時。華筵散，奈此心先醉，此恨誰知。」(同前卷八「夙慧」)

三七　景德中，夏公初授館職。時方早秋，上夕宴後庭，酒酣，遽命中使詣公索新詞，公問：「上在甚處？」中使曰：「在拱宸殿按舞。」公即抒思，立進《喜遷鶯》詞曰：「霞散綺，月沉鈎，簾捲未央樓。夜凉河漢截天流，宮闕鎖新秋。　瑶堦曙(筆者按：即『曙』字)，金莖露，鳳髓香和雲霧。三千珠翠擁宸遊，水殿按《梁州》。」中使入奏，上大悦。夏公雖舉進士，本無科名，以父殁王事，授潤州丹陽簿，即上書乞應制舉，其略曰：「邊障多故，羽書旁午。而先臣供傳遞之職，立矢石之地，忘家殉國，失身行陣。陛下哀臣孤幼，任之州縣，唯陛下辨而明之。若陛下以枕石漱流為達，臣世居市井。若陛下以金牓丹桂為才，則臣未忝科第。若陛下以鳩杖鮐背為德，則臣始踰弱冠。若陛下以荷戈控弦為勇，則臣生本綿弱。若陛下令臣待詔公車，條問急政，對揚紫宸，指陳時事，猶可與漢、唐諸儒方轡並驅而較其先後矣。」真廟再三賞激，召赴中書，試論六首。遂應中制科。（同前「科第」）

三八 徐仙，不知何代人。嘗於萍鄉縣郭西山間煉藥，有一黄犬回旋於丹鼎之旁，往返率以為常，徐仙異之。翌日，以紅線繫其頸，視其所之。至桐坡岸枸杞叢中，隱而不見，但餘紅線在外。即掘枸杞叢，乃得根叢如黄犬狀，持歸蒸之，芳香滿室。仙翁食之，由此仙去。上有徐仙亭，士大夫多有題詠。往古縣丞卓津一詞極佳。詞云：「流水上灣西，晚坐孤亭静。不見高人跨鶴歸，風水摇清影。往古來今（一作『古往與今來』），休用重重省。十里梅花雪正晴，月遥山冷。」（同前書卷九「神仙」）

三九 宋莎衣道人，姓何，淮陽朐山人，後居平江。一日，自外歸，若狂者，身衣白襴衫，晝則扣門乞食，夜則宿天慶觀。久而衣蔽，以莎緝之。嘗遊妙嚴寺，臨池見影，豁然大悟。人無貴賤，問以休咎，無不奇中。孝宗聞其名，召之不至，賜號通神先生。有警世詞曰：「在世為仙須有分，不須食素持齋。寸絲不着掛形骸。蓑衣為伴侣，箬笠作家懷。行滿三千上界，奉勅宣至金臺。傳言問汝有何栽（一作哉），人生長富貴，陰騭種將來。」後無疾而化。（同前）

四〇 玄真子姓張，名志和，會稽山陰人也。博學能文，擢進士第。善書，飲酒三斗不醉，守真養氣，卧雪不寒，入水不濡。魯國公顔真卿與之友善。真卿為潮（當作湖）州刺史，與門客會飲，乃唱和，為《漁父詞》。其首唱，即志和之詞，曰：「西塞山邊白鳥飛，桃花流水鱖魚肥。青箬笠，緑蓑衣，斜風細雨不須歸。」真卿與陸鴻漸、徐士衡、李成矩共唱和二十五首，遞相誇賞。其後真卿東遊平望驛，志和酒酣，為水戲，鋪席於水上，獨坐飲酌，笑詠其席，來去遲速如刺舟聲，復有雲鶴隨覆其上。真卿親賓參佐，觀者莫不驚異。尋於水上揮手以謝真卿，上昇而去。（同前）

四一 博陵縣有郝仙女廟，仙女，魏青龍中山人，年及笄，姿色姝麗。採蘋水中，蒼煙白霧，俄失其所在。母哀求水濱，願言一見。良久，異香襲人，隱約於波渚間，曰：「兒以靈契，託蹟綃宫，陰主是水府。世緣已斷，毋用悲悒。而今而後，使鄉梓田蠶歲宜豐稔，乃為吾驗。」後人立廟焉。而有題《喜遷鶯》詞於壁云：「汀洲蘋滿，記翠籠采采，相將鄰媛。蒼渚煙生，金支光爛，人在霧綃鮫館。小鬟頓成雲散，羅襪凌波，不見翠鸞遠。但清溪如鏡，野花留靨。情睠，驚變現。身後神功，緣就吴蠶繭。漢女菱歌，湘妃瑶瑟，春動倚雲層殿。彤車載花一色，醉盡碧桃清宴。故山晚，嘆流年一笑，人間飛電。」（同前）

四二 吴興周權巽伯，乾道五年知衢州西安縣，招郡士沈延年為館客，邀至紫姑神，每談未來事，未嘗不驗。尤善屬文，清新敏捷，出人意表。周每餘暇，必過而觀之。嘗聞窓下鵲噪甚急，周試扣曰：「鵲聲頗喜，未審報何事？」即書一絶句，末聯云：「窓前唼唼緣何事，萬里看君上豹關。」周笑曰：

「權乃區區邑長大仙，何相奉過情邪？」周從監左歲（當作藏）西庫，擢守婺，沈偕往。周欲延鄉僧智勇住持小院，白仙曰：「此僧絶可人，工琴善奕，仙能為作請疏否？」援筆立書，其警句云：「指下七絃，彈徹古來之曲；局終一着，深明向上之機。」詞既藻麗，且深測禪理。通判方粲宴客，就郡借妓，周適邀仙，從容因求賦一詞侑席。仙乞題，指餅内一捻紅牡丹令詠之。又乞詞名及韻，令作《瑞鶴仙》，用「捻」字為韻，意欲因險困之。亦不思而就，其語云：「覷嬌紅細捻，是西子、當日留心千葉。西都競栽接，賞園林臺榭，何妨日涉。輕羅慢褶，費多少、陽和調燮。向（脱『曉』字）來露浥，芳包一點，醉紅潮頰。雙靨姚黄國艷，魏紫天香，倚風羞怯。雲鬟試插，引動狂蜂蝶。况東君開宴，賞心樂事，莫惜獻酬頻疊。看相將紅藥，翻階尚餘侍妾。」其他詩文非一，皆可諷翫。周以紹熙甲寅為福建安福參議。（同前）

四三　司馬才仲初在洛下，晝寢，夢一美人牽帷而歌曰：「妾本錢塘江上住，花落花開，不管流年度。燕子啣將春色去，紗窗幾陣黄梅雨。」才仲愛其詞，因詢曲名。云是《黄金縷》，且曰：「後日相見於錢塘江上。」及才仲以東坡先生薦，應制舉中等，遂為錢塘幕官。其廨舍後堂，蘇小墓在焉。時秦少章為錢塘尉，為續其詞後云：「斜插犀梳雲半吐，檀板輕敲，唱徹《黄金縷》。夢斷綵雲無覓處，夜涼明月生春渚。」不逾年而才仲得疾。所乘之舟泊河塘，柁工遽見才仲攜一麗人登舟，即前聲喏，而火起舟尾。倉忙走報，家已慟哭矣。（同前書卷十「鬼怪」）

四四　延祐初，永嘉滕穆之紹興，遊聚景園，時宋亡已四十年。園中臺觀皆已頹毀，惟瑶津西軒巋然獨在。生至軒下，憑闌少憩，俄見一美人先行，一侍女隨之，風鬟雲鬢，綽約多姿，望之殆若神仙。生於軒下屏息，以觀其所為。美人言曰：「湖山如故，風景不殊，但時移世換，令人有黍離之悲爾。」行至園北太湖石畔，遂詠詩曰：「湖上園亭好，重來憶舊遊。徵歌調《玉樹》，閱舞按《梁州》。徑狹花迎輦，池深柳拂舟。昔人皆已没，誰與話風流。」生素放逸，不能定情，於軒下續吟曰：「湖上園亭好，相逢絶代人。嫦娥辭月殿，織女下天津。未會心中意，渾疑夢裏身。願吹鄒子律，幽谷發陽春。」吟已，趨出，問美人姓名。曰：「妾乃芳華，姓衛，故宋理宗朝宫人，年二十四而歿，殯此園之側。今晚因往演福堂訪賈貴妃，蒙延坐久，不覺歸遲，致郎君於此久待。」即命侍女曰：「翹翹，可於舍中取裀席酒果來，今夜月色如此，郎君又至，不可虛度，可便於此賞月也。」因與生談謔笑詠，詞旨清婉。復命翹翹歌以侑酒。即於座上自製《木蘭花慢》一闋，命翹翹歌之，曰：「記前朝舊事，曾此地，會神仙。向月地雲階，重攜翠袖，來拾花鈿。繁華總隨流水，歎一場春夢杳難圓。廢港芙蕖，斷堤楊柳搖煙。兩峰南北只依然，輦路草芊芊。悵别館離宫，煙銷鳳蓋，波没龍船。平生銀屏金屋，對漆燈無焰夜如年。落日牛羊隴上，西風燕雀林邊。」歌畢，美人潸然垂淚。生以言慰解，仍微詞挑之，即起謝，攜手而入，假寢軒下。將旦，揮涕而别。至晝，往訪於園側，果有宋宫人衛芳華之墓。左一小丘，即翹翹所瘞也。（同前）

四五　舒信道中丞宅，繞屋皆古木茂竹，蕭森如山麓間。其中便坐曰懶堂，皆有大池。子弟羣處講習，外客不得至。方盛秋佳月，一夕，舒呼燈讀書，忽見女子揭簾入，素衣淡裝，舉動婉媚，而微有悲涕容，緩步而前曰：「妾本丘氏，父作商賈，死於河南。但與繼母居茅茨小居，相去只二三里。繼母殘暴，不能見存，又不使媒妁議婚姻，無故捶擊，急走逃命，勢難復歸。倘得蓄為婢子，固所大願。」舒甚喜。俄一小青衣携酒餚來，即促膝共飲。女斂袂起致辭曰：「緑净湖光，淺寒先到芙蓉島。謝池幽夢屬才郎，幾度生春草。塵世多情易老，更那堪，秋風嫋嫋。晚來羞對，香芷汀洲，枯荷池沼。恨鎖横波，遠山淺黛無心掃。湘江人去歎無依，此意從誰表。喜趁良宵月皎，况難逢，人間兩好。莫辭沉醉，醉入屏山，只愁天曉。」蓋寓聲《燭影摇紅》也，舒愈愛惑。女令青衣歸，留共寢。（同前）

四六　常彦温少不羈，落魄京師。偶閑步過一宅，望見樓上有一女子，靚妝麗服，倚闌凝佇而歌。彦温屢見之，稍玩，乃踰垣而入，見門户四闢，寂無人跡。遂登其西樓，但見積塵滿几，上有一幅紙，字墨尚新，題一詞曰：「禁鼓初傳時下打，虚過清風明月夜。眼如魚目幾時乾，心似酒旗終日掛。銀漢低垂星斗斜，院宇空寥燈燭卸。西樓瀟灑有誰知，獨自上來獨自下。」彦温出問其隣，皆云此屋多祟，無人敢居，將百餘年矣。彦温愛其詞調，乃名之曰《倚西樓》云。（同前）

四七　韓夢雲，福清諸生也。嘉靖甲子，授經於邑之藍田，道過石湖山，見遺骸焉，哀而掩之。其夜宿於藍田書舍，忽聞異香滿室，頃之，一童子入門投刺曰：「娘子奉謁。」夢雲愕然，則麗人已立燈下，斂袵而拜曰：「妾委身草莽二百年於兹矣，君子厚德，惠及骸胔。静言感念，啣結焉忘？偶作小圖，用伸寸報。」遂出袖中彩障一軸以遺之，題其標曰「萬鳥啼春」。夢雲罄折拜受，因詢其家世。麗人曰：「妾，楚人也，姓王氏，名秋英，澹容，其别號也。父曰德育，元至正間，以兵曹郎參軍入閩。妾從父之任，見執強寇，至石湖山，不忍受污，投崖而死耳。」夢雲曰：「卿能詩乎？」曰：「惟先生命。」於是啓齒微吟曰：「咄咄復咄咄，二百年來滯閩越。回頭往事付空華，淚逐西風寒刺骨。當時恨不早見幾，扁舟一葉隴襄歸。海上風煙驀地起，一家骨肉隨流水。渺渺殘魂寄碧岑，花開花落古猶今。相逢此日無它物，贈爾平生一片心。」夢雲擊賞久之，遂申伉儷之私。枕上作《滿江紅》一闋曰：「偶度銀河，霎時間雲收雨歇。枉做了叢莽溪頭，一場轟烈。江山風雨百年心，家國存亡千里月。媿今宵勾引蔓藤，又添凄切。　煙花耻，應難雪。雲雨債，何時滅。只為塵緣，把白瑜玷缺。高唐夢裡情如海，望帝山中淚成血。羞覩着嫦娥長自在，瓊瑶闕。」比曉起，謂夢雲曰：「妾以感遇之故，失身於君，惟君始終之，君之惠也，不者，曲且在君，妾何敢言？」遂飄然而去。自是數日一至，則究校經籍，揚榷古今，意灑如也。是歲之冬，夢雲歸自藍田，獨坐於其家之小樓，秋英遣向者童子遺以詩曰：「朔風振撼似瀟湘，滿樹歸鴉噪夕陽。不見王孫停駟馬，惟聞牧豎喚牛羊。荒山野水悲長夜，懶鬢疎容怯凍霜。漠漠陰雲愁黯黯，幾時相對一爐香。」夢雲乃以除夕設主於樓，薦以酒，酣，憑雲肩作《臨江山》一闋曰：「燈火滿城鳴竹爆，家家收拾殘年。春陽初轉動朱絃。金爐香幾縷，裊裊散輕煙。　人事天時又一歲，迎春送臘開筵。多情杯酒更烹鮮。殷勤斟玉斝，相對淚潸然。」明年寒食，夢雲復攜雞黍，過秋英墳上。少頃，秋英至，設席籍草，謳唱相和，夢雲以巨觥酌秋英曰：「今日之樂，千古一時，可無片詞以紀盛事？」於是秋英乃作《瀟湘逢故人慢》一闋曰：「春光將暮，見嫩柳拖煙，嬌花帶霧。頃刻間風雨，把堂上深恩，閨中遺事，鑽火留餳，都付却、落花飛絮。又何心、挈罍提壺，鬬草踏青載路。子規啼，蝴蝶舞。遍南北山頭，紙灰緑酹。莫一丘黄土。嗟海角飄零，湘陰凄楚。無主泉扃，也能得有情雞黍。畫角聲，吹落梅花，又帶離愁歸去。」因謂夢雲曰：「妾懷君之子，今將免身矣，當產君家，食以生人乳少許，乃可育於人間也。」遂與夢雲並轡同歸，夢雲妻子皆安之。客有問及澹容前身者，以詩答之曰：「地老天荒一化人，寒煙衰草度芳晨。冥冥渺渺無生死，豈有前身與後身。」其二曰：「縈縈瘦魄濯寒流，偶為塵緣世外遊。莫道此生原不滅，生生滅滅一浮漚。」後月餘，產一丈夫子，時乙丑年四月十八日也。夢雲妻聞之大喜，徧覓人乳以食之，於是里人求觀者如堵矣。秋英乃謂夢雲曰：「神奇之事，愚者駭焉。兒育於君，恐招物議。妾當歸楚，寄兒於楚人。後十八年，圖與相見，未晚也。」乃作留别詩曰：「兩年驩會夢魂中，聚散人間似轉蓬。歲月無情催去燕，關河有信寄來鴻。劍沉延浦光終合，瑟鼓湘靈調自工。它日扁舟尋舊約，夕陽疎影楚雲東。」遂將兒擘瓦升屋而去。忽一日，遺夢雲以詩曰：「處處青山叫子規，家家乳燕鑄芹泥。獨憐知己千山外，遥望白雲雙眼迷。」是後每歲巧夕，一過小樓。嘗作《滿江紅》一闋曰：「蓴暑誰收，秋聲報，梧桐一葉。又聽得蛩泣階除，鴈啼沙磧。清光玉宇本無塵，無奈妬雲遮素魄。意難忘，倏忽馭飇輪，尋舊約。柳風疎，歡情折。芙露冷，離愁結。這滴滴丁丁，不堪苦咽。夢魂河漢隔年期，骨肉關山千里别。兩關情，極目楚山雲，龍江月。」迨至萬曆壬午，遺書夢雲，招之入楚，曰：「兒寄湘陰黄朱橋，今弱冠矣，君得無意乎？妾請為鄉道，暇間賦得《長相思》一篇請教。」其詞曰：「長相思，相思長。獨鶴高飛九迴翔。楚天嘹唳驚胡霜，側身東望淚沾裳。思君間阻天一方，欲往從之河無梁，臨流欲遡川無航。江東渭北恨參商，安得共此明月光。長相思，相思長。」其二曰：「長相思，相思長。寒蟲唧唧九迴腸。中夜為君起彷徨，期君不至倚胡牀。衰草澹煙漫隴襄，願言載道歷盤塘，扁舟一葉過武昌。身隨鴻鴈度衡陽，無令戚戚滯湖湘。長相思，相思長。」是年夢雲不果行，明年乃行。自洪塘買舟，秋英已先至矣。與之同寢處，它人莫見也。及至湘陰，果有黄朱橋者，湘陰豪宗也。有三子，曰鶴筭、鶴齡、鶴鳴。鶴筭得之神女，叩門授兒，忽不見，以白布裹兒也，而題以血書曰：「血書尺帛裹呱兒，抱送君家好護持。乙丑之年辛巳月，甲申日主丑初時。閩生楚長人非幻，陽氣陰胎事亦奇。莫道螟蛉難似我，恩深還有報恩期。」末書：「十八年後，閩有韓夢雲來，此其子也。」及夢雲至，相視愕然。夢雲具道其詳，朱橋大駭，鶴筭持父哭，幾不自勝。是時鶴筭已婚易氏女，不能從父之閩，夢雲遂留飲數十日而別。秋英乃從夢雲入閩，閩士大夫及當道諸公往來玉融，卜事求詩者踵相接也。萬曆癸巳年，秋英謂夢雲曰：「妾以冥數，得侍巾櫛，不自韜歛，藉藉人間。今者賓客如雲，答之，則事涉漏洩；不答，咎且歸君。然亦塵緣已盡，吾將從此逝矣。」夢雲及妻子聞之，驚愕挽留，秋英亦揮涕而別，於是合家皆號慟，為之舉喪。今遂寂然。（同前）

四八　天順年間，有鄒生者師孟宗魯，慶元縣人。素聞杭州有山水之勝，攜琴劍往觀之。凡遇琳宫梵宇，無不登臨。又聞會稽山以為天下第一奇觀，遂策馬往遊。愛其秀麗，退不及還。正踟躕間，忽然叢林之内，燈燭熒煌，意為莊農所居，乃疾趍投宿。至彼，則門户嵬峩，一青衣童子自内而出，生近前而揖曰：「失路至此，欲假一宿。」隨之而進，見一少年美人盛粧危坐，見生降榻祗迎。問生姓名，呼侍妾設酒以待，一美姬執檀板歌《天仙子》詞一闋以侑酒，詞曰：「金屋銀屏疇昔景，唱徹雞人眠未醒。故宮花落夜如年，塵掩鏡，笙歌静。往日繁華，都是夢境。　天上曉星先破暝，明滅孤燈隨隻影。翠眉雲鬢麝蘭塵，空歎省，成悲哽。無數落紅堆滿徑。」歌訖，美人遽止之曰：「勿歌此曲，徒增傷感。」生起致問曰：「仙娃閥閲何郡？郎君何人？」美人顰蹙曰：「妾本姓花，名喚麗春，臨安府人也，僑居於此一百餘年。先夫趙禖，表字咸淳，與妾為夫婦十年而卒。妾今寡居，誓若有人能詠四季宮詞，稱妾意者，即與成婚。杳無其人，不知先生能之乎？」生遂濡筆而吟四絶云，其一曰：「花開禁院日初晴，深鎖長門白晝清。側倚銀屏春睡醒，緑楊枝上一聲鶯。」其二：「鎖窗倦倚鬢雲斜，粉汗凝香濕絳紗。宮禁日長人不到，笑將金剪剪榴花。」其三：「桂吐清香滿鳳樓，細腰消瘦不禁愁。朱門深閉金環冷，獨步瑶階看女牛。」其四：「金爐添炭燭摇紅，碎剪瓊瑶亂舞風。紫禁孤眠長夜冷，自將錦被傍薰籠。」下筆立成，不加點綴。美人曰：「詠出宮詞，若身處其地者，真佳作也。幸遇君子，願托終身。」遂入室就寢，極盡綢繆。美人就枕上吟曰：「幽閉深宮幾度秋，粧臺塵鎖不勝愁。故園冷落淩波襪，塵世經添海屋籌。陰伉儷諧陽伉儷，新風流是舊風流。追思向日繁華地，盡付湘江水上漚。」自是將一年，忽一日，美人對生淚下如雨，云：「本欲與君偕老，不料上天降罰，今夕盡此一歡，明朝永别，君宜速避。」因長歎悲吟「豔質罄成蘭蕙土，風流盡化綺羅煙」之句。及明，美人急促生行。未數里，忽雷雨交作，火光遍天，已而雲散雨收。生復往其處視之，則華屋美人不知所在。邊有一古墓，枯骨交加，震碎鮮血。生大恐懼，急尋舊路，回至寓所。詢問諸人，鄉人言曰：「此處聞有花麗春

者，乃宋度宗妃，其墓亦在此山側。」生因憶其言，所謂姓趙名禥，即度宗諱，而咸淳，乃其紀年也。（同前）

四九　洪武初，吴江沈韶，年弱冠，美姿容。嘗遨遊襄、漢間，訪琵琶亭，吟白司馬蘆花楓葉之篇，徘徊久之。於時月明風細，人静夜深，方取酒共酌，聞月下彷彿有歌聲。韶趍出，見麗人，因問姓氏。麗人曰：「妾僞漢陳主㨗好鄭婉娥也，年二十而死，殯於近亭，二侍女，一名鈿蟬，一名金鴈，亦當時之殉葬者。妾沉欝獨居，無以適意，今幸對此良宵，復遇佳客，足以償矣。」使鈿蟬歸取酒殽，飲於亭上，自歌其詞曰：「郎憶之乎，即頃所謳之《念奴嬌》也。」詞曰：「離離禾黍，歎江山似舊，英雄塵土。石馬銅駝荆棘裏，閲遍幾番寒暑。劍戟灰飛，旌旗烏散，底處尋樓櫓。喑嗚叱咤，只今猶説西楚。憔悴玉帳虞兮，燈前掩面，淚交飛紅雨。鳳輦羊車行不返，九曲愁腸慢苦。梅瓣凝粧，楊花翻曲，回首成終古。翠螺青黛，絳仙慵畫眉嫵。」歌竟，勸韶盡飲數盃。後韶豪態逸發，議論風生，與麗人談元末羣雄起滅事，歷歷如日覩，且詢陳主行事之詳。……（同前）

五〇　東坡居士在錢塘，無日不遊西湖。嘗携妓謁大通禪師仲殊。師見之，頗有愠色。坡作《南歌子》，使妓歌之，曰：「師唱誰家曲，宗門是阿誰。借公檀板與鉗椎，我也逢塲作戲莫相疑。　谿女方偷眼，山僧已皺眉。莫嫌彌勒下生遲，不見阿婆三五少年時。」禪僧聞之，和其韻曰：「解舞清平樂，而今説向誰。紅爐片雪上鉗椎，打就金毛獅子也堪疑。　已信身如夢，何知眼共眉。蟠桃因甚結花遲，不向風前一笑待何時。」涪翁見而賞之，曰：「此檀越並阿門僧，非取次者所為爾。」（同前書卷十一「方外」)

五一 有方士,不言姓名及所生之地,但稱三休,又稱玉堂逐客。寓禪寺,題詩寺中云:「砧聲遠在白蘋村,風雨蕭蕭獨掩門。何事黄花偏翠晚,天留正色壯乾坤。」又題一詩云:「隔江人唱《浪淘沙》,月上梧桐影未斜。客到潯陽談往事,青衫無淚濕琵琶。」他詩尚多,不悉記。(同前)

五二 華亭船子和尚偈曰:「千尺絲綸直下垂,一波纔動萬波隨。夜静水寒魚不食,滿船空載月明歸。」叢林盛傳,想見其為人。宜州倚曲音成長短句,曰:「一波纔動萬波隨,蓑笠一鈎絲。金鱗正在深處,千尺也須垂。 吞又吐,信還疑,上鈎遲。水寒夜静,滿目青山,載月明歸。」(同前)

五三 江采蘋,莆田人,九歲能誦二《南》,語父曰:「我雖女子,期以此為志。」父奇之,故名采蘋。開元中,高力士選歸侍明皇,大見寵幸。善屬文,自比謝女。淡粧雅服,而姿態明秀。性喜梅,所居悉植梅,上因其所好,戲名梅妃。會太真楊氏入侍,寵愛日奪,竟為楊氏遷於上陽東宫,帝每念之。時在花萼樓,有夷使貢珍珠者至,命封一斛,密賜妃。妃不受,以詩付使者:「為我進御前也。」上覽詩,悵然不樂,令樂府以新聲度之,號《一斛珠》。詩曰:「桂葉雙眉久不描,殘粧和淚濕紅綃。長門盡日無梳洗,何必珍珠慰寂寥。」帝得詩,不勝悽愴,畏貴妃妬悍,無可奈何。後天寶之亂,明皇幸蜀,絶不相聞者數年。及還,失妃所在,詢之,乃知死於非命,葬後苑梨樹下。掘視之,顔色如生。帝令人圖其容,復厚葬之。朝夕思悼,題詩其容曰:「憶昔嬌娥在紫宸,鉛華不御得天真。霜綃雖似當時態,争奈秋波不顧人。」(同前書卷十二「宫詞」)

五四　楊用脩所載太白有《清平樂》二闋，識者以為非太白作，謂其卑淺也。按太白《清平樂》本三絶句而已，不應復有詞。第所謂：「女伴莫話高眠，六宫羅綺三千。一笑皆生百媚，宸遊教在誰邊。」亦有情語，余每誦之。及樂天絶句云：「雨露由來一點恩，争能遍却及千門。三千宫女如花面，幾箇春來無淚痕。」輒低回歎息，古之怨女棄才何限也？（同前）

五五　花蕊夫人有二，蜀王建妾，號小徐妃者。在王衍時，坐遊燕污亂亡國。莊宗平蜀後，隨王衍歸中國，半途遭害。及孟氏再有蜀，傳至孟昶，則又有一花蕊夫人，乃青城費氏，以才色入宫，事昶，昶甚嬖之，因賜號花蕊夫人。工於樂府，蜀亡之後入汴，書葭萌驛壁云：「初離蜀道心將碎，離恨綿綿，春日如年。馬上時時聞杜鵑。」書未畢，為軍騎催行，後人續之云：「三千宫女皆花貌，妾最嬋娟。此去朝天，只恐君王寵愛偏。」樂府之外，尤工於《宫詞》，共一百首。……（同前）

五六　朱淑真，浙人也。才色清麗，閨門罕儔。因匹偶非人，鬱鬱不樂，抱恚而死，嘗賦詩云：……其詞多柔媚疎俊，最為可喜，送春詞云：「樓外垂楊千萬縷，欲繫青春，少住春還去。猶自風前飄柳絮，隨春且看歸何處。　滿目山川聞杜宇，便做無情，驀地愁人意。把酒送春春不語，黄昏却下瀟瀟雨。」夏日遊湖詞云：「惱煙撩露，留我須臾住。携手藕花湖上路，一霎黄梅細雨。　嬌癡不怕人猜，和衣倒在人懷。最是分攜時候，歸來嬾傍妝臺。」（節録自同前書卷十三「閨秀」）

五七　清照姓李氏，號易安居士，濟南人，李格非之女。適趙明誠。及明誠故，再適張汝舟，未幾反目。有啓與綦處厚云：「猥以桑榆之晚景，配兹駔儈之下材。」傳者無不笑。有《漱玉集》三卷行於世，頗多佳句。《題八詠樓》云：「千古風流八詠樓，江山留與後人愁。水通南國三千里，氣壓江城十四洲（當作州）。」《春殘》：「春殘何事苦思鄉，病裏梳頭恨最長。梁燕語多終日在，薔薇風細一簾香。」暮春詞《如夢令》云：「昨夜雨疎風驟，濃睡不消殘酒。試問捲簾人，却道海棠依舊。知否，知否，應是緑肥紅瘦。」閨情詞《生查子》云：「年年玉鏡臺，梅蕊宫粧困。今歲未還家，怕見江南信。酒從別後疎，淚向愁中盡。遥想楚雲深，人遠天涯近。」春暮二首，俱《怨王孫》調，其一云：「夢斷漏悄，愁濃酒惱。寶枕生寒，翠屏尚曉。門外誰掃殘紅，夜來風。玉簫聲斷人何處，春又去、忍把佳期負。此情此恨，此際擬託行雲，問東君。」其二云：「帝里春晚，重門深院。草緑堦前，暮天鴈斷。樓上遠信誰傳，恨綿綿。多情自是多沾惹，難拚捨、又是寒食也。鞦韆巷陌，人静皎月初斜，浸梨花。」春日閨情詞《念奴嬌》云：「蕭條庭院，又斜風細雨，重門須閉。寵柳嬌花寒食（脱『近』字），種種惱人天氣。險韻詩成，扶頭酒醒，別是閑滋味。征鴻過盡，萬千心事難寄。樓上幾日春寒，簾垂四面，玉闌干慵倚。被冷香銷新夢覺，不許愁人不起。清露晨流，新桐初引，多少遊春意。日高煙斂，更看今日晴未。」九日詞《醉花陰》：「薄霧濃雲愁永晝，瑞腦噴金獸。佳節又重陽，寶枕紗窗（當作廚），半夜凉初透。東籬把酒黄昏後，有暗香盈袖。莫道不銷魂，簾捲西風，人比黄花瘦。」離別詞《鳳凰臺上噫（當作憶）吹簫》云：「香冷金猊，被翻紅浪，起來慵自梳頭。任寶奩塵滿，日上簾鈎。生怕離懷別苦，多少事、欲説還休。新來瘦，非干病酒，不是悲秋。休休，這回去也，千萬遍《陽關》，也則難留。念武陵人遠，煙鎖秦樓，惟有樓前流水，應念我、終日凝眸。凝眸處，從今添一段新愁。」別離詞《一枝花》（當作《一剪梅》）：「紅藕香殘玉簟秋，輕解羅裳，獨上蘭舟。雲中誰寄錦書來，鴈字回時，月滿（脱「西」字）樓。花自飄零水自流，一種相思，兩處閒愁。此情無計可消除，纔下眉頭，却上心頭。」暮春詞《武陵春》云：「風住塵香花已盡，日晚倦梳頭。物是人非事事休，欲語淚珠流。聞説雙溪春尚好，也擬泛輕舟。只恐雙溪舴艋舟，載不動、許多愁。」（同前）

五八 朱希真，小名秋娘，朱將仕女也。聰明俊雅，博覽古今。年甫十六，適同邑商人徐必用為妻。商久不歸，閨中抑鬱，作警悟、風情諸篇，雖擅詞名者，皆稱其美。警悟《西江月》云：「世事短如春夢，人情薄似秋雲。不須計較苦勞心，萬事元來有命。幸遇三杯美酒，况逢一朵花新。片時歡笑再相親，明日陰晴未定。」詠月《念奴嬌》云：「插天翠柳，被何人推上，一輪明月。照我藤床凉似水，飛入瑶臺銀闕。露冷笙簫，風輕環珮，玉鎖無人掣。閒雲收盡，海光天影相接。誰信有藥長生，素娥新煉就，飛霜液雪。擊破珊瑚，争似看、仙桂扶疎奇絶。洗盡凡心，滿身清露，冷浸瀟瀟髮。明朝塵世，記取休向人説。」除夕《鷓鴣天》：「檢盡曆頭冬又殘，愛他風雪耐他寒。拖條竹杖家家酒，上箇籃輿處處山。添老大，轉痴頑，謝天教我老來閒。道人還了鴛鴦債，紙帳梅花醉夢閒。」懷舊《鷓鴣天》云：「梅妬晨粧雪妬輕，遠山依約與眉青。尊前無復歌《金縷》，夢覺空餘月滿林。魚與鴈，兩浮沉，淺顰微笑總關心。相思恰似江南柳，一夜東風一夜深。」風情《滿路花》云：「簾烘淚雨乾，酒壓愁城破。冰壺防渴飲，培殘火。朱消粉褪，絶勝新梳裹。不是寒宵短，日上三竿，殢人猶好同卧。如今多病，寂寞章臺左。黄昏風弄雪，門深鎖。蘭房密愛，萬種思量過。也須知有我。

着甚情悰，你但忘了人呵。」梅花《絳都春》云：「寒陰漸曉，報驛使探春，南枝（脱『開』字）早。粉蕊弄香，芳臉凝酥，瓊枝小，雪天分外精神好。向白玉堂前應到，化工不管，朱門閉也，暗傳音耗。　輕渺，盈盈笑靨稱嬌面，愛學宮粧新巧。幾度醉吟，獨倚欄干黄昏後，月籠疎影横斜照。莫待單于吹老，（脱『便』字）須折取歸來，膽缾插了。」（同前）

五九　孫夫人，鄭文妻也，秀州人。夫寓行都，孫多以閨情詞寄之。有《南鄉子》云：「曉日壓重簷，斗帳春寒起未忺。天氣困人梳洗懶，眉尖，淡畫春山不喜添。　閑把繡絲撏，認得金針又倒拈。陌上遊人歸也未，厭厭，滿院楊花不捲簾。」又《風中柳》云：「銷減芳容，端的為郎煩惱。鬢慵梳、宮粧草草。别離情緒，待歸來都告。怕傷郎，又還休道。　利鎖名韁，幾阻當年歡笑。更那堪、鱗鴻信杳。蟾枝高折，願從今須早。莫辜負、鳳幃人老。」又《燭影摇紅》：「乳燕穿簾，亂鶯啼樹清明近。隔簾時度柳花飛，猶覺寒成陣。長記眉峰偷隱。臉桃紅、難藏酒暈。背人微笑，半彈鸞釵，輕籠蟬鬢。　别久啼多恨，應不是，當年俊。滿園珠翠逞春嬌，没箇他風韻。若見賓鴻試問。待相將、綵牋寄恨。幾時得見，鬭草歸來，雙鴛微潤。」（同前）

六〇　陳氏，仁和人，都御史李公昂妻，道州君士魁母也。父敏政，南康守，簪纓奕世，文墨禪家。陳氏通達往典，諳鍊時務。晚歲詩詞愈精，著作甚富，惜其子孫不習文藝，珠璣散軼，為可慨也。……（同前）

六一　朱静庵，尚寶卿朱祚之女，教諭周濟之妻也。幼穎悟，以詩鳴於時，多為名流所賞。嘗讀李易安詞，作詩誚之云：「一代才華真可惜，錯將閒恨寄新詞。」然朱亦以所匹非偶，每形諸吟詠。……

（同前）

六二　黄公銖，字子厚，富沙浦城人。與朱文公為交友，長於詩。黄之母筆力甚高，世南嘗見黄親録詞稿，云：「先妣冲虚居士，少聰明，穎異絶人。年三十，先君捐棄，即抱貞節以自終。平生文辭甚富，晚遭回禄，燬爇無餘。此詞數篇皆膾炙在人者，因訪求得之。適予與景韶主簿兄有好，且屢見索，敬書以贈。紹興三年中春二十有四日黄銖識。」景韶，則太參鄭公昭先也。其一《滴滴金》云：「月光飛入林前屋，風策策，度庭竹。夜半江城擊柝，（脱『聲』字）動寒梢棲宿。　等閒老去年華促，祇有江梅伴幽獨。夢繞夷門舊家山，恨驚回難續。」其二序云：「力修寶學賢表宴胡明仲侍郎，遣歌姬來乞詞，作《醉蓬萊》令歌之。」「看鷗翻波濺，蘋末風輕，水軒消暑。雲疊奇峰，破桐陰亭午。列岫連環，溜泉鳴玉，對幅巾芒履。況有清時，風流故人，劇譚揮麈。　才冠一時，論高兩漢，書扇豪蹤，吐鳳辭語。晝錦歸來，慶長年老母。且盡緑尊，莫懷歸興，聽扇歌高舉。會見登庸，泥封詔下，促朝天去。」其三《菩薩蠻》：「闌干六曲天圍碧，松風亭下梅初白。臘盡見春回，寒梢花又開。　曲瓊閒不卷，沈燎看星轉。凝竚小裴徊，雲閒征雁來。」其四序云：「葛氏姪女子告歸，作《少年遊》送之。」「雨晴雲歛，煙花澹蕩，遥山凝碧。驅車問征路，賞春風南陌。　正雨後梨花幽豔白，悔怱怱，過了寒食。歸家漸春暮，探酴醿消息。」其五序云：「季温老友歸樵陽，人來問書，因以為寄。」「秋寂寞，秋風夜雨傷離索。傷離索，老懷無奈，淚珠零落。　故人一去無期約，尺書忽寄西飛鶴。西飛鶴，故人何在，水村山郭。」其六《醉思仙》云：「晚霞紅，看山迷暮靄，煙暗孤松。動翩翩風袂，輕若驚鴻。心似鏡，髻如雲，弄清影，月明中。　謾悲涼，歲冉冉，蕣華潛改衰容。前事銷凝久，十年光景匆匆。念雲軒一夢，回首春空。綵鳳遠，玉簫寒，夜悄悄，（脱『恨』字）無窮。歎黄塵，久埋玉，斷腸揮淚東風。」（同前）

六三　鄭生者，素善詩詞。鄰有吴氏女，亦無不精曉。常令媒嫗索詩詞於生。生賦《木蘭花》詞與之，且從其母求親，不允。女為和云：「看箋寫恨，人醉倚夕陽樓。故里梅花，纔傳春信，先認儒流。此生料應緣淺，綺窗下，雨怨雲愁。如今杏花嬌豔，珠簾懶上銀鈎。　絲蘿喬樹欲依投，此景兩悠悠。恐鶯老花殘，翠嫣紅減，辜負春遊。蜂媒問人情思，總無言、應只低頭。夢斷東風路遠，柔情猶為遲留。」又和生詩云：「慈親未識意如何，不肯令君畫翠娥（當作蛾）。自是杏花開較晚，梅花占得舊情多。」又寄繡領於生，生答以詩曰：「繡線慵拈夢怎醒，風流誰畫柳眉青。琵琶聲裏昭君怨，莫向他時不忍聽。」又曰：「嫩柳嬌依道韞家，東風何事苦摧他。流鶯欲住頻回首，盡日愁腸惱落花。」吴女以姻事不諧，沉鬱不起。作詩别生云：「淚珠滴滴濕香羅，病裏芳肌瘦減多。怪得夜來春夢淺，不知今日定如何？」竟長逝。生聞之，痛甚，為悼亡吟云：「相見愁無奈，相思自有緣。死生俱夢幻，來往只詩篇。玉佩驚沉水，瑶琴愴斷絃。傷心數行淚，盡日落花前。」生思不已，又召箕仙，留得一詞云：「緑慘雙鸞，香魂猶自多迷戀。芳心密語在心邊，如見詩人面。　又是柔腸未斷，奈天不從人願。瓊銷玉減，夢魂空有，幾多愁怨。」生每花晨月夕，輒形怨歎，多為詩曲，有《木蘭花》詞云：「任東風老去，吹不斷，淚盈盈。記春淺春深，春寒春暖，春雨春晴，都來殺詩人興。更落花無定，挽春情。芳草猶迷舞蝶，緑楊空，語流鶯。玄霜着意擣初成，回首失雲英。但如醉如癡，如狂如舞，如夢如驚。香魂至今迷戀，問真仙消息最分明。後來相逢何處，清風明月蓬瀛。」又詩云：「春樓珠箔捲東風，幾度偷彈淚粉紅。豔質豈期黄壤隔，香魂應逐紫雲空。解將遺事留身後，忘盡前言在耳中。杏蕊梅花俱一夢，悠悠深恨鎖幽宫。」（同前）

六四　灼灼，錦城官妓也，善舞《柘枝》，能歌《水調》，為幽抑怨懟之音。相府筵中，與河東詞人御史裴質座接，神通目授，如故相識。相因夜飲，忽速召之，自此不復面矣。灼灼以軟綃多聚紅淚，密寄河東人。有秦少游詩曰：「錦城春暖花欲飛，灼灼當庭舞《柘枝》。相君上客河東秀，自言那得傍人知。妾願身為梁上燕，朝朝暮暮長相見。雲收月墮海沉沉，淚滿紅綃寄腸斷。」《調笑令》曰：「腸斷，繡簾捲。妾願身為梁上燕，朝朝暮暮長相見，莫遣恩情變。紅綃粉淚知何恨，萬千（當作古）空傳遺怨。」（同前書卷十四「妓上」）

六五　解語花，姓劉氏，長於慢詞。廉野雲招盧疎齋、趙松雪飲於京城外之萬柳堂，劉左手持荷花，右手舉杯，歌《驟雨打新荷》曲，諸公喜甚。趙即席賦詩云：「萬柳堂前數畝池，平鋪雲錦蓋漣漪。主人自有滄州趣，遊女仍歌白雪詞。手把荷花來勸酒，步隨芳草去尋詩。誰知咫尺京城外，便有無窮萬里思。」（同前）

六六　朝雲者，姓王氏，錢塘名妓也。蘇子瞻宦錢塘，絶愛，幸之，納為常侍。朝雲初不識字，既事子瞻，遂學書，粗有楷法。子瞻貶惠州，贈之詩，有引云：「世謂白樂天有鬻駱馬放《楊柳枝詞》，嘉其至老病不忍去也。然夢得有詩云：『春盡絮飛留不得，隨風好去落誰家。』亦云：『病與樂天相伴住，春隨樊子一時歸。』則是樊素竟去也。余家有數妾，四五年相繼辭去，獨朝雲者隨余南遷而卒，因讀樂天集，戲作此詩云。」「不似楊枝別樂天，恰如通德伴伶玄。阿奴絡秀不同老，天女維摩總解禪。經卷藥爐新活計，舞衫歌扇舊因緣。丹成逐我三山去，不作陽臺雲雨仙。」又子瞻自為誌銘云：「東坡先生侍妾曰朝雲，字子霞，姓王氏，錢塘人。敏而好義，事先生二十有三年，忠敬若一。紹聖三年七月壬辰卒於惠州，年三十四。八月庚申，葬之豐湖之上棲禪山寺之東南。生子遯，未朞而夭。蓋常從比丘尼義冲學佛法，亦粗識大意，且死，誦《金剛經》四句偈以絶。銘曰：浮屠是贍（一作瞻），伽藍是依。如汝宿心，惟佛之歸。」又和前韻云：「苗而不秀豈其天？不使童烏與我玄。駐景恨無千歲藥，贈行唯有小乘禪。傷心一念償前債，彈指三生斷後緣。歸卧竹根無遠近，夜深勤禮塔中僊。」又作詠梅《西江月》以寓意云：「玉骨那愁瘴霧，冰肌自有仙風。海仙時過探芳叢。倒掛緑毛么鳳。　素面翻嫌粉涴，洗粧不褪殘紅。高情已逐曉雲空，不與梨花同夢。」（同前）

六七　子瞻在惠州與朝雲閒坐，時青女初至，落木蕭蕭，悽然有悲秋之意。命朝雲把大白，唱「花褪殘紅」。朝雲歌喉將囀，淚滿衣襟。子瞻詰其故，答曰：「奴所不能歌，是『枝上柳綿吹又少，天涯何處無芳草』也。」子瞻翻然大笑，曰：「是吾正悲秋，而汝又傷春矣。」遂罷。朝雲不久抱疾而亡，子瞻終身不復聽此詞。（同前）

六八　東坡嘗令朝雲就秦少游乞詞，少游作《南歌子》贈之云：「靄靄迷春態，溶溶媚曉光。不應容易下巫陽，祇恐翰林前世是襄王。　暫為清歌駐，還因暮雨忙。瞥然歸去斷人腸，空使蘭臺公子賦《高唐》。」（同前）

六九　魏人王山能為詩，標韻清卓，因省試下第，薄遊東海。值吳女盈盈者來，年方十六，善歌舞，尤工彈箏，容艷甚冶，詞翰情思，翹翹出羣，少年子爭登其門，不惜金帛。盈遴選佳偶，乃許一笑。府守田龍圖使侍宴，山預其列，相得於樽俎之間，從之忻處累月。山告歸，盈盈垂泣悲啼，不能自止。明年，寄《傷春曲》示山，其詞曰：「芳菲時節，花壓枝折。蜂蝶掩，闌檻光發。一旦碎花魂，葬花骨。蜂兮蝶兮何不來，空使雕闌對寒月。」山作長歌答之……（同前）

七〇　天台營妓嚴蘂，字幼芳，善琴弈歌舞、絲竹書畫，色藝冠一時，間作詩詞，有新語。唐與正守台日，嘗命賦紅白桃花，即成《如夢令》云：「道是梨花不是，道是杏花不是。白白與紅紅，別是東風情味。曾記，曾記，人在武陵微醉。」與正賞之雙縑。又七夕，郡齋開宴，坐有謝元卿者，豪士也，夙聞其名，因命之賦詞，以己之姓為韻。酒方行，而已成《鵲橋仙》云：「碧梧初出，桂花纔吐，池上水花微謝。穿針人在合歡樓，正月露、玉盤高瀉。　蛛忙鵲嬾，耕慵織倦，空做古今佳話。人間剛道隔年期，怕天上、方纔隔夜。」元卿為之心醉。其後朱晦庵以使節行部至台，欲摭與正之罪，遂指其嘗與蘂為濫。繫獄月餘，蘂雖備箠楚，而一語不及唐。獄吏因好言誘之，曰：「汝何不蚤認，亦不過杖罪。況已經斷，罪不重科，何為受此辛苦耶？」蘂答云：「身為賤伎，縱是與太守有濫，科亦不至死罪。然是非真僞，豈可妄言以汙士大夫？雖死，不可誣也。」其辭既堅，於是再痛杖之，仍繫於獄。未幾，朱公改除，而岳霖商卿為憲。因賀朔之際，憐其無辜，猝命之作詞自陳。蘂略不構思，即口占《卜算子》云：「不是愛風塵，似被前緣誤。花落花開自有時，總賴東君主。去也終須去，住也如何住。若得山花插滿頭，莫問奴歸處。」即日判令從良。繼而宗室近屬納為小婦，以終身焉。蓋唐平時恃才輕晦庵，而陳同父頗為朱所進，與唐每不相下。同父遊台，嘗狎籍妓，屬唐為脱籍，許之。偶郡集，唐語妓云：「汝果欲從陳官人耶？」妓謝。唐云：「汝須能受飢忍凍乃可。」妓聞大恚。自是陳至妓家，無復前之奉承矣。陳知為唐所賣，亟往見朱，朱問：「近見小唐云何？」答曰：「唐謂公尚不識字，如何作監司？」朱銜之，遂以部内有冤獄，乞再巡按。既之台，適唐出迎少稽，朱蓋（當作益）以陳言為信，立索郡印付以次官，乃摭唐罪具奏，而唐亦作奏馳上。時唐鄉相王淮當軸，既進呈，上問王，王奏：「此秀才爭閑氣耳。」遂兩平其事。（同前）

七一　東坡夜登燕子樓，夢盼盼，作《永遇樂》詞云：「明月如霜，好風如水，清景無限。曲港跳魚，圓荷瀉露，寂寞無人見。紞如五（一作三）鼓，錚然一葉，黯黯夢雲驚斷。夜茫茫，重尋無覓處，覺來小園行遍。天涯倦客，山中歸路，望斷故園心眼。燕子樓空，佳人何在，空鎖樓中燕。古今如夢，何曾夢覺，但有舊歡新怨。異時對，南樓夜景，為徐（一作余）浩歎。」秦少游《調笑令》並詩，詠盼盼詩曰：「百尺樓高燕子飛，樓上美人顰翠眉。將軍一去音容遠，只有年年舊燕歸。春風昨夜來深院，春色依然人不見。只餘明月照孤眠，回望舊恩空戀戀。」曲子曰：「戀戀，樓中燕，燕子樓空春日晚。

將軍一去音容遠，空鎖樓中深怨。春風重到人不見，十二欄干倚遍。」毛澤民《調笑令》詠盼盼云：「武寧節度客最賢，後車摛藻争春妍。曲眉豐頰亦能賦，惠中秀外誰争憐。花嬌葉困春相逼，燕子樓頭作寒食。月明空照合歡床，《霓裳》舞罷看無力。」「無力，倚瑶瑟，罷舞《霓裳》今幾日。雪殘雨小春寒逼，鈿暈羅衫煙色。簾前歸燕看人立，却趂落花飛入。」陳薦彦升《燕子樓》詩：「僕射新阡狐兔遊，侍兒猶住水邊頭。風清玉簟慵攲枕，月好珠簾嬾上鈎。寒夢覺來滄海濶，新詩吟罷紫蘭秋。樂天才思如春雨，斷送殘花一夕休。」薩天錫《彭城》詩云：「雪白楊花撲馬頭，行人春盡過徐州。夜深一片城頭月，曾照張家燕子樓。」又瞿宗吉詩云：「亞父塚前秋草合，虞姬墳上暮雲愁。如何一片彭城月，亦照張家燕子樓。」（同前）

七二　崔徽，河中府娼也。裴敬中以興元幕使蒲州，與徽相從累月。敬中使還，崔以不得從為恨，因而成疾，自寫真寄敬中曰：「崔徽一旦不及畫中人，且為郎死矣。」遂發狂疾卒。元微之歌，其略曰：「崔徽本不是娼家，教歌按舞娼家長。使君知有不自由，坐在頭時立在掌。有客有客名丘夏，善寫容儀得恣把，為徽持此謝敬中，以死報郎為終始。」秦少游《調笑令》詩：「蒲中有女號崔徽，輕似南山翡翠兒。使君當日最寵愛，坐中對客常擁持。一見裴郎心似醉，夜解羅衣與門吏。西門寺裏樂未央，樂府至今歌翡翠。」毛澤民詠云：「珠樹陰中翡翠兒，莫論生小被雞欺。鸜鵒樓高蕩春思，秋瓶盼碧雙琉璃。御酥作肌花作骨，燕釵横玉雲堆髪。使梁年少斷腸人，凌波襪冷重城月。」「城月，冷羅襪，郎睡不知鸞帳揭。香凄翠被燈明滅，花困釵横時節。河橋楊柳催行色，愁黛有人描得。」《冷齋夜話》載洪思禹詠崔徽頭子《千秋歲》詞云：「半身屏外，睡覺脣紅退。春思亂，芳心碎，空餘簪髻玉。不見流蘇帶，誰與問，今人秀整誰宜對。湘浦曾同會，手褰青羅蓋。疑是夢，今猶在。十分春易盡，一點情難改。多少事，却隨恨遠連雲海。」（同前）

七三 義倡者，長沙人也，不知其姓氏，家世倡籍。善謳，尤喜秦少游樂府。少游坐鈎黨南遷，道長沙，訪問名妓，或言倡，遂往焉。姿容既美，而所居復瀟灑可人。坐語間，顧見几上文一編，就視之，目曰《秦學士詞》，因取竟閱，皆己平日所作者，環視無他文。少游竊怪之，故問曰：「秦學士，何人也？若何自得其詞之多？」倡不知其少游也，即具道所以。少游曰：「能歌乎？」曰：「素所習也。」少游愈益怪曰：「樂府名家無慮數百，若何獨愛此乎？不惟愛之，而又習之歌之。若素愛秦學士者，彼秦學士亦嘗遇若乎？」曰：「妾，僻陋在此，彼秦學士，京師貴人也，焉得至此？藉令至此，豈顧妾哉？」少游乃戲曰：「若愛秦學士，徒悦其詞爾。若使親見容貌，未必然也。」倡歎曰：「嗟呼！使得見秦學士，雖為之妾御，死復何恨！」少游察其語誠，因謂曰：「若欲見秦學士，即我是也，因朝命貶出，因道而來此爾。」倡大驚，色若不懌者。稍稍引退，入告母媪。冠帔出，拜少游。張筵侍酒，甚歡。留數日，將別，囑曰：「妾不肖之身，幸侍左右。今學士以王命不可久留，妾惟誓潔身以報。」少游許之。一别數年，少游竟死於藤。倡雖處風塵中，為人婉娩，有氣節。既與少游約，因閉門謝客，誓不以此身負少游也。一日，晝寢寤，驚泣曰：「吾自與秦學士别，未嘗見夢。今夢來别，非吉兆也，秦其死乎？」亟遣僕順途覘之。數日得報，遂衰服以赴，行數百里，遇於旅舘，拊棺繞之三週，舉聲一慟而絶。有作長句記之者曰：「洞庭之南瀟湘浦，佳人娟娟隔秋渚。門前冠蓋但如雲，玉貌當年誰為主。風流學士淮海英，解作多情斷腸句。流傳往往過湖嶺，未見誰知身已赴。舉首却在天一方，直北中原數千里。自憐容華能幾時，相見河清不可俟。北來遷客古藤州，渡湘直弔長沙傅。天涯流落行路難，暫解征鞍聊一顧。横波不作常人看，邂逅乃慰平生慕。蘭堂置酒羅饈珍，明燭燒膏為延佇。清歌宛轉繞梁塵，博山空濛散煙霧。雕牀斗帳芙蓉褥，上有鴛鴦合歡被。紅顔深夜承宴娱，玉笋清晨奉巾履。匆匆不盡新知樂，惟有此身為君許。但説恩情有重來，何期不别歲將暮。午枕孤眠魂夢驚，夢君來别如平生。與君已别復何别，此别無乃非吉徵。萬里海風掀雪浪，魂招不歸竟長往。效死君前君不知，向來宿約期無爽。君不見二妃追舜號蒼梧，恨染湘竹終不枯。無情湘水自東注，至今斑竹盈江隅。屈原九歌豈不好，煎膠續絃千古無。我今試作《義倡傳》，尚使風期後來見。」又按《容齋隨筆》云：《夷堅志》載潭州義倡事，予反復思之，定無此事。秦將赴杭倅時，有妾邊朝華。既而以妨其學道，割愛去之。未幾罹黨禍，豈復眷戀一倡女哉？（同前）

七四　杭妓胡楚、龍靚皆有詩名，胡贈所歡詩云：「不見當時丁令威，年來到處是相思。若將幽恨同芳草，却恐青青有盡時。」張子野老於杭，多為官妓作詞，而不及靚。靚獻詩曰：「天與羣芳十樣葩，獨憐顔色不堪誇。牡丹芍藥人題徧，自分身如鼓子花。」子野於是為作《望江南》詞云：「青樓宴（一作宴），靚女薦瑶杯。一曲白雲江月滿，際天拖練夜潮來，人物誤瑶臺。　醺醺酒，拂拂上雙腮。媚臉已非朱淡粉，香紅全勝雪籠梅，標格外塵埃。」按陳述古守杭時，齋閣中有絶句二首：「綽約新嬌生眼底，侵尋舊事上眉尖。問君别後愁多少，好似春潮夜夜添。」又云：「長垂玉筋殘粧臉，肯為金釵露指尖。萬斛閒愁何日盡，一分真態為誰添。」蓋為佳人叙幽思也。蘇子瞻嘗書此詩并周、胡、龍三妓詩作一卷，元時柯敬仲得之，虞邵庵伯生題其後云：「秖今誰是錢唐守，頗解湖中宿畫船。曉起鬪茶龍井畔，花開陌上載嬋娟。」「三生石上舊精魂，邂逅相逢莫重論。縱有繡囊留别恨，已無明鏡着啼痕。」「能言學得妙蓮花，贏得春風對客誇。乞食衲衣渾未老，為誰靈塔向金沙。」（同前書卷十五「妓下」）

七五 文潞公以樞密直學士知成都，公年未四十。成都風俗喜行樂，公多燕集。有飛語至京師。御史何聖從謁告歸，上遣伺察之。何將至，潞公亦為之動。幕客李少愚謂公曰：「聖從之來，無足念，少愚與聖從同郡。」因迎見於漢州，命酒設樂。有營妓善舞，聖從狎，問其姓。妓曰：「姓楊。」聖從曰：「所謂楊臺柳者。」少愚即取妓項帕羅，題詩曰：「蜀國佳人號細腰，東臺御史惜妖嬈。從今喚作楊臺柳，舞盡春風萬萬條。」命其妓作《柳枝詞》歌之，聖從為之霑醉。後數日，聖從至成都，頗嚴重。一日，潞公大作樂以讌聖從，迎其妓雜府妓中，歌少愚之詩以侑觴，聖從每為之醉。聖從還朝，潞公之謗乃息。按《焦氏類林》「李」作「張」，誤，張少愚，乃隱士俞也。又《西谿叢語》：陳德潤云：「一貴人知成都日，朝廷遣御史何郯入蜀按事，貴人徧召幕客，詢何人與御史密者。或云有賢良某人。延之，令出界候迎，兼攜名娼王宫花往候。其宴狎，出家姬以佐酒。王善舞，何公醉，喜題其項帕云：「按徹《梁州》更《六么》，西臺御史惜妖嬈。從今改作王宫柳，舞盡春風萬萬條。」至成都，此娼出迎，

遂不復措手而歸。按此特姚寬不欲顯彦博名耳，而王宫花名與前異，實一事也。（同前）

七六　張才翁風韻不羈，初任臨邛秋官，張公庠待之不厚。曾有白鶴之遊，郡守率屬官同往，才翁不顧，客（當作密）語官妓楊皎曰：「老子到彼，必有詩詞，可速寄來。」公庠即到白鶴，便留題曰：「初眠官柳未成陰，馬上聊為擁鼻吟。遠宦情懷銷壯志，好花時節負歸心。別離長恨人南北，會合休論酒淺深。欲把春愁閑抖擻，亂山高處一登臨。」皎録寄才翁，才翁增减作《雨中花》曰：「萬縷青青，初眠官柳，向人猶未成陰。據征鞍無語，擁鼻微吟。遠宦情懷誰問，空勞壯志銷凝。好花時節，山城留滯，又負歸心。　別離萬里，飄蓬無定，曾念會合難憑。相聚裏，莫辭金醆，酒淺還深。欲把春愁抖擻，春愁轉更難禁。亂山高處，憑闌垂袖，聊寄登臨。」公庠再坐，皎歌於公庠之側。公庠怪問之，皎前禀曰：「張司理恰寄來，令皎歌之，以獻台座。」公庠遂顧才翁尤厚。（筆者按：此條所載又見於卷二十五「詩遇」）（同前）

七七　東京角妓李師師，住金線巷，色藝冠絶。徽宗自政和後多微行，乘小轎子，數内臣導從。置行幸局，局中以帝出日謂之有排當。次日未還，則傳旨稱瘡痍，不坐朝。嘗往來師師家，甚被寵昵。祕書省正字曹輔以疎諫微行，編管柳州。靖康之亂，師師南徙。有人過之於湖湘間，衰老憔悴，無復向時風態。劉屏山詩云：「輦轂繁華事可傷，師師垂老過湖湘。縷金檀板今無色，一曲當年動帝王。」又按《宣和遺事》載師師舊壻武功郎賈奕《南鄉子》詞云：「閒步小樓前，見個家人貌類仙。暗想聖情渾似夢，追歡，執手蘭房恣意（此後當脱一字）。一夜説盟言，滿掬沉檀噴瑞煙。報道早朝歸去晚，回鑾，留下鮫綃當宿錢。」奕由此貶瓊州。宣和六年，册師師爲李明妃，改金線巷爲小御街。又云樊樓乃豐樂樓之異名，上有御座，徽宗時與師師宴飲於此。金兵至，李明妃廢爲庶人，流落湖湘，爲商人所得。《甕天脞語》：山東巨寇宋江將圖歸順，潛入東京，訪李師師，酒後書《念奴嬌》詞云：「天南地北，問乾坤何處，可容狂客。借得山東煙水寨，來買鳳城春色。翠袖圍香，絳綃籠雪，一笑千金值。神仙體態，薄倖如何消得。想蘆葉灘頭，蓼花汀畔，皓月空凝碧。六六鴈行連八九，只等金雞消息。義膽包天，忠肝蓋地，四海無人識。離愁萬種，醉鄉一夜頭白。」（同前）

七八 劉濬，潞州人，最有才名。樂部中惟杖鼓鮮有工之者，京師官妓楊素娥最工，濬酷愛之。其狀妍態，作《期夜月》詞曰：「金鈎花綬擊（一作繫）雙月，腰肢軟低折。揎皓腕，縈繡結。輕盈宛轉，妙若鳳鸞飛越。無別，香檀急扣轉清切。翻纖手飄瞥。催畫鼓，追脆管，鏗洋雅奏，尚與衆音爲節。當時妙選舞袖，慧性雅資，名爲殊絶。滿座傾心注目，不甚窺回雪。逡巡一曲《霓裳》徹，汗透鮫綃肌潤。教人傳香粉，媚容秀發。」素娥以此詞名振京師。（同前）

七九 東坡初謫黄州，獨王定國以大臣之子不能謹交遊，遷置嶺表。後數年，召還京師，是時東坡掌翰苑。一日，王定國置酒，與東坡會飲，出寵人點酥侑尊。而點酥善談笑，東坡問曰：「嶺南風物，可煞不佳？」點酥應聲曰：「此身安處是家鄉。」坡歎其善應對，賦《定風波》一闋以贈之，其句全引點酥之語，曰：「堪羨人間琢玉郎，故教天賦點酥娘。自作清歌傳皓齒。風逐，雪花炎海起清凉。萬里歸來年愈少，笑中猶帶雪梅香。試問嶺南應不好，却道，此身安處是家鄉。」點酥因是詞譽籍甚。

（同前）

八〇　成都官妓趙才卿，性黠慧，能詞，速敏。帥府作會，以送都鈐，帥命才卿作詞。應命，立就《燕歸梁》曰：「細柳營中有亞夫，華宴簇名姝。雅歌長許就投壺，無一日，不歡娱。　漢皇拓境思名將，捧飛詔，欲登途。從前密約盡成虚，空贏得，淚流珠。」都鈐覽之，大賞其才，以飲器數百星遺之。帥府亦賞歎焉。《詞話》載：有時相，本寒生，及登位，常以措大自負。遇都下皆獻壽，有一妓易《朝中措》數字為壽，曰：「屏山闌檻倚晴空，山色有無中。手種庭前桃李元作「亭前楊柳」，别來幾度春風。　文章宰相元作「太守」，揮毫萬字，一飲千鍾。行樂不須元作「直須」年少，目前看取仙翁元作「衰翁」。」時相不直憐其善改易，又愛《朝中措》之名，厚賞之。（同前）

八一　李芝儀，維揚名妓也。工小唱，尤善慢詞。中丞王繼學甚愛之，贈以詩序，有一聯云：「善和坊裏，驊騮構出繡鞍來；錢塘江邊，燕子銜將春色去。」又有《塞鴻秋》四闋，至今歌館尤傳之。（同前）

八二　太學生任昉，字少明，眷一官妓，日夜未嘗暫離。而妓以老媪間隔，謂昉曰：「吾二人情重，莫（脱「若」字）尋一利刃，共死一處。」昉姑諾之。後以一木刀，裹以銀紙數重，置於枕下，擇日就死。妓深諾之。昉遂遷延時日，妓乃生疑，開紙觀之，乃一木刀也。遂大慟，絶昉。昉懷惓惓，遂作《雨中花》以貽妓，曰：「事往人離，還似暮峽歸雲，隴上流泉。何分羅帶，已斷冰絃。長記歌時酒伴，難忘月夕花前。相攜手處，瓊樓朱户，觸目依然。　從來慣共，錦衾屏枕，長效比翼文鴛。誰念我，而

今清夜，長是孤眠。入户不如飛絮，傍懷争及爐煙。這廻休也，一生心性，為作縈牽。」妓得歌，遂如初。（同前）

八三 蜀娼類能文，蓋薛濤之遺風也。放翁客自蜀挾一妓自隨，西歸，蓄之别室，率數日一往。偶以病少疎，妓頗疑之，客作詞自解，妓即韻答之云：「説盟説誓，説情説意，動便春愁滿紙。多應念得脱空經，是那箇先生教底。　不茶不飯，不言不語，一味供他憔悴。相思已是不曾閒，又那得工夫咒你。」或謗翁嘗挾蜀尼以歸，即此妓也。又傳一妓述送行詞云：「欲寄意，渾無所有，折盡市橋官柳。看君著上征衫，又相將、放船楚江口。　後會不知何日又，是男兒，休要鎮長相守。苟富貴，無相忘，若相忘、有如此酒。」亦可喜也。（同前）

八四 周平園嘗出使過池陽，太守趙富文彦博招飲，籍中有曹聘者，潔白純静。或病其訥而不頎，公為賦梅以見意云：「踏白江梅，大都玉軟酥凝就。雨肥霜逗，癡騃閨房秀。　莫待冬深，雪壓風欺後。君知否，却嫌伊瘦，又怕伊僝僽。」酒酣，又出家姬小瓊舞似侑歡。公又賦一闋云：「秋夜乘槎，客星容到天孫渚。眼波微注，將謂牽牛渡。　見了還非，重理《霓裳》舞。雖無悞，幾年一遇，莫訝周郎顧。」范石湖嘗云：「朝士中姝麗有三傑。」謂韓無咎、晁伯如家姬及小瓊也，禁中亦聞之。異時有以此事中傷公者，阜陵亦為一笑。陸放翁在蜀日，有所盼，嘗賦詩云：「碧玉當年為破瓜，學成歌舞入侯家。如今顦顇蓬窗底，飛上青天妬落花。」出蜀後，每懷舊遊，多見之賦咏，有云：「金鞭朱（一作珠）彈憶春遊，萬里橋東罨畫樓。夢倩曉風吹不斷，書憑春鴈寄無由。　鏡中顏鬢今如此，席上賓朋好在否。篋有吴牋三百箇，擬將細字寫春愁。」又云：「裘馬清狂錦水濱，是繁華地作閒人。金壺投箭消長日，翠袖傳盃領好春。幽鳥語隨歌處拍，落花鋪作舞時茵。悠然自適君知否，身與浮名孰最親。」又以此詩隱括作《風入松》云：「十年裘馬錦江濱，酒隱紅塵。黄金選勝鶯花海，倚疎狂、驅使青春。弄笛魚龍盡出，題詩風月俱新。自憐華髮滿紗巾，猶是官身。鳳樓曾記當年語，問浮名、何似身親。欲寫吴牋説與，這回真箇閒人。」前輩風流雅韻，猶可想見也。（同前）

八五　蘇子瞻守錢塘，有官妓秀蘭天性黠慧，善於應對。湖中有宴會，羣妓畢至，惟秀蘭不來，遣人督之，須臾方至。子瞻問其故。具以髮結沐浴，不覺困睡，忽有人叩門，聲急，起而問之，乃樂營將催督之，非敢怠忽，謹以實告。子瞻亦恕之。坐中一少年倅，屬意於蘭，見其晚來，恚恨未已，責之曰：「必有他事，以此晚至。」秀蘭力辯，不能解倅之怒。是時榴花盛開，秀蘭以一枝藉手告倅，其怒愈甚，秀蘭收淚無言。子瞻作詞以解之，倅怒始息。其詞曰：「乳燕飛華屋，悄無人、桐陰轉午，晚涼新浴。手弄生綃白團扇，扇手一時似玉。漸困倚、孤眠清熟，門外誰來推繡户，枉教人夢斷瑶臺曲。又却是，風敲竹。石榴半吐紅巾蹙，待浮花浪蕊都盡，伴君幽獨。濃豔一枝細看取，芳心千里似束。又（脱『恐』字）被西風驚緑。若待得君來，向花前、對酒不忍觸。共粉淚，兩蔌蔌。」（同前）

八六　宋六嫂，小字同壽。元遺山有贈觱栗工張觜兒詞，即其父也。宋與其夫合樂，妙入神品。蓋宋善謳，其夫能傳其父之藝。滕玉霄待制嘗賦《念奴嬌》以贈，云：「柳顰花困，把人間、恩愛尊前傾盡。何處飛來雙比翼，直是同聲相應。寒玉嘶風，香雲捲雪，一串驪珠引。元郎去後，有誰著意題品。　誰料濁羽清商，繁絃急管，猶自餘風韻。莫是紫鸞天上曲，兩兩玉童相並。白髮梨園，青衫老傳，試與留連聽。可人何處，滿庭霜月清冷。」（同前）

八七　金鶯兒，山東名姝也。美姿色，善談笑，搊箏合唱，鮮有其比。賈伯堅任山東僉事，一見屬意焉，與之甚昵。後除西臺御史，不能忘情，作《醉高歌》、《紅繡鞋》曲以寄之，曰：「樂心兒比目連枝，肯意兒新婚燕爾。畫船開，抛閃得人獨自遥望關西店兒。黄河水流不盡心事，中條山隔不斷相思。常記得夜深沉，人静悄自來時。來時節三兩句話，去時節一篇詩。記在人心窩兒裏，直到死。」為臺端知之，被劾而去。至今山東以為美談。（同前）

八八　歐文忠任河南推官，親一妓。時先文僖罷政，為西京留守，梅聖俞、謝希深、尹師魯同在幕下，惜歐有才無行，共白於公，屢微諷而不之恤。一日，宴於後園，客集，而歐與妓俱不至，移時方來。在坐相視以目，公責妓云：「末至，何也？」妓云：「中暑，往凉堂睡著，覺失金釵，猶未見。」公曰：「若得歐推官一詞，當為償汝。」歐即席云：「柳外輕雷池上雨，雨聲滴碎荷聲。小樓西角斷虹明。闌干倚遍，待（脱『得』字）月華生。　燕子飛來栖畫棟，玉鈎垂下簾旌。凉波不動簟紋平。水精雙枕，倚看墮釵横。」坐皆稱善。遂命妓滿酌賞歐，而令公庫償釵。戒歐當少戢。不惟不恤，翻以為怨。後修《五代史·十國世家》，痛毀吴越。又於《歸田録》中説文僖數事，皆非美談。從祖希白嘗戒子孫毋勸人陰事，賢者為恩，不賢者為怨。歐後為人言其盜甥，表云：「喪厥夫而無託，攜孤女以來歸。」張氏此時年方七歲，内翰伯見而笑云：「年七歲，正是學簸錢時也。」歐詞云：「江南柳，葉小未成陰。

人爲絲輕那忍折，鶯憐枝嫩不勝吟，留取待春深。十四五，閒抱琵琶尋。堂上簸錢堂下走，恁時相見已留心，何況到如今。」歐知貢舉時，落第舉人作《醉蓬萊》詞以譏之，詞極醜詆，今不録。（同前）

八九　金陵一妓能詩，善鼓琴，以月琴自號。長州陸世明過其家，口占《點絳唇》贈之，云：「三尺冰絃，夜深彈破青天竅。意中人杳，只有清光到。　雲雨無緣，總是相思調。愁懷抱，嫦娥心照，訴與他知道。」妓求室中春聯，即援筆書云：「半窗花影人初起，一曲桐音月正中。」妓潛（一作讃）誦不已，徐言：「『中』字恐不如『高』字。」世明欣然易之。（同前）

九〇　韓翃，少負才名。鄰居有李生，攜妓柳氏至其居，邀韓同飲。柳窺韓往來皆名人，因與李曰：「韓君必不久困。」李深然之，具酒，邀韓曰：「公，當今名士；柳，當今名色。以名色配名士，不亦可乎？」遂命柳與韓。明年擢第，淄青節度使侯希逸辟爲從事。韓以四方擾亂，不敢挈柳同行，置之都下，期至而迓之，三歲不果。寄詩曰：「章臺柳，章臺柳，昔日青青今在否。縱使長條拂地垂，亦應攀折他人手。」柳答曰：「楊柳枝，芳菲節，所恨年年贈離別。一葉隨風忽報秋，縱使歸來不堪折。」後爲蕃將沙吒利所得，寵之專房。翃從希逸入朝，自恨不樂。有虞候許俊乘馬徑趍沙吒利之第，挾柳氏上馬而去。時沙吒恩寵殊等，翃訴諸朝，詔柳氏還翃。（同前）

九一　陳全遊，乃金陵妓也。高於詞章，多有題詠，俱是俏語。題睡紅鞋云：「新紅睡鞋剛三寸，正不着地偏乾净。燈前换晚粧，被底勾春興。　醉人兒，幾回輕撥醒。」（同前）

九二　詠妓新浴曰：「華清宴罷新浴起，帶濕裙拖地。單嫌月色明，偷向花陰立。　悄東風，悄東風，有心兒，輕揭起。」見一妓就地小遺，詠曰：「緑楊深鎖誰家院，佳人急走行方便。揭起綺羅裙，露出花心現。衝破緑苔痕，滿地真珠濺。那小娘兒，不見墻兒外，馬兒上，有人見。」後為士夫所娶，生三子，俱顯。（同前）

九三 蘇子瞻守杭時，毛澤民者為法曹，公以衆人遇之。而澤民與妓瓊芳者善，及秩滿辭去，作《（脱『惜』字）分飛》詞以贈妓云：「淚濕闌干花着露，愁到眉峰碧聚。此恨平分取，更無言語空相覷。細雨殘雲無意緒，寂寞朝朝暮暮。今夜山深處，斷魂分付潮回去。」子瞻一日宴客，妓歌此詞。問誰所作，妓以澤民對。公語坐客：「郡僚有詞人而不及知，軾之罪也。」翌日，折簡追回。留連數日，每預文酒之會，澤民因此得名。《韻語陽秋》：「東坡喜獎與後進，有一言之善，則極口褒賞，使其有聞於世而後已。故受其獎拂者，亦踴躍自勉，樂於進修而終為令器。」近時公卿大夫則未必然。（同前）

九四 謝希孟在臨安狎娼，陸氏象山責之曰：「士君子乃朝夕與賤娼女居，獨不愧於名教乎？」希孟敬謝，請後不敢。他日復為娼造鴛鴦樓，象山聞之，又以為言。謝曰：「非特建樓，且有記。」象山喜其文，不覺曰：「樓記云何？」即口占首句云：「自遜、抗、機、雲之死，而天地美（當作英）靈之氣不種（當作鍾，下同）於世之男子，而種於婦人。」象山默然。希孟一日在娼所，忽起歸興，遂不告而行。娼追送江滸，泣涕戀戀，希孟毅然取領巾書一詞與之，云：「雙槳浪花平，夾岸青山鎖。你自歸家我自歸，説著如何過。我斷不思量，你莫思量我。將你從前於我心，付與旁人呵。」（同前）

九五　甲妓朱觀奴者居鹽橋，頗諳文義，嘗搆室而募緣於人，求題詞於瞿宗吉。吉援筆書云：「傾國傾城美貌，為雲為雨芳年。金沙灘上舊因緣，重到人間示現。欲搆雲窗霧閣，奈慳寶鈔金錢。諸公有意與周旋，請看桃花好面。」人因宗吉，故喜捐貲焉。（同前）

九六　陳東靖康間嘗飲於京師酒樓，有倡打坐而歌者，東不顧。乃去倚欄獨立，歌《望江南》詞，音調清越，東不覺傾聽。視其衣服皆故弊，時以手揭衣爬搔，肌膚綽約如雪，乃復呼使前再歌之。其詞曰：「闌干曲，紅颺繡簾旌。花嫩不禁纖手捻，被風吹去意還驚，眉黛蹙山青。　鏗鈌板，閒引步虛聲。塵世無人知此曲，却騎黃鶴上瑤京，風冷月華清。」東問何人製，上清蔡真人詞也。歌罷，得數錢，亟遣僕追之，已失矣。（同前）

九七　莆田蔡伸宣和甲辰自彭城倅檄燕山，取道莫關，見所謂陳懿者於州治之籌邊閣，誠不負所聞。明年歸，則陳已入道。因崔守呼至，即席贈《小重山》詞云：「流水桃花小洞天，壺中春不老，勝塵寰。霞衣鶴氅並桃冠，新粧好，風韻愈飄然。　功行滿三千，嬰兒並姹女，鍊成丹。劉郎曾約共昇仙，十箇月，養箇小金壇。」（同前）

九八　劉盼春者，汴梁樂工劉鳴高女。初定情於汴人周恭，兩情甚篤。而恭父嚴禁之，絕不通者，凡半載。盼春杜門以待。有雲間富商賫金帛往，母必欲奪其志，固不應，加之箠楚。恭聞之，致書，使且從母命，其略云：「縱遠鶯朋燕友，難禁蝶使蜂媒。既居月户雲窗，莫吝雨期雲會。蹔時依彼，將就瓦全；終日違他，恐防玉碎。」因綴《長相思》詞曰：「阻佳期，盼佳期，欲寄鸞箋鴈字稀。新詞和淚題。怕分離，又分離，無限相思訴與誰。此情風月知。」盼春得詞，笑曰：「妾豈常人比哉？既委身於子，可他適耶？」居數日，復逼之，投繯而死。及火其尸，餘燼悉焚，而所佩香囊獨鮮好。取而發之，中藏所得恭詞簡一紙，宛然如故，衆皆驚異。事在宣德七年，周藩誠齋為傳奇曰《香囊怨》，且自序以表其節。（同前）

九九 東坡自錢塘被召，過潤州，林子中作郡守，有會，坐中營妓出牒，鄭容求落籍，高瑩求從良。子中坐呈東坡，東坡索筆作《减字木蘭花》書牒後，云：「鄭莊好客，容我樓前先墮幘。落筆生風，籍籍聲名不負公。高山白早，瑩骨冰肌那解老。從此南徐，良夜清風月滿湖。」時用「鄭容落籍，高瑩從良」八字於句端也。（同前）

一〇〇 宋陳後山《寄曹州晁大夫》詩云：「墮絮隨風花作塵，黄樓桃李不成春。只今容有名駒子，困倚闌干一欠伸。」自注云：「周昉畫美人，有背立欠伸者，最為妍絶，東坡所賦《麗人行》也。」任天社云：「此篇言徐州風物，後山嘗有詞並序，云晁大夫增飾披雲，初欲壓黄樓，而張、馬二子皆當年樽下，世所謂英英、盼盼者，盼卒英嫁，而盼之子瑩頗有家風，而曹妓未有顯者，黄樓不可勝也。作《南鄉子》以歌之曰：『風絮落東鄰，點綴繁枝旋化塵。關鎖玉樓巢燕子，冥冥，桃李摧殘不見春。流轉到如今，翡翠生兒翠作衾。花樣腰身宫樣立，婷婷，困倚闌干一欠伸。』」蓋前云風絮以屬英，塵化以屬盼，名駒子以屬瑩之母馬氏也。（筆者按：此條又見於卷十九「考訂下」，略異。）（同前）

一〇一 周美成在姑蘇，與營妓岳楚雲相戀。後從京師過吴，則岳已從人久矣。因飲於太守蔡巒子高坐上，見其妹，作《點絳唇》詞寄之云：「遼鶴西歸，故人多少傷心事。短書不寄，魚浪空千里。憑仗桃根，說與相思意。愁何際，舊時衣袂，猶有東風淚。」楚雲讀之，感泣者累日。（同前）

一〇二　朱端朝，字廷之，宋南渡後，肄業上庠。與妓馬瓊瓊者往來，久之，情愛稠密，馬屢以終身之託為言。朱畏內，不敢主盟。端朝後舉科第，授南昌尉，瓊瓊力致懇，端朝因間謂其妻曰：「我久居學舍，雖近得一小官，而外人誠有助焉。且我家貧，急於干祿，豈得待數年之闕？我所得一官，實出妓子馬瓊瓊之賜。今彼欲傾箱篋，求託於我，仍謀去籍。彼亦能小心，迎合人意。脫彼於風塵之間，此亦仁人之恩也。」其妻曰：「君意已決，亦復何辭？」端朝喜謂瓊瓊，遂搬囊橐，與端朝俱歸，其正室一見如故。端朝因闢二閣，東閣正屋居之，乃令瓊瓊處於西閣。倏經三載，闕期已滿，迓吏前至。端朝以路遠俸薄，不肯攜累，乃單騎赴任。將行，置酒與東西閣相宴，因祝曰：「凡此去，或有魚鴻來往，東西閣不能別書，止混同一緘，復書亦如之。」於是端朝獨之南昌，半載乃得家信，止東閣有書，而西閣無之，端朝亦不介意。復書，中但諭及東閣寬容之意。書至，亦不與瓊見。瓊乃密遣一僕，厚給裹足，授以書，祝之曰：「勿令東閣孺人知之。」及書至，端朝開緘，絕無一字，止見梅雪扇面，後寫一詞，名《減字木蘭花》云：「雪梅妒色，雪把梅花相抑勒。梅性溫柔，雪壓梅花怎起頭。　芳心欲訴，全仗東君來作主。傳與（一作語）東君，早與梅花作主人。」端朝詳詞中之意，知西閣為東閣摧挫，自是坐卧不安，即休官歸。置酒，會二閣曰：「我僥倖一官，羈迷千里，所望二閣和順相容，使我居官少安。昨日見西閣所寄梅扇後書《減字木蘭花》一首，讀之，使人不遑寢食。」東閣乃曰：「君今仕矣，且與妾判斷此事，據西閣詞中所説，梅花孰是？」端朝曰：「此非口舌所能剖判，當取紙筆來，書其是非曲直。」遂作《浣溪沙》一闋以示二閣，云：「梅正開時雪正狂，兩般幽韻孰優長，且宜持酒細端詳。梅比雪花多一出，雪如梅蘂少些香，花公非是不思量。」自後二閣歡會如初。（同前）

一〇三　湘人陳詵登第，授岳陽教官。踰墻與妓江柳狎，頗爲人所知。時孟之經守岳，聞其故。一日公燕，江柳不侍，呼至，杖之，文其眉鬢間以「陳詵」二字，仍押隸辰州。妓之父母詣學官咎詵云：「自岳去辰八百里，且求資糧。」陳且泣且悔，罄其所有及俸資衣物，得千緡，以六百贈柳，餘付監押吏卒，令善視。且以詞餞別，云：「鬢邊一點似飛鴉，休把翠鈿遮。二年三載，千攔百就，今日天涯。楊花又逐東風去，隨分入人家。要不思量，除非酒醒，休照菱花。」柳將行，會陸雲西以荆湖制司幹官霑（一作沿）檄至岳，與陳有故，將至，陳先出迎，以情告陸，陸即取空名制幹劄填陳姓名，檄入制幙。既而並行，陸入，即開宴，陸曰：「聞籍中有江柳者善謳，誰是也？」孟即呼至，柳花鈿隱眉間所文。飲間，陸越語孟曰：「能以柳見予否？」孟曰：「唯命。」陸笑曰：「君尚不能容一陳教，豈能與我？」孟因叙詵之過，陸歎慨。既而終席，陸呼柳，問其事。柳出詵送别詞。陸大嗟賞，而再登席，陸舉詞示孟，且誚之曰：「君試目此作，可謂不知人矣。今制司檄詵入幙，將若之何？」孟求解於陸，並召詵同宴。明日，列薦詵，且除柳名。遂將詵如江陵，見（一作薦）之閫公秋壑，俾充幙僚。詵不特洗一時之辱，且有倖進之喜，至今巴陵傳爲佳話焉。（同前）

一〇四　李之問儀曹解長安幕，詣京師，改秩都下。聶勝瓊，名倡也，質性慧黠，公見而喜之。李將行，勝瓊送別，餞飲於蓮花樓，唱一詞，末句曰：「無計留春住，奈何無計隨君去。」李復留經月，為細君督歸甚切，遂飲別。不旬日，聶作一詞以寄李，云：「玉慘花愁出鳳城，蓮花樓下柳青青。樽前一唱《陽關》後，別個人人第五程。 尋好夢，夢難成，況誰知我此時情。枕前淚共芭蕉雨，隔個窗兒滴到明。」蓋寓調《鷓鴣天》也。之問在中路得之，藏於篋間。抵家，為其妻所得，因問之，具以實告。妻喜其語句清健，遂出粧奩資夫取歸。瓊至，即棄冠櫛，損其粧飾，委曲以事主母，終身和悅，無少間隙焉。（同前）

一〇五　有士人訪一妓女，在閫府侍宴，候稍久，遂賦一詞寄之云：「春風捏就腰兒細，繫滴粉裙兒不起。從來只向掌中看，怎忍在、炬花影裡。 酒紅應是鉛華褪，暗蹙損、眉峰雙翠。夜深沾綻繡鞋兒，靠那個、屏風立地。」詞至，為閫帥所見，喜其詞語清麗。明日，呼士來，竟以此妓與之。（同前）

一〇六　劉婆惜，樂人李四之妻也。頗通文墨，時貴多重之。先與撫州常推官之子三郎者交好，苦其夫間阻。一日，偕宵遁，事覺，決杖。劉負愧，將之廣海居焉。道經贛州，時有全普庵字子仁，為贛州監郡，耽於花酒。劉特進謁，全公曰：「刑餘之婦，無足與也。」劉謂閽者曰：「妾欲之廣海，誓不復還。久聞尚書清譽，獲一見而逝，死無憾也。」全哀其志，而與進焉。時賓朋滿座，全帽上簪青梅一枝，行酒，全口占《清江引》曲云「青青子兒枝上結」，令賓朋續之，劉應聲曰：「青青子兒枝上結，引惹人攀折。其中全子仁，就裏滋味別。只為你酸，留意兒，難棄舍。」全大稱賞，由是顧寵無間，納為側室。後兵興，全死節，劉克守婦道，善終於家。（同前）

一〇七　蘇小小者，錢塘名倡也，蓋南齊時人。西陵在錢塘江之西，故古辭云：「妾乘油壁車，郎騎青驄馬。何處結同心，西陵松柏下。」小小墓一云江干，一云湖曲。張祐題云：「漠漠窮塵地，蕭蕭古樹林。一臉濃花自發，眉恨柳長深。夜月人何待，春風鳥自吟。不知誰共穴，徒願結同心。」然並不言何地也。元張光弼詩：「香骨沉埋縣治前，西陵魂夢隔風煙。好花好月年年在，潮落潮生更可憐。」注云：「墳在嘉興縣前。」宋司馬才仲在洛陽，晝寢，夢一美姝牽帷而歌曰：「妾本錢塘江上住，花落花開，不管流年度。燕子銜將春色去，紗窗幾陣黄梅雨。」才仲愛其詞，因詢曲名，云是《黄金縷》。後五年，才仲以蘇子瞻薦應制舉中等，遂為錢塘幕官。為秦少章道其事，少章為續其後，詞云：「斜插犀梳雲半吐，檀板輕敲，唱徹《黄金縷》。望斷行雲無覓處，夜涼明月生南浦。」頃之，復夢美姝迎笑曰：「夙願諧矣。」遂與同寢。贈以詩曰：「長天空濶鴈來盡，深院落花鶯更多。發策決科君自爾，求田問舍我如何。」才仲曰：「少年登第，何勸吾退？」曰：「如命何？」自是每夕必來。才仲為同寀談之，咸曰：「公廨後有蘇小小墓，得無妖乎？」不逾年而才仲得疾，所乘遊舫艤泊河塘，柁工遽見才仲攜一麗人登舟，即前喏，聲斷，火起舟尾，倉忙走報其家，則才仲死矣。（同前）

一〇八　吴二娘，杭州名妓也。有《長相思》一詞云：「深花枝，淺花枝，深淺花枝相間時。花枝難似伊。巫山高，巫山低，暮雨瀟瀟郎不歸。空房獨守時。」楊太史升庵云：白樂天詩：「吴娘暮雨瀟瀟曲，自别江南久不聞。」自注：吴二娘歌詞有「暮雨瀟瀟郎不歸」之句，《絶妙詞選》以為樂天，誤矣。按《詞選》前云：「深畫眉，淺畫眉，蟬鬢鬅鬙雲滿衣。陽臺行雨歸。」（同前）

一〇九　施酒監贈杭妓樂琬《卜筭子》詞云：「相逢情更深，恨不相逢早。識盡千千萬萬人，終不似、伊家好。　别你登長道，轉更添煩惱。柳外朱樓獨倚闌，滿目圍芳草。」琬答施云：「相思似海深，舊事如天遠。淚滴千千萬萬行，更使人、愁腸斷。　要見無因見，見了終難拚。若是前生未有緣，重結來生願。」（同前）

一一〇　嘉定間，平江一妓女送太守《賀新郎》詞曰：「春色元無主，荷東君，著意看承，等閒分付。多少無情風浪，又那更、蝶欺蜂妬。筭燕雀、眼前無數，縱使簾櫳能愛護。到如今，已是成遲暮。芳草碧，遮歸路，看看做到難言處。怕見仙郎，旌旗輕易歌襦袴。月滿西樓絃索静，雲蔽崑城閬府。便任他、一帆輕舉，獨倚闌干愁（脱『拍』字）碎，慘玉容、淚眼如紅雨。去與住，兩難訴。」（同前）

一一一　廣漢營妓小名僧兒，秀外惠中，善填詞。戴姓者，忘其名，兩作漢守，寵之。既而得請玉局之祠以歸，僧兒作《滿庭芳》見意云：「團菊包金，叢蘭減翠，畫成秋暮風煙。使君歸去，千里共潸然。兩度朱幡鴈水，全勝得、陶侃當年。如何見，一時盛事，都在送行篇。　愁煩，梳洗懶，尋思陪宴，花月湖邊。有多少風流，往事縈牽。聞道霓旌羽駕，看看是、玉局神仙。應相許，衝雲破霧，一到洞中天。」（同前）

一一二　盧疎齋摯别歌者珠簾秀，以《落梅風》曲云：「纔歡悦，早間别。痛煞煞好難割捨。畫船兒載將春去也，空留下半江明月。」珠簾秀答前曲云：「山無數，煙萬縷。憔悴殺玉堂人物。倚蓬窓，一身兒活受苦，恨不得隨人江東去。」（同前）

一一三　珠廉秀，姓朱氏，行第四，雜劇為當今獨步。胡紫山宣慰嘗以《沉醉東風》曲贈云：「錦織江邊翠竹，絨穿海上明珠。月澹時，風清處，都隔斷落紅塵土。一片閒情任卷舒，挂盡朝雲暮雨。」馮海粟待制亦贈以《鷓鴣天》云：「憑倚東風遠映樓，流鶯窺面燕低頭。蝦鬚瘦影纖纖織，龜背香紋細細浮。　紅霧斂，彩雲收，海霞為帶月為鉤。夜來捲盡西山雨，不着人間半點愁。」蓋朱背微僂，馮故以簾鉤寓意。至今後輩有以朱娘娘稱之者。（同前）

一一四　一分兒，姓王氏，京師角妓也。歌舞絕倫，聰慧無比。一日，丁指揮會才人劉士昌、程繼善等於江鄉園小飲，王氏佐樽，時有小姬歌《菊花會》南吕曲云：「紅葉落火龍褪甲，青松枯怪蟒張牙。」丁曰：「此《沉醉東風》首句也，王氏可足成之。」王應聲曰：「紅葉落火龍褪甲，青松枯怪蟒張牙。可詠題，堪描畫，喜觥籌，席上交雜。答剌蘇，頻斟入，禮厮麻。不醉呵，休扶上馬。」一座歎賞，由是聲價愈重焉。（同前）

一一五　大明律有「官吏挾妓飲酒」之條，然宣德三楊公猶及用之。嘗聞與其一兵官會飲，文定倡為酒令，各誦詩一句，以「月」字在下，而四分時。令畢，文定指席中侍妓曰：「不可謂秦無人，汝輩有能者乎？」一妓遽成小詞，捧琵琶歌曰：「到春來，梨花院落溶溶月。文定句到夏來，舞低楊柳樓心月。文敏句到秋來，金鈴犬吠梧桐月。兵官句到冬來，清香暗度梅梢月。文貞句呀，好也月，總不如俺尋常一樣窗前月。」諸公劇飲，霑醉而去。（同前）

一一六　宋初，朝廷遣陶穀使江南，以假書為名，實使覘之。丞相李穀以書抵韓熙載云：「五柳公驕甚，其善待之。」穀至，果如李所言。熙載曰：「陶奉使實非端介者，其守可隳。」因令宿，留俟寫六朝書畢。舘治半年，熙載密遣歌兒秦弱蘭詐為驛卒之女，敝衣竹釵，擁篲洒掃。穀見之而喜，遂犯謹獨之戒，乃作《風光好》一闋以贈之曰：「好姻緣，惡姻緣。祇得驛亭一夜眠，別神仙。琵琶撥盡相思調，知音少。待得鸞膠續斷絃，是何年。」後數日，李主宴於清心堂，命玻璨巨鍾滿酌之，陶毅然不顧。乃出弱蘭於席，歌前闋以侑之。穀大慚，而飲倒載吐茵，尚未許罷，後大為李主所薄。逮歸京師，「鸞膠」之曲已喧布，由是卒不得大用。（同前）

一一七　柳耆卿與孫相為布衣交。孫知杭州，門禁甚嚴，耆卿欲見之不得，作《望海潮》之詞，曰：「東南形勝，三吴都會，錢塘自古繁華。煙柳畫橋，風簾翠幕，參差十萬人家。雲樹繞堤沙，怒濤捲霜雪，天塹無涯。市列珠璣，户盈羅綺，競豪奢。　重湖疊巘清佳，有三秋桂子，十里荷花。羌管弄晴，菱歌泛夜，嬉嬉釣叟蓮娃。千騎擁高牙，乘醉聽簫鼓，吟賞煙霞。異日圖將好景，歸致鳳池誇。」往謁名妓楚楚，曰：「欲見孫相，恨無門路。若因府會，願借朱唇歌於孫之前。若問誰為此詞，但説柳耆卿。」中秋夜會，楚宛轉歌之，孫即日迎耆卿預坐。（筆者按：此條所載又見卷二十五「詩遇」，其中末有「優禮特厚」一句。）（同前）

一一八　黄魯直《浣溪沙》詞云：「新婦磯頭眉黛愁，女兒浦口眼波秋，驚魚錯認月沉鈎。　青蒻笠前無限事，緑蓑衣底一時休，斜風細雨轉船頭。」東坡云：魯直此詞清新婉麗，聞其得意，自以水光山色替却玉肌花貌，此乃真得漁父家風也，然纔出新婦磯，又入女兒浦，此漁父無乃太瀾浪邪？（同前書卷十六「題詠上」）

一一九　今人壽詞多用律呂體狀其月，蓂莢形容其日。然蓂莢若在月半前，則日長一葉，乃是增數為美；若在月半後，則日凋一葉，乃是減數，實為語忌，烏可使也？用事當嚴，又要脱俗，方是作家。且如八月十六日生辰，有人作歌曰：「昨夜萬家齊笑語，祝君千歲共團圓。」又如一僧上秦師垣壽曰：「不祝公兮椿與松，椿松老大無不空。不祝公兮鶴與龜，鶴龜相没徒雲泥。祝君願作天上月，歲歲年年常皎潔。」（同前）

一二〇　唐人詠《十日菊》云：「自緣今日人心别，未必秋香一夜衰。」世以為工，蓋其意不隨物而盡，如「酒盞此時須在手，菊花明日便愁人。」自覺氣不長耳。東坡亦云：「休休，明日黄花蝶也愁。」老在謫所，遇時感慨，不覺發是語乎？（同前）

一二一　《曲洧舊聞》云：章質夫《水龍吟》詠楊花，其命意用事清灑可喜。東坡和之，若豪放不律呂，徐而視之，聲韻諧婉，便覺質夫詞有織繡工夫。故晁叔用云：「東坡如毛嬙、西施，净洗却面，與天下美人鬬好，質夫豈可比耶？」詞云：「似花還似非花，也無人惜從教墮。拋街傍路，思量却似，無情有思。縈損柔腸，困酣嬌眼，欲開還閉。夢隨風萬里，尋郎去處，又還被、鶯呼起。不恨此花飛盡，恨西園、落紅難綴。曉來雨過，遺蹤何在，一池萍碎。春色三分，二分塵土，一分流水。細看來不是楊花，點點（脱「是」字）離人淚。」（同前）

一二二　應次蘧，字正子，嗜酒，嘗自賞其梅詞云：「雪意嬌春，臈前粧點春風面。粉痕冰片，一笑重

相見。倚竹偎松，誰道羅浮遠。寒更轉，楚騷為伴，韻逸香篝暖。」語意細潤。（同前）

一二三 東坡在汝陽（當作陰），初春，庭梅花盛開，月色鮮霽。夫人曰：「春月勝如秋月，秋月令人悽慘，春月令人和悦。」坡笑曰：「子誠知言。」召客飲飲，作《減字木蘭花》云：「春庭月午，摇落春醪光欲舞。步轉迴廊，半落梅花婉婉香。輕風薄霧，都是少年行樂處。不似秋光，只與離人照斷腸。」（同前）

一二四 史邦卿題燕曰：「差池欲住，試入舊巢相並。還相雕梁藻井，又軟語商量不定。」可謂極形容之妙。（同前）

一二五 詩難於詠物，詞尤難。體認稍真，則拘而不暢；摹寫差遠，則晦而不明。要須收縱聯密，用事合題，一段意思全在結尾，斯為絶妙。如史邦卿《東風第一枝》詠春雪云：「巧剪蘭心，偷粘草甲（筆者按：以下脱『東風欲障新暖。謾疑碧瓦難留，信知暮寒較淺。行天入鏡，做弄出輕鬆纖軟。料故園不捲重簾，誤了乍來雙燕。青未了、柳回白眼，紅欲斷、杏開素面。舊游憶著山陰，後盟遂妨上苑。熏鑪重熨，便放慢春衫針線。恐鳳靴挑菜歸來，萬一灞橋相見。』《綺羅香》詠」十數句，此補）春雨云：「做冷欺花，將煙困柳，千里偷催春暮。盡日冥迷，愁裏欲飛還住。驚粉重、蝶宿西園，喜泥潤、燕歸南浦。最妨他、佳約風流，鈿車不到杜陵路。沉沉江上望極，還被春潮晚急，難尋官渡。隱約遥峰，和淚謝娘眉嫵。臨斷岸、新緑生時，是落紅、帶愁流處。記當日門掩梨花，剪燈深夜語。」《雙雙燕》詠燕云：「過春社了，度簾幕中間，去年塵冷。」（筆者按：以下脱「差池欲住，試入舊巢相並。還相雕梁藻井，又軟語商量不定。飄然快拂花梢，翠尾分開紅影。芳徑，芹泥雨潤。愛貼地争飛，競誇輕俊。紅樓歸晚，看足柳昏花暝。應自棲香正穩，便忘了天涯芳信。愁損玉人，日日畫欄獨憑。」十數句，此補）白石《齊天樂》賦促織云：「庾節先將自吟詩瘦（此句當作『庾郎先自吟愁賦』），凄凄更聞私語。露濕銅鋪，苔侵石井，都是曾聽伊處。哀音似訴，正思婦無眠，起尋機杼。曲曲屏山，夜凉獨自甚情緒。西窗又吟（一作吹）暗雨，為誰頻斷續，相和砧杵。候館吟秋，離宫吊月，别有傷心無數。幽歡漫與，笑籬落呼燈，世間兒女，寫入素絲，一聲聲更苦。」皆全章精粹，所詠瞭然在目，且不留滯於物。至於劉改之詠指甲詞《沁園春》云：「銷薄春冰，碾輕寒玉，漸長漸彎。見鳳鞋泥污，偎人强剔。沉（一作龍）涎香斷，撥火輕翻。學撫瑶琴，時復剪，更掬水、魚鱗波底寒。纖柔處，試摘花香滿，鏤棗成班。有時將粉淚偷彈，記切玉曾交柳傅看。算恩情相着，搔便玉體。歸期倦數，劃遍闌干。每至相思，沉吟處，又斜倚朱唇皓齒間。風流甚，把仙郎暗掐，不放春閑。」又詠小脚云：「洛浦凌波，為誰微步，輕塵暗生。記踏花芳徑，亂紅不損，步苔幽砌，嫩緑無痕。襯玉羅慳，銷金樣窄，載不起、盈盈一段春。嬉遊倦，笑教人款捻，微褪些跟。有時自度歌聲。悄不覺微尖點拍頻。憶金蓮移喚（一作换），文鴛得侶。繡裀催究，舞鳳輕分。懊恨深遮，牽情半露，出没風前煙縷裙。知何似，似一鈎新月，淺碧籠雲。」此詞亦工麗，但不可與前作同日語。（同前書卷十七「題詠下」）

一二六 昔人詠節序，不惟不多，付之歌喉者，類是率俗，不過為應時納佑（當作祐）之作。所謂清明

「拆桐花爛熳」、端午「梅霖乍歇」、七夕「炎光謝」，若律以詞家調度，則皆未然。豈如美成《解語花》賦元夕云：「風消燄蠟，露浥烘爐，花市光相射。桂花流月，纖雲散，耿耿素娥欲下。衣裳淡雅，看楚女纖腰一把。簫鼓喧闐，人影參差，滿路香飄麝。因念帝城放夜，望千門如畫，嬉笑遊冶。鈿車羅帕，相逢處，自有暗塵隨馬。年光是也，惟只見舊情衰謝。清漏移，飛蓋歸來，從舞休歌罷。」史邦卿《東風第一枝》賦立春云：「草脚愁回，花心夢醒，鞭香拂散牛土。舊歌空憶朱（一作珠）簾，翠（一作綵）筆倦題緑户。畫雞貼燕，想立（一作占）斷、東風來處。暗想一掬相思，亂藏翠盤紅縷。今夜覓、夢池秀句。明日動、探花芳緒。寄聲沽酒人家，款約嬉遊伴侣。憐他梅柳，怎忍潤天街酥雨。待過了、一月燈期，日日醉扶歸去。」黄鐘調《喜遷鶯》賦燈夕云：「月波凝滴，碧玉壺天近，了無塵隔。翠眼（當作纈）圈花，冰踪（當作絲）織練，黄道寶光相直。自憐詩酒瘦，難應接許多春色。最無賴、隨香燭，曾伴狂客。蹤跡，謾記約，老了杜郎，忍聽東風笛。柳院燈疎，梅廳雪在，誰與細傾春碧。舊情未定，猶自學、當年遊歷。怕萬一、誤玉人，夜寒簾隙。」如此妙詞甚多，不獨措辭精粹，又且見時節風物之感。至如李易安《永遇樂》云：「不如向簾兒下，聽人笑語。」此亦自不惡，而以俚詞歌於坐花醉月之際，似乎擊缶韶外，良可歎也。（同前）

一二七《白翎雀》者，國朝教坊大曲也。始甚雍容和緩，終則急躁繁促，殊無有餘不盡之意，竊嘗病焉。後見陳雲嶠先生云：「白翎雀生於烏桓朔漠之地，雌雄和鳴，自得其樂，世皇因命伶人碩德閭製曲以名之。曲成，上曰：『何其末有怨怒哀嫠之音乎？』時譜已傳矣，故至今卒莫能改。」會稽張思廉憲作歌以咏之，曰：「真人一統開正朔，馬上鞮鞻手親作。教坊國手碩德閭，傳得開基太平樂。檀槽頷呀鳳凰齶，十四銀鐶挂冰索。摩訶不作兜勒聲，聽奏筵前白翎雀。霜嚁嚁，風殼殼，白草黄雲日色薄。玲瓏碎玉九天來，亂撒冰花灑氈幕。玉翎琤珄起盤礴，左旋右折入寥廓。崒嵂孤高繞羊角，啾啁百鳥紛參錯。須臾力倦忽下躍，萬點寒星墜叢薄。剨然一聲震雷撥，一十四弦喑一抹。驚鵞飛起暮雲平，鷙鳥東來海天闊。黄羊之尾文豹胎，玉液淋漓萬壽盃。九龍殿高紫帳煖，踏歌聲裏懽如雷。白翎雀，樂極哀。節婦死，忠臣摧。八十一年生草萊，鼎湖龍去何時回。」（同前）

一二八　謝無逸嘗於黄州關山杏花村館驛題一詞云：「杏花村館酒旗風，水溶溶，颺殘紅。野渡舟横，楊柳緑陰濃。望斷江南山色遠，人不見，草連空。　夕陽樓外晚煙籠，粉香融，淡眉峰。記得年時，相見畫屏中。只有關山今夜月，千里外，素光同。」詞名《江城子》。其後過者必索紙筆於館卒録去，卒頗以為苦，以泥塗之。（同前）

一二九　梅花占於春前，牡丹殿於春後，騷人墨客特注意焉。獨海棠一種，風姿艷質，固不在二花下。今採取諸家雜録及彙次唐以來諸公詩句以為一篇（當作編），目曰《海棠譜》。……少游在黄州，飲於海棠橋，橋之南北海棠甚多。有一老書家海棠叢開，少游醉卧於花下。明日題其柱曰：「喚起一聲人悄，衾暖羅寒窓曉。瘴雨過，海棠開，春色又添多少。　社甕釀成微笑，半破瘿瓢共舀（當作舀）。覺健倒，急投牀，醉鄉廣大人間小。」東坡甚愛之，恨不得其腔。出《冷齋夜話》。（同前）

一三〇　熙寧中，舒亶為臨海縣尉。民有醉酒逐其叔母者，亶執之而斷其首。投笏去，題壁上云：

二一鋒不斷兕渠首，千古誰知將相才。」時荆公當國，奇之，爲改調，官至御史裏行。舒亶嘗夢入空中，見樓閣金碧輝煌，有瓊琚琅珮者數百人揖亶請詩，且曰：「此間文章要似鸞鳳隱起，與織女分巧。」亶吟曰：「天風吹散赤城霞，染出連雲萬樹花。誤入醉鄉迷去路，傍人應笑忘還家。」一人曰：「未免近凡。」舒信道有詠苔《卜筭子》詞曰：「池臺小雨乾，門巷香輪少。誰把青錢襯落紅，滿地無人掃。何時鬬草歸，幾度尋花了。留得佳人蓮步痕，宫樣鞋兒小。」（同前）

一三一　劉原甫於《清平樂》作詞詠木樨，其後陳去非、蘇養直、向伯供（當作恭，下同）、朱希真、韓叔夏亦續賦一闋，王晦叔并紀於《碧雞漫志》。原甫云：「小山叢桂，最有人留意。拂葉攀花無限思，雨濕濃香滿砌。　别來過了秋光，萃集昨夜新霜。多少月宫閑地，嫦娥借與微芳。」去非云：「黄衫相倚，翠帽層層底。八月江南風日美，弄影山腰水尾。　美人未識孤山，《離騷》遺恨千年。無住（當作住）庵中新事，一枝唤起幽禪。」養直云：「斷涯（當作崖）流水，香度青林底。元（一作光）配騷人蘭與芷，不數春風桃李。　淮南叢桂小山，詩翁合得躋攀。身到十洲三島，心遊萬壑千巖。」伯供云：「吴頭楚尾，踏破芒鞋底。萬壑千巖秋色裏，不奈惱人風味。　如今家老薌林，世間百不關心。獨喜愛香韓壽，能來同睡花陰。」希真云：「人間花少，菊小芙蓉老。冷淡仙人偏得道，買定西風一笑。　前身元是江梅，黄姑點破冰肌。只有暗香猶在，飽參清似南陂（當作枝）。」叔夏云：「秋光如水，釀作鵝黄蟻。散入千巖佳樹裏，惟侑閒人醉。　輕鈿重上風鬟，不禁月冷霜寒。步障深沉歸去，依然秋（一作愁）滿江山。」晦叔謂同一花一曲，賦者六人，必有第其高下者，予以爲皆佳句云。

（同前）

一三二 靖康初，韓子蒼知黄州，頗訪東坡遺跡。常登赤壁而賦，所謂棲鶻之危巢者不復存矣，悼悵作詩而歸。又何頡斯舉者，猶及識東坡，因次韻獻子蒼云：「兒時宗伯寄吴州，諷誦遺文至白頭。二賦人間真吐鳳，五年江上不寄鷗。蟹常見水人猶惡，鶻有危棲孰肯留。珍重使君尋往事，西風悵望古城樓。」然黄之赤壁，土人云本赤鼻磯也，故東坡長短句「故壘西邊，人道是、三國周郎赤壁」，則亦是傳疑而已也。今岳陽之下、嘉魚之上有烏林赤壁，蓋公瑾自武昌列艦，風帆便順，泝流而上，遇戰於赤壁之間也。杜牧有《寄岳州李使君》詩云：「烏林芳草遠，赤壁健帆開。」則此真敗魏軍之地也。（同前）

一三三 畫家七十二色有檀色，淺赭所合，古詩所謂「檀畫荔枝紅」也，而婦女暈眉色似之，唐人詩詞多用之。試舉其略，徐凝《宫中曲》云「檀粧惟約數條霞」，《花間詞》云「鈿昏檀粉淚縱横」，又「臂留檀印齒痕香」，又「斜分八字淺檀蛾」是也，又云「卓女燒春醲，美似小檀霞」，則言酒色似檀色。伊孟昌《黄蜀葵》詩「檀點佳人噴異香」，杜衍《雨中荷花》詩「檀粉不勻香汗濕」，則又指花色似檀色也。（同前書卷十八「考訂上」）

一三四 隋曲有《踈勒鹽》，唐曲有《突厥鹽》、《阿鵲鹽》。或云關中人謂好為鹽，故施肩吾詩云：「顛狂楚客歌成雪，媚嫵吴娘笑是鹽。」蓋當時俗語也，今杖鼓譜中尚有鹽杖聲。（同前）

一三五 唐詩：「殘霞蹙水魚鱗浪，薄日烘雲卵色天。」東坡詩：「笑把鴟夷一樽酒，相逢卵色五湖天。」正用其語。《花間詞》：「一方卵色楚南天。」注以「卵」為「泖」，非也。注東坡詩者亦改「卵色」為「柳色」，王龜齡亦不及此邪？（同前）

一三六　曲名有《解紅》者，今俗傳為吕洞賓作，見《物外清音》，其名未曉。近閲和凝集有《解紅歌》云：「百戲罷，五音清，解紅一曲新教成。兩箇瑶池小仙子，此時奪却《柘枝》名。」《樂書》云：優童解紅舞，衣紫緋，繡襦銀帶，花鳳冠，蓋五代時人也。焉有吕洞賓在唐世預填此腔耶？（同前）

一三七　《説文》：熨，持火申繒也。一曰火斗，柳文所謂「鈷鉧」也。古音鬱，今轉音暈。杜詩：「美人細意熨帖平。」白樂天詩：「金斗熨波刀剪文。」温庭筠詩：「緑波如熨割愁腸。」陸魯望詩：「波平熨不如。」又：「天如重熨皺。」王君玉詞：「金斗熨秋江。」晁次膺詞：「去日玉刀封斷恨，見時金斗熨愁眉。」（同前）

一三八　《墨莊漫録》載婦人弓足始於五代李後主，非也。六朝樂府有《雙行纏》，其辭云：「新羅繡行纏，足趺如春妍。他人不言好，獨我知可憐。」唐杜牧詩云：「鈿尺裁良（當作量）減四分，碧疏璃滑裹春雲。五陵年少欺他醉，笑把花前出畫裙。」段成式詩云：「醉袂幾侵魚子纈，彯纓長戛鳳凰釵。知君欲作《閑情賦》，應願將身作錦鞋。」《花間集》詞云：「慢移弓底繡羅鞋。」則此飾不始於五代也。或謂起於妲己，乃瞽史以欺閭巷者，士夫或信以為真，亦可笑哉！（同前）

一三九　「黏天」二字，庾闡《揚都賦》：「濤聲動地，浪勢黏天。」本自奇語，昌黎祖之，曰：「洞庭漫汗，黏天無壁。」張祐詩：「草色黏天鶗鴂恨。」黄山谷：「草色黏天吞釣舟。」秦少游小詞：「山抹（當

作抹）微雲，天黏衰草。」正用此「黏」字為奇，今人舉作「天連」，非矣。（同前）

一四〇　俗謂風曰孟婆，蔣捷詞云：「春雨如絲，繡出花枝紅裊。怎禁他，孟婆合皂。」宋徽宗詞云：「孟婆好做些方便，吹箇船兒倒轉。」江南七月間有大風，甚難於舶艫，野人相傳以為孟婆發怒。按北齊李騊駼聘陳，問陸士秀：「江南有孟婆，是何神也？」士秀曰：「《山海經》：帝之女遊於江中，出入必以風雨自隨，以帝女，故曰孟婆，猶郊祀志以地神為泰媪。」此言雖鄙俚，亦有自來矣。（同前）

一四一　古人詩句，不知其用意用事，妄改一字，便不佳。孟蜀牛嶠《楊柳枝》詞：「吴王宫裏色偏深，一簇煙條萬縷金。不忿錢唐蘇小小，引郎松下結同心。」按古樂府《小小歌》有云：「妾乘油壁車，郎乘青驄馬。何處結同心，西陵松栢下。」牛詩用此意詠柳而貶松，唐人所謂尊題格也。後人改「松下」作「枝下」，語意索然矣。（同前）

一四二　《復齋漫録》云：古曲有《落梅花》，非謂吹笛則梅落，詩人用事不悟其失耳。胡苕溪云：詩人有因笛中有《落梅花》曲，故言吹笛則梅落，其理甚通，用事殊未為失。古之（一作今）詩詞用吹笛則落梅者甚衆，若以為失，則《落梅花》之曲何為笛中獨有之？決不虚設也。謫仙又有《觀胡人吹笛》云：「胡人吹玉笛，一半是秦聲。十月吴山曉，梅花落敬亭。」又戎昱《聞笛》云：「平明獨惆悵，飛盡一庭梅。」崔魯《梅》詩云：「初開已入雕梁畫，未落先愁玉笛吹。」黄魯直《侍兒》詩云：「催盡落梅春已半，更吹三弄乞風光。」泛觀古人用事一律，可見復齋之妄辨也。（同前）

一四三　唐元（當作毛）文錫詞云：「鴛鴦對浴銀塘暖，水面蒲梢短，垂楊低拂麴塵波。」法彦（一作

「汪彦章」)詩云:「垂垂梅子雨,細細麴塵波。」然則麴塵亦可以水言之也。或云:「《周禮》『鞠衣』注云:『黄桑服也,色如鞠塵,象桑葉始生。』鞠者,草名,花色黄,世遂以『麴塵』為『鞠塵』。」其説非是。(同前)

一四四　杜詩「關山同一點」,「點」字絶妙,東坡亦極愛之,作《洞仙歌》云「一點明月窺人」,用其語也。《赤壁賦》云「山高月小」,用其意也。今坊本改「點」作「照」,語意索然。且「關山同一照」,小兒亦能之,何必杜公也?(同前)

一四五　韋莊《應天長》詞云:「想得此時情切,淚沾紅袖黦黦。」字義與涴同,而字則讀如涴字,入聲,始得其叶。然《説文》、《玉篇》俱無黦字,惟元詞中「馬驟黦,人語喧」,北音作平聲,四轉作入聲,正叶。(同前)

一四六　靺鞨,國名,古肅慎地也。其地産寶石,大如巨栗,中國謂之靺鞨。文與可《朱櫻歌》:「金衣珍禽弄深樾,禁籞朱櫻斑若纈。上幸離宫促薦新,藤籃寶籠貂璫發。凝霞作丸珠尚軟,油露成津蜜初割。君王午坐鼓《猗蘭》,翡翠一盤紅靺鞨。」葛魯卿《西江月》詞云:「靺鞨斜紅帶柳,琉璃漲緑平橋。人間花月見新妖,不數江南蘇小。　恨寄飛花簌簌,情隨流水迢迢。鯉魚風送木蘭橈,廻棹荒鷄報曉。」二公詩詞皆用靺鞨事,人罕知者,故特疏之。(同前)

一四七　梁蕭子雲上飛白書屏風十二牒,李白詩:「屏風九疊雲錦張。」牒即疊也。唐詩:「山屏六曲郎歸夜。」宋詞:「屏風疊疊開紅牙。」今改「疊」作「曲」,非。(同前)

一四八　《樂苑》云：羽調有《柘枝曲》，商調有《掘柘枝》，此舞因曲為名。用二女童，帽施金鈴，抃轉有聲，其來也，於二蓮花中藏之，花折而後見，對舞相呈，實舞中雅妙者也。段成式《寄温庭筠雲藍紙》詩曰：「三十六鱗充使時，數番猶得寄相思。待將袍襖重抄了，寫盡襄陽掘柘詞。」今温集中有《掘柘詞》，掘音抇。（同前）

一四九　唐詞有《菩薩鬘》，不知其義。按小説：開元中，南詔入貢，危髻金冠，瓔珞被體，故號菩薩鬘，因以製曲。佛經戒律云「香油塗身，華鬘被首」是也。白樂天《蠻子朝》詩曰「花鬘抖擻龍蛇動」是其證也。今曲名「鬘」作「蠻」，非也。（同前）

一五〇　樂府家謂揭調者，高調也。高駢詩：「公子邀歡月滿樓，佳人揭調唱《伊州》。便從席上西風起，直到蕭關水盡頭。」（同前）

一五一　詩「膚如凝脂」，凝音侫。唐詩：「日照凝紅香。」白樂天詩：「落絮無風凝不飛。」又：「舞繁紅袖凝，歌切翠眉愁。」又：「舞急紅腰凝，歌遲翠黛低。」徐幹臣詞：「重省别時，淚漬羅巾猶凝。」張子野詞：「蓮臺香燭殘痕凝。」高賓王詞：「想蓴汀，水雲愁凝。閑蕙帳，猿鶴悲吟。」柳耆卿詞：「愛把歌喉當筵逞，遏天邊，亂雲愁凝。」今多作平音，失之，音律亦不協也。（同前）

一五二　歐陽六一倣玉臺體詩：「銀蒜鈎簾宛地垂。」東坡《哨遍》詞：「睡起畫堂，銀蒜珠幕雲垂地。」蔣捷《白苧》詞：「早是東風作惡，旋安排、一雙銀蒜鎮羅幕。」銀蒜，鑄銀為蒜形，以押簾也。元《經世大典》：親王納妃，公主下降，皆有銀蒜簾押幾百雙。（同前）

一五三 張志和漁父曲：「車子釣，撅頭船，樂在風波不用仙。」唐譚用之詩云：「碧玉蜉蝣迎客酒，黄金轂轆釣魚車。」又云：「翩翾鸞榼薰晴浦，轂轆魚車響釣船。」是其事也。《宋史》：洞庭湖賊楊么四輪激水船，行如飛。今失其制。（同前）

一五四 自來九日多用落帽事，獨東坡《南柯子》詞云：「破帽多情却戀頭。」乃反之，尤為奇特。愚謂東坡此語亦祖杜陵九日詩中「吹帽」、「正冠」一聯語意也。（同前書卷十九「考訂下」）

一五五 白樂天詩：「《柘枝》隨畫鼓，《調笑》從香毬。」又云：「香毬趂拍廻環匝，花盞抛巡取次飛。」皆紀管絃酒席中事，但不知香毬何用。如今人詞中用金縷字，亦竟不知金縷於歌何關。（同前）

一五六 今人梅花詩詞多用「參横」字，蓋出柳子厚《龍城録》所載趙師雄事，然此實妄書，或以為劉無言所作也。其語云：「東方已白，月落參横。」且以冬半視之，黄昏時參已見，至丁夜則西没矣，安得將旦而横乎？秦少游詩：「月落參横畫角哀，暗香消盡令人老。」承此誤也。唯東坡云：「紛紛初疑月桂樹，耿耿獨與參横昏。」乃為精當。老杜有「城擁朝來客，天横醉後參」之句，以全篇攷之，蓋初秋所作。（同前）

一五七 樂府古體起自上古，韻既不拘，文或多寡，而其來歷又有樂府詩章等書可考也。南詞似多起於唐也，如《千秋歲》、《荔枝香》，因貴妃誕日，長生殿奏新曲二闋，未有名，適南方進荔枝，遂以二詞名之。《念奴嬌》，名娼也，故《連昌宫詞》有「力士傳呼覓念奴，念奴潛伴諸郎宿」。《阿濫堆》，禽名也，聲最美。玄宗一取其聲，一取其名，各以製曲。《菩薩蠻》，大中初女蠻入貢，瓔絡被體，號菩薩鑾，遂製此曲。《春光好》，因羯鼓催花，花開而製，惜未通知其祖於唐者。蓋明皇知音律之故，而後知音之臣因各祖之，故《花間集》名為填詞之祖，而所集者自温飛卿而下十八人耳。宋陸放翁又云：「晚唐詩格卑陋，而長短句獨精巧，後世莫及。」正指此也。又如《隨筆》之辯《伊》、《凉州》曲皆出於唐，亦其一證。然照字依韻，名曰填詞，今一詞之名雖同，而文有多寡，韻有平仄不同者，不可辯明，正無樂府詩章之書證之耳。如康伯可之作《應天長·詠閨情》云：「管絃喧繡陌，燈火照，塵香舊。腸斷蕭娘愁歸路，緩彫轡，獨自歸來，憑欄情緒。楚岫在何處，香夢悠悠，花月更誰主。　惆悵後期，空有鱗鴻寄紈素。枕前淚，窗外雨，翠幕冷，夜凉虛度。未應信，此度相思，寸腸千縷。」又曰：「管絃繡陌，燈火畫橋，塵香舊時歸路。腸斷蕭娘，舊日風簾映朱户。鶯能舞，花解語，念後約頓成輕負。緩彫轡，獨自歸來，憑欄情緒。楚岫在何處，香夢悠悠，花月更誰主。　惆悵後期，空有鱗鴻寄紈素。枕前淚，窗外雨，翠幕冷，夜凉虛度。未應信，此度相思，寸腸千縷。」然後篇比前多二十字矣。葉少藴之作《念奴嬌·詠中秋》云：「洞庭波冷，望冰輪初轉，滄江浩浩。萬頃孤光雲陣捲，長笛一聲吹破。洶湧三江，雲濤無際，遥帶五湖過。酒闌歌罷，一般意味難道。　回首江海平生，漂流容易，歎佳期難到。縹緲高城風露爽，獨倚危闌傾倒。醉酌青樽，嫦娥應笑，猶似向來好。廣寒宫殿，為余聊借蓬島。」又曰：「洞庭波冷，望冰輪初轉，滄海沉沉。萬頃孤光雲陣捲，長笛吹破層陰。（脱『洶』字）湧三江，銀濤無際，遥滯（一作帶）五湖深。酒闌歌罷，至今鼉怒龍吟。　回首江海平生，漂流容易，歎佳會難尋。縹緲高城風露爽，獨倚危檻重臨。醉倒清樽，嫦娥應笑，猶有向來心。

廣寒宫殿，爲余聊借瓊林。」既换韻，又换字矣。此皆不知孰是原本，孰乃非調，豈非無祖詞以證之耶？至於《憶秦娥》，諸人所作皆仄韻者，而孫夫人又有平韻者。《水龍吟》本是首句六字，第二句七字也，如秦少游贈妓云：「小樓連苑横空，下窺繡轂雕鞍驟。」陳同甫春恨云：「鬧花深處層樓，畫簾半捲東風軟。」蘇東坡詠笛云：「楚山脩竹如雲，異材秀出千林表。」而陸放翁春遊（當脱『摩訶池』三字）：「摩訶池上追遊絡（當作路），紅緑參差春晚。」則首句乃七字，第二句反六字矣。《柳梢青》初起三句皆四字也，皆用平韻，如秦少游春景云：「岸草平沙，吴王故苑，柳裊煙斜。雨後寒輕，風前香軟，春在梨花。　行人一棹天涯，酒醒處、殘陽亂鴉。門外鞦韆，牆頭紅粉，深院誰家。」周美成佳人云：「有個人人，海棠標韻，飛燕輕盈。酒暈潮紅，羞蛾凝緑，一笑生春。　爲伊入恨熏心，更説甚、巫山楚雲。斗帳香銷，紗窗月冷，着意温存。」而李易安春晚有云：「子規啼血，可憐又是，春歸時節。滿院東風，海棠鋪繡，梨花飛雪。　丁香露泣殘枝，誚未比、愁腸寸結。自是休文，多情多感，不干風月。」此乃首句四字，第二第三總成八字，又是仄韻也。至於瞿宗吉之辨《漁家傲》本頭句第二字皆仄聲起，而楊復初、凌雲漢乃用平聲起見《樂府遺音》，似此不一。若以周德清謂句字可以增損者論，又非其名，此或南詞北曲之不同也。以予論之，南詞但要音律和諧，或平或仄俱可也。二句合作一句，一句分成二句者，則句法雖不同，字數不差，妙在歌者上下縱横所協耳。頭句不拘，正如律詩之起亦然，但多少數字，似不可也，况至於多少二三十字者哉？若歐陽公春暮《摸魚兒》：「捲繡簾，梧桐秋院落，一霎雨添新緑。對小池閑立，殘粧淺，向晚來紋如縠。凝遠月，恨人去寂寂，鳳枕孤難宿。倚欄不足，看燕拂風簷，蝶翻草露，兩兩長相逐。雙眉促，可惜年華婉娩，西風初弄庭菊。況伊家年少，多情未已難拘束。那看（當作堪）更趁良景，追尋甚處垂楊曲。佳期過盡，但不說歸來，多應忘了，雲屏去時祝。」此則前拍第二句第三句多一字，後拍第五句又少一字，而「那堪更」（脱「更」字）字當是韻，「佳期過盡」「盡」字是韻，今皆無之，恐決不可，不入選者，或是也。故少藴之《念奴嬌》或可。而康之《應天長》原註十九句，則前闋決非矣。歐之《應天長》又少似康，不知何也？（同前）

一五八 張子野過和靖隱居，有詩一聯云：「湖山隱後家空在，煙雨詞亡草自青。」注云：「先生常注（一作嘗著）《春草曲》，有『滿地和煙雨』之語，今亡其全篇。」余按：楊元素《本事曲》有《點絳唇》一闋，乃和靖草詞，云：「金谷年年，亂生春色誰為主。餘花落處，滿地和煙雨。又是離歌，一闋長亭暮。王孫去，萋萋無數，南北東西路。」此詞甚工，子野乃不見其全篇，何也？（同前）

一五九 蔣子有家藏先生於吴牋上手書一詞，是為餘杭太守時詞，云：「紅杏子，夭桃盡。獨自占春芳。不比人間蘭麝，自然透骨生香。對酒莫相忘，似佳人、兼合明光。只憂長笛吹花落，除是寧王。」既不知曲名，常以問先生門下士及伯達與仲虎、叔平諸孫，皆云未之見也。又不知「兼合明光」是何等事云，或是酴醾也。（同前）

一六〇 「冰肌玉骨清無汗，水殿風來暗香滿。繡簾一點月窺人，欹枕斜（一作釵）横雲鬢亂。起來庭户悄無聲，時見疎星渡河漢。屈指西風幾時來，不道流年暗中换。」世傳此詩為花蘂夫人作。東坡嘗用此詩作《洞仙歌》曲。或謂東坡託花蘂以自解耳。（同前）

一六一　今人唱「五百人中第一仙」，《鷓鴣天》詞第二句便云「花如羅綺柳如綿」，最無意義，當是錯誤。分曉其詞，以第二句與第十句對换過，義理方通，合云：「五百人中第一仙，等閑平步上青天。緑袍乍著君恩重，黄榜初開御墨鮮。　龍作馬，玉為鞭，花如羅綺柳如綿。時人莫訝登科早，自是嫦娥愛少年。」（同前）

一六二　蘇小小，見諸古今吟咏者多矣，而世又圖寫以玩之，一何動人如此哉？《能改齋漫録》云：劉次莊《樂府解題》曰：「錢唐蘇小小歌，蘇小小，非唐人。世見樂天、夢得詩多稱咏，遂謂與之同時耳。」次莊雖知蘇小小非唐人，而無所據。余按郭茂倩所編引《廣題》曰：「蘇小小，錢唐名娼也，蓋南齊時人。西陵，在錢唐江之西，故古辭云：『何處結同心，西陵松積下。』」余嘗記《虞美人》長短句云：「槐陰别院宜清晝，人坐春風秀。美人圖子阿誰留，都是宣和名筆内家收。　鶯燕（一作『鶯燕燕』）分飛後，粉淡黎花瘦。只除蘇小不風流，斜插一枝萱草鳳釵頭。」亦蘊藉可喜，乃元遺山先生所作也。

一六三　東坡在惠州有梅詞《西江月》，末云：「高情已逐曉雲空，不與梨花同夢。」蓋悼朝雲而作。《高齋詩話》載王昌齡梅詩云：「落落寞寞路不分，夢中唤作梨花雲。」坡蓋用此事也。夢雲又有柳花一事，柳子厚《海石榴》詩曰：「月寒空堦曙，幽夢綵雲生。」（同前）

一六四　張仲舉《踏莎行》云：「芳草平沙，斜陽遠樹，無情桃葉江頭渡。醉來扶上木蘭舟，將愁不去將人去。」唐李端端（當作詩）：「江上晴樓翠靄間，滿闌春水滿窓山。青楓緑草將愁去，遠入吴雲暝不還。」張詞全用李詩語，若不知其出處，亦不見其工緻也。（同前書卷二十一「品評中」）

一六五 「桃花亂落如紅雨」、「梨花一枝春帶雨」、「小院深沉杏花雨」、「梅子黄時日日雨」，皆古今詩詞之警句也。余嘗欲作一草亭，四面各植花一色，榜曰「四雨」，豈不佳哉？（同前）

一六六 陸務觀，農師之孫，有詩名。壽皇嘗謂周益公曰：「今世詩人亦有如李白者乎？」益公因薦務觀，由是擢用，賜出身，南宫舍人。嘗從范石湖辟入蜀，故其詩號《劍南集》，多豪麗語，言征伐恢復事。其《題俠客圖》云：「趙魏胡塵十丈黄，遺民膏血飽豺狼。功名不遣斯人了，無奈和戎白面郎。」壽皇讀之，為之太息。臺評劾其恃酒頹放，因自號放翁。作詞云：「橋如虹，水如空，一葉飄然煙雨中，天教稱放翁。」晚年為韓平原作《南園記》，除從官。楊誠齋寄詩云：「君居東浙我江西，鏡裏新添幾縷絲。花落六回疎信息，月明千里兩相思。不應李杜翻鯨海，更羨夔龍集鳳池。道是樊川輕薄殺，猶將萬户比千詩。」蓋切磋之也。然《南園記》唯勉以忠獻之事業，無諛辭。晚年和平粹美，有中原承平時氣象，朱文公喜稱之。（同前）

一六七 東坡自杭徙密，復自密徙徐，嘗夜登燕子樓，夢盼盼，因作小詞，有云：「天涯倦客，山中歸路，望斷故園心眼。燕子樓空，佳人何在，空鎖樓中燕。古今如夢，何曾夢覺，但有舊歡新怨。異時對，南樓夜景，為徐浩嘆。」後秦少游自會稽入京，見東坡，坡云：「久别，當作文甚勝，都下盛唱公『山抹微雲』之詞。」秦遜謝，坡遽云：「不意别後，公却學柳七作詞。」秦答曰：「某雖無識，亦不至是。」坡云：「『銷魂當此際』，非柳詞句法乎？」秦慚服。又問别作何詞，秦舉「小樓連苑横空，下窺繡轂雕鞍驟。」坡云：「十三個字，只説得一個人騎馬樓前過。」秦問先生近著，坡云：「亦有一詞説樓上事。」乃舉「燕子樓空，佳人何在，空鎖樓中燕」。晁無咎在座，謂：「三句説盡張建封燕子樓一段事。」大以爲奇。陳彦升《彭城八詠》，惟《燕子樓》全篇皆佳，詩云：「僕射新阡狐兔遊，侍兒猶住水邊樓。風清玉簟慵欹枕，月好珠簾懶上鈎。殘夢覺來滄海闊，新詩吟罷紫蘭秋。樂天才思如春雨，斷送芳花一夜休。」薩天錫《過彭城》一絶云：「雪白楊花撲馬頭，行人春盡過徐州。夜深一片城頭月，曾照張家燕子樓。」亦脱灑可誦。（同前）

一六八　山谷《題玄真子圖》詞，所謂「人間底是無波處，一日風波十二時」者，固已妙矣。張仲宗詞云：「釣笠披雲青嶂曉，橛頭細雨春江渺。白鳥飛來風滿棹，收綸了，漁翁拍手樵夫笑。明月太虚同一照，浮家泛宅忘昏曉。醉眼冷看朝市鬧，煙波老，誰能惹得閒煩惱。」語意尤飄逸。仲宗年逾四十即掛冠。後因作詞送胡澹庵貶新州忤秦檜，亦得罪。其標致如此，宜其能道玄真子心事。（同前）

一六九　詩家有以山喻愁者，杜少陵云「憂端如山來，澒洞不可掇」、趙嘏云「夕陽樓上山重疊，未抵春愁一倍多」是也。有以水喻愁者，李頎云「請量東海水，看取淺深愁」、李後主云「問君都有幾多愁，恰似一江春水向東流」、秦少游云「落紅萬點愁如海」是也。賀方回云：「試問閒愁知幾許，一川煙草，滿城風絮，梅子黄時雨。」蓋以三者比愁之多也，尤爲新奇，兼興中有比，意味更長。（同前）

一七〇　晏元獻春景《玉樓春》詞曰：「緑楊芳草長亭路，年少抛人容易去。樓頭殘夢五更鐘，花底離愁三月雨。無情不似多情苦，一寸還成千萬縷。天涯地角有窮時，只有相思無盡處。」晏叔原見蒲傳正云：「先公平日小詞雖多，未嘗作婦人語。」傳正云：「『緑楊芳草長亭路，年少抛人容易去』，豈非婦人語乎？」晏曰：「公謂『年少』為何語？」傳正曰：「豈不謂其所歡乎？」晏曰：「因公言，遂曉樂天詩兩句：『欲留所歡待富貴，富貴不來所歡去。』」傳正笑而悟其言之失。（同前）

一七一　辛幼安晚春詞云：「更能消、幾番風雨，匆匆春又歸去。惜花長恨花開早，何況亂紅無數。春且住，見説道、天涯芳草迷歸路。怨春不語，筭只有殷勤，畫簷蛛網，盡日惹飛絮。長門事，準擬佳期又誤。峨（當作娥）眉曾有人妬。千金縱買相如賦，脈脈此情誰訴。君莫舞，君不見、玉環飛燕皆塵土。閒愁最苦，休去倚危闌，斜陽正在，煙柳斷腸處。」詞意殊怨，「斜陽」、「煙柳」之句，其與「未須愁日暮，天際乍輕陰」者異矣，使在漢、唐時，寧不賈種豆、種桃之禍哉？愚聞壽星（當作皇）見此詞頗不悦，然終不加罪，可謂盛德也已。其題江西造口詞云：「鬱孤臺下清江水，中間多少行人淚。西北是長安，可憐無數山。青山遮不住，畢竟東流去。江晚正愁余，山深聞鷓鴣。」蓋南渡之初，虜人追隆祐太后御舟至造口，不及而還，幼安自此起興，「聞鷓鴣」之句，謂恢復之事行不得也。又寄丘宗卿詞云：「千古江山，（脱『英雄』二字）無覔孫仲謀處。舞榭歌臺，風流總被雨打風吹去。斜陽草樹，尋常巷陌，人道寄奴曾住。想當年，（脱『金戈』二字）鐵馬，氣吞萬里如虎。元家子（當作『元嘉』）草草，封狼居胥，赢得倉皇北顧。四十三年，望中燈（當作烽）火，猶記揚州路。可堪回首，佛狸祠下，一片神鴉社鼓。憑誰問、廉頗老矣，尚能飯否？」此詞集中不載，尤雋壯可喜。朱文公

云：「辛幼安、陳同甫，若朝廷賞罰明，此等人皆可用。」（同前）

一七二 賀方回少為武弁，以《定林寺》一絶見寄於舒王，遂知名當世。其詩云：「破冰泉脈漱籬根，壞衲遥疑掛樹猿。蠟屐舊痕尋不見，東風先為我開門。」黄山谷守當塗，方回過之，人日席上賦詞云：「巧剪合歡羅勝子，釵頭春意翩翩。豔歌淺笑拜嫣然。願郎宜此酒，行樂駐華年。未至文園多病客，幽襟凄斷堪憐。舊遊夢掛碧雲（脱『邊』字）。人歸落鴈後，思發在花前。」腔本《臨江仙》，山谷以賀方回用薛道衡詩，易以《鴈後歸》云。方回有小築在姑蘇盤門内，地名横塘，時往來其間，作《青玉案》詞云：「凌波不過横塘路，但目送，芳塵去。錦瑟年華誰與度，月樓花院，綺窓朱户，惟有春知處。碧雲冉冉衡臯暮，綵筆空題斷腸句。試問閒愁知幾許，一川煙草，滿城風絮，梅子黄時雨。」山谷見之，亟稱云：「解道江南腸斷句，世間只有賀方回。」當時因稱方回為賀梅子。方回有《浣溪沙》數闋，並為山谷所賞，其一賦閨思云：「樓角紅銷一縷霞，淡黄楊柳帶棲鴉，玉人和月折梅花。笑撚粉香歸繡户，半垂羅幕護窓紗，東風寒似夜來些。」其一賦春愁云：「閒把琵琶舊譜尋，四絃聲怨却沉吟，燕飛人静畫堂陰。欹枕有時成雨夢，隔簾無處説春心，一從燈夜到如今。」其一賦春事云：「鸚鵡無言理翠衿，杏花零落晝陰陰，畫橋流水一篙深。芳徑與誰同鬭草，繡牀終日罷拈針，小牋香管寫春心。」賀方回又有《憶秦娥》春思詞曰：「曉朦朧，前溪百鳥啼匆匆。啼匆匆，凌波人去，拜月樓空。舊年今日東門東，鮮粧輝映桃花紅。桃花紅，吹開吹落，一任東風。」方回姬亦善小詩，嘗賦絶句云：「獨倚危欄淚滿襟，小園春色懶追尋。深恩緫似丁香結，難展芭蕉一寸

心。」（同前）

一七三　「油壁車輕金犢肥，流蘇帳暖春鷄報」，非歌行麗對乎？「細雨夢迴鷄塞遠，小樓吹徹玉笙寒」，「青鳥不傳雲外信，丁香空結雨中愁」，「無可奈何花落去，似曾相識燕歸來」，非律詩俊語乎？然是天成一段詞也，著詩不得。「斜陽只送平波遠」，又「春來依舊生芳草」，澹語之有致者也。「角聲吹落梅花月」，又「滿院落花春寂寂」，又「一鈎淡月天如水」，又「鞦韆外、緑水橋平」，又「地卑山潤，人静費鑪煙」，淡語之有景者也。「平蕪盡處是青山，行人又在青山外」，又「郴江幸自遶郴山，為誰流下瀟湘去」，淡語之有情者也。「拚則而今已拚了，忘則怎生便忘得」，又「斷送一生憔悴，能消幾箇黄昏」，恒語之有情者也。「點點不離楊柳外，聲聲只在芭蕉裏」，淺語之有情者也。淡語、恒語、淺語，極不易工，因為拈出。（同前書卷二十二「品評下」）

一七四　王元澤「恨被榆錢，買斷兩眉長鬪」，可謂巧而費力矣。史邦卿「做雨欺花，將煙困柳」，殆尤甚焉。然與李漢老「叫雲吹斷横玉」、謝勉仲「染雲為幌」、美成「暈酥砌玉」、魯直「鶯嘴啄花紅溜，燕尾點波緑皺」，俱為險麗。吾愛司馬才仲「燕子啣將春色去，紗窗幾陣黄梅雨」，有天然之美，令鬬字者退舍。又休文「夢中不識路，何以慰相思」，宋人反其指而用之：「重門不鎖相思夢，隨意遶天涯。」各自佳。（同前）

一七五　「梨花一枝春帶雨」句雖佳，不免有脂粉氣，不似「朱簾莫捲西山雨」多少豪傑。余因謂樂天句似茉莉花，王勃句似含笑花，李長吉「桃花亂落如紅雨」似薝蔔花，而王荆公以為總不如「院落深沉

杏花雨」，乃似闍提花。（同前）

一七六　謝疊山云：杜子美《亂後見妻子》詩云：「夜闌更秉燭，相對如夢寐。」辭情絶妙，無以加之。晏詞竊其意云云：「今宵剩把銀釭照，猶恐相逢是夢中。」周詞反其意云：「夜永有時，分明枕上，覷着孜孜地。燭暗時酒醒，元來又是夢裏。」皆不如後山祖杜工部之意，着一轉語：「了知不是夢，忽忽心未穩。」意味悠長，可與杜工部争衡也。（同前）

一七七　簸風弄月，陶寫性情，詞婉於詩。蓋聲出鶯吭燕舌之間，稍近乎情可也。若鄰乎鄭、衛，與纏令何異焉？如陸雪窗（一作溪）《瑞鶴仙》云：「臉霞紅印枕，睡起來，冠兒猶是不整。屏間麝煤冷，但眉山壓翠，淚珠彈粉。堂深晝永，燕交飛風簾露井。悵無人與説相思，近日帶圍寬盡。重有殘燈朱幌，淡月疎（一作紗）窗，那時風景。陽臺路遠雲雨，便無準。待歸來、先指花梢教看，却把心期細問。因循過了青春，怎生意穩。」辛稼軒《祝英臺近》云：「寶釵分，桃葉渡，楊柳暗南浦。怕上層樓，十日九風雨。斷腸片片飛紅，都無人管，憑誰勸、啼鶯住。　鬢邊覷，試把花卜歸期，才簪又重數。羅帳燈昏，哽咽夢中語。是他春帶愁來，春歸何處，却不解帶將愁去。」皆景中帶情，而存騷雅。故其晏酣之樂，别離之愁，回文題葉之思，峴首西州之感，一寓於詞。若能屏去浮豔，樂而不淫，是亦漢、魏樂府之遺意。（同前）

一七八　「春草碧色，春水緑波，送君南浦，傷如之何？」矧情至於離，則哀怨必至，苟能調感愴於融會中，斯為得矣。白石《琵琶仙》云：「收（當作雙）槳來時，有人似舊曲，桃根桃葉。歌扇輕約飛花，又還是宮燭分煙，奈愁裏匆匆換時節。都把一襟芳思，與空階榆莢。千萬縷、藏鴉細柳，為玉尊、起舞回雪。想□（一作見）西出陽關，故人初別。」秦少游《八六子》云：「倚危亭，恨如芳草，凄凄（當作『萋萋』）剗盡還生。念柳外青驄別後，水邊紅袂分時，愴然暗驚。無端天與娉婷，夜月一簾幽夢，春風十里柔情。怎奈向、歡娛漸隨流水，素絃聲斷，翠綃香減，那堪片片飛花弄晚，濛濛殘雨籠晴。正銷凝，黃鸝又啼數聲。」離情當如此作，全在情景交煉，得言外意。又如「勸君更盡一杯酒，西出陽關無故人」，乃為絶唱。（同前）

一七九　詞用事最難，要緊著題，融化不澀。如東坡《永遇樂》云：「燕子樓空，佳人何在，空鎖樓中燕。」用張建封事。姜白石《疎影》云：「猶記深宮舊事，那人正睡裏，飛近娥（當作蛾）緑。」用壽陽事。又云：「昭君不慣胡沙遠，但暗惜（一作憶）江南江北。想珮環月下歸來，化作此花幽獨。」用少陵詩。此皆用事不為事所使。（同前）

一八〇　詞要清空，不要質實。清空則古雅峭拔，質實則凝澀晦昧。姜白石如野雲孤飛，去留無迹。吴夢窗如七寶樓臺，眩人眼目，拆碎下來，不成片段。此清空、質實之説。又如《聲聲慢》云：「檀欒金碧，婀娜蓬萊，浮雲不蘸芳洲。」前八字恐亦太澀。如《糖多令》云：「何處合成愁，離人心上秋。縱芭蕉不雨也颼颼。都道晚凉天氣好，有明月、怕登樓。　年事夢中休，花空煙水流。燕辭歸、客尚淹留。垂柳不縈裙帶住，謾長是、繫行舟。」此詞疎快，不質實。如是集中者尚有，惜不多耳。白石詞如《疎影》、《暗香》、《揚州慢》、《一萼紅》、《琵琶仙》、《探春（脱「慢」字）》、《春（當作八）歸》、《淡黄柳》等曲，不惟清空，又且騷雅，讀之使人神觀飛越。（同前）

一八一　詞以意為主，要不蹈襲前人語，如東坡中秋《水調歌》云：「明月幾時有，把酒問青天。」夏夜《洞仙歌》云：「冰肌玉骨，自清凉無汗。」王荆公金陵《桂枝香》云：「登臨送目，正故國晚秋，天氣初肅。千里澄江如練，翠峰如簇。征帆去棹斜陽裏，背西風、酒旗斜矗。綵舟雲淡，星河鷺起，畫圖難足。歎往昔、豪華競逐，悵門外樓頭，悲恨相續。千古憑高，對此慢嗟榮辱。六朝舊事隨流水，但寒煙衰草凝緑。至今商女，時時尚歌，後庭遺曲。」姜白石賦梅云：「舊時月色，是幾番照我，梅邊吹笛。」《疎影》云：「苔枝綴玉，有翠禽小小，枝上同宿。」此數詞皆清空中有意趣，無筆力者未易到。（同前）

一八二　趙松雪集載李構海子上即事詩云：「馳道塵香逐玉珂，彤樓花暗鼓雲和。光風漸緑瀛洲草，細雨微生太液波。月榭管絃鳴曙早，水亭簾幙受寒多。少年易動陽春感，喚取娥眉對酒歌。」丘瓊臺先生閱之，諷詠數次，因和二首，云：「朝回花底共鳴珂，雲淡風柔氣候和。輦路雨餘生嫩草，官河冰泮動微波。近天樓閣逢春早，向日園林得煖多。我有新詞三百闋，興來呼酒對君歌。」又云：「寶馬雕鞍白玉珂，花雲淡蕩柳風和。梵宫密密開金刹，海子深深湛碧波。郊外踏青遊客醉，水邊修禊麗人多。誰憐寂寞揚雄宅，門巷無人自嘯歌。」子構名才元，京兆人，年十七，與松雪同於海子上賦詩。松雪稱其詩雜於唐人中，未易辨也。今觀先生之詩，亦無愧於松雪所謂者哉！松雪詩亦附見於此：「小姬勸酒倒金壺，家近荷花似鏡湖。遊騎等閑來洗馬，舞韉輕妙迅飛鳧。油雲判污纏頭錦，粉汗生憐絡臂珠。只有道人塵境静，一襟凉思詠風雩。」(同前)

一八三 廻文詩，昔人固多作者。廻回詞，則不多見，惟朱文公、劉静脩會有《菩薩蠻》詞。二公詞語俱極高妙，然惜其隨句倒讀，不免意復，不如至尾讀廻之為妙也。丘瓊臺以秋思為題作廻文《菩薩蠻》詞一闋，詞語亦極高妙，且自尾讀，翩然有出塵之趣。文公詞云：「晚紅飛盡春寒淺。尊酒緑陰繁。老仙詩句好。長恨送年芳。」又次劉圭父韻云：「暮江寒碧縈長路。花塢夕陽斜。客愁無勝集。醒似醉多情。」静脩詞云：「水圍山影紅圍翠。溪近水橋西。隱人誰與問。孤鶴對言無。」先生詞云：「紗窗碧透横斜影，月光寒處空幃冷。香炷細燒檀，沉沉正夜闌。更深方困睡，倦極生愁思。含情感寂寥，何處别魂銷。」又聞先生少年曾以村居為題作《菩薩蠻》詞一闋，今稿中不復存矣。他日作廻文詩，兩讀，字意不别，詩與此詞，皆古人所未嘗有。詩曰：「妾憶君兮君憶妾，心同志也志同心。月隨星處星隨月，林滿風時風滿林。雪似梅花梅似雪，金如柳色柳如金。别懷久後久懷别，音信傳來傳信音。」(同前)

一八四 白樂天《長恨歌》云：「玉容寂寞淚闌干，梨花一枝春帶雨。」人皆喜其氣韻之佳也。東坡作送人小詞云：「故將别話調佳人，要看梨花枝上雨。」雖用樂天句，别有一種風味，非點鐵成金手不能為此。(同前書卷二十三「詩賞上」)

一八五 子瞻「與誰同坐，明月清風我」、「明月幾時有，把酒問清(當作青)天」，快語也。「大江東去，浪淘盡，千古風流人物」，壯語也。「杏花疎影裏，吹笛到天明」，又「高情已逐曉雲空，不與梨花同夢」，爽語也。其詞濃與淡之間也。（同前）

一八六　寇萊公詩「野水無人渡，孤舟盡日横」之句，深入唐人風格。初授歸州巴東令，人皆以寇巴東呼之，以比韋蘇州之類。然當富貴時所作詩皆悽楚愁怨，嘗為《江南春》二絶云：「波森森（當作『淼淼』），柳依依。孤村芳草遠，斜日杏花飛。江南春盡離腸斷，蘋滿沙汀人未歸。」又曰：「杳杳煙波隔千里，白蘋香散東風起。日落汀洲一望時，愁情不斷如春水。」凡深於詩者，盡欲慕唐人清悲怨感，以主其格，語意清切，灑落孤邁。不知清極則志飄，感深則氣謝，萊公富貴時《送友使嶺南》云：「到海只十里，過山應萬重。」人以為警絶。時竄海南，至境首，雷州吏呈《圖經》迎拜於道，公問州去海近遠，曰：「只可十里。」憔悴犇竄，已兆於此矣。（同前）

一八七　宋子京有《玉樓春》詞詠春景云：「東城漸覺風光好，縠皺波紋迎客棹。緑楊煙外曉雲輕，紅杏枝頭春意鬧。浮生長恨歡悞（當作娱）少，肯愛千金輕一笑。為君持酒勸斜陽，且向花間留晚照。」《遯齋閑覽》云：張子野郎中以詞章名擅一時，宋子京尚書奇其才，先往見之，謂其侍者曰：「尚書欲見『雲破月移花弄影』郎中耳。」子野屏後呼曰：「得非『紅杏枝頭春意鬧』尚書耶？」遂出置酒，盡歡。（同前書卷二十四「詩賞下」）

一八八　禄山之亂，李龜年奔於江潭，曾於湘中採訪使筵上唱云：「紅豆生南國，秋來發幾枝。贈君多採擷，此物最相思。」又：「清風明月苦相思，蕩子從戎十載餘。征人去日慇懃囑，歸鴈來時數附詩。」皆王維所製也。商璠（即殷璠）云：「維詩辭秀調雅，意新理愜，在泉成珠，著壁成繪，一句一字，皆出常境。至如『落日山水好，漾舟信歸風』，又『澗芳襲人衣，山月映石壁』，又『天寒遠山静，日暮長河急』，又『賤日豈殊衆，貴來方悟稀』，又『日暮沙漠陲，戰聲煙塵裏』，詎肯慙於古人也。」其「西出陽關無故人」之句，盛唐以前所未道。此詞一出，一時傳誦不足，至爲三疊歌之，後之詠别者千言萬語，豈能出其意外？（同前）

一八九 《天仙子》，張子野作送春詞云：「水調數聲持酒聽，午睡醒來愁未醒。送春春去幾時回，臨晚鏡，傷流景，往事後期空記省。　沙上並禽池上溟溟（『溟溟』當作『瞑』），雲破月來花弄影。重重翠幙密遮燈，風不定，人初静，明日落紅應滿徑。」《古今詩話》云：有一客問張子野曰：「人皆目公爲張三中，即心中事、眼中淚、意中人也。」公曰：「何不目之爲張三影？」客不曉，公曰：「『雲破月來花弄影』、『嬌柔懶起，簾壓倦（當作捲）花影』、『柳逕無人，墜絮飛無影』，此余平生所得意也。」又《高齋詩話》云：子野常（當作嘗）有詩云「浮萍斷處見山影」，又長短句云「雲破月移花弄影」，又「隔墻送過秋千影」，並膾炙人口，世謂張三影。苕溪漁隱云：細味二説，當以《古今詩話》所載三影爲勝。（同前）

一九〇 張文潛先與李公擇輩來予家作長句，其間有「漱井消午醉，掃花坐晚凉。衆緑結夏幃，老紅駐春妝」之句。後東坡來，讀其詩，歎息云：「此不是喫煙火食人道底言語。」文潛又有絶句云：「亭亭畫舸繫春潭，直待行人酒半酣。不管煙波與風雨，載將離恨過江南。」《泊宅編》云東坡長短句云：

「無情汴水自悠悠，只載一船離恨過東流。」文潛此詩，王平甫愛而誦之，不知其本於此，亦奪胎换骨法也。（同前）

一九一　蘇伯固之子名辛（當作庠），字養直，作《清江曲》云：「屬玉雙飛水滿塘，菰蒲深處浴鴛鴦。白蘋滿棹歸來晚，和着蘆花一片霜。　扁舟繫岸依林樾，蕭蕭兩鬢吹華髮。萬事不理醉復醒，長在煙波弄明月。」東坡曰：「若置在李太白集中，誰疑其非？」（同前）

一九二　周美成能作景語，不能作情語。能入麗字，不能入雅字。以故價微劣於柳。至「枕痕一線紅生玉」，又「喚起兩眸清炯炯，淚花落枕紅綿冷」，其形容睡起之妙，真能動人。（同前）

一九三　晏殊元獻公赴杭州，道過維揚，憩文（一作大）明寺，瞑目徐行，使侍史誦壁間詩板，戒其弗言爵里姓名，終篇者無幾。又俾别誦一詩，云：「《水調》隋宫曲，當年亦九成。哀音已亡國，廢沼尚留名。儀鳳終陳迹，鳴蛙只廢聲。凄凉不可問，落日下蕪城。」徐問之，江都尉王琪詩也。召至同飯，晏足成一律云：「元已清明假未開，小園幽徑獨徘徊。春寒不定班班雨，宿醉難禁灔灔杯。無可奈何花落去，似曾相識燕歸來。遊梁賦客多風味，莫惜青錢萬選才。」（同前書卷二十五「詩遇」）

一九四　馬光祖知京口，判姦婦云：「世間若無婦人，天下業風方静。」觀其尹京之日，不畏貴戚豪强，庭無留訟，頗得包孝肅公尹開封之規模。福王府訴民不還房廊屋錢，光祖拒絶。有士人踰牆偷人室女，事覺到官，勘令當廳面試，光祖出《踰牆摟處子》詩，士人秉筆云：「花柳平生債，風流一段愁。踰牆乘興下，處子有心摟。謝砌應潛越，韓香計暗偷。有情還愛欲，無語强嬌羞。不負秦樓約，安知漳獄囚。玉顔麗如此，何用讀書求。」光祖判云：「多情錯愛，還了半生花柳債。好箇檀郎，室女為妻也不妨。　傑才高作，聊贈青蚨三百索。燭影摇紅，配取媒人是馬公。」犯姦之士既幸免決罪，反因此以得佳偶。此光祖以禮待士也。（同前）

一九五　宋政和癸巳，大晟樂成，嘉瑞既至，蔡元長以晁端禮次膺薦於徽宗，詔乘驛赴闕。次膺至都下，會禁中嘉蓮生，分苞合趺，夐出天造，有不能形容者。次膺效樂府體屬詞以進，名《並蒂芙蓉》。上覽之，稱善，除大晟樂府協律郎。不克受而卒。其詞云：「太液波澄，向鑑中照影，芙蓉同蒂。千柄緑荷深，並丹臉争媚。天心眷臨，聖日殿宇，分明敞嘉瑞。弄香嗅蕊，願君王、壽與南山齊比。池邊屢回翠輦，擁羣仙醉賞，憑闌凝思。萼緑攬飛瓊，共波上遊戲。西風又看露，更結雙雙新蓮子。鬭裝競美，問鴛鴦，向凖留意。」不惟造語工緻，而曲名亦新，故録於此。然大臣諛、小臣佞，不亡，何俟乎？（同前）

一九六　劉過，字改之。能詩詞。流落江湖，酒酣耳熱，出語豪縱，自謂晉、宋間人物。其詩篇警策者已載《江湖集》，尤好作《沁園春》，上稼軒詞已見岳侍郎珂《桯史》，最為辛所喜。今又得數篇，其一：　黄（脱「尚」字）書子由帥蜀，中閣乃胡給事晉臣之女，過雪堂，行書《赤壁賦》於壁間，改之從後題一闋，其詞云：「按轡徐驅，兒童聚觀，神仙畫圖。正芹塘雨過，泥香路軟，金蓮自拆，小小籃輿。傍柳題詩，寄（一作穿）花覓句，嗅蘂攀條得自如。經行處，有蒼松夾道，不用傳呼。　清泉怪石盤紆。信風景、江淮各異，殊想東坡賦就，紗籠素壁，西山句好，簾捲晴珠。白玉堂深，黄金印大，無此文君載後車。揮毫處，看淋漓雪壁，真草行書。」後黃知為劉所作，厚有饋貺。壽皇鋭意親征，大閲禁旅，軍容肅甚。郭杲為殿巖，從駕還内，都人昉見一時之盛，改之以詞與郭云：「玉帶猩袍，遥望翠華，馬去如龍。擁千官鱗集，貂蟬争出，貔貅不斷，萬騎雲從。細柳營開，團花袍窄，人指汾陽郭令公。山西將，算韜鈐有種，五世元戎。旌旗蔽滿寒空。魚陣整，從容虎帳中。想刀明似雪，縱横晚（當作脱）稍，箭飛如雨，霹靂鳴弓。威撼邊城，氣吞胡虜，慘憺（一作澹）塵沙吹北風。中興事，看君王神武，駕馭英雄。」郭餽劉亦踰數十萬錢。又送孫季和云：「問信竹湖孫自號，竹如之何，如何不歸。道吴山越水，無非佳處，來無定止，去亦何為。莫是秋來，未能忘耳，心與孤雲相伴飛。闌情處，向南山寄傲，北澗題詩。人生了事成癡。算世上、終無真是非。看雲臺突兀，無君子者，雪堂零落，有美人兮。疎雨梧桐，微雲河漢，鍾鼎山林無限悲。陽山縣，問昌黎負汝，汝負昌黎。」又嘗於友人張正子處見改之親筆詞一卷，云：「壬子秋，予求牒四明，嘗賦《賀新郎》與一老娼，至今天下與禁中皆歌之，江西人以為鄧南秀詞，非也。」「老去相如倦，向文君説似，而今如何消遣。衣袂京塵曾染處，空有香紅尚軟。料彼此、魂消腸斷。一枕新凉眠客舍，聽梧桐、疎雨秋風戰。燈暈冷，記重見。樓低不放珠簾捲。晚粧殘、翠蛾狼藉，淚痕留臉。人道愁來須殢酒，無奈愁多酒淺。但託意、焦桐紈扇。莫鼓琵琶江上曲，怕荻花楓葉俱凄怨。雪（一作雲）萬疊，寸心遠（一作亂）。」改之自號龍洲。（同前）

一九七 田世輔為金州都統制，荆南人劉之翰者，待峽州遠安主簿闕，作《水調歌頭》詞獻之，曰：

「涼露洗金井，一葉下梧桐。謫仙浪遊何事，華髮作詩（脫『翁』字）。烏帽蕭然一幅，坐對清泉白石，矯首撫長松。獨鶴歸來晚，聲在碧霄中。　神仙宅，留玉節，駐金狨。黔南一道，千萬貔虎控雕弓。笑折碧荷倒影，自唱采蓮新曲，詞句滿秋風。劍佩八千歲，長入大明宮。」田覽之大喜，致書約來金城，欲厚加資給。之翰遽亡。明年，田出閱武，見之翰立道左泣曰：「人鬼殊塗，公能恤吾家，亦足表踐言之義。」忽不見，田大驚異，亟送千緡與其孤。（同前）

一九八　乾道、淳熙間，壽皇以天下養，往往修舊京金明池故事以安太上之心。湖上御園南有聚景、真珠、南屏，北有集芳、延祥、玉壺，然亦多幸聚景焉。一日，御舟經過斷橋，旁有酒肆，頗潔雅。中飾素屏風，書《風入松》一詞於上，光堯停目，稱賞久之。宣問何人所作，太學生于國寶醉筆也，其詞云：「一春常費買花錢，日日醉湖邊。玉驄慣識西湖路，嬌（當作驕）嘶過、沽酒樓前。紅杏香中歌舞，綠楊影裏鞦韆。　暖風十里麗人天，花壓鬢雲偏。畫船載得春歸去，餘情付、湖水湖煙。明日重攜殘酒，來尋陌上花鈿。」上笑曰：「此詞甚好，但末句不免酸寒。」因為改作「明日重扶殘醉」，即日宣命解褐云。（同前）

一九九　宋子京過御街，逢內家車子，中有褰簾者曰：「小宋也。」子京歸，遂作《鷓鴣天》云：「寶轂雕輪狹路逢，一聲腸斷繡幃中。身無彩鳳雙飛翼，心有靈犀一點通。　金作屋，玉為籠，車如流水馬如龍。劉郎已恨蓬山遠，更隔蓬山幾萬重。」其詞傳達禁中，仁宗知之，問內人第幾車子、何人呼小宋，有內人自陳：「頃侍御宴，見宣翰林學士，左右內臣曰：『小宋也。』時在車子中偶見之，呼一聲

爾。」上召子京，從容語及。子京皇（當作惶）懼無地。上笑曰：「蓬山不遠。」因以内人賜之。（同前）

二〇〇　陳恭公拜集賢殿大學士，時賈文元公昌朝當國，張方平草麻，有：「萬事不理，緊胡廣之能言；四夷未平，賴陳平之達識。」賈公深惡之。韓魏公知定州日，作閲古堂，自為記，書於石後，又畫魏公像於堂上。宋子京知定州，作樂歌十闋，其曰：「聽説山中好，韓家閲古堂。畫圖真將相，刻石好文章。」魏公聞之，不喜。（同前書卷二十六「詩窮」）

二〇一　歐陽公嘗有小詞云：「江南柳，葉小未成陰。人為絲輕那忍折，鶯憐枝嫩不勝吟，留取待春深。　十四五，閒抱琵琶尋。堂上簸錢堂下走，恁時相見已留心，何況到如今。」後有謗歐公盜甥者，表云：「喪厥夫而無託，攜孤女以來歸。」張女此時年方七歲，錢穆父素恨公，見而笑云：「年七歲，正是學簸錢時也。」及知貢舉時，落第舉人復作《醉蓬萊》詞以譏之。（同前）

二〇二　朱行中自右史帶假龍出典數郡，是時年尚少，風采才藻皆秀整。守東陽日，嘗作春詞云：「小雨纖纖風細細，萬家楊柳青煙裏。戀樹濕花飛不起，愁無比，和春付與東流水。　九十春光能有幾，金龜解盡留無計。寄語東風（一作城）沽酒市，拚一醉，而今樂事他年淚。」公往往乘醉大言，問人曰：「你曾見我『而今樂事他年淚否』？」蓋自為得句，故誇之也。後歷中書舍人，帥番禺，遂得罪，安置興國軍以死。流落之讖已見於此詞。（同前）

二〇三　山谷之在宜州，其年乙酉，即崇寧四年也。重九日登郡城樓，聽邊人相語，今歲當鏖戰取封侯，因作小詞云：「諸將説封侯，短笛長吹獨倚樓。萬事總成風雨去，休休，戲馬臺南金絡頭。

催酒莫遲留，酒似今秋勝去秋。花向老人頭上笑，羞羞，人不羞花花自羞。」倚欄高歌，若不能堪者，是月三十日果不起。（同前）

二〇四 中宗朝，御史大夫裴談崇奉釋氏。妻悍妬，談畏如嚴君。嘗謂妻有可畏者三：少妙之時，視之如生菩薩，安有人不畏生菩薩？及男女滿前，視之如九子魔母，安有人不畏九子魔母？及五十、六十，薄施粧粉，或黑，視之如鳩盤茶，安有人不畏鳩盤茶？時韋庶人頗襲武氏風，中宗漸畏之，內宴唱《迴波詞》曰：「迴波爾時栲栳，怕婦也是大好。外邊秖有裴談，內裏無過李老。」韋后意色自得，以束帛賜之。（同前書卷二十七「詼諧」）

二〇五 寶祐間，有題《浪淘沙》於臨川驛舍云：「雨溜和風鈴，滴滴丁丁，做成一枕別離情。可是當年陶學士，辜負郵亭。過鴈帶邊聲，音信無憑。花鬚偷數卜歸程，料得到家秋正好，菊滿寒城。」後云金氏淑柔題。復有題於其後者曰：「風鈴雨溜滴丁丁，一枕和愁夢不成。若也果逢陶學士，不知何處着卿卿。」見者絶倒。（同前）

二〇六 三山蕭軫登第，榜下娶再婚之婦。同舍張任國以《柳梢青》詞戲之曰：「掲起招牌，一聲喝采，舊店新開。熟事孩兒，家懷老子，畢竟招財。當初合下安排，又不豪門買獃。自古道，正身替代，見任添差。」（同前）

二〇七 元豐初，虜人來議地界，丞相韓玉汝自樞密院承旨出分畫。有愛妾劉氏，將行，與飲通夕，且作樂府詞留別。翌日，神宗密知，忽中批步軍可（當作司）遣人為搬家追送之。劉貢父，玉汝姻黨，作小詩寄以戲云：「嫖姚不復顧家為，誰謂東山久不歸。《老（當作卷）耳》幸容攜婉孌，《皇華》何啻有光輝。」玉汝之詞由此亦盛傳天下。

二〇八　大名王和卿，滑稽挑達，傳播四方。中統初，燕市有一蝴蝶，其大異常，王賦《醉中天》小令云：「掙破莊周夢，兩翅駕東風。三百處名園，一采一箇空。難道風流種，諕殺尋芳蜜蜂。輕輕的飛動，賣花人搧過橋東。」由是其名益著。（同前）

二〇九　俞俊，嘉興人。恃才輕薄，弱冠時，負氣傲物。當伯顏太師柄國日，嘗賦《清平樂》長短句云：「君恩如草，秋至還枯槁。落落殘星猶弄曉，豪傑消磨盡了。放開湖海襟懷，休教鷗鷺驚猜。我是江南倦客，等閒容易安排。」手藁留葉起之處。後與葉交惡，竟訴於官，必欲搆成其罪。寅緣賄賂，浙省移準中書省咨劄，付儒學提舉司議，得古人寄情遣興，作為閨怨詩詞，多有指夫為君者，然此亦當禁止，以故獲免罪戾，而所費已幾萬矣。至正丙申春，張士誠僭號誠王，據有平江日，又以賄通松江僞尹鄭煥，署辛華亭，用酷刑朘剥，邑民恨入骨髓。郡士袁海叟有詩曰：「四海清寧未有期，諸公袞袞正當時。忽然一日天兵至，打破王婆醋鉢兒。」或者不知醋鉢之義，以問叟，叟曰：「昔有不軌伏誅，暴屍於竿，王婆買醋，經過其下，適索朽屍墜，醋鉢為其所壓，着地而碎。王婆年老無知，將謂死者所致，顧謂之曰：『汝只是未曾喫惡官司來。』」聞者絶倒。（同前）

二一〇　秦觀，字少游，號太虛，高郵人，與蘇、黄齊名。嘗於夢中作《好事近》一詞云：「山露雨添花，花動一山春色。行到小溪深處，有黄鸝千百。飛雲當面化龍蛇，天矯掛晴碧。醉卧古藤陰下，杳不知南北。」其後以事謫藤州，竟死於藤，此詞其讖乎？少游同時有賀鑄，字方回，嘗作《青玉案》詞悼之云：「淩波不過橫塘路，但目送，芳塵去。錦瑟年華誰與度，月樓花院，綺窗朱戶，惟有春知處。　碧雲冉冉衡皋暮，彩筆空題斷腸句。試問閑愁知幾許，一川煙草，滿城風絮，梅子黄時雨。」山谷有詩云：「少游醉卧石（當作古）藤下，誰與愁眉唱一杯。解道江南斷腸句，秖今惟有賀方回。」近代劉菊莊題云：「名並蘇黄學更優，一詞遺墨至今留。無人喚醒藤州夢，淮水淮山總是愁。」亦不勝其感慨。因憶賀、黄二作，並書之，以見少游固竟没於貶所，而山谷厄於成（當作戍）樓之死，尤艱哉！　噫，詠詩之日，孰知又為少游之後耶？（同前書卷二十八「讖異」）

二一一　蔡京臨卒前一日有詞曰：「八十一年住世，四千里外無家。如今流落向天涯，夢回（脱「瑶池闕下」四字）。　玉殿（脱「五回命相，彤庭」六字）幾度宣麻。只因貪寵戀榮華，便有如今事也。」此調不成話，况京死年八十，此必惡之者托名為之也。後見《宣和遺事》載有此詞，乃《西江月》也。月餘，京卒，可謂讖也。《遺事》：詞曰：「八十衰年初謝，三千里外無家。孤行骨肉各天涯，遥望神京泣下。　金殿五曾拜相，玉堂十度宣麻。追思往日謾繁華，到此番成夢話。」（同前）

二一二　東坡送參寥子有《八聲甘州》詞云：「有情風萬里捲潮來，無情送潮歸。問錢塘江上，西河浦口，幾度斜暉。不用思量今古，俯仰昔人非。誰似東坡老，白首忘機。　記取西湖西畔，正暮山好處，空翠煙霏。算詩人相得，如我與君稀。約他年東還海道，願謝公雅志莫相違。西川（當作州，下同）路，不應回首，為我沾衣。」苕溪漁隱云：「《晉書》：『謝安雖受朝寄，然東山之志，始末不渝，每形於言色。及鎮新城，盡室而行，造浮海之裝，欲須經略粗定，自海道還東。雅志未就，遂遇疾篤還都，尋薨。羊曇素為安所愛重，後以安死，輟樂彌年，行不由西川路。嘗因大醉，不覺到州門，左右白曰：「此西川門也。」曇悲感，以馬策扣扉，誦曹子建詩曰：「生存華屋處，零落歸山丘。」因慟哭而去。」東坡引用此事，當時世俗遂以為讖矣。乃其詞刻於元祐六年三月，以《年譜》考之：四年知杭州，六年召為翰林，後守潁，徙揚，入長禮曹，出帥定武，至紹聖始遷嶺表，建中靖國北歸，凡十一年而薨，此果讖耶？（同前）

二一三《御街行》，范希文秋月懷舊詞云：「紛紛墜月（當作葉）飄香砌，夜寂静，寒聲碎。真珠簾捲玉樓空，天淡銀河垂地。年年今夜，月華如練，長是人千里。　愁腸已斷無由醉，酒未到，先成淚。殘燈明滅枕頭攲，諳盡孤眠滋味。都來此事，眉間心上，無計相廻避。」後東坡居潁，春夜對月，王夫人曰：「春月可喜，秋月使人愁耳。」公謂前人未及也，遂作詞云：「不是秋光，只與離人照斷腸。」（同前書卷二十八「感慨」）

二一四世傳《滿江紅》詞云：「膠擾勞生，待足後何時是足。據見定、隨家豐儉，便堪龜縮。得意濃時休進步，須知世事多翻覆。漫教人、白了少年頭，徒碌碌。　誰不愛，黄金屋。誰不羡，千鍾粟。奈五行不是，這般題目。枉費心神空計較，兒孫自有兒孫福。不須採藥訪神仙，惟寡欲。」以為朱文公所作。余讀而疑之，以為此特安分無求者之辭耳，決非文公口語。後官於容南，節推翁謂為余言其所居與文公鄰，嘗舉此詞問公，公曰：「非某作也，乃一僧作。」其僧亦自號晦庵云。（同前）

二一五 開元中，滄州歌者臨刑，進《河滿子》曲以贖死，竟不得免。樂天為詩曰：「世傳滿子是人名，臨就刑時曲始成。一曲四時歌八疊，從頭便是斷腸聲。」張祐集載：「武宗孟才人以歌笙獲寵，帝疾篤，目之曰：『吾當不諱，爾何為哉？』才人指笙囊泣曰：『以此就縊。』復曰：『妾嘗藝歌，願歌一曲。』乃歌一聲《河滿子》，氣亟立殞。上令毉候之，曰：『脉尚温而腸已絶。』」則是《河滿子》真能斷人腸者。祐為詩云：「故國三千里，深宫二十年。一聲《河滿子》，雙淚落君前。」杜牧之有酧祐長句，其末云：「可憐故國三千里，虚唱歌詞滿六宫。」言祐詩名如此，而惜其未遇也。（同前）

二一六 陸務觀初娶唐氏，閎之女也，於其母夫人為姑姪，伉儷相得，而弗獲於其姑。既出，而未忍絶之，則為别館，時時往焉。姑知而掩之，雖先知挈去，然事不得隱，竟絶之，亦人倫之變也。唐後改適同郡宗子士程。嘗以春日出游，相遇於禹跡寺南之沈氏園，唐以語趙，遣致酒肴。翁悵然久之，為賦《釵頭鳳》一詞題園壁間，云：「紅酥手，黄縢酒，滿城春色宫牆柳。東風惡，歡情薄。一懷愁緒，幾年離索，錯錯（脱一『錯』字）。春如舊，人空瘦，淚痕紅浥鮫綃透。桃花落，閑池閣。山盟雖在，錦書難託，莫莫莫。」實紹興乙亥歲也。翁居鑑湖之三山，晚歲每入城，必登寺眺望，不能勝情，嘗賦二絶云：「夢斷香銷四十年，沈園柳老不飛綿。此身行作稽山土，猶弔遺蹤一悵然。」又云：「城上斜陽畫角哀，沈園無復舊池臺。傷心橋下春波緑，曾是驚鴻照影來。」蓋慶元己未歲也。未久，唐氏死。至紹熙壬子歲復有詩，序云：「禹跡寺南有沈氏小園，四十年前嘗題小詞一闋壁間，偶復一到，而園已三易主，讀之悵然。」詩云：「楓葉初丹槲葉黄，河陽愁鬢怯新霜。林亭感舊空回首，泉路憑誰説斷腸。壞壁醉題塵漠漠，斷雲幽夢事茫茫。年來妄念消除盡，回向蒲龕一炷香。」又至開禧乙丑歲暮，夜夢遊沈氏園，又作兩絶句云：「路近城南已怕行，沈家園裏更傷情。香穿客袖梅花在，緑蘸寺橋春水生。」「城南小陌又逢春，只見梅花不見人。玉骨久成泉下土，墨痕猶鎖壁間塵。」沈園後屬許氏，又為汪之道宅云。（同前）

二一七　有郭生游寒溪，主簿吴亮置酒，郭生善作挽歌，酒酣發聲，座為悽然。郭生言恨無佳詞，因為略改樂天《寒食》詩歌之，坐客有泣者。其詞曰：「烏啼鴉噪昏喬木，清明寒食誰家哭。風吹曠野紙錢飛，古墓累累春草緑。　棠梨花映白楊樹，盡是死生離别處。冥漠重泉哭不聞，蕭蕭暮雨人歸去。」每襍以散聲。（同前）

二一八　張叔夏過錢塘西湖慶樂園賦《高陽臺》詞自序云：「慶樂園，韓平原之南園也。戊寅歲過之，有碑石在荆棘中，惟存古桂百餘，故末句亦有猶今之視昔之感。」「古木迷鴉，虚堂起燕，歡遊轉眼驚心。南圃東窗，酸風掃盡芳塵。鬢貂飛入平原草，最可憐、渾是秋陰。夜沉沉，不信歸魂，不到花深。　吹簫踏葉幽尋去，任船依斷石，袖裏寒雲。老桂懸香，珊瑚碎擊無聲。故園已是愁如許，撫殘碑、又却傷今。更闌情，秋水人家，斜照西林。」余嘗讀此，不覺為之增嘆再三。夫花石之盛，莫盛於唐之李贊皇，讀《平泉莊記》則見之矣。而宋之艮嶽，至南渡愈盛，而臨安園囿如此者，不可屈指數也，今誰在耶？（同前）

二一九　《竊憤録》載：金人徙欽宗回燕京，一日，行至平順州，止泊驛舍。時以七夕，縱人會飲，有一女子入帝室中，對帝嗚咽。帝問：「東京誰氏女？」對曰：「我魏王女孫也，先嫁欽慈太后姪孫，京城既陷，為賊擄至此。」問帝曰：「官人亦是東京人，想亦擄來此也。」帝但泣下，遣之去。又《朝野遺記》：張孝純在雲中府粘罕席上，有所覩，賦《念奴嬌》一闋云：「疎眉秀盻，向春風、還是宣和裝束。貴氣盈盈姿態巧，舉止況非凡俗。宋室宗姬，秦王幼女，曾嫁欽慈族。干戈横蕩，事隨天地翻覆。一笑邂逅相逢，勸人滿飲，旋吹横竹。流落天涯俱是客，何必平生相熟。舊日榮華，如（脱『今』字）憔悴，付與杯中醁。興亡休問，為伊且盡束曲。」詳味詞旨，則孝純所覩，即帝之所遇也。然孝純之詞賦粘罕席上，則是女初屬粘罕，審矣。後乃復流落於邊州，豈非罕之婦妬而逐之耶？吁！可憐也已。（同前）

二三〇　朱文公云：頃年過七里灘，見壁間有胡明仲題字刻石，括出嚴公懷（脱『仁』字）輔義之語，往來士大夫未嘗不為之摩挲太息。後舟過石，不復存意，或者惡聞而毁滅之也。獨一老僧能誦其詞，為予道之，俾書之册。詞曰：「不見嚴夫子，寂寞富春山。空留千丈危石，高出暮雲端。想像羊裘披了，一笑兩忘身世，來插釣魚竿。肯似林間翮，倦飛始知還。　中興王，功業就，鬢毛斑。驅馳一世，人物相與濟時難（當作艱）。獨委狂奴心事，未羡癡兒鼎足，放去任疎頑。爽氣動星斗，終古照林巒。」或云此詞實先生所作也。（同前書卷二十九「高逸」）

二三一　有稱中興野人和東坡《念奴嬌》詞題吴江橋上，車駕巡師江表，過而覩之，詔物色其人，不復見矣。詞云：「炎精中否，嘆人才委靡，都無英物。　胡虜長驅三犯闕，誰作長城堅壁。萬國奔騰，兩宫幽陷，此恨何時雪。草廬三顧，豈無高卧賢傑。　天心眷我中興，吾皇神武，踵曾孫周發。河嶽封疆俱効順，狂虜會須灰滅。翠羽南巡，叩閽無語，徒有衝冠髮。孤忠耿耿，劍鋒冷浸秋月。」（同前）

二二二　姑蘇楊循吉罷部郎歸，作《水仙子》詞，江左風流清味畢見矣，曰：「歸來重整舊生涯，蕭灑柴桑居士家。草庵兒不用高和大，會清標豈在繁華。紙糊窗，白（一作栢）木榻，掛一幅單條畫，供一枝得意花。自燒香，童子煎茶。」（同前）

二二三　韓忠武王以元樞就第，絶口不言兵，自號清凉居士。時乘小騾放浪西湖泉石間。一日，至香林園，蘇仲虎尚書方宴客，王徑造之，賓主歡甚，盡醉而歸。明日，王餉以羊羔，且手書二詞以遺之。《臨江仙》云：「冬日青山瀟灑静，春來山暖花濃。少年衰老與花同。世間名利客，富貴與貧窮。　榮華不是長生藥，清閑不是死門風。勸（一作勸）君識取主人公。單方只一味，盡在不言中。」《南鄉子》云：「人有幾何般，富貴榮華總是閑。自古英雄都是夢，為官，寶玉妻兒宿業纏。　年事已衰殘，鬢髮蒼蒼骨髓乾。不道山林多好處，貪歡，只恐癡迷悮了賢。」王生長兵間，幼未能書，晚歲忽若有悟，能作字及小詞，詩詞皆有見趣，信乎非常之才也。（同前）

二二四　《玉林詞選》云：「東坡《滿江紅》（當作《滿庭芳》）詞，碑刻徧傳海内，使功名兢進之徒讀之，可以解體；達觀恬淡之士歌之，可以娱生。」詞云：「蝸角虚名，蠅頭微利，算來着甚干忙。事皆前定，誰弱又誰强。且趂閒身未老，盡教我、些於疎狂。百年裏，渾教是醉，三萬六千塲。　思量能幾許，憂愁風雨，一半相妨。又何須、抵死較短論長。幸對清風朗月，苔茵滿、雲幕高張。江南好，千

鍾美酒，一曲《滿庭芳》。」（同前）

二二五 三山卓用（當作田），字稼翁，以能賦馳聲。嘗作詞云：「丈夫隻手把吴鈎，欲斷萬人頭。因何鐵石，打成心性，却為花柔。君看項籍並劉季，一怒使人愁。只因撞虞姬戚氏，豪傑都休。」其為人達見可想。（同前）

二二六 張公昪，字杲卿，陽翟人。大中祥符八年蔡齊下及第，仕亦晚達，位至樞相。退歸陽翟，生計不豐，短氎輕絲，脩然自適。乃結庵於嵩陽紫虚谷，每旦晨起焚香，讀《華嚴》庵中，無長物，荻簾紙帳，布被革履而已，年八十餘。自撰《滿江紅》一首，聞者莫不慕其曠達，詞曰：「無利無名，無榮無辱，無煩無惱。夜燈前、獨歌獨酌，獨吟獨笑。況值群山初雪滿，又兼明月交光好。便假饒百歲擬如何，從他老。知富貴，誰能保。知功業，何時了。簞瓢金玉，所爭多少。一瞬光陰何足道，但思行樂常不早。待春來攜酒殢東風，眠芳草。」（同前）

二二七 劉跛子，青州人。拄一杖，每歲必一至洛中住（一作看）花，館范家園，春盡即還京師。為人談謔有味，范家子弟多狎戲之。有范老見之，即與之二十四金，曰：「跛子喫碗羹。」於是以詩謝伯仲曰：「大范見時二十四，小范見時喫碗羹。人生四海皆兄弟，酒肉林中過一生。」初，張丞相召自荆湖，跛子與客飲市橋，客聞車騎過其都，起觀之，跛子挽其衣使且飲，作詩曰：「遷客湖湘召赴京，車蹄迎迓一何榮。争如與子市橋飲，且免人間寵辱驚。」陳瑩中甚愛之，作長短句贈之，略曰：「槁木形骸，浮雲身世，一年兩到京華。又還乘興，閑看洛陽花。説甚姚黄魏紫，春歸後、終委泥沙。忘言處，花開花謝，多不似，我生涯。」(筆者按：詞脱下片，補録於此，云：「年華，留不住，飢飡困寢，觸處為家。這一輪明月，本自無瑕。隨分冬裘夏葛，都不會、赤水黄芽。誰知我，春風一拐，鼓笑有丹砂。」)(同前)

二二二八　傅按察者，忘其名。錢唐懷古，嘗作一詞云：「静中看，記昔日湖山隱隱，宛若虎踞龍蟠。下襄樊，指揮湘漢。鞭雲騎，圍繞江干。執(一作勢)不成三，時當混一，過唐之數不為難。陳橋驛、孤兒寡婦，久假當還。　掛征帆、龍舟催發，紫宸初卷朝班。禁庭空、土花暈碧，輦路悄、訶喝聲乾。縱餘得西湖風景，花柳亦凋殘。去國三千，游仙一夢，依然天淡夕陽閒。昨宵也、一輪明月，還照臨安。」蓋《鴨頭緑》調也。(同前書卷三十「弔古」)

二二二九　韓信嶺有韓苑洛先生《踏莎行》云：「高嶺連雲，寒煙帶雨，長楊滿路悲風起。將軍墓上草蕭蕭，荒祠白日眠狐鼠。　九里山上，未央宫裏，凄凉往事煩胸臆。烏江邠水兩悠悠，東流不盡英雄淚。」且云欲弔淮陰，而原忠之詩甚婉，乃製小詞：「淮陰欲弔思遲遲，已有原忠壁上詩。黄鶴樓前無李白，西風惆悵寫新詞。」有楊受堂御史詩云：「將軍傳首日，高帝擊豨年。天下誰為定，英雄不自全。固知兒女詐，豈識赤松賢。古廟重經處，傷心狗兔篇。」廟中題詠甚多，或咎侯不能如赤松，或謂侯不當假王以啟疑，或云侯遲發以招禍。不知天下已定，勇略震主，高帝蓋無一日能忘情於侯，侯不至於身首異處不已也。嗚呼！侯之心則如青天白日矣。近日名公如斛山楊爵詩：「遥憶當年拒蒯生，將軍心事自分明。可憐宇宙無窮恨，盡在中宵悲樹聲。」秋齋周宣云：「虎鬭龍争日擾攘，英雄堪羡亦堪傷。項亡畢竟無他志，齊破何疑作假王。自是龍顔似烏喙，幾曾鳥盡必弓藏。荒巖一點淒涼月，夜夜移光到寢堂。」又明卿詩云：「漢代稱靈武，將軍第一人。禍奇緣躡足，功大不謀身。帶礪山河在，丹青祠廟新。長陵一抔土，寂寞亦三秦。」至今為中原豪俠之冠。楊誠齋《題韓信廟》詩：「鴻溝祇道萬夫雄，雲夢何消武士功。九死不分天下鼎，一生還負室前鐘。古來犬斃愁無免，此後無禽悔作弓。兵火荒餘非舊廟，三間破屋兩株松。」音節悲壯，惜結句未稱。孟氏集《淮陰祠》云：「殿宇深開古樹林，祠門尚扁漢淮陰。涼風入幕吹遺像，白日臨簷照壯心。澗水千秋何所恨，鳴蟬六月有餘音。扁舟却羡鴟夷子，萬里煙波不可尋。」何等悲壯！（同前）

一二三〇　宋文信公嘗過唐張巡、許遠廟，留題《沁園春》詞一闋，道二公之精忠勁節，辭旨壯烈，千載之後，昭然與日月爭光。本朝劉文成公伯温過安慶，亦作《沁園春》詞哀余忠宣公，正與文山之詞相匹，録之。詞云：「士生天地間，人孰不死，死節為難。羡英偉奇才，世居淮甸。少年登第，拜命金鑾，面折奸貪。指揮風雨，人道先生鐵肺肝。平生事，扶危濟困，拯溺摧頑。　清名要繼文山，使廉懦聞風膽亦寒。想孤城血戰，人皆效死，闔門抗節，誰不辛酸。寶劍埋光，星芒失色，露濕旌旗也不乾。如公者，黄金難鑄，白璧誰完。」（同前）

一二三一　夫人生若夢耳，至楚襄薦枕於高唐，淳于獲配於南柯，余始不信，以為寓言。近余之夢有類於是，乃始信其真有耳。然高堂（一作唐）一夜，南柯片時，未足為異，乃余之所夢有足紀者。伊昔夏夜，爰坐蕭館，厭世俗之陳言，攬神仙之往牒，既感於劉晨、阮肇，遂暨乎蘭香、智瓊。當吾之世，庶幾一遇，悠然興慨，頹爾思臥。甫就枕閒房，輒遊神異境。覩金殿之嵳峩，仰珠宫之璀瓈。樓臺瀕水，則蓬萊髣髴；户牖繞山，則赤水依稀。有璇甍玉柱，榜曰玄妙洞天，見一少女獨立於中，舞袖飄於輕颷，迴裾散乎芳芷，温兮美璧，艷兮奇葩。或鴻珮而微步，或倚扉而遥睇。余去匪遠，佯爲不覺。舉袂障面，若啼若怨，轉身頓足，欲舞欲歌，徘徊久之，朗然高詠，其詞曰：「歡非有欠，親自不來。彼何人也，兩心是懷。惟君與妾，雙雙不散。姺女既嫁，得國之半。」其聲嫋嫋，如絲如竹。歌已，命侍兒傳語曰：「與君有緣，把臂密通。今時未至，請速退矣。」余心異之，翻然而醒。於是曙色横於窓櫺，棲鳥鳴於林木矣。自是之後，不數夕一夢，其事至奇，不敢輕泄。至所歌之詞，聊藉於此，以示好事。夫其邂逅之詳，自有私志。其《謁金門》詞曰：「真堪惜，錦帳夜長虚擲。挑盡銀燈情脈脈，繡花無氣力。　女伴聲停刀尺，蟋蟀争啼（一作吟）四壁。自起捲簾窺夜色，天青星欲滴。」其《臨江仙》詞曰：「飛盡流螢無興撲，扇兒閒却秋風。遠山夜半又聞鐘。解衣斜對影，欲寢恨牀空。　凄斷銀釭渾欲滅，數聲窓外孤鴻。夜凉如水出簾櫳。微雲澹河漢，疎雨滴梧桐。」其《山花子》詞曰：「剖得新橙擲繡筐，釀成美酒覆閑房，寒閨無計會蕭郎。　夜色暗隨鴻鴈後，秋光争繞菊花傍，滿城風雨近重陽。」其《玉樓春》詞曰：「韶陽欲暮鶯聲碎，望遠憑闌傷妾意。雜花滿地繡成裀，人在繡裀深處醉。　妾非飛鳥無雙翅，空想郎邊芳草媚。願爲柳絮倩東風，吹向郎身撩亂墜。」其《踏莎行》詞曰：「香罷宵薰，花孤書賞。粉牆一丈愁千丈。多情春夢苦抛人，尋郎夜夜離羅幌。　好句刊心，佳期束想。甫愁春到還愁往。消魂細柳一時垂，斷腸芬草連天長。」又《臨江仙》詞曰：「花影半簾初睡起，繡鞋着罷慵移。窺妝强把緑窗推。隔花雙蝶散，猶似夢初回。纖指彈甌呼女伴，出簾聊共徘徊。閑將羅袖倚朱扉。樓臺臨水處，日午燕争飛。」其《菩薩蠻》詞曰：「蘭閨日永花慵繡，紗窗獨倚垂羅袖。燕子做巢忙，詩成難寄郎。　新篁窺緑水，荷葉青無比。風煖不知吹，遊絲自在飛。」其《踏莎行》詞曰：「佳約易乖，韶光難駐，柳絲飛盡江頭樹。朝來為甚不鈎簾，殘花正滿簾前路。　春賞未闌，春歸何遽，問春歸向何方去。有情燕子不同歸，呢喃獨伴春愁住。」其《孤鸞》詞曰：「蝦鬚初揭，正寺日停鐘，窗風鳴鐵。懶自梳妝，亂挽鬟兒非滑。追想昨宵瞥見，有多少動情誰説。枉在屏風背後，立歪羅襪。　聽玉人言去苦難泄，任樹上黄鶯歌，道離别。强欲排餘恨，反寸腸悲裂。試使侍兒挽住，想未離畫橋東折。傳道行蹤已遠，但垂楊煙結。」其《蝶戀花》詞曰：「梳罷曉妝屏上倚，欲把金針，玉腕嬌亡比。不捲珠簾窺竹裏，翠禽飛下闌干嘴。　步向荷缸閑弄水，荷葉田田，似有清香起。照面水中私自喜，芙蓉四月先開矣。」又《踏莎行》詞曰：「玉臂寬環，紗衫緩紐，繡牀針線無心久。豹頭枕冷射蘭輕，蝦鬚簾静塵埃厚。　紫燕風頭，黄梅雨後，柳條亂拂長江口。但言羃䍥柳如煙，誰知摇曳愁如柳。」其《玉蝴蝶》詞曰：「為甚夜來添病，强臨寶鑑，憔悴嬌容。一任釵斜鬢亂，永日薰風。惱脂消榴紅徑裏，羞玉減、蝶粉叢中。思悠悠，垂簾獨坐，倚遍薰籠。　朦朧，玉人不見，羅裁囊寄，錦寫箋封。約在春歸，夏來依舊各西東。粉牆花影來疑是，羅帳雨夢斷成空。最難忘，屏邊瞥見，野外相逢。」其《眼兒媚》詞曰：「石榴花發尚傷春，草色帶斜曛。芙蓉面瘦，蕙蘭心，病柳葉眉顰。　如年長晝雖難過，入夜更消魂。半窗澹月，三聲鳴鼓，一個愁人。」又《踏莎行》詞曰：「紅葉空傳，朱繩未綰，天涯可見人難見。緑窗病起落悔繁，玉簫夢斷行雲短。波眼將穿，柳腰似剗，寂寥偏與東風管。水仙愁絕翠闈寒，春雲空谷蘭香遠。」又《玉樓春》詞曰：「空閨日夜和塵閉，郎馬何時門外繫。愁中眉讓遠山長，病裏腰添垂柳細。如煙一種津頭樹，可喜誰知還可怒。榆錢難買少年回，柳絮能牽幽夢去。」其《念奴嬌》詞曰：「鴛幃睡起，正飛花，蘭徑啼鶯瓊閣。對鏡梳妝，愁見那、怯怯容顔瘦弱。一自仙郎，題詩寄簡，屢訂西廂約。牆花拂影，獨眠何事如昨。誰憐潘果空投，賈香難與，愁腸安託。帶眼輕拴，須看取、楊柳腰肢如削。珠履玲瓏，羅衫雅淡，件件無心着。何時廝見，得償今日蕭索。」又《踏莎行》詞曰：「花徑爭穿，珠簾屢認，正逢梅雨芹泥潤。畫梁無處可安巢，玉纖為把花枝襯。社日纔來，端陽已近，尋巢為甚偏遲鈍。筭來一似鳳凰期，蹉跎漸覺無真信。」又《臨江仙》詞曰：「昨夜驚眠梅雨大，枕前窗上頻敲，天明番覺夢魂遥。起來看女伴，薰袖已香消。雲鎖房櫳煙鎖竹，捲簾水濕鮫綃。菱花低照拂眉梢，玉梳雲髮潤，不喜上蘭膏。」玄之夢遊仙詞並叙。弁丘道人曰：玄之夢遊，必有所為，難於顯言，託之華胥耳。何詞之多而佳也，一至此哉！不然，則闒闒乍覺，犀合在傍，觀寶夢回，玉簪匪妄，人間固有此真夢，則吾不可得而知矣。（同前書卷三十一「夢幻」）

二三二　林和靖有惜别《長相思》詞云：「吴山青，越山青，兩岸青山相送迎。誰知離别情。君淚盈，妾淚盈，羅帶同心結未成。江頭潮已平。」後康伯可亦有此詞云：「南高峰，北高峰，一片湖光烟靄中。春來愁殺儂。郎意濃，妾意濃，油壁車輕郎馬驄。相逢九里松。」二詞皆豔麗。（同前書卷三十二「雜録」）

二三三三 弇州先生《藝苑卮言》以雨中遣懷《黄鶯兒》前一首為升庵夫人所作，後三首為升庵作。今查原本四詞，皆出升庵手：「積雨釀輕寒，看繁花樹樹殘，泥塗滿眼登臨倦。雲山幾盤，江流幾灣，天涯極目空腸斷。寄書難，無情征鴈，飛不到滇南。」「夜雨滴空堦，傍愁人枕畔來，鄉心一片無聊賴。淚眸懶揩，狂歌懶裁，沈郎多病寬腰帶。望琴臺，迢迢天外，懷抱幾時開。」「霽雨帶殘虹，映斜陽一抹紅，樓頭畫角收《三弄》。東林晚鐘，南天曉鴻，黄昏新月絃初控。望長空，披襟誰共，萬里楚臺風。」「絲雨濕流光，愛青苔繡粉牆，鴛鴦浦外清波漲。新篁送涼，幽芳弄香，雲廊水榭堪遊賞。倒金觴，形骸放浪，到處是家鄉。」（同前）

二三三四 羅江怨四熱：「長亭月影斜，東方亮也，金雞驚散枕邊蝶。長亭十里，《陽關三疊》，相思相見何年月。淚流襟上血，愁穿心上結，鴛鴦被冷雕鞍熱。」其一「黄昏畫角歇，南樓報也，遲遲更漏初長夜。茅簷滴溜，松梢霽雪，紙窓不定風如射。牆頭月又斜，牀頭燈又滅，紅爐火冷心頭熱。」其二「青山隱隱遮，行人去也，羊腸鳥道幾回折。鴈聲不到，馬蹄又却（一作怯），惱人正是寒冬節。長空孤鳥滅，平湖遠樹接，倚樓煨得闌干熱。」其三「關山望轉賒，程途倦也，愁人莫與愁人說。離鄉背井，瞻天望闕，丹青難把衷腸寫。炎方風景别，京華書信絶，世情休問涼和熱。」其四　升庵平生博洽，誠近代所罕。其所為詩文，用事大覺飣餖，樂府則如另出一手，足稱絶唱。觀此四詞，可見其一斑矣。四「熱」韻，何其天然穩妙。（同前）

二三五　歐陽文忠守維揚日，於城西建平山堂，游觀之勝。劉原甫出守揚州，文忠嘗餞之。後東坡亦守是邦，登平山堂，見文忠《西江月》詞，感而賦之云：「三過平山堂下，半生彈指聲中。十年不見老仙翁，壁上龍蛇飛動。　欲弔文章太守，仍歌楊柳春風。休言萬事轉頭空，未轉頭時皆夢。」（同前）

二三六　元符三年十二月十九日，東坡生日，置酒赤壁磯下，踞高峰，俯鶻巢，酒酣，笛聲起於江上。客有郭、尤二生，頗知音，謂坡曰：「笛聲有新意，非俗工也。」使人問之，則進士李委，聞生日，作南曲曰《鶴南飛》以獻。呼之使前，則青巾紫裘，腰笛而已。既奏新笛，又快作數聲，嘹然穿雲裂石之聲，坐客皆引滿醉倒。委袖出嘉紙一幅，曰：「吾無求於公，得一絶句，足矣。」坡笑而從之，詩云：「山頭孤鶴向南飛，載我南遊到九嶷。下界何人也吹笛，可憐時復犯龜兹。」（同前）

二三七　晏元獻之子小晏，善詞章，頗有父風。有寵人善歌舞，晏每作新詞，先使寵人歌之。張子野與小晏厚善，每稱賞之□□。偶一日，寵人觸小晏細君之怒，遂出之。子野作《碧牡丹》一曲以戲小晏，曰：「步帳摇紅綺，曉月墮，沉煙砌。緩板香檀，唱徹伊家新製。怨入眉頭，斂黛峰横翠。芭蕉寒，雨聲碎。　鏡華翳，閑照孤鸞戲，思量去時容易。鈿合瑤釵，至今冷落輕棄。望極藺（當作藍）橋，空暮雲千里。幾重山，幾重水。」小晏見之，凄然，曰：「人以適意為貴，吾何咎之有？」遂多以金帛贈（當作贖）姬。及歸，使歌子野之詞。（同前）

徐炬輯詞話

徐炬，字明夫，杭州（今屬浙江）人。行蹟不詳，萬曆間在世。撰有《酒譜》。又積十餘年編成《古今事物原始》三十卷，倣高承《事物紀原》之體，稍附益之。此據《四庫全書存目叢書》影印明萬曆刻本録詞話九則。

一

《古今詩話》云：客謂張子野曰：「人謂公為張三中，即心中事、眼中淚、意中人也。」子野曰：「何不稱我為張三影：『雲破月來花弄影』、『嬌柔懶起，簾厭（當作壓）捲花影』、『柳徑無人，墜風絮無影』，此平生得意句也。」又《高齋詩話》云：「浮萍破處見山影」、「雲破月來花弄影」、「隔牆送過秋千影」。苕溪漁隱云：當以《古今詩話》為勝。（《新鐫古今事物原始全書》卷十一「文

史・評詩(一)

二　凡詩中字眼，不可一槩拘泥，如杜工部詩「關山同一點」，岑嘉州詩「嚴灘一點孤舟月」，又《赤驃馬歌》「一點疾如飛」，又「西看一點是關樓」，朱灣詩「净中雲一點」，花蕊夫人詩「繡簾一點月窺人，欹枕釵横雲鬌亂」，宋張安國詞：「洞庭青草，近中秋，更無一點風色。」是月、雲、風、馬、樓皆謂之一點。若在孤陋寡聞者，則當月輪、雲片、風陣、馬疋、樓座矣，豈知皆稱一點？甚奇。(同前)

三　詞：詞始於李太白《菩薩蠻》等作，乃後世倚聲填詞之祖，大抵事之始者，後必難及。故《左氏》、《莊》、《列》之後而文章莫及，屈原、宋玉之後而騷賦莫及，李斯、程邈之後而五言莫及，沈佺期、宋之問之後而律詩莫及，司馬遷、班固之後而史書莫及，鍾繇、王羲之之後而楷法莫及，宋人之小詞而元人已不及，元人之曲調，今亦未有能及之者。(同前)

四　曲：唐明皇八月望夜遊月宫，聆大樂，名曰《紫雲曲》，默記其聲，歸傳，名《霓裳羽衣曲》。劉禹錫《聽後宫人穆氏歌》云：「曾隨織女渡天河，記得雲間第一歌。休唱貞元供奉曲，當時朝士已無多。」陳後主造《玉樹後庭花》曲，又作《黄鸝曲》。北齊後主驕縱，作《無愁曲》。明皇酷愛法曲，選部下妓女子弟三百教於梨園，號梨園子弟。(同前)

五　樂律之制：《易象》曰：雷出地奮豫，先王作樂以崇德，殷薦之上帝以配祖考。《周禮》：大司樂掌成均五帝樂名之法，以治建國之學政，而合國之子弟焉。凡有道者、有德者使教焉，以樂德教國子中和，祗庸孝友；以樂語教國子興道，諷誦言語；以樂舞教國子舞《雲門》、《大巷》皆黄帝樂、《大咸》堯樂、《大磬》即韶樂、《大濩》湯樂、《大武》武王樂，以六律六同（當作吕，下同）、五聲八音、六舞六代樂式大合樂，以致鬼神，以和萬邦，以諧萬民，以安賓客，以説遠人，以作動物。太師掌六律六同以合陰陽之聲，陽聲：黄鐘、太蔟、姑洗、蕤賓、夷則、無射。陰聲：大吕、應鐘、南吕、林鐘、仲吕、夾鐘，皆文之以五聲：宫、商、角、徵、羽，皆播之以八音：金、石、土、革、絲、木、匏、竹，教六詩：曰風、曰賦、曰比、曰興、曰雅、曰頌，以六德為之本，以六律為之音。大祭祀帥瞽徹登歌樂奏，擊拊，拊，形如鼓。下管播樂器，令奏皷棟，音胤，小鼓也。大饗亦如之，大射，師鼓而歌，射節，大師執同律以聽軍聲，而語吉凶為之數度，以十有二聲為之齊量，大小之劑，廣僥之量。凡和樂亦如之。杜佑《通典》曰：伏羲之樂曰《扶耒》，又曰《立本》。神農之樂名曰《扶持》，又曰《下謀》。顓頊樂名《六莖》，帝嚳樂名《五英》。堯樂《大咸》，舜樂《大磬》，禹樂《大夏》，湯樂《大濩》，武王樂《大武》。《隋·樂記》云：伏羲有網罟之歌，伊耆有葦籥之音，葛天氏有八闋，神農有五絃，其來尚矣。《世本》曰：伏犧造琴瑟，此音樂之始也。至黄帝命伶倫考八音、和八風，為《雲門》、《大巷》之樂，其事始備。至唐樂章大抵以邊地為名，如《凉州序》、《甘州歌》、《伊州》是也。坡詩云「便教長笛弄伊凉」。吴使季子聘於魯，請觀周樂，魯人為奏六代之樂：《雲門》，黄帝之樂也；《咸池》，堯樂也；《大韶》，舜樂也；《大夏》，禹樂也；《大濩》，湯樂也；《大武》，武王樂也。（同前書卷十三「音樂」）

六 諸調：《筆談》曰：宫、商、角為正聲，徵、羽為變聲，加變徵，則從變之聲已瀆矣。隋鄭譯始調具之均，展轉相生為八十四調，清濁溷淆，紛亂無統，並流為新聲。自後有犯聲、側聲、主煞、寄煞、偏

字、傍字、雙半字之法，然則今之胡部諸調皆源於鄭譯。（同前）

七　小詞：《筆談》曰：古詩皆詠之，然後以聲依之詠以成曲，謂之協律，外有和聲，所謂曲也。唐人乃以詞填入曲中，不復和聲，此格雖云自王涯始，然正（當作貞）元、元和之間為之者，多有在涯之前者。又小曲有「咸陽沽酒寶釵空」之句。楊繪《本事曲子》云：近世謂小詞起於温飛卿，然王建、白居易前於飛卿久矣，王建有《宫中三臺》、《宫中調笑》，樂天有《謝秋娘》，一云《望江南》。近傳一闋云《菩薩蠻》，其詞非白不能及此，信其自白始也。按劉斧《青鎖（當作瑣）集》，隋《海（脱「山」字）記》中有《望江南》調，即煬帝世已有其事矣。（同前）

八　胡部：《唐·禮樂志》曰：自周、陳以上雅、鄭淆雜而無别，隋文帝始分雅、俗二部，今俗樂二十八調是也。又有倍四木寫樂，形類雅音，而曲出於胡部，此名胡部之始也。復有銀莞中管之别，皆前代應律之器，後人失其傳，而更異名，故俗部諸曲悉源於雅樂。《筆談》曰：外國之聲前自别為四夷樂，唐天寶十三載始詔法曲與胡部合奏，自此全失古注，以先王之樂為雅樂，前世新聲為清樂，合胡部為宴樂。（同前）

九　琵琶：傅玄《琵琶賦》曰：漢烏孫公主嫁昆彌，念其行道之遠，思慕故國，作馬上之樂，名曰琵琶。《隋·音樂志》曰：曲頭（當作項）頭琵琶，出自西域，非華夏之舊器也。《風俗通》曰：琵琶長尺五寸，法天地人五行，四絃以象四時。唐賀懷智以鵾鷄筋作琵琶絃，用鐵撥彈。坡詩「鵾絃鐵撥響如雷」。西舍利國獻龍首琵琶。高麗以蛇皮為槽，楸木為面，象牙為捍。唐睿宗名琵琶曰玉環。貴妃彈琵琶，以龍香板為撥。唐時康崑崙第一手，段師又勝之。又名圓腹。唐王維微時，為岐王所知，令作琵琶曲，名《鬱輪袍》。琵琶曲又名《轉關濩索》《六么》之名，坡詩「《轉關濩索》動有神」。（同前）

劉仲達輯詞話

劉仲達，字九逵，宣城（今屬安徽）人。諸生，萬曆間在世。積二十餘年，編成《劉氏鴻書》，分二十四類，又分子目二百六十有奇，事實詞章相雜，而載每條皆註所出。此據《續修四庫全書》影印明萬曆刻本録詞話十二則。

一

歌者袁綯，乃天寶之李龜年也。宣、政間供奉九重，嘗為吾言：東坡公昔與客遊金山，適中秋夕，天宇四垂，一碧無際，加江流澒湧，俄月色如畫，遂共登金山山頂之妙高臺，命綯歌《水調歌頭》曰：「明月幾時有，把酒問青天。」歌罷，坡為起舞，而顧問曰：「此便是神仙矣。」吾謂文章人物誠千載一時，後世安所得乎？《長公外紀》。（《劉氏鴻書》卷九「歲時部·中秋」）

二　義倡者，長沙人也，家世倡籍。善謳，尤喜秦少游樂府，得一篇，輒手筆口詠不置。久之，少游坐鈎黨南遷，道長沙，訪潭土風俗妓籍中可與言者，或言倡，遂往焉。少游初以潭去京數千里，其俗山獠夷陋，雖聞倡名，意甚易之。及見，觀其姿容既美，而所居復瀟灑可人意，以為非惟自湖外來所未有，雖京、洛間亦不易得。坐語間，顧見几上文一編，就視之，目曰《秦學士詞》，因取竟閱，皆己平日所作者。環視無他文，少游竊怪之，故詰曰：「秦學士何人，若何自得其多詞？」倡不知其少游也，即具道所以。少游曰：「能歌乎？」曰：「素所習也。」少游愈益怪，曰：「不惟愛之，而又習之歌之，彼秦學士亦嘗遇若乎？」曰：「妾處僻陋，秦學士，京師貴人，焉得至此？藉令至，豈顧妾哉？」少游乃戲曰：「若愛秦學士，徒悅其詞爾，若使親見容貌，未必然也。」倡嘆曰：「嗟乎！使得見秦學士，雖為之妾御，死復何恨？」少游察其語誠，因謂曰：「若欲見秦學士，即我是也。以朝命貶出，因道而來此爾。」倡大驚，色若不懌者，稍稍引退，入謂母媪。有頃，媪出，設位，坐少游於堂，倡冠帔立階下，北面拜。少游起且避，媪掖之坐以受拜，已，且張筵飲，虚左席，示不敢抗。母子左右侍觴，酒一行，率歌少游一闋以侑之，卒飲甚懽，比夜乃罷。止少游宿，衾枕席褥必躬設，夜分寢定，倡乃寢。先平明起，飾冠帔，奉沃匜，立帳外以待。少游感其意，為留數日，倡不敢以燕惰見，愈加敬禮。將別，囑曰：「妾不肖之身幸侍左右，今學士以王命不可久留，妾又不敢從行，恐重以為累，惟誓潔身以報，他日北歸，幸一過妾，妾願畢矣。」少游許之。一別數年，少游竟死於藤。倡雖處風塵中，為人婉娩有氣節，既與少游約，因閉門謝客，獨與媪處，誓不負少游也。一日，晝寢寤，驚泣曰：「吾自與秦學士別，未嘗見夢，今夢來別，非吉兆也，秦其死乎？」亟遣僕順途覘之。數日得報，秦果死矣，乃謂媪曰：「吾昔以此身許秦學士，今不可以死故背之。」遂衰服以赴，行數百里，遇於旅館，將入，門者禦焉，告之故而後入。臨其喪，拊棺繞之三週，舉聲一慟而絶。京口人鍾鳴將之，常州校官，以聞於郡守李次山，既為作《義倡傳》，又系之贊云。《青泥蓮花記》。（同前書卷三十八「五倫部·娼妓」）

三 蜀娼類能文，蓋薛濤遺風也。宋時有翁客自蜀挾一妓歸，蓄之別室，率數日一往。偶以病少疎，妓頗疑之，客作詞自解，妓即韻答之云：「説盟説誓，説情説意，動便春愁滿紙。多應念得脱空經，是那箇先生教底。　不茶不飯，不言不語，一味供他憔悴。相思已是不曾閒，又那得工夫咒你。」《堯山堂外紀》。（同前）

四 會稽尉鄭虎臣，以父嘗為似道所配，請為監押。似道時寓建寧之開元寺，虎臣至，奪其寶玉，撤轎蓋，暴行秋日中，令舁轎夫唱杭州歌謔之，窘辱備至。至泉州洛陽橋，遇葉李自漳州放還，見於客邸，李賦詞贈之，詞云：「余歸路，君來路，天理昭昭胡不悟。公田關會竟何如，仔細思量真自誤。　雷州户，厓州户，人生會有相逢處。客中邂逅欠蒸羊，聊贈一篇長短句。」似道俯首謝焉。《史編》（同前書卷四十五「人事部·諷刺」）

五 子瞻在惠州，與朝雲閒坐，時青女初至，落木蕭蕭，悽然有悲秋之意。命朝雲把大白，唱「花褪殘紅」。朝雲歌喉將囀，淚滿衣襟。子瞻詰其故，答曰：「奴所不能歌，是『枝子（當作上）柳綿吹又少，天涯何處無芳草』也。」子瞻翻然大笑，曰：「是吾正悲秋，而汝又傷春矣。」遂罷。朝雲不久抱疾而亡。子瞻終身不復聽此詞。《林下詞談》。(同前書卷五十七「人品部・女類・俠」)

六 楊用修才情蓋世,所著有《洞天玄記》、《陶情樂府》、《續陶情樂府》,流膾人口,而頗不為當家所許。蓋楊本蜀人,故多川調,不甚諧南北本腔也。摘句如「費長房縮不就相思地,女媧氏補不完離恨天。別淚銅壺共滴,愁腸蘭焰同剪。和愁和悶,經歲經年。」又:「傲霜鏡中紫髯,任光陰、眼前赤電仗平安,頭上青天。」皆佳語。《堯山堂外紀》。(同前書卷六十八「文史部・雜著」)

七 宋柳耆卿、蘇長公各以填詞名,而二家不同。當時士論各有所主,東坡一日問一優人曰:「我詞何如柳學士?」優曰:「學士那比得相公?」坡驚曰:「如何?」優曰:「公詞須用丈二將軍銅琵琶、鐵綽板唱相公的『大江東去』,柳學士却著十七、十八女郎唱『楊柳外,曉風殘月』。」坡為之撫掌大笑。優人之言,便具褒彈。《長公外紀》。(同前書卷七十一「文史部・詩話」)

八 岳武穆湖南僧寺詩:「潭水寒生月,松風夜帶秋。」殊緊俏動人。王禹玉丞相寄程公闢詩云:「舞急錦腰迎十八,酒酣玉盞照東西。」樂府《六么》曲有《花十八》,古有玉東西杯,其對甚新也。《墨莊漫録》。(同前書卷七十二「文史部・士詩」)

九 孫何帥錢塘,柳耆卿作《望海潮》詞贈之云:「東南形勝,三吴都會,錢塘自古繁華。煙柳畫橋,風簾翠幙,參差十萬人家。雲樹繞隄沙,怒濤捲霜雪,天塹無涯。市列珠璣,户盈羅綺,競豪奢。重湖疊巘清佳,有三秋桂子,十里荷花。羌管弄晴,菱歌泛夜,嬉嬉釣叟蓮娃。千騎擁高牙,乘醉聽歌鼓,吟賞烟霞。異日圖將好景,歸去鳳城誇。」此詞流播,金主亮聞之,瞯然起投鞭渡江之想。命畫工潛入臨安圖西湖，揭軟屏間，貌己像策馬吴山之巔，題其上曰：「萬里車書盍會同，江南豈有別疆封。提兵百萬西湖上，立馬吴山第一峰。」其時有謝（脱「處」字）厚者詠其事云：「誰把杭州曲子謳，荷花十里桂三秋。那知卉木無情物，牽動長江萬里愁。」廬陵羅景綸云：「耆卿此詞乃逆亮送死媒也，未足深悵。至於荷豔桂香粧點湖山清麗，使士大夫流連歌舞，忘顧中原，是則可恨耳。」因和處厚詩云：「殺胡快劍是清謳，牛渚依然一片秋。却恨荷花留玉輦，竟忘烟柳六宫愁。」《西湖志》（同前）

一〇　隋大業末，煬帝幸揚州，樂人王令言以年老不去，其子從焉。其子在家彈琵琶，令言驚問：「此曲何名？」其子曰：「内裏新翻曲子，名《安公子》。」令言流涕悲愴，謂其子曰：「爾不須扈從，大駕東巡必不回。」子問其故，令言曰：「宫曰君，商曰臣。此曲宫聲，往而不返，吾是以知之。汝可托疾勿去。」《教坊記》。（同前書卷八十二「音樂部・琵琶」）

一一　唐貞元中，康崑崙善琵琶。兩市祈雨，因鬪聲樂，崑崙登街東綵樓，彈一曲新翻羽調《绿腰》，必謂街西無敵。曲罷，西市樓上出一女郎，抱樂器云：「我亦彈此曲，兼移在楓香調中。」及下撥，聲如雷，妙絶入神，崑崙拜請為師，女郎更衣出，乃僧善本，俗姓段。翼日，德宗召入，令教崑崙，段師曰：「請彈一調。」崑崙彈，段師曰：「本領何襍，兼帶邪聲。」崑崙曰：「段師，神人也。臣少學時，會鄰家女授一品絃，後更易數師。」段曰：「且遣崑崙不近樂器十餘年，忘其本態，然後可教。」詔許之，後果盡得師之藝。又讓皇帝子漢中王瑀聞崑崙奏琵琶，曰：「琵聲多，琶聲少，是未可彈五十四絲大絃也。」《山堂肆考》。（同前）

一二 唐帝幸蜀，南入狹斜谷，霖雨彌旬。於棧道中聞鈴聲，與雨聲相應，帝既悼貴妃，因採其聲為《雨霖鈴》曲以寄恨。時獨梨園善觱篥樂工張徽從帝，以其曲授之。洎至德中，復幸華清宫，從宫嬪御皆非舊人。帝於望京樓，令張徽奏此曲，不覺悽愴流涕，其曲後入法部。《明帝别録》。（同前書卷八十二「音樂部・梨園」）

虞淳熙詞話

虞淳熙（？—一六二一），字長孺，號德園，錢塘（今屬浙江）人。萬曆癸未進士，授兵部職方主事。遷主客員外，補稽勳司郎中，黨人力攻之，削籍歸。凡三十載卒。淳熙家貧無書，與其弟淳貞搜奇獵祕，閉門抄寫，方術陰符，靡不通曉，已而偕隱南山以終老焉。著有《德園全集》、《壇埜山館集》、《蔬齋匪語》、《孝經集靈》、《孝經邇言》、《今文孝經説》、《塤篪音》、《大學繁露演》等。此據《四庫禁燬書叢刊》影印明末刻本《虞德園先生集》録詞話一則，又據《續修四庫全書》影印明萬曆三十八年袁叔度書種堂刻本《解脱集》録序文一則。

一　《解脱集題詞》：大地，一梨園也。曰生，曰旦，曰外，曰末，曰丑，曰净，古今六詞客也。壤父而下，不施粉墨，舉如末。陳王作净丑面，然與？六朝、初唐人俱是貼旦。浣花叟，要似外。李青蓮，其生乎？任華、盧仝諸家，半净半丑。而樂天、東坡，教化廣大，色色皆演。王維、張籍、韓子蒼，所謂按樂多詼氣，率歌工也。袁中郎自詭插身净丑場，演作天魔戲，每出新聲，輒踞主客圖首席，人人唱《渭城》，聽之，那得不駭。至抵掌學寒山佛、長吉鬼、無功醉士，並謂為真乃中郎，且哂好音不好曲矣。頭脱烏紗，足脱舃舄，口脱《廻波詞》，身脱侲子之傢，魔女魔民，惟其所扮，直不喜扮法聰，若活法聰，則唱「落花人是顧閭老」，無如予何，中郎畏閭老哉！波波吒吒聲，幾許解脱，中郎定不入畏。萬曆丁酉夏五月，甘園净居士虞淳熙長孺題。（《解脱集》）

二　《劉伯堅詩餘序》：詩之餘音，淺至而儇俏，其調瞰隋唐流響。錦帷綺席，為《金荃》、《蘭畹》、《花間》、《草堂》之屬，第堪使李令伯家雪兒歌之耳，去風騷猶逖，安問雅頌？惟蜀人庚曜卯君以八斗之才，聊傾一勺，如《菩薩鬘》、《憶秦娥》，是其百篇之餘。《水龍吟慢》、《大江東去》，是其諸集之餘。太白奎文，光聯井鬼。尚匪我明伯温、用修之偶，視周、柳、秦、黄、闗、鄭、白、馬，直微星四餘，幽幽小宗矣。而後乃今有伯堅先生，孕雲臺天池之里，左庚曜而右卯君，拍肩携手，恒鴈行也。伯堅登高能賦，業稱大夫，已由虎觀遷虎林。秉木鐸，揚金聲，情至典劇，溢而出帝青萬斛，不啻侈矣。纍纍小璣，萬卷之餘，猶足問上清之價。似風似騷，固也，似雅頌，惟伯堅。似宋似元，固也，似隋唐，惟伯堅。似庚曜，似卯君，固也。屬對必兩，古人與之為三，成伊有象，亦惟伯堅。或以比於其郡帷席間物，堆香奪錦，猶非其似。試問鄉人洛下閎者，三垣燦燦，其似哉！照我金牛之分，奎宿後身，不離壽星岩畔，而太白經天，兩經此地，伯堅與我子弟信有緣也。繼聲嗣響，豈其餘音？正音行，余先爲之負弩矣。（《虞德園先生集》卷五）

鄭仲夔詞話

鄭仲夔，字龍如，玉山（今屬江西）人。天啟丁卯舉人。所著有《偶記》、《蘭畹居清言》、《耳新》、《雋區》。《清言》十卷，采録僻事雋語，自漢魏以迄嘉、隆，分門別類，如《世說新語》之例。此據《四庫全書存目叢書》影印萬曆四十五年刻《玉麈新譚》本《清言》和《四庫禁燬書叢刊》影印明刻本《偶記》録詞話三則。

一　詞女之夫：趙明誠晝寢，誦一書，覺而惟憶三句，云：「言與司合，安上已脱，芝芙草拔。」以告父，父曰：「非謂汝為詞女之夫乎？」後果得李易安為妻。（《偶記》卷六）

二　《昔昔鹽》：樂府有《昔昔鹽》，羽調曲者，如吟、行、曲、引之類。（同前書卷八）

三　康海罷官，自隱聲酒。時楊侍郎以使事過康，康置酒，至醉，自彈琵琶，唱新詞為壽。楊徐謂：「家兄居，恒相念君，但得一書，吾當為君地。」康大怒，罵曰：「若伶人我耶？」手琵琶擊之，楊走免。康遂入，口咄咄：「蜀子更不復見。」（《清言》卷十）

萬惟檀詞話

萬惟檀（？—一六四二），字子馨，曹縣（今屬山東）人。由恩貢知曲陽縣，有惠政。以俵馬缺額，降松江府幕。復為湖廣保康知縣。抵任三月，李自成以數十萬騎攻之，城陷，不屈死。編有《詩餘圖譜》二卷，此據全國圖書館文獻縮微復製中心出版《汲古閣宋人詞文及填詞集》影印明末毛氏汲古閣刻《詞苑英華》本録自序及凡例共九則。

一 《詩餘圖譜説》：夫《圖譜》，何為而作也？誌學步之苦心也。詞之盛，至宋極矣！首倡則歐陽公，於時詞人蔚起，豪放不羈則有眉山蘇子瞻，雄渾得機則有豫章黄魯直，縱横如意則有臨川王介甫，醞釀不凡則有彭城陳無己，以至情詞婉約則有高郵秦少游，固皆詞家宗匠，振古于兹，殆天授，非人力也。嗣後南湖張子則列以譜法，前具圖後繫詞，燦若黑白，俾填詞之客索駿有象，射鵠有的，委於詞學有裨多矣。余小子素不諳於此道，然以玩圖識義，稽實察虚，迺謬於調中分段，段中分句，句中分字詞，非敢悖前人，祇以諸家體别，叶諸管絃，或相乖忤，欲概填不能，欲偏採不敢，不揣茫昧，僭以己見，各成一詞，填為《圖譜》。但求其律之合，不厭其詞之俚。嫫姆效顰，魚目溷珠，即以按道傍之劍，固有所不辭爾。是為述蔣百潭之論而贅以手著之説如右，後學萬惟檀識。（《詩餘圖譜》）

二　詞調各有定格，因其定格而填之以詞，故謂之填詞。今著其字數多少、平仄、韻脚，以俟作者填之，庶不至臨時差悮，可以叶諸管絃矣。（同前書「凡例」）

三　詞格多是雙調，後段謂之換頭，前後相同者，則字數同，平仄間有不同。其不同者，則字數平仄詳載之《圖譜》，可稽也。（同前）

四　詞中字當平者用白圈，字當仄者用黑圈，平而可仄者白圈半黑其下，仄而可平者黑圓半白其下。其仄韻又有上去入三聲，則在審音者裁之。（同前）

五　韻脚初入韻者謂之起，平起仄起。承上韻者謂之叶，平叶，仄叶。有換韻者曰換。平換，仄換。有句中藏韻者初曰中韻起，中平起，中仄起。藏頭承上曰中叶，中平叶，中仄叶。（同前）

六　詞有同一調而名不同者，蓋調有定格，不可易，名則可易，如東坡赤壁《念奴嬌》，因末有「酹江月」，後人作此詞者，即謂之《酹江月》，又謂之《赤壁詞》，又謂之《大江東去》，因其一百字，又謂之《百字令》之類是也。亦有義同而名異者，如《蝶戀花》謂之《鳳棲梧》、《鵲踏枝》，《紅繡鞋》謂之《朱履曲》

之類是也。今皆列註名下，使覽者知其調同而名異爾。（同前）

七《圖譜》、《太和正音》字字討定四聲，雖云太拘，然以叶諸管絃，庶幾不至齟齬，況初學入門，必須步步蹈矩。若其變通神化，則在大方斟酌之。（同前）

八 措詞用字上去入三聲，有通用者，有作用者，有仄而作平、入而作上去者，蓋皆圓活之法。若此譜，則一字不作，亦一韻不借，即其詞之鄙俚，具眼可不論。然以律之黄鐘，則又非黍筒牛鐸所能測已。（同前）

九《圖譜》各列一詞以為格，非敢擅易名人，但以古作者豪爽不拘，亦有參差上下，字數多寡、平仄出入，蓋興到筆隨，不礙詞人之致。然以釐為定體，則不敢一一開載也。（同前）

包衡等輯詞話

《清賞録》十二卷，明包衡、張翼輯。衡字彦平，秀水（今浙江嘉興）人，所著有《春帆什》、《遥青閣集》、《嵩遊集》、《苕遊集》。翼字二星，餘杭（今浙江杭州）人。二人皆久困場屋，棄去制義，因共購閱古書，采摭雋語僻事，積而成帙。一刻之秀州，一刻之武林。此據《四庫全書存目叢書》影印明萬曆刻本録詞話二則。

一

子瞻與客遊金山，適中秋夕，天宇四垂，一碧無際，加江流澒湧，月色如晝，遂共登金山妙高臺，命歌者袁綯歌其《水調歌頭》曰：「明月幾時有，把酒問青天。」歌罷，公自起舞。（《清賞録》卷六）

二 易安以重陽《醉花（脱「陰」字）》詞函致明誠，明誠自媿弗逮，務欲勝之。一切謝客，忘食忘寢凡三日夜，得五十闋，雜易安作以示友人陸得（一作德）夫。陸再三玩之，曰：「三句絶佳：『莫道不消魂，簾捲西風，人似黄花瘦。』」政易安作也。（同前書卷十）

郁濬輯詞話

郁濬，字開之，松江（今屬上海）人。行蹟不詳。撰《石品》二卷，是書成於萬曆丁巳，襍録吉來石。此據《四庫全書存目叢書補編》影印明萬曆刻本録詞話一則。

一　移刻石：臨潼驪山温湯，見石刻一詞曰：「三郎年少客，風流夢、繡嶺蠱瑶環。漸浴酒發春，海棠睡煖。笑波生媚，荔子漿寒。況此際、曲江人不見，偃月事無端。羯鼓三聲，打開蜀道，《霓裳》一曲，舞破潼關。馬嵬西去路，愁來無會處，但泪滿關山。空有香囊遺恨，錦襪傳看。玉笛聲沉，樓頭月下，金釵信杳，天上人間。幾度秋風渭水，落葉長安。」再過之，石又移别刻矣。《升庵集》。（《石品》卷上）

臧懋循著輯詞話

臧懋循（？—一六二一），字晉叔，號顧渚，長興（今屬浙江）人。萬曆庚辰進士，授荆州府教授，擢南國子監博士。博聞强識，畋漁百氏。編《古詩所》、《唐詩所》、《元曲選》，著有《負苞堂稿》、《六博碎金》等。此據《續修四庫全書》影印明天啓元年臧爾炳刻本《負苞堂文選》和影印明萬曆刻本《元曲選》録詞話七則。

一

《元曲選序》：世稱宋詞元曲，夫詞在唐李白、陳後主皆已優為之，何必稱宋？惟曲自元始，有南北各十七宫調。而《北西厢》諸雜劇亡慮數百種，南則《幽閨》、《琵琶》二記已耳。或謂元取士有填詞科，若今括帖，然取給風簷，寸晷之下，故一時名士雖馬致遠、喬孟符輩至第四折往往彊弩之末矣。

或又謂主司所定題目外，正曲名及韻耳，其賓白則演劇時伶人自為之，故多鄙俚蹈襲之語。或又謂《西廂》亦五雜劇，皆出詞人手裁，不可增減一字，故為諸曲之冠，此皆予所不辨。獨怪今之為曲者，南與北聲調雖異，而過宫下韻一也。自高則誠《琵琶》首為不尋宫數調之説以掩覆其短，今遂藉口，謂曲嚴於北而疎於南，豈不謬乎？大抵元曲妙在不工而工，其精者採之樂府，而觕者雜以方言。自鄭若庸《玉玦》始用類書為之，厥後張伯起之徒轉相祖述，為《紅拂》等記，則濫觴極矣。曲白不欲多，唯雜劇以四折寫傳奇故事，其白有累千言者，觀《西廂》二十一折，則白少可見，尤不欲多駢偶。如《琵琶》、《黄門》諸篇業且厭之，而屠長卿《曇花》白終折，無一曲。梁伯龍《浣沙》、梅禹金《玉盒》白終本，無一散語，其謬彌甚。湯義仍《紫釵》四記中間北曲，駸駸乎涉其藩矣，獨音韻少諧，不無鐵綽板唱「大江東去」之病。南曲絶無才情，若出兩手，何也？何元朗評施君美《幽閨》出《琵琶》上，而王元美目為好奇之過。夫《幽閨》大半已褫贋本，不知元朗能辨此否？元美，千秋士也，予嘗於酒次論及《琵琶》《梁州序》、《念奴嬌序》二曲，不類永嘉口吻，當是後人竄入，元美尚津津稱許不置，又惡知所謂《幽閨》者哉？予家藏雜劇多秘本，頃過黄，從劉延伯借得二百五十種，云録之御戲監，與今坊本不同，因為校訂，摘其佳者若干，以甲乙釐成十集，藏之名山而傳之通邑大都，必有賞音如元朗氏者。若曰妄加筆削，自附元人功臣，則吾豈敢？（《負苞堂文選》卷三）

二　《元曲選後集序》：今南曲盛行于世，無不人人自謂作者，而不知其去元人遠也。元以曲取士，設十有二科，而關漢卿輩争挾長技自見，至躬踐排場，面傅粉墨，以為我家生活偶倡優而不辭者，或西晉竹林諸賢托盃酒自放之意。予不敢知所論，詩變而詞，詞變而曲，其源本出于一，而變益下，工益難，何也？詞本詩，而亦取材于詩，大都妙在奪胎而止矣；曲本詞，而不盡取材焉，如六經語、子史語、二藏語、稗官野乘語，無所不供其採掇，而要歸於斷章取義，雅俗兼收，串合無痕，乃悦人耳。此則情詞穩稱之難，宇内貴賤妍媸、幽明離合之故，奚啻千百其狀？而填詞者必須人習其方言，事肖其本色，境無旁溢，語無外假，此則關目緊湊之難。北曲有十七宫調，而南止九宫，已少其半。至于一曲中有突增幾十句者，一句中有襯貼數十字者，尤南所絶無，而北多以此見才，自非精審于字之陰陽、韻之平仄，鮮不劣調，而况以吴儂强效傖父喉吻，焉得不至河漢？此則音律諧叶之難。總之，曲有名家，有行家。名家者出入樂府，文彩爛然，在淹通閎博之士皆優為之。行家者隨所粧演，不無摹擬，曲盡，宛若身當其處而幾忘其事之烏有，能使人快者掀髯，憤者扼腕，悲者掩泣，羨者色飛，是惟優孟衣冠然後可與于此，故稱曲上乘首曰當行，不然，元何必以十二科限天下士？而天下士亦何必各占一科以應之？豈非兼才之難得而行家之不易工哉？予嘗見王元美《藝苑卮言》之論曲，有曰：「北曲字多而聲調緩，其筋在弦；南曲字少而聲調繁，其力在板。」夫北之被絃索，猶南之合簫管，摧藏掩抑，頗足動人，而音亦嫋嫋與之俱流，反使歌者不能自主，是曲之别調，非其正也。若板以節曲，則南北皆有力焉。如謂北筋在弦，亦謂南力在管，可乎？惜哉！元美之未知曲也。由斯以評新安汪伯玉《高唐》、《洛川》四南曲，非不藻麗矣，然純作綺語，其失也靡。山陰徐文長《禰衡》、《玉通》四北曲，非不伉傸矣，然雜出鄉語，其失也鄙。豫章湯義仍庶幾近之，而識乏通方之見，學罕協律之功，所下句字往往乖謬，其失也疎。他雖窮極才情，而面目愈離。按拍者既無繞梁遏雲之奇，顧曲者復無輟味忘倦之好，此乃元人所唾棄而戾家畜之者也。予故選雜劇百種，以盡元曲之妙，且使今之為南者知有所取則云爾。（同前）

三 《彈詞小序》：自風雅變而為樂府，為詞，為曲，無不各臻其至，然其妙總在可解不可解之間而已。若有彈詞多瞽者，以小鼓拍板説唱於九衢三市，亦有媍女以被弦索，蓋變之最下者也。近得無名氏《仙遊》、《夢遊》二録，皆取唐人傳奇為之敷演，深不甚文，諧不甚俚，能使騃兒少女無不入於耳而洞於心，自是元人伎倆。或云楊廉夫避亂吳中時為之。聞尚有《俠遊》、《冥遊録》，未可得，今且刻其存者。（同前）

四 詞山曲海，千生萬熟，三千小令，四十大曲。（《元曲選》「論曲·燕南芝庵論曲」）

五 近世所謂大曲：《蘇小小》，《蝶戀花》。鄧千江《望海潮》，蘇東坡《念奴嬌》，辛稼軒《摸魚兒》，晏叔原《鷓鴣天》，柳耆卿《雨霖鈴》，吳彦高《春草碧》，朱淑真《生查子》，蔡伯堅《石州慢》，張子野《天仙子》。（同前）

六 凡唱曲有地所：東平唱《木蘭花慢》，大名唱《摸魚兒》，南京唱《生查子》，彰德唱《木斛沙》，陝西唱《陽關三疊》、《黑漆弩》。（同前）

七 凡唱所忌：子弟不唱作家歌，浪子不唱及時曲。男不唱艷詞，女不唱雄曲。南人不唱，北人不歌。（同前）

葉燦詞話

葉燦，字以沖，桐城（今屬安徽）人。萬曆癸丑進士，累官國子司業。因忤魏忠賢，落籍。崇禎初起翰林掌院教，歷遷禮部尚書。歸，著書數百卷，卒謚文莊。著有《天柱集》、《讀書堂稿》。此據《續修四庫全書》影印明崇禎八年刻本《詠懷堂詩集》、《外集》録序文一則。

一　詩序：余不佞，從阮公集之遊也。蓋自癸卯上公車始云，屈指到今三十三年矣。憶壬戌余官南雍，公以給事侍養，歸舟過江頭，倉卒一晤，别去，遂十三年不相見。人邇室遐，悠悠我思，病懶成癖，能無各天之歎？去年秋，里中忽遘二百七十年所未有之變，公眦裂髮竪，義氣憤激，欲滅此而後朝食。捐槖助餉，犯衝飇，凌洪濤，重趼奔走，請兵討賊，有申包胥大哭秦庭七日之風。卒賴其謀殲醜，固圉一時，目擊其事者無不艷羡嗟歎，以為非此奇人奇才奇識，安能於倉皇倥傯中決大計、成大功哉？余流落南中，一見握手，勞苦如平生。居久之，盡發其平日所著詩歌，以就余印可。余展讀之，躍然曰：「公之技，遂至此乎？不見公久矣，公猶昔人，公詩非昔詩也。」公曰：「吾里居八年以來，蕭然無一事，惟日讀書作詩，以此為生活耳。無刻不詩，無日不詩，如少時習應舉文字故態，計頻年所得，不下數千百首。然吾亦嘗思之矣，不深其根，不可以探微也；不歷其變，不可以窮態也；不定其宗，不可以摧魔也。吾詩淵源於三百篇，而沉酣於楚騷、《文選》，以陶、王為宗祖，以沈、宋為法門，而出入於高、岑、韋、柳諸大家之間，晝而誦，暮而思，舉古人之神情骨法，反覆揣摩，想像出入，鉥心劌肝，刳腸刻腎，其餘中晚逮宋、元以下，及於近代之名人，卑者熟爛，如齊威、秦皇之戶，即其錚錚者亦薰蕕互冒，瑕瑜相參，譬如羔裘而狐袖，何足以語千尺之錦，登作者之壇哉！」又曰：「古之君子不得志於今，必有垂於後。吾輩舍功名富貴外，別無所以安頓此身，烏用鬚眉男子為也？吾終不能混混汩汩，與草木同朽腐矣。」余聞其言而悲之，且壯其志之大、識之高，不為塵俗勢利牽制埋没也。公少負磊落倜儻之才，饒經世大略，人人以公輔期之。居掖垣，諤諤有聲，熱腸快口，不作寒蟬囁嚅態。逡巡卿列，行且柄用，一與時忤，便留神著述。家世簪纓，多藏書，徧發讀之。又性敏捷，目數行下，一過不忘，無論經史子集、神仙佛道諸鴻章鉅簡，即瑣談、雜誌、方言、小説、詞曲、傳奇，無不薈蕞而掇拾之。聰明之所溢發，筆墨之所點染，無不各極其妙。學士家傳户誦，而全副精力尤注射於五七字之間，抉摘刻削。吟或一字未安，即經歷歲時，必改竄深穩乃已。真有「語不驚人死不休」者。即孟襄陽之眉毫盡落，王摩詰之走入醋甕，其攻苦殆無以遠過。以故其詩有莊麗者，有澹雅者，有曠逸者，有香艷者，至其窮微極渺，靈心慧舌，或古人之所已到，或古人之所未有，忽然出之手與筆化，即公亦不知其所以至而至焉……時崇禎乙亥秋，眷弟葉燦頓首拜題。（節録自《詠懷堂詩集》）

馬鳴霆詞話

馬鳴霆，字國聲，號具巖居士，平湖（今屬浙江）人。萬曆癸丑進士，歷常鎮兵備道、徽寧池太兵備道、山東右參政等。此據《續修四庫全書》影印明萬曆間刻本《嘯餘譜》録序文一則。

一　《題嘯餘譜序》：大塊噓氣而為風，風無區別也，迺卒然相遭，而以為刁，而以為調，以為解愠，以為怒號，甚至竹稍樹顛，空中籟答，以為奏笙簧而鼓球鐘。揔之，一機吹萬，初何分別。自混濛初闢，而語言文字漸開，至唐堯《伯益》、《擊壤》、《康衢》、《卿雲》、《南風》以次興焉，遂間六律五聲八音，以察治忽。蓋天地之精氣結聚於人心，而發越于聲歌，故審聲者就心聲之描寫，以諗氣候。然此際微矣，渺矣，非探天地之元，豈易辨此？新安程若水雅意好古，樹幟吟壇，彙古來韻致若干卷，而總顏其編曰《嘯餘》。蓋見天地之精氣嘯散於風，而人心彙天地之精氣嘯散於韻。孔明躬耕南陽，抱膝長嘯。杜工部稱其不露文章而世已驚，濟世巨力養於一嘯。至若蘇門半嶺嘯聲于于，而聞者以為鸞鳳。夫嘯不同也，而隱而見，而文章，而風流標樹，總於音聲中券之。蓋鳥啼花落，水綠山青，古今同此。嘯圃神而明之長短合，間存乎其人，總是一氣一機，自相輸寫。前後暎發，韻致不同，而同歸於嘯，猶之吹萬不同，而同鼓於風。善乎坡公之韻有云：「累盡吾何言，風來竹自嘯。」此可以徵《嘯餘譜》之註脚矣。程君盱衡千載，俯仰一世，大而音樂之微細及詞曲之渺，無不殫精研究，分門部居，各極其至，真夔龍之功臣，而師曠之良友哉。當令空谷音而土鼓韻，不必被金石而奏管絃也。必待被之奏，奏而始成聲，則大塊之風，幾於不靈矣。具嚴居士馬鳴霆題。

徐三重詞話

徐三重，字伯同，學者稱鴻洲先生，華亭（今屬上海）人。萬曆甲戌舉禮部，丁丑進士，授刑部主事。乞假歸，以父老遂不復出，家居四十餘載。其學以考亭為宗，自壯至老，編摩未嘗釋手。所著有《天真齋草》、《牖景録》、《蘭芳録》、《採芹録》、《家則》、《野志》、《庸齋日記》、《信古餘論》、《餘言》等。《牖景録》二卷，多禩論世事，與所作語録別為一書，中多篤實切近之論。《家則》一卷、《野志》一卷，皆貽訓子孫之語，《家則》為所立規條，每條之後間引古人嘉言善行以證明之。此據《四庫全書存目叢書》影印明刻《樗亭全集》本《牖景録》和影印清抄本《鴻洲先生家則》録詞話二則。

一　李布政昌祺作《剪燈餘話》，韓中丞雍以李有此書，不得入鄉賢祠。或又謂此公大節高明，不宜以筆墨遊戲累之，此語非是。夫士大夫立言垂世，不能端風正俗，乃作猥褻怪亂之語以蕩人志意，即其人身事無他，而於世教有舛，亦為名實之瑕。莊、列非滛慝汙濁人，徒以持論縱浪，為吾道所斥，目為邪説，然其言亦豈如是不典哉？夫論人固不當以晏語掩大節，然大節自端，啓口失義，亦安得是？黄魯直作艷歌小詞，法秀恩以福罪，遂不敢作。若吾徒遇此，直當以正言大義力折之耳。又觀往日鄉賢一事，即玩弄柔翰，空言猶作身後評品，士論嚴核如此，置身可忽乎哉？（《牖景録》卷下）

二　取性命經綸，反典章故實，其餘若詩詞之類，已屬虚華。戲褻諸語，益不典矣。道術不明，學者失據，往往好諸浮淺夸誕，而大道微言妙義，讀之如睹暗，如嚼蠟，即不敢非笑，而心思困寐，如文侯之臨古樂，豈非世教不明使然哉？善讀書者，第取聖賢道德本旨，及政治往迹，以評隲編簡，即漢、魏以前著述，尚可别其純漓，何況後代浮浪不根之語耶？知此，則書籍可畜，亦可讀矣。借人一事，古謂四癡，鬻又甚焉。若不能讀，則俱聽之耳。凡淫褻戲謔，非禮無益者，並不宜有。至於天文圖讖，妖幻符呪，私記左道等書，國有明禁，尤宜戒絶，有則即當焚毁，毋蹈罪戾。（《鴻州先生家則》）

董説詞話

董説（一六二〇—一六八六），字若雨，號西庵，烏程（今屬浙江）人。黄道周之弟子，為復社成員。入清後改姓林，名蹇，字遠遊，號南村。晚為僧，名南潛，字寶雲。所著有《豐草庵》、《易發》、《漢鏡歌發》、《七國攷》、《運氣定論》等，又有《西遊補》。此據《吴興叢書》本《豐草庵前集》録詞話一則。

一　詩均徵：如波乍起而伏，如雲忽斷而續，此詩之妙於均也。其遺聲未墜，在古樂府也。譜之失傳，在古樂府之音節難知也。故知古樂府之音，知詩韻矣，此從流遡源也。知詩韻，則知古樂府之音，此從源及流也。詩有隔韻隔句為韻也，「葛之覃兮，施于中谷」，「谷」為韻之第一也；「維葉萋萋，黄鳥于飛」，自協也，此所隔之句也。「集于灌木」，「木」為谷之第二韻也。「其鳴喈喈」，句之孤行者也。予曰有疏附，附為韻之第一也，予曰有先後，予曰有奔奏後奏協也，此所隔之句也。予曰有禦侮，侮為附之第二韻也，此隔韻之略也。詩有雙韻，隔韻之雙行者也，「無已太康，職思其居。好樂無荒，良士瞿瞿。」太康無荒，康唱而荒和者也。其居瞿瞿，居唱而瞿和者也。「春日載陽，有鳴倉庚。女執懿筐，遵彼微行，爰求柔桑。」陽也，筐也，桑也，韻之從陽者也。庚也，行也，韻之從庚者也。此雙行之略也。詩有首尾韻第一句與末句聲相應也，「經始靈臺，經之營之。庶民攻之，不日成之。經始勿亟，庶民子來」。第一句之臺與末句之來聲相應也，詩有倒韻，上句有韻，下句無韻。違習見而謂之倒也，想齊之末章「肆成人有德」，德為第一韻也；「小子有造」下句之散行者也；「古之人無斁」，斁為德之第二韻也，此上句之協也。「譽髦斯士」，「士」不協「造」，此下句不協也。詩有音和，不別四聲之異，以同音相和也。「雝雝在宮，肅肅在廟。不顯亦臨，無射亦保」，「廟」聲去也；「保」聲上也。「明明在下，赫赫在上。天難忱斯，不易維王。天位殷適，使不挾四方。」初上，短聲也。次王、次方，皆長聲也。夫短聲者，世所言聲之側也。長聲者，世所言聲之平也。今執紅牙而度字者，猶有言和之遺焉，元人已來曲譜可徵也。詩有孤行謂散句，不協於韻也。「文王曰咨，咨女殷商。」「人亦有言，顛沛之揭。枝葉未有害，本實先撥。殷鑒不遠，在夏后之世。」揭、撥，協也，世之句為孤行矣。詩有回環之韻，相續之句連如環，而前後不協也。「載馳載驅」前句之不協者也，「歸唁衛侯，驅馬悠悠」，此二句者，所謂回環之韻也。「言至于漕」後句之不協者也。詩有藏韻，謂藏韻于章句之中而句尾不協也。周頌「於穆清廟，肅雝顯相。濟濟多士，秉文之德。對越在天，駿奔走在廟。不顯不承，無射于人斯。」第一句之於字，生第二句之多字，以至于第八句之無字，一韻也。第四句之德字，生第五句之越字，以至于第八句之射字，二韻也。第四句之文字，生第六句之奔字，以至于第八句之人字，三韻也。此韻之伏藏而神異者也。此數端者，皆古樂府之遺法也。（《豐草庵前集》卷五）

汪廷訥詞話

汪廷訥，字無如，一字昌期，號坐隱，新都（今屬四川）人，一作休寧（今屬安徽）人。耽情詩賦，兼愛填詞，結環翠亭，酒讌琴歌，與湯顯祖、王穉登諸人遊，興酣聯句。有《環翠堂集》、《環翠堂坐隱集選》、《文壇列俎》等。此據《續修四庫全書》影印明萬曆汪氏環翠堂刻《坐隱先生精訂陳大聲樂府全集七種》本《坐隱先生精訂草堂餘意》和《四庫全書存目叢書》影印明萬曆三十七年環翠堂刻本《坐隱先生全集》録序文二則。

一

《刻陳大聲全集自序》：曲雖小技乎，摹寫人情，藻繪物采，實為有聲之畫。所忌微獨鄙俚而不馴，亦恐饒洽而太晦。即雅俗並陳矣，倘律韻少舛，其于合作無當也。蓋律以定調，韻以辯聲。律不叶，則拂于板；韻不諧，則噎於喉。詞隱先生極意釐正，良苦心哉！不佞于此技未窺一斑，私心酷好之。金元作者尚矣，于昭代獨北面陳大聲氏。大聲以簪纓世家，生當江左風流之地，淘瀉襟抱，恣吐才華，布景傳情，動成美善。其所著若《梨雲寄傲》，若《可雪遺編》，若《月香小稿》，若《納錦郎》傳奇，若《滑稽餘韻》，若《太平樂事》，長篇短令，無不使人解頤。總之，其韻嚴，其響和，其節舒。詞秀而易晰，音諧而易按。言言蒜酪，更復擅塲。借使騷雅屬耳，擊節賞音，里人聞之，亦且心醉，其真詞壇之鼓吹而俳諧之傑霸乎！不佞每對蘿月湖雲，手取數闋，長謳一過，神思飛越，竟不知此身在人間世也。第原刻不善，日久益復模糊，乃自精訂，授之剞劂，而並以《草堂餘意》詩詞二韻附其後，庶作者知詩與詞各自為韻，不得以己意相假借也。若九宫之辯，具載涵虚子、幼平甫二譜中，不佞何庸贅？時萬曆辛亥仲春月上浣，新都無如汪廷訥序。（《坐隱先生精訂草堂餘意》）

二　自序：余小憇山中，栖心玄旨。自分超此娑婆而外之，於一切塵緣俗務視如空花亂起亂滅，曾不入于其懷。故倚徙去住，有以天地為屋宇，而川岳為枕席者。大抵巨壑之縱鱗，空冥之矯翼，惟意所適人，不得以世法繩之也。居閒一局，若有心，若無心。動涵至静，數歲至理，稍游息之，惟以慶此居諸耳。如抱甓，如弄丸，未嘗一着意於此也。然而涉世亦久，其間之人我是非，浮沉聚散，妍媸好惡，頃刻而滄桑者，不可摹寫。反於枰間數着了之，則古云以允備日，此之謂也。兹訂譜成，而大義見矣。自名公珠什瑶篇而外，小子訥或敷衍而成文，或聲律而成詩，比擬而成賦，排調而成詞曲，註脚而成贊、頌、箴、銘，復檢舊刻《環翠集》中，什之二三關此情景者，竄入之。總之，情因景觸，興以情生，如籟鳴竅響，不以供人之聽，特偶然耳。問之籟與竅，不得而知也，則何以説？蓋雕鏤刻畫，纂組繡繢，飛墨池之潤，生筆端之花，咀嚼椒桂，撚鼰芝蘭，龔人之節頻擊，而轂屢推者，欲投世好之人也。若小子訥隱不着跡，奕且忘情，其御世有總歸之空者，而况作綺語以驚人哉！故集成而工拙非所論也。噫！深沉長者斥無賴于卷端，風雅少年鼓雌黄於頰輔，則不知籟與竅之説也。小子亦何必諱耶？（《坐隱先生集》卷一）

鄭文昂詞話

鄭文昂，字季卿，閩（今福建）人。早棄公車，博雅學富。泰昌年間仕州倅於巴瀘。費二十載，輯成《名媛彙詩》二十卷，此據《四庫全書存目叢書》影印明泰昌元年張正岳刻本《古今名媛彙詩》録詞話一則。

一　彙中之詩諸體既備矣，如賦者，乃詩之流；詞者，乃詩之餘；贊、頌為有韻之文：皆與詩相去不遠，故悉採録。又如尺牘之文，乃鋪叙情懷，紆寫衷曲，雖非詩類，頗有騷意，亦得備録，故附卷末。（《古今名媛彙詩》「凡例」）

秦淮寓客輯詞話

《緑牕女史》十四卷，引言署名秦淮寓客，其姓氏不詳，字蕙著。其書輯録歷代有關女性方面的著作，分十部，依次為閨閣、宫闈、緣偶、冥感、妖蠱、節俠、神仙、妾婢、青樓、著撰，每部又分細目。此據臺灣天一出版社出版《明清善本小説叢刊》影印明刻本録詞話七十七則。

一　朱希真：希真小字秋娘，嫁為商人徐必用妻，能詩。　警悟：「世事短如春夢，人情薄似秋雲。不須計較苦勞心，萬事元來有命。　幸遇三杯酒美，況逢一朵花新。片時歡笑且相親，明日陰晴未定。」又：「日日深杯酒滿，朝朝小圃花開。自歌自舞自開懷，且喜無拘無礙。　青史幾番春夢，紅塵多少奇才。不須計較與安排，領取而今見在。」讀其辭，達於義命，非復婦人所能道。（《綠牕女史》卷一「才品・江盈之《閨秀詩評》」）

二 嚴蘂：字幼芳，天台營妓。唐太守仲友命賦紅白桃花，即調《如夢令》一闋。紅白桃花詞：「道是梨花不是，道是杏花不是。白白與紅紅，別是東風情味。曾記，曾記，人在武陵微醉。」都是眼前字，襯貼婉轉有致。（同前）

三 翁客妓：妓歸翁客，因以名之，此其閨門調弄之詞也。答翁客詞：「説盟説誓，説情説意，動便春愁滿紙。多應念得脱空經，是那箇先生教的。不茶不飯，不言不語，一味供他憔悴。相思已是不曾閑，又那得工夫呪你。」口頭語組織成詞，暢於衆耳，此詞家當行也。（同前）

四 《菊部頭傳》（宋・陳忠）：思陵朝，掖庭有菊夫人者，善歌舞，妙音律，為仙韶院之冠，宮中號為菊部頭，然頗以不獲際幸為恨。既而稱疾告歸，宦者陳源以厚禮聘歸，蓄於西湖之適安園。一日，德壽按《梁州》曲舞，屢不稱旨，提舉官開（一作闗）禮知上意不樂，因從容奏曰：「此事非菊部頭不可。」上遂令宣唤，於是再入九禁，陳遂憾悵成疾。有某士者頗知其事，演而為曲，名之曰《菊花新》，以獻之，陳大喜，酧以田宅金帛甚厚。其譜則教坊都管王公謹所度也。陳每聞歌詠，淚下不勝情，未幾物故。園後歸重華宮，改名小隱園。孝宗朝撥賜張貴妃，為永寧崇福寺云。李公山節，汾州人也。時正端平中，朱湛盧復之使北展覲八陵，引李與王仲偕南。李初任鄉郡節制司幹官，後任西山倅。時倅陳三嶼松龍會寮友於多景樓，賞楊妃菊，令諸妓各持紙筆侍衆官請詩，李江下後至，酒一行，起背手數步吟云：「命委馬嵬坡畔泥，驚魂飛上傲霜枝。西風落日東籬下，薄倖三郎知不知。」辭至精切，或至閣筆。偶閱菊部頭事，附記於此。（同前書卷二「宮闈上·寵遇」）

五《陳盼兒傳》（宋·李祉）：庚申八月，太子請兩殿幸本宮清霽亭賞芙蓉、木犀，詔部頭陳盼兒捧牙板歌「尋尋覓（脱一『覓』字）」一句，上曰：「愁悶之詞，非所宜聽。」顧太子曰：「可令陳藏一譔一即景譔快活《聲聲慢》。」先臣再拜承命，五進酒而成，二進酒，數十人已羣謳矣。天顏大悦，於本宮官屬支賜外，特賜百疋兩。詞曰：「澄空初霽，暑退銀塘，冰壺鴈程寥漠。天闕清芬，何事早飄巖壑。花神更裁麗質，漲紅波、一奩疏（當作梳）掠。凉影裏，筭素娥仙隊，似曾相約。閑把兩花商略，開時候、羞趂觀桃堦藥。緑幙黄簾，好頓膽瓶兒着。年年粟金萬斛，拒嚴霜、綿絲圍幄。秋富貴，又何妨、與民同樂。」明年四月九日，儲皇生辰，令述《寶鼎兒》，俾本宮内人群唱為壽，上稱得體。詞曰：「虞絃清暑，佳氣葱鬱，非煙非霧。人正在、東闈堂上，分瑞祥輝騰翠渚。奉玉巵，總歡呼稱頌，争羨神光葆聚。慶誕節、彌生二佛，接踵瑶池仙母。最好英慧由天賦，有仁慈，寬厚襟宇。每留念，修身忱意，博問謙勤親保傅。染寶翰、鎮規隨宸畫，心授家傳有素。更吟詠、形容雅頌，隱隱賡歌風度。恩重漢殿傳觴，宣付祝、恭承天語。對南薰初試，宫院笙簫競舉。但長願，際昇平世，萬載皇基因覩。問寢日，誒雞鳴舞，拜龍樓深處。」又明年，賜永嘉郡夫人全氏為太子妃。錫宴畢，（脱『太』字）子妃回宫，令旨俾立成《絳都春》家宴進酒詞，曰：「晴春媚曉，正禁苑乍煖，鶯聲嬌小。柳拂玉蘭（一作『闌』），花映朱簾韶光早。熙朝多暇舒長晝，慶聖主、新頒飛詔。貽謀恩重，齊家有訓，萬邦儀表。偏稱宫闈歡笑。醲和氣共結，天香繚繞。侍宴回車，韶部將迎金蓮照，雞鳴警戒丁寧了。」若此者餘百篇，史臣章采稱：「陳藏一長短句，以清真但管取、咸常同道，東皇先報宜男，已生瑞草。」若此者餘百篇，史臣章采稱：「陳藏一長短句，以清真之不可學，老坡之可。東宫應令，含情託諷，所謂曲終奏雅者也。沉香亭《清平》之調，尚託汗青以傳，藏一此詞，合太史氏書法，宜牽連得書。」（同前）

六 使高力士取楊氏女於壽邸，度為女道士，號太真，住内太真宫。天寶四載七月，册左衛中郎將韋昭訓女配壽邸。是月於鳳凰園册太真宫女道士楊氏為貴妃，半后服用。進見之日，奏《霓裳羽衣曲》。《霓裳羽衣曲》者，是玄宗登三鄉驛望女几山所作也，故劉禹錫有詩云：伏覩玄宗皇帝望女几山詩，小臣斐然有感：「開元天子萬事足，惟惜當時光景促。三鄉驛上望仙山，歸作《霓裳羽衣曲》。仙心從此在瑶池，三清八景相追隨。天上忽乘白雲去，世間空有秋風詞。」又《逸史》云：羅公遠，天寶初侍玄宗，八月十五日夜宫中翫月，曰：「陛下能從臣月中游乎？」乃取一枝桂，向空擲之，化為一橋，其色如銀，請上同登。約行數十里，遂至大城闕，公遠曰：「此月宫也。」有仙女數百，素練寬衣，舞於廣庭。上前問曰：「此何曲也？」曰：「《霓裳羽衣》也。」上密記其聲調，遂回橋，却顧隨步而滅，旦諭伶官象其聲調，作《霓裳羽衣曲》。以二説不同，乃備録於此。（節録自前書卷三「宫闈下·蠱惑·樂史《楊太真外傳》卷上」）

七 上與妃及嬪御皆歡笑，移時，聲聞于外，因命牙笏黄紋袍賜之。上又宴諸王于木蘭殿，時木蘭花發，皇情不悦。妃醉中舞《霓裳羽衣》一曲，天顔大悦。方知迴雪流風，可以迴天轉地。上嘗夢十仙子，乃製《紫雲迴》。　玄宗嘗夢仙子十餘輩，御卿雲而下，各執樂器懸奏之，曲度清越，真仙府之音。有一仙人曰：「此神仙《紫雲迴》，今傳受陛下，為正始之音。」上喜而傳受，寤後，餘響猶在，旦命玉笛習之，盡得其節奏也。　并夢龍女，又製《凌波曲》。　玄宗在東都，晝夢一女，容貌艷異，梳交心髻，大袖寬衣，拜於牀前。上問汝何人，曰：「妾是陛下凌波池中龍女，衛宮護駕，妾實有功。今陛下洞曉鈞天之音，乞賜一曲，以光族類。」上於夢中為鼓胡琴，拾新舊之曲聲為《凌波曲》，龍女再拜而去。及覺，盡記之。會禁樂，自御琵琶習而翻之，與文武臣僚於凌波宮臨池奏新曲，池中波濤湧起，復有神女出池心，乃所夢之女也。上大悅，語於宰相，因於池上置廟，每歲命祀之。二曲既成，遂賜宜春院及梨園弟子并諸王。（同前）

八　十四載六月一日，上幸華清宮，乃貴妃生日，上命小部音聲，小部者，梨園法部所置，凡三十人，皆十五已下。於長生殿奏新曲，未有名，會南海進荔枝，因以曲名《荔枝香》。左右歡呼，聲動山谷。（節録自同前《楊太真外傳》卷下）

九　上發馬嵬，行至扶風道，道傍有花寺畔，見石楠樹團圓，愛玩之，因呼為端正樹，蓋有所思也。又至斜谷口，屬霖雨涉旬，於棧道雨中聞鈴聲，隔山相應，上既悼念貴妃，因採其聲為《雨霖鈴》曲，以寄恨焉。（同前）

一〇　會嶺表使歸，妃問左右何處驛使來，非梅使耶？　對曰：「庶邦貢楊妃果實使來。」妃悲咽泣下。上在花萼樓，會夷使至，命封珍珠一斛密賜妃。妃不受，以詩付使者曰：「為我進御前也。」曰：

「柳葉雙眉久不描，殘妝和淚汙紅綃。長門自是無梳洗，何必珍珠慰寂寥。」上覽詩，悵然不樂，令樂府以新聲度之，號《一斛珠》，曲名始此也。（同前書卷三「宫闈下・怨恨・曹鄴・《梅妃傳》」）

一一《焚椒録》（遼・王鼎）：懿德皇后蕭氏，為北面官南院樞密使惠之少女。母耶律氏夢月墜懷，已復東升，光輝照爛，不可仰視，漸升中天，忽為天狗所食，驚寤而后生。時重熙九年五月己未也，母以語惠，惠曰：「此女必大貴，而不得令終，且五日生女，古人所忌，命已定矣。將復奈何？」后幼能誦詩，旁及經子，及長，姿容端麗，為蕭氏稱首，皆以觀音目之，因小字觀音。二十二年，今上在青宫進封燕趙國王，慕后賢淑，聘納為妃。后婉順，善承上意，復能歌詩而彈箏，琵琶尤為當時第一，由是愛幸遂傾後宫。及上即位，以清寧元年十二月戊子册為皇后，后方出閤升坐，扇開簾捲，忽有白練一段自空吹至后褥位前，上有「三十六」三字，后問此何也，左右曰此天書，命可敦領三十六宫也，后大喜。宫中為語曰「孤穩壓帕女古鞢，菩薩喚作耨斡麽」，蓋言以玉飾首，以金飾足，以觀音作皇后也。二年八月上獵秋山，后率妃嬪從行在所，至伏虎林，上命后賦詩，后應聲曰：「威風萬里壓南邦，東去能翻鴨緑江。靈怙大千都破膽，那教猛虎不投降。」上大喜，出示羣臣曰：「皇后可謂女中才子。」次日上親御弓矢射獵，有虎突林而出，上曰：「朕射得此虎，可謂不媿后詩。」一發而殪，羣臣皆呼萬歲。是歲十一月羣臣上皇帝尊號曰天祐皇帝，后曰懿德皇后。三年秋，上作《君臣同志華夷同風》詩，后應制屬和曰：「虞廷開盛軌，王會合奇琛。到處承天意，皆同捧日心。文章通鹿蠡，聲教薄雞林。大寓看交泰，應知無古今。」明年，后生皇子濬，皇太叔重元妃入賀，每顧影自矜，流目送媚，后語之曰：「貴家婦宜以莊臨下，何必如此？」妃銜之，歸罵重元曰：「汝是聖宗兒，豈虎斯不若？使教坊奴得以敦加吾，汝若有志，當除此帳，笞撻此婢。」于是重元父子合定叛謀，于九年七月駕幸灤水，聚兵作逆，須臾軍潰，父子伏誅，而討平此亂，則知北樞密院事趙王耶律乙辛與有功焉，尋進南院樞密使，威權震灼，傾動一時。惟后家不肯相下，乙辛每為怏怏。及咸雍初，皇子濬册為皇太子，益復蓄奸為圖后計矣。后常慕唐徐賢妃行事，每于當御之夕，進諫得失。國俗君臣尚獵，故有四時捺鉢，上既擅聖藻，而尤長弓馬，往往以國服先驅，所乘馬號飛電，瞬息百里，常馳入深林邃谷，扈從求之不得，后患之，乃上疏諫曰：「妾聞穆王遠駕，周德用衰，太康伏（當作佚）豫，夏社幾危，此游佃之往戒，帝王之龜鑑也。頃見駕幸秋山，不閑六御，特以單騎從禽，深入不測，此雖威神所届，萬靈自為擁護，倘有絶羣之獸，果如東方所言，則溝中之家必敗簡子之駕矣。妾雖愚闇，竊為社稷憂之，惟陛下尊老氏馳騁之戒，用漢文吉行之旨，不以其言為牝雞之晨而納之。」上雖嘉納，心頗厭遠。故咸雍之末，遂稀幸御，后因作詞曰《回心院》，被之管絃，以寓望幸之意也：「埽深殿，閉久金鋪暗。游絲絡網塵作堆，積歲青苔厚堦面，埽深殿，待君宴。」「拂象牀，憑夢借高唐。敲壞半邊知妾卧，恰當天處少輝光。拂象牀，待君王。」「換香枕，一半無雲錦。為是秋來轉展多，更有雙雙淚痕滲。換香枕，待君寢。」「鋪翠被，羞殺鴛鴦對。猶憶當時叫合歡，而今獨覆相思塊。鋪翠被，待君睡。」「裝繡帳，金鈎未敢上。解却四角夜光珠，不教照見愁模樣。裝繡帳，待君貺。」「疊錦茵，重重空自陳。只願身當白玉體，不願伊當薄命人。疊錦茵，待君臨。」「展瑶席，花笑三韓碧。笑妾新鋪玉一牀，從來婦懽不終夕。

展瑶席，待君息。」「剔銀燈，須知一樣明。偏是君來生彩暈，對妾故作青熒熒。剔銀燈，待君行。」「爇熏爐，能將孤悶蘇。若道妾身多穢賤，自沾御香香徹膚。爇熏爐，待君娱。」「張鳴箏，恰恰語嬌鶯。一從彈作房中曲，常和窗前風雨聲。張鳴箏，待君聽。」時諸伶無能奏演此曲者，獨伶官趙惟一能之。而宫婢單登，故重元家婢，亦善箏及琵琶，每與惟一争能，怨后不知己，后乃召登與對彈四旦二十八調，皆不及后彈，媿恥拜服。于時，上常召登彈箏，后諫曰：「此叛家婢女中獨無豫讓乎？安得輕近御前？」因遣直外别院，登深怨嫉之。而登妹清子嫁為教坊朱頂鶴妻，方為耶律乙辛所暱，登每向清子誣后與惟一淫通，乙辛具知之，欲乘此害后，以為不足證實，更命他人作十香婬詞，用為誣案，云：「青絲七尺長，挽出内家裝。不知眠枕上，倍覺緑雲香。」「紅銷一幅强，輕闌白玉光。試開胸探取，尤比顫酥香。」「芙蓉失新艷，蓮花落故妝。兩般總甚比，可似粉腮香。」「蝤蠐那足並，長須學鳳凰。昨宵歡臂上，應惹領邊香。」「和羹好滋味，送語出宫商。定知郎口内，含有煖甘香。」「非關兼酒氣，不是口脂芳。却疑花解語，風送過來香。」「既摘上林蕊，還親御苑桑。歸來便携手，纖纖春笋香。」「鳳鞾抛合縫，羅襪卸輕霜。誰將煖白玉，雕出軟鈎香。」「解帶色已戰，觸手心愈忙。那識羅裙内，消魂别有香。」「咳唾千花釀，肌膚百和裝。元非噉沉水，生得滿身香。」乙辛陰屬清子使登乞后手書，登時雖外直，常得見后，后善書，登紿后曰：「此宋國忒里蹇所作，更得御書，便稱二絶。」后讀而喜之，即為手書一紙，紙尾復書己所作懷古詩一絶云：「宫中只數趙家妝，敗雨殘雲悮漢王。惟有知情一片月，曾窺飛鳥入昭陽。」登得后手書，持出與清子云：「老婢婬案已得，况可汗性忌，早晚見其白練挂粉脰也。」乙辛已得書，遂搆詞，命登與朱頂鶴赴北院陳首伶官趙惟一私侍懿德皇后，有十香婬詞為證，乙辛乃密奏上曰：「太康元年十月二十三日，據外直別院宮婢單登及教坊朱頂鶴陳首本坊伶官趙惟一，向要結本坊入內承直高長命，以彈箏琵琶得召入內，沐上恩寵，乃輒干冒禁典，謀侍懿德皇后御前。忽于咸雍六年九月駕幸木葉山，惟一公稱有懿德皇后旨召入彈箏，于時皇后以御製《回心院》曲十首付惟一入調，自辰至酉，調成，皇后向簾下目之，遂隔簾與惟一對彈，及昏命燭，傳命惟一去官服，着緑巾金抹額窄袖紫羅衫，珠帶烏韡，皇后亦着紫金百鳳衫，杏黄金縷裙，上戴百寶花髻，下穿紅鳳花韡，召惟一更入內帳，對彈琵琶，命酒對飲，或飲或彈，至院鼓三下，敕內侍出帳，登時當直帳，不復聞帳內彈飲，但聞笑聲。登亦心動，密從帳外聽之，聞后言曰：『可封有用郎君。』惟一低聲言曰：『奴具雖健，小蛇耳，自不敵可汗真龍。』后曰：『小猛蛇却賽真懶龍。』此後但聞惺惺若小兒夢中啼而已。院鼓四下，后喚登揭帳，曰：『惟一醉不起，可為我喚醒。』登叫惟一百通，始為醒狀，乃起拜辭。后賜金帛一篋，謝恩而出。其後駕還，雖時召見，不敢入帳。后深懷思，因作十香詞賜惟一。惟一持出誇示同官朱頂鶴，朱頂鶴遂手奪其詞，使婦清子問登，登懼事發連坐，乘暇泣諫，后怒，痛笞，遂斥外直。但朱頂鶴與登共悉此事，使含忍不言，一朝敗壞，安免株坐，故敢首陳，乞為轉奏，以正刑誅。臣惟皇帝以至德統天，化及無外，寡妻匹婦，莫不刑于今，宮帳深密，忽有異言，其有關治化，良非渺小，故不忍隱諱，輒據詞并手書十香詞一紙密奏以聞。」上覽奏大怒，即召后對詰，后痛哭轉辨曰：「妾托體國家，已造婦人之極，况誕育儲貳，近且生孫，兒女滿前，何忍更作淫奔失行之人乎？」上出十香詞，曰：「此非汝作手書？更復何辭？」后曰：「此宋國忒里蹇所作，妾即從單登得而書，賜之耳，且國家無親蠶事，妾作那得有親桑語？」上曰：「詩正不妨以無為有，如詞中合縫鞾，亦非汝所着，為宋國服邪？」上怒甚，因以鐵骨朵擊后，后幾至殞，即下其事使參知政事張孝傑與乙辛窮治之，乙辛乃繫械惟一、長命等訊鞫，加以釘灼盪錯等刑，皆為誣服，獄成將奏，樞密副使蕭惟信馳語乙辛、孝傑曰：「懿德賢明端重，化行宮帳，且誕育儲君，為國大本，此天下母也，而可以叛家仇婢一語動搖之乎？公等身為大臣，方當燭照奸宄，洗雪寃誣，烹滅此輩，以報國家，以正國體，奈何欣然以為得其情也？公等幸更為思之。」不聽？遂具獄上之，上猶未決，指后懷古一詩曰：「此是皇后罵飛燕也，如何更作十詞？」孝傑進曰：「此正皇后懷趙惟一耳。」上曰：「何以見之。」孝傑曰：「『宮中只數趙家妝，惟有知情一片月』，是以二句中包含趙惟一三字也。」上意遂決，即日族誅惟一，併斬長命，敕后自盡。時皇太子及齊國諸公主咸被髪流涕乞代母死，上曰：「朕親臨天下，臣妾億兆，而不能防閑一婦，更何施眉目靦然南面乎？」后乞更面可汗一言而死，不許，后乃望帝所而拜，作絕命詞曰：「嗟薄祐兮多幸，羌作儷兮皇家。承昊穹兮下覆，近日月兮分華。托後鈞兮凝位，忽前星兮啟耀。雖釁㦧兮黄牀，庶無罪兮宗廟。欲貫魚兮上進，乘陽德兮天飛。豈禍生兮無朕，蒙穢惡兮宮闈。將剖心兮自陳，冀迴照兮白日。寧庶女兮多漸，遏飛霜兮下擊。顧子女兮哀頓，對左右兮摧傷。共西曜兮將墜，忽吾去兮椒房。呼天地兮慘悴，恨今古兮安極。知吾生兮必死，又焉愛兮旦夕。」遂閉宮以白練自經。上怒猶未解，命裸后屍，以葦席裹還其家，春秋三十有六，正符白練之語，聞者莫不寃之。

皇太子投地大叫曰：「殺吾母者，耶律乙辛也，他日不門誅此賊，不為人子。」乙辛遂謀害太子無虛日矣。嗟嗟，自古國家之禍，未嘗不起于纖纖也，鼎觀懿德之變，固皆成于乙辛，然其始也，由于伶官得入宫帳，其次則叛家之婢使得近左右，此禍之所由生也。第乙辛凶慘無匹，固無論，而孝傑以儒業起家，必明于大義者，使如惟信直言，毅然諍之，后必不死，后不死，則太子可保無恙，而上亦何慚于少恩骨肉哉？乃亦昧心同聲，自保禄位，卒使母后、儲君與諸老成一旦皆死于非辜，此史册所書未有之禍也。二人者可謂罪通于天者乎？然懿德所以取禍者有三，曰好音樂，與能詩善書耳。假令不作《回心院》，則十香詞安得誣出后手乎？至于懷古一詩，則天實為之，而月食飛練，先命之矣。

余讀《焚椒録》，乃知元人修史之謬也。即如宣懿皇后諫道宗單騎馳獵，僅百二十餘言，其辭意並到，有宋人所不及者。其他若陰屬單登索后書及證懷古詩于帝前，此乙辛、孝傑罪案也，可削而不載乎？一書去取如此，其他挂漏可知矣。惟此録言皇后生于五月五日，而道宗本紀稱坤寧節在十二月。又云：重元父子伏誅，則重元走出大漠自殺耳，豈别有所據邪？至于録中所載詩詞，雖淫靡，不足道，如「解却四角夜光珠，不教照見愁模樣」、「只願身當白玉體，不願伊當薄命人」、「偏是君來生彩暈，對妾故作青熒熒」、「若道妾身多穢賤，自沾御香香徹膚」，此等皆有唐人遺意，恐有宋英神之際諸大家無此四對也。併識于此，以竢博雅君子。西園歸老題。（同前書卷三）

一二　《西閣寄梅記》（錢塘瞿佑）：朱端朝，字廷之，宋南渡後，肄業上庠。與妓馬瓊瓊者往來久之，情愛稠密，馬屢以終身之託為言。朱雖口從而心不許之，蓋以妻性嚴謹，不敢主盟，非薄倖也。端朝文華富贍，瓊瓊知其非白屋久居之人，遂傾心。凡百費用，皆瓊瓊給之。時秋試，高中捷報之來，瓊瓊喜而勞之。端朝乃淬勵省業，以決春闈之勝，既而到省愜意。翌日，揭報果中優等。及廷對之策，失之太訐，遂置下甲。初注授南昌尉，瓊瓊力致懇曰：「妾風塵卑之人，荷君不遽棄去。今幸榮登仕版，行將雲泥隔絶，無復奉承枕席，妾之一身終淪溺矣，誠可憐憫，欲望君與謀脱籍之計，永執箕箒。然固君内政謹嚴，妾當小心伏事，無敢唐突。萬一脱此業緣，受賜於君，誠不淺淺耳。且妾之箱篋稍充，若與力圖，去籍誠為不難。」端朝曰：「去籍之計固可主張，但恐不能與家人相處，使其無妒忌之態。端朝為計，亦不至今日，盛意既濃，沮之則近無情，從之則虞有辱，然既出汝中心，容與調護，先入數語，使其和同柔順，庶彼此得以相安，否則端朝之計無所施矣。」一夕，端朝因間謂其妻曰：「我久居學舍，雖近得一小官，外人誠有助焉。且我家貧，急於干禄，豈得待數年之闕？我所得一官，實出妓子馬瓊瓊之賜。今彼欲傾箱篋，求託於我，仍謀去籍。彼亦能小心迎合人意，脱彼於風塵之間，此亦仁人之恩也。」其妻曰：「君意已決，亦復何辭。」端朝喜謂瓊瓊曰：「初畏家人不從，吾言試一叩之，乃忻然相許。」端朝於是宛轉求脱，而瓊瓊花籍亦得除去，遂搬囊橐，與端朝俱歸其家。既至門，其正室一見如故。端朝自是得瓊瓊所攜，而家遂稍豐。因整理一區，中闢二閣，以東、西扁名，東閣正屋居之，乃令瓊瓊處於西閣。後止有東西閣相通同處。倏經三載，闕期已滿，迓吏前至。端朝以路遠俸薄，不欲攜累，乃單騎赴任。將行，置酒與東西閣相宴，因祝曰：「凡此去，或有家信來往，東閣西閣不能别書，止混同一緘，復書亦如之。」言畢，端朝獨之南昌，在路登涉稍艱。既到南昌，參州交印，謁廟受賀，復禮人事方畢，而巡警繼至。倏經半載，乃得家信，止東閣有書，而西閣無之。端朝亦不介意。復書，中但諭及東閣寬容之意，仍指西閣奉承之勤。書至，竟不及見，且曰：「縣尉之行也，嘗曰作書回字，當與二閣共之，今乃不獲覩，此何意也？」東閣開言頗嫉之，欲去而未可。西閣乃密遣一僕，厚給裹足，授以書，祝之曰：「勿令東閣孺人知之。」及書至南昌，端朝開緘，絕無一字，止見雪梅扇面而已，乃反覆觀玩，及於後寫一詞，名《減字木蘭花》云：「雪梅妒色，雪把梅花相抑勒。梅性溫柔，雪壓梅花怎起頭？芳心欲訴，全仗東君來作主。傳語東君，早與梅花作主人。」端朝詳味詞中之意，則知西閣為東閣摧挫可知矣。自是坐卧不安，日夜思欲休官，賦歸去來之計。蓋以僥倖一官，皆西閣之力，不忘本也。後竟以尋醫為名而棄官歸來。既至家，而東西二閣相與出迎，深怪其未及書考，忽作歸計。叩之，不答。既而端朝置酒，會二閣而言曰：「我僥倖一官，羈迷千里，所望二閣在家和順相容，使我居官少安。昨日見西閣所寄梅扇後書《減字木蘭花》一首，讀之，使人不遑寢食，吾安得而不歸哉？」東閣乃曰：「君今仕矣，且與妾判斷此事，據西閣詞中所說，梅花孰是？」端朝曰：「此非口舌所能判斷，當取紙筆來，書其是非曲直。」遂作《浣溪沙》一闋以示二閣，云：「梅正開時雪正狂，兩般幽韻孰優長？且宜持酒細端詳。梅比雪花多一出，雪如梅蕊少些香，花公非是不思量。」自後二閣歡會如初，而端朝亦不復出仕矣。（同前書卷四「緣偶上・才豔」）

一三《香車和雪記》（廬陵李禎）：上官守愚者，揚州江都人，為奎章閣授經郎。時居順天館東，與國史檢討賈敬中為隣。賈工詩善畫，家藏古琴三張，曰瓊瑤音、環珮音、蓬萊音，皆敬仲所鑒定。守愚亦雅好吟咏，兼嗜緑綺，與賈交遊特厚。每休暇過從，詩酒琴棊，從容竟日。賈無嗣，只三女，嘗曰：吾三女，可比三琴，遂取琴名名女焉。守愚子粹，甚清俊聰敏，生時，人送《唐文粹》一部，故小字粹奴。年十歲，因就賈學，賈夫婦愛之如子，三女亦視之猶兄弟，呼為粹舍。嘗與其幼女蓬萊同學書畫，深相愛重，賈妻戲之曰：「使蓬萊他日得壻如粹舍，足矣。」歸以告守愚，曰：「吾意正然。」遣媒往議，各已許諾，粹二人亦私喜不勝。……蓬萊自入上官之門，孝事舅姑，恭順夫子，一家内外無不稱賢，暇則與粹唱和詩詞，娱情琴畫而已。（同前）

一四　《芙蓉屏記》（廬陵李禎）：至正辛卯，真州有崔生名英者，家極富。以父蔭補浙江温州永嘉尉，携妻王氏赴任。道經蘇州之圌山，泊舟少憩，買紙錢牲酒，賽於神廟。既畢，與妻小飲舟中。舟人見其飲器皆金銀，遽起惡念。是夜，沉英水中，并婢僕殺之，謂王氏曰：「爾知所以不死者乎？我次子尚未有室，今與人撑船往杭州，一兩月歸來，與汝成親，汝即吾家人，第安心無恐。」言訖，席捲其所有，以新婦呼王氏。王氏佯應之，勉為經理，曲盡慇懃。舟人私喜得婦，然漸稔，不復防閑。將月餘，值中秋節，舟人盛設酒殽，雄飲痛醉。王氏伺其睡沉，輕身上岸，走二三里，忽迷路。四面皆水鄉，惟蘆葦菰蒲，一望無際。且生自良家，雙彎纖細，不任跋涉之苦。又恐追尋至，於是盡力而奔。久之，東方漸白，遥望林木中有屋宇，急往投之，至則門猶未啓，鐘梵之聲隱然。少頃，開關，乃一尼院。王氏徑入。院主問所以來故，王氏未敢以實對，紿之曰：「妾，真州人，阿舅宦游江浙，挈家偕行，抵任，而良人歿矣。孀居數年，舅以嫁永嘉崔尉次妻，正室悍戾難事，箠辱萬端。近者解官，舟次於此，因中秋賞月，命妾取酒杯，不料失手，墜金盞於江，必欲寘之死地，遂逃生至此。」尼曰：「娘子既不敢歸舟，家鄉又遠，欲別求匹偶，卒乏良媒，孤苦一身，將何所託？」王惟涕泣而已。尼又曰：「老身有一言相勸，未審尊意如何？」王曰：「若吾師有以見處，即死無憾。」尼曰：「此間僻在荒濱，人跡不到，茭葑之與隣，鷗鷺之與友，幸得一二同袍，皆五十以上，侍者數人，又皆淳謹。娘子雖年芳貌美，奈命蹇時乖。盍若捨愛離癡，悟身為幻，披緇削髮，就此出家，禪榻佛燈，晨飡暮粥，聊隨緣以度歲月，豈不勝於為人寵妾，受今世之苦惱而結來世之仇讐乎？」王拜謝曰：「是所志也。」遂落髮於佛前，立法名彗圓。王讀書識字，寫染俱通，不朞月間，悉究內典，大為院主所禮待。凡事之巨細，非王主張，莫敢輒自行者。而復寬和柔善，人皆愛之。每日於白衣大士前禮百餘拜，密訴心曲，雖隆寒盛暑弗替。既罷，即身居奧室，人罕見其面。歲餘，忽有人至院隨喜，留齋而去。明日，持畫芙蓉一幅來施，老尼張於素屏。王過見之，識為英筆，因詢所自，院主曰：「近日檀越布施。」王問檀越姓名，今住甚處，以何為生。曰：「同縣顧阿秀兄弟，以操舟為業，年來如意，人頗道其劫掠江湖間，未知誠然否？」王又問：「亦嘗往來此中乎？」曰：「少到耳。」即默識之，乃援筆題於屏上，其詞蓋《臨江仙》也，尼皆不曉其所謂。一日，忽在城有郭慶春者，以他事至院，見畫與題，悅其精緻，買歸為清玩。適御史大夫高公納麟退居姑蘇，多慕書畫。慶春以屏獻之，公置於內館，而未暇問其詳。偶外間忽有人賣卉書四幅，公取觀之，字格類懷素，而清勁不俗。公問誰寫，其人對：「是某學書。」公視其貌，非庸碌人，即詢其鄉里姓名，則蹙頞對曰：「英姓崔，字俊臣，世居真州。以父蔭補永嘉尉，挈累赴官，不自慎重，爲舟人所圖，沉英水中，家財妻妾，不復顧矣。幸幼時習水，潛泅波間，度既遠，遂登岸投民家，而舉體沾濕，了無一錢在身。賴主翁善良，易以衣裳，待以酒食，贈以盤纏，遣之曰：『既遭寇劫，理合聞官，不敢奉留，恐相連累。』英遂問路出城，陳告於平江路。今聽候一年，杳無消耗，惟賣字以度日，非敢謂善書也。不意惡札，上徹鈞覽。」公聞其語，深憫之，曰：「子既如斯，付之無奈。且留我西塾，訓諸孫寫字，不亦可乎？」英幸甚。公延入内館，與飲，英忽見屏間芙蓉，泫然垂淚。公恠，問之，曰：「此舟中失物之一，英手筆也，何得在此？」又誦其詞，復曰：「英妻所作。」公曰：「何以辨識？」曰：「識其字畫，且其詞意有在，真拙婦所作無疑。」公曰：「若然，當爲子任捕盜之責，子姑秘之。」乃館英於門下。明日，密召慶春問之，慶春云：「買自尼院。」公即使宛轉詰尼：「得於何人？誰所題詠？」數日報云：「同縣顧阿秀捨，院尼彗圓題。」公遣人説院主曰：「夫人喜誦佛經，無人作伴，聞彗圓了悟，今禮爲師，願勿却也。」院主不許。而彗圓聞之，深欲一出，或者可以藉此復讐，尼不能拒。公命舁至，俾夫人與之同寢處。暇日，問其家世之詳。王飲泣，以實告，且白題芙蓉事，曰：「盜不遠矣，惟夫人轉以告公，脱得罪人，洗刷前恥，以下報夫君，則公之賜大矣。」而未知其夫之故在也。夫人以語公，且云其讀書貞淑，決非小家女。公知爲英妻無疑，屬夫人善視之，略不與英言。公廉得顧居址、出没之跡，然未敢輕動。惟使夫人陰勸王蓄髮返初服。又半年，進士薛理溥化爲監察御史，按郡。溥化，高公舊日屬吏，知其敏手也，具語溥化掩捕之，敕牒及家財尚在，惟不見王氏下落。窮訊之，則曰：「誠欲留以配次男，不復防備，不期當年八月中秋逃去，莫知所往矣。」溥化遂寘之於極典，而以原贓給英。英將辭公赴任，公曰：「待與足下作媒，娶而後去，非晚也。」英謝曰：「糟糠之妻，同貧賤久矣。今不幸流落他方，存亡未卜。且單身到彼，遲以歲月，萬一天地垂憐，若其尚在，或冀伉儷之重諧耳。感公陰德，乃死不忘，别娶之言，非所願也。」公凄然曰：「足下高誼如此，天必有以相祐，吾安敢苦逼？但容奉餞，然後起程。」翌日，開宴，路官及郡中名士畢集，公舉杯告衆曰：「老夫今日為崔縣尉了今生緣。」客莫喻，公使呼彗圓出，則英故妻也。夫婦相持大慟，不意復得相見於此。公備道其始末，且出芙蓉屏示客，方知公所云「了今生緣」，乃英妻詞中句，而彗圓，則英妻改字也。滿座為之掩泣，歎公之盛德為不可及。公贈英奴婢各一，津遣就道。英任滿，驅過吴門，而公薨矣。夫婦號哭，如喪其親，就墓下建水陸齋三晝夜以報而後去。王氏因此長齋念觀音不輟。真之才士陸仲暘作《芙蓉屏歌》以紀其事，因録以警世云。（同前）

一五　《春夢録》（元·鄭禧）：城之西有吴氏女，生長儒家，才色俱麗，琴棋詩書，靡不究通，大夫士類稱之。其父早世，治命宜以為儒家室女，亦自負不凡。余今年客於洪府，一日，媒媪來言，女家久擇壻，難其人，洪仲明公子戲欲與余求之，余辭云已娶。不期媒媪欲求余詩詞達於女氏，余戲賦《木蘭花慢》一闋。一日，女和前詞，附媒媪至，乃曰：「吴氏之族見此詞，喜稱文士之美，但母氏謂官人已娶而不可。」然女獨憐余之才，賡唱迭和，復命乳母來觀，且述女意又喜，欲雖居一室，亦不辭也，囑余託相知之深者，求啓母意歸余。然余在城之日淺，相知者少，謾囑意山長吴槐坡者往説，其母終亦不從。有周氏子，懼余之成事，挾財以媚母氏，母乃失於從，周遂納其定禮，女號泣曰：「父臨終命歸儒生，周子不學無術，但能琵琶耳，我誓不從周氏。」因佯狂，擲冠於地。母怒，歐（當作毆）之。女發憤成疾，病且篤。母乃大悔，懼逆其意，即以定禮付媒嫗以歸於周。然女病竟無起色，因以書遺余曰：「妾之病，實為郎也。若生不救，抱恨於地下，料郎之情，豈能忘乎？」臨終，又泣謂其青衣名梅蘂者曰：「我愛鄭郎，生也為鄭，死也為鄭。我死之後，汝可以鄭詩詞書翰密藏棺中，以成我意。」未幾，果卒。嗚呼！文君之於相如，自昔所難，而況夫婦之間多才相配，世之尤難者乎？夫以女之才如是，而憐余之才又如是，齊眉相好，唱和百年，豈非天下之至樂者乎？而況其家本豐殖，復有貲財者哉！乃厄母命之不從，發憤成疾，抱恨而死，嗟夫！紅顔勝人多薄命，亘古如斯，而況才色之兼全者乎？驚綵雲之易失，痛黄壤之相遺，亦徒重余之臨風悒怏耳，恨何言也！抑余非悦於色也，愛其才也，感其心也。今具録往來詞翰於後，覽者亦必昭余之悽愴也。延祐戊午永嘉鄭禧天趣序。

丁巳歲二月廿六日，余寄《木蘭花慢》云：「倚平生豪氣，冲星斗、渺雲煙。記楚水湘山，吴雲越月，頻入詩篇。菱花皎潔，劍光零亂，算幾番、沉醉樂生前。種仙人瑶草，故家五色雲邊。芙蓉金闕正需賢，詔下九重天。念滿腹琅玕，盈襟書傳，人正韶年。蟾宫近傳芳信，姮娥嬌艷，待詩仙。領取天香第一，縱横禮樂三千。」翼日女氏和云：「愛風流俊雅，看筆下、掃雲煙。正困倚書窓，慵拈針線，懶咏詩篇。紅葉未知誰繫，慢躊躇無語，小闌前。燕子知人有意，雙雙飛度花邊。殷勤一笑問英賢，夫乃婦之天。恐薛媛圖形，楚材興念，喚醒當年。纍纍滿枝梅子，料今生無分，共坡仙。嬴得鮫綃帕上，啼痕萬萬千千。」二月廿九日，女密令乳母來觀。三月一日，再賦前腔云：「望垂楊裊翠，簾試捲、小紅樓。想鸞珮敲瓊，鸞妝沁粉，越樣風流。吟懷自憐豪健，洒雲牋，醉裏度春秋。有唱還應有和，纖纖玉映銀鈎。 犀心一點暗相投，好事莫悠悠。便有約尋芳，蜂媒纔到，蝶使重遊。梅花故園憔悴，揖東風，讓與古稍頭。況是梅花無語，杏花好好相留。」女氏再和云：「看紅牋寫恨，人醉倚、夕陽樓。故里梅花，纔傳春信，先認儒流。此生料應緣淺，倚窗下，雨怨共雲愁。 如今杏花嬌艷，珠簾嬾上銀鈎。 絲蘿喬樹欲依投，此景兩悠悠。恐鸎老花殘，翠消紅減，辜負春遊。蜂媒問人情，思無緣，應只低頭。夢斷東風，路遠柔情，猶為遲留。」余觀所和兩詞，其才情標致，豈易得哉？此余所以深不能忘也。……又《悼亡吟》二首云：「特寫青牋幾往來，佳人何自苦憐才。傷心春與花俱盡，啼殺流鶯喚不回。」「相見愁無奈，相思自有緣。死生俱夢幻，來往只詩篇。玉珮驚沉水，瑤琴愴斷絃。傷心數行淚，盡日落花前。」余召箕仙卜問，得一詞云：「綠慘雙鸞，香魂猶自多迷戀。芳心密語在身邊，如見詩人面。 又是柔腸未斷，奈天不從人願。瓊銷玉減，夢魂空有，幾多愁怨。」四月朔，余再調《木蘭花慢》云：「任東風老去，吹不斷、淚盈盈。記春淺春深，春寒春煖，春雨春晴。都來助與詩人興，更落花無定。挽春情芳草，猶迷舞蝶綠楊，空悞流鶯。 玄霜著意擣初成，回首失雲英。但如醉如痴，如狂如舞，如夢如驚。香魂至今迷戀，問真仙消息，最分明。後夜相逢何處，清風明月蓬瀛。」是日，再召箕仙，一道童降筆，詞云：「今日瑤池大會，羣仙不肯來臨。真華傳語鄭郎，君記得，相嘲妒行。 好个《木蘭花慢》，休題相契分明。君還要問，那香魂，正在仙宮聽命。」吳氏之母痛憶之甚，亦死。一子年長不慧，移居鄉村，此真可惜哉！……

有神真子述後序云：真子

述者，不欲知其姓字，故作此名。昔者，孔子繫《周易》，其辭有曰：「言行，君子之樞機也。樞機之發，吉凶榮辱之主也。」是以子張問行，孔子則以「言忠、信行、篤敬」者答之。其學干禄也，孔子又以「言寡尤，行寡悔」者告之。蓋一言一行，實乃君子立身之大節，可不慎歟？今衛陽鄭天趣，讀聖人書，將以為禄仕也。其未遇時，嘗館於洪氏舍。而城之西吴氏女，與之有文學之好，天趣乃以其往來詩詞書翰，編為《春夢録》以示於人，且自為之序，言其女之心，甘為一室，然痴小女子不能持其志，而輕身以許人，固多有之矣，天趣以為得之如俯拾地芥。吁！其愚之不可及也夫。今觀其初達女詞，則有「嫦娥嬌艷待詩仙」之語，實所以挑之也。而女氏則以薛媛圖形寄南楚材事而和之，有云：「料今生無分，共坡仙。」亦可謂止乎禮義者矣。鄭子當於此時灰心，可也。乃復懷睠睠，既有「梅花故園憔悴」、「杏花好好相留」之詞，反不如「聞早舞雙鸞」之句，心迹頤然，而謂之樂而不淫，可乎？女答之則曰：「恐君難得見嬋娟。」蓋已截之之意矣，於是天趣復有儷語以貽之者，夫婦之稱，齊眉之好，又曰：「念欲挾文君而夜遁，終不忍為。」既念之矣，其心果不忍為之乎？特欲為之而不能耳。且如此女動心拂性，亂其所為，違母之命，持不嫁凡子之説，以至殞其軀而弗悔，實天趣導之也，其罪可隱乎？（節録自同前書卷四「緣偶上・慕戀」）

一六　《桃帕傳》（宋・王右）：嘉熙丁酉，福建潘用中隨父候差於京邸。潘喜笛，每父出，必於邸樓憑闌吹之。隔牆一樓，相距二丈許，畫闌綺窗，朱簾翠幕。一女子聞笛聲，垂簾窺望，久之，或揭簾露半面。潘問主人，知為黄府女孫也。若是月餘，潘與太學彭上舍聯轡出郊，值黄府十數轎乘春遊，歸路窄，過時相挨，其第五輪，乃其女孫也。轎窗皆半推，四目相視，不遠尺餘。潘神思飛揚，若有所失，作詩云：「誰教窄路恰相逢，脉脉靈犀一點通。最恨無情芳草路，匿蘭含蕙各西東。」暮歸，吹笛時，月明，見女捲簾憑欄，潘大誦前詩數過。適父歸，遂寢。黄府館賓晏仲舉，建寧人也，潘明往訪，邀歸邸樓，縱飲横笛。見女復垂簾，潘因曰：「對望誰家樓也？」晏曰：「即吾館寓。所窺，主人女孫，幼從吾父學，聰明俊爽，且工詩詞。」潘愈動念。晏去，女復揭簾半路（當作露）。潘醉狂，取胡桃擲去。女用帕子裹桃復擲來，帕子上有詩云：「欄杆閑倚日偏長，短笛無情苦斷腸。安得身輕如燕子，隨風容易到君旁。」潘亦用帕子題詩，裹胡桃復擲去，云：「一曲臨風值萬金，奈何難買玉人心。君如解得相如意，比似金徽更恨深。」女復以帕子題詩裹胡桃擲來，擲不及樓，墜於簷下。潘急下樓取之，為店婦所拾矣。潘以情告，懇求得之，帕上詩云：「自從聞笛苦匆匆，魄散魂飛似夢中。最恨粉牆高幾許，蓬萊弱水隔千重。」遂令店婦往道慇懃。女厚遺婦，囑勿泄，且曰：「若諧，當厚謝婦。」未幾，潘父遷去，與鄉人同邸。潘愡愡不樂，厭厭成疾。父為問藥，凡更數十醫。展轉兩月不愈。一日，語彭上舍曰：「吾其殆哉？吾病非藥石能愈。」乃告以故，曰即某日郊遊所遇者也。彭告之父，父憂之。既而店婦訪至潘寓，曰：「自官人遷後，女病垂死。母於枕中得帕子，究明，知其故，今願以女適君，如何？」潘不敢諾。未幾，晏仲舉至，具道女父母真意。適彭亦至，遂語潘父，竟偕伉儷，奩具巨萬焉。前詩喧傳都下，達於禁中，理宗以為奇遇。時潘與黄皆年十六也。（同前書卷四「緣偶上・慕戀」）

一七《嬌紅記》(中州李詡)：申純，字厚卿，祖，汴人也。隨父寓成都，八歲通六經，十歲能屬文。天姿卓越，傑出世表，風情接物，不減於斯，故賢士大夫多推譽焉。宣和間，薦而不第，歸，鬱鬱不自勝。家居月餘，因適鄰郡母舅王通判，信宿而至，則門枕碧流，目斷千里，波濤洶湧，風景粲然，明滅遠山，特起望外。因賦《摸魚兒》詞一闋，以寫其勝，詞曰：「錦城西，一區華屋，天開多少佳趣。當門綠水朝千里，何況碧山無數。堪愛處，有瀟湘新篁，松檜森前路。深深院，見簾幕低垂，絲簧迭奏，鎮日慣歌舞。　金閨彥，卑歲歸占住。小生平昔依慕。今朝走馬行來近，試綺繡鞅凝駕。君真真，且從守分，幽意誰為主。詩朋酒侶。向此地嬉遊，尋花問柳，須是有奇遇。」生既至，因入謁舅。舅見之，遂引生至中堂。妗出見，生進拜畢，就位。舅有一子，名善父，年七歲，一名舍，舅因呼善父出拜。再命侍女飛紅呼嬌娘出見。良久，飛紅附耳語妗，以嬌娘未經粧為言。妗因怒曰：「三哥，家人也，出見何害？」生聞之，因曰：「百一姐無他故，姑俟何如？」妗因笑曰：「適方出浴，未理粧，故欲少俟。三哥，家人也，何事鉛粉耶？」又令他侍女促之，頃刻，嬌自左掖出拜。雙鬟綰綠，色奪圖畫中人，朱粉未施，而天然殊瑩。生起見之，不覺自失。敘禮竟，嬌因立妗右。生熟視，愈覺絕色，目搖心蕩，不自禁制。妗笑曰：「三哥遠來勞苦，宜就舍少息。」因室之於堂之東，去堂二十餘步。生歸館後，功名之心頓釋，日夕惟慕嬌娘而已，恨不能吐盡心素與款語，故常意屬焉。舅、妗皆以生久不相見，款留備至。生亦自幸其相留，冀得乘間致款曲於嬌娘也。平嘗(當作常)出入舅家，周旋堂廡，雖終日得與嬌遊從，未嘗敢妄一邪言相及。生因察其動靜，見嬌言笑舉止，常有疑猜不足之狀，生知其賦情特甚也，求所以導情達意之便，而未能得。一夕，嬌晚繡紅窓下，倚床視荼蘼花，久不移目。生輕步踵其後，嬌不知也，因浩然長歎。生知其有所思，因低聲問曰：「爾何於此佇視長歎也，將有思乎？將有約乎？」嬌不答，良久乃曰：「兄何自來此？日晚矣，春寒逼人，兄覺之乎？」生知嬌以他辭相拒，因應曰：「春寒固也。」嬌正視，逡巡引去。生獨歸室，無聊，乃書《點絳唇》一詞於寓室之東，以寓意焉，詞曰：「庭院深沉，遲遲日上荼蘼架。芳叢相亞，裝點春無價。玉體香肌，好手應難畫。還驚訝，春心蕩也，誰共遊蜂話？」自後，日聚飲宴，或同歌笑，申生言稍涉邪，嬌則凝袂正色，若將不可犯。生雖慕其美麗，然見其不相領略，以謂嬌年幼情簡，不諳世事，因不介意。一日，舅有他甥至，舅、妗亦留之。至晚，舅開宴，申生預坐。酒至半，妗起酌酒勸它甥，舅將酣，嬌時陪立妗後奠之，令溢觴，酒至生，力辭，妗曰：「子素能飲，獨不能為我開懷乎？」生辭以失志功名，且病久已，醉甚，不能復加，妗未答，嬌因參言其後曰：「三兄動容，似不任酒力矣，姑止此。」妗因輟瓶授觴，生再拜而飲，因喜不自勝。既畢，妗退步酌酒勸舅。申生之前燭燼長而暗，嬌因促步至燭前，以手彈燭，因流視語生曰：「非妾，則兄醉甚矣。」生謝曰：「此恩當銘肺腑。」嬌微笑曰：「此乃恩乎？」生曰：「意重於此矣。」語未畢，妗因索水滌觴，嬌乃引去，自此，生復留意。一夕，嬌獨坐於堂側惜花軒內，生偶至座側，見嬌憑闌無語，徙倚沉吟。時花檻中有牡丹數本，欲開未開，生因為二絕以戲之曰：「亂惹祥煙倚粉牆，絳羅輕捲映朝陽。芳心一點千重束，肯念憑欄人斷腸。」「嬌姿質豔不勝春，何意無言恨轉深。惆悵東君不相顧，空餘一片惜花心。」生援筆寫此二詩以示嬌，嬌巡簷展誦，傾環低面，欲言不言。正凝思間，忽聽流鶯睍睆，如道人意中事。生又揮毫作《喜遷鶯》詞一章曰：「園林過雨，問滿目媚景，是誰為主？翠柳舒眉，黄鸝（當作鸝）調舌，鎮日姿狂歌舞。金衣公子何事，牽惹萬千愁緒。芳草地，有香車寶馬，駢闐來許。無據，行樂處，好景良辰，休把輕辜負。一種春風，幾多圖書，聽取綿蠻簧語。又向暗巢偷眼，欲啄花心無路。知牆外，待放伊飛過，旁人低訴。」嬌覽之未畢，忽聞妗語聲，嬌乃携此詞并前二詩，藏之袖間。徐步趨歸，堂中坐，悵恨久之，歸室，殆無以為懷，因作一絶，題於堂西之緑窗上，詩曰：「日影縈堦睡正醒，篆煙如縷午風平。玉蕭吹盡《霓裳》調，誰識鸞聲與鳳聲。」後三日，舅它出，嬌因至生卧室，見東窗有《點絳唇》詞一首，西窗有詩一絶，躊躇玩味，不忍舍去，知生之屬意有在，乃濡筆和其西窗之韻以寄意焉，詩曰：「春愁壓夢苦難醒，日迥風高漏正平。魂斷不堪初起處，落花枝上曉鶯聲。」生歸，見嬌所和詩，願得之心踰於平常，朝夕惟求間便以感動嬌，然嬌或對或否，或相親昵，或相違背，生不測其意，莫得而圖之。一日，舅、妗開宴，自午至暮，酒散，舅、妗起歸舍。生獨危坐堂中，欲即外舍，俄而嬌至筵所，抽左髻鈿釵，勻博山，理餘香，生因曰：「夜分人寢矣，安用此？」嬌曰：「香貴長存，安可以夜深棄之？」生又繼之曰：「篆灰有心足矣。」嬌不答，乃行，近堂階，開簾仰視，月色如晝，因呼侍女小慧畫月以記夜漏之深淺，乃顧生曰：「月以至此，夜幾許？」生亦起下階，瞻望星漢，曰：「織女將斜，夜深矣。」因曰：「月白風清，如此良夜何？」嬌曰：「東坡鍾情何厚也？」生曰：「奇美特異者，情有甚於此焉，可以此誚東坡也。」嬌曰：「兄出此言應彼，此苦衆矣，於我何獨無之。」生曰：「然則實有也，不然，則佳句所謂『壓夢』者果何物而『苦難醒』乎？」言情頗狎，嬌因促步下階，逼生曰：「凡謂織女銀河何在也？」生見嬌之驟近，怳然自失，未及即對。俄聞户内妗問嬌寢未，嬌乃遁去。次日，生追憶昨夕之事，自疑有獲，然每思遇事多參商，愈不自足，乃作《減字木蘭花》詞以記之，曰：「春宵陪宴，歌罷酒闌人正倦。危坐中堂，倏見仙娥出洞房。　博山香燼，素手重添銀漏永。織女斜河，月白風清良夜何。」次日晨起，生入揖妗。既出，遇嬌於堂西小閣中，嬌時對鏡畫眉未終，生近前謂之曰：「蘭煤燈燼邪？燭花也。」嬌曰：「燈花耳，妾用意積之，近方得之。」生曰：「若是，則願以一半丐我書家信。」嬌遂首肯，令生分其半。生舉手分煤，油污其指，因請嬌曰：「子宜分以遺我，何重勞客耶？」嬌曰：「既許君矣，寧惜此？」遂以指決煤之半以贈生，因牽生衣拭指污處曰：「緣兄得此，可作無事人那？」生笑曰：「敢不留以為贄？」嬌因變色曰：「妾無它意，君何戲我？」生見嬌色變，恐妗知之，因趨出，珍藏所分之煤於枕中，因作《西江月》詞以記之，曰：「試問蘭煤燈燼，佳人積久方成。殷勤一半付多情，油污不堪自整。妾手分來的的，郎衣拭處輕輕。為言留取表深誠，此約又還未定。」自後生心摇動特甚，不能頃刻少置，伏枕對燭，夜腸九回，思欲履危道以實嬌心而未獲。一日，暮春小寒，嬌方擁爐獨坐，生自外折梨花一枝入來，嬌不起，顧生，生乃擲花於地。嬌驚視，徐起以手拾花，詢生曰：「兄何棄擲此花也？」生曰：「花淚盈暈，知其意何在？故棄之。」嬌曰：「東皇故自有主，夜屏一枝以供玩好足矣，兄何索之深也？」生曰：「已荷重諾，無悔。」嬌笑曰：「將何諾？」生曰：「試思之。」嬌不答，因謂生曰：「風差勁，可坐此共火。」生欣然即席，與嬌偶坐，相去僅尺餘，嬌因撫生背曰：「兄衣厚否？恐寒威相凌逼也。」生恍然曰：「能念我寒，而不念我斷腸耶？」嬌笑曰：「何事斷腸？妾當為兄謀之。」生曰：「無戲言，我自遇子之後，魂飛魄揚，不能着體，夜更苦長，竟夕不寐。汝方以為戲，足見子之心也。予每見子言語態度，非無情者，及予言深情味，則子變色以拒我，豈可不解世事而為是沽矯哉？諒孱繆之跡，不足以當雅意，深藏自閉，將有售也。今日一言之後，余將西騎矣，子無苦戲我。」嬌因慨然良久，曰：「君疑妾矣，妾敢無言？妾知兄心舊（疑作久）矣，豈敢固自鄭重以要君也？第恐不能終始，其如後患何？妾亦數月來諸事不復措意，寢夢不安，飲食俱廢，君所不得知也。」因長吁曰：「君疑甚矣，異日之事，君任之，果不濟，當以死謝君。」生曰：「子果有志，則以策我。」嬌未及答，俄然舅自外至，生因起出迎舅，嬌乃反室，不可再語。生乃賦《石州引》詞以記其事，云：「懊恨東君，催趲去程，春意牢落。梨花粉淚溶溶，知是為誰輕別。衝寒向晚，特地折取歸來，佳人無語從地擲，瞥見却驚猜，忍使芳塵歇。收拾道明窗净几，瓶裏一枝，便添風月。因念多才，值此苦寒時節。近新消減，料有萬斛春愁，芭蕉未展丁香結。甚日把、山盟向枕邊說。」又越兩日，生凌晨起，攬衣向堂西綠窗内而立，背面視井簷，不知此時嬌亦起，在隔窗内理粧矣，生誦東坡詩曰：「為報鄰鷄莫驚覺，更容殘夢到江南。」嬌聞之，自窗内呼生曰：「君有鄉閭之念乎？」生因窺窗語嬌曰：「衷腸斷盡，無可導意，只得歸矣。」嬌曰：「君果誕妾邪？既無意於妾，何前委皐之深也？」生因笑曰：「予豈無意？第被子苦久矣，然則若何謀之？」嬌曰：「今日間人衆，無可容計。東軒抵妾寢室，軒西便門達熙春堂，堂透荼蘼架，君寢室外有小窗，今日若晴霽，君自寢所踰外窗，度荼蘼架，至熙春堂下。此地人罕花密，當與君會也。」生聞之，欣然自得，惟俟日暮，得諧所願。至晚，不覺暴雨大作，花陰浸潤，不復可期，生悵恨不已。因作《玉樓春》詞，援筆書之，以寫怏怏之懷，詞曰：「曉窓寂寂驚相遇，欲把芳心深意訴。低眉斂翠不勝春，嬌轉櫻脣紅半吐。匆匆已約歡娛處，可恨無情連夜雨。枕孤衾冷不成眠，挑盡殘燈天未曙。」生晨起，會嬌於妗所，因共至中堂，以夜所綴詞示之，嬌低聲笑曰：「好事多磨，理故然也。然妾既許君矣，當別圖之。」是日，生侍舅從鄰家飲，至暮醉歸，且思嬌早間別圖之言，疑嬌之不復至也，又沉醉睡熟。嬌潛步至窓外，低聲呼生者數次，生不之覺，嬌悵恨而回，又疑生之誕己也，直欲要以盟誓。生剪縷髮，書盟言於片紙付嬌，嬌亦剪髮設盟以復於生，雖是極意慕戀，然終於無便可乘。一日，生收家書，以從父吾納粟補閬州武職，以生便弓馬，取生歸侍。行，嬌顧戀之極，作詩送行，詩曰：「緑葉陰濃花正稀，聲聲杜宇勸春歸。相如千里悠悠去，不道文君淚濕衣。」生得詩，和韻以復嬌，詩曰：「密幄重幃舞蝶稀，相如只恐燕先歸。文君為我堅心守，且莫輕拚金縷衣。」生終以嬌「緑葉陰濃」之語為疑，又成一詞，寓《小梁州》以示嬌，詞云：「惜花長是替花愁，每日到西樓。如今何況拋離去也，關山千里，目斷三秋，謾回頭。殷勤分付東園柳，好為管長條。只恐重來，緑成陰也，青梅如荳，辜負《梁州》，恨悠悠。」嬌知生之疑己，亦以《卜筭子》詞復之，詞云：「君去有歸期，千里須回首。休道三年緑葉陰，五載花依舊。莫怨好音遲，兩下堅心守。三隻骰兒十九窩，沒個須教有。」嬌情不自已，復繼以詩云：「臨別殷勤詩語長，云云去後早還鄉。小樓記取梅花約，目斷江山幾夕陽。」自後生從父以它故不果行，生居家，行住坐臥，飲食起居，無非為嬌興念，以至沉思成病。因托求醫，至舅家，數日，無便可乘與嬌一語，至於飲食俱廢。舅、妗為之皇皇，醫卜踵至，但云生功名失意，勞思所致，終不能知生之心。數日，病小愈。一日，舅出報謁，生因強步至外廡，方佇立，俄而嬌至生後，生駭然，嬌曰：「偶左右皆它往，妾得便，故來問兄之病。」生回顧無人，因前牽嬌衣，欲與語，嬌曰：「此廣庭也，十目所視，宜即兄室。」生與之俱，及門，忽雙燕争泥墜前，嬌因舍生趨視，俄舅之侍女湘娥突至嬌前，嬌大駭，生乃引去。至暮，復會中堂，嬌謂生曰：「非燕墜，則湘娥見妾在君室矣，豈非天乎？」生然其言，而悒怏之心見於顔色，乃作《擷芳詞》一闋以自釋，詞云：「日如年，風輕扇，文園多病尋芳倦。春衫窄，庭院闃，獨步迴廊，體嬌無羨。如花面，親曾見，千方百計尋方便。藍橋隔，暮雲碧，燕兒墮也，又無消遣。」一日晚，嬌尋便至生室，謂生曰：「向日熙春堂之約，妾嘗思之，夜深院静，非安寢之地。自前日之路觀之，足以達妾寢所。每夕侍妾寢者二人，今夕當以計遣去，小慧不足畏也。君至夜分時來，妾開窗以待。」生曰：「固善也，不亦危乎？」嬌變色曰：「事至若此，君何畏？人生如白駒過隙，復有鍾情如吾二人者乎？事敗，當以死繼之。」生曰：「若然，余何恨乎？」是夜將半，生乃踰外窗遶堂後數百步至荼蘼架側，久求門不得，生頗恐。久之，尋路得至熙春堂，堂廣夜深，寂無人聲，生大恐，因疾趨入，見嬌方開窗倚几而坐，衣紅綃衣，下白絲裳，舉首向月，若重有憂者，不知生之已至也。生因抉窗而入。嬌忽見生，且驚且喜，曰：「君何不告，駭我甚矣。」生乃與嬌並坐窗下，時正夜分，月色如晝，生視嬌，體態豔媚，肌瑩無瑕，飄飄然不啻如（疑為嫦）娥之下臨人間也。嬌謂生曰：「夜漏過半，幸會難逢，可就枕矣。」欣然與生相携素手，共入羅帳之中，解衣並枕間，嬌曰：「妾年幼，殊不諳世事，枕席之上，望兄見憐。」生曰：「不待多言。」兩情既合，嬌乃嬌啼嫩語，體若不勝，雨態雲蹤，交頸之鴛鴦，和鳴之鸞鳳，無以踰者。一晌歡娱，而嬌娘千金之身自兹失矣。歡會之際，不覺血漬生衣袖。嬌乃剪其袖而收之，曰：「留此為它日之驗。」生笑而從之。有頃，雞聲催曉，虬漏將闌，嬌令生歸室，因視生曰：「此後日間相遇，幸無以前言為戲，懼他人之耳目長也。」因口占《菩薩蠻》詞以贈生：「夜深偷展窓紗緑，小桃枝上留鶯宿。花嫩不禁抽，春風卒未休。千金身已破，脉脉愁無那。特地祝檀郎，人前口謹防。」生亦口占答之：「緑窓深竚傾城色，燈花送喜秋波溢。一笑入羅幃，春心不自持。雨雲（當為『雲雨』）情散亂，弱體羞還顫。從此問雲英，何須上玉京。」嬌得生所和之詞，謝曰：「妾，女子也，情牽事惑，殊乖禮法，幸垂明鑒，稍為秘之，妾之托君，亦無憾矣。」生辭，愧喜交集。自後，生夜必潛至嬌室，凡月餘，無有知者。豈期欲火所迷，俱無避忌。舅之侍女曰飛紅、曰湘娥，皆有所覺，所不知者，嬌之父母而已。嬌亦厚禮紅等，欲使緘口，第飛、紅輩雖覺之，而未之敢發。俄而生以父書促歸，既歸，則寢食俱廢，思欲娶嬌為婦，乃作書達嬌曰：「前日佳遇，倏爾旬餘，魂飛杳杳，每形清夜，松竹深盟，常存記憶。蒹葭之迹，得自托於蘭蕙之旁，為幸大矣。幽會未終，白雲在念，自抵侍下，無一息不夢想洛浦之風煙也。家事經史，非惟不復措念，縱一勉強，不知所以為懷。有親朋見憐，於大人前致一語，天啟其衷，俾續秦、晉再世之盟，未審舅、妗雅意若何？倘不棄庸陋，則張生之於鶯鶯，烏足道哉？兹因媒氏有行，喜不自制，臨此以布腹心，幸相與謀之，訴風以俟佳音。家居無聊，偶思佳麗夜別之言，綴《永遇樂》一詞，並用録呈，亦以見此情之拳拳耳。新霜在候，善加保衛。」生寫書畢，並録前所作《永遇樂》詞緘封，私付女媒氏，父母不知也。媒得書，既往見舅、妗，且以生父命告之，舅為之開宴。次日，媒申前請，舅曰：「三哥才俊灑落，加以歷練老成，老夫得此佳婿，深所願也。但朝廷立法，内兄弟不許成婚，似不可違。前辱三哥惠訪，留住數月，甚能為老夫分憂，老夫亦有願婚之意，而於條有礙，以此不敢形言。」媒氏再三宛轉，終不能得。至晚，再置酒款媒，舅命妗主席，嬌時侍立妗側，知親議之不諧也，心生悒怏，但不敢形之言語耳。酒散，媒左右顧視無人，欲致生書於嬌，適嬌至媒前剔燈，媒因私語嬌曰：「子非厚卿之情人耶？厚卿有手書，令我私致於子。」嬌竦然，微言應曰：「然。」淚墜言下，媒為之改顏，遂於身畔取書授嬌，嬌收置袖間，未敢展視。妗起，嬌亦隨妗入室。次早，媒再請於舅，且以言迫之，舅怒曰：「此無不可，第以法禁甚嚴，欲置老夫罪戾也，爾勿復言，此决不可。」媒知其不就，因告歸。舅又命妗酌酒與媒為别。嬌因侍立，私語媒曰：「離合緣契，乃天之為也，三兄無事宜來，妾年且長，歲月有限，無以姻事不諧為念也。」因出手書，令媒持歸，以復於生。媒既歸，道舅不允之由，遂以嬌書與生，生展視之，乃新詞《滿庭芳》一闋，嬌所製也：「簾影飾金，簟紋浮水，緑陰庭院清幽。夜長人静，消得許多愁。長記當時月色，小窗外，情話綢繆。因緣淺，行雲去後，杳不見蹤由。　殷勤，紅一葉，傳來密意，佳好新求。奈百端間阻，恩愛成休。應是奴家薄命，難陪伴，俊雅風流。須相念，重尋舊約，休忘杜家秋。」詞後又有詩一絶，詩云：「雲重月難見，風狂雨不成。尺書從寄意，傾淚若為情。」「目斷芳千里，情分役寸心。藉君憐舊日，莫絶羽鱗音。」生覽誦數遍，殊不勝情，每對花玩月，不覺淚下。初，生與成都府角妓丁憐憐者極相厚善，憐敏惠殊俊，常得帥府顧盼，生方妙年秀麗，憐憐尤見傾慕。生自秋還鄉里，憐憐屢遣人招生，生托故不往。至是，生之友人陳仲游，亦豪家子也，見生每置恨於臨風對月之間，因拉生至成都舒懷，遂同至憐憐之家。生既入，憐不勝欣喜，盃酒話款曲，生但面壁，略不致意，憐怪之，委曲詢生，終不言。憐意其礙於仲游也，乃留之竟夕，令其女弟伴姐侍仲游寢，而自薦於生。生不得已，因與同席，枕邊切切，詰生所以不見答之故，生乃具道與嬌娘相遇之情，憐問曰：「嬌娘誰家女也？」生曰：「新任眉州王通判之女也。」憐又問：「其質若何？」生曰：「美麗清絶，西施、妃子殆相千百，而風韻過之。」憐因沉思良久，曰：「既名嬌娘，又且美麗若此，豈非小字瑩卿者乎？」生愕然曰：「爾何由知之？」憐曰：「向者帥府幼子將求婚，酷好美麗，不以門第高下為念，但欲殊色，常捐數千緡，命畫工於近地十郡求問，伺隙，繪人家美女以獻，凡得九人，此其一也。色瑩肌白，眼長而媚，愛作合蟬鬢，時有憂怨不足之狀。常至帥府內室見之，因記其姓字，果然是否？」生曰：「子如親見其人，即是此女。」憐曰：「宜子之視我若土壤，子之所遇，真天上人也。妾常入視，佇目不能去，第恨不見其身。今後至彼，願求舊鞋丐我。」生諾之。明日，遂與陳仲游同歸。抵家後，生因追念憐憐「天上人」之語，慨然賦詩一絶，詩曰：「自入仙源路已深，桃花與我是知心。紛紛浪蕊迷蜂蝶，得似高山遇賞音。」生因悵恨，再期杳杳，傷感成疾，困臥累日。父母驚異，因令人詢問生得病之由，生乃托以夢寐絶怪，將不能免，必須求善能驅役鬼神者作法禳之，父乃命良巫祈祝。生密使人厚賂巫者，令向父母言此為鬼物所憑，必當遠避，方可向安，如其不然，生死未判。父母聞巫言大驚愢，以為誠然。於是，議令生往舅家以避此難，擇日起行。先期之二日，令人取覆舅家，舅、妗許之。嬌時在父母旁，聞生有來期，喜慰特甚。人回報，生亦欣快，隨覺病差愈，父母以為得計。及期，生戒行，病亦向安。於時鶯轉簧聲，百花競發，園林錦繡，奪目爭妍。生至舅居，及門，遇嬌於秀溪亭，兩情四目，不能自止。暫扣寒暄畢，生欲入謁舅，嬌止之曰：「今日隣家王寺丞宅邀往天寧玩賞牡丹，至暮方歸。姑至此少息，徐徐而入可也。」乃與嬌並坐亭上，嬌因謂生曰：「君養攝不如平時，何故？今復來此，何幹也？」生疑其言，乃曰：「日月未久，何故忘予？自相離之後，坐不安席，味不適口，寢不着枕，行不重足，何止夜月屋梁之思？中間請命嚴君，冀諧媒妁，而天不從人，竟辜宿望。春花秋月，風臺雪榭，無一而非牽情惹恨之處。百計重來，以踐舊約。今子乃有『復來何幹』之辭，予失計甚矣。」嬌愧謝曰：「君心果金石不踰，妾何以謝君？」因相與歡。移時，同步入室。生至其舊館，窓几依然，向時所書詩曲，左顧右盼，濡染如新，生悵然自失，復作《鷓鴣天》詞以記之，云：「甥館睽違已隔年，重來窓几尚依然。仙房長擁雲煙瑞，浮世空驚日月遷。 濃淡筆，短長篇，舊吟新誦萬愁牽。春風與我渾相識，時遣流鶯奏管絃。」至晚，舅、妗歸，生拜謁甚恭，舅問生曰：「聞三哥有微恙，想二豎子遁矣。」生謝曰：「惟舅舅憐其微恙，庶得逃免，再造之賜，没齒不忘。」舅、妗勞勉之。生就室，自後與嬌情意周洽，逾於平昔。住數月，情意益厚。生因憶丁憐憐之言，求舊鞋於嬌，嬌力詢生曰：「安用敝履為哉？」生不以實告，嬌不許。舅之侍女飛紅者，顏色雖美，而遠出嬌下，惟雙鸞與嬌無大小之別，常互鞋而行，其寫染詩詞與嬌相埒，嬌不在側，亦佳麗也，以妗性妬，未嘗獲寵於舅。常時出入左右，生間與之語。嬌則清麗瘦怯，持重少言，佇視動輒移日。每相遇，生不問，嬌則不答，戲狎一笑，則使人魂魄俱飛揚。紅尤喜謔浪，善應對，快談論，生雖不與語，亦必求事以與生言。嬌每見之，則有不足之意。及生再至，紅亦與之親狎，嬌疑焉。生久求嬌鞋不獲，一日，嬌晝寢，生偶至其側，因竊鞋趨出。方及寓室，以他事去，未曾收拾。飛紅適尾生後，見生遺鞋，紅乃疑嬌所與者，因收之，生罔知所以，及歸室，索鞋，無有也，因怏怏於懷，遂作《青玉案》詞以自記，詞云：「尖尖曲曲，緊把紅綃蹙。朵朵金蓮奪目，襯出雙鈎紅玉。　華堂春睡深沉，拈來綰動春心。早被六丁收拾，蘆花明月難尋。」及暮，嬌問生索鞋，生曰：「此誠我盜去，然隨已失之，諒子得之矣，何苦索我邪？」嬌乃止。蓋飛紅拾歸，以付嬌也，然嬌以此愈疑生私通於紅矣。一日，見飛紅與生戲於窓外捉蝴蝶，因大怒，詬紅，紅頗憾之，欲以拾鞋事聞妗，未有間也。後遇望日，衆出賀舅、妗，嬌在焉，飛紅因語嬌所履之鞋，揚言謂生曰：「此即子前日所遺之鞋也。」嬌變色，亟以它事語舅、妗，會舅、妗應接它語不聞。嬌因大疑生使紅發其私，乃大怨望，自後非中堂相遇，不復求便以見生，女工諸事，略不措意，怨隙之心，行住坐卧皆是也，生亦無以自明。一日，生不意中謾於後園縱步，適於花下見鸞牋一幅，生取而視之，乃《青玉案》詞也：「花低鶯踏紅英亂，春心重，頓成愁懶。楊花夢散楚雲平，空惹起，情無限。　傷心漸覺成牽絆，奈愁緒寸心難管。深誠無計寄天涯，幾欲問，梁間燕。」生披味良久，意謂嬌詞，而疑其字畫頗不類嬌所書，因攜歸，置於室中書案之上，欲詢嬌而未果。抵暮，西窓前有金籠養能言鸚鵡一隻，甚馴，嬌過其側，戲以紅豆擲之，鸚鵡忽言曰：「嬌娘子何打我也？」生聞之，亟出室招嬌，嬌不至，生再挽之，方來。嬌入生室，正疑思不言，忽見案上花箋，因取視之。良久，目申生，不語移時，生曰：「子何時所作也？」嬌不答，生又曰：「何故不言？」嬌亦不應，生力究之，嬌曰：「此飛紅詞也，君自彼得之，何必詐妾？」生力辨，嬌並無一言，徘徊良久，長吁，竟拂衣起去，生留之，不可，自爾相會愈疏。嬌終日熟寢，間一二日，纔與生一見，見亦不交一言，凡月餘，生不能直其事。生一夕徑造嬌室，左右寂然，惟見窓上有絶句一章云：「灰篆香難炷，風花影易移。徘徊亡限意，空作斷腸詩。」生察詩，知嬌之為己，且疑心之深也。乘間語嬌曰：「再會以來，荷子厚愛，視前時有加焉，邇日形似之間，不能不為子所棄，何今昔異志乎？」嬌初不言，生再詰之，嬌潸然涕曰：「妾自遇君之後，常恐力日不足，今者君棄妾耳，妾何敢棄君？抑君意既自有主，何必妾望矣？」生曰：「苟有二心，有如此日。」因指天自誓，以明無他事，且曰：「子何疑之甚也？」嬌曰：「君偶遺鞋，飛紅得之，飛紅偶遺詞，君且得之，天下偶然之事，何多之甚耶？妾不敢怨君，幸愛新人，無以妾為念也。」生仰天太息曰：「有是哉！吾怪邇日見子若有憂者，人之情態，豈難識哉？子若不信前誓，當剪髮大誓於神明之前。」嬌乃回笑曰：「君果然否？」生曰：「何害？」嬌曰：「若然，後園中池，正望明靈大王之祠，此神聰明正直，叩之，無不響應，君能同妾企祠大誓，則幸甚也。」生曰：「如命，想明靈大王亦知予心之無他也。」嬌乃約以次早與生俱遊後園，臨東池畔，遥望大王之祠，兩人異口同聲，拜盟設誓，其辭累千百，不能備載。誓畢，携手而歸，恩情有加焉，嬌乃作一詞與生，寓《再團圓》云：「芳心一點，柔腸萬轉，有意偷憐。孜孜守着，甚日來、結得惡姻緣。　語言是心聲，明神在上，説破從前。天還知道，不違人願，再與團圓。」生得詞，亦口占一詞，寓《白牡丹》，備述心事以謝之，詞云：「一片芳心，被春拘管，重尋雲翼盟約。説與從前，不是我情薄。都緣燕逐晴絲，蜂拈花蕊，便成執著。密愛堪憐處，幾多寂寞。　此心只有天知，終不成輕狂做作。縱滿眼閑花媚柳，也則無情摸索。後園同步，遥告神明，地久天長更誰托。從今再與團圓，莫把是非斷却。」自後嬌與生情好深篤，飲食起居無不留意，生自此亦不復與飛紅一語，紅察之，因大憾。一日，生因縱步至後園牡丹叢畔，忽遇嬌先已在彼，遽擁抱之，必欲求合，嬌却之，言曰：「醜陋之質，固不敢辭於君，但慮雲雨初交，歡會方密，妾於情狀俱昏迷矣，能保人之不至？若有所覺，妾無容身之地矣。」生聞其言，興已稍闌，遂與嬌携手而過別圃。不覺飛紅亦自後潛至，見嬌與生並行，因促步返舍，語妗曰：「天氣晴暄，可入後園，牡丹盛開，能一觀否？」其實欲妗一行，襲敗嬌之踪跡也。妗可其請，遽命紅侍，行至園中，瞥見生與嬌並行於此畔亭（疑作「亭畔」），左右俱無人，妗因大疑，因呵嬌。生乃狼狽反室，惆悵不已，知為飛紅所賣，故致為妗所覺，無以自釋，強作一詞《漁家傲》寫其悒怏，云：「情若連環終不解，無端招引傍人怪。好事多磨成又敗，應難睚，相看冷眼誰偢採。　鎮日愁眉斂黛，闌干倚遍無聊賴。但願五湖明月在，且寧耐，終須還了鴛鴦債。」越二日，生自知其跡不寧，乃告歸，舅、妗亦不留之，嬌夜出，潛與生別曰：「天乎，得非命歟？相會未期，而有是事，妾獨奈何哉？兄歸，善自消遣，求便再來，無以疑間，遂成永棄，使它人得計也。」因泣下沾襟，生亦掩泣而別，嬌又作《一剪梅》詞授之，且曰：「兄歸時展視之，即如妾之在側矣。」言終而去。詞云:「豆蔻梢頭春意闌,風滿山前,雨滿山前。杜鵑啼血五更殘,花不禁寒,人不禁寒。離合悲歡事幾般,離有悲歡,合有悲歡。别時容易見時難,怕唱《陽關》,莫唱《陽關》。」生與申生與嬌别歸,父母以生久在外,妨廢書史,間歲功名之會又復在眼,遂令生於書齋温習舊業。生與其兄綸雖朝夕共學,而思嬌之念無時不然。夜則與兄異榻而寢,悵恨之辭或形於夢寐,恨不能御風縮地,一與嬌會。至七月中旬,舅以眉州倅滿,道經申生之門,因留宿於生家者累日。此時舅挈家以行,妗、嬌寓生家,相隨不離跬步,兼飛紅、湘娥諸侍女雜然左右,生與嬌欲一言,不可得。居三日,舅命戒行,車馬喧闐,送者絡繹於道。妗與嬌各登車,諸侍女相隨先後,申生亦乘馬相送,闖其便,曳簾挽車,與嬌語舊,嬌淚下如雨,不能答,徐曰:「遇君之後,一日為别,不能堪處,況今動是三年,遠及千里,一旦思君之切,安保其再能見君乎? 但恐妾垂首瞑目,骨化形銷,君將眠花卧柳,棄舊憐新,妾枕邊恩愛,他人有之矣。」生曰:「明靈大王在彼,吾誓不為也。」嬌曰:「若然,妾荷君之恩,死且不朽。」乃占詩一首贈生:「欲語征夫促去忙,臨歧分袂轉情傷。不堪千里三年别,恨説仙家日月長。」嬌於袖中又出香珮一枚,上有金銷團鳳,以真珠百粒約為同心結贈生,曰:「覩物思人,可也。得暇,可求便一來,毋以地遠為辭。」言未竟,軒車催動,霧隱前山,曉月半沉,目送不及。生别舅、妗,辭回,悯然歸於書室,間消永日,無不淚零。晨窓夕燈,學業幾廢,間為詞章,無不寄與嬌紅之語,他不暇及。一日,賦一曲以示兄綸,皆寄其意於言辭之外,未嘗斥言也。詞云:「春風情性,奈少年棄負,竊香名譽。記得當初,繡窓私語,便傾心素。雨濕花陰,月篩簾影,幾許良宵遇。亂紅飛盡,桃源從此迷路。因念好景難留，光陰易失，筭行雲何處。三峽詞源，誰為我寫出，斷腸詩句。目極歸鴻，秋娘聲價，應念司空否。甚時覓箇彩鸞，同跨歸去。」兄見之，撫生背肩曰：「厚卿，以弟之才，當取青紫如拾芥，以顯二親，夫何流連光景？此詞固佳，察弟之心，必有所主。秋期在近，且移此筆鏖戰文塲可也。」生但無言，蓋生詞微寓與嬌相會之始末，至「亂紅飛盡」之句，則直指飛紅媒孽之事，思恨之極，作為此詞，其兄不知也。及至八月，與兄俱就秋試畢，即欲言歸，兄綸謂曰：「三年燈火辛勤，決以此舉，揭榜在近，何不少俟？」生曰：「兄學業高遠，危中必矣。劣弟荒唐孱陋，孫山之外，不言可知。不欲久此，榜揭後，無面目回鄉也。」兄再四挽留，生不得已，從之。踰數日，秋闈拆號，生與綸俱在高選，兄弟聯捧捷而歸。次年又與兄綸同及第，兄綸授綿州綿山縣主簿，生以弓箭升，且授洋州司户。兄弟歸家侍次，時有賣《登科記》於眉州者，舅因閱之，見生兄弟皆及第，因大喜，歸謂妗曰：「二哥、三哥兄弟皆及第，吾家宅相得人矣，但恨相去千里，不能親賀。」遂遣人致書，且詢問：「二甥榮授何官？如瓜期未及，能一來款我，以慰老夫忻喜之心否？」生得書，與兄謀曰：「舅有命召，兄宜一行。」綸曰：「父母在，焉可遠遊？委以家事？然舅、妗所命，亦不可遺（當作違），長孫克家，弟固當往。」於是生欣然領命，即日治行，詣舅任所。既至，舅見之，且賀且謝。須是（疑為臾），妗、嬌畢見，且曰：「別後喜審吾甥兄弟俱擢危科，與有榮華。」生謙謝再三，又問：「二哥何以不來？」生答兄弟不可俱出之意，舅、妗等問勞盡禮，妗終以生前疑似之故，舘生於廳事之東邊，去堂甚遠。生亦遠嫌，尋常非呼召而不入，縱或一至堂廡，未與嬌款狎，或與嬌偶然相遇，左右森立，但彼此佇視，不能出一言。生殊無聊，住十餘日，欲告歸，然終念遠來，未曾與嬌一語，悶悶不樂。徘徊久之，乃作詞寓《相思會》以述懷：「脈脈惜春心，無言耿思憶。夜永如年，誰道藍橋咫尺。緣分淺，何似舊日莫相識。試問取，柳千絲，愁怎織？　菱花頻照，兩鬢爲誰雪積。幾番會面，見了又無信息。空追前事，把兩淚偷滴。且看下稍，如何是得。」一日，生晨起入謁姈，姈未起，生因忽遇嬌於堂側，時且早，左右俱未起，嬌亟出步前，語生曰：「妾別兄久矣，思念之心未嘗少息。喜審近取高第，但恨命薄所棄，不能執箕箒以觀富貴爲大恨耳。兄能不棄，不以地遠來臨，妾何以得此？妾與飛紅有隙，君所知也，今姈以年尊多病，不暇他顧，而飛紅方用事，跬步動容，無所求其便。兄至此已十日矣，妾不能與兄一敘疇昔者，坐此故也。妾每見兄必晨昏入謁，凡七日，晨起以俟兄至，而兄每入必晚，今非兄早至，妾安能與兄一語也。」生曰：「我見事變如此，終日死坐，孤苦之態，不能備言，方欲於一二日間圖爲歸計，緣未及與子一語，故未忍去，今既若此，我雖在此，竟何益也？予將歸矣。」嬌曰：「妾以今日之故，屈事飛紅，尚未得其歡心，自今以往，當愈屈意事之，萬一得回其意，則可與兄復如前日，兄果能少留月餘否？」因出袖中黃金二十兩與生，曰：「恐兄到此，或有用度衣服有不堪者，宜令左右以工直持來，當與兄修治也。」生乃曰：「若果有可謀，雖僻處鬼室千日，亦何害？」頃之，人漸衆，生遂出，愈無聊賴。時遶户吟詠，以寫懷抱。有二詩云：「庭院深深寂不譁，午風吹夢到天涯。出牆新竹呈霜節，匝地垂楊衮雪花。覓句閑來消永日，遣愁聊復酌流霞。狂風全不知人意，早向窗前報晚衙。」

「簟展湘紋浪欲生，幽人自感夢難成。依牀剩覺添風味，開户何妨待月明。擬倩蛙聲傳密意，難將螢火照離情。遥憐織女佳期近，時看銀河幾曲横。」生在舅家，自秋及冬，歲將暮矣，慕戀之心終無以自遣。每以明燭倚牀獨坐，夜半方就枕。所居室東邊有修竹數竿，竹外有亭，前任州官有子婦美而少，因得暴疾，遂至不起，殯於亭中，經歲後移歸鄉里，然精誠常在亭中，每為妖祟以迷少年，生不知其許（當作詳）。一夕，方掩關而坐，將及二更許，忽聞窗外步履聲，生意其兵吏夜起，不以為恠。頃之，叩窗甚急，生出視，則見嬌娘獨立窗下，曰：「君何不懼，候君久矣。」生不知妖，欣然與之入室，曰：「子何以得此來？」答曰：「舅、妗熟寢，無有知者，故來相就。」將旦，告去，囑生曰：「此後妾必夜至，兄無幹，不必至中堂。或入，偶相遇，不必以言相問，恐人有所覺也。妾或與君語，幸無見答以狎斜之言，妾必有為，君宜引去不對，則人將謂君無心於妾，庶可釋疑也。」生曰：「子若夜必一至吾室，吾入何幹？」言訖，遂去。自後妖夜必至，凡月餘，人莫知之。生常經數日方一入中堂，左右問之，以它事對，或遇嬌，則遠望引避。常獨吟一詞，寓《于飛樂》以自喜，曰：「天賦多嬌，惠蘭心性風標，憐才不減文蕭。怕芸窗花館，虚度良宵。密相挦就，長待燭暗香消。　向人前載跡，休把言語輕挑。問誰知證，惟有明月相邀。從今管取為雲雨，暮暮朝朝。」嬌自生再至，益屈己以事飛紅，平日玩好珍奇之物，紅一開口，則舉而贈之，錦繡綾羅，金銀珠翠，惟紅所欲，人皆呼之為紅娘子。紅見嬌之待己厚也，漸釋舊憾，與嬌稔密，嬌結之愈至。時小慧年已長，見嬌屈意事於紅，語嬌曰：「娘子，通判之女，貴人也；飛紅，通判之妾，賤者也。奈何以貴事賤，此小慧日久所不能平者。」嬌因嘆曰：「我之遇申生，爾所知也，紅與我有隙，屢窘撓我。今生遠來已久，我不能與之一叙間闊者，蓋阻於此耳。苟不屈已以結紅之心，或者與生胥會，能保其無語乎？我不自愛而屈事之者，為生設也。」因吟詩一絶云：「雨勤春寒花信遲，癡雲礙月夜光微。披雲閣雨憑誰力，花月開圓且待時。」吟畢，因泣下。慧曰：「娘子芳年秀麗，稟性聰明，立身鄭重。向時遊玩花園，與湘娥並行，娥不相讓，先登樓梯，娘子怒以告夫人，夫人不治，凡不食者兩日，其負氣有如此者。前年罷官，西歸驛舍，牀帳不備，重以繡茵，周以羅幃，猶思其不潔，焚沉爇麝，夜半方寢，其愛身有如此者。娘子善歌，衆所共知，親族聚會，申請不明，再四，終不肯出一聲，其重言有如此者。今既委千金之身於申生，若棄敝，而又下事飛紅，喪盡名節，此妾之所大不曉者。况娘子詩詞清麗，文章華贍，名聞於時久矣，當今少年才子咸願一見而不可得，苟求婚姻，豈不能得一申生也？又兼申生一第之後，視娘子頗似無情，今雖在此，呼之而不來，問之而不對，諒必有他意也，娘子何自苦執如此？」嬌曰：「爾勿言，天下豈復有鍾情如申生者乎？以生之才美，必不負我，必得生而後已。」慧知嬌眷戀申生之心如鐵石，乃亦諂事飛紅，紅後感嬌之結已備至，盡釋前憾，喟然謂嬌曰：「娘子近日以來，憔悴特甚，若重有所思者，何不與紅一言？紅受娘子之恩厚矣，苟有效力，當以死報。」嬌但流涕不言，紅乃叩之，曰：「我之遇申生，爾所知也，它何言？」紅曰：「此易事，妗年尊，終日於小樓看經，堂室之事，娘子主之，果有所圖，敢不唯命？」嬌鄭重謝之。自此，紅常與嬌為他求以見生，然生每夜遇妖之後，以為真嬌之來，累十餘日不入中堂，精神昏倦，終日思睡。嬌眷戀之極，情不能已，時作詩以記之，凡九首：「情緣心曲兩難忘，夢隔巫山蝶思荒，春事懶隨花片薄，愁懷偏勝柳絲長。金鬆瘦削腸堪斷，珠淚瓓珊意倍傷。人自蕭條春自好，少年空爾惜流芳。」其二曰：「曉窗睡起翠蛾顰，天際晴霞曙色新。錦字謾題機上恨，黄鵬為喚樹頭春。每憐芳草愁花悴，偏覺幽魂入夢頻。翠袖未殘空染淚，閨闈寂寂暗傷神。」其三曰：「一點芳心冷似灰，蘭閨寂静鎖塵埃。幾時閨思多慳澀，昨夜燈花又浪開。夢裡佳期成慘淡，想中顔色若疑猜。芙蓉帳小雲屏暗，一段春愁帶雨來。」其四曰：「春山凝恨攢秋思，不慰閒情只自知。寥落肯容成獨夢，凄凉偏是蹙雙眉。那知淺笑輕顰態，不記癡心似醉時。對面相看只如此，知它欲負此生期。」其五曰：「斗帳春寒歎寂寥，羅衣那得血痕消。無因得贖陽臺路，有信無情恰是空。佳況每從愁裡減，芳魂疑是夢中招。晼成獨與堪惆悵，珠淚汪汪暗處飄。」其六曰：「曉起西窗一半開，輕移蓮步下芳階。流鶯有恨空啼樹，塵榻無情自鎖埃。薄倖動成經歲别，光陰枉負少年懷。每期對榻人長負，輸了愁眉淚滿腮。」其七曰：「咫尺天涯一望間，重簾十二擁朱闌。斷腸芳草連天碧，作惡東風特地寒。籠裏飛禽堪再復，盆中覆水恐難收（當作『收難』）。落花舞絮春如水，下却珠簾不忍看。」其八曰：「屈指光陰又隔春，朱顔枉負一生身。情牽相喚鶯聲細，腸斷無端草色新。露帳銀牀初破睡，舞衫歌扇總生塵。幾回惆悵空悲歎，衹為無情薄倖人。」其九曰：「瘦盡紅芳緑正肥，枕中春夢不多時。好將此日思前日，莫遣佳期負後期。鎮日閒愁魂去遠，殘春孤恨夢生遲。憑誰寄與多情道，憔悴闌干怨落暉。」嬌娘吟畢，付與紅觀，曰：「我别申生，動經一載之餘，今咫尺天涯，對面如此，我何以堪？」言已，忽僕於地，紅扶之而起，良久方甦。紅見嬌失意，懼妗有疑，乃誑妗曰：「嬌娘子多苦寒疾。」妗信之，故嬌雖憔悴，不疑也。紅一夕至嬌所，嬌方掩淚獨坐，殊不勝情，紅因曰：「娘子如此，而申生如彼，此豈有人心者？妾近見申生，屢以實情告之，往往不顧，且其神思昏迷，況彼所居之地名娼豔女甚多，想少年不能自持，它有所匾，宜乎寡情於娘子，何自苦乃爾。試一索之，便可知生之所為矣。」嬌見生之相棄甚也，因紅語亦疑之，至晚，遂令小慧及紅房下小侍女蘭蘭夜出，伺生起處。慧與蘭蘭同至生室前，見窗内燈明，慧因穴窗細視，見生與一女子對坐，顏色態度與嬌娘無異，因私相歎駭。歸室，則見嬌與紅並坐於室，慧曰：「娘子適至生室乎？」嬌曰：「我與飛紅同遣爾去，我二人坐此，未嘗動，爾安得妄言？」慧、蘭同聲曰：「適來申生與一女子相對而坐，絶似娘子，若此，則彼為何人也？」嬌、紅大駭。良久，紅曰：「舊聞此地多有鬼魅，諒必此類惑之，宜其待娘子恝然也。」因欲與慧、蘭等再出視之。時夜深，門守甚嚴，不復可出，遂止。明晨，嬌詐以妗命召生入室，不過，再四召之，方來。小慧前導至後室，見嬌獨坐，生徬徨欲去，嬌即前挽生袖曰：「君且勿去，將有事語君。」生不得已乃坐，嬌曰：「君近日何相棄？妾之待兄亦至矣，一旦若是，豈平昔所望於兄者？」生不答，嬌又曰：「兄每夕所遇者何人？」生曰：「無之。」嬌曰：「不必隱諱。」生謂詐己，乃左右顧盼，切切曰：「子令我勿言，何窘我也？」嬌曰：「妾有何事，令君勿言？」生大駭，因曰：「左右有人乎？」嬌曰：「無之。」嬌又曰：「妾自別君之後，迄今將兩歲矣，兄此來，妾亦何便得與君款密？何嘗囑君勿言？」生曰：「子何反覆也？子自前月以來，每夜必至我室，囑我勿言，懼飛紅之輩生釁也，子今乃有是說，何故？」嬌曰：「妾室未嘗一出，君之室所居窮僻，久聞其中多怪，諒必鬼物化妾之形以惑君，妾自屈事飛紅之後，已得其歡心，日夕使人召兄，兄不至，縱一來，與兄談話，兄又不答。

日夕不知所謂，將謂兄有異心。夜來使小慧、蘭蘭伺兄起處，乃見一女子，形狀如妾，與兄對坐，此非鬼祟而何？故今日召兄實之耳。君不信，則召紅證之。」乃潛使人呼紅，紅至，謂生曰：「郎君何棄娘子也？」因具道昨夕之事，生駭然汗下浹背，罔知所出，乃謝曰：「非子眷眷不忘，則我將死於鬼祟手矣。第恨兩月以來，負子恩愛之情，其何以為報？」因大恐，不敢出息其室，至暮，猶在中堂。紅乃與嬌謀，止以生為鬼所惑告妗，妗疑之，曰：「安有是理？」紅欲實其言，至一更許，令生且出室，生懼，不敢往，紅曰：「第往彼，妾將有為也。」因戒生曰：「今夜二鼓，妾與妗來觀。如彼來，妾與妗遠望，恐見其類嬌，則生疑矣。如索君，君亦勿言似娘子也。」生勉強許之。至二更初，鬼果來，生雖與之對坐，心驚股栗。未定間，紅、妗已至窓前，果見一婦人，妗欲細視，紅思其事發露，因大撫窓趨入，鬼果不見。生初聞嬌之言，且信且疑，及紅撫窓，鬼遁滅跡，生方大悟。妗因詢生曰：「適為何人？」生愧謝曰：「不知其鬼也，願妗救我。」於是妗與紅謀，移生入中堂。舅知之，廣求明師符水，以與生飲。生後卧病累日，亦尋向安。自爾生起居皆在宅内，嬌亦不以向日相棄介意，歡愛如平日，或至生室連夕，妗亦不知也。生追思鬼惑之事，深得嬌、紅之救己，乃作《望江南》詞以謝之，詞云：「從前事，今日始知空。冷落巫山十二峰，朝雲暮雨竟無蹤，一覺大槐宮。花月地，天意巧為容。不比尋常三五夜，清輝香影隔簾櫳，春在畫堂中。」又兩月餘，妗以病死，嬌哀毀殊甚，幾不堪處。生見舅家事紛紜，乘間告歸，嬌因謂生曰：「昔日之別，不謂復有今日，幸欣再會，奈何罹此禍變，哀毀之中，不暇與兄款曲，暫歸，宜再來也。」因長吁曰：「數年之間，送兄者屢矣，知相別後，能念妾勤心否乎?」生無言,但掩淚為别。明日辭舅,歸至家中,父母聞妗之亡,皆驚動嗟泣。明年六月,舅滿任回,再過生門,迎宿,留住數日。自妗之死,飛紅專寵於舅,日宛轉為嬌媒,因與舅曰:「夫人不幸先逝,善父年少,家事無人主持,何不拉三哥同歸經理?且其瓜期未及也。」舅欣然之,欲拉生去,生父不欲。生聞之,心切意喜,因乘間囑紅俾舅再三拉之,舅如言,力與生父言之,父不得已,乃令生行,遂同到舅家。住兩月,舅即回再調任計,謂生曰:「家中事緒繁多,小兒幼失所恃,三哥不妨在此相與維持,俟有美赴之期,當竭力助行。」生諾之,舅遂行。生厚賂舅之左右,莫不歡悦。生因與嬌絶無間隔,院宇深沉,簾幙掩映,玉枕相挨,鸞鳳並翼,或時朱闌共倚,舉盞飛觴,嬉笑謳吟,曲盡人間之樂。踰半載,舅以舉員未足,再調利州倅以歸。左右得生之賂,加以事大體重,無敢言及之者,惟於舅前為生延譽。舅歸之後,見生經理其家,事事有倫,知生之才能幹有餘,又妙年高第,前程未可量,遂悔向日背親之謀,間使紅委曲問生。一夕,生方與嬌閑坐,紅趨至拜賀曰:「郎君、娘子平昔之願諧矣,敢不賀?」嬌詢之,紅曰:「舅又有結好之意,使妾審訂郎君,懼郎君之不從也。」嬌曰:「天果不違人耶?」因大喜,明燈達旦忘寐,生賦《内家嬌》詞以相慶,云:「燈花何太喜,多情事,天意想從人。念子秀蘭房,才高柳絮,我登仕版,世忝簪紳。堪誇處,一雙兩好,彼此正青春。夙世因緣,今生契合,昔時秦晉,重締姻親。殷勤謝紅葉,傳來佳耗,意密情真。記東池畔,要誓神明。料得從今,臨風對月,消除舊恨,慘雨愁雲。管取團圓到底,不負深盟。」是夕,紅反命於舅曰:「生意無不可也。」遂立媒遣(當作「遣媒」)之生家,生父母亦允許,且曰:「此固所願也。」擇日遣聘。丁憐憐者,自生别後，久之，一入帥府，至西書院，所畫美人猶在壁上，帥子坐其旁，憐憐仰視久之，帥子問曰：「天下果有如此婦人乎？」憐曰：「有之。」因指嬌像曰：「聞此於已入畫者，未能模寫其一二。足極小，眉極修，詞草翰墨，無能出其右，以此女實之，想其他皆然。」帥子喜曰：「我將求婚此女。」憐曰：「無用也，聞此女久有外遇，恐非全身。」帥子曰：「得婦如此，幸已甚矣，此不足問。」憐悔失言，力解不獲。帥子遂令親信懇告其父，求婚於王。王時倅眉州未回，故無言及此者。逮王再調歸家，待次之日，帥遂遣來求婚，王初拒之，再四，帥逼以威勢，賂以貨財，不得已，遂許之。嬌夜持帥書至生室，告曰：「前日姻約復敗矣，帥子求婚，家君迫於權要，許之矣，兄何以為計？」生曰：「事在他日，當徐圖之。」嬌自是見生愈密，然一相遇，則慘慘不樂，平生善歌，每作哀怨之音，則聞者動容，或至流涕。雖與生至相得，未嘗對生一歌，生或潛聽，嬌覺之，則又中輟，生每以為嫌。至是，生不請，自歌詞《一叢花》云：「世間萬事轉頭空，何物似情濃。新歡共把愁眉展，怎知道，新恨重逢。媒妁無憑，佳期又悮，何處問流紅。　欲歌先咽意冲冲，從此各西東。愁怕到黄昏，窓兒外，疎雨泣梧桐。仔細思量，不如桃李，猶解嫁東風。」歌未終，黯黯然淚下如雨。生平生嗜好有不能致者，嬌廣用金玉，售以遺生。一夕，家宴罷，至就寢，生被酒未能卧，嬌秉燭侍側，生從容問曰：「爾來眷我，何益厚也？」嬌曰：「始者妾謂可托終身於君，今既不如所願，事兄蓋有日矣。雖盡此身，何足以謝？」生大感慟。居數日，嬌忽卧病，不得與生會者僅一月。一日，舅出謁，生厚賂左右，欲一見嬌，左右扶嬌至生室之側，生迎與相見，嗚咽不已，良久，嬌乃曰：「樂極生悲，俗語不誣。妾病不能扶持，生願不諧，死亦從兄，在所不恤也。」語竟，倚生之懷，似無所主。左右驚扶而入，久之方醒。生亦自此悶悶，作事顛倒，語言無實，目前所為，旋踵而忘，舅甚恠之。秋八月，帥子納幣促親期，舅許之，嬌病少瘳，因他事，怒小鬟綠英，綠英懷恨，乘間以嬌平日所為之事從實告舅，舅怒，審實於紅，將治之，紅詒曰：「小娘子讀書知禮義，豈不知失身之為太辱？且重厚少言，愛身若珠玉，擇地而行，待時而動，相公所知也。況申生功名到手，舉動不妄，堂廡之間，不命之入不敢入，未嘗與嬌一語戲狎。倘有是事，妾豈不知也？或者小人之言，未宜深信，且親期在近，不宜自為此不美也。」舅方寵任飛紅，信其言，不復再問，止加防閑。申生度勢不可留，乃告嬌曰：「今日之事，妾（疑作舅）知之矣，行計不可緩也。子親期去此止兩月，勉事新君，吾與子從此決矣。」因以詞一首，寓《好事近》與嬌為別，詞云：「一自識伊來，便許綰，同心結。天意竟辜人願，成幾番虛設。佳期近也想新歡，遣我空懸絕。莫忘花陰深處，與西窓明月。」嬌覽詞，怒曰：「兄，丈夫也，堂堂六尺之軀，乃不能謀一婦人，事已至此，更委之他人，君其忍乎？妾身不可再辱，既以與君，則君之身也。」因掩面大慟，生方悟，去留未決。俄得家書，報父有疾，遣僕馬促回。生使人候嬌，不得已。入謁舅告別，舅時坐中堂，嬌聞之，出立舅後，回目佇視，不能出半語，舅曰：「子歸後，府君無恙，宜再來，嬌娘親禮在即，家事紛紜，無執幹者。」生辭曰：「令愛親期已近，純歸侍亦須累月，又瓜期將及，動是數年，重會未可知也，舅宜善自愛。」生因再拜，舅曰：「嬌娘在近出室，子來朝未定，未必相會。」因呼出別生，嬌聞語，灑淚不能止，懼舅見之，不敢前，背面遁去，再四呼之，不至。生遂別舅而歸。嬌自生去，日夜悲泣，未嘗覽鏡，芳容頓改，幽豔暗消，楊柳迷煙，梨花帶雨。或見梁燕雙飛，征鴻獨呌，則悽慘不自勝也。近半月，病愈甚，將不能起。紅乃潛書促生來，使與為決（當作訣）。生得書，以無故，不敢告父母，乃夜遁，潛至嬌之門，住兩日，舅亦不知也。生時艤舟岸下，冀一見嬌後即歸，蓋慮父母之知，必獲重責。明日，舅送舊守出於郊外，時紅乃與嬌私出，即上生舟，嬌執生手大慟，曰：「郎不來矣，恨無以報兄，不幸迫於父母之命，不能終身以相從。兄今青雲萬里，厚擇佳配，共享榮貴，妾不敢望也。妾向時與兄擁爐，謂：『事不濟，當以死謝。』妾敢背此言邪？兄氣質孱薄，常多病，善攝養，毋以妾為念。」因出斷袖還生，曰：「謝兄厚恩，復思此景，其可再得乎？」哭愈慟，紅亦淚下，久之，紅懼有它變，詐語嬌曰：「舅將至矣，宜速登岸。」嬌含淚口占一詞以贈生，云：「郎今去也，拋奴去，恨共離舟留不住。扶病別江頭，沾襟淚如雨。　路遠終須別，一寸腸千結。此會再難逢，相逢只夢中。」又吟一絶為別，云：「合歡帶上真珠結，箇箇團圓又無缺。當時把向掌中看，豈意今為千古別。」生得嬌詩詞，揖別，歸舟而去。紅扶嬌登岸，但見舟人撥棹，蘋浪番風，彩鷁急飛，征鴻易斷，目力有盡，江山無窮。生歸，枕席上無不流涕。嬌之佳期已逼，乃托感疾佯狂，蓬頭垢面，以求退親。父迫之，嬌引刀自截（當作裁），左右救之，得不殞。因絶食數日，不能起。紅委曲開諭之，曰：「娘子平生俊快，豈不暗（當作諳）曉世事？帥家富貴極矣，子弟端方俊拔，殆過申生，娘子不自開懷，保身自重，何苦如是耶？且聞媒者之言，彼之欲得娘子，甚如饑渴，其它皆所不問，娘子何自棄也？況申生歸後，亦已議親貴族，彼蓋亦絶念於此矣。」因圖帥子之貌以獻，曰：「得壻如是，亦無負矣。」嬌曰：「美則美耳，非我所及，事止此矣，吾志不易也。」紅又詐為嬌舊遺生香珮下結，以破環隻釵，謂生遺遺嬌，因言已結它姻之意以相絕，嬌見之泣下，曰：「相從數年，申生之心事，我豈不知者？彼聞我有它，故特為此以開釋我耳。」因取香珮細認，覺其虛，固（當作因）曰：「我固知申生不如是也，我始以不正遇申生，終又背而之他，則我之淫蕩甚矣。既不克其始，又不有其終，人謂我何？紅娘子愛我厚矣，幸勿多言，我固不愛一身以謝申生也。」遂不復言，舅聞而亦憐之，但曰：「業已成矣，無可奈何。」遣紅輩百端為之開釋，終莫能悟。嬌遂吟詩一首寄與申生別，云：「如此鍾情古所稀，吁嗟好事到頭非。汪汪兩眼西風淚，猶向陽臺作雨飛。」「月有陰晴與圓缺，人有悲歡與會別。擁爐細語鬼神知，拚把紅顏為君絕。」間隔數日，嬌竟以憂卒。生接寄來詩章方曉，而嬌之訃音隨至。生茫然自失，對景傷懷，獨坐則以手書空咄咄，若與人語，因賦《憶瑶姬》詞以弔嬌娘，詞曰：「蜀下相逢，千金麗質，憐才便肯分付。自念潘安容貌，無此奇遇。梨花擲處，還驚起，因共我，擁爐低語。今生拚兩兩同心，不怕旁人間阻。　此事憑誰處，對明神為誓，死也相許。徒思行雲信斷，聽簫歸去，月明誰伴孤鸞舞。細思知，淚流如雨。便因喪命，甘從地下，和伊一處。」生兄綸見此詞尾句，知其語不祥，因再三慰解。追慕無已，殆不能堪，又於壁上題詩一絕，以別父母，詩曰：「竇翁德邵如椿古，蔡母年高與鶴齊。生育恩深俱未報，此身先死奈虞兮。」又為詩一絕以別兄，詩曰：「當年鳳雅藹雙鸞，擬共翱翔萬里天。今日雁行分散去，誰憐隻影叫蒼煙。」生題詩畢，索嬌所自贈香羅帕，自縊於書窗間，為家人所覺，救免。兄綸與生之素識皆來勸解之，且曰：「大丈夫志在四方，弟年少科高，青雲足下，而甘死兒女子手中耶？況天下多美婦人，何必如是？」生色變氣逆，不能即對，徐曰：「佳人難再得。」因回顧二親，叮嚀曰：「二哥才學俱優，妙年取功名，且及瓜期，前程萬里，顯親揚名，大吾門户，承繼宗祧，一夔足矣，惟大人割不忍之恩。」又顧兄綸曰：「雙親年高侍養，純不孝，不能酧罔極之恩，惟兄念之。」自是神思昏迷，不思飲食，日漸尫羸，竟奄奄不起。父母大慟，即日馳書告舅，舅得書，飛紅輩知之，舉家號泣。舅因呼紅，痛責之曰：「往時問汝，汝何不實告我？稔成事變，以至於此，皆汝之咎。」紅不能對，因伏地請罪。久之，舅意稍解，乃曰：「事已如此，不可及矣。兩違親議，亦老夫之罪也。」因痛自悔。又謂紅曰：「申生丰儀如許，才學又如許，正昔人所謂：『我見汝猶憐，況老奴乎？』生前之願既已違之矣，與死後之姻緣可也。」紅曰：「然則如之何？」舅沉吟半晌曰：「我今復書，舉嬌柩以歸於申家，得合葬焉。没者而有知，其不快快於泉下也，必矣。」紅曰：「然。」於是復書，以此言告於生之父母，許焉。越月，得吉日戒嚴，遂舁嬌柩以歸生家。舅書自悔責，且謝兩背姻盟之非，仍遣紅來弔慰，營辦喪事。又月餘，詢謀僉同，乃合葬於濯錦江邊，葬畢，紅告歸。抵舍之明日，因與小慧過嬌寢所，恍惚見嬌與生在室相對笑語，嬌謂紅曰：「喪事謝汝遠來營辦，吾二人死無憾矣。我自去世，即歸仙道，見住碧瑶之宫，相距蓬萊，不遠咫尺。朝歡暮宴，天上之樂，不減人間，所願足矣。惟是親恩未報，弟年尚幼，一家之事賴汝支吾，善事家君，無以為我念。明年寒食，祭掃新墳，汝能為我一來，彼時又得相會也。」語未終，紅且驚且喜，倉皇告舅。舅復與往寢所物色之，則無所有矣。惟見壁間之詞一闋云：「蓮閨愛絶，長向碧瑶深處歇。華表來歸，風物依然人事非。　月光如水，偏照鴛鴦新塚裡。黄鶴催班，此去何時得再還。」舅見此詞，不覺哀悼。所留字跡半濃半淡，尋亦滅去。舅與紅輩皆驚異，嗟歎而已。越明年，清明日，追思紅見嬌之事，呼僕命騎往詣墳所，灑酒奠泣之際，唯見雙鴛鴦飛翔上下，捕之不得，逐之不去，祭奠之畢，倏然不見。後人故名為鴛鴦塚云。（同前書卷五「緣偶下·幽期」）

一八《賈雲華還魂記》（宋·陳仁玉）：賈雲華之母與魏鵬母有指腹之約，鵬謁賈，賈命女結為兄妹，不及前盟，兩人遂相與私。未幾，鵬以母喪歸，雲華賦《踏莎行》與決別，云：「隨水落花，離絃飛箭，今生無處能相見。長江縱使向西流，也應不盡千年怨。　盟誓無憑，情緣有限，願魂化作銜泥燕。一年一度一歸來，孤雌獨入郎庭院。」遂鬱鬱死。二年後有長安丞宋子璧女暴卒復甦，自言雲華借屍還魂。丞以告賈，遂歸鵬焉。（同前書卷六「冥感上·神魂」）

一九《司馬才仲傳》（宋·王宇）：司馬槱才仲初在洛下，晝寢，夢一美姝牽帷而歌曰：「妾本錢唐江上住，花落花開，不管流年度。燕子啣將春色去，紗牕幾陣黃梅雨。」才仲愛其詞，因詢曲名，云是《黃金縷》。後五年，才仲以蘇子瞻薦，應制舉中等，遂為錢唐幙官。為秦少章道其事，少章為續其後，詞云：「斜插犀梳雲半吐，檀板輕敲，唱徹黃金縷。歌斷彩雲無覓處，夢回明月生南浦。」頃之，復夢美姝咲迎曰：「夙願諧矣。」遂與同寢。自是每夕必來，才仲為同寀譚之，咸曰：「公廨後有蘇小小墓，得無妖乎？」不逾年而才仲得疾，所乘遊舫艤泊河塘，柁工遽見才仲攜一麗人登舟，即前諾之，聲斷，火起舟尾，倉忙走報其衙，則才仲死，而家人已慟哭矣。（同前書卷六「冥感上·夢寐」）

二〇《鞦韆會記》（盧陵李禎）：元大德二年戊戌，孛羅以故相齊國公子拜宣徽院使，奄都剌為僉判，東平王榮甫為經歷，三家聯住海子橋西。宣徽生自相門，窮極富貴，第宅宏麗，莫與為比。然讀書能文，敬禮賢士，故時譽翕然稱之。私居後有杏園一所，取「春色滿園關不住，一枝紅杏出牆來」之意，花草之奇，庭榭之好，冠於諸貴家。每季春，宣徽諸妹諸女邀院判、經歷宅眷，於園中設鞦韆之戲，盛陳飲宴，歡笑竟日。各家亦隔一日設饌，自二月末至清明後方罷，謂之「鞦韆會」。適樞密同僉帖木耳不花子拜住過園，外聞笑聲，於馬上欠身望之，正見鞦韆競蹴，歡閧方濃。潛於柳陰中窺之，覩諸女皆絕色，遂久不去。為閽者所覺，走報宣徽。索之，亡矣。拜住歸，具白於母。母解意，乃遣媒於宣徽家求親，宣徽曰：「得非窺牆兒乎？吾正擇壻，可遣來一觀，若果佳，則當許之。」媒歸報，同僉飾拜住以往。宣徽見其美少年，心稍喜，但未知其才學，試之，曰：「爾喜歡鞦韆，以此為題，《菩薩蠻》為調，賦南詞一闋，能乎？」拜住揮筆，以國字寫之。宣徽雖愛其敏捷，恐是預搆，或假手於人，因盛席待之，席間，再命作《滿江紅》詠鶯。拜住拂試剡藤，用漢字書呈宣徽，宣徽喜曰：「得壻矣。」遂面許第三夫人女速哥失里為姻，且召夫人，并呼女出，與拜住相見。他女亦於窗隙中窺之，私賀速哥失里曰：「可謂『門闌多喜氣，女壻近乘龍』也。」擇日遣聘，禮物之多，詞翰之雅，喧傳都下，以為盛事。既而同僉豪宕，簠簋不飾，竟以墨敗，繫御史臺獄，得疾囹圄間，竟爾弗起。闔室染疾，盡為一空，獨拜住在，然冰消瓦解，財散人亡。宣徽將呼拜住回家，教而養之，與夫人，堅執不肯。蓋宣徽內嬖雖多，而三夫人者獨秉權專寵，見他姬女皆歸富貴之門，獨己壻家反凋弊如此，決意悔親。速哥失里諫曰：「結親即結義，一與訂盟，終不可改。兒非諸姊妹家榮盛，心亦慕之。但寸絲為定，鬼神難欺，豈可以其貧賤而易之乎？」父母不聽，别議平章闊闊出之子僧家奴，儀文之盛，視昔有加。暨成婚，速哥失里行至中道，潛解腳紗，縊於轎中，比至而死矣。夫人以其愛女輿回，悉傾家奩及夫家聘物殮之，暫寄清安僧寺。拜住聞變，是夜，私往哭之，且扣棺曰：「拜住在此。」忽棺中應曰：「可開棺，我活矣。」周視四隅，漆釘牢固，無由可啓。乃謀於僧曰：「勞用力，開棺之罪，我一力承之，不以相累，當共分所有也。」僧素知其厚殮，亦萌利物之意，遂斧其蓋。女果活，彼此喜極，乃脱金釧及首飾之半謝僧。計其餘，尚值數萬緡，因託僧買漆整棺，不令事露。拜住遂挈速哥失里走上都。住一年，人無知者。所攜豐厚，兼拜住又教蒙古生數人，復有月俸，家道從容。不期宣徽出尹開平，下車之始，即求館客，而上都儒者絶少，或曰：「近有士自大都挈家寓此，亦色目人，設帳民間，誠有學問。府君欲覓西賓，惟此人為稱。」亟召之，則拜住也。宣徽意其必流落死矣，而人物整然，恠之，問：「何以至此？且娶誰氏？」拜住實告，宣徽不信，命舁至，則真其女也。一家驚動，且喜且悲。然猶恐其鬼，假人形幻惑年少，陰使人詣清安詢僧，其言一同。及發殯，空櫬而已。宣徽夫婦愧歎，待之甚厚，收為贅壻，終老其家。拜住三子：長教化，仕至遼陽等處行中書省左丞，早卒。次子忙古歹，幼子黑廝，俱為内怯薛帶御器械。忙古歹先死，黑廝官至樞密院使。天兵至燕，順帝御清寧殿，集三宫后妃、皇太子同議避兵，黑廝與丞相失列門哭諫曰：「天下者，世祖之天下也，當以死守。」不聽。夜半，開建德門而遁。黑廝隨入沙漠，不知所終。（同前書卷七「冥感下・重生」）

二一　《冥音録》（唐・朱慶餘）：廬江尉李侃者，隴西人，家於洛之河南。太和初，卒於官。有外婦崔氏，本廣陵倡家，生二女，既孤且幼，孀母撫之，以道遠，子未成人，因寓家廬江。侃既死，雖侃之宗親居顯要者，絶不相聞。廬江之人咸哀其孤藐而能自强。崔氏性酷嗜音，雖貧苦求活，常以絃歌自娱。有女弟簁奴，風容不下，善鼓箏，為古今絶妙，知名於時，年十七未嫁而卒，人多傷焉。二女幼傳其藝，長女適邑人丁玄夫，性識不甚聰慧，幼時每教其藝，小有所未至，其母輒加鞭箠，終莫究其妙。每心念其姨，曰：「我，姨之甥也。今乃死生殊途，恩愛久絶。姨之生乃聰明，死何蔑然而不能以力祐助，使我心開目明，粗及流輩哉？」每至節朔，輒舉觴酹地，哀咽流涕，如此者八歲，母亦哀而憫焉。開成五年四月三日，因夜夢寐，驚起號泣，謂其母曰：「向者夢姨執手泣曰：我自辭人世，在陰司，簿屬教坊，授曲於博士李元憑，元憑屢薦我於憲宗皇帝，帝召居宫一年，以我更（當作便）直，穆宗皇帝宫中以箏導諸妃，出入一年，上帝誅鄭注，天下大酺。唐氏諸帝宫中互選妓樂以進神堯、太宗二宫，我復得侍憲宗，每一月之中五日一直長秋殿，餘日，得肆遊觀，但不得出宫禁耳。汝之情懇，我乃知也。但無由得來。近日襄陽公主以我為女，思念頗至，得出入主第，私許我歸，成汝之願，汝早圖之。陰中法嚴，帝或聞之，當獲大譴，亦上累於王。」復與其母相持而泣。翌日，乃灑掃一室，列虚筵，設酒果，髣髴如有所見。因執箏就坐，閉目彈之，隨指有得，初授人間之曲，十日不得一曲，此一日獲十曲，曲之名品，殆非生人之意。聲調哀怨幽幽然，鴞啼鬼嘯，聞之者莫不歔欷。曲有《迎君樂》正商調三十八疊、《槲林歎》分絲調四十四疊、《秦王賞金歌》小石調二十八疊、《廣陵散》正商調二十八疊、《行路難》正商調二十八疊、《上江虹》正商調二十八疊、《晉城仙》小石調二十八疊、《絲竹賞金歌》小石調二十八疊、《紅牕影》雙柱調四十疊十曲，畢，慘然謂女曰：「此皆宫闈中新翻曲，帝尤所愛重。《槲林歎》、《紅牕影》等，每宴飲，即飛毬舞盞為佐酒長夜之歡。穆宗敕修文舍人元稹撰其詞數十首，甚美，醺酣，令宫人遞歌之。帝親執玉如意擊節而和之，勅秘其詞極切，恐為諸國所得，故不敢泄。歲攝提地府，當有大變，得以流傳人世，幽明異路，人鬼道殊，今者人事相接，亦萬代一時，非偶然也。會以吾之十曲獻陽地天子，不可使無聞於明代。於是縣白州，州白府，刺史崔璹親召而試之，則絲桐之音搶摐可聽，其差琴調，不類秦聲，乃以衆樂合之，則宫商調殊不同矣。」母令小女再拜，求傳十曲，亦備得之。至暮決去，數日復來曰：「吾聞揚州連帥取汝，恐有謬誤，汝可一一彈之。」又留一曲曰《思歸樂》。無何，州府果令送至揚州，一無差錯，廉察使故相李德裕議表其事，小女尋卒。（同前書卷八「妖豔·鬼靈」）

二二　《聚景園記》（山陽瞿佑）：延祐初，永嘉滕生名穆，年二十六，美風調。善吟詠，為衆所推重。素聞臨安山水之勝，思一遊焉。甲寅歲，科舉之詔興，遂以鄉書赴薦。至則僑居湧金門外，無日不往來於南北兩山。七月之望，於麯院賞蓮，因而宿湖，泊雷峰塔下。是夜，月色如晝，荷香滿身，時聞大魚跳擲於波間，宿鳥飛鳴於岸際。生已大醉，寢不能寐，披衣而起，延堤觀望。行至聚景園，信步而入。時宋亡已四十年，園中臺館如會芳殿、清輝閣、翠光亭皆已頹毁，惟瑶津西軒巋然獨存。生至軒下，憑欄少憩。俄見一美人先行，一侍女隨之，自外而入。風鬟雲鬢，綽約多姿，望之殆若神仙。生於軒下屏息，以觀其所為，美人言曰：「湖山如故，風景不殊，但時移世換，令人有《黍離》之悲爾。」行至園北太湖石畔，遂詠詩曰：「湖上園亭好，重來憶舊游。徵歌調《玉樹》，閲舞按《梁州》。徑狹花迎輦，池深柳拂舟。昔人皆已没，誰與話風流。」生放逸者，初見其貌，已不能定情。及聞此作，技癢不可復禁，即於軒下續吟曰：「湖上園亭好，相逢絶代人。嫦娥辭月殿，織女下天津。未會心中意，渾疑夢裡身。願吹鄒子律，幽谷發陽春。」吟已，趨出赴之。美人亦不驚訝，但徐言曰：「固知郎君在此，特來尋訪耳。」生問其姓名，美人曰：「妾棄人間已久，欲自陳叙，誠恐驚動郎君。」生聞此言，審其為鬼，亦無所懼。固問之，乃曰：「芳華姓衛，故宋理宗朝宫人也，年二十四而歿，殯此園之側。今晚因往演福堂訪賈貴妃，蒙延久坐，不覺歸遲，致令郎君於此久待。」即命侍女曰：「翹翹，可於舍中取裀席酒果來。今夜月色如此，郎君又至，不可虚度，可便於此賞月也。」翹翹應命而去，須臾，攜紫氍毹鋪於中庭，設白玉碾花樽，碧琉璃盞，醪醴馨香，非世所有。與生談謔笑詠，詞旨清婉。復命翹翹歌以侑酒，翹翹請歌柳耆卿《望海潮》辭，美人曰：「對新人，不宜歌舊曲。」即於席上自製《木蘭花慢》一闋，命翹翹歌之，曰：「記前朝舊事，曾此地、會神仙。向月地雲階，重攜翠袖，來拾花鈿。繁華總隨流水，嘆一塲、春夢杳難圓。廢港芙渠潤露，斷堤楊柳摇煙。兩峰南北只依然，輦路草芊芊。悵别舘離宫，煙銷鳳蓋，波没龍船。平時銀屏金屋，對添燈、無焰夜如年。落日牛羊隴上，西風燕雀林邊。」歌畢，美人潸然垂淚。生以言慰解，仍微詞挑之，以觀其意。即起謝曰：「殂謝之人，久為塵土，幸得奉事巾櫛，雖死不朽。且郎君適間詩句，固已許之矣。願吹鄒子之律，而一發幽谷之春也。」生曰：「向者之詩，率口而成，實本無意，豈料便為讖語？」良久，月翳西垣，河傾東嶺，即命翹翹撤席。美人曰：「弊居僻陋，非郎君之所處，只此西軒可也。」遂攜手而入，假寢軒下。交會之際，無異於人。將旦，揮涕而別。至晝，往訪於園側，果有宋宫人衛芳華之墓。墓左一小丘，即翹翹所瘞也，生感嘆逾時。迨暮，又赴西軒，則美人已先至矣。迎謂生曰：「日間感君相訪，然而妾止卜其夜，未卜其晝，故不敢奉見。數日之後，當得無間爾。」自是，則無夕不會，經旬之後，白晝亦見，生遂攜歸所寓安焉。已而生下第東歸，美人願隨之去，生問：「翹翹何以不從？」曰：「妾既奉侍君子，舊宅無人，留其看守爾。」生與之同歸鄉里，見視，姑紿之曰：「娶於杭郡之良家。」衆見其舉止温柔，言詞惠利，信且悦之。美人處生之室，奉長上以禮，待婢僕以恩，左右鄰里俱得其懽心。且又勤於治家，潔於守已，雖中門之外，未嘗輕出，衆咸賀生得内助。荏苒三歲，當丁巳年之初秋，生又治裝赴浙省鄉試，行有日矣，美人請於生曰：「臨安，妾鄉也。從君至此，已閲三秋，今願侍偕行，以顧視翹翹。」生許諾，遂賃舟同載，直抵錢塘，僦屋以居。至之明日，適值七月之望，美人謂生曰：「三年前曾於此夕與君相會，斯適當今日之期，欲與君同赴聚景，再續舊游，可乎？」生如其言，載酒而往。至晚，月上東垣，蓮開南浦，露柳煙篁，動摇堤岸，宛然若昔時之景。行至園前，則翹翹迎拜於路首，曰：「娘子陪侍郎君，遨遊城郭，首尾數年，已極人間之歡，獨不記念舊居乎？」三人入園，又至西軒而坐。美人忽垂淚告生曰：「感君不棄，得侍房帷，未遂深歡，又當永别。」生曰：「何故？」對曰：「妾本幽陰之質，久踐陽明之世，甚非所宜。特以與君有宿世之緣，故冒犯律條以相從爾。今而緣盡，自當奉辭。」生驚問曰：「然則何時？」對曰：「止在今夕爾。」生悽惋不已。美人曰：「妾非不欲終事君子，永奉歡娛。然而程命有限，不可逾越。若顧遲留，須當獲戾。非止有損於妾，亦將不利於君，豈不見越娘之事乎？」生意稍悟，然亦悲傷感愴，徹曉不寐。及山寺鐘鳴，水村鷄唱，急起，與生為別，解所御玉指環繫於生之衣帶，曰：「異日見此，無忘舊情。」遂分袂而去，然猶頻頻而顧，良久始滅。生大慟而返。翌日，具殺醴，焚楮鏹於墓下，生作文以弔之，弔訖，從此遂絶矣。生獨居旅邸，如喪配偶。試期既迫，亦無心入院，惆悵而歸。親黨問其故，始具述之，衆咸歎異。生自是終身不娶，入雁蕩山採藥，遂不復還，不知所終。（同前）

二三《江亭龍女傳》（宋·亡名氏）：舊傳荆州江亭柱間有詞曰：「簾卷曲闌獨倚，山展暮天無際。淚眼不曾晴，家在吴頭楚尾。數點雪花亂委，撲漉沙鷗驚起。詩句欲成時，没入蒼煙叢裏。」黄魯直讀之，悽然曰：「似為予發也，不知何人所作，筆勢類女子。」又『淚眼不曾晴』之句，疑為鬼耳。」是夕，夢女子曰：「我家豫章吴城山，附客舟至此，墮水死，不得歸。登江亭，有感而作，不意公能識之。」魯直驚寤，曰：「此必吴城小龍女也。」時建中靖國元年云。乾道六年，吴明可芾守豫章，其子登科，同年生清江朱景文因緣來見，得攝新建尉。適府中葺吴城龍王廟，命之董役，頗極嚴緻。及更塑偶像，朱指壁間所繪神女容相，謂工曰：「必肖此，乃佳。」凡三四易，然後明麗豔冶如之。朱甚喜，忽憶荆州詞，以謂語意憤抑悽惋，殆非龍宫婣雅出塵態度，為賦《玉樓春》一闋書於壁，曰：「玉堦瓊室冰壺帳，寧地水晶簾不上。兒家住處隔紅塵，雲氣悠揚風淡蕩。有時閑把蘭舟放，霧鬢煙鬟乘翠浪。夜深滿載月明歸，畫破琉璃千萬丈。」既而夜夢旌幢羽葆，儀衛甚盛，擁一輜軿，有美女子居其中，傳言龍女來謁。下車相見，宴飲寢昵，如經一日夜，言談瀟灑，風儀穆然。將行，謂朱曰：「君當不記疇昔事矣？君前身本南海廣利王幼子，因行游江湖，為我家壻，妾實得奉箕箒。今君雖以宿緣來生朱氏，然吴城之念，正爾不忘，故得禄多在豫章之分。須君官南海，陽禄且盡，此時當復諧佳偶。知君所作《玉樓春》詞，破前人之誤，甚以為感。非君憶舊游，亦無因知我家如此其熟也。」言畢，愴别而去。既覺，乃亟作文紀其事。特未悟南海之説，但云豈非他日或以言事貶竄至彼邪？爾後每夕外入，常聞室内笑語聲，久而病瘠，家人疑其有祟，挽使罷歸。明年，又以事來，吴公已去。後帥龔實之留攝酒官，俄以家難去。服闋，調袁州分宜主簿。頃次家居，縣之士子昔從為學聞其歸鄉，相率來謁。因話邑中風土，偶及主簿廨前有南海王廟。朱怳然自失，明日抱疾，遂不起。元未嘗得至官，凡兩攝職於豫章，所謂多得禄者，如是而已。蓋初治像及撰詞時，方寸墜妄境，故自絶其命，神女之夢契，殆必黠鬼託以為姦者歟？樂平人楊振者為臨江司户，説其事甚詳。（同前書卷八「妖蠱·幻妄」）

二四《章臺柳傳》（唐·許堯佐）：天寶中，昌黎韓翊有詩名，性頗落托，羈滯貧甚。有李生者，與翊友善，家累千金，負氣愛才。其幸姬曰柳氏，豔絶一時。喜談謔，善謳詠。李生居之别第，與翊為宴歌之地，而館翊于其側。翊素知名，其所候問，皆當世之彦，柳氏自門窺之，謂其侍者曰：「韓夫子，豈長貧賤者乎？」遂適意焉。李生素重翊，無所恡惜，後知其意，乃具膳，請翊飲，酒酣，李生曰：「柳夫人容色非常，韓秀才文章特異，欲以柳薦枕於韓君，可乎？」翊驚慄，避席曰：「蒙君之恩，解衣輟食久之，豈宜奪所愛乎？」李堅請之，柳氏知其意誠，乃再拜，引衣接席，李坐生於客位，引滿極歡。李生又以資三十萬佐翊之費，翊悅柳氏之色，柳氏慕翊之才，兩情皆獲喜，可知也。明年，禮部侍郎楊度擢翊上第，屏居間歲，柳氏謂翊曰：「榮名及親，昔人所尚，豈宜以濯浣之賤，稽採蘭之美乎？且用器資物，足以佇君之來也。」翊於是省家於清池，歲餘，乏食，鬻粧具以自給。天寶末，盜覆二京，士女奔駭，柳氏以艷獨異，且懼不免，乃剪髮毀形，寄跡法靈寺。是時侯希益（後作逸）自平盧節度淄青，素藉翊名，請為書記。洎宣皇帝以神武返正，翊乃遣使間行求柳氏，以練囊盛麩金，而題之曰：「章臺柳，章臺柳，昔日青青今在否？縱使長條似舊垂，亦應攀折他人手。」柳氏捧金嗚咽，左右悽憫，答之曰：「楊柳枝，芳菲節，所恨年年贈離別。一葉隨風忽報秋，縱使君來豈堪折？」無何，有蕃將沙叱利者初立功，竊知柳氏之色，劫以歸第，寵之專房，及希逸除左僕射入覲，翊得從行，至京師，延佇柳氏所止，欽想不已。偶於龍首岡見蒼頭以駮牛駕輜軿，從兩女奴，翊偶隨之，自車中問曰：「得非韓員外乎？某乃柳氏也。」使女奴竊言失身沙叱利，阻同車者，請詰旦，幸相待於道政里門。及期而往，以輕素結玉合，實以香膏，自車中投之曰：「當遂永訣，願寘誠念。」乃廻車，以手揮之，輕袖搖搖，香車轔轔，目斷意迷，失於魂魄，翊大不勝情。會淄青諸將合樂酒樓，使人請翊，翊強應之，然意色皆喪，音韻悽咽。有虞候許俊者，以材力自負，撫劍言曰：「必有故，願一効用。」翊不得已，具以告之。俊曰：「請足下數字，當立致之。」乃衣縵胡，佩雙鞬，從一騎，徑造沙叱利之第。候其出，行里餘，乃被衽執轡，犯關排闥，急趨而呼曰：「將軍中惡，使召夫人。」僕侍辟易，無敢仰視，遂昇堂，出翊札示柳氏，挾之跨鞍，馬逸塵斷，倏忽乃至，引裾而前，曰：「幸不辱命。」四座驚歎，柳氏與翊執手涕泣，相與罷酒。是時沙吒利恩寵殊等，翊、俊懼禍，乃詣希逸，希逸大驚，曰：「吾平生所難事，俊乃能爾乎？」遂獻狀曰：「檢校尚書金部員外郎、兼御史韓翊，久列參佐，累彰勳效。頃從鄉賦，有妾柳氏，阻絶兇寇，依止名尼。今文明撫運，遐邇率化，將軍沙吒利兇恣撓法，憑恃微功，驅有志之妾于無為之政，臣部將兼御史中丞許俊，族本幽薊，雄心勇決，却奪柳氏歸於韓翊。義切中抱，雖昭感激之誠；事不先聞，固乏訓齊之令。」尋有詔柳氏宜還韓翊，許俊賜錢二百萬。柳氏歸翊，翊後累遷至中書舍人。論曰：柳氏志防閑而不克者，許俊慕感激而不達者也。向使柳氏以色選，則當熊辭輦之誠可繼，許候以才舉，則曹、柯澠池之功可建。夫事由跡彰，功待事立，惜鬱堙不偶，義勇徒激，皆不入於正，斯豈變之正乎？蓋所遇然也。（同前書卷十一「妾婢・逸格」）

二五　《霓裳羽衣曲》：上皇令宮妓佩七寶瓔珞舞《霓裳羽衣曲》，曲終，珠翠可掃。（同前書卷十一「妾婢・名呼・朱揆《釵小志》」）

二六　盡記歌詞：歐陽永叔閑居汝陰時，一妓能盡記公所為歌詞。（同前）

二七　唱金縷：杜秋娘，金陵女也。年十五，為李錡妾，嘗為錡唱《金縷詞》。（同前）

二八　《望江南》：李太尉鎮關西日，為亡姬謝秋姬作《望江南》曲。（同前）

二九　沈翹翹：文宗時宮人，有白玉方響，以犀為椎，以紫檀為架。後出宮，歸秦氏。秦出，翹製曲以寄之，名曰《憶秦郎》。（同前書卷十一「妾婢・名呼・張君房《麗情集》」）

三〇　招奴：晁無咎之貶玉山也，過彭門，而陳履常廢居里中。無咎出小鬟招奴舞《梁州》以佐酒，履常作小闋《木蘭花》贈之。（同前「張邦幾《侍兒小名録》」）

三一　蘇小：白公《杭州春詩》云：「柳色初藏蘇小家。」本朝賢良馬橚嘗夢一美人，謂之曰：「妾幼以姿色名冠天下，而身無所依，輒有小詞浼瀆。」其詞有「妾本錢塘江上住」之句，及後得錢塘幕官，而蘇小墓乃見公宇之後。（同前）

三二　蒻蘭：國初，朝廷遣陶穀使江南，以假書為名，實使覘之。丞國李獻以書抵韓熙載曰：「五柳公驕甚，其善待之。」穀至，則果如李所言。熙載謂所親曰：「陶秀實非端介者，其守可隳，當使諸君一笑。」因令宿，誒謄六朝書，半年乃畢。熙載使歌姬秦蒻蘭衣弊衣為驛卒女，穀見之而喜，遂犯慎獨之戒，作長短句贈之。明日，中主燕客，穀凜然不可犯。中主持觥立，使蒻蘭出歌「續斷絃」之曲侑觴。穀大慙而罷。詞名《風光好》：「好因緣，惡因緣，秖得郵亭一夜眠。別神仙。琵琶撥盡相思調，知音少，再把鸞膠續斷絃，是何年。」（同前洪遂《侍兒小名録》）

三三　婁婉：秦少游在蔡州，與營妓婁婉字東玉者甚密，贈之詞云：「小樓連苑橫空。」又云「玉佩丁東別後」者是也，又贈云「天外一鈎横月帶三星」，謂「心」字也。（同前）

三四　《蘇小小傳》：蘇小小者，錢唐名倡也，蓋南齊時人，其墓或云湖曲，或云江干。古詞云：「妾乘油壁車，郎騎青驄馬。何處結同心，西陵松柏下。」今西陵在錢塘江之西，則云江干，近是。或云晉時人，墓在嘉禾縣者，宋妓蘇小娟也。李賀《蘇小小墓歌》：「幽蘭露，如啼眼。無物結同心，煙花不堪剪。草如茵，松如蓋，風為裳，水為珮。油壁車，久相待，冷翠竹，勞光彩。西陵下，風吹雨。」白樂天《楊柳枝》詞：「蘇州楊柳任君誇，更有錢唐勝舘娃。若解多情尋小小，緑楊深處是蘇家。蘇家小女舊知名，楊柳風前别有情。剥條盤作銀環樣，捲葉吹為玉笛聲。」沈原理《蘇小小歌》：「歌聲引《迴波》，舞衣散秋影。夢斷别青樓，千秋香骨冷。青銅鏡破雙飛鸞，饑烏叫月啼勾欄。風吹野火火不滅，山妖哭入狐狸穴。西陵墓下錢塘潮，潮來潮去夕復朝。墓前楊柳不堪折，春風自綰同心結。」辛文房歌：「東流水底西飛魚，收得錢唐雲錦書。幾回錯認青驄馬，着處閑乘油壁車。鸚鵡杯殘春樹暗，葡萄衾冷夜窓虚。蓮子種成南北岸，苦心相望欲何如。」元遺山蘇小小圖詞：「槐陰庭院宜清晝，簾捲香風逗。美人圖子阿誰留，都是宣和名筆内家收。鶯鶯燕燕分飛後，粉淡梨花瘦。只除蘇小不風流，斜插一枝萱草鳳釵頭。」（同前書卷十二「青樓上·才名」）

三五　《小青傳》（戔戔居士）：序曰：古來士女恒流落不偶，若姬能無傷，為立傳。小青者，虎林某生姬也，家廣陵，與生同姓，故諱之，僅以小青字云。姬夙根穎異，十歲遇一老尼，授《心經》，一再過，了了覆之，不失一字。尼曰：「是兒蚤慧福薄，願乞作弟子。即不爾，無令識字，可三十年活耳。」家人以為妄，嗤之。母本女塾師，隨就學，所遊多名閨，遂得精涉諸技，妙解聲律。江都，故佳麗地，或諸閨彦雲集，茗戰手語，衆偶紛然，姬隨變酬答，悉出意表，人人惟恐失姬。雖素閑儀則，而風期逸艷，綽約自好，其天性也。年十六歸生。生，豪公子也。性嘈唼，憨跳不韻。婦更奇妬，姬曲意下之，終不解。一日，隨遊天竺，婦問曰：「吾聞西方佛無量，而世多專禮大士者何？」姬曰：「以其慈悲耳。」婦知諷己，笑曰：「吾當慈悲汝。」乃徙之孤山別業，誡曰：「非吾命，而郎至，不得入。非吾命，郎手札至，亦不得入。」姬自念彼置我閑地，必密伺短長，借莫須有事魚肉我，以故深自斂戢。婦或出遊，呼與同舟，遇兩堤間馳驅挾彈遊冶少年，諸女伴指點謔躍，倏東倏西，姬淡然凝坐而已。婦之戚屬某夫人者，才而賢，嘗從姬學奕，絶憐愛之，因數取巨觴觴婦，瞯婦已醉，徐語姬曰：「船有樓，汝伴我一登。」比登樓，遠眺久之，撫姬背曰：「好光景，可惜，無自苦。章臺柳亦倚紅樓，眄韓郎走馬，而子作蒲團空觀耶？」姬曰：「賈平章劍鋒可畏也。」夫人曰：「子誤矣，平章劍鈍，女平章乃利害耳。」居頃之，顧左右寂無人，從容諷曰：「子才韻，色色無雙，豈當墮羅剎國中？吾雖非女俠，力能脱子火坑。頃言章臺事，子非會心人耶？天下豈少韓君平，且彼視子去，拔一眼中釘耳。縱能容子，子夙業未了，又生他想，彼冥曹姻緣簿，非吾如意珠，徒供羣口畫描耳。」夫人歎曰：「子言亦是，吾不子强，雖然，好自愛，彼或好言飲食，汝乃更可慮，即旦夕所須，第告我。」相顧泣下沾衣，恐他婢竊聽，徐拭淚還座，尋別去。夫人每向宗戚語之，聞者酸鼻云。姬自是幽憤悽怨，俱託之詩或小詞。而夫人後亦從宦遠方，無與同調者。遂鬱鬱感疾，歲餘益深。婦命醫來，仍遣婢以藥至。姬佯感謝，婢出，擲藥牀頭，笑曰：「吾固不願生，亦當以凈體皈依，作劉安雞犬，豈汝一杯鴆能斷送乎？」然病益不支，水粒俱絶，日飲梨汁一小盞許。益明妝冶服，擁襆欹坐，或呼琵琶婦唱盲詞自遣。雖數暈數醒，終不蓬首偃卧也。忽一日，語老嫗曰：「可傳語寃業郎，覔一良畫師來。」師至，命寫照。寫畢，攬鏡熟視曰：「得吾形似矣，未盡吾神也。」姑置之，又易一圖，曰：「神是矣，而風態未流動也。若見我而目端手莊，太矜持故也，姑置之。」命捉筆於旁，而自與老嫗指顧語笑，或扇茶鐺，或檢書，或自整衣褶，或代調丹碧諸色，縱其想會。須臾，圖成，果極妖纖之致。笑曰：「可矣。」師去，取圖供榻前，焚香，設梨酒奠之，曰：「小青，小青，此中豈有此緣分耶？」撫几淚潸潸如雨，一慟而絕，時年十八耳。日向暮，生始踉蹌來，披帷見容光藻逸，衣態鮮好如生前無病時，忽長號頓足，嘔血升餘。徐檢得詩一卷，遺像一幅，又一緘寄某夫人。啟視之，叙至惋痛。後書一絶句，今載集中。生痛呼曰：「吾負汝，吾負汝。」婦聞恚甚，趣索圖。乃匿第三圖，僞以第一圖進，立焚之。又索詩，詩至，亦焚之。及再檢草稿，業散失盡。而姬臨卒時，取花鈿數事贈老嫗之小女，襯以二紙，正其詩稿，得九絶句、一古詩、一詞，併所寄某夫人者，共十二篇耳。余酒友劉無夢素滑稽，生甚狎之，嘗隨生過别業，於姬卧處拾殘箋數寸許，乃《南鄉子》詞，而不全，僅得三句，云：「數盡懨懨，深夜雨無多，也只得一半工夫。」李易安集中，無此情話也。劉又竊書遺稿示余，余讀其詩，雖悽惋，不失氣骨。使與楊太史夫人唱和，殆難伯仲。憾全稿不傳，要之，經寸珊瑚，更自可憐惜耳。聞第三圖藏姬家，余竭力購得之，娟娟楚楚，如秋海棠花，其衣裏朱外翠，秀豔，有文士韻，然尚是副本，即姬所謂神已是而風態未流動者，未知第三圖更復何如。嫗嘗言，姬喜看書，書少，就郎取，不得，悉從某夫人借觀。聞作小畫，畫一扇，甚自愛。郎聞之，苦索不與。又言姬好與影語，或斜陽花際、煙空水清，輙臨池自照，對影絮絮如問答。婢輩窺之，則不復爾。但微見眉痕慘然，似有泣意。余覽集中第四絶如此語，非望也。余向欲刊其詩，因與生有微戚，未敢著，第録諸詩，識其顛末，藏之，以俟稗官採擇，或他日名媛傳中，又添一段佳話。然姬詩有「挑燈閒看《牡丹亭》」之句，似非無為語。天下女子有情，信有如杜麗娘者乎？惜不令湯若士見之耳。嗟乎！世之負才零落，躑躅泥犁中，顧影自憐，若忽若失，如小青者，可勝道哉！　戔戔居士書。（同前）

三六　《名姬傳》（天台陶宗儀）：蘇小小：蘇小小者，錢唐名娼也，蓋南齊時人，其墓或云湖曲，或云江干。古詞云：「妾乘油壁車，郎跨青驄馬。何處結同心，西陵松柏下。」今西陵乃在錢唐江之西，則云江干者，近是也。司馬槱才仲初在洛下，晝寢，夢一美姝搴帷而歌曰：「妾本錢唐江上住，花落花開，不管流年度。燕子啣將春色去，紗窗幾陣黄梅雨。」才仲愛其詞，因詢曲名，云是《黄金縷》。後五年，才仲以蘇子瞻薦，應制舉中等，遂為錢唐幕官。為秦少章道其事，少章為續其後，詞云：「斜插犀梳雲半吐，檀板輕敲，唱徹《黄金縷》。夢斷彩雲無覓處，夜凉明月生南浦。」頃之，復夢美姝，迎咲曰：「夙願諧矣。」遂與同寢。自是每夕必來，才仲為同寀譚之，咸曰：「公廨後有蘇小小墓，得無妖乎？」不逾年而才仲得疾，所乘遊舫艤泊河塘，柁工遽見才仲攜一麗人登舟，即前諾之，聲斷，火起舟尾，倉忙走報其衙，則才仲死，而家人已慟哭矣。（同前）

三七　李賀《蘇小小墓歌》：「幽蘭露，如啼眼，無物結同心，煙花不堪剪。草如茵，松如蓋，風為裳，水為珮。油壁車，久相待，冷翠燭，勞光彩，西陵下，風吹雨。」白樂天《楊柳枝》詞：「蘇州楊柳任君詩，更有錢唐勝舘娃。若解多情尋小小，緑楊深處是蘇家。蘇家小女舊知名，楊柳風前別有情。剥條盤作銀環樣，捲葉吹為玉笛聲。」沈原理《蘇小小歌》：「歌聲引《迴波》，舞衣散秋影。夢斷別青樓，千秋香骨冷。青銅鏡破雙飛鸞，饑烏弔月啼鈎欄。風吹野火火不滅，山妖哭入狐狸穴。西陵墓下錢唐潮，潮來潮去夕復朝。墓前楊柳不堪折，春風自綰同心結。」辛文房歌：「東流水底西飛魚，收得錢唐雲錦書。幾回錯認青驄馬，著處閒乘油壁車。鸚鵡杯殘春樹暗，葡萄衾冷夜窗虛。蓮子種成南北岸，苦心相望欲何如。」元遺山蘇小小圖詞：「槐陰庭院宜清晝，簾捲香風逗。美人圖子阿誰留，都是宣和名筆内家收。　鶯鶯燕燕分飛後，粉淡梨花瘦。只除蘇小不風流，斜插一枝萱草鳳釵頭。」（同前）

三八　朝雲：朝雲者，姓王氏，錢塘名妓也。蘇子瞻宦錢塘，絶愛，幸之，納為常侍。朝雲初不識字，既事子瞻，遂學書，麤有楷法。後從泗上比丘尼義冲學佛，亦通大義。有子曰幹兒，未朞而夭。蘇子貶惠州，家妓多散去，獨朝雲依依嶺外。子瞻甚憐之，贈之詩云：「不似楊枝別樂天，恰如通德伴伶玄。阿奴絡秀不同老，天女維摩總解禪。經卷藥爐新活計，舞衫歌扇舊因緣。丹成逐我三山去，不作陽臺雲雨僊。」未幾，朝雲病且死，誦《金剛經》四句偈而絶。葬之惠州棲禪寺松林中東南直大聖塔。子瞻悼之詩云：「苗而不秀豈其天？不使童烏與吾玄。駐景恨無千歲藥，贈行唯有小乘禪。傷心一念償前債，彈指三生斷後緣。歸卧竹根無遠近，近燈勤禮塔中僊。」又作詠梅《西江月》以寓意云：「玉骨那愁瘴霧，冰肌自有僊風。海僊時過探芳叢，倒掛緑毛么鳳。　素面翻嫌粉涴，洗粧不褪脣紅。高情已逐曉雲空，不與梨花同夢。」（同前）

三九　秀蘭：蘇子瞻倅杭日，府僚湖中高會，群妓畢集，惟秀蘭不來，營將督之再三乃來。子瞻問其故，答曰：「沐浴倦卧，忽有叩門聲，急起詢之，乃營將催督也，整粧趨命，不覺稍遲。」時府僚多（當作有）屬意於蘭者，見其不來，恚恨不已，云：「必有私事。」秀蘭含淚力辯，而子瞻亦從旁冷語，陰為之解，府僚終不釋然也。適榴花開盛，秀蘭以一枝藉手獻座中，府僚愈怒，責其不恭，秀蘭進退無據，但低首垂淚而已。子瞻乃作一曲名《賀新凉》，令秀蘭歌以侑觴，聲容絶妙，府僚大悦，劇飲而罷。其詞云：「乳燕飛華屋，悄無人、槐陰轉午，晚凉新浴。手弄生綃白團扇，扇手一時似玉。漸困倚、孤眠清熟，簾外誰來推繡户？枉教人夢斷瑶臺曲。又却是，風敲竹。　石榴半吐紅巾蹙，待浮花浪蕊都盡，伴君幽獨。穠艷一枝細看取，芳心千重似束。又恐被秋風驚緑。若待得君來，向此花前，對酒不忍觸。共粉淚，兩簌簌。」（同前）

四〇　瓊芳：蘇子瞻守杭時，毛澤民者為法曹，公以衆人遇之。而澤民與妓瓊芳者善，及秩滿辭去，作《惜分飛》詞以贈妓云：「淚濕闌干花着露，愁到眉峰碧聚。此恨平分取，更無言語空相覷。　細雨殘雲無意緒，寂寞朝朝暮暮。今夜山深處，斷魂分付潮回去。」子瞻一日宴客，聞妓歌此詞，問誰所作，妓以澤民對，子瞻歎曰：「郡僚有詞人而不及知，某之罪也。」翌日折簡追回，款洽數月。（同前）

四一　胡楚：胡楚嘗有贈所歡詩云：「不見當時丁令威，年來處處是相思。若將幽恨同芳草，却恐青青有盡時。」時張子野老於杭，多為杭妓作詞，而不及靚，靚獻詩云：「天與群芳十様葩，獨憐顔色

不堪誇。牡丹芍藥人題徧，自分身如鼓子花。」子野甚喜，遂為之賦詞一闋云。（同前）

四二　稽本：陳直方之妾稽本，本錢唐妓人也，丐新詞於蘇子瞻。子瞻因直方新喪正室，而錢唐人好唱《陌上花》、《緩緩曲》，乃引其事以戲之，其詞則《江神子》也，詞云：「玉人家在鳳凰山，水雲閒，掩門關。門外行人，立馬看弓彎。十里春風誰指似，斜日映，繡簾斑。多情好事與君還，憫新鰥，拭餘潸。明月空江，香霧着雲鬟。陌上花開看盡也，聞舊曲，破朱顏。」（同前）

四三　周子文：宋有陳襲善者，遊錢唐，與營妓周子文甚狎，挾之遍歷湖山。後襲善去，為河朔掾，則宿奉高驛，夢子文搴幃嚬蹙，挽之不可，冉冉悲啼而没。久之，得故人書云：「子文死矣。」按其月日，宿奉高驛時也。既歸，遊鷲嶺，作《漁家傲》以寄情焉：「鷲嶺峰前欄獨倚，愁眉促損愁腸碎。紅粉佳人傷別袂，情何已，登山臨水年年是。常記同來今獨至，孤舟晚颺湖光裏。衰草斜陽無限意，誰與寄，西湖水是相思淚。」（同前）

四四　王鈇妾：宋紹興中，王鈇師番禺，有狼藉聲，朝廷除司諫韓璜提刑廣東，令往廉按。鈇憂甚，廢寢食。有妾，故錢唐娼也，問主公何憂，鈇告之故，妾曰：「不足憂也，璜即韓九，字叔夏，舊遊妾家最歡。須其來，強邀之飲，妾當有以敗其守也。」已而璜至，鈇郊迎，不見。入城乃見，岸然不交一談。次日報謁，鈇宿治具於別館，茶罷，邀遊郡圃，不許，固請，乃可。至别館，水陸畢陳，伎樂大作，璜踧踖不安。鈇麾去伎樂，陰命諸娼淡粧，詐作姬侍，迎入後堂劇飲。酒半，妾於簾内歌璜昔日所贈之詞。璜聞之心動，狂不自制，曰：「汝乃在此耶？」即欲見之。妾隔簾，故邀其滿引，至再至三，終不肯出。璜心益急，妾曰：「司諫曩在妾家，最善舞，今日能為妾舞一曲，即當出也。」璜醉甚，不知所以，即索舞衫，塗抹粉墨，踉蹡而起，忽跌於地。鈇亟命索轎，諸妓扶掖登船，昏然酣寢。五更酒醒，覺衣衫拘絆，索燭覽鏡，羞媿無以自容。即解船還臺，不敢復有所問。此聲流播，旋遭彈劾，而鈇迄善罷。（同前）

四五 陸氏：謝希孟者，陸象山門人也。少豪俊，與妓陸氏狎。象山責之，希孟但敬謝而已。他日，復為妓造鴛鴦樓。象山又以為言，希孟謝曰：「非特建樓，且為作記。」象山喜其文，不覺曰：「樓記云何？」即占首句云：「自遜、抗、機、雲之死，而天地英靈之氣不鍾於男子，而鍾於婦人。」象山默然，然知其侮（當作悔）也。一日，希孟在妓所，恍然有悟，忽起歸興，不告而行。妓追送江滸，悲戀而啼。希孟毅然取領巾書一詞與之，云：「雙槳浪花平，夾岸青山鎖。你自歸家我自歸，説着如何過。我斷不思量，你莫思量我。將你從前與我心，付與他人呵。」（同前）

四六 陶師兒：淳熙初，行都角妓陶師兒與蕩子王生狎，甚相眷戀，為惡姥所間，不盡綢繆。一日，王生拉師兒遊西湖，唯一婢一僕隨之。尋常遊湖者逼暮即歸，是日，王生與師兒有密誓，特故盤桓，比夜達岸，則城門鎖，不可入矣。王生謂僕曰：「月色甚佳，清泛不可。」再市酒殽，復遊湖中，迤邐更闌，舉舟倦寢，舟泊净慈寺藕花深處，王生、師兒相抱投入水中，舟人驚救不及而死。都人作「長橋月，短橋月」以歌之。其所乘舟，竟為棄物，經年無敢登者。居無何，值禁烟節序，士女闐沓，舟發如蟻，有妙年者，外方人也。登豐樂樓，目擊畫舫紛紜，起夷猶之興，欲買舟一遊。會日已停午，雖蓮舫漁艇亦無泊岸者，止前棄舟在焉。人有以王、陶事告者，士人咲曰：「大佳，大佳，政欲得此。」即具盃饌入舟，遍遊西湖，曲盡歡而歸。自是人皆喜談，爭求售之，殆無虚日，其價反倍於他舟。（同前）

四七　朱觀奴：甲妓朱觀奴者居鹽橋，頗通文義，嘗欲搆室，而募緣於人，求題詞於瞿宗吉。宗吉援筆書云：「傾國傾城美貌，為雲為雨芳年。金沙灘上舊因緣，重到人間示現。　欲搆雲窗霧閣，奈慳寶鈔金錢。諸公有意與周旋，請看桃花好面。」人以宗吉故，喜捐貲焉。其裔有朱鳳翔者，以音律得幸於毅皇，為優人，長與臧賢、劉實者同列，寵昵無比。（同前）

四八　《嚴蘂傳》（宋・曹嘉）：天台營妓嚴蘂，字幼芳，善琴弈歌舞、絲竹書畫，色藝冠一時，間作詩詞，有新語，頗通古今。善逢迎，四方聞其名，有不遠千里而登門者。唐與正守台日，酒邊常（當作嘗）命賦紅白桃花，即成《如夢令》云：「道是梨花不是，道是杏花不是。白白與紅紅，別是東風情味。曾記（脱一「曾記」二字），人在武陵微醉。」與正賞之雙縑。又七夕，郡齋開宴，坐有謝元卿者，豪士也，夙聞其名，因命之賦詞，以己之姓為韻。酒方行而已成《鵲橋僊》，云：「碧梧初墜，桂香纔吐，池上水花微謝。穿針人在合歡樓，正月露、玉盤高瀉。　蛛忙鵲嬾，耕慵織倦，空做古今佳語。人間剛道隔（以下脱「年期，在天上、方纔」七字）隔夜。」元卿為之心醉，留其家半載，盡客囊橐饋贈之而歸。其後朱晦庵以使節行部至台，欲摭與正之罪，遂指其嘗與蘂為濫。繫獄月餘，蘂雖備受箠楚，而一語不及唐，然猶不免受杖。移籍紹興，且復就越，置獄鞫之，久不得其情。獄吏因好言誘之，曰：「汝何不早認，亦不過杖罪。況已經斷，罪不重科，何為受此辛苦邪？」蘂答云：「身為賤妓，縱是與太守有濫，科亦不死罪。然是非真僞，豈可妄言以汙士大夫，雖死，不可誣也。」其辭既堅，於是再痛杖之，仍繫於獄。兩月之間，一再受杖，委頓幾死，然蕖聲價愈騰，至徹阜陵之聽。未幾，朱公改除，而岳霖商卿為憲，因賀朔之際，憐其病瘁，命之作詞自陳。蕖略不構思，即口占《卜筭子》云：「不是受（當作愛）風塵，似被前緣悞。花落花開自有時，總賴東君主。　去也終須去，住也如何住？若得山花插滿頭，莫問奴歸處。」即日判令從良，繼而宗室近屬納為小婦，以終身焉。《夷堅志》亦嘗略載其事而不能詳，余蓋得之天台故家云。（同前書卷十二「青樓上·志節」）

四九　《王幼玉記》（淇上李師尹）：王娃，名真姬，字仙才，小字幼玉，本京師人。隨父流落於衡州。女弟女兄三人，皆為名娼，而其顏色歌舞，角於倫輩之上，群妓亦不敢與之爭高下。幼玉又出於兄弟之上，所與往還皆衣冠士大夫，捨此，雖巨商富賈，不能動其意。……會東都人柳富，字潤卿，果豪俊之士，幼玉一見曰：「兹吾夫也。」富亦有意室之。時富方倦遊，凡於風前月下，執手戀戀，兩不相捨。既久，其妹竊知之。一日，詬富以語曰：「子若復為嚮時事，吾不捨子，即訟子於官府。」富從是不復往。一日，遇幼玉江上，幼玉泣曰：「遇（當作過）非我造也，君宜以理推之，異時幸有終身之約，無為今日之恨。」相與飲於江上。幼玉云：「吾之骨，異日當附子之先隴。」復謂富曰：「我平生所知，離而復合者甚衆，雖言愛勤勤，不過取其財帛，未嘗以身許之也。我髮委地，寶之若玉，他人無敢窺覘，於子無所惜。」乃自解鬟，剪一縷以遺富。富感悦深至，去，又羈思不得會，併為恨，因而伏枕。幼玉日夜懷思，遣人侍病。既愈，富為長歌贈之云……富因久遊，親促其歸。幼玉潛往別，共飲野店中。玉曰：「子有清才，我有麗艷，才色相得，誓不相捨，自然之理。我之心，子之意，卜諸神明，結之松筠久矣。子必異日有瀟湘之遊，我亦待君之來。」於是二人共盟，焚香，致其灰於酒中共飲之。是夕同宿江上。翌日，富作詞別幼玉，名《醉高樓》，詞曰：「人間最苦，最苦是分離。伊愛我，我憐伊。青草岸頭人獨立，畫船東去櫓聲遲。楚天低，回望處，兩依依。後會也知俱有願，未知何日是佳期？心下事，亂如絲。好天良夜還虛過，辜負我，兩心知。願伊家，衷腸在，一雙飛。」富唱其曲以沽酒，音調辭意悲惋，不能終曲，乃飲酒相與大慟，富乃登舟。（節録自同前）

五〇《義妓傳》（吴·張獻翼）：長沙妓：義妓者，長沙人也，不知其姓氏，家世娼籍。善謳，尤喜秦少游樂府，得一篇，輒手筆口詠不置。久之，少游坐鈎黨南遷，道長沙，訪潭土風俗伎籍中可與言者，或言妓，遂往焉。少游初以潭去京數千里，其俗山獠夷陋，雖聞妓名，意甚易之。及見，覩其姿容既美，而所居復瀟灑可人意，以為非惟自湖外來所未有，雖京、洛間亦不易得。坐語間，顧見几上文一編，就視之，目曰《秦學士詞》，因取竟閲，皆已平日所作者，環視無他文。少游竊怪之，故問曰：「秦學士，何人也？若何自得其詞之多。」妓不知其少游也，即具道所以。少游曰：「能歌乎？」曰：「素所習也。」少游愈益怪，曰：「樂府名家，無慮數百，若何獨愛此乎？不惟愛之，而又習之歌之，似素愛秦學士者，彼秦學士亦嘗遇若乎？」曰：「妾僻陋在此，彼秦學士，京師貴人也，焉得至此？藉令至此，豈顧妾哉？」少游乃戲曰：「若愛秦學士，徒悦其詞耳，若使親見容貌，未必然也。」妓歎曰：「嗟乎！使得見秦學士，雖為之妾御，死復何很！」少游察其語誠，因謂曰：「若欲見秦學士，即我是也，以朝命貶黜，因道而來此耳。」妓大驚，色若不懌者，稍稍引退，入謂母媪。有頃，媪出，設位，坐少游於堂，妓冠帔立階下，北面拜。少游起且避，媪掖之坐以受。拜已，且張筵飲，虛左席，示不敢抗。母子左右侍觴，酒一行，率歌少游詞一闋以侑之，卒飲甚歡，此（當作比）夜乃罷。止少游宿，衾枕席褥，必躬設，夜分寢定，妓乃寢。先平明起，飾冠帔，奉沃匜，立帳外以待。少游感其意，為留數日，妓不敢以燕惰見，愈加敬禮。將別，囑曰：「妾不肖之身，幸侍左右，今學士以王命不可久留，妾又不敢從行，恐重以為累，唯誓潔身以報。他日北歸，幸一過妾，妾願畢矣。」少游許之。一別數年，少游竟死於藤。妓雖處風塵中，為人婉娩有氣節，既與少游約，因閉門謝客，獨與媪處。官府有召，辭不獲，然後往，誓不以此身負少游也。一日，晝寢寤，驚泣曰：「吾與秦學士別，未嘗見夢，今夢來別，非吉兆也，秦其死乎？」亟遣僕順途覘之。數日得報，果死矣，乃謂媪曰：「吾昔以此身許秦學士，今不可以死故背之。」遂衰服以赴，行數百里，遇於旅館，將入，門者禦焉，告之故而後入。臨其喪，拊棺繞之三週，舉聲一慟而絕。左右驚救之，已死矣。義娼風雅名流，紅紅管絃異雋，感泣至死，雖屬鍾情，然其至性過人，蓋自有不可磨滅者。語云：「士為知己死，女為悦己容。」兩人殆反之矣。（同前）

五一　凡欲出戲，所司先進曲名，上以墨點者即舞，不點者即否，謂之進點。戲日，内伎出舞，教坊人惟得舞《伊州》、《五天重》來疊，不離此兩曲，餘盡讓内人也。《垂手羅》、《回波樂》、《蘭陵王》、《春鶯半》、《社渠》、《借席》、《烏夜啼》之屬，謂之軟舞；《阿遼》、《柘枝》、《黄麞》、《拂林》、《大渭州》、《達摩》之屬，謂之健舞。（同前書卷十三「青樓下·平康·崔令欽《教坊記》」）

五二　曲名：《獻天花》、《和風柳》、《美唐風》、《透碧空》、《巫山女》、《度春江》、《衆仙樂》、《大定樂》、《龍飛樂》、《慶雲樂》、《繞殿樂》、《泛舟樂》、《抛毬樂》、《清平樂》、《放鷹樂》、《夜半樂》、《破陣樂》、《還京樂》、《天下樂》、《同心樂》、《賀聖朝》、《奉聖樂》、《千秋樂》、《泛龍舟》、《泛玉池》、《春光好》、《迎春花》、《鳳樓春》、《負陽春》、《帝臺春》、《繞池春》、《滿園春》、《長命女》、《武媚娘》、《杜韋娘》、《柳青娘》、《楊柳枝》、《柳含煙》、《暫楊柳》、《倒垂柳》、《浣溪沙》、《浪淘沙》、《撒金沙》、《紗牕恨》、《金簑嶺》、《隔簾聽》、《恨無媒》、《望梅花》、《望江南》、《好郎君》、《想夫憐》、《别趙十》、《憶趙十》、《念家山》、《紅羅襖》、《烏夜啼》、《墻頭花》、《摘得新》、《北門西》、《煮羊頭》、《河瀆神》、《二郎神》、《醉鄉遊》、《醉花間》、《燈下見》、《醉思鄉》、《太邊郵》、《太白星》、《剪春羅》、《會嘉賓》、《當庭月》、《思帝鄉》、《歸國遥》、《感皇恩》、《戀皇恩》、《皇帝感》、《戀情深》、《憶漢月》、《憶先皇》、《聖無憂》、《定風波》、《木蘭花》、《更漏長》、《菩薩蠻》、《破南蠻》、《八拍蠻》、《芳草洞》、《守陵宫》、《臨江仙》、《虞美人》、《映山紅》、《獻忠心》、《卧沙堆》、《怨黄沙》、《遐方怨》、《怨胡天》、《送征衣》、《送行人》、《望梅愁》、《阮郎迷》、《牧羊怨》、《掃市舞》、《鳳歸雲》、《羅裙帶》、《同心結》、《一捻鹽》、《阿也黄》、《劫家雞》、《緑頭鴨》、《下水舩》、《留客住》、《離别難》、《喜長新》、《羌心怨》、《女王國》、《繚踏歌》、《天外聞》、《賀皇化》、《五雲仙》、《滿堂花》、《南天竺》、《定西番》、《荷葉杯》、《感庭秋》、《月遮樓》、《感恩多》、《長相思》、《西江月》、《拜新月》、《上行杯》、《團亂旋》、《喜春鶯》、《大獻壽》、《鵲踏枝》、《萬年歡》、《曲玉管》、《傾杯樂》、《謁金門》、《巫山一段雲》、《望月波羅門》、《後庭花》、《西河獅子》、《西河劍氣》、《怨陵三臺》、《儒士謁金門》、《武士朝金闕》、《摻工不下》、《麥秀兩岐》、《金雀兒》、《滻水吟》、《玉搔頭》、《鸚鵡杯》、《路逢花》、《初漏滿》、《相見歡》、《蘇幕遮》、《遊春苑》、《黄鐘樂》、《訴衷情》、《折紅蓮》、《征步郎》、《洞仙歌》、《太平樂》、《長慶樂》、《喜回鑾》、《漁父引》、《喜秋天》、《大郎神》、《胡渭州》、《夢江南》、《濮陽女》、《静戎煙》、《三臺》、《上韻》、《中韻》、《下韻》、《普恩光》、《戀情歡》、《楊下采桑》、《大酺樂》、《合羅縫》、《蘇合香》、《山鷓鴣》、《七星管》、《醉公子》、《朝天》、《木笪》、《看月宫》、《宫人怨》、《歎疆場》、《拂霓裳》、《駐征遊》、《泛濤溪》、《胡相問》、《廣陵散》、《帝歸京》、《喜還京》、《遊春夢》、《柘枝引》、《留諸錯》、《如意娘》、《黄羊兒》、《蘭陵王》、《小秦王》、《花黄發》、《大明樂》、《望遠行》、《思友人》、《唐四姐》、《放鶻樂》、《鎮西樂》、《金殿樂》、《南歌子》、《八拍子》、《魚歌子》、《七夕子》、《十拍子》、《措大子》、《風流子》、《吴吟子》、《生查子》、《胡醉子》、《山花子》、《水仙子》、《緑鈿子》、《金錢子》、《竹枝子》、《天仙子》、《赤棗子》、《千秋子》、《心事子》、《胡蝶子》、《沙磧子》、《酒泉子》、《迷神子》、《得蓬子》、《剉碓子》、《麻婆子》、《紅娘子》、《甘州子》、《歷刺子》、《鎮西子》、《北庭子》、《采蓮子》、《破陣子》、《劍器子》、《獅子》、《女冠子》、《仙鶴子》、《穆護子》、《贊普子》、《蕃將子》、《回戈子》、《帶竿子》、《摸魚子》、《南鄉子》、《大吕子》、《南浦子》、《撥棹子》、《河滿子》、《曹大子》、《引角子》、《隊踏子》、《水沽子》、《化生子》、《金娥子》、《拴麥子》、《多利子》、《毗砂子》、《上元子》、《西溪子》、《劍閣子》、《嵇琴子》、《莫壁子》、《胡攢子》、《唧唧子》、《甌花子》、《西國朝天》。大曲名：《踏金蓮》、《緑腰》、《凉州》、《薄媚》、《賀聖樂》、《伊州》、《甘州》、《泛龍舟》、《采桑》、《千秋樂》、《霓裳》、《玉樹後庭花》、《伴侶》、《雨霖鈴》、《柘枝》、《胡僧破》、《平翻》、《相駞逼》、《吕太后》、《突厥三臺》、《大寶》、《一斗鹽》、《羊頭神》、《大姊》、《舞大姊》、《急月記》、《斷弓絃》、《碧霄吟》、《穿心蠻》、《羅步底》、《回波樂》、《千春樂》、《龜兹樂》、《醉渾脱》、《映山雞》、《昊破》、《四會子》、《安公子》、《舞春風》、《迎春風》、《看江波》、《寒鴈子》、《又中春》、《翫中秋》、《迎仙客》、《同心結》。（同前）

五三 《大面》：出北齊。蘭陵王長恭性膽勇，而貌婦人，自嫌不足以威敵，乃刻木為假面，臨陣著之。因為此戲，亦入歌曲。（同前）

五四 《烏夜啼》：宋彭城王義康，衡陽王義季弟（或作帝），因之潯陽，後宥之。使未達，衡王家人扣二王所囚院，曰：「昨夜烏夜啼，官當有赦。」少頃使至。故有此曲，亦入琴操。（同前）

五五 《安公子》：隋大業末，煬帝幸揚州。樂人王令言以年老不去，其子從焉。其子在家彈琵琶，令言驚問：「此曲何名？」其子曰：「内裏新翻曲子，名《安公子》。」令言流涕悲愴，謂其子曰：「爾不須扈從，大駕必不回。」子問其故，令言曰：「此曲宫聲，往而不返，宫為君，吾是以知之。」（同前）

五六 梁園秀：姓劉氏，行第四，歌舞談謔，為當代稱首。喜親文墨，作字楷媚，間吟小詩，亦佳。所製樂府如《小梁州》、《青歌兒》、《紅衫兒》、《抝塼兒》、《寨兒令》等，世所共唱之。又善隱語。其夫從小喬，樂藝亦超絶云。（同前書卷十三「青樓下・平康・黄雪蓑《青樓集》」）

五七 張怡雲：能詩詞，善談笑，藝絶流輩，名重京師。趙松雪、商正叔、高房山皆為寫怡雲圖以贈，諸名公題詩殆遍。姚牧庵、閻静軒每於其家小酌。一日，過鐘樓街，遇史中丞。中丞下道，笑而問曰：「二先生所往，可容侍行否？」姚云：「中丞上馬。」史於是屏騶從，速其歸攜酒饌，因與造海子上之居，姚與闊呼曰：「怡雲，今日有佳客，此乃中丞史公子也，我輩當為爾作主人。」張便取酒，先壽史，且歌「雲間貴公子，玉骨秀横秋」《水調歌》一闋，史甚喜。有頃，酒饌至，史取銀二定酧。歌席終，左右欲徹酒器皆金玉者，史云：「休將去，留待二先生來此受用。」其賞音有如此者。又嘗佐貴人樽俎，姚、闊二公在焉，姚偶言「暮秋時」三字，闊曰：「怡雲，續而歌之。」張應聲作《小婦孩兒》，且歌且續曰：「暮秋時，菊殘猶有傲霜枝，西風了却黄花事。」貴人曰：「且止。」遂不成章。張之才亦敏矣。（同前）

五八　解語花：姓劉氏，尤長於慢詞，廉野、雲招、盧疎齋、趙松雪飲於京城外之萬柳堂，劉左手持荷花，右手舉杯，歌《驟雨打新荷》曲，諸公喜甚，趙即席賦詩云：「萬柳堂前數畝池，平鋪雲錦蓋漣漪。主人自有滄洲趣，遊女仍歌白雪詞。手把荷花來勸酒，步隨芳草去尋詩。誰知咫尺京城外，便有無窮萬里思。」（同前）

五九　珠廉秀：姓朱氏，行第四，雜劇為當今獨步，駕頭、花旦、軟末泥等悉造其妙。胡紫山宣慰嘗以《沉醉東風》曲贈云：「錦織江邊翠竹，絨穿海上明珠。月淡時，風清處，都隔斷落紅塵土。一片閒情任卷舒，挂盡朝雲暮雨。」馮海粟待制亦贈以《鷓鴣天》云：「憑倚東風遠映樓，流鶯窺面燕低頭。蝦鬚瘦影纖纖織，龜背香紋細細浮。　紅霧斂，彩雲收，海霞為帶月為鈎。夜來捲盡西山雨，不著人間半點愁。」蓋朱背微僂，馮故以簾鈎寓意。至今後輩以朱娘娘稱之者。（同前）

六〇　趙真真、楊玉娥：善唱諸宫調。楊立齋見其謳張五牛、商正叔所編「雙漸小卿怨」，因作《鷓鴣天》、《哨遍》、《耍孩兒煞》以詠之，後曲多不録。今録前曲云：「煙柳風花錦作園，霜芽露葉玉裝船。誰知皓齒纖腰會，只在輕衫短帽邊。啼玉靨，咽冰絃，五牛身去更無傳。詞人老筆佳人口，再唤春風在眼前。」（同前）

六一　劉燕歌：善歌舞。齊參議還山東，劉賦《太常引》以餞，云：「故人别我出陽關，無計鎖雕鞍。今古别離難，兀誰畫、蛾眉遠山。一尊别酒，一聲杜宇，寂寞又春殘。明月小樓閒第，一夜相思泪彈。」至今膾炙人口。（同前）

六二　小娥秀：姓邳氏，世傳邳三姐是也。善小唱，能曼詞，張子友平章甚加愛賞，中朝名士贈以詩文盈軸焉。（同前）

六三　杜妙隆：金陵佳麗人也。盧疎齋欲見之，行李匆匆，不果所願，因題《踏沙行》於壁云：「雪暗山明，溪深花早，行人馬上詩成了。歸來聞説妙隆歌，金陵却比蓬萊渺。寶鏡慵窺，玉容空好，梁塵不動歌聲悄。無人知我此時情，春風一枕松窗曉。」（同前）

六四　宋六嫂：小字同壽。元遺山有贈觱篥工張觜兒詞，即其父也。宋與其夫合樂，妙入神品。蓋宋善謳，其夫能傳其父之藝。滕玉霄待制嘗賦《念奴嬌》以贈，云：「柳顰花困，把人間恩愛，尊前傾盡。何處飛來雙比翼，直是同聲相應。寒玉嘶風，香雲捲雪，一串驪珠引。元郎去後，有誰著意題品？　誰料濁羽清商，繁絃急管，猶自餘風韻。莫是紫鸞天上曲，兩兩玉童相並。白髮梨園，青

衫老傳，試與留連聽。可人何處？滿庭霜月清冷。」（同前）

六五　周人愛：京師旦色，姿藝並佳。其兒婦玉葉兒，元文苑嘗贈以《南吕·一枝花》曲。又有瑶池景，吕總管之妻也。賈島春，蕭子才之妻也。皆一時之拔萃者。王玉帶、馮六六、王榭燕、王庭燕、周獸頭，皆色藝兩絶。又有劉信香，因李侯寵之，名尤著焉。（同前）

六六　秦玉蓮、秦小蓮：善唱諸宫調，藝絶一時，後無繼之者。（同前）

六七　周喜歌：字悦卿。貌不甚揚，而體態温柔。趙松雪書「悦卿」二字，鮮于困學、衞山齋、都廉使公及諸名公皆贈以詞，至今其家寶藏之。（同前）

六八　王玉梅：善唱慢調，雜劇亦精致。身材短小，而聲韻清圓，故鍾繼先有「聲似磬圓，身如磬槌」之誚云。（同前）

六九　張玉蓮：人多呼為張四媽，舊曲其音不傳者，皆能尋腔依詞唱之。絲竹咸精，蒱博盡解，笑談亹亹，文雅彬彬。南北今詞，即席成賦，審音知律，時無比焉。往來其門率富貴公子，積家豐厚，喜延款士夫，復揮金如土，無少暫惜愛。林經歷嘗以側室置之，後再占樂籍。班彦功與之甚狎，班司儒秩滿北上，張作小詞《折桂令》贈之，末句云：「朝夕思君，淚點成班。」亦自可喜。又有一聯云：「側耳聽門前過馬，和淚看簾外飛花。」尤為膾炙人口。有女倩嬌、粉兒數人，皆藝殊絶，後以從良散去。余近年見之崑山，年餘六十矣，兩鬢如黧，容色尚潤，風流談謔，不減少年時也。（同前）

七〇　李芝儀：維揚名妓也，工小唱，尤善慢詞。王繼學中丞甚愛之，贈以詩序，余記其一聯云：

「善和坊裏，驊騮搆出繡鞍來；錢塘江邊，燕子銜將春色去。」又有《塞鴻秋》四闋，至今歌館尤傳之。喬夢符亦贈以詩詞甚富。女童童，善雜劇，間來松江，後歸維揚；次女多嬌，尤聰慧，今留京口。（同前）

七一 金鶯兒：山東名姝也，美姿色，善談笑，搊箏合唱，鮮有其比。賈伯堅任山東僉憲，一見屬意焉，與之甚昵。後除西臺御史，不能忘情，作《醉高歌》、《紅繡鞋》曲以寄之，曰：「樂心兒比目連枝，肯意兒新婚燕爾。畫船開，抛閃的人獨自遥望關西店兒。黄河水流不盡心事，中條山隔不斷相思。常記得夜深沉，人静悄自來時。來時節三兩句話，去時節一篇詩記在人心窩兒裏，直到死。」由是臺端知之，被劾而去，至今山東以為美談。（同前）

七二 一分兒：姓王氏，京師角妓也。歌舞絶倫，聰慧無比。一日，丁指揮會才人劉士昌、程繼善等於江鄉園小飲，王氏佐樽，時有小姬歌《菊花會》南吕曲云：「紅葉落火龍褪甲，青松枯怪蟒張牙。」丁曰：「此《沉醉東風》首句也，王氏可足成之。」王應聲曰：「紅葉落火龍褪甲，青松枯怪蟒張牙。可詠題，堪描畫，喜觥籌，席上交雜。荅剌蘇頻斟入禮厮麻，不醉呵，休扶上馬。」一座歎賞，由是聲價愈重焉。（同前）

七三 般般醜：姓馬，字素卿，善詞翰，達音律，馳名江湘間。時有劉廷信者，南臺御史劉廷翰之族弟，俗呼曰黑劉五，落魄不覊，工於笑談，天性聰慧，至於詞章，信口成句，而街市俚近之談，變用新奇，能道人所不能道者。與馬氏各相聞而未識，一日，相遇於道，偕行者曰：「二人請相見。」曰：「此劉五舍也，此即馬般般醜也。」見畢，劉熟視之，曰：「名不虛得。」馬氏含笑而去。自是往來甚密，所賦樂章極多，至今為人傳誦。（同前）

七四 劉婆惜：樂人李四之妻也。江右與楊春秀同時，頗通文墨，滑稽歌舞，迥出其流，時貴多重之。先與撫州常推官之子三舍者交好，苦其夫間阻。一日，偕宵遁，事覺，決杖。劉負愧，將之廣海居焉。道經贛州，時有全普庵撥里，字子仁，由禮部尚書，值天下多故，選用除贛州監郡。平昔守官清廉，文章政事，敭歷臺省。但未免躭於花酒，每日公餘，即與士夫酣歌賦詩，帽上常喜簪花，否則，或果或葉亦簪一枝。一日，劉之廣海，過贛，謁全公，全曰：「刑餘之婦，無足與也。」劉謂閽者曰：「妾欲之廣海，誓不復還。久聞尚書清譽，獲一見而逝死無憾也。」全哀其志，而與進焉。時賓朋滿座，全帽上簪青梅一枝，行酒，全口占《清江引》曲云「青青子兒枝上結」，令賓朋續之，衆未有對者，劉斂衽進前曰：「能容妾一辭乎？」全曰：「可。」劉應聲曰：「青青子兒枝上結，引惹人攀折。其中全子仁，就裏滋味別，只為你酸，留意兒，難棄舍。」全大稱賞，由是顧寵無間，納為側室。後兵興，全死節，劉克守婦道，善終於家。（同前）

七五 孔千金：善撥阮，能曼詞，獨步於時。其兒婦王心奇善花旦，雜劇尤妙。（同前）

七六 李定奴：歌喉宛轉，善雜劇，勾闌中曾唱《八聲甘州》，喝采八聲。其夫帽兒王，雜劇亦妙。凡妓以墨點破其面者為花旦。（同前）

七七 《江花品藻》（西蜀楊慎）：敘曰：余品蜀豔，首薛弘度事，文采風流，為士女行中獨步，惜時無嗣響，故此卷亦閣未傳。乙卯中秋之閏，社友張康叔携焦太史家所藏《江花品藻》一卷見示，蓋楊用修太史謫滇中，息跰錦江，花酒留連，所乞題詠，而藉以佐觴政者。其詞之妙麗，久膾炙人口，而畫意古雅，非名手不能彷彿。因命幼兒弼時如式梓行之，若藉諸豔部，尚有待於傳記爾。第一名雷逢兒，字驚鴻。品云洛浦神仙，梅花。詞曰：「翩若驚鴻來洛浦，風流正遇陳王。凌波羅襪步生香。不言唯有笑，多媚總無粧。回首高城人不見，一川烟樹微茫。最難言處最難忘。歸程須及早，一擲買春芳。」右調《臨江仙》，奉首席巨杯。第二名陳滿堂，字賽西。品云樂昌餘韻，水僊。詞曰：「東望碧雲開，喜佳人，日暮來。苧蘿堪把西施賽。露沾繡鞋，霜封翠釵，燈前兩兩深深拜。惜多才，幽歡美愛，説甚楚陽臺。」右調《黄鶯兒》，奉素衣一杯。第三名李愛兒，字玉池。品云多情多愛，山茶。詞曰：「翠幃深處暢春情，繡被紅翻錦浪生。銀燈背壁羞嬌影，罵玉郎，且暫停，喘吁吁，小語低聲。堪描畫，鴛鴦顛倒軟厮禁。鸞鳳和鳴，願今宵長打三更。」右調《水仙子》，奉主人一杯。第四名王暗香，字芳卿。品云月林清影，枇杷。詞曰：「疏影暗香芳徑裏，風流更遇逋仙。垂鬟接黛破瓜年。素娥同皎潔，青女鬪嬋娟。言笑不分凝睇久，離情指下能傳。鴛衾翠被冷無眠，後期重會日，約定早春天。」右調《臨江仙》，奉右席一杯。第五名吴春山，字麗春。品云京兆畫眉，瑞香。詞曰：「倒暈分梢十樣新，不逢京兆為誰顰。春山添入秋嵐翠，捧出峨眉月半輪。秦樓明月隱花汀，烟淡春山曉黛青。一百八聲鐘吼罷，夢回七十五長亭。」右調《小秦王》，多寵者一杯。第六名李秋亭。品云徐娘豐韻，款冬花。詞曰：「泛新波有女同舟，山映蛾眉，水寫明眸。小雪晴天，早梅時候，杜若芳州（當作洲）。整巾帶，纖腰似柳。蕩湘裙，羅襪如鈎。掌上温柔，懷裏風流。笑吟罷，韓偓香奩，醉題在杜牧青樓。」右調《折桂令》，奉左席一杯。第七名梅藏春，品云高燒銀燭，迎春。詞曰：「南枝向暖北枝寒，一種春風有兩般。大家留取凴闌看。畫樓高，翠袖單，懶雲窩香夢初殘。歌白雪，聲聲慢，飲流霞，滴滴乾，謫仙人笑坐金鞍。」右調《水仙子》，杯有餘瀝者一杯。第八名吴鞋山，品云錦步成蓮，簷錦。詞曰：「桃葉横波急，蓮花襯步輕。黎渦笑處襪塵生，皎皎復盈盈。洛浦人常見，陽臺夢未成。蕊珠樓上彩雲迎，醉聽囀春鶯。」右調《巫山一段雲》，隨意送一杯。第九名梅粉西，品云妙語如弦，薺菜。詞曰：「試燈之夕粉西來，燈下佳人對上才。更聽翠樓歌曲妙，風流何必楚陽臺。」右調《小秦王》，言席外事者飲。第十名吴遠山，品云鼓琴招鳳，芷花。詞曰：「彭澤春深柳絮狂，大姑昨夜嫁彭郎。峰頭五老休饒舌，惹得鞋山枉斷腸。」右調《小秦王》，善琴者飲。第十一名董蘭亭，品云響遏行雲，杏花。詞曰：「永和九年時分，暮春三月山陰。管弦絲竹少清音。論文藻，休誇往古，説風流，不似如今，二難並稱了芳心。」右調《紅繡鞋》，善歌者飲。第十二名董翠亭，品云前度劉郎，桃花。詞曰：「武陵溪上，春風徧，花映玉樓粧面。暗逐錦雲仙豔，夢繞襄王殿。二喬二趙今重見，豐韻一家堪羨。不到劉郎腸斷，凝睇横波慢。」右調《桃源憶故人》，奉色衣者一杯。第十三名吴雲山，品云宋玉墻東，李花。詞曰：「巫峽雲雙朵，籃田玉一鈎。鳳凰臺上鳳凰游，難比這風流。纖手鬆羅襪，香肩上玉樓。牙牀一夜櫓聲揉，人在鵲橋頭。」右調《巫山一段雲》，有外遇者巨杯。第十四名王霞卿，品云酒暈紅潮，梨花。詞曰：「寂寂花時閉院門，凄凄芳草憶王孫。醉逢青瑣窺韓壽，笑擲金梭惱謝鯤。不夜珠光連玉匣，避寒釵影落瑶樽。欲知明惠多情態，役盡江淹別後魂。」右調《瑞鷓鴣》，酡顔者飲。　第十五名王艷香，品云春月初圓，蘭花。詞曰：「楚峽雲嬌宋玉愁，汀花海藻係蘭舟，暈燈熒淚五更頭。　桃葉桃根雙姊妹，江南江北兩風流，佳期好在月明樓。」右調《浣溪沙》，奉對席各一杯。　第十六名李十兒，字小眠。品名流鶯過墻，櫻桃花。詞曰：「風兒踈刺刺吹動，雨兒淅零零。風送雨兒凄楚，風兒横。　翠幕中燈兒一點紅，燈兒照破人兒夢。夢繞巫山若個峰。朦朧，徘徊兩意濃。匆匆，歡娱一霎空。」右調《山坡羊》，離席者巨杯。　第十七名劉七兒，字采春。品云玉局争先，桐子花。詞曰：「紅袖烏絲罷寫詩，翠娥銀燭笑彈棋。　雁行布陣當齊壘，虎穴臨衝拔趙旗。　烽火劫，羽書持，東山樽俎捲淮淝。紫囊兒輩元能辨，况有嬋娟出六奇。」右調《鷓鴣天》，善奕者飲。　第十八名陳洞清，字香雪。品云南樹棲鴉，陽雀兒。詞曰：「浣溪沙，一枝花，喬木查，攬箏琶。平康巷裏那人家，虎山下，盆兒瓦。真兒掛，玉郎罵，相思顛倒風流話。」右調《渾不似》，奉遠客一杯。　第十九名董菊亭，品云一笑生春，楊花。詞曰：「平陸成江水接天，烟籠桃葉渡頭船。　枏醒愈病憐風伯，玉骨冰肌詠洞仙。　花作陣，酒如泉，停雲靄靄北窗眠。殷勤莫負東君意，纖手琵琶四十弦。」右調《於中好》，奉笑者一杯。　第二十名陳官兒，品云芳林藏秀，海棠。詞曰：「江花江草滿汀洲，江雨江雲憶舊游，江風江月添新瘦。　望長江，江自流，清宵夢，獨上江樓。換秋色，江頭柳，倚斜陽，江上舟。琵琶行，重賦江州。」右調《水仙子》，後至者巨杯。　第二十一名董銀哥，品云小桃破萼，牡丹。詞曰：「十年燕月歌聲，幾點吳霜鬢影。西風吹老鱸魚興，又落在桑榆暮景。」右調《醉高歌》，奉年長者一杯。第二十二名梅半分，字碧峰。品云增之一分，芍藥。詞曰：「金釘兒釘來剛半折，泥水全不怕。巫山雲雨仙，洛浦凌波襪，護定金蓮兒牀上耍。」右調《清江引》，年最少者一杯。第二十三名陳梅兒，字素娥。品云有脚青陽，楸花。詞曰：「曲巷銀燈先馬去，凝光門外餘甘渡。娥月彎彎籠遠樹，雙棹舉，倚門紅袖迎人覷。

羅襪凌波衣濕霧，燭花垂燼燈銷炷。淺笑微嗔佯不語，情縷縷，金雞三唱催天曙。」右調《鳳棲梧》，欲先行者巨杯。第二十四名劉賽紅，品云草薰風暖，楝花。詞曰：「水邊楊柳路傍花，也照污泥也照沙。相逢且叙知音話，説情雜，一半兒囂人一半耍。」右調《一半兒》，諠譁者巨杯。楊慎自題詩云：「散花樓上早梅芳，選妓徵歌出洞房。百指管弦齊和曲，十眉圖畫儼分行。可憐金谷繁華地，兼是蘭亭翰墨場。樂闋酒闌賓散後，歸途猶自有餘香。」嘉靖丙辰冬十二月十三日。蜀之江陽，邊隅重地，舟車雲集，商賈星繁，故狹邪（以下原缺）。（同前書卷十三「青樓下·品藻」）

程良儒詞話

程良儒，字穉修，孝感（今屬湖北）人。早喪父，哀毁過禮，克承母教，篤行孝友。以選貢入成均，崇禎戊辰知行唐，歷户部主事，管鳳陽倉，官光禄寺典簿。順治初起户部員外郎，管滸墅鈔關，卒於任。《讀書考定》三十卷，萬曆癸丑自序云有墨莊三楝，累十數萬卷，爲其父所收藏，故日取而賞鑑之，因類拈事，就事褒貶，有《攷定》一書，不欲以疑傳疑，以誤轉誤。書分十七門，每類徵引舊聞，訂其訛舛。此據《四庫全書存目叢書》影印明萬曆間刻本録詞話十七則。

一

月宫：明皇遊月宫一事，所出亦數處異。開元中，明皇與申天師、洪都客夜遊月中，見所謂廣寒清虚之府。下視玉城嵯峨，若萬頃琉璃田，翠色冷光，相射炫目。素娥十餘舞於廣庭，音樂清麗，遂歸，製《霓裳羽衣曲》。《唐逸史》則以為羅公遠，有擲杖化銀橋之事。《集異記》則以為葉法善，有過潞州城奏玉笛、投金錢之事。《幽怪録》則以為遊廣陵，非潞州。要皆荒唐之説，不足問也。（《讀書考定》卷一「天象」）

二 孟婆：俗謂風曰孟婆，蔣捷詞：「春雨如絲，繡出花枝紅裊。怎禁他，孟婆合皂。」宋徽宗詞：「孟婆好（脱做字）些方便，吹箇船兒倒轉。」江南七月間有大風，甚於舶艎，野人相傳以為孟婆發怒。按北齊李騊駼聘陳，問陸士秀：「江南有孟婆，是何神也？」士秀曰：「《山海經》：帝之女遊於江中，出入必以風雨自隨，以帝女，故曰孟婆，猶郊祀志以地神為泰媼。」此言雖鄙俚，亦有自來矣。（同前）

三 靺鞨：靺鞨，國名，古肅慎地。其地産寶石，大如石，中國謂之靺鞨。文與可《朱櫻歌》：「金衣珍禽弄深樾，禁籞朱櫻斑若纈。上幸離宫促薦新，籐籃寶籠貂璫發。凝霞作丸珠尚軟，油露成津蜜初割。君王午坐鼓《猗蘭》，翡翠一盤紅靺鞨。」葛魯卿《西江月》詞工（疑作曰）：「靺鞨斜紅帶柳，琉璃漲緑平橋。人間花月見新妖，不數江南蘇小。恨寄飛花蔌蔌，情隨流水迢迢。鯉魚風送木蘭橈，廻棹荒鷄報曉。」二公詩詞皆用靺鞨事，人罕知者，故特疏之。（同前書卷三「地輿」）

四 兩莫愁：莫愁者，郢州石城人，今郢有莫愁村。《唐書·樂志》「《莫愁樂》者，出於石城，石城有女子名莫愁」是也。李義山詩：「如何四紀為天子，不及盧家有莫愁。」此莫愁者，洛陽人，梁武帝《河中之歌》曰「河中之水向東流，洛陽女兒名莫愁」者是也。近世周美成樂府《西河》一闋專詠金陵，所云「莫愁艇子曾擊(當作繫)」之語，豈非誤指石頭城為石城乎？(同前書卷七「人物下」)

五　寃家：唐人有小詞：「門外猧兒吠，知是蕭郎至。剗襪下香堦，寃家今夜醉。扶得入羅幃，不肯脱羅衣。醉則從他醉，猶勝獨睡時。」今人男女有情者必稱寃家，至於因緣則每稱惡因緣，陶學士郵亭詞是也。寃家二字，其來亦久。余想《關雎》詩：「窈窕淑女，君子好仇。」傳：怨偶曰仇。好匹而借怨偶為義，意可見已，筆之，以發一笑。(同前)

六　款乃：款乃，棹船相應聲，又本音别出乃字，引黄太史曰：「款乃，湖(當作湘，下同)中節歌聲。」元結有《欸乃曲》，欸乃，音襖靄。按《説文》：款字元無襖音。又案《項氏家説》：劉蜕文集有《湖中靄迺歌》，劉言史《瀟湘》詩有「閑歌曖迺深峡裏」，元次山有《湖南款乃歌》，三者皆一事，但用字異爾。款本音哀，亦作上聲讀。後人因柳子厚集中有注者云一本作襖靄，遂欲音款為襖音，乃為靄，不知彼注自謂别本作襖靄，非為款乃當音襖靄也。黄山谷不知深考，遂從而實之，是特未見劉蜕、劉言史之詩耳。靄迺、襖靄，不妨兩本並行，豈必比而同之。(同前書卷十「肖貌」)

七　弓足：《墨莊漫録》考娘女弓足起於李後主。按樂府《雙行纏》，知其起於六朝。張禺山曰：《史記》云臨淄女子彈弦纚屣，又云揺修袖，躡利屣，意古已有之。再考《襄陽耆舊傳》：盗發楚王冢，得宫人玉履。張平子賦：「金華之舄，動趾遺光。」又：「履躡華英。」又「羅襪躡蹀而容與。」曹子建賦：「羅襪生塵。」焦仲卿妻詩：「足躡花文履。」繁欽詩：「何以釋憂愁，足下雙遠遊。」梁武帝《莫愁歌》：「足下絲履五文章。」下蘭《美人賦》：「金蕖承華足。」陶潛賦：「願在絲而為履，附素足以周旋。」崔豹《古今注》：晉世履有鳳頭重臺分稍之制。唐詩：「便脱鸞靴出翠帷。」又《麗情集》載章仇公鎮成都，有真珠之感，或上詩以諷云：「神女初離碧玉階，彤雲猶擁牡丹鞋。應知子建憐羅襪，顧步褰衣拾墜釵。」李義山詩：「浣花牋紙桃花色，好好題詩詠玉鈎。」陶南村謂唐人題詠略不及之，蓋亦未之考也。又：六朝樂府《雙行纏》其辭云：「新羅繡行纏，足趺如春妍。他人不言好，獨我知可憐。」唐杜牧詩云：「鈿尺裁量減四分，碧琉璃滑裹春雲。五陵年少欺他醉，笑把花前出畫裙。」段成式詩云：「醉袂幾侵魚子纈，彯纓長戛鳳皇釵。知君欲作閑情賦，應願將身脱錦鞋。」《花間集》詞云：「慢移弓底繡羅鞋。」則此飾不始於五代也明矣。或謂起於妲己，亦非。（同前書卷十一「人事上」）

八 度曲：《漢元帝贊》：「自度曲，被歌聲。」應劭注：「自隱度，作新曲。」瓚注：「謂歌終更授其次。」引張平子《西京賦》「度曲未終」之語為證，師古曰：「應説是也，大各切。」余觀《西京賦》復引元帝「自度曲」為證，正如瓚之失，是不深考耳。二者各有意義，元帝度曲，乃隱度之度，音釋（當作鐸），如應劭所注，師古所音是也。《西京賦》乃度次之度耳，音杜，豈元贊之意哉？注但見此贊有此二字，故引為證，不知其意自別。古文有宋玉《笛賦》：「度曲羊腸。」此語却可以為證，又在漢贊之先，注者不知之。近觀《藝苑雌黄》辨此二者，頗與僕意合，然亦不推原宋玉之語，夫豈未之考乎？今人詞中用度曲二字，類謂祖元贊，非也。（同前書卷十一「人事中」）

九 《紅拂記》：張伯起《紅拂記》一佳句云「愛它風雪耐它寒」，不知為朱希真詞也。其起句云：「檢盡曆頭冬又殘，愛他風雪耐他寒。拖條竹杖家家酒，上箇籃輿處處山。」亦自瀟灑，賀方回《浣溪沙》有云「淡黄楊柳帶栖鴉」，關漢卿演作四句，云：「不近諠譁，嫩緑池塘藏睡鴨。自然幽雅，淡黄楊柳帶栖鴉。」青出於藍，無妨並美。（同前書卷十六「書籍下」）

一〇　火祆：火祆字，其書從夭，胡神也，音醯堅切，教法佛經所謂摩醯首羅也。本起大波斯國，號蘇魯支，有弟子名玄真，習師之法，居此。宋次道《東京記》：寧遠坊有祆神廟。又康國有神名祆，其國有火祆祠，疑因是建廟，或傳晉戎亂華時立此。《教坊記》：曲名有《牧護字》，已播在唐樂府。《崇文書》有《牧護詞》，乃李燕撰，六言，文字記五行災福之説，則後人因有作語為《牧護》者不止也，人曲也。祆之教法蓋遠，而穆護所傳，則自唐始。（同前書卷十七「法教」）

一一　泥犁之獄：《捫虱新話》：黄魯直初好作豔歌小詞，道人法秀謂其「以筆墨誨淫，於我法中當墜泥犁之獄」，魯直自是不作。佛書：泥犁耶，無喜樂也；泥犁迦，無去處也。二者皆地獄名，或省「耶」、「迦」字，只作泥犁，一作犂。又阿鼻無間，亦地獄名。《法華經》：無間地獄，有頂天堂。（同前）

一二　降仙：降仙事，人多疑為持箕者狡獪，以愚旁觀，或宿搆詩文託為仙語。其實不然。不過能致鬼之能文者耳，往往所降多名士詩，至書體文勢亦各近似。亦有請紫姑者，命觽為題，詩云：「寒巖雪壓松枝折，斑斑剥盡青虬血。運斤巧匠斲削成，劍脊半開魚尾裂。五湖仙子多奇致，欲駕神舟探仙穴。碧雲不動曉山横，數聲摇落江天月。」又士子有請仙問得失者，賦詞云：「凄凉天氣，凄凉院宇，凄涼時候。孤鴻叫斜月，寒燈伴殘露。落盡梧桐秋影瘦，鑑古畫（脱眉字）難就。重陽又近也，對黄花依舊。」此人竟失舉。淳祐間，有降仙於杭泮者，或以鬼議之，大書一詩云：「眼前青白誰知我，口裏雌黄一任君。縱使挾山可超海，也須覆雨更飜雲。」或以功名為問，答曰：「朝經暮史無閑日，北履南鞭知幾年。踐履未能求實地，榮枯何必問青天。」報其相譏也。又常記女仙三絶句：「柳條金嫩不勝鴉，青粉牆邊道韞家。燕子未來春寂寂，小窓和雨夢梨花。」「松影侵壇琳觀静，桃花流水石橋寒。東風吹過雙蝴蝶，人倚危樓第幾欄。」「屈曲闌干月半規，藕花香澹水漪漪。分明一夜文姬夢，只有青團扇子知。」亦可喜也。又七夕詞以八煞為韻，運箕如飛，大書《鵲橋仙》一闋云：「鸞輿初駕，牛車齊發，隱隱鵲橋咿軋。尤雲殢雨正歡濃，但只怕、來朝初八。霞垂彩幔，月明銀燭，馥郁香噴金鴨。年年此際一相逢，未審是、甚時結煞。」亦警敏可喜。又李和父云：向常於貴家觀降仙，扣其姓名，不答，忽作薛稷體大書一詩云：「猩袍玉帶落邊塵，幾見東風作好春。因過江南省宗廟，眼前誰是舊京人？」捧箕者皆悚然驚散，知為淵聖在天之靈。真否固未可知，然每讀，為之凄然。（同前）

一三　羽調：《演繁録》：唐有新翻羽調《緑腰》，樂天詩注云，即《六么》也，今亦有《六么》，而其曲有高平、（脱仙字）吕調，又不與羽調相協，不審是唐遺聲否？按今《六么》中仄調亦有之，非特高平、仙吕也。《唐·休（當作禮）樂志》：俗樂二十八調，中吕、高平、仙吕，在七羽之數，蓋中吕，夾鐘羽也；高平，林鐘羽也；仙吕，夷則羽也，安得謂之不與羽調相協？蓋未之攷爾。（同前書卷二十三

「器用」）

一四 杖鼓：古曲悉皆散亡，頃有得《黄帝炎》一曲，乃杖鼓曲也。炎或作鹽。唐曲有《突厥鹽》、《阿鵲鹽》，施肩吾詩：「顛狂楚客歌成雪，嫵媚吴娘笑是鹽。」蓋當時語也。今《杖鼓譜》中有炎杖聲，元積《建昌宫詞》有「逡巡大遍《凉州》徹」，所謂大遍者，有序、引、歌、飆、嗺、哨、催、攧、衮、破、行、中腔、踏歌之類，凡數十解。每解有數疊者，裁截用之，則謂之摘遍，今人大曲皆是裁用，非大遍也。（同前）

一五 椒圖：《通典》：夏后氏金行，初作葦茭，言氣所交也。殷以水德，以螺首，謹其閉塞，使如螺也。周人木德，以桃為梗。按京師人歲除插芝蔴秸於門，是葦茭之遺。螺人門上銅鐶獸面，一名椒圖，元詞所謂「户列八椒圖」也。桃梗，今之桃符。（同前書卷二十七「器用」）

一六 參横：今人梅花詩詞多用「參横」字，蓋出柳子厚《龍城録》所載趙師雄事。然此實妄書，或以為劉無言所作也。其語云：「東方已白，月落參横。」且以冬半視之，黄昏時參已見，至丁夜則西没矣，安得將旦而横乎？秦少游詩：「月落參横畫角哀，暗香消盡令人老。」承此誤也。唯東坡云：「紛紛初疑月挂樹，耿耿獨與參横昏。」乃為精當。老杜有「城擁朝來客，天横醉後參」之句，以全篇攷之，蓋初秋所作。（同前書卷二十八「花木」）

一七 《朝天子》：朝天紫，本蜀牡丹花名，其色正紫，如金紫大夫之服色，故名。後以為曲名，今以「紫」作「子」，非也。見陸游《牡丹譜》。（同前）

佚名《鍾吕二仙採真問答》詞話

《三峰採戰房中妙術秘訣》一卷、《鍾吕二仙採真問答》一卷、《種子秘訣真傳》一卷，明佚名編，清刻本，見《四庫未收書輯刊》，此據《鍾吕二仙採真問答》録詞話一則。

一　「天地將來作地天，地天方始得神仙。神仙壽未齊天地，天地將來作地天。」答曰：天地，否也；地天，泰也。否則成人，泰則成聖。故曰「天地將來作地天」，既作地天，始得神仙。既得神仙，與天齊年。必作地天，而后得否曖。這一物逆來方作聖，順去乃成人。拾遺：《鷓鴣天》一首：「□準從來六百篇，百篇渾侣採真鉛。□起陽爻倒顛倒，午起陰爻顛倒顛。天作地，便登天，仍騰吾后降吾前。如斯半月工夫足，面壁星然屋九年。」（《鍾吕二仙採真問答》「其十二」）

《類選箋釋草堂詩餘》等詞話

《類選箋釋草堂詩餘》六卷，顧從敬類選，陳仁錫參訂；《類選箋釋續選草堂詩餘》二卷，錢允治箋釋，陳仁錫校閱；《類編箋釋國朝詩餘》五卷，錢允治編，陳仁錫釋。錢允治，初名府，後以字行，更字功父，長洲（今江蘇蘇州）人。有《少室先生集》。陳仁錫傳詳獨立條目。《類選箋釋草堂詩餘》等集附載有詞話，有的是録自前人之書，有的為明人所言。此據《續修四庫全書》影印明萬曆四十二年刻本録詞話二百八十二則。

一　《詩餘叙》：詩者，餘也。無餘，無詩，詩曷餘哉？東海何子曰：「詩餘者，古樂府之流別，而後世歌曲之濫觴也。元聲在，則為法省而易諧，氣乖則用法嚴而難叶。」余讀而韙之。及又曰：「詩亡而後有樂府，樂府闕而後有詩餘，詩餘廢而後有歌曲。」由斯以談，成周列國為一盛，而暴秦樂闕為一衰。漢興，《郊祀》、《房中》、《鐃鼓》暨蘇、李為一盛，而魏、晉、六朝、秦、隋為一衰。太宗以下，李白、王維、昌齡輩為一盛，而天寶為一衰。宋有十二律，篇目增至二百餘調，為一盛，而金、元為一衰。其盛也，塗巷被絃管，出湯火，揚清謳，甚則太、玄、寧王，天子審音，《清平》、《鬱輪袍》相繼作，而《憶秦娥》、《菩薩蠻》二詞遂開宋（當為周）待制、柳屯田領樂創調之繁。其衰也，如秦如玄，主暴民愁，律呂道絕。乃若子建《怨歌》七解，暨横吹和平諸調，六代、陳、隋並用之。而金、元歌曲，激響千代，可謂歌曲亡詩餘、詩餘亡樂府、樂府亡詩耶？則是蕩然無餘，其何詩之有？人亦有言有能不能，余謂審音不爾，夫聲音之道，一葉而知天下秋，豈櫛比哉？凡詩皆餘，凡餘皆詩，余與陳、錢二先生重訂行世，余何知詩，蓋言其餘而已矣。甲寅中秋古吴陳仁錫書於堯峰之青莎塢。（《類選箋釋草堂詩餘》）

二　《類選箋釋草堂詩餘序》：顧子汝所刻《草堂詩餘》成，問序於東海何良俊。何良俊曰：夫詩餘者，古樂府之流別，而後世歌曲之濫觴也。爰自上古鴻荒之世，禮教未興，而樂音已具。蓋樂者，由人心生者也。方其淳和未散，下有元聲，則凡里巷歌謡之辭，不假繩削，而自應宫徵即成。周列國之風皆可被之管絃是也。迨周政迹熄，繼以强秦暴悍，由是詩亡而樂闕。漢興，《郊祀》、《房中》之外，別有《鐃歌辭》，如《雉子班》、《朱鷺》、《芳樹》、《臨高臺》等篇。其他蘇、李雖創為五言詩，當時非無繼作者，然不聞領於樂官，則樂與詩分為二，明矣。魏、晉以來，曹子建《怨歌行》七解，為晉曲所奏，他如横吹、相和、平調、清調、清商、楚調諸曲，六朝並用之。陳、隋作者猶擬樂府歌辭，體物緣情，屬詠雖工，聲律戾矣。唐太宗以文教開國，又玄宗與寧王輩皆審音，海内清宴，歌曲繁興，一時如李太白《清平調》、王維《鬱輪袍》及王昌齡、王之渙諸人，略占小詞，率為伎人傳習，可謂極盛。迨天寶末，民多怨思，遂無復貞觀、開元之舊矣。宋初，因李太白《憶秦娥》、《菩薩蠻》二辭以漸創製，至周待制領大晟府樂，比切聲調，十二律各有篇目，柳屯田加增至二百餘調，一時文士復相擬作，而詩餘為極盛。然作者既多，中間不無昧於音節，如蘇長公者，人猶以鐵綽板唱「大江東去」譏之，他復何言耶？由是詩餘復不行。而金、元人始為歌曲，蓋北人之曲以九宮統之，九宫之外，别有道宫、高平、般涉三調，總一十二調，南人之歌亦有南九宫，然南歌或多與絲竹不叶，豈所謂土氣偏詖、鐘律不得調平者耶？總而覈之，則詩亡而後有樂府，樂府闕而後有詩餘，詩餘廢而後有歌曲，大抵創自盛朝，廢於叔世，元聲在則為法省而易諧，人氣乖則用法嚴而難叶，兹蓋其興革之大較也。然樂府以皦逕揚厲為工，詩餘以婉麗流暢為美，即《草堂詩餘》所載，如周清真、張子野、秦少游、晏叔原諸人之作，柔情曼聲，摹寫殆盡，正辭家所謂當行、所謂本色者也，第恐曹、劉不肯為之耳。假使曹、劉降格為之，又詎必能遠過之耶？是以後人即其舊詞稍加隱揬，便成名曲，至今歌之，猶聳心動聽。嗚呼！是可不謂工哉！余家有宋人詩餘六十餘種，求其精絶者，要皆不出此編矣。顧子，上海名家，家富詩書，代傳禮樂。尊公東川先生博物洽聞，著稱朝列，諸子清修好學，綽有門風，故伯、叔並以能詩供奉清朝。仲、季將漸以賢科起矣。是編乃其家藏宋刻本，比世所行本多七十餘調，是不可以不傳。今聖天子建中興之治，文章之盛，幾與兩漢同風，獨聲律之學，識者不無歉焉。然是編於聲律家，其可少哉？

他日天翊昌運，篤生異人，為聖天子制功成之樂，上探元聲，下採衆説，是編或大有裨焉，觀者勿謂其文句之工，但足以備歌之用，為賓燕之娱耳也。嘉靖庚戌七月既望東海何良俊撰。（同前）

三 李易安《如夢令》「昨夜雨疎風驟」：苕溪漁隱云：近時婦人能文詞如李易安，頗知佳句，如云「緑肥紅瘦」，此語甚新。又九日詞「簾捲西風，人似黄花瘦」，此言亦婦人所難到也。（同前書卷一）

四 白居易《長相思》「汴水流」：《花庵詞選》云：居易此詞，上四句皆説錢塘景。并載《長相思》一闋云：「深畫眉，淺畫眉，蟬鬢鬅鬙雲滿衣。陽臺行雨回。巫山高，巫山低，暮雨蕭蕭郎不歸。空房獨守時。」蓋詠閨怨也。此二詞非後世作者所及。（同前）

五 万俟雅言《長相思》「短長亭」：玉林詞客云：雅言之詞，詞之聖者也。發妙旨於律吕之中，運巧思於斧鑿之外，工而平，和而雅，比諸刻琢句意而求精麗者，豈不遠哉？（同前）

六 汪彦章《點絳唇》「高柳蟬嘶」：花庵云：此詞「畫樓十二，有箇人同倚」之句，曲盡閨情。（同前）

七 林君復《點絳唇》「金谷年年」：《詩話總龜》云：林和靖不特工於詩，尤工於詞，如作《點絳唇》乃詠草耳，終篇不出一「草」字。（同前）

八 賀鑄《浣溪沙》「鴦外紅綃一縷霞」：「鴦外」或作「樓角」，相去天壤。又：《漁隱叢話》云：詞欲全篇好極難得，如賀方回「淡黄楊柳帶棲鴉」，秦處度「藕葉清香勝花氣」，二句寫景詠物，造微入妙。其全篇則不逮此也。（同前）

九 李景《浣溪沙》「手捲真珠上玉鈎」：《漫叟詩話》：李景（當作璟）有曲「手捲真珠上玉鈎」，或改

為「珠簾」；舒信道有曲云「十年馬上春如夢」，或改云「如春夢」。非所謂遇知音。（同前）

一〇　李景《浣溪沙》「一曲新詞酒一杯」：《漁隱叢話》：晏元獻公赴杭州，道過維揚，憩大明寺。瞑目徐行，使侍吏誦壁間詩板，戒其勿言爵里姓名，終篇者無幾。又俾别誦一詩云：「《水調》隋宫曲，當年亦九成。哀音已亡國，廢沼尚留名。儀鳳終陳迹，鳴蛙只廢聲。凄凉不可問，落日下蕪城。」徐問之，江都尉王琪詩也。召至同飲，又同步遊池上。春晚，已有落花，晏云：「每得句書墻壁間，或彌年未嘗强對，且『無可奈何花落去』，至今未能也。」王應聲曰：「似曾相識燕歸來。」由此辟置館職。（同前）

一一　李後主《浣溪沙》「菡萏香消翠葉殘」：《雪浪齋日記》云：荆公問山谷云：「作小詞，曾看李後主詞否？」云：「曾看。」荆公曰：「何處最好？」山谷以「一江春水向東流」為對，荆公曰：「未若『細雨夢回雞塞遠，小樓吹徹玉笙寒』。又『細雨濕流光』最好。」又《南唐詞集》云：馮延巳作《謁金門》「風作（當作乍）起」，李後主云：「『吹皺一池春水』，干卿何事？」對曰：「未若陛下『小樓吹徹玉笙寒』也。」（同前）

一二　黄魯直《浣溪沙》「新婦磯頭眉黛愁」：東坡云：黄魯直作此詞，清新婉麗，聞其得意，自以水光山色替却玉肌花貌，此乃真得漁父之風也。然纔出新婦磯，又入女兒浦，此漁父無乃太瀾浪也。（同前）

一三　歐陽永叔《浣溪沙》「堤上遊人逐畫船」：《侯鯖録》云：歐陽永叔《浣溪沙》云：「堤上遊人逐

畫船，拍堤春水四垂天，緑楊樓外出鞦韆。」此等語，要皆絶妙。只一「出」字，是後人着意道不到處。黄魯直云：「東坡居士曲，世所見者幾百首，或謂於音律小不諧。此詞横放傑出，自是曲子中縛不住者。」（同前）

一四 李太白《菩薩蠻》「平林漠漠煙如織」：玉林云：太白此詞允為百代之祖。（同前）

一五 孫巨源《菩薩蠻》「樓頭尚有三通鼓」：玉林云：孫公於元豐間為翰苑，與李端愿太尉往來，尤數會。一日鎖院，宣召者至其家，則出數十輩蹤跡，得之於李氏。時李新納妾，能琵琶，公飲，不肯去，而迫於宣命，入院幾二鼓矣。遂草三制罷，復作此長短句以記别恨，遲明，遣以示李。（同前）

一六 僧仲殊《訴衷情》「湧金門外小瀛洲」：玉林詞選云：仲殊之詞多矣，佳者固不少，而小令為最，小令之中《訴衷情》一調又其最。蓋篇篇奇麗，字字清婉，高處不減唐人風致也。（同前）

一七 康伯可《醜奴兒令》「馮夷剪破澄溪練」：花庵詞客云：順庵作此詞曲（當作促）養直雪夜溪堂之約。○一本「澄溪」作「澄江」，「飛下同雲」作「吹下紛紛」，「柳絮梅花處處春」作「柳絮楊花觸處春」，既用柳絮，又用楊花，此是「闔門閉户掩柴扉」也。「月滿前村」作「月破黄昏」，既曰此夜，又破黄昏，意亦重復。（同前）

一八 蘇子瞻《卜算子》「缺月掛疎桐」：黄山谷云：東坡道人在黄州作此詞，語意高妙，似非喫煙火人語。自非胸中有萬卷書，筆下無一點塵俗氣，孰能到此？○苕溪漁隱云：「揀盡寒枝不肯棲」之句，或云鴻鴈未嘗棲宿樹枝，惟在田野葦叢間，或改作寒蘆，亦是。但此詞本詠夜景耳，至換頭，但只説鴻，正如《賀新郎》詞「乳燕飛華屋」本詠夏景，至换頭只説榴花，蓋作文之法，語意到處即為之，不可限以繩墨。○衡（當作鮦）陽居士云：「缺月」，刺明微也。「漏斷」，暗時也。「幽人」，不得志也。「獨往來」，無助也。「驚鴻」，賢人不安也。「回頭」，愛君不忘也。「無人省」，君不察也。「揀盡寒枝不肯棲」，不偷安於高位也。「寂寞吴江冷」，非所安也。此詞與《考槃》詩極相似。（同前）

一九　馮延巳作《謁金門》「風乍起」：《雪浪齋日記》云：馮延巳作《謁金門》「風乍起」，李後主云：『「吹皺一池春水」，干卿何事？』對曰：『未若陛下「細雨夢回雞塞遠，小樓吹徹玉笙寒」也。』（同前）

二〇　温庭筠《更漏子》「玉爐香」：《苕溪叢話》云：温庭筠《湖陰曲》警句云：「吴波不動楚山晚，花壓欄干春晝長。」庭筠工於樂府，極為綺靡，《花間集》可見矣。其《更漏子》一詞，尤為佳作。（同前）

二一　黄山谷《阮郎歸》「歌停檀板舞停鸞」：《古今詞話》云：觀者歎服此詞，八句狀八景，音律一同，殊不散亂。人争寶之，刻之琬琰，挂於堂室之間也。○愚觀山谷集有一曲詠煎茶，亦名《阮郎歸》云：「烹茶留客駐金鞍，月斜牕外山。見郎容易别郎難，有人愁遠山。　歸去後，憶前歡，畫屏金博山。一杯春露莫留殘，與郎扶玉山。」併附于此。（同前）

二二　秦少游《畫堂春》「東風吹柳日初長」：《古今詞話》云：少游《畫堂春》「雨餘芳草斜陽，杏花零落燕泥香」之句，善於狀景物，至於「香篆暗消鸞鳳，畫屏縈遶瀟湘」二句便含蓄，無限思量意思，此其有感而作也。（同前）

二三 吴彦高《青衫濕》「南朝千古傷心地」：花庵詞客云：右辭精妙悽惋，惜無人拈出，今録入選，必有能知其味者。（同前）

二四 康伯可《浪淘沙》「蹙損遠山眉」：按伯可又有《賣花聲》一闋云：「愁撚斷釵金，遠信沉沉。秦箏調怨不成音。限（當作郎）馬不知何處也，樓外春深。好夢也難尋，夜夜餘衾。目窮千里止（一作正）傷心，記得當時郎去路，緑樹陰陰。」亦是詠閨思，併附見於此。（同前）

二五 李後主《浪淘沙》「簾外雨潺潺」：《西清詩話》云：南唐李後主歸朝後，每懷江國，且念嬪妾散落，欝欝不自聊，遂作此詞。含思懷婉（當作「悽惋」），未幾下世。（同前）

二六 趙德麟《錦堂春》「樓上縈簾弱絮」：《苕溪叢話》：趙德麟：「重門不鎖相思夢，隨意遶天涯。」徐師川：「門外重重疊疊山，遮不斷，愁來路。」二詞造語不同，其意絶相類。（同前）

二七 歐陽修《朝中措》「平山欄檻倚晴空」：愚按：歐陽文忠公守維揚日，於城西北大明寺側建平山堂，頗得遊觀之勝。金華劉原父出守揚州，文忠公作《朝中措》以餞之。後東坡亦守是邦，登平山堂有感，而賦《西江月》一闋云：「三過平山堂下，半生彈指聲中。十年不見老仙翁，壁上龍蛇飛動。欲弔文章太守，仍歌楊柳春風。休言萬事轉頭空，未轉頭時皆夢。」末句感慨之意見於言外。（同前）

二八 蘇軾《西江月》「照野瀰瀰淺浪」：東坡自序云：春夜行蘄水中，過酒家飲，醉。乘月至一溪橋上，解鞍少休，乃（當作及）覺，已曉。亂山葱蘢，不謂人世也。書此詞橋上。（同前）

二九　朱希真《西江月》「世事短如春夢」：黄玉林云：希真又有一闋云：「日日深杯酒滿，朝朝小圃花開。自歌自舞自開懷，且喜無拘無礙。　青史幾番春夢，紅塵多少奇才。不須計較與安排，領取而今安在？」此二詞辭淺意深，可以警世之役役於非望之福者。（同前）

三〇　黄山谷《西江月》「斷送一生惟有」：《後山詩話》云：此詞用韓文公《遠（當作遣）興》詩「斷送一生惟有酒」，又《贈鄭兵曹》詩「破除萬事無過酒」，纔去一字，遂為切對，而語益峻。又云：「杯行到手莫留殘，不道月斜人散」，謂思相離之憂，則不得不盡飲，俗改為「留連」，遂使兩句文義相失，故併論之。（同前）

三一　蘇子瞻《西江月》「玉骨那愁瘴霧」：《冷齋夜話》：東坡在惠州作梅花詞，時侍兒名朝雲者新亡，其寓意蓋為朝雲作也。○苕溪漁隱：《正（當作王）直方詩話》載晁以道云：説之初見東坡詞，便知道此老須過海，只為古今人不曾道到此，須罰教去。此言鄙俚，近於忌人之長，幸人之禍。直方無識，載之《詩話》，寧不畏人之譏誚乎？（同前）

三二　秦少游《鷓鴣天》「枝上流鶯和淚聞」：《古今詩話》：按詞形容愁怨之意最工，如後疊「甫能炙得燈兒了，雨打梨花深閉門」，頗有言外之意。（同前）

三三　黄魯直《鷓鴣天》「西塞山邊白鷺飛」：山谷自序云：李如篪云玄真子《漁父詞》以《鷓鴣天》歌之，極入律，但少數句，因以玄真子遺事足之。憲宗畫像訪之江湖，不得，因令集其歌詩上之。玄真兄松齡懼其教恨（當作「放浪」）而不返，和其《漁父》云：「樂在風波釣是閒，草堂松桂已勝攀。太湖

水，洞庭山，狂風浪起且須還。」此余續成之意。（同前）

三四 晏叔原《鷓鴣天》「綵袖慇懃捧玉鍾」：《雪浪齋日記》云：晏叔原此詞云：「舞低楊柳樓心月，歌盡桃花扇底風。」此等語不愧六朝宫掖體。又：趙德麟《侯鯖録》：晁無咎云：叔原不蹈襲人語，而風調閒雅，自是一家。如「舞低楊柳樓心月，歌盡桃花扇底風。」自可知此人不生於三家村中也。（同前）

三五 宋子京《玉樓春》「東城漸覺風光好」：《遯齋閒覽》云：張子野郎中以樂章名擅一時，宋子京尚書奇其才，先往見之，遣將命者曰：「尚書欲見『雲破月來花弄影』郎中。」子野屏後呼曰：「得非『紅杏枝頭春意鬧』尚書耶？」遂出，置酒盡歡。蓋二人所舉，皆其警策也。又：《古今詩話》亦云子野嘗作《天仙子》詞云「雲破月來花弄影」，士大夫多稱之。張初謂（當作謁）見歐公，迎謂曰：「好『雲破月來花弄影』。」恨相見之晚也。（同前）

三六 晏同叔《玉樓春》「緑楊芳草長亭路」：《詩眼》云：晏叔原見蒲傳正，云：「先公平日小詞雖多，未嘗作婦人語。」傳正云：「『緑楊芳草長亭路，年少抛人容易去』，豈非婦人語乎？」晏曰：「公謂少年為何語？」傳正曰：「豈不謂其所歡乎？」晏曰：「因公言，遂曉樂天詩兩句：『欲留所歡待富貴，富貴不來所歡去。』」傳正笑而悟其言之失，然此詞語意甚為高雅。（同前）

三七 温飛卿《玉樓春》「家臨長信往來道」：苕溪漁隱云：飛卿作此晚春曲，殊有富貴佳致。（同前）

三八　錢思公《玉樓春》「城上風光鶯語亂」：玉林詞話云：錢思公暮年作此詞，頗極悽惋之情。（同前）

三九　周美成《玉樓春》「桃溪不作從容住」：按東坡有《點絳唇》詞詠天台云：「醉漾輕舟，信流直到花深處。塵緣相誤，無計花間住。　煙水茫茫，回首斜陽暮。山無數，亂紅如雨，不計來時路。」蓋全用劉、阮天台事也。今併附於此。（同前）

四〇　歐陽永叔《玉樓春》「妖冶風情天與措」：按司馬槱有贈妓一詞，名《蝶戀花》云：「妾本錢塘江上住，花落花開，不管流年度。燕子銜將春色去，紗牕几陣黄昏雨。　斜插犀梳雲半吐，檀板輕敲，唱徹黄金縷。望斷行雲無覔處，夢回明月生南浦。」又毛澤民有詞贈錢塘妓《惜飛分（當作「分飛」）》詞云：「淚濕欄杆花着露，愁到眉分碧聚。此恨分平（當作『平分』）取，更無言語空相覷。　斷雨殘雲無意緒，寂寞朝朝暮暮。今夜山深處，斷魂分付潮廻去。」大為東坡稱賞，澤民由此得名。此二詞結語皆祖六一翁詞意。（同前）

四一　李後主《虞美人》「春花秋月何時了」：《雪浪齋日記》云：荆公問山谷云：「作小詞，曾看李後主詞否？」云：「曾看。」荆公曰：「何處最好？」山谷以「一江春水向東流」為對，荆公云：「未若『細雨夢回雞塞遠，小樓吹徹玉笙寒』，尤為高妙。」（同前書卷二）

四二　蘇東坡《南鄉子》「霜降水痕收」：《三山老人語録》云：自來九日多用落帽事，獨東坡云「破帽戀頭」，尤為奇特。（同前）

四三 王逐客《雨中花》「百尺清泉聲陸續」：《温叟詩話》云：余嘗觀此詞不用浮瓜沉李之事，而天然有塵外凉思，其詞語非觸熱者之所知。(同前)

四四 張子野《醉落魄》「雲輕柳弱」：苕溪漁隱云：《樂府雜録》云：笛者，羌樂也。古曲有《折楊柳》、《落梅花》，故杜少陵：「故園楊柳今摇落，何得愁中曲盡生。」此皆言《折楊柳》曲也。《復齋漫録》言：「古曲有《落梅花》，非請(當作謂)吹笛則落梅，詩人用事，不悟其失。」余以為不然，蓋詩人有因笛中有《落梅花》曲，故言吹笛則梅落，其理甚通，用事殊未為失。且如角聲中有《大》《小梅花》曲，初不言落，詩人尚猶如此用之。故秦太虚和黄法曹云「月落參横畫角哀，暗香消盡梅花老」者是也。古今詩詞用吹笛則落梅者甚衆，若以為失，則《落梅花》之曲何為笛中獨有之？决不虚設也。如張子野此詞「蔌蔌驚梅落」，《摭遺》載《梅花》詩：「南枝向暖北枝寒，一種春風有兩般。憑仗高樓莫吹笛，大家留取倚闌干。」晁次膺填入水笛吹(三字當作「水龍吟」)詞云：「最是闗情處，高樓上、一聲羌笛。見何人説與，争取倚闌看。」孫濟師落梅詞云：「一聲羌笛吹嗚咽，玉溪半夜梅翻雪。」泛觀古今詩詞用事一律，可見復齋之□為也。(同前)

四五 黄山谷《踏莎行》「臨水夭桃」：山谷云：予親書此詞送祝有道，云諸樂府雖有賞歎其詞，而未深解其意味者，故并奉寄。(同前)

四六 秦少游《踏莎行》「霧失樓臺」：《冷齋夜話》云：少游到郴州作此詞，東坡絶愛其尾兩句，自書於扇，曰：「少游已矣，雖萬人何贖？」〇范元實《詩眼》云：余誦淮海小詞云「杜鵑聲裏斜陽暮。」山谷曰：「此詞高絶，但既云『斜陽』，又曰『暮』，即重出也。」欲改「斜陽」為「簾櫳」，余曰：「既云『孤館閉春寒』，似無簾櫳。」山谷曰：「亭傳雖未必有簾櫳，有亦無害。」余曰：「此詞本模寫牢落之狀，若曰簾櫳，恐損初意。」山谷曰：「極難得好字，當徐思之。」然余因此曉句法，不當重疊。（同前）

四七　和凝《小重山》「春入神京萬木芳」：愚按：和凝為石晉宰相，有《喜遷鶯》一詞云：「曉月墜，宿雲披，銀燭錦屏帷。建章鐘動玉繩低，宮漏出花遲。　春態淺來雙燕，紅日漸長一線。嚴粧欲罷轉黄鸝，飛上萬年枝。」此詞與《小重山》詞語意相類，至於《薄命女》一詞云：「天欲曉，宮漏穿花聲繚繞。牕裏星光少。　冷霞寒侵帳額，殘月光沉樹杪。夢斷錦幃空悄悄，强起愁眉小。」此詞頗盡宮中幽怨之意，併附於此。（同前）

四八　李易安《一剪梅》「紅藕香殘玉簟秋」：苕溪漁隱云：近時婦人能文詞者，如趙明誠之妻李易安，長於詞，有《漱玉集》三卷行於世。此詞頗盡離別之情，當為拈出。（同前）

四九　賀方回《臨江仙》「巧剪合歡羅勝子」：《復齋漫録》云：方回向有《鴈後歸》詞，乃山谷守當塗，方回過之，人日席上作也。腔本《臨江仙》，山谷以方回用薛道衡詩，故易以《鴈後歸》云，今仍其舊。　又：唐劉餗《傳記》云：隋薛道衡聘陳，為《人日》詩，首云：「入春纔七日，離家已二年。」南人嗤之，及云：「人歸落鴈後，思發在花前。」乃曰：「名下無虚士。」（同前）

五〇　陳去非《臨江仙》「憶昔午橋橋上飲」：苕溪漁隱云：去非舊有詩云：「風流丘壑真吾事，籌策廟堂非所知。」其後登政府，無所建樹，卒如其言。九日詞云：「九日登臨有故常，隨晴隨雨一傳觴。」

用退之《淮西碑》欲事故常之語。如憶吴中舊遊《臨江仙》一闋，清婉奇麗，簡齋詞集推此詞最優。（同前）

五一 蘇子瞻《蝶戀花》「花褪殘紅青杏小」：《古今詞話》：予得此詞真本於友人處，極有理趣。「緑水人家遶」，非「遶」字，乃曰「人家曉」，曉字與遶字，蓋霄壤也。（同前）

五二 歐陽永叔《蝶戀花》「庭院深深深幾許」：易安居士序：歐陽公作《蝶戀花》，有「深深深幾許」之句，予酷愛之，用其語作「庭院深深」數闋，其聲即舊《臨江仙》也。（同前）

五三 王介甫《漁家傲》「平岸小橋千嶂抱」：《雪浪齋日記》云：荆公此詞略無塵土思。又：黄玉林詞選云：半山老人此詞極能道閑居之趣。（同前）

五四 范希文《漁家傲》「塞下秋來風景異」：《東軒筆録》云：范希文守邊日，作《漁家傲》樂歌數闋，皆以「塞下秋來」為首句，頗述邊鎮之苦。永叔嘗呼為窮塞主之詞。及王尚書素守平凉，永叔亦作《漁家傲》一詞以送之，其斷章曰：「戰勝歸來飛捷奏，傾賀酒，玉階遥獻南山壽。」且謂王尚書曰：「此真元帥之事也。」（同前）

五五 張仲宗《漁家傲》「釣笠披雲青嶂繞」：苕溪漁隱云：張仲宗有《漁家傲》詞，余往歲在錢塘，與仲宗從遊甚久，仲宗手寫此詞相示，云舊所作也。其詞第二句元是「橛頭雨細春江渺」，余謂仲宗曰：「橛頭雖是船名，今以雨襯之，語晦而病。」因為改作「緑簑雨細」，仲宗笑以為然。又有一詞，亦寄調《漁家傲》云：「樓外天寒山欲暮，溪邊雪夜藏雲樹。小艇風斜沙嘴露，流年度，春光已向梅梢

住。短夢今宵還到否，葦村四望知何處。客裏從來無意緒，催歸去，故園正要鶯花主。」亦清新流麗，故附見於此。（同前）

五六　黄魯直《品令》「鳳舞團團餅」：苕溪漁隱云：魯直諸茶詞，余謂《品令》一詞最佳，能道人所不能言，尤在結尾三四句。（同前）

五七　蘇子瞻《行香子》「北望平川」：苕溪云：淮北之地平夷，自京師至汴口並無山，惟隔淮方有南山，南山石崖上有東坡《行香子》詞，後題云：「與泗守過南山晚歸作。」字畫是東坡所書小字，但無姓名。崇、觀間，禁元祐文字，遂鐫去之。余居泗上，打得此碑詞，至今尚存。（同前）

五八　宋子京《錦纏道》「燕子呢喃」：《古今詞話》云：此詞「海棠經雨臙脂透」一句，最善形容景物，至下段用問酒杏花村事，曲盡郊外春遊之情，工於詞者也。（同前）

五九　張子野《天仙子》「水調數聲持酒聽」：《古今詩話》：有客謂張子野曰：「人皆謂公張三中，即心中事、眼中淚、意中人也。」公曰：「何不目之為張三影。」客不曉，公曰：「『雲破月來花弄影』、『嬌柔懶起，簾壓捲花影』、『柳徑無人，墜飛絮無影』，此余平生所得意。」《高齋詩話》：子野有詩云「浮萍斷處見山影」，又長短句云「雲破月來花弄影」，又云「隔牆送過鞦韆影」，並膾炙人口，世謂張三影。按苕溪漁隱云：細味一説，當以《古今詩話》所載「三影」為勝。（同前）

六〇　沈會宗《天仙子》「影（當作景）物因人成勝槩」：苕溪漁隱云：賈芸老有水閣，在苕溪之上，景物清曠，會宗為賦此詞。其後水閣易主，今已摧毁久矣。遺址正與余水閣相近，同在一岸，景物悉如

會宗之詞。故余嘗有鄙句云：「三間水閣賈芸老，一首佳詞沈會宗。無限當時好明月，如今總屬續溪翁。」蓋謂此也。（同前）

六一 謝無逸《江城子》「杏花村館酒旗風」：《復齋漫録》云：無逸嘗於黄州關山杏花村館驛題此詞，過者必索筆於館卒，卒頗以為苦，因泥塗之。其為人賞重可知。（同前）

六二 秦少游《千秋歲》「柳邊沙外」：《後山詩話》云：王平甫之子嘗云：今語例襲陳言，但能轉移耳。世稱此詞「愁如海」為新奇，不知李後主《虞美人》詞已云：「問君還有幾多愁，恰似一江春水向東流。」但以江為海耳。又：《冷齋夜話》云：少游小詞奇麗，詠歌之，想見其神情在絳闕道山之間，余兄思禹使余賦崔徽頭子詞，因次韻曰：「半身屏外，睡覺脣紅退。春思亂，芳心碎，空餘簪髻玉。不見流蘇帶，誰與問，今人秀韻誰宜對。湘浦曾同會，手引青羅蓋。疑是夢中猶在，十分春易盡，一點情難改，多少事，却隨恨遠連雲海。」（同前）

六三 周美成《隔浦蓮》「新篁揺動翠葆」：苕溪漁隱云：美成此詞云「浮萍破處，簷花簾影顛倒」，沈（當作杜）少陵詩「燈前細雨簷花落」，美成用「簷花」二字，與出處意不相合，乃知用字之難如此。（同前）

六四 寇平仲《陽關引》「塞草煙光闊」：苕溪漁隱云：王右丞絶句云：「渭城朝雨浥輕塵，客舍青青柳色新。勸君更盡一杯酒，西出陽關無故人。」此送元二使安西告別之詩也。近世又歌入《小秦王》，更名《陽關曲》，蓋用詩中語也。舊本《蘭畹集》載寇萊公《陽關引》，其語豪壯，送別之曲，當為第一，

亦以此絶句填入詞中云。(同前)

六五 曾純甫《金人捧露盤》「記神京」: 玉林詞選云: 公,東都故老,及見中興之盛者。詞多感慨。庚寅春,奉使過京師,作《金人捧露盤》、《憶秦娥》等曲,悽然有黍離之悲。如邯鄲道上望叢臺有感作《憶秦娥》云:「風蕭瑟,邯鄲古道傷行客。傷行客,繁華一瞬,不堪思憶。叢臺歌舞無消息,金尊玉管空陳迹。空陳迹,遠天草樹,暮雲凝碧。」亦有感慨,故併録之。(同前)

六六 黄山谷《驀山溪》「鴛鴦翡翠」:《雪浪齋日記》云: 山谷此詞云:「春未透,花枝瘦,正是愁時候。」極為學者稱賞,秦湛處度嘗有小詞云:「春透水波明,寒峭花枝瘦。」蓋法此也。(同前)

六七 李元膺《洞仙歌》「雪雲散盡」: 公自序云: 一年春物,惟梅柳間意味最深,至鶯花爛熳時,則春已衰遲,使人無復新意。予作《洞仙歌》,使探春者歌之,不至有後時之悔耳。(同前書卷三)

六八 蘇子瞻《洞仙歌》「冰肌玉骨」: 東坡自序云: 僕七歲時,見眉州老尼,姓朱,忘其名,年九十餘,自言嘗隨其師入蜀主孟昶宫中。一日大熱,主與花蘂夫人夜起,避暑摩訶池上,作一詞。朱具能記之。今四十年,朱已死久矣,人無知此詞者。獨記其首兩句,暇日尋味,豈《洞仙歌令》乎? 乃為足之云。○《漫叟詩話》云: 楊元素作《本事曲》,記東坡《洞仙歌》詞,謂錢塘有一老尼,能誦後主詩首章兩句,後人為足其意,以填此詞。余嘗見一士人誦前篇云:「冰肌玉骨清無汗,水殿風來暗香滿。簾開明月獨窺人,欹枕釵横雲鬢亂。　起來瓊户啓無聲,時見疎星渡河漢。屈指西風幾時來,只恐流年暗中換。」○苕溪漁隱云:《漫叟詩話》所載《本事曲》云: 錢塘一老尼能誦後主詩首章

兩句，與東坡《洞仙歌》序全然不同，當以序為正也。（同前）

六九 晁無咎《洞仙歌》「青煙冪處」：《苕溪叢話》云：凡作詩詞，要當如常山之蛇，救首救尾，不可偏也。如晁無咎作中秋《洞仙歌》，其首云「青煙幕處」，至「閒堦卧桂影」，固已佳矣。其後云「待都將許多明，付與金樽」，至「素秋千頃」，若此可謂善救首尾者也。至朱希真作中秋《念奴嬌》，則不知出此，其首云：「插天翠柳，被何人推上，一輪明月。照我藤牀涼似水，飛入瑶臺銀闕。」亦已佳矣，其後云：「洗盡凡心，滿身清露，冷浸蕭蕭髮。」及「明朝塵世，記取休向人説」，此兩句全無意味，收拾得不佳，遂併全篇，其氣索然矣。（同前）

七〇 林外《洞仙歌》「飛梁壓水」：《古今詞話》云：此詞乃近時林外題於吴江垂虹亭。世或傳以為吕洞賓所作者，非也。（同前）

七一 阮逸女《魚遊春水》「秦樓東風裏」：《復齋漫録》云：政和中一中貴人使越州回，得詞於古碑陰，無名無譜，不知何人作也，録以進御，命大晟府填腔，因詞中語，賜名《魚遊春水》云。〇《古今詞話》云：東都防河卒於汴河上掘地，得石刻，有詞一闋，不題其目。臣僚進上，上喜其藻思絢麗，欲命其名，遂摭詞中四字，名曰《魚遊春水》，命教坊倚聲歌之，詞凡八十九字，而風花鶯燕動植之物曲盡之，此唐人語也，後之狀物寫情，不及之矣。二説不同，未詳孰是？（同前）

七二 周美成《滿江紅》「晝日移陰攬衣起」：《苕溪叢話》云：「蝶粉蜂黄都過了」，人以蝶蜂時節都過，殊與下句不相屬。兼卒章有蝴蝶滿園飛，相反，後見一相識云：「過」字乃「褪」字，而「蝶粉蜂黄」，乃當時宫中時粧，故宋子京《蝶戀花》云：「淚落臙脂，界破蜂黄淺。」則知方睡起時，宫粧褪盡，所見惟一線枕痕耳，此説為可據。○《鶴林玉露》云：楊東山言《道藏》經云：「蝶交則粉退，蜂交則黄褪。」周美成詞云「蝶粉蜂黄渾退了」，正用此也。而説者以為宫粧，且以「退」為「褪」。余因嘆曰：區區小詞，讀書不博者，尚不得其旨，況古人之文章而可臆見妄解乎？（同前）

七三 吕居仁《滿江紅》（當作《沁園春》）「東里先生」：苕溪漁隱云：余性樂閒退，一丘一壑，蓋將老焉。吕居仁所作此詞，能具道阿堵中事，每一歌之，未嘗不擊節也。（同前）

七四 秦少遊《滿庭芳》「山抹微雲」：《侯鯖録》云：晁無咎云：比來作者皆不及秦少游，如「斜陽外，寒鴉數點，流水遶孤村」，雖不識字，亦知是天生好語。○《藝苑》云：程公闢守會稽，少游客焉，館之蓬萊閣。一日，席上有所悦，自爾眷眷不能忘情，因賦長短句，所謂「多少蓬萊舊事，空回首，煙靄紛紛」是也，其詞極為東坡所稱道，取其首句，呼之為山抹微雲君。中間有「寒鴉數點，流水遶孤村」之句，人皆以為少游自造此語，殊不知亦有所本。予在臨安，見平江梅知録云：隋煬帝詩：「寒鴉千萬點，流水遶孤村。」少游用此語也。予又嘗讀李義山《效徐陵體贈更衣》云：「輕寒衣省夜，金斗熨沉香。」乃知少游詞「玉籠金斗熨沉香」，與夫「睡起熨沉香，玉腕不勝金斗」，其語亦有來處。苕溪云：晁無咎謂少游「斜陽外，寒鴉數點，流水遶孤村」，雖不識字人，亦知是天生好言語。其褒之如此。蓋不曾見陽（當作煬）帝詩耳。（同前）

七五 蘇東坡《滿庭芳》「香靉雕盤」：玉林詞選云：柳耆卿有《晝夜樂》詞云：「秀香家住桃花徑，算神仙，才堪並。層波細剪明眸，膩玉圓搓素頸。愛把歌喉當筵逞，遏天邊亂雲愁凝，言語是嬌鶯，一聲聲堪聽。　洞房飲散簾幃静，擁香衾歡心稱。金爐麝裊青煙，鳳帳燭摇紅影。無限狂心乘酒興，這歡娱，漸入佳境。猶自怨鄰雞，道秋宵不永。」蓋為贈坡作也。此詞麗以淫，不當入選，以東坡嘗引用其詞，故併此詞録之。（同前）

七六　蘇東坡《滿庭芳》「蝸角虚名」：按詩僧號晦庵者，亦有一詞名《滿江紅》云：「擾擾浮生，待足何時是足。據見定，隨家豐儉，便堪龜縮。得意濃時休進步，須防世事多翻覆。枉教人，白了少年頭，空碌碌。　誰不願，黄金屋。誰不愛，千鍾粟。算五行不是，這般題目。枉使心機閒計較，兒孫自有兒孫福。又何須採藥訪蓬萊，但寡慾。」此詞亦是達觀之見，俗以此曲與坡詞作對刊碑刻云。（同前）

七七　蘇東坡《水調歌頭》「明月幾時有」：東坡自序云：丙辰中秋，歡飲達旦，大醉，作此篇，兼懷子由。〇苕溪漁隱云：先君嘗云：柳詞「鼇山綵結蓬萊島」當云「綵締」，坡詞「低綺户」當云「窺綺户」，二字既改，其詞益佳。〇苕溪云：中秋詞自東坡《水調歌頭》一出，餘詞盡廢，然其後亦豈無佳詞？如晁次膺《緑頭鴨》一詞，殊清婉。但樽俎間歌喉，以其篇長憚唱，故湮没無聞焉。其詞云：「晚雲收，淡天一片琉璃。爛銀盤、來從海底，皓色千里澄輝。瑩無塵、素娥澹佇，净可數、丹桂參差。玉露初零，金風未凛，一年無似此佳時。向坐久，疎星時度，烏鵲正南飛。瑶臺冷，闌干憑煖，欲下遲遲。
　念佳人、音塵隔後，對此應解相思。最關情、漏聲正永，暗斷腸、花影漸移。料得來宵，清光未

減，陰晴天氣又爭知。共凝戀、如今別後，還是隔年期。人縱健，清尊素月，長願相隨。」（同前）

七八　蘇子瞻《水調歌頭》「落日繡簾捲」：《藝苑雌黄》云：歐陽公送劉貢父守維陽，作長短句云：「平山欄檻倚晴空，山色有無中。」平山堂望江左諸山甚近，或以謂（當作為）永叔短視，故云「山色有無中」。東坡笑之，因賦快哉亭道其視（當作事）云：「長記平山堂上，攲枕江南煙雨，杳杳没孤鴻。認取醉翁語，山色有無中。」蓋山色有無，非煙雨不能然也。（同前）

七九　康伯可《漢宫春》「雲海沉沉」：花庵詞客云：此詞伯可在慈寧殿元夕被旨作。（同前書卷四）

八〇　晁叔用《漢宫春》「瀟灑江梅」：苕溪漁隱云：此詞用玉堂故事，乃引用薛維翰「白玉堂前一樹梅」詩，事或云宫苑中之玉堂，非也。〇又云：曾端伯編《樂府雅詞》，以此詞為李漢老作，非也，乃晁叔用作。政和間以獻蔡攸，是時朝廷方興大晟府，蔡攸携此詞呈其父云：「今日於樂府中得一人。」京覽其詞，喜之，即除大晟府丞。（同前）

八一　蘇東坡《八聲甘州》「有情風萬里捲潮來」：苕溪漁隱云：《晉書》：謝安雖受朝寄，然東山之志始末不渝，每形於言色。及鎮新城，盡室而行，造浮海之裝，欲須經略粗定，自海道還東。雅志未就，遂遇疾篤還都，尋薨。羊曇為安所愛重，安薨後，輟樂彌年，行不由西州路。嘗因大醉，不覺至州門，左右白曰：「此西州門也。」曇悲感，以馬策扣扉，誦曹子建詩曰：「生存華屋處，零落歸山丘。」因慟哭而去。故坡用此故事，若世俗之論，必以為成讖矣。然其詞石刻後東坡題云：「元祐六年三月六日。」余以《東坡年譜》考之：元祐四年知杭州，六年召為翰林學士承旨。則此詞蓋此時作也。自後復守潁，徙揚，入長禮曹，出帥定武，至紹聖元年方南還（一作遷）嶺表，建中靖國元年北歸，至常乃薨，凡十一載，則世俗成讖之論，果足信耶？（同前）

八二 王通叟《慶清朝慢》「調雨為酥」：玉林詞話云：風流楚楚，詞林中之佳公子也。世謂柳耆卿工為浮艷之詞，方之此作，蔑矣，詞名《冠柳》，豈偶然哉？春遊踏青一詞，又不獨冠柳詞之上者也。（同前）

八三 史邦卿《雙雙燕》「過春社了」：玉林詞話云：姜堯章極稱賞「柳昏花暝」之句，形容雙燕，亦曲盡其妙矣。（同前）

八四 李易安《念奴嬌》「蕭條庭院」：花庵詞客云：前輩嘗稱易安「綠肥紅瘦」為佳句，余亦謂此篇「寵柳嬌花」之語亦甚奇俊，前此未有道之者。（同前）

八五 黄山谷《念奴嬌》「斷虹霽雨」：苕溪漁隱云：山谷云：八月十七日與諸甥步自永安城，入張寬夫園待月，以金荷葉酌客。客有孫叔敏善長笛，連作數曲。諸甥曰：「今日之會樂矣，不可以無述。」公因作曲記之，文不加點，或以為可繼東坡赤壁之詞云。（同前）

八六 李漢老《念奴嬌》「素光練静（當作凈）」：苕溪漁隱云：李漢老此詞有「滿天霜曉，叫雲吹斷横玉」之句，乃用崔魯《華清宫》詩：「銀河漾漾月輝輝，樓礙天邊織女機。横玉叫雲清似水，滿空霜逐一聲飛。」或謂叫雲乃笛名，非也。（同前）

八七 蘇子瞻《念奴嬌》「大江東去」：苕溪漁隱云：東坡「大江東去」赤壁詞，語意高妙，真古今絶唱。近時有人和此詞，題於郵亭壁間，不著姓氏，語雖粗豪，亦氣槩可喜。今併録之，詞云：「炎精中否，歎人材委靡，都無英物。戎馬長驅三犯闕，誰作連城堅壁。楚漢吞并，曹劉割據，白骨今如雪。書生鑽破簡編，説甚英傑。　天意建（當作眷）我中興，吾君神武，小曾孫周發。海岳封疆俱效職，狂虜何曾追滅。翠羽南巡，叩閽無路，徒有衝冠髮。孤忠耿耿，劍鋒冷浸秋月。」（同前）

八八　周美成《玉燭新》「溪源新臘後」，按孫濟師有落梅詞《菩薩蠻》云：「一聲羌笛吹嗚咽，玉溪半夜梅翻雪。江月正茫茫，斷橋流水香。　含章春欲暮，落日千山雨。一點着枝酸，吴姬先齒寒。」亦是詠羌笛奏落梅之事，今併附見於此。（同前）

八九　王介甫《桂枝香》「登臨送目」，《古今詞話》云：金陵懷古，諸公寄詞於《桂枝香》，凡三十餘首，獨介甫最為絶唱。東坡見之，不覺嘆息曰：「此老乃野狐精也。」（同前）

九〇　秦少游《水龍吟》「小樓連苑横空」，《高齋詩話》：秦少游在蔡州，與營妓婁婉字東玉者甚密，贈之詞云：「小樓連苑横空。」又曰：「玉佩丁冬（當作東）別後」是也，又贈妓陶心兒詞《南歌子》云：「玉漏迢迢盡，銀潢淡淡横。　夢回宿酒未全醒，已被鄰雞催起怕天明。　臂上粧猶在，襟間淚尚盈。水邊燈火漸人行，天外一鉤殘月帶三星。」末句謂「心」字也。（同前書卷五）

九一　章質夫《水龍吟》「燕忙鶯懶芳殘」，玉林詞話云：質夫「傍珠簾散漫」數語，形容盡之矣。（同前）

九二　蘇東坡《水龍吟》「似花還似非花」，《曲洧舊聞》云：章質夫《水龍吟》詠楊花，其命意用事清灑可喜，東坡和之，若豪放不入律吕，徐而視之，聲韻諧婉，便覺質夫詞有織繡工夫。故晁叔用云：「東坡如毛嬙、西施，净洗却面。」「來與天下婦人鬬好，質夫豈可比耶？（同前）

九三 康伯可《瑞鶴仙》「瑞烟浮禁苑」：玉林詞話云：伯可，渡江初有聲樂府，受知秦申王，王薦於高宗皇帝，以文詞待詔金馬門。凡中興粉飾治具，及慈寧歸養，兩宫歡集，必假伯可之歌詠，故應制之詞為多。按此詞進入太上皇帝，極稱賞「風柔夜煖」以下數句至於末章，賜金甚厚。（同前）

九四 周美成《花犯》「粉牆低」：玉林詞選云：此只詠梅花，而紆餘（當作徐）反覆，道盡三年間事。昔人謂好詩圓美流轉如彈丸，余於此詞亦云，愚謂此為梅詞第一。（同前）

九五 胡浩然《喜遷鶯》「譙門殘月」：雙溪老人云：浩然此詞先記節序，次叙述宴賞未歸，應時納祜，尤有歸宿。（同前）

九六 康伯可《喜遷鶯》「臘殘春早」：按此詞語盡佳，惜此媚竈之語，蓋為檜相作耳。（同前）

九七 吴彦章（當作高）《春從天上來》「海角飄零」：彦章序云：會寧府遇老姬，善鼓瑟，自言梨園舊籍，因有感而賦此。後三山鄭中卿嘗從張貴謨使虜，亦聞虜中有歌之者。（同前）

九八 史邦卿《沁園春》「做冷欺花」：玉林詞話云：「臨斷岸」以下數語，姜堯章稱賞，謂梅溪之詞蓋能融情景於一家，會句意於兩得，其謂是歟？（同前）

九九 阮逸女《花心動》「仙苑春濃小桃開」：花庵詞客云：阮逸女女（當衍一「女」字）工於文詞，惟此曲傳於世。（同前）

一〇〇　周美成《西河》「佳麗地」：《漁隱叢話》云：王、謝是二姓，即王導、謝安之族所居，名烏衣巷。有曰烏衣之聚，不當作謝字。或者乃引劉斧《摭遺》所載，唐王謝（一作榭，下同）航海遇風，抵一州，見烏衣國王，以女妻之。後謝思歸，取飛雲軒，令謝入其中。閉目少息，至其家，視之梁上雙燕呢喃。後寄詩曰：「誤到華胥國裏來，主人終日獨憐才。雲軒漂去無消息，灑淚春風幾百回。」女答曰：「昔日相逢冥數合，今時暌遠是生離。來年縱有相思字，三月天南無雁飛。」此小説虚誕，何可信也？（同前）

一〇一　徐幹臣《二郎神》「悶來彈鵲」：苕溪漁隱云：「馬蹄猶駐」，「駐」字一作「去」字，語意乃佳。〇《古今詩語（當作話）》：「悶」字深有意義，鵲本喜聲，為其無憑，乃悶而彈之。（同前）

一〇二　柳耆卿《望海潮》「東南形勝」：羅鶴林云：此詞流播，金主亮聞歌，欣然有慕於「三秋桂子，十里荷花」，遂起投鞭渡江之志。近時謝處厚詩云：「誰把杭州曲子謳，荷花十里桂三秋。那知卉木無情物，牽動長江萬古愁。」余謂此詞雖牽動長江之愁，然卒為金主送死之媒，未足恨也。至於荷艷桂香粧點湖山之清麗，使士大夫流連於歌舞嬉遊之樂，遂忘中原，是則為可恨耳。（同前）

一〇三　辛幼安《摸魚兒》「更能消幾番風雨」：《鶴林玉露》云：詞意殊怨，「斜陽」、「煙柳」之句，其與「未須愁日暮，天際乍輕陰」者異矣，使在漢、唐時，寧不賈種豆、種桃之禍哉？愚聞壽王見此詞頗不悦，然終不加罪，可謂至德也已。又題江西造口詞：「鬱孤臺下清江水，中間多少行人淚。西北是長安，可憐無數山。青山遮不住，畢竟東流去。江晚正愁予，山深聞鷓鴣。」蓋南渡之初，虜人追

隆祐太后御舟至造口，不及而還，幼安因此起興。「聞鷓鴣」之句，謂恢復行不得也。（同前書卷六）

一〇四 晁無咎《摸魚兒》「買陂塘」：花庵詞客云：晁無咎《摸魚兒》真能道急流勇退之意，真西山極愛賞之。（同前）

一〇五 李玉《賀新郎》「篆縷銷金鼎」：玉林詞話云：李君之詞雖不多見，然風流藴藉，盡於《賀新郎》一詞矣。（同前）

一〇六 蘇東坡《賀新郎》「乳燕飛華屋」：《古今詞話》云：蘇子瞻守錢塘，有官妓秀蘭，天性黠慧，善於應對。湖中有宴會，羣妓畢至，惟秀蘭不來。遣人督之，須臾方至，子瞻問其故。具以髮結沐浴，不覺困睡，忽有人叩門聲，急起而問之，乃樂營將催督也，非敢怠忽，謹以實告。子瞻亦恕之。坐中倅屬意於蘭，見其晚來，恚恨未已，責之曰：「必有他事，以此晚至。」秀蘭力辨不能止，倅愈怒，是時榴花盛開，秀蘭以一枝藉手，告倅，其怒愈甚，秀蘭收淚無言。子瞻作《賀新凉》以解之，其怒始息。子瞻之作皆紀目前事，蓋取其沐浴新凉，曲名《賀新凉》也，後人不知之，誤為《賀新郎》，蓋不得子瞻之意也。子瞻真所謂風流太守也，豈可與俗吏同日語哉？ 又：苕溪漁隱云：野哉！楊湜之言，真可入笑林。東坡此詞冠絶古今，託意高遠，寧為一娼而發？「簾外誰來推繡户，枉教人夢斷瑶臺曲，又却是，風敲竹」，用古詩「捲簾風動竹，疑是故人來」之意，今乃云忽有人叩門聲，急起而問之，乃樂營將催督，此可笑者一也。「石榴半吐紅巾蹙，待浮花浪蘂都盡，伴君幽獨。穠艷一枝細看，芳心千重似束。」蓋初夏之時，千花事退，惟榴花獨艷，因以寫幽閨之情，今乃云榴花盛開，秀蘭以一枝藉手告倅，此可笑者二也。此詞腔調寄《賀新郎》，乃古曲名也，今乃云取其沐浴新涼，曲名《賀新涼》，後人不知之，誤為《賀新郎》，此可笑者三也。《詞話》中可笑者甚衆，姑舉其尤者，第東坡此詞深為不幸，横遭點污，吾不可無一言以雪其恥。（同前）

一〇七　周美成《瑞龍吟》「章臺路」：花庵詞客云：按美成此詞自「章臺路」至「歸來舊處」是第一段，自「黯凝竚」至「盈盈笑語」是第二段，此謂雙拽頭，屬正平調。自「前度劉郎」以下即犯大石，係第三段。至「歸騎晚」以下四句再歸正平，今諸本於「吟牋賦筆」處分段者，非也。（同前）

一〇八　聶冠卿《多麗》「想人生美景良辰堪惜」：花庵詞客云：冠卿之詞不多見，如此篇，亦可謂才情富艷矣。其「露洗華桐」四句，又所謂玉中之珙璧，珠中之夜光，每一觀之，撫玩無斁。（同前）

一〇九　蘇東坡《哨遍》「為米折腰」：東坡自序云：陶淵明賦《歸去來辭》，有其詞而無其聲。余治東坡，築雪堂於上，人俱笑其陋，獨鄱陽董毅夫見而悦之，有卜鄰之意。乃取《歸去來辭》，稍歸檃括，使諧聲律，以遺毅夫，使家童歌之。時相從於東坡，釋耒而和之，扣生（當作「牛角」）而為之節，不亦樂乎？（同前）

一一〇　《續詩餘序》：續經者，僭經；續詩者，僭詩；續詩餘者，法曰無僭。詩不可續，餘可續也。吾讀書堯峰，始見松陵之城郭，若龐山、同里諸漊焉，澹臺、寶帶、磧砂、陳湖之濱焉。松之泖、崐之玉峰。横山若盤，穹窿若賓，陽山若拱，虞山若垣，錫山若龍，上方若腕，石湖若杯焉。乃陟青莎塢、萬玉隈，登妙高峰，浸吾腹者，三萬六千頃之半焉。莫釐縹緲之外，汎若水之凫，凡三十有餘峰焉。

荆溪之銅官，雪川之碧巘，如鵬决起張左右翼焉。天如蒼焉，舟如月焉，日月並出焉，落日之帆如雪焉。又或霧霽見一頃焉，電起閃一峰焉，月上汎一波焉。吾見夫人蛾蠓焉，飛塵焉，而以拜石，則神人焉，袍笏焉，丈人焉。一草一木，皆頂禮焉。新鐘鼓之聲，壯雲山之色焉。凡此者，皆天地之餘，所謂旁望萬里之黄山，而皆青翠；俯瞰千仞之深谷，而皆黟黑。吾乃與千古文章之士遊戲於葱嶺雲濤之間，當其忽然而捉筆，亦如天之一北一南，地之影長影短，箕為傲客，房為駟馬而已矣，詎不可續乎哉？甲寅秋日陳仁錫書於天湧峰。（《類選箋釋續選草堂詩餘》）

一一一　李後主《擣練子》「深院静」：砧聲斷續，與風相續，秋思可知。（同前書卷上）

一一二　秦少游《如夢令》「幽夢匆匆破後」：「玉銷花瘦」句新奇。（同前）

一一三　李易安《如夢令》「誰伴明窓獨坐」：人眠則無影矣，如影之拋嚲我也。（同前）

一一四　李後主《相見歡》「無言獨上西樓」：離愁萬種，豈能剪能理者乎？（同前）

一一五　朱希真《相見歡》「秋風又到人間」：有水無山，别是煙波秋色。（同前）

一一六　朱希真《相見歡》「東風吹盡江梅」：舊宫苔鏁，寂寞可知，况梅落橘開乎？　又：晚潮上，正夕陽時也。（同前）

一一七　李後主《長相思》「雲一緺」：秋雨而滴芭蕉，如夜長不睡何？（同前）

一一八　張宗瑞《長相思》「山無情」：始為問程，見山漸青，則江南近矣。（同前）

一一九　無名氏《生查子》「去年元夜時」：感今懷昔，皆情至之語。（同前）

一二〇　秦少游《生查子》「眉黛遠山長」：盃行既遲，燭剪復頻，夜景可掬。（同前）

一二一　無名氏《生查子》「郎如陌上塵」：塵與絮皆無跡，何可覓也。又：思因别生，苦由思出。（同前）

一二二　無名氏《生查子》「娟娟月入眉」：月眉雲鬢，奈相思之情何？（同前）

一二三　無名氏《點絳唇》「蹴罷鞦韆」：曲盡情悰。（同前）

一二四　李易安《點絳唇》「寂寞深閨」：草滿長途，情人不歸，空攬寸腸耳。（同前）

一二五　六一居士《浣溪沙》「漠漠輕寒上小樓」：曉陰窮秋，佳句也。又：「花輕似夢」、「雨細如愁」，佳句，佳句。（同前）

一二六　晏叔原《浣溪沙》「午醉西橋夕未醒」：客塵化衣，柳意含春，鳳樓之上，寧知此滋味乎？（同前）

一二七　蘇東坡《浣溪沙·方響》「花滿銀塘水漫流」：方響以敗鐵為之，嘉靖初尚存，今以銅雲羅代之，益可笑。（同前）

一二八　六一居士《山花子》「香靨凝羞一笑開」：「如醉相挨」，動人情思。又：無限情悰。（同前）

一二九　李易安《山花子》「繡面芙蓉一笑開」：所謂目成也。（眼波纔動被人猜。）（同前）

一三〇　楊孟載《山花子》「鸞股先尋鬭草釵」：有富貴氣象。（同前）

一三一　止禪師《卜筭子》「書是玉關來」：此豈宋末兵興陽羅洑有事時乎？（同前）

一三二　陸務觀《卜筭子》「驛外斷橋邊」：言梅花零落而香不替如初，豈羣芳所能妒乎？（同前）

一三三　秦少游《采桑子》「夜來酒醒清無夢」：芙蓉經雨，清泪如滴，誰恨可知。（同前）

一三四　李後主《采桑子》「亭前春逐紅英盡」：印香已燼成灰，則日長無奈可知。（同前）

一三五　黄山谷《訴衷情》「旋揎玉指鬬彎蛾」：遠山淡淡，即文君之眉也。又：枕上欄邊，不奈長顰。（同前）

一三六　牛嶠《菩薩蠻》「玉釵風動春幡急」：我不卿卿，誰復卿卿相呼也？（同前）

一三七　無名氏《菩薩蠻》「牡丹帶露真珠顆」：大率指情人為檀郎，不必是姓檀。又：五字形容極妙（碎挼花打人）。（同前）

一三八　黄師憲《菩薩蠻》「眉尖早識愁滋味」：年少未諳情意。（同前）

一三九　舒信道《菩薩蠻》「畫船撾鼓催君去」：别情離思，溢於言外。（同前）

一四〇　歐陽炯《菩薩蠻》「紅爐煖閣佳人睡」：富貴氣象。（同前）

一四一　陳達叟《菩薩蠻》「舉頭忽見衡陽鴈」：二「無」字前後照應，甚妙。（同前）

一四二　無名氏《菩薩蠻》「有情潮落西陵」：古詩：「西陵樹下結同心。」西陵浦口，不知斷送多少人也。又：憶與恨校量，恨須無奈也。（同前）

一四三　黄山谷《菩薩蠻》「輕風裊斷沉煙炷」：此五字描寫最妙。（年少乖盟誓。）（同前）

一四四　朱淑真《菩薩蠻》「濕雲不度溪橋冷」：「濕雲」、「嫩寒」，詞中佳語。（同前）

一四五　張于湖《菩薩蠻》「東風約略吹羅幕」：以濕紅而嬌暮寒雨中杏花，佳景。（同前）

一四六　楊孟載《菩薩蠻》「水晶簾外涓涓月」：雖因月黑而見梨花之白，然梨花宿稱梨雪，不待月黑也。（同前）

一四七　黄叔暘《菩薩蠻》「西風半夜驚羅扇」：鵶啼天曙，秋風乍凉，奈雙鴛之不同宿乎？（同前）

一四八　賀方回《謁金門》「花滿院」：六片屏山，一春長夢，懷人之思空切，其如郎之近遠何？（同前）

一四九　秦少游《好事近》「春露雨添花」：偶書所見。（飛雲當面化龍蛇。）　又：有擺脱世事氣象。（同前）

一五〇　謝勉仲《憶少年》「池塘緑遍」：蜂蝶秋遷，梨花寒食，景真情到。（同前）

一五一　李後主《清平樂》「别來春半」：末二句無人道得。（離恨却如春草，更行更遠還生。）（同前）

一五二　六一居士《清平樂》「小庭春老」：春老萱紅，暮春天氣。（同前）

一五三　楊孟載《清平樂》「欺煙困柳」：淡黄楊柳，正風流時候。（同前）

一五四　秦少游《阮郎歸》「褪花新緑漸團枝」：寇平叔詞：「濛濛亂撲行人面。」（同前）

一五五　鄭中卿《畫堂春》「東風吹雨破花慳」：「天寒翠被薄，日暮依脩竹」，鋪叙於此，便覺有味。（同前）

一五六　劉無黨《烏夜啼》「菱鑑玉篦」：蘭消翠甲，梅帶粉香，春光可憐。（同前）

一五七　劉無黨《烏夜啼》「水漫汀洲」：所謂别夢已隨流水。（笑傲坡詩一夢。）（同前）

一五八　無名氏《眼兒媚》「蕭蕭江上荻花秋」：今宵、明朝、後日，用字佳。眼底、心上、眉頭，用事妙。（同前）

一五九　六一居士《浪淘沙》「五嶺麥秋殘」：「一騎紅塵妃子笑，無人知是荔枝來」，然皆蜀産，非嶺表物也。（同前）

一六〇　六一居士《浪淘沙》「簾外五更風」：此詞極與後主相似。（同前）

一六一　李後主《浪淘沙》「往事只堪哀」：可哀，可憐。（上片）又：此在汴京念秣陵事作。（同前）

一六二　朱希真《浪淘沙》「風約雨横江」：雲與夢皆無依準，何處可問家鄉？道旅况極盡。（同前）

一六三　趙子昂《浪淘沙》「今古幾齊州」：人不見而水自流，豈勝感慨？（同前）

一六四　蘇東坡《鷓鴣天》「笑撚紅梅嚲翠翹」：「撮」字精妙。（同前）

一六五　無名氏《鷓鴣天》「鎮日無心掃黛眉」：王實甫《西廂》詞，只改一「流」字。又：醉則不知分手之苦，真得離别之情者。（同前）

一六六　六一居士《木蘭花》「湖邊柳外樓高處」：千古情，一至之語。（同前書卷下）

一六七　王武子《瑞鷓鴣》「紅樓十二闌干側」：十二闌干、三十六宫，詞人慣用字樣，不必問其有無。

（同前）

一六八　秦少游《鵲橋仙》「纖雲弄巧」：按：七夕歌以雙星會少别多為恨，少游此詞謂「兩情若是久長，不在朝朝暮暮」，所謂化臭腐為神奇，寧不醒人心目。（同前）

一六九　程垓《虞美人》「輕紅短白東城路」：子規雖喚，而人不歸，愁可知矣。（同前）

一七〇　蘇東坡《一斛珠》「洛陽春晚」：西樓歌舞，何時重見，惟有燕子飛來耳。（同前）

一七一　無名氏《踏莎行》「碧蘚迴廊」：漏箭自滴，闌干自敲，而刀剪動摇，雖聞而不應，曲盡人情。（同前）

一七二　楊孟載《踏莎行》「淺碧凝鬟」：孟載自蜀居吴，又居臨濠，羈魂那得不斷？（同前）

一七三　馮延巳《蝶戀花》「芳草滿園花滿目」：此亦南唐君臣謔浪時事。（同前）

一七四　六一居士《蝶戀花》「越女採蓮秋水畔」：六郎貌似蓮花，固不若越女之貌真蓮花也。（同前）

一七五　秦少游《蝶戀花》「曉日窺軒雙燕語」：閑風閑雨，固不如浮雲之礙高樓也。（同前）

一七六　蕭竹屋《蝶戀花》「十幅歸帆風力滿」：笛聲無賴，客懷已亂，况有人在樓頭回看耶？（同前）

一七七　劉雲閑《蝶戀花》「一剪晴波嬌欲溜」：既舞而繡，閒矣。催唱不唱，欲彈不彈，曲盡妓人之妙。（同前）

一七八　楊孟載《蝶戀花》「新製羅衣珠絡縫」：以金釵種，宜男草，閨思無窮。（同前）

一七九　文文山《唐多令》「雨過水明霞」：蒙古亂華，宋社已屋，丞相北去時也。　又：燕歸無主，而塞鴈南來，即與丞相北行相同。（同前）

一八〇　張子野《繫裙腰》「濃霜淡照夜雲天」句：妙。（同前）

一八一　譚在庵《漁家傲》「深意纏綿歌宛轉」句：妙，與「天抹微雲」一律。（同前）

一八二　柳耆卿《鳳銜杯》「追悔當初辜深願」：俗言聞聲不如見面，拈書何益於事？（同前）

一八三　蘇東坡《行香子》「清夜無塵」：滿腹文章，不知滿腹不達時宜，東坡「開口誰親」句自供也。（同前）

一八四　無名氏《青玉案》「東風夜放花千樹」：静坊閒曲，燈火闌珊，那人藏身於此乎？（同前）

一八五　無名氏《青玉案》「年年社日停針線」：感今懷昔，曲盡愁緒。（同前）

一八六　楊孟載《青玉案》「平湖過雨清如鑑」：其徒臨濠時所作乎？　隱赤山時所作乎？（同前）

一八七　楊孟載《青玉案》「王孫芳草生無數」：孟載初客饒介所，國朝以饒客安置臨濠，後屢起屢廢，卒於金陵。春興之寓意深矣，「不是文章誤」，方顯手段。（同前）

一八八　蘇東坡《江城子》「翠蛾羞黛怯人看」：日近長安遠，此天易見而人難見乎？　又：「安」字妙，唐人有「孤城封海安」句。（同前）

一八九　黃山谷《江城子》「畫堂高會酒闌珊」：時樣新粧也。（尋得石榴雙葉子。）（同前）

一九〇　六一居士《千秋歲》「柳花飛盡」、《西廂》詞：「惜花陰、人遠天涯近」祖此。（人遠天涯近。）（同前）

一九一　程正伯《御街行》（當作《一叢花》）「傷春時候一憑闌」：惟有淋漓襟袖而已，征鞍那可鎖耶？（同前）

一九二　蘇東坡《意難忘》「花擁鴛房」：妙句，妙句。（相逢情有在，不語意難量。些箇事，斷人腸。）（同前）

一九三　黄山谷《滿庭芳》「顔色翠綰」：太露，太急。（臉兒美，鞵兒窄，玉纖嫩，酥胸白。覺愁腸、攪亂坐中狂客。金縷和杯曾有分，寶釵落枕知何日。）（同前）

一九四　程正伯《念奴嬌》「秋風秋雨」：對明月而相思，渠何能知之？（同前）

一九五　辛幼安《念奴嬌》「我來弔古」：雖有江山，無人主持，長歎而已。又：小兒輩已破敵，安語也。幼安功名未竟，以自況。（同前）

一九六　辛幼安《水龍吟》「夜來風雨匆匆」：春與花應時而有，人安能及之？又：稼軒怕老醉花，不勝長繩繫日之思。（同前）

一九七　蘇東坡《永遇樂》「天末山横半空」：手揮五絃，目送飛鴻。餘音嫋嫋，不絶如縷。正此景也。（同前）

一九八　六一居士《凉州令》「翠樹芳條颭的的」：形容榴花曲盡。（同前）

一九九　辛幼安《賀新郎》「翠浪吞平野」：稼軒此詞寓意甚深。（同前）

二〇〇　《類編箋釋國朝詩餘序》：詞者，詩之餘也。曲，又詞之餘也。李太白有《草堂集》，載《憶秦娥》、《菩薩蠻》二調，爲千古詞家鼻祖，故宋人有《草堂詩餘》云。若其分類箋釋，則起於勝國人所爲，大都如《六家文選》，必引某句出某於某人，未免牽合附會，殊爲東坡所厭。今茲集一遵舊本，旁求博采，彙萃本朝名人所製，續於二集之後，凡若干卷，然什百之一，尚多遺亡也。與陳明卿孝廉稍爲注釋，略加標記，然亦什百之一，尚多掛漏也。竊意漢人之文，晉人之字，唐人之詩，宋人之詞，金、元人之曲，各擅所能，各造其極，不相爲用。縱學窺二酉，才擅三才，不能兼盛。詞至於宋，無論歐、晁、蘇、黄，即方外閨閣，罔不消魂驚魄，流麗動人。如唐人一代之詩，七歲女子亦復成篇，何哉？時有所至，天地元聲，不發於此，則發於彼，政使曹、劉降格，必不能爲，時乎？勢乎？不可勉强者也。我朝悉屏詩賦以經術程士，不囿於俗，間多染指，非不斐然，求其專工稱麗，千萬之一耳。國初諸老，犁眉、龍門尚沿宋季風流，體製不繆。迨乎成、弘以來，李、何輩出，又恥不屑爲。其後騷壇之士試爲拈弄，才爲句掩，趣因理湮，體段雖存，鮮稱當行。正、嘉而後，稍稍復舊，而弇山人挺秀振響，所作最多，雜之歐、晁、蘇、黄，幾不能辯。又何耶？天運流轉，天才駿發，天地奇才，不終詘於腐爛之程式，必透露於藻繢之雕章，時乎？勢乎？不可勉强者也。然詞者，詩之餘也。詞興而詩亡，詩非亡也，事理填塞、情景兩傷者也。曲者，詞之餘也。曲盛而詞泯，詞非泯也，雕琢太過、旨趣反蝕者也。詩降而詞，筋骨盡露，去漢、魏樂府千里矣。詞降而曲，略無藴藉，即歐、蘇所不屑爲。而情至之語，令人一唱三歎，此無他，世變江河，不可復挽者也。嗟乎！有一代之興，必有一代之製。而我朝監於二代，郁郁之文炳煥宇内，即填詞小技，遂出宋元而上，幾欲篡其位，兹非國家文運之隆、人才之盛，何以致是哉？兹因太末翁元泰强為彙萃，而見聞不廣，收録艱難，且時日局迫，引用乖方，未免顧此失彼，遺漏掛誤，詎能媲美《草堂》、《花間》詞選諸集？又愧嘲風詠月，無補世教。然因詞以審音，因音以知律，因律以識樂，引商刻羽，鏗鏘鼓舞，推之郊廟朝廷之上，未必無助云爾。知音君子尚賴是救是正，可也。萬曆甲寅季秋既望，吴郡錢允治撰。（《類編箋釋國朝詩餘》）

二〇一　劉伯温《搗練子》「煙漠漠」：古樂府有《搗衣曲》，即其意也。（同前書卷一）

二〇二　楊用修《望江南》「梅蘂好」：《望江南》者，朱厓李太尉鎮爾西日，為亡姬謝秋娘作。《望江南》曲又名《夢江南》，又名《望江梅》、《憶江南》、《夢遊仙》、《江南好》。（同前）

二〇三　王元美《望江南》「無限事」：正分宜用事，朝政紊亂，故云。（同前）

二〇四　楊用修《天净沙》「霜天曉角聲殘」：惜花春起早。（同前）

二〇五　楊用修《天净沙》「良宵一刻千金」：愛月夜眠遲。（同前）

二〇六　楊用修《天净沙》「桂花影裏金波」：掬水月在手。（同前）

二〇七　楊用修《天净沙》「曉風香露樓臺」：弄花香滿衣。（同前）

二〇八　吴原博《重疊金》「太湖石畔」：一名《海棠春》，一名《子夜歌》，一名《菩薩蠻》，一名《醉公子》。（同前）

二〇九　吴原博《憶王孫》「身輕不受柳風吹」：沙燕上栖，非家燕比。（同前）

二一〇　劉伯温《如夢令》「草際斜陽紅委」：唐莊宗修内苑，掘得斷碑，中有三十二字，莊宗使樂工歌之，名曰《古記》、《宴桃源》，一名《憶仙姿》。東坡改名《如夢令》。（同前）

二一一　楊用修《如夢令》「雲影月華穿過」：《陽春白雪》，其曲彌高和彌寡。金徽玉軫朱其絃，疏越，一唱三歎，所謂白雪金徽誰和也。（同前）

二一二　劉伯温《長相思》「山悠悠」：古樂府怨思二十五曲之一，與今詞小異。（同前）

二一三　楊用修《烏夜啼》「雨來江漲」：本清商西曲之一，又名《相見歡》、《上西樓》、《秋夜月》、《憶真娘》。（同前）

二一四　劉伯温《生查子》「槐雲軃墮鬟」：與《醉花間》相近。（同前）

二一五　劉伯温《浣溪沙》「細草垂楊村巷幽」：亦名《浣沙溪》，增三字即《山花子》。（同前）

二一六　楊用修《南唐浣溪沙》「瀲灩波光緑似醅」：多三字即《山花子》。（同前）

二一七　楊用修《點絳唇》「雪暗江郊」：江淹詠美人春遊詩：「白雪凝瓊貌，明珠點絳唇。」（同前）

二一八　劉伯温《點絳唇》「雲淡秋霄」：菱花謂鏡，羞見之也。（同前）

二一九　劉伯温《菩薩蠻》「西風吹散雲頭」：一名《重疊金》，亦名《子夜歌》。楊用修曰：開元中，南詔入貢，危髻金冠，瓔珞被體，故號菩薩鬘，因以製曲，訛為「蠻」。（同前）

二二〇　吴原博《醜奴兒》「風枝露葉凉思起」：一名《採桑子》，一名《羅敷令》。（同前）

二二一　劉伯温《卜算子》「春去蝶先知」：平韻即《巫山一段雲》。（同前）

二二二　楊用修《巫山一段雲》「星的粧金靨」：即《卜算子》。（同前）

二二三　劉伯温《憶秦娥》「陽春月」：一作《秦樓月》（同前）

二二四　吴純叔《清平樂》「雲開碧宇」：亦指倭事。（報道江道賊破。）（同前）

二二五　劉伯温《更漏子》「塞門雲」：塞上之雲，湘江之樹，自北而南，何處是故鄉也。（同前）

二二六　劉伯温《阮郎歸》「白蘋風起夕陽微」：必竟千古有是非在也。（不知今是非。）（同前書卷二）

二二七　趙栗夫《畫堂春》「小齋幽僻似林坰」：一名《錦堂春》。（同前）

二二八　楊用修《柳梢青》「暈雪融霞」：杏園猶見一枝梅，梅初殘矣。又：淡黄煙柳帶棲鴉，柳初黄矣。（同前）

二二九　趙栗夫《柳梢青》「怪底滿城風雨」：千巖競秀，萬壑争流，會稽道上行也。（同前）

二三〇　王敬美《玉聯環》「青青無數」：與《玉樹後庭花》相近。（同前）

二三一　劉伯温《南柯子》「汀荇青絲盡」：一名《南歌子》。（同前）

二三二　楊用修《南柯子》「黄鶴蓬萊島」：用修戍雲南，思故鄉也。（同前）

二三三　楊用修《浪淘沙》「驟雨打新荷」：一作《賣花聲》。（同前）

二三四　劉伯温《鷓鴣天》「玉骨冰肌蕚緑華」：楊用修云：唐鄭嵎詩「春遊鷄鹿塞，家在鷓鴣天」，詞

名《鷓鴣天》，本此。（同前）

二三五 楊用修《於中好》「千點寒梅曉角中」：即《鷓鴣天》。（同前）

二三六 楊用修《河傳》「東楚南浦」：升庵曰：樂府有《穆護沙》，與《水調》、《河傳》皆隋開汴河時，詞人所製勞歌也，其聲犯角，《草堂》無，《花間》有。（同前）

二三七 劉伯温《虞美人》「紅榴花下宜男草」：有草名虞美人，歌此調，則草舞矣。（同前）

二三八 劉伯温《玉樓春》「春來觸處花成綺」：一名《木蘭花》。（同前）

二三九 楊用修《江月晃重山》「金馬九重恩」：用修議禮不合，謫戍滇南，故云。（金馬九重恩，讁碧雞，二十春風。）（同前）

二四〇 楊用修《江月晃重山》「龍馬山前草」：其辭妙甚，情劇可憐。（同前）

二四一 劉伯温《雨中花》「月入疎松光的皪」：旅况寫盡。（同前）

二四二 劉伯温《踏莎行》「弱不勝煙」：用修云：韓翃詩「踏莎行草過春谿」，詞名本此。（同前）

二四三 沈啟南《唐多令》「聞道灞陵橋」：公親書：正德己巳夏端午，八十三翁長洲沈周書於有竹莊之平安亭。（同前書卷三）

二四四 楊用修《瑞鷓鴣》「垂楊垂柳管芳年」：即七言律。（同前）

二四五 楊用修《落燈風》「柳外落燈風乍起」：此用修自度曲。（同前）

二四六 楊用修《灼灼花》「誰把纖纖月」：妙句。（誰把纖纖月，掩在湘裙褶。）（同前）

二四七　劉伯温《江神子》「西風吹樹簟涼初」：一名《江城子》。（同前）

二四八　吴純叔《江神子》「幾宵風雨惱人懷」：詠鶴也，而題不著。（同前）

二四九　蘇景元《木蘭花》「魯泮諸生」：即《玉樓春》。（同前）

二五〇　王元美《何滿子》「卵色遥垂」：白樂天曰：何滿子者，開元中滄洲歌者，臨刑，進此曲，以贖死所作。又文宗時宫人沈阿翹善舞此詞，然則舞曲也。又唐詩云：「一聲《何滿子》，雙淚落君前。」即此曲。（同前）

二五一　劉伯温《滿路花》「山煙掠草低」：亦是元末兵興田園荒廢事。（同前）

二五二　王元美《洞仙歌·傷亂》「金錢磨破」：傷亂者，嘉靖癸丑、甲寅，倭亂海上，公時在刑部，父忬為御史守通州，正其時也。（同前）

二五三　劉伯温《八六子》「到黄昏」：此元末兵起温、台時事。（同前）

二五四　劉伯温《滿江紅》「風淡雲輕」：「雲淡風輕」，此倒用更妙。（同前書卷四）

二五五　沈啟南《滿江紅》「汴鼎南遷」：竟成書生對兀术之言。（把英雄頓挫，莫成功，成冤殛。）又：檜既殺飛，始有以報虜放歸之恩。　又：夏侯橋，沈潤卿掘地，得宋高宗賜岳忠武王手勅石刻，裝池成卷，丏諸名公題詠，惟石田、衡山二先生之辭甚著。（同前）

二五六　文徵明《滿江紅》「拂拭殘碑」：兔死狗烹，從古有之，而宋則功未成也。　又：當時豈不欲中原復，但高宗膽落金人，檜以父兄恐愒，墮其奸計耳。（同前）

二五七　王元美《滿江紅》「御墨淋漓」：檜以片紙投獄中，即報飛死，可恨。（同前）

二五八　徐元玉《滿庭芳》「水長新波」：天全以裴晉公自比，然而福不如也。今議天全者頗刻，要之，非公論。（同前）

二五九　吴原博《滿庭芳·答陳玉汝》「三十年前」：陳住陳湖，故云。原博一有《咎鬚文》，文甚妙。（同前）

二六〇　劉伯温《水調歌頭》「雨過百花盡」：何分貴賤、人與物耶？（螻蟻王侯同盡。）又：史多溢美，難信。（何用名標竹帛，留與後人疑。）又：柳梢枝上月兒高，所謂春月使人怡悦也。（坐久暮天碧，月在緑楊枝。）（同前）

二六一　文徵仲《倦尋芳》「暄風汎午」：招賞花，而遭病不能赴，病起，又恐風雨相煎逼，花豈能久待哉？寄詞宛曲，遣興悠揚，佳篇也。（同前）

二六二　吴原博《醉蓬萊》「歎平生事業」：撫字心勞，催科政拙。陽城自書，考下下也。（同前）

二六三　吴純叔《慶清朝慢》「細雨凝寒」：此時花尚未吐，純叔蓋欲歌一曲，而紅紫遍千林，默回造化，以天為知音也。雖然，唐則天后曾為之，我朝武宗在揚州，預迎春，而百花盡開，恐帝王與人自别，非常人所能耳。（同前）

二六四　劉伯温《念奴嬌》「霜風弄巧」：亦名《酹江月》，亦名《大江東去》，亦名《赤壁詞》，即《百字令》，填詞者隨事易名耳。（同前）

二六五　吴純叔《念奴嬌·海警次韻》：嘉靖癸丑、甲寅，東南倭亂大擾，連用楊宜、阮鶚、張經，迨胡宗憲始克底定。（同前）

二六六　徐元玉《桂枝香》「登高勝事」：天全翁以謝安自比。　又：即《珠簾淡月》。（同前書卷五）

二六七　王元美《桂枝香》「東風一騎」：用渭城影出渭陽，妙甚。（同前）

二六八　吴純叔《桂枝香》「秋光滿目」：倭兵初退，故云。（同前）

二六九　吴原博《水龍吟》「短籬重過詩筒生」：古有老婦舞《柘枝》之喻，謂過時也。（同前）

二七〇　文徵仲《水龍吟》「依依落日平西正」：應扇字，妙。（自打滅，銀屏燭。）（同前）

二七一　王元美《玉蝴蝶》「記得秋娘」：一句不減宋詞。（桂子喚殘醉，微雨梨花。）（同前）

二七二　劉伯温《花犯》「夜何其」：鬢髮星星，愁來詎堪遣乎？（曾幾見、桑田成海水，任浪語，愁來堪，遣君看，明鏡裏。）（同前）

二七三　吴原博《喜遷鶯》「逢門朝啟」：亦名《鶴冲天》。（同前）

二七四　劉伯温《花心動》「墻下紅葵」：無限離愁，豈至正末浮沉宦海，未遇太祖時作耶？（同前）

二七五　唐伯虎《望湘人》「想盤鈴傀儡」：子畏失意而歸，故語多任達，蓋自遣之辭也。（同前）

二七六　吴純叔《風流子》「雨痕消已盡」：一名《内家嬌》。（同前）

二七七　梅花道人《沁園春》「漏泄元陽」：此圖藏於上海董蛟門家，隆慶改元十二月抄録，此係元

人，偶附於此。（同前）

二七九 吴原博《沁園春》「蠟炬銷銀」：宋周美成善詞。（夜調新詞，美成再來。）（同前）

二八〇 吴原博《賀新郎·答朱天昭慶五十》「分袂嗟何久」：朱天昭者名文，玉峰父也，本睢陽五老之後，而是年為弘治九年丙辰，正玉峰殿試居首，亦詞義矣。（同前）

二八一 王元美《小諸臯》「闔闢以前」：雖涉放言，寔中陳腐迂談，吐豁胸中痞膈。　詞牌：唐段成式著《酉陽雜俎》云有《諾臯記》，《續俎》又有《支諾臯》。（同前）

二八二 《合刻類編箋釋草堂詩餘序》：先刻《草堂詩餘》，無如雲間顧汝所家藏宋本為佳，繼坊間有分類注釋本，又有毘陵長湖外史《續集》本，咸鬻於書肆，而於國朝未遑也。惟注釋本脱落繆誤，至不可句。太末翁元泰見而病之，博求諸刻，愈多愈繆，乃倩余任校讐之役，又命余搜葺國朝名人之作，并毘陵《續集》盡加注釋，凡三編焉。刻既成，復請序其事。余於末編稍吐緒餘，僭書其上矣，兹又何言哉？惟是見聞不廣，遺漏尚多，願吾海内君子憫其凋落，出所珍藏，俾付翁氏，以類添入，或更為一卷，庶幾雕繪滿眼，雲錦爛然，詫為大全，不亦美乎？若夫詩之名餘，堂之名草，已具前言，兹不再續。萬曆甲寅長至日老生錢允治撰。

都印詞話

都印，字維明，號豫庵，吴縣（今屬江蘇）人。太常寺卿穆之父，穆官工部主事時，封如其官，年已八十餘。著《三餘贅筆》一卷，是書雜録見聞，間有辨論，然多摭拾舊文。此據《四庫全書存目叢書》影印明鈕氏世學樓鈔本録詞話一則。

一　宋曾端伯以十花為十友，各為之詞：荼蘼，韻友。茉莉，雅友。瑞香，殊友。荷花，浮友。巖桂，仙友。海棠，名友。菊花，佳友。芍藥，艷友。梅花，清友。梔子，禪友。張敏叔以十二花為十二客，各詩一章。牡丹，賞客。梅，清客。菊，壽客。瑞香，佳客。丁香，素客。蘭，幽客。蓮，静客。荼蘼，雅客。桂，仙客。薔薇，野客。茉莉，遠客。芍藥，近客。敏叔名景修，宋禮部郎中，吴中人。（《三餘贅筆》）